COLLECTION « BEST-SELLERS »

DES MÊMES AUTEURS

Les Ressuscités, Flammarion, essai, 2005
Le Plus Beau Métier du monde, roman, Flammarion, 2004

De Christine Kerdellant

Les Enfants-puce, essai, Denoël, 2003
Dix minutes après l'amour, essai, Flammarion, 2002
Relire le prince de Machiavel, essai, Economica, 2000
Le Prix de l'incompétence, essai, Denoël, 2000
Les Chroniques de l'ingénieur Norton, roman, Belfond, 1997
Les Nouveaux Condottieres, essai, Calmann-Lévy, 1992
Les Cheminots, génération TGV, essai, Critérion, 1991

déjà que son frère avait brûlé dans le Boeing 747 encastré dans la tour sud.

Owen avait fait défiler cent fois le film dans sa tête. Karim était sans doute décédé sur le coup, comme la plupart des passagers. Peut-être même sourire aux lèvres... Car, contrairement à tous ces chiens, il n'avait pas eu peur. En effet, il connaissait, lui, la destination de l'avion, *avant* de monter à bord. Et, au moment de l'impact, il n'était pas assis parmi les passagers. Il se trouvait dans la cabine de pilotage, à la place du commandant de bord... qu'il avait égorgé dix minutes plus tôt.

Owen ricana en posant la main sur la souris de son ordinateur. Il ferma les yeux pour mieux entendre le petit clic de la touche qu'il allait enfoncer. Et, juste avant d'exercer une légère pression du doigt, il lâcha à l'intention de Dmitri, qui venait de le rejoindre :

— Encore dix secondes, mon frère, et nous serons les maîtres du monde.

de la salle, plusieurs alcôves dissimulaient des PC dernier cri dont les écrans plats scintillaient dans l'ombre. Tous les ordinateurs étaient reliés à Internet. D'ici, on pouvait se connecter à n'importe quel endroit dans le monde, à très haut débit.

Owen regarda sa montre : 17 h 43. Il fit un signe à Dmitri, lui indiquant d'avancer vers l'alcôve du fond. Dans le box voisin, un adolescent, probablement russe, à en juger par les mots qui s'affichaient en grosses lettres sur l'écran, téléchargeait des images pornographiques et les insérait dans la bande-annonce du prochain film de George Lucas. À côté de lui, une jeune femme, cheveux rasés, veste en cuir, composait la page d'accueil d'un site Internet. Owen eut le temps de voir le nom s'afficher : *American Expresss*, avec trois « s ». Sans doute une version falsifiée du vrai site d'American Express. La technique – le *phishing* – était connue des pirates depuis huit ou neuf ans, mais elle fonctionnait toujours. Elle consistait à fabriquer un site identique au site officiel d'un grand établissement, à un détail près, une lettre, par exemple. Les utilisateurs distraits, croyant se retrouver sur la page d'accueil de leur banque favorite, indiquaient alors spontanément leurs coordonnées et leur mot de passe...

Owen connaissait bien ces arnaques, mais, aujourd'hui, il les considérait avec mépris. Il ne jouait plus dans la même cour. Ce qu'il allait faire, dans exactement cent quatre-vingts secondes, était d'un tout autre calibre.

Il n'y avait pas la moindre nervosité sur son visage, pas le commencement d'un doute dans ses gestes. Owen se sentait porté, grisé par la perspective de ce qu'il allait accomplir. Lui, le petit, le méprisé, le minable, qui avait toujours vécu dans l'ombre de son frère, allait, dans quelques instants, entrer dans l'Histoire.

Il imagina à cet instant l'onde de choc qu'il allait provoquer. Il en savait l'ampleur. Mais personne, pas même lui, ne pouvait, à ce stade, en mesurer toutes les conséquences. L'image de Karim surgit dans son esprit. Six ans

Prologue

Avant d'appuyer sur la touche Enter, Owen Makresh eut une pensée pour son frère Karim, mort, le 11 septembre 2001, dans le grand fracas du World Trade Center. Six ans après, jour pour jour, l'heure était venue où, comme lui, il allait devenir un héros.

Il se tourna vers Dmitri, et son sourire se transforma en rictus. Ils étaient arrivés ensemble, le matin même, à Tallinn, en Estonie, par le vol de Jakarta qui avait fait escale à Moscou. Ils s'étaient rendus au centre-ville de la capitale estonienne en bus puis avaient rejoint à pied le bar situé dans le quartier médiéval, au fond de la rue pavée. L'Organisation leur avait fourni les faux passeports et la carte magnétique permettant de franchir les deux portes de bois du NoKu. L'établissement n'était pas ouvert au public, seuls les habitués en possédaient le pass. NoKu signifiait « culture jeune », mais aussi « pénis » en argot estonien.

— Sais-tu à quelle heure arrivent les autres, demain ? avait soufflé Dmitri en franchissant la porte d'entrée.

— Je m'en tape, avait rétorqué Owen. Pour la phase 1, nous sommes assez nombreux, toi et moi.

À cette heure, le club privé était presque désert. Normal, un mardi après-midi. Quelques jeunes Russes adossés au bar sirotaient une Saku, la bière du cru. La musique, un rock des pays Baltes, étouffait les conversations. Au fond

1.

Emma Shannon posa sa valise Lancel devant la chambre 17 de l'hôtel *Overlord*. Elle sortit de sa poche la carte magnétique, l'introduisit dans la fente de la serrure et attendit le déclic. Elle aimait ce signal discret qui lui ouvrait la porte d'un monde familier : la chambre d'hôtel.

Mais, cette fois, elle n'entendit rien. Le voyant demeurait obstinément rouge. Emma Shannon frotta la piste de la carte sur le revers de son tailleur et essaya à nouveau. Sans résultat. Le garçon d'étage, qui venait de surgir au fond du couloir, perçut immédiatement l'irritation sur son visage.

— Votre carte ne fonctionne pas, madame ?

— On ne peut rien vous cacher.

— Nous avons des problèmes informatiques à la réception. Apparemment, c'est le serveur central qui déraille. Je vous ouvre avec le pass.

Emma poussa la porte de sa chambre. Elle se sentait fatiguée, énervée. L'amabilité du garçon d'étage n'y changeait rien. Quand elle débarquait dans un hôtel, surtout après un voyage harassant, elle ne supportait pas les contrariétés. Comme d'habitude, elle se dirigea vers le lit le plus éloigné de la fenêtre. À force de fréquenter ces établissements, tous identiques au fond, elle avait pris ses marques, des repères qui l'aidaient à trouver un semblant de quiétude. Elle déposa donc sa valise sur le lit et l'ouvrit, faisant apparaître, au-dessus de la pile de vêtements, le pyjama de soie bleue qu'elle emportait toujours dans ses bagages. Elle écarta ensuite les lourds rideaux de la chambre pour découvrir le paysage. Comme à Barcelone la semaine précédente, ou à Cuba un mois plus tôt, elle était gâtée. La 17 donnait sur la mer. Par la fenêtre, on pouvait apercevoir les digues du port artificiel, ces barges de béton coulées dans la baie par les bateaux américains, le 6 juin 1944.

Emma admira le long ruban d'écume qui semblait ourler le ciel, et laissa son regard s'attarder sur les voiles blanches qui, au loin, se détachaient sur fond turquoise. Le soleil allait bientôt plonger dans la mer. La Manche, en cette fin d'été, était couleur Caraïbes.

« Les Français ont vraiment de la chance, se dit l'Américaine, un instant rassérénée par cette vision. Ils ont les palmiers ou les Alpes, au choix, les mers chaudes et la mer de Glace, le tout sur un territoire plus petit que la Californie ! Et ils se plaignent ! »

La chambre était vaste, claire, parsemée de touches de couleur jaune et rouge soleil qui rappelaient les maisons de Provence et les toiles de Van Gogh que sa mère aimait tant. Emma remarqua aussi, d'entrée, le téléviseur, écran plat, fixé au mur, juste en face du lit. Elle saisit la télécommande et chercha le canal de CNN. Où qu'elle se trouvât dans le monde, elle aimait retrouver le refrain de cette chaîne – *This is CNN, be the first to know !* « Vous êtes sur CNN, soyez les premiers informés ». En général, elle était loin d'être la dernière à prendre connaissance des nouvelles du monde. Des alertes lui arrivaient directement sur son téléphone portable. Elle n'écoutait donc pas CNN pour connaître les news mais pour respirer l'air du pays. À Bangkok, Abu Dhabi, Tokyo, ou comme ce soir sur les bords de la Manche, partout où l'amenaient ses affaires et ses conférences, elle, la déracinée, retrouvait sur cette chaîne comme un lien ombilical, une voix maternelle, presque une odeur de mère patrie. Pendant longtemps, elle avait lutté contre ce réflexe vaguement immature, mais elle avait remarqué que de nombreux collègues de toutes nationalités possédaient aussi ce genre d'automatisme pavlovien. Les Français, par exemple, n'avaient de cesse, lorsqu'ils arrivaient aux États-Unis, de dénicher un « bistrot » servant un « vrai » café...

Arromanches. Elle connaissait. Elle aimait bien. Le Women's Annual Congress tenait, depuis une bonne dizaine d'années, son université d'été à l'*Overlord*. « Un vrai débarquement », disaient les gens du coin. Chaque année, à la fin de la saison touristique, des cohortes de femmes seules, entre deux âges, déboulaient pendant une semaine dans les rues étroites de la petite bourgade normande. Les taxis, les cafés, le tabac-presse se frottaient les mains. Les vieux pêcheurs, qui en avaient vu un autre, de débarquement, en 1944, gloussaient sur la digue.

La grand-messe féministe dont Emma Shannon était l'une des invitées d'honneur cette année avait commencé le samedi précédent et se terminait vendredi soir. L'Américaine avait prévu d'y passer les trois derniers jours ; sa fille Rebecca la rejoindrait ensuite pour le week-end et elles visiteraient ensemble la région : Utah Beach, Omaha, Gold, Juno, mais aussi les cimetières militaires et, si elles en avaient le temps, cette presqu'île du Cotentin qui ressemblait à l'Irlande.

Encore trois heures avant le dîner. Emma se demanda si elle allait en profiter pour descendre sur la plage et aller nager ou si elle devait plutôt mettre la dernière main à sa présentation du lendemain : « Les femmes dirigent-elles mieux que les hommes ? » Elle s'assit finalement sur son lit et dénoua ses cheveux, savourant le moment de répit qui s'offrait à elle. Lorsqu'elle était en déplacement, elle aimait transformer ces intermèdes en moments « bien à elle ». Des parenthèses rares qui surgissaient parfois, par hasard, dans son agenda encombré, entre deux rendez-vous, deux réunions, deux déplacements. Sa meilleure amie, qui avait survécu à un grave accident de circulation, le lui rappelait régulièrement : le bonheur, qu'était-ce d'autre que l'accumulation de ces « poussières quotidiennes » de plaisir ?

Cet après-midi, pourtant, Emma n'arrivait pas à se défaire d'un sentiment d'inquiétude et d'agacement qu'elle avait ressenti dès le début de la journée et qui s'était amplifié. Était-ce le long voyage de Londres à Arromanches ? Le vent tiède qui s'était levé ? L'incident de la carte tout à l'heure ? Non. Elle ne voulait tout simplement pas s'avouer ce qui avait accru son malaise. L'image qui la perturbait depuis qu'elle était passée à la réception. La silhouette qu'elle avait aperçue, de loin, dans le hall. Pendant un quart de seconde, cette allure, ce style, ce profil aigu lui avaient semblé familiers.

Elle se dirigea vers le minibar, ouvrit une seconde canette de Coca Light et enleva son tailleur et son chemisier anthracite, qu'elle jeta sur le lit. Ensuite elle s'allongea, uniquement vêtue de ses sous-vêtements noirs, sur l'autre lit, le regard tourné vers la porte-fenêtre ouverte, s'efforçant de chasser de son esprit l'image importune pour mieux profiter de l'instant dans ce décor presque familier. Certes, elle n'était pas chez elle ici, rien ne lui appartenait, mais, avec les années passées à voyager, elle avait si bien apprivoisé ces lieux impersonnels qu'elle finissait par se demander si les chambres d'hôtel ne constituaient pas, finalement, son « chez elle ».

— Tout ce qui m'est cher ne m'appartient pas, rien de ce qui m'appartient ne m'est cher, murmura-t-elle.

Elle avait relevé autrefois cette citation, plutôt cynique, dans l'interview d'un grand patron globe-trotter, mais plus le temps passait, plus elle la trouvait discutable. Emma, il est vrai, possédait des choses qui lui tenaient à cœur et lui appartenaient vraiment : sa maison natale de Farmington, Minnesota, trois mille habitants, même si elle n'y avait jamais vraiment vécu. Une photo d'elle, à vingt ans, avec sa grand-mère maternelle, accrochée dans l'appartement où elle vivait, à San Francisco ; quelques lettres aussi, qu'elle emporterait sur une île déserte si on ne lui laissait qu'une valise... Mais, à l'inverse, ce qui lui était vraiment cher lui appartenait-il ? Son père, qui vivait au Brésil avec sa troisième épouse et n'était jamais resté quatre ans d'affilée dans le même pays ? Ils se voyaient dans des halls d'aéroport, entre deux avions – et heureusement, car ils ne savaient plus quoi se dire. Sa fille Rebecca, qui avait grandi en France, chez sa grand-mère, et qui, à dix-sept ans, faisait partie des danseuses les plus prometteuses de l'Opéra de Paris ? Elle l'adorait, lui téléphonait tous les trois jours et la faisait venir à Frisco dès qu'elle pouvait prendre quelques jours off. Mais de telles occasions devenaient rares, car Rebecca suivait désormais, pendant les vacances scolaires, des cours supplémentaires avec une ancienne danseuse étoile.

Il y avait bien Bradley, le compagnon d'Emma depuis cinq ans, un banquier d'affaires dont elle partageait la vie. Bradley tenait beaucoup à elle, elle en était sûre, mais, à force de vivre avec une femme absente la moitié de l'année, il avait pris, lui aussi, ses habitudes : le golf avec les collègues de la banque, la gestion de ses actions sur Internet, sa collection de bouées et les randonnées dans le Yosemite, parfois... Ils y allaient certes en couple chaque fois que c'était possible. Mais seulement *chaque fois que c'était possible,* justement. Les êtres qui vous sont les plus chers vous appartiennent-ils ?

« La seule chose qui vous appartienne vraiment, ce sont vos rêves », pensa-t-elle.

Et elle se mordit les lèvres. Sans qu'elle le veuille, le visage de l'homme aperçu dans le hall de l'hôtel était venu se superposer à celui de Bradley. Comme pour évacuer le trouble qu'il provoquait en elle, Emma bondit vers son sac à main et tira de son portefeuille la photo de sa mère, Anne-Laure Le Menestrel. Deux ans qu'elle était morte, et elle lui manquait toujours, surtout en France, ce pays qui n'avait jamais vraiment été le sien malgré les années qu'elle y avait passées. Sa mère, elle, y avait grandi et était retournée y vivre après son divorce.

— *Miss you, mom,* murmura-t-elle. Tu me manques.

Elle reposa la photo sur le lit et pensa soudain, avec

une pointe de culpabilité, que Rebecca devait souffrir bien davantage encore de la disparition de sa grand-mère. Et qu'elle, Emma, n'avait pas été souvent là pour compenser ce manque.

Le jingle du *World Business News,* le journal économique de CNN, fit diversion. Le présentateur évoquait des incidents à répétition sur Internet depuis le début de la matinée. Emma écoutait d'une oreille distraite mais lisait le fil d'informations qui défilait en bas de l'écran et affichait le cours des actions des grandes sociétés américaines, à l'ouverture de la séance à Wall Street. IBM : 20,25 dollars, – 1 % ; General Motors : 50,75 dollars, – 2 % ; Controlware : 70,25 dollars, + 10 %. En voilà une qui avait échappé au syndrome du 11 septembre : depuis six ans, en effet, à cette sinistre date anniversaire, les rumeurs les plus folles étaient prises au sérieux, ce qui faisait souvent baisser les cours.

— 10 % ! *My God !* Dan a gagné une fortune aujourd'hui ! s'exclama Emma en anglais.

Elle reprit la télécommande et haussa le son. Le présentateur annonçait que Controlware allait lancer sur le marché, début 2008, un nouveau logiciel grand public. L'action, disait-il, avait progressé de 17 % en deux jours. Sur l'écran, le patron, le célèbre Dan Barett, apparaissait, souriant, en incrustation.

— Ils auraient pu prendre une photo plus récente, soupira Emma en repliant ses genoux sous son menton et en reprenant une gorgée de Coca.

Le visage de Dan Barett, en effet, avait changé. L'homme le plus riche du monde avait mûri. Il était toujours épargné par les rides, mais les années avaient ajouté leurs kilos de trop. Et l'inévitable paire de lunettes, carrées. Mais il apparaissait plus décontracté qu'autrefois. On ne le voyait jamais en costume-cravate, même à la télé. Pantalon noir, polo noir à manches longues, Barett venait au bureau pieds nus dans ses sandales. Il affichait le style zen de celui qui a réussi. Celui de l'homme très riche, qui, comme l'homme très pauvre, peut prétendre que la vraie richesse est intérieure. Un seul détail faisait regretter à Emma les années de jeunesse : les cheveux de Dan. La raie, dans ses cheveux désormais blonds-gris, était tracée bien droite. Emma lui en avait fait le reproche lors de leur dernier week-end en commun.

— C'est Amelia, avait répondu Dan en haussant les épaules.

Depuis qu'il était marié avec Amelia, il semblait plus détaché que jamais des contingences esthétiques. Comme si, pour lui, les règles du look n'existaient pas. Curieux paradoxe chez cet homme qui n'avait de cesse de montrer qu'il était le meilleur en tout.

À cet instant, le souvenir de l'individu qu'elle avait aperçu en arrivant envahit à nouveau sa pensée. Elle ressentit derechef le même embarras. Et l'envie d'appeler Brad.

La montre à son poignet droit, qui indiquait toujours l'heure de San Francisco – celle du poignet gauche étant indexée sur le temps du lieu où elle se trouvait –, affichait 8 heures du matin. Pas difficile d'imaginer ce que Bradley était en train de faire. Il devait être assis à l'arrière de sa voiture, sur la highway 1, en train de lire le *Wall Street Journal* en ponctuant sa lecture de commentaires destinés à son chauffeur. Emma avait souvent assisté à la scène. Trop. Levé tôt, au bureau de bonne heure, à la maison le plus tôt possible le soir. Et surtout pas de *déjeuners à la française*, comme il les appelait pour taquiner Emma. Brad était un mari assez prévisible.

L'Américaine leva son poignet gauche vers son visage et articula « Brad » en direction de sa montre. Le numéro de téléphone de son mari apparut sur le minuscule écran et se composa automatiquement. Mais, avant que l'appel n'ait atteint son but, une voix annonça en français :

Votre demande ne peut aboutir. Veuillez rappeler ultérieurement.

— Zut ! Ces protos, c'est toujours la même chose, ça marche une fois sur deux ! Qu'ils ne comptent pas sur moi pour financer ce gadget !

Depuis le matin, Emma testait la dernière invention d'une petite société londonienne : le portable miniaturisé en forme de montre. En début d'après-midi, dans la salle d'attente de l'aéroport, elle avait réussi à passer quelques appels. Les regards curieux avaient été nombreux. Mais le test guère concluant.

Elle alla chercher son mobile dans son sac et composa le numéro de Brad, à l'ancienne, en appuyant sur les touches.

Appel interrompu.

— Mais qu'est-ce qu'il y a encore ? Pourquoi ça ne passe pas ?

Un mail suffirait, tant pis. Elle saisit son ordinateur portable, le dernier modèle de Sony, glissé dans une poche intérieure de sa valise, et l'installa sur le bureau, près de la porte-fenêtre. Pendant qu'il se mettait en route, elle finit de défaire son bagage, répartissant son contenu entre les étagères de l'armoire, les tiroirs de la commode et la tablette de la salle de bains. Elle s'assit ensuite confortablement sur le lit, un coussin sous les jambes, et commença à lire le mail de Bradley, expédié la veille au soir, et qu'elle avait téléchargé ce matin à Londres. En plus des nouvelles de la villa qu'ils essayaient d'acheter sur les hauteurs de Sausalito et les tendresses d'usage, il lui conseillait de jeter un coup d'œil sur un site en lui promettant « une jolie surprise ». Elle cliqua immédiatement sur l'adresse attachée en fin de texte : www.operadeparis.fr. Sûrement un rapport avec Rebecca.

Mais la page n'apparut pas. La barre bleue horizontale qui, en bas de l'écran, marquait le temps d'attente avant la satisfaction de la requête demeurait bloquée. Emma attendit une minute puis perdit patience. Elle tenta de se connecter sur www.fool.com, son site d'informations boursières préféré. En vain. L'ordinateur tournait dans le vide. Finalement, un message d'avertissement vint barrer l'écran :

Échec de la connexion.

Que se passait-il ?

Elle appela la réception et expliqua, dans un français qui revenait spontanément, qu'elle n'arrivait ni à capter le réseau téléphonique à partir de son portable ni à se connecter sur Internet.

— Rassurez-vous, vous n'êtes pas la seule, madame Shannon ! répondit le réceptionniste.

Il avait prononcé « chat-non », avec un fort accent français, mais Emma se garda bien de le corriger. Au moins, il l'appelait par son nom. Une personnalisation du service assez rare chez les Français. Elle eût toutefois préféré que le gars sache faire fonctionner le système.

— Ah bon ? reprit-elle. Pourquoi ? Que se passe-t-il ?

— C'est le réseau tout entier qui est saturé, madame, se défendit l'employé. Même les États-Unis sont privés d'Internet depuis ce matin, paraît-il. Vous n'avez pas entendu ? Ils l'ont dit à la radio !

Le réceptionniste paraissait agacé.

— Vous n'avez pas quelqu'un dans l'hôtel qui puisse réparer ? lança Emma.

Dans une entreprise bien organisée – elle était bien placée pour le savoir –, les problèmes informatiques étaient, en général, résolus rapidement.

— Non, madame, puisque je vous dis que c'est le réseau mondial qui...

Au moment où le réceptionniste s'interrompit, Emma entendit résonner la sonnerie d'un autre téléphone.

— Excusez-moi un instant, madame, restez en ligne.

Il y eut un bruit sec. Celui d'un combiné jeté brusquement sur le comptoir, se dit Emma, qui avait gardé l'oreille contre l'appareil.

— Le médecin ? Non, madame, il n'est pas encore là. Mais il arrive. Oui, la personne a été transportée chambre 112... Oui, les congressistes paniquent un peu : il paraît qu'elle s'est écroulée sur l'estrade au milieu de son intervention.

Soudain, un cri lointain interrompit la voix étouffée du réceptionniste. Celui d'une femme, une autre employée probablement, qui devait se trouver près de lui. Emma entendit alors distinctement :

— Michael, rappelle le médecin, dis-lui de se dépêcher ! La cliente se tord de douleur sur son lit. Elle a les yeux révulsés, je crois qu'elle va y passer !

2.

Pierre se réveilla en sursaut. Il ne rêvait pas : la sirène qui lançait ses cris stridents sous ses fenêtres était celle d'un camion de pompiers. Il se précipita sur le balcon, juste à temps pour voir les portes du véhicule rouge se refermer sur un brancard et démarrer en trombe.

Dieu merci, se dit-il, l'hôtel n'était pas en feu. Sans doute un plongeur qui n'avait pas respecté les seuils de décompression ou un baigneur victime d'un choc thermique.

Il jeta un coup d'œil à sa montre et laissa échapper un juron. 7 h 55 ! La veille, il avait programmé son téléphone portable pour 7 h 15. Hélas ! lorsque la sonnerie – la voix de Freddy Mercury hurlant *We are the champions* – s'était déclenchée, il avait machinalement appuyé sur la touche rouge et enfoui son visage dans l'oreiller, les mains glissées dessous, dans la position « grasse matinée ». Sans la sirène des pompiers, il ronflerait encore. Et aurait planté son rendez-vous de 8 h 15.

Il lui restait maintenant à peine le temps de se doucher, de se raser, d'enfiler son Dockers beige. Et de descendre, fissa, à la salle à manger prendre un petit déjeuner. Pierre détestait travailler le ventre vide.

Il alluma la télé sur LCI en même temps qu'il filait à la salle de bains. Lorsqu'il s'était couché, à deux heures du matin, Internet était toujours en rade. Mais pas le temps, maintenant, d'aller vérifier sur son ordinateur si les choses étaient rentrées dans l'ordre. C'était ça ou le café.

Sous la douche, la voix de la présentatrice lui parvenait de façon intermittente ; elle annonçait une série d'incidents sur le continent nord-américain. Les systèmes de climatisation de La Nouvelle-Orléans étaient brutalement tombés en panne. Plusieurs compagnies aériennes, dont Air Canada et Continental, constataient des retards provoqués par des dysfonctionnements de leurs centrales de réservation. Les comptoirs d'enregistrement des aéroports de Boston et de La Guardia étaient fermés. Mais, apparemment, rien de nouveau à propos d'Internet.

Pierre fourra la carte magnétique dans la poche arrière de son jean, attrapa son téléphone portable et sortit dans le couloir sans prendre le temps d'éteindre la télé. À peine avait-il entré son code PIN qu'un bip retentit, signalant la présence d'un SMS. Il s'apprêtait à le lire lorsqu'il entendit, derrière lui, une nouvelle sonnerie. Celle du téléphone de sa chambre. Qui pouvait vouloir le joindre ici à cette heure ? Ses collègues disposaient tous de son numéro de mobile. Sa femme aussi l'appelait toujours sur son Nokia lorsqu'il était en voyage. Énervé, il rouvrit la porte et se dirigea vers sa table de chevet.

— Allô !

— Allô ? C'est toi, Pierre ?

Il reconnut la voix de Clara.

— Oui, salut ! Ça va ? Tu as de la chance, j'allais descendre prendre mon petit déjeuner et je suis en retard. Ça aurait dû sonner dans le vide. D'ailleurs, pourquoi n'as-tu pas appelé sur mon portable comme d'habitude ?

— J'ai essayé plusieurs fois, impossible d'avoir le réseau ! Je ne sais pas ce qui se passe. À Marseille, depuis hier soir, les portables ne marchent pas.

— Ah bon ?

Le sien semblait fonctionner, puisqu'il avait un SMS en attente.

— Oui... Mais ce n'est pas pour ça que je t'appelle. Notre ordinateur a encore un problème. Gaëtan avait un exposé à préparer pour demain, il devait trouver des photos du Mont-Saint-Michel sur Internet, et impossible de se connecter. Tu ne sais pas ce qu'on peut faire pour réparer ? J'en ai ma claque de ces ordis ! La dernière fois déjà...

Pierre savait qu'il était inutile d'espérer arrêter sa femme lorsqu'elle était lancée. Il attendit le moment où elle reprenait son souffle pour placer :

— Si tu me laissais parler... Le problème ne vient pas de l'ordi. Tu le saurais, d'ailleurs, si tu avais regardé les infos à la télé. Ou simplement appelé les voisins.

Pierre expliqua à sa femme qu'Internet connaissait de gros ratés depuis la veille. Le réseau avait été mis HS à partir du milieu de l'après-midi. Difficile de dire précisément à quelle heure les anomalies avaient commencé, mais les journalistes américains étaient convaincus que leur déclenchement coïncidait avec l'anniversaire des attentats du 11 septembre 2001 : 8 h 46, heure de New York, l'instant où le premier Boeing 747 s'était encastré dans la tour nord du World Trade Center. Probable, d'ailleurs, que plusieurs attaques pirates avaient été menées successivement et en parallèle.

— Tu sais, je n'ai pas eu le temps de regarder les infos, rétorqua Clara. Je n'ai pas eu une minute. Ce que je sais, c'est que notre ordinateur ne fonctionne jamais ! Dès qu'il y a un virus, il est pour nous.

Pierre glissa la main dans ses cheveux encore humides et soupira. Il essayait de contenir son irritation. C'était chaque fois pareil. Chaque incident qui perturbait le réseau d'ordinateurs domestiques déclenchait une scène de ménage. Clara reprochait à Pierre d'avoir « encore » – au lieu de discuter avec elle – passé « ses soirées » à installer des nouveaux logiciels. « Qui ne servaient à rien ». Et qui « empêchaient les autres », sous-entendu celui qu'elle utilisait pour regarder les photos de ses copines, de fonctionner.

Tandis que sa femme déroulait sa litanie, Pierre regardait les images et les bancs-titres qui défilaient sur LCI. Le présentateur parlait de réactions en chaîne en Europe. Les vols à Orly et à Roissy étaient retardés. Le trafic d'Eurostar était bloqué au départ de Londres.

Tout cela – il le comprenait maintenant – était lié, directement ou indirectement, à la rupture ou au ralentissement des connexions à Internet. Évidemment.

Clara, elle, était sur une autre planète :

— Bon, tant pis, on verra ça plus tard, clama-t-elle. Là, je dépose les enfants au bus et je rejoins Sylvie. Elle a repéré hier des chemisiers en solde à Saint-Charles. Et puis je n'ai pas encore fini d'acheter les fournitures de la rentrée pour Garance et comme on part cet après-midi...

La séance de shopping. Voilà qui permettait de conclure. Il saisit l'ouverture.

— Écoute, ma chérie, on se rappelle tout à l'heure ? Les conférences commencent dans dix minutes, il faut que je descende.

— Oui... Mais tu verrais comme ta fille commence à être coquette ! Elle est adorable. Hier matin, avant d'aller en classe, elle s'est changée deux fois... elle avait d'abord mis son jean et elle s'est aperçue que le chemisier à fleurs n'allait...

— Clara, il faut que j'y aille !

— Oui, chéri... Je te rappelle plus tard. Bisous.

— Bisous.

Pierre reposa brutalement le téléphone sur la table de chevet. Non seulement Clara lui avait gâché son petit déjeuner, mais elle était tombée pile sur le sujet qui l'agaçait le plus depuis quelques mois : l'éducation de leurs filles, Garance et Sixtine. À dix ans, les jumelles se prenaient pour Britney Spears. Jeans taille basse, strings apparents, petits chemisiers moulants, le haut assorti au bas ou dépareillé, c'était selon, toujours après de longues palabres et quelques détours dans les boutiques. Il y a un an ou deux encore, il réussissait à emmener la bande avec lui faire un tour à vélo dans les calanques, à présent c'était fini. Le samedi après-midi, les filles prenaient la direction de Bonneveine, le centre commercial de

Marseille, avec maman. Et le trio ne se contentait pas de Zara et H&M. L'autre jour, Clara était revenue avec un ensemble « craquant » pour Garance, acheté chez Marie-Puce. Total : 300 euros sur la carte Visa Premier du compte commun. Pierre, le soir, en tête à tête, lui avait fait remarquer que le salaire qu'il se versait, dans sa petite société, n'avait pas augmenté depuis cinq ans, alors que les charges de la famille, elles, augmentaient allègrement de 5 à 10 % par an, avec les impôts locaux, les séances de madame chez le psy et le collège pour enfants précoces où il avait fallu inscrire Gaétan, « parce que cet enfant s'ennuyait en classe et qu'il ne fallait pas gâcher un tel talent ». À l'inverse, quand Pierre avait installé l'ADSL et relié les deux ordinateurs en Wifi, Clara avait râlé, disant que cette affaire allait ramener encore plus de virus à la maison.

« C'est la vie, se répétait-il, fataliste. La femme que vous épousez à vingt-cinq ans ne peut pas être la même à quarante... »

Lorsqu'il arriva dans la salle à manger de l'*Overlord*, Pierre savait qu'il disposait de cinq minutes à peine pour avaler un petit noir. Les congressistes n'allaient pas tarder à affluer dans la grande salle de conférences. Il était trop tard pour qu'il procède aux essais en régie, mais Bernard, le chef d'équipe, s'en était sûrement chargé. Quoique... Depuis le premier jour de séminaire, le samedi précédent, Pierre avait trouvé ses techniciens souvent « à la ramasse », contrairement aux congressistes, toujours à l'heure, elles. À un haut niveau, la ponctualité est la politesse des reines, s'était-il dit. Or, ce matin, question ponctualité, il n'était pas du tout royal, lui, encore moins que ses gars. Et il s'en voulait. Le Women's Annual Congress était l'un des plus gros clients de la S3E (Sonorisation, Éclairage, Équipement informatique et Électronique). Ce n'était pas le moment de perdre ce marché.

Il s'installa à la première table libre et tenta d'attirer l'attention des serveurs, très affairés. Deux gendarmes en uniforme discutaient, debout, à l'entrée, avec le directeur de l'établissement. Sur la terrasse, les tables étaient toutes occupées et, à l'intérieur, les gens se bousculaient.

« Quel contraste ! » se dit Pierre en regardant vers la plage.

Car la mer, ce matin-là, était calme et claire comme un lac de montagne. Le vent tiède de la veille était tombé dans la nuit. Quelques taches bleu pâle apparaissaient sur la surface, laissant deviner, au fond, de larges bancs de sable blanc. Pour un peu, on aurait aperçu, depuis la terrasse, les rougets agiter leurs nageoires et les dorer aux premiers rayons du soleil.

Mais personne ne les aurait regardés. Au bout du ponton en teck surplombant directement la mer, les tables les mieux placées étaient prises d'assaut par des groupes de femmes qui s'y agglutinaient en rajoutant des chaises. Malgré la chaleur, aucune d'elles ne portait de robe légère. La plupart étaient vêtues d'un tailleur-pantalon noir uni ou rayé, prince-de-galles ou à pinces, trop chaud pour la saison. Les plus décontractées portaient un jean et un chemisier sans manches laissant apparaître leurs épaules bronzées. Pierre avait l'impression qu'elles s'observaient les unes les autres comme des animaux de la même espèce, se faisant signe du menton ou de la main pour éviter de se rapprocher. La plupart, l'air soucieuses, tenaient leurs petits sacs vernis, noirs ou fluo, serrés entre leurs pieds. Un réflexe de citadine craignant les vols. Pierre reconnaissait, de loin, le style « femme d'affaires revenant de vacances », stressée avant même d'avoir commencé à travailler. Le genre de femme qui le mettait mal à l'aise.

Certaines se tenaient debout, un journal à la main, les sourcils froncés. D'autres tapotaient sur leur agenda électronique. Face à cette meute de *business women* à laquelle se mêlaient, lui semblait-il, quelques actrices et des vedettes de la télé, Pierre se sentait petit, banal, décalé. Provincial, comme auraient dit les Parisiens. Mais, après tout, c'était là son lot : un fournisseur parmi d'autres... même si le courant passait cinq sur cinq avec la numéro deux du Women's Congress, la seule Française du comité exécutif, Christelle Loric. C'est elle qui, depuis trois ans, faisait en sorte qu'il obtienne le marché.

Pierre chercha à identifier, dans le groupe de femmes, les visages connus. Il avait lu, dans *Le Figaro* déposé dans sa chambre, que Hillary Clinton serait là. Ségolène Royal aussi, et quelques grandes pédégères comme Indra K. Nooyi, la patronne indienne de Pepsi-Cola. C'était la troisième fois qu'il assurait la logistique électronique du Congrès, et il s'était vite rendu compte que ce rassemblement, qu'il avait perçu au début comme une amusante manif de femmes en manque de reconnaissance médiatique, était une institution. L'incontournable rendez-vous des porte-parole de la cause féminine dans le monde. Une sorte de sommet mondial de la Femme, avec un grand F. Des discours historiques y avaient été prononcés sur la condition des femmes dans les pays musulmans, la lutte pour l'égalité des salaires ou les conséquences d'une victoire féminine à la présidentielle américaine. Pierre se souvenait d'images de Benazir Bhutto ou d'Ingrid Betancourt posant devant le musée du Débarquement. Quelques hommes étaient invités au WAC pour assister aux discours ou pour en prononcer, mais on les voyait plutôt en fin de congrès. Même les journalistes portaient jupon – ou plutôt, à en juger par ce qu'il avait sous les yeux, le tailleur-pantalon de rigueur.

Le WAC était de très loin le plus gros marché remporté par la S3E, qui avait à peine sept ans d'existence. Mais, grâce à cette référence, elle obtenait de plus en plus de contrats à Paris, au point que Pierre envisageait de quitter Marseille. Clara, elle, hurlait à l'idée de « remonter », oubliant qu'elle avait fait une déprime lorsqu'il avait fallu « descendre », quelques années plus tôt. Mais c'était ça, Clara.

Un serveur mal rasé finit par s'approcher.

— Café, monsieur ? Vous voulez autre chose ?

Le ton était sec.

— Non, je suis déjà en retard... Je suis pressé.

— Vous n'êtes pas le seul.

Le serveur prit la tasse de Pierre, y versa du café et la remit sur la table en oubliant de la poser sur sa soucoupe. Le liquide débordait et avait taché la nappe. « Un extra venu de Paris », pensa Pierre, convaincu que les serveurs de province étaient toujours plus aimables que les Parisiens. Mais, là, l'employé semblait avoir des excuses.

— Merci, vous êtes gentil, dit Pierre en faisant glisser un sucre dans son café. Mais dites-moi, que se passe-t-il aujourd'hui à l'hôtel ? J'ai cru voir un blessé sur un brancard tout à l'heure...

Le serveur, déjà en train de s'éloigner, se retourna.

— Vous n'êtes pas au courant ? La chambre 112. Une Suédoise qui a eu un malaise hier après-midi. Le médecin a rappliqué d'urgence hier soir... Il a cru à une allergie et ne l'a pas fait hospitaliser. Erreur de diagnostic, à mon avis. Enfin, ce que j'en dis...

— Et alors ?

— On l'a retrouvée ce matin dans le coma, et dans un sale état, paraît-il. C'était une conservatrice de musée. Une belle plante, je vous en fiche mon billet ! Un peu déjantée quand même : hier midi, elle m'avait demandé un Darjeeling... et quand je suis arrivé avec le thé elle m'a soutenu qu'elle avait commandé un double crème ! Une furieuse ! Pourtant, je m'étais dit que ce serait cool, cette année. Elles sont moins nombreuses que d'habitude, les *superwomen*.

Pierre ne regarda pas le garçon s'éloigner. Il avait déjà saisi son téléphone portable pour lire le SMS arrivé plus tôt, lorsqu'il était sorti de sa chambre. Il provenait de Franck, un ancien collègue, informaticien de formation comme lui, qui travaillait dans une PME d'Aix-en-Provence, et avec qui il jouait au rugby le samedi.

TE PASSE UN FAX. NUMÉRO ?

Lui aussi avait dû essayer en vain de le joindre en direct. Parfois, quand les réseaux étaient limite, les SMS passaient quand même. Pierre appuya, à tout hasard, sur la fonction rappel pour tenter de joindre directement Franck. Bip saccadé, ligne occupée. Il posa son portable sur la nappe blanche et vit le message de l'opérateur s'afficher sur l'écran :

Réseau encombré.

Il tenta le SMS, avec succès cette fois. Franck aurait sa réponse, tant mieux. Le numéro de fax de l'hôtel figurait en bas du menu qui traînait sur la table.

L'informaticien s'extirpa du maelström qui régnait devant la réception de l'*Overlord* et se dirigea vers l'amphi Eisenhower, situé dans l'aile arrière. Il accéléra le pas. Ses techniciens devaient s'inquiéter de son absence. Mais sans doute avaient-ils les mêmes préoccupations que lui. La panne d'Internet. Elle était curieuse. Atypique. Elle lui avait posé des soucis techniques, notamment pour les interventions en duplex. Il avait travaillé jusqu'à deux heures du matin avec Bernard pour mettre au point des solutions. D'où sa panne d'oreiller. Mais Franck... Que pouvait-il avoir de si urgent à lui dire ?

Soudain, à l'entrée du couloir menant à la grande salle, une image le fit s'arrêter net. Devant lui, sur l'un des écrans plats installés pour l'occasion, défilaient des photos de congressistes. Des femmes, toutes, bien sûr. Cinq secondes chacune. Il avait lui-même effectué le réglage du logiciel. Mais il n'avait pas visionné entièrement le contenu. Or, là, au-dessus du message lumineux, en lettres rouges, *Welcome to the WAC*, commun à toutes les images, venait d'apparaître un visage qu'il connaissait. Et depuis longtemps, bien avant que son pedigree ne figure dans les pages « Finances » du *Wall Street Journal*. Il n'avait pourtant pas vu son nom sur le programme. Il s'approcha pour lire le banc-titre sous la photo :

Emma Shannon, invitée d'honneur

— Emma ! Incroyable ! murmura-t-il, en souriant malgré lui.

Il avait connu l'Américaine douze ou treize ans plus tôt dans son premier job, chez Supra Data, à une époque où il travaillait encore à Paris, bien avant de rejoindre la

Canebière. C'était une jeune femme brune et élancée, française par sa mère, et dont le père appartenait au corps diplomatique américain. Elle était jolie, pas à tomber à la renverse, plutôt le genre de fille qu'on trouve belle à force de la regarder. Ses longs cheveux souples, qui descendaient jusqu'au milieu du dos, y étaient pour beaucoup. Ses dents étaient parfaitement blanches et bien alignées comme on sait les faire à Hollywood, ce qui ne les empêchait pas, hélas, de rayer le parquet. Emma Shannon avait grandi dans cinq ou six pays différents, fréquentant les meilleurs lycées, puis elle avait obtenu son diplôme de Harvard avant de venir à Sciences-Po Paris, histoire d'ajouter une ligne originale sur son CV. Chez Supra Data, où elle était restée trois ans, elle avait la réputation d'une commerciale efficace mais peu conciliante, supportant mal les réunions qui commençaient en retard. Se plaignant sans cesse des méthodes de travail des Français. Elle était d'ailleurs retournée s'installer aux États-Unis à la première occasion. À l'époque où Pierre et elle étaient collègues, ils s'étaient déplacés quelquefois ensemble chez des clients et avaient déjeuné en tête à tête cinq ou six fois, sans plus. Le rythme normal d'une camaraderie de façade.

Le coup de maître d'Emma, il ne l'avait découvert que deux ou trois ans plus tard. Miss Shannon était devenue la petite amie de Dan Barett, le fondateur de Controlware – l'homme le plus puissant de la planète informatique, déjà à cette époque. Leur histoire avait commencé en réalité bien plus tôt, sur les bancs de l'université, à la fin des années 1980, et elle s'était interrompue quand Emma était venue en France. Mais, à son retour en Amérique, la liaison avait repris, plus virtuelle que réelle, d'ailleurs. Dans leurs villes, distantes de milliers de kilomètres, les deux amoureux allaient voir le même film à la même heure et se téléphonaient à la sortie pour échanger leurs réactions. Chacun avait bardé son appartement de webcams pour pouvoir prendre le petit déjeuner ou le bain en face de l'autre, en direct. Les mails, les MMS ou les SMS défilaient le jour, la nuit, au lit, dans l'avion. Dans son autobiographie *Mes mémoires (vives),* Barett évoquait d'ailleurs, sans mentionner son nom, ses relations avec Emma. Il y racontait notamment comment, habitant à Boston et fréquentant une femme de San Francisco, il avait utilisé les réseaux numériques pour vivre avec elle à distance.

Ce cordon ombilical technologique s'était sûrement révélé insuffisant, car les pionniers du concubinage virtuel s'étaient à nouveau séparés en 1999, « faute d'afficher les mêmes priorités dans la vie » (ce détail ne figurait pas dans le livre de Barett, mais sur un site Internet non autorisé). Juste après, le patron de Controlware s'était marié avec Amelia Gender, mais la rumeur prétendait qu'il avait fait consigner dans son contrat de mariage le droit de passer, chaque année, un « grand week-end » avec Shannon. Soixante-douze heures de « brainstorming intense » destinées officiellement à permettre aux deux protagonistes de se retrouver pour penser l'avenir du monde, des technologies, de l'homme, etc.

Pierre lut sur le programme qu'Emma était désormais *CEO and co-founder* (présidente et cofondatrice) de Berkings & Shannon. Le nom de la firme ne lui disait rien. Et l'idée lui traversa l'esprit un instant que la petite célébrité d'Emma, qui justifiait sa présence ici, parmi le gratin des *executive women,* provenait moins de ses mérites personnels que de ses relations avec Dan. Une telle réflexion eût sûrement mis en rage la princesse Shannon. La photo, en revanche, collait parfaitement avec le portrait qu'il avait en mémoire. Emma n'avait pas tellement changé en douze ans. Pierre se dit qu'il aurait quand même plaisir à la revoir.

Dans l'amphi, en régie, tout semblait se dérouler normalement. Les cinq techniciens étaient à leur poste. Pierre alla vérifier que les micros et les ordinateurs fonctionnaient bien dans les salles périphériques où les ateliers – les *workshops,* comme disaient ces dames – devaient commencer à 10 heures. Puis il retourna sur la terrasse : la présidente du Chili, Michelle Bachelet, devait y prendre la parole pendant le déjeuner. Deux techniciens s'affairaient pour installer les écrans relais et les haut-parleurs géants.

Soudain, il repensa au fax de Franck. Contenait-il l'explication à la panne de l'Internet ? Depuis qu'il avait débuté dans l'informatique, Pierre en avait vu passer, des incidents, des virus, des bugs... En général, il en comprenait assez rapidement la cause. Ou alors il se faisait mettre au parfum par un copain, un ancien du groupe Doomsday, sa bande de potes, qui, dans les années 1980, s'amusaient à pirater des programmes. Rien de bien méchant, de petites intrusions gentillettes, juste pour montrer qu'ils étaient les plus forts. Quand on le présentait comme un ancien hacker, Pierre protestait d'ailleurs vigoureusement. Comme lui, la plupart de ses copains pirates étaient revenus dans le droit chemin. Ils avaient trouvé des jobs, bien payés, dans les services de recherche des fabricants d'antivirus.

Il se souvenait du virus Slammer, qui, en 2003, avait attaqué le cœur du réseau Internet et infecté, entre autres, la centrale nucléaire Davis-Bess, dans l'Ohio. C'était un de ses amis qui avait trouvé la parade le premier. Internet était aujourd'hui bien protégé. Le réseau était truffé de capteurs qui alertaient les spécialistes dès qu'une anomalie se présentait, un trafic anormalement fort (ou faible), par exemple, sur un site ou un groupe de discussion. Il fallait en principe moins de deux heures aux experts pour identifier le nouveau symptôme et activer les protections. Une attaque, disaient les initiés, ne pouvait faire vraiment mal que si elle était à la fois massive et diffusée très rapidement. En moins de dix minutes, pour être précis. Un cas de figure impossible en théorie. En théorie... Pierre connaissait trop bien l'informatique pour ignorer que, dans ce domaine, les postulats étaient souvent contredits par les faits.

Mais la panne d'aujourd'hui ? Ce qui était inquiétant, outre sa durée, c'était que personne n'en avait encore identifié l'origine. Et la saturation des réseaux de téléphones mobiles ne facilitait pas les échanges entre experts.

Il se dirigea vers la réception. Un fax l'attendait effectivement. Pendant que le réceptionniste s'éloignait du comptoir pour aller le chercher, Pierre jeta un coup d'œil sur l'écran de télévision accroché derrière le comptoir ; sur TF1, un flash spécial s'attardait sur les files d'attente aux comptoirs d'enregistrement de Nice et d'Orly. Un responsable de la SNCF récitait devant les micros une déclaration conseillant aux clients de ne plus réserver de billets sur le site sncf.com. On entendit ensuite la voix grésillante du correspondant de la chaîne à Séoul, joint par téléphone, indiquant que toute la Corée du Sud était privée de communications mobiles et d'Internet depuis quelques heures et que, là-bas, l'incident tournait à la panique.

Effectivement, le fax de Franck concernait la panne d'Internet. C'était un article en anglais, écrit pour l'édition en ligne de *zdnet*, un journal professionnel, et que Franck avait lui-même reçu par fax. Pierre commença à le lire en montant les escaliers, car, cette fois, les ascenseurs étaient bloqués.

Une attaque massive paralyse la colonne vertébrale de l'Internet,
par David Blast et Terry McGuire
zdnet.com
Washington, mardi 11 septembre 2007, 11 h 30.

*Une attaque soigneusement préparée, coordonnée et massive touche depuis 8 h 46 le cœur du réseau Internet. Le FBI a confirmé qu'il s'agissait certainement de ce que les spécialistes appellent un déni de service distribué (*distributed denial of service*). Ce type d'attaque provoque un afflux de données dans les réseaux, jusqu'à aboutir à leur saturation. À la question de savoir d'où vient l'attaque, David Wray, porte-parole du Centre national de protection des infrastructures, a répondu qu'il était trop tôt pour connaître la provenance et les auteurs du méfait. Le FBI a confirmé que dix des treize serveurs primaires s'étaient arrêtés brusquement, tous en même temps, mardi, à 8 h 46. L'attaque s'est renouvelée une heure plus tard et a paralysé un onzième serveur. Ces ordinateurs, appelés serveurs primaires (*root servers*), constituent le véritable centre névralgique d'Internet. En effet, lorsqu'un internaute expé-*

die un courrier électronique ou veut se rendre sur un site, l'adresse qu'il tape (www.cnn.com, par exemple) doit être transcrite en un nombre. Celui-ci, composé de quatre blocs de trois caractères allant de 000 à 255 (par exemple 234.020.123.143) et appelé adresse IP, est la véritable adresse du site. Elle se trouve stockée dans les fameux serveurs primaires, dispersés dans le monde. Ces derniers agissent ainsi comme de gigantesques annuaires que des millions de personnes vont consulter chaque jour.
Une précédente attaque sur les serveurs primaires avait eu lieu en décembre 2000. Amazon, eBay, Yahoo et d'autres grands noms du commerce électronique avaient été bloqués pendant plusieurs heures. Mais, à l'époque, seulement huit serveurs avaient été atteints par le virus et le réseau mondial avait été simplement ralenti.
Le déni de service fait partie des agressions couramment constatées sur Internet, mais l'attaque d'aujourd'hui semble d'une étendue et d'une violence inédites. On craint que les treize serveurs ne soient stoppés ensemble avant qu'une réparation ait pu être effectuée. « Le blocage absolu est une question d'heures, de minutes peut-être, a déclaré Louis Touton, vice-président d'Internet Software Consortium. C'est l'attaque la plus massive que nous ayons connue dans l'histoire de l'Internet. » Plusieurs responsables de sites abritant les serveurs primaires et que nous avons contactés confirment ces propos mais souhaitent garder l'anonymat. L'un d'eux a prononcé le terme de « tsunami informatique ».

Arrivé à son étage, Pierre laissa échapper un juron. Il avait compris ce qui se cachait derrière les quelques termes techniques de l'article : il s'agissait d'un tremblement de terre informatique, d'un tsunami d'un nouveau genre. Internet était la cible d'un virus dévastateur. Une bestiole plus violente et plus coriace que Blaster, Slammer, SoBig et tous leurs clones en circulation ces dernières années.

Le processus était simple. Un virus révolutionnaire, discret dans son approche et capable de s'autodéclencher à une date et à une heure voulues, avait dû être distribué – sans doute par mail – dans des millions de machines. Ce virus avait transformé tous ces ordinateurs anonymes en zombies, en esclaves obéissant aveuglément à un ordre. Et tous les zombies avaient envoyé, à l'instant prévu et simultanément, des requêtes si nombreuses vers les serveurs centraux d'Internet qu'ils avaient fait sauter le système.

Une telle panne paraissait pourtant invraisemblable. Car, au-delà des treize serveurs DNS primaires dont parlait l'article, il existait plusieurs milliers de serveurs dits « miroirs », utilisés en quelque sorte comme des annuaires intermédiaires ; lorsqu'un internaute recherche un site, sa requête ne va pas directement interroger un serveur primaire, elle est traitée par l'un de ces serveurs « miroirs ». Le fait que ceux-ci soient également tombés en panne paraissait incroyable. Par ailleurs, Pierre était persuadé qu'il était quasiment impossible que les fameux treize serveurs primaires cèdent en même temps. Ils étaient tous équipés de systèmes de sécurité qui donnaient l'alerte lorsque le niveau de charge s'élevait trop haut, un peu comme lorsqu'un fleuve menace de déborder. Si ces signaux d'alerte n'avaient pas fonctionné, cela signifiait-il qu'ils avaient été désactivés par une personne travaillant *à l'intérieur* même des locaux où sont stockées les machines ?

L'hypothèse était difficile à avaler. La plupart des serveurs étaient en effet détenus par des universités. En principe, un pirate informatique ne s'attaquait pas à ce type d'organisme. La communauté des hackers jetait volontiers son dévolu sur les grands groupes industriels, les monopoles, ou sur Dan Barett, mais jamais sur les institutions éducatives ni les associations à but non lucratif. Il régnait en son sein une sorte de règle officieuse, un code de bonne conduite de gentlemen-corsaires. On y écoutait Bob Dylan chanter *Quand on choisit de vivre en dehors des lois, il faut aussi choisir d'être honnête.* On admirait Legion of Doom, et le Chaos Computer Club, mais, au fond, on cherchait moins à détruire le monde qu'à montrer comment il pourrait fonctionner mieux. Ce pacte implicite des chevaliers de l'informatique avait-il été rompu ?

Pierre avait l'intuition que l'attaque à laquelle il assistait était non seulement d'une tout autre ampleur que les petites échauffourées électroniques que le monde avait connues jusqu'alors, mais qu'elle visait aussi un objectif bien différent.

En bas de la deuxième page, Franck avait griffonné quelques mots. Dans l'éclairage tamisé du couloir, Pierre avait du mal à déchiffrer les pattes de mouche de son ami. Il entra dans sa chambre et plaça le fax sous la petite lampe halogène du bureau. Il lut alors distinctement :

« Pierre, cette fois, c'est le *Big One.* » *Big One* était souligné de trois traits.

Pierre s'assit sur le lit, sonné. Ce n'était pas possible. Franck exagérait.

Le Big One. Le virus ultime. Celui contre lequel personne ne pouvait rien. Qui ferait voler en éclats les réseaux. Paralyserait les appareils et les installations modernes. Les serveurs des entreprises, les tours de contrôle, les centraux téléphoniques, les PC de sécurité, les installations nucléaires, et... Et Pierre connaissait la suite. Le Big One, c'était la peste numérique, le choléra de la société électronique. L'épidémie virtuelle dont personne ne connaissait l'antidote.

Le vieux cauchemar des informaticiens. Il était en train de se réaliser.

3.

Au commencement était le Verbe.

Le Verbe était Dieu.

Et moi, j'étais le Verbe.

À dix ans, Louis XIV me fascinait. À douze, Napoléon. Les Français faisaient semblant de croire que leur empereur était plus révolutionnaire que leur Roi-Soleil. Mais, pour moi, il n'y avait pas de différence entre les deux souverains. Une seule chose, au fond, m'intéressait : les égaler. M'inscrire, comme eux, dans l'Histoire. C'est pourtant le hasard qui, un jour, m'a mis en présence du secret de leur grandeur. Du secret qui me permettra de graver à jamais la mémoire des hommes. Mieux : de prendre possession de leur mémoire.

Je suis, à ce jour, la seule personne au monde à posséder cette formidable vérité. Si tu m'écoutes jusqu'au bout, toi, ma plus ancienne confidente, tu deviendras la dépositaire d'un mystère colossal, gardé jalousement pendant trois siècles par les rois de France. Des centaines d'hommes sont morts en son nom. Mais il peut désormais en sauver des millions. Cela ne dépend plus que de toi.

Il existe, dans le vocabulaire anglophone, quelques expressions françaises universellement connues. « Rendez-vous », par exemple, pour évoquer les rencontres galantes. « Fiancée », aussi, et « café ». Mais l'expression que je préfère est « Cherchez la femme ». Même les chauffeurs de taxis portoricains de New York la connaissent. Elle est pleine de réalisme. À la source des choses apparaît toujours une femme... Même chez moi – moi dont la vie privée, si sage et si fade, n'a jamais intéressé les médias –, il suffit de trouver « la » femme – toi, en l'occurrence – pour me percer à jour. Tu le sais, maintenant, puisque tu lis ces lignes.

Tout a commencé le 11 septembre 2003, il y aura bientôt deux ans. Une date impossible à oublier. Amelia m'avait reproché de ne pas rester aux États-Unis pour les commémorations de l'attentat du World Trade Center. Un manque de patriotisme, disait-elle. Je crois qu'elle n'a jamais compris ma manière d'aimer mon pays et de le défendre. C'est vrai, je n'apprécie guère les hymnes, les bannières et les petits drapeaux étoilés, ceux que nos compatriotes accrochent sur leurs camping-cars. Ou que les idiots agitent dans les stades. C'est pourquoi je déteste le sport. À l'exception d'un peu de natation et de mon jogging du matin.

Ce matin-là, justement, ce matin où tout a débuté, je courais dans le parc de Versailles. Je ne connais pas de plus belle promenade au monde. Quand on a vu, ici, les premiers rayons du soleil venir réveiller les fontaines, les statues, les arbres centenaires, quand on a vu les premières ombres s'allonger sur le Tapis vert et tracer dans les allées leurs barrières furtives, quand on a vu, le soir, Apollon brûler dans le rouge du couchant, on n'oublie jamais. On revient. L'hiver, dans le silence du hameau de la Reine. L'été, dans le grand bal des touristes sur le parterre du Miroir. Versailles est un aimant. Versailles est une amante. Versailles est une drogue. Même quand mon emploi du temps en France est chargé – il l'est toujours –, je me lève à 5 heures du matin pour glisser mes pas dans ceux du Roi-Soleil.

J'étais descendu, comme toujours à cette époque, dans une suite de l'hôtel Trianon Palace, sous un nom d'emprunt. J'y suis obligé car mon patronyme passe rarement inaperçu, même en France où, pourtant, je peux encore, parfois, circuler incognito. Il faisait frais, et un léger brouillard couvrait le Grand Canal. Je longeai le plan d'eau, à grandes foulées, sur son versant sud.

« Vingt kilomètres à l'heure, tu vas trop vite, ralentis ! »

La voix de synthèse qui me parvenait via l'oreillette sans fil reliée à mes chaussures me signalait la distance parcourue, la vitesse moyenne... et, surtout, le nombre de calories que je brûlais. J'en avais besoin : Amelia, depuis quelques semaines, m'avait mis sous pression. Elle ne ratait pas une occasion de signaler la présence de mes poignées d'amour. Ces derniers temps, dénonçait-elle, j'avais un peu trop souvent sacrifié le jogging et la natation. Elle avait raison.

L'air était beige, tirant sur le rose, saturé d'humidité, exhalant cette odeur d'herbe humide qui n'est ni tout à fait celle de la campagne ni tout à fait celle de la ville. Après dix minutes de course, je passai devant le bassin d'Apollon et, comme toujours, je ne pus m'empêcher d'admirer la silhouette du jeune dieu du Soleil, les rênes à la main, fendant l'eau sur son char tiré par quatre chevaux, entouré d'autant de tritons et de monstres marins. Les sculptures de Tuby, brillant de tous leurs feux dans le levant, en ont fasciné plus d'un. Moi aussi, je te l'avoue, et presque malgré moi.

Je poursuivis au petit trot ma remontée de la Grande Perspective : le Tapis vert, cette longue pelouse taillée au cordeau et bordée de statues ; le bassin de Latone, une gigantesque pièce montée portant, au sommet, la célèbre mère de famille accompagnée de ses enfants, accrochés à ses basques. Et, derrière, les cent marches, puis le château, à contre-jour. Et, partout, l'ombre des rois, des reines, de l'Empereur, celle des arts et des lettres. Quel régal, chaque fois ! Qu'elles me paraissaient loin, la Silicon Valley et ses maisons banales alignées le long de la highway 1, Manhattan et ses bureaux suspendus aux nuages, Boston et ses enclos de matière grise, où j'ai choisi il y a vingt ans d'installer le siège de Controlware... L'Amérique, ses villes sans histoire, ses parcs d'entreprises dont la mémoire tient sur deux disquettes. Ici, dans ces enfilades majestueuses et surannées, je sentais monter en moi le plaisir de pénétrer dans l'Histoire. La grande. Celle de la France, certes, mais, au moment où elle fut celle du monde.

Sur le parterre de Latone, pour faire travailler mes chevilles, je slalomai entre les orangers plantés dans leurs bacs de bois et je repris mon souffle en m'arrêtant devant la statue de l'épouse préférée de Jupiter.

« Assouplissements nuque ! »

La voix de mon coach électronique m'ordonnait d'amorcer une série de petites rotations de la tête destinées à relaxer mes cervicales. Je soigne toujours ces exercices, que tu bâclais quand nous courions ensemble, comme tout ce qui ne te semblait pas immédiatement utile ou efficace. Mon menton traçait dans l'air son dixième cercle et il m'en restait autant à effectuer dans l'autre sens, lorsque je découvris que je n'étais pas seul.

À quelques de mètres de moi, plié en deux, un décamètre d'arpenteur à la main, un homme mesurait le diamètre du bassin des Lézards. Ou plus précisément du bassin nord, puisqu'il existe, sur le parterre de Latone, deux bassins des Lézards, placés à égale distance. L'homme avait une trentaine d'années, il était très grand, d'allure dégingandée, avec un profil aigu et des cheveux blond filasse qui tombaient en mèches rachitiques dans son cou. Je l'observai quelques instants. Comme le bassin était rond, il semblait avoir des difficultés à faire tenir son décamètre dans la position courbe qui convenait. Sa technique m'étonnait : il existe aujourd'hui, tu le sais bien, des manières moins rudimentaires de prendre des mesures. Même en France.

— Hello !

— Bonjour !

Le jeune homme s'était relevé et me dévisageait, intrigué. M'avait-il reconnu ?

— Je peux vous aider ?

— Oui, merci, merci... Vous pouvez me tenir le mètre ? Là, au bout ?

Je m'accroupis en pressant mon pouce sur son long ruban. L'homme, comme je l'apprendrai plus tard, voulait mesurer la distance entre la fontaine de Latone et le pied du bosquet qui longeait l'allée royale côté gauche, et il devait, pour y arriver, traverser le bassin des Lézards.

— Vous êtes l'un des jardiniers du château ? lui demandai-je. Ou un fontainier ?

— Pas vraiment.

— Je peux vous demander ce que vous faites ?

Je l'avais interrogé en anglais. Mon français, certes, a progressé de manière spectaculaire depuis l'université. Je t'entends déjà dire : « Grâce à moi » !... Oui, sans doute, grâce à toi, à nos « heures bleues », ces moments passés à boire du vin après l'amour, où tu me parlais français en prétextant que les mots romantiques te venaient plus naturellement dans cette langue...

En réalité, mon français, pardonne-moi, s'est surtout amélioré grâce au répétiteur que je me suis offert après notre séparation ! Je suis donc à l'aise dans cette langue, mais, tu me connais, je déteste les approximations.

L'arpenteur se releva et répliqua, dans un anglais correct :

— Vous êtes bien curieux... Les Américains sont toujours curieux.

Je ne répondis rien. Le gars me semblait étrange et je n'avais pas l'intention de rester ici des heures. Il soupira avant de satisfaire tout de même ma curiosité.

— Ce que je fais ici ? Cela paraît pourtant évident, non ? Je fais des relevés.

— À la main ?

— Oui.

— Vous êtes restaurateur, peut-être ? Vous mesurez cette margelle avant de la réparer ?

— Elle est en parfait état !

Il m'obligeait à jouer aux devinettes, mais ma patience atteint vite, tu le sais, ses limites. Il s'en rendit compte.

— Je la mesure pour... la mesurer, lâcha-t-il. Comme j'ai mesuré toutes les fontaines, tous les bassins, toutes les allées, tous les bosquets, toutes les statues ! Leur hauteur, leur largeur, la profondeur de leur socle...

Cette fois, je me dis qu'il était dérangé. Tu aurais vu sa tenue ! Jean trop large, baskets poussiéreuses et sweat-shirt noir marqué du slogan « no future », tracé en blanc, à la main, style Ben – cet artiste français que tu m'as fait rencontrer dans une soirée, il y a quelques années. Il avait les joues creuses et ses petits yeux noirs dessinaient deux fentes étroites dans son visage pâle.

— Mais cela a dû vous prendre des semaines !

— Des mois, vous voulez dire. Et je ne fais que commencer.

— Et pourquoi tout ce travail ?

Il ouvrit grands les yeux, comme s'il s'étonnait que je n'aie pas compris depuis le début :

— Pour établir un plan, pardi !

Cette fois, c'est moi qui restai interloqué. Mon interlocuteur jeta un coup d'œil autour de lui avant de souffler, à mi-voix :

— Aussi incroyable que cela paraisse, il n'existe pas de plan des jardins de Versailles.

Il était vraiment dérangé... Pas de plan des jardins ! L'affirmation me paraissait si stupide que je me dispensai d'y répondre. J'en avais tellement vu, de ces plans, dans les guides et les livres sur le château, des croquis dûment commentés, avec l'emplacement des bassins, leur nom, leur signification... Seul un fou pouvait prétendre qu'il n'en existait pas. Au moment où je m'apprêtais à tourner les talons, il me retint.

— Ne partez pas ! Nous ne nous sommes pas présentés... Je suis Bertrand Leroux, architecte-paysagiste. Et vous ?

— Barett. Dan Barett.

— Dan Barett ! dit-il, en observant mon oreillette. Je m'en doutais un peu... Vous n'êtes pas très apprécié en France, n'est-ce pas ? Malgré les milliards de dollars que vous donnez maintenant aux pauvres.

Je n'avais pas envie d'entrer dans ce débat. Les Français – on en a parlé souvent ensemble –, n'apprécient guère les milliardaires. Même lorsqu'ils consacrent leur fortune à lutter contre la misère dans le monde. Dans ce pays, on préfère que ce soit l'État qui aide les pauvres, en prélevant des impôts sur les riches.

Leroux, heureusement, avait changé de sujet.

— Votre oreillette bizarre, là... Elle sert à quoi ?

Je lui tendis l'engin.

— À me transmettre les informations du microprocesseur intégré à mes chaussures. Une pure merveille ! Il m'indique la distance, la vitesse, la puissance, le taux d'acide lactique et...

Leroux détourna le regard, recula de quelques pas et reprit son décamètre, brusquement indifférent à mon propos, à ma présence. Comme s'ils n'étaient qu'un détail, ici, dans le jardin des rois. On n'était pas aux États-Unis... Là-bas, n'importe quel jardinier m'eût déjà fourgué sa carte de visite.

— Vous pensez que je raconte des âneries, n'est-ce pas ? lâcha-t-il soudain. Vous avez raison, il existe des quantités de cartes et de plans des jardins... On en donne même aux touristes à l'entrée. C'est vrai, on n'ignore rien de la façon dont les statues et les bosquets sont disposés, les uns par rapport aux autres. Et il y a

aussi des gravures d'époque, des plans de détail et des plans d'ensemble !

— Mais bon sang, qu'est-ce que vous faites ici, alors ?

Mon oreillette me signalait que j'étais en train de me refroidir.

Cette fois, il reposa son décamètre.

— Ce que vous ignorez, s'enflamma-t-il, c'est que tous ces plans ont été réalisés par des dessinateurs et non des géomètres ! Des artistes, pas des techniciens ! Ou, aujourd'hui, par des gens de marketing ! Chacun s'est amusé à mettre en valeur ce qui lui paraissait important. Les échelles précises ? L'exactitude des lignes ? Pfft ! Vous pouvez oublier ! Tiens, essayez un peu de superposer tous les plans, vous verrez : vous n'obtiendrez jamais une reproduction fidèle des jardins. Mission impossible. Et croyez-moi ! Il n'existe aucun plan détaillé et complet du parc au décimètre près, dans son état actuel.

— Ne me faites pas croire qu'il n'existe pas de photos satellites ! Et quand on a ces photos, le plan est vite établi !

— Sûrement. Mais les conservateurs de Versailles ne l'ont pas fait. Vous pouvez me croire, j'ai fouillé les archives !

— Admettons. Admettons qu'ils n'aient pas établi de plan ou qu'ils ne veuillent pas vous le montrer... Mais vous n'avez pas besoin des conservateurs pour obtenir des photos satellites ! Prenez Shadows Local World, ça suffit. Vous pouvez zoomer sur n'importe quel bosquet, mesurer et...

— Shadows Local World ? Ah ouais... Vous croyez, vous ?

D'un revers de la main, il laissait entendre que ce site Internet développé par Controlware n'avait pour lui aucun intérêt. Curieux peuple que ces Français... Si souvent rétifs aux nouvelles technologies. Surtout quand elles émanent des Américains. Peut-être est-ce là, me disais-je en regardant le jeune homme déplier son décamètre, une manifestation de leur jalousie envers mon pays. Un pays qui leur a volé la fierté qu'il possédaient, la fierté d'être les inspirateurs politiques et culturels du monde. Sacrés Français ! Si prompts à dénoncer notre impérialisme culturel, tout en osant remettre la Légion d'honneur à Steven Spielberg ! Qu'il est loin le temps de l'admiration mutuelle et inconditionnelle entre nos deux pays ! Le temps où le marquis de La Fayette était un héros chez nous. Où Benjamin Franklin était adoré dans les salons parisiens. Où Thomas Jefferson était invité à l'Assemblée constituante...

Je crus qu'il allait me dire que nos images n'étaient pas assez précises ou que les photos satellites ne permettaient pas de mesurer les hauteurs et les volumes. Mais sa réponse gicla, surprenante pour un garçon de son âge.

— Vous savez, dans la vie, souvent, pour obtenir les choses, il faut peiner. Il faut être stakhanoviste. C'est seulement lorsqu'on a travaillé, cherché, transpiré pour les découvrir que les choses apparaissent. Et certaines ne se voient qu'à l'œil nu. Les historiens ne comprennent pas ces choses-là. Ils cherchent à reconstituer la réalité à partir des textes. Nous, les paysagistes, on part du visible, du mesurable, de l'espace réel ! Et tant qu'il restera des choses qui nous intriguent, tant qu'on n'aura pas tout mis à plat, on ne s'arrêtera pas. Mais, bon, là, j'en suis sûr, on a presque fini !

J'insistai :

— Ah bon ? Et qu'est-ce qui vous intrigue ?

Les mains sur les hanches, les jambes tendues, j'avais repris mes assouplissements. Le gars se baissa pour reprendre son décamètre et leva les yeux vers moi.

— Oh ! ce n'est un secret pour personne, fit-il avec une moue désabusée. Les « chameaux ». Ce parc est rempli de « chameaux ».

— Des « chameaux » ? Camels *?*

Il se mit à rire.

— Non, pas les camels, *pas les dromadaires à deux bosses... Non ! Les bosses elles-mêmes ! Les anomalies ! On les appelle comme ça, les bizarreries à l'intérieur d'un ensemble ordonné. Les incohérences, si vous préférez, que nous relevons dans un jardin dont le style est, par ailleurs, harmonieux. Les détails qui jurent, les choses qui ne sont pas en accord avec le reste, vous voyez ? À ce jour, on en a identifié treize.*

Je me retournai vers la façade du château. Les bassins des miroirs, Latone, les Lézards, les marches qui descendent vers la Grande Perspective... Tout cela me semblait justement parfaite-

ment ordonné, proportionné, calculé. Où cet âne de paysagiste pouvait-il avoir repéré des détails qui clochaient ?

— Un jardin comme Versailles n'est pas un jardin, monsieur Barett : c'est un palimpseste ! poursuivit-il en faisant quelques pas en direction du Tapis vert. Versailles est une sorte de parchemin sur lequel diverses interventions se sont, comment dirais-je, sédimentées. À l'origine, il y a eu celles du jardinier de Louis XIII, puis celles de Le Nôtre pour Louis XIV, de loin les plus importantes, et enfin celles de ses successeurs : Hardouin-Mansart, bien sûr, mais aussi, après lui, les paysagistes de Louis XV, de Louis XVI ou de Napoléon. Tous ont voulu mettre leur patte ici !

D'un geste large, il désignait la perspective qui plongeait vers le Grand Canal. Mais où voulait-il en venir ? Quel rapport avec l'histoire des « chameaux » ? Devinant ma perplexité, il retroussa les manches de son sweat-shirt et tendit le bras vers une vague zone, en direction du Tapis vert.

— Vous voyez cette statue et ce vase, là-bas ?

— Euh... oui...

— Et que voyez-vous entre les deux ? Une allée, n'est-ce pas ?

— Oui.

— Eh bien, voilà ! En voilà un, de « chameau » ! À l'époque de Louis XIV et de Le Nôtre, le départ d'une allée était toujours encadré par deux statues. Et pas par un vase et une statue ! À l'origine, l'allée devait donc se trouver plus haut, vous voyez, entre les deux statues, là-bas, là où il n'y a plus rien aujourd'hui !

— Sauf si quelqu'un a bougé les statues entretemps.

Leroux me regarda fixement, visiblement surpris par la vitesse de ma repartie.

— Aucune statue n'a bougé dans l'histoire. C'est l'allée qui a été déplacée..

Je me prenais au jeu.

— Pardonnez-moi, mais je ne comprends toujours pas. Qui a déplacé les allées ? Pour quoi faire ?

Bertrand Leroux posa les mains sur ses hanches.

— Voyez-vous, à l'époque de Louis XVI, on aimait les grandes

diagonales. Alors on a bousculé les bosquets de Louis XIV, reculé les allées, changé les perspectives... Regardez le bosquet du Dauphin, par exemple. Quand Le Nôtre l'a aménagé en 1664, il s'appelait le bosquet Nord. En 1669, on l'a rebaptisé bosquet du Dauphin. Et un siècle plus tard, pour ouvrir une perspective, Louis XVI l'a fait transformer, l'a appelé Quinconce du Nord et les jardiniers ont été obligés de dessiner, en guise d'allée, une sorte de baïonnette, un décroché – bref, ils ont fait un « chameau ».

Je n'y comprenais rien.

— Mais enfin, il existe, le bosquet du Dauphin ! Je le connais, le voilà ! répliquai-je en tendant le bras devant moi, vers ma droite.

— Oui, mais c'est parce que, en 2001, on a, de nouveau, transformé le Quinconce du Nord en bosquet du Dauphin...

Je m'assis sur le bord de la margelle, décontenancé par ce galimatias de géomètre. Quel en était le but ? Un paysagiste, même passionné, pouvait-il sacrifier ses journées à ce travail obsolète d'arpenteur ? Pour cela, il fallait au moins qu'il y ait un enjeu – un enjeu bien plus important que d'établir un plan des jardins plus précis que les précédents.

Je finis par poser la question.

— Mais que voulez-vous prouver à la fin, avec toutes vos mesures ?

Leroux posa les mains sur ses hanches et me fixa.

— Prouver ? Il y a encore beaucoup de choses à prouver, à Versailles, monsieur Barett ! Beaucoup de choses que l'on ne sait pas, sur l'origine des jardins. Versailles, vous savez, est rempli de mystères.

Il s'arrêta pour juger de son effet. Le genre d'attitude, énigmatique et hautaine, qui me met hors de moi.

— Les mystères de Versailles ! Vous me faites rire ! m'exclamai-je en me tournant vers le château. Vous n'allez pas me dire que vous en avez découvert ! Les bureaux des conservateurs sont remplis de thèses sur les mystères de Versailles. Et, sur Internet, ça pullule !

— Internet ! Internet ! Il n'y a pas qu'Internet ! Il y a des choses que les ordinateurs ne peuvent pas voir.

Ce n'est qu'une question de temps, faillis-je ajouter.

Mais Leroux avait poursuivi :

— Vous voyez, là-bas, la façade nord du château ?

— Près de la chambre de la reine ?

— Oui. Autrefois, il y avait un escalier. Il a été découvert en 1983, pendant les travaux de terrassement qui ont précédé la réunion du G7. Avant, il était enterré. Aucun historien, aucun chercheur ne soupçonnait son existence. Sauf moi, ou plutôt mon prof, mon vieux maître de l'école de paysagistes, l'homme qui m'a montré les treize chameaux du parc. Il avait trouvé, uniquement avec son carnet et son décamètre, qu'un escalier avait dû exister sur cette façade nord, un escalier hexagonal. Sans ordinateur, monsieur Barett. Et sans diplôme des Monuments historiques ! C'est peut-être pour ça que personne n'avait voulu le croire...

Leroux observa mon air circonspect et poursuivit, histoire de renforcer son propos :

— Et regardez les façades ! Je suis sûr que vous n'avez jamais rien remarqué. D'ici, cela ne se voit pas. Mais j'ai mesuré. L'aile du Midi, sur votre droite, fait cent soixante-deux mètres et demi. Et l'aile du Nord cent cinquante-neuf mètres et vingt-neuf centimètres ! Pourquoi cette différence, vous l'ignorez, hein ? Ce n'est pas sur Internet qu'on trouve la réponse !

Il m'énervait, et pourtant j'avais envie de l'écouter. J'avais lu beaucoup de thèses sur Versailles, mais ça...

— Le château n'est pas symétrique, monsieur Barett ! Tout simplement ! On l'a tordu, linteau par linteau, pour le caler sur les jardins !

Le paysagiste se laissait maintenant emporter dans une emphase professorale.

— Tout le monde croit que le cœur de Versailles, sa pyramide, son pilier, sa clef de voûte, c'est le château. Vous aussi, non ? Eh bien, c'est un tort ! Le cœur de Versailles, ce n'est pas la demeure du roi, mais ses jardins ! Ici, le jardin est premier, le château n'a fait que s'adapter à lui !

Leroux s'arrêta pour juger de son effet.

— Mais c'est impossible, lui répondis-je, un peu ébranlé quand même. Le château de Louis XIII existait bien avant les jardins de Louis XIV...

— Bien sûr, monsieur Barett ! Effectivement ! Louis XIV a

construit son château en enchâssant le relais de chasse de son père dans une enveloppe de pierre. Mais il a commencé en 1668. À cette date, les travaux dans les jardins avaient débuté depuis six ans.

Leroux arborait maintenant un sourire triomphant.

— Ce jardin est la construction humaine la plus proche de la perfection que je connaisse ! C'est pourquoi je n'aurai de cesse que de tout comprendre de sa construction. Y compris ses anomalies. Et même celle dont personne ne veut entendre parler, et qui ne concerne pas les paysagistes, à vrai dire...

— Ah bon ? Encore un chameau ? lâchai-je.

— Non, je parle du mystère sur lequel tout le monde se casse les dents depuis des siècles ! Celui qui touche le centre de gravité du jardin.

— Vous voulez parler du bassin de Latone ?

Il sourit avec indulgence, comme un prof face à un élève méritant, mais qui commet encore quelques erreurs.

— Monsieur Barett... Vous connaissez bien Versailles, mais pas suffisamment. Vous n'avez pas encore fait assez de joggings ! Latone, monsieur Barett, est l'épicentre du Petit Parc. Le vrai centre de gravité de Versailles, c'est le bassin d'Apollon, au pied du Grand Canal !

Je me retournai vers mon bassin préféré, à une centaine de mètres de là, en contrebas. Le dieu du Soleil, à qui Louis XIV avait tant voulu s'identifier, semblait galoper, hiératique, dans notre direction, tenant ferme les rênes de ses chevaux près de prendre leur envol.

— Et alors ? Il y a une anomalie ? C'est un chameau qui tire le char ?

Mon humour tomba à plat.

— Là, vous m'étonnez, monsieur Barett, fit Leroux du bout des lèvres. Vous ne voyez rien ? N'avez-vous jamais remarqué que le char d'Apollon n'était pas à sa place ?

J'en avais assez de prendre des leçons, mais la curiosité fut encore la plus forte. J'écoutai la suite.

— Le soleil se lève à l'est, derrière le château. Il survole les jardins au-dessus de l'allée royale pour se coucher à l'ouest, à l'extrémité du Gand Canal. Apollon est censé le suivre dans sa

course, puisqu'il est lui-même le Soleil. Or vous voyez bien que son char se dirige d'ouest en est. Il va vers le château quand le soleil s'en éloigne. Lorsque l'astre passe à l'aplomb de son équipage, à midi, il le croise au lieu de l'accompagner.

Le jeune paysagiste insista encore, de peur que je ne comprenne pas.

— Apollon devrait nous tourner le dos ; or il nous regarde !

Je restai sans voix. C'était l'évidence. Une évidence qui m'avait échappé. À moi ! Moi qui avais si souvent longé, contourné, contemplé ce bassin ! Comment n'avais-je pas remarqué cette anomalie ? Dans ces jardins parfaits, dans ce parc qui passait à juste titre pour être le plus beau du monde, Le Nôtre et ses collègues avaient commis une erreur grossière.

Le char d'Apollon était à l'envers !

4.

Le Titanic. Drôle de nom pour un pub, pensa Emma Shannon en entrant dans le bar de l'hôtel *Overlord*. Elle se souvint que le *Titanic* avait fait escale en Normandie, sur sa route vers l'Amérique, juste avant de sombrer. N'empêche. Le Repos du pêcheur ou Aux parapluies de Cherbourg aurait mieux fait l'affaire.

Le décor aussi semblait décalé : éclairage minimal, mobilier vert foncé, boiseries et, sur le mur du fond, un jeu de fléchettes. Même si l'on apercevait par les fenêtres la falaise qui surplombait la mer, l'atmosphère, à l'intérieur au moins, était *typically british*.

— Vous vous demandez pourquoi Le Titanic ? demanda, vaguement moqueur, un jeune homme brun qui avait remarqué le mouvement d'hésitation de la cliente.

Il portait un polo Ralph Lauren et une boucle d'oreille. Il avait le teint bronzé et l'air ténébreux des gens du Sud. À se demander ce qu'il faisait en Normandie.

— Le Titanic ? Pas à cause du film, je sais...

Elle faillit ajouter qu'elle savait que le *Titanic*, comme le *France* ou le *Queen Mary*, avait eu ses attaches au port de Cherbourg, non loin de là. Il y avait d'ailleurs eu une vente aux enchères d'objets du *France* à Cherbourg la semaine précédente : Brad y avait acheté, via Internet, un lot de trois bouées de sauvetage ; 1 800 euros, pour compléter sa collection. Il consacrerait même une pièce entière à cette passion dans leur nouvelle maison.

La passion de la Bourse, la passion des bouées. Des passions d'homme sage.

Emma chassa rapidement les pensées qui la ramenaient à Brad.

— Vous savez, ce n'est pas la première fois que je viens, lâcha-t-elle à l'intention du serveur, tout en se dirigeant, d'un pas pressé, vers le fond de la salle.

Le restaurant était désert. Elle s'arrêta un instant sur la photo d'un superbe paquebot blanc. Le *France*, justement. À côté de lui, le *Queen Mary*. Emma les observa avec émotion. L'image de sa mère se superposa à celle du bateau. Anne-Laure adorait les croisières. Elles étaient allées ensemble visiter le chantier du *Queen Mary II* à Saint-Nazaire. Rebecca les accompagnait. C'était peu de temps avant l'accident de voiture. Leur dernier voyage ensemble...

Mais tout cela appartenait au passé.

Emma aperçut Valérie Perrier qui l'attendait, attablée tout au fond du pub. Elle aussi lui rappelait une époque révolue. Elles s'étaient pourtant croisées régulièrement depuis Sciences-Po. Les femmes leaders n'étaient pas légion, et elle se connaissaient toutes ; dans les clubs, les colloques et les manifestations internationales où il fallait promouvoir des femmes, on retrouvait toujours, pour représenter la France, les mêmes têtes. Valérie avait suivi la voie royale : elle était sortie de l'ENA et avait fait carrière dans les cabinets des gouvernements de gauche. Elle était aujourd'hui directeur de cabinet (dircab, comme elle disait) du ministre de l'Industrie. Sûrement le dernier marchepied avant une carrière politique personnelle.

— Bonsoir, Emma, dit-elle en lui picorant les joues, bouche serrée pour ne pas étaler son rouge à lèvres.

Emma lut sur le visage de Valérie la même inquiétude que celle qui l'habitait depuis quelques heures.

— J'imagine que tu sais, commença la jeune politicienne.

— Tu veux dire pour...

— Oui, pour Kathrin Strandberg, tu es au courant ?

Emma avait d'abord cru qu'elle parlait des problèmes d'Internet. Non, Valérie évoquait l'accident survenu à la conservatrice suédoise. Emma ne la connaissait pas personnellement, mais le nom lui paraissait familier. Elle avait sans doute croisé Strandberg dans une autre manifestation du même genre.

— Elle a été transportée ce matin par les pompiers après être tombée dans le coma, c'est ça ? Et elle n'en est pas sortie depuis ? demanda Emma en s'asseyant en face de sa collègue de séminaire, près d'une fenêtre faisant face à la mer.

— C'est beaucoup plus grave. Elle est morte juste avant d'arriver à l'hôpital.

— Quoi ?

Emma, interloquée, mit quelques instants à se ressaisir.

— Mon Dieu, Valérie ! Tu es sûre ? Je ne savais pas... Je n'ai pas vraiment eu le temps de papoter aujourd'hui. J'ai animé deux *workshops*, un ce matin et un autre en début d'après-midi, ensuite, je suis allée nager, mais c'est...

Valérie saisit son verre de Coca Light qu'elle fit tourner lentement dans sa main, sur la table.

— Je n'arrive pas à y croire, à cette histoire sordide...

— Tu veux parler de cette allergie à la mélatonine ? demanda Emma. J'ai connu, il y a quelques années, une personne brusquement décédée d'une allergie à la novocaïne. Mais elle était âgée et souffrait d'asthme.

Valérie soupira.

— Attends, tu ne sais pas tout. Je ne te parle pas de l'allergie. D'ailleurs, en soi, déjà, ce diagnostic m'avait paru bizarre : j'étais au *workshop* que Kathrin animait en début d'après-midi, et on voyait bien que quelque chose n'allait pas : elle était vraiment à côté de ses pompes. Elle s'arrêtait en plein milieu d'une phrase et nous regardait comme si elle ne savait plus où elle était et qui nous étions... Elle n'a même pas pu finir son speech. Elle bredouillait, elle mélangeait ses fiches, c'est pour cela qu'ils ont fini par appeler le médecin. Mais le pire, c'est ce qui s'est passé après.

— Après ? Que veux-tu dire ?

— Je pense à ce qui s'est passé cette nuit...

Valérie s'interrompit pour avaler une gorgée de Coca Light puis sortit une cigarette du paquet qu'elle avait posé sur la table. Elle ne l'alluma pas.

— J'ai arrêté de fumer pendant les vacances, mais je ne sais pas si je vais pouvoir tenir. J'ai toujours un paquet avec moi, ça me rassure.

Drôle de manière d'éviter les tentations, jugea l'Américaine, qui commençait à s'impatienter.

— Alors, de quoi voulais-tu parler ?

— Bonsoir, madame, vous désirez quelque chose pour commencer ?

Le serveur avait interrompu Emma, qui lui répondit sèchement, en le regardant à peine :

— Oui, un Perrier, s'il vous plaît, merci.

Valérie remit sa cigarette dans le paquet et attendit que le serveur se soit éloigné pour lâcher à voix basse :

— Garde ce que je vais te dire pour toi, puisque apparemment tout cela n'a pas trop filtré. Il ne faut pas que le congrès tourne à la panique. Mais on a de bonnes raisons de penser que Kathrin Strandberg a été assassinée.

Emma sursauta. Son amie n'était pas du genre à affabuler ni à véhiculer des rumeurs.

— Assassinée ? Tu veux donc dire que l'allergie n'était pas...

— Pas naturelle, non.

— Une sorte d'empoisonnement ?

— Exactement. Quand le médecin est venu voir Kathrin hier soir, comme elle n'avait pas avalé grand-chose de la journée – du thé, des Krisprolls, et ce médicament contre le *jetlag* –, il en a déduit que c'était la mélatonine qui l'avait rendue malade. Il l'a examinée, lui a fait une piqûre antiallergique et est reparti. Mais il s'est passé quelque chose pendant la nuit.

Valérie baissa la voix.

— Quand Christelle Loric est venue prendre de ses nouvelles, vers 7 heures et demie ce matin, Kathrin n'a pas répondu. La femme de chambre a ouvert la porte avec son pass. Kathrin était allongée par terre. Les manches de son peignoir avaient été arrachées. Ses bras et ses jambes n'étaient plus que des lambeaux de chair en sang.

— Quoi ?

— Oui, comme si quelqu'un avait consciencieusement lacéré ses membres avec des pointes..., avec un gant hérissé de pointes. Le reste du corps était intact.

— Et elle n'était pas morte ?

— Non, je te l'ai dit, elle est décédée en arrivant au CHU de Caen.

Emma détourna le regard vers l'entrée du restaurant en essayant de contrôler le malaise qu'elle ressentait.

— Les médecins pensent qu'elle était déjà dans le coma quand elle a été torturée.

— Mais c'est monstrueux ! s'écria Emma. C'est épouvantable ! On sait qui a... ?

Valérie lui fit signe de baisser la voix.

— Évidemment non. Cela dit, les médecins affirment que, techniquement, c'est bien cette allergie foudroyante qui l'a tuée.

— Une allergie à la mélatonine... J'ai quand même du mal à y croire ! C'est un médicament complètement inoffensif, non ?

— Je n'en suis pas si sûre. Ils font passer en ce moment un mot dans les chambres pour avertir toutes les clientes qui auraient pris un médicament du même genre. Au fait, Emma, tu en as pris, toi ?

— Non. Je suis depuis plus d'une semaine en Europe, et je n'ai pas eu de problème de sommeil. Mais j'en prends systématiquement quand je vais à Pékin. Et toi ?

— J'arrive de Paris, tu sais.

— Pardon, je suis idiote.

— Cela dit, j'aurais peut-être dû ! Tous ces problèmes avec Internet et le téléphone, c'est hyperstressant... Et toi, comment tu t'en sors, avec ta famille aux États-Unis ? Tu as réussi à joindre ton mari depuis hier ?

— Non. Mais Brad sait que je dois passer le week-end dans la région avec Rebecca et que je ne pars que lundi. D'ici là, le mail, le téléphone et les liaisons aériennes seront sûrement rétablis.

— Moi je ne peux même pas faire venir un hélico de Paris... Tout le parc est pris d'assaut par les ministres.

Valérie, qui portait les cheveux courts avec une longue mèche balayée sur le front, avait les traits tirés ; son maquillage dissimulait mal la fatigue et l'inquiétude. Emma se souvint de la description assassine qu'avait faite du WAC, lors d'un dîner à Washington, un journaliste français bien connu : « Une meute de femmes d'affaires, à moitié coiffées et le rouge à lèvres de travers. » Il est vrai que le présentateur en question était marié avec une actrice qui utilisait la silicone comme d'autres le crayon anticernes et passait deux heures devant sa glace tous les matins. Une *vraie* femme, elle... Pour des gens de son cercle – les figures du boulevard Saint-Germain –, la planète féminine se divisait en deux populations : les *vraies* femmes, qui prenaient soin d'elles, et les autres, qui jouaient aux hommes. Le défenseur de la féminité aurait été surpris de trouver à Arromanches, chez toutes ces intellectuelles censées ignorer la coquetterie, une majorité de peaux botoxées, de chevelures colorées et de muscles étirés par des coachs de gym à domicile. Dans sa combinaison pantalon, au milieu de ces tailleurs stricts Gucci ou Vuitton, Emma se sentait décalée. Elle avait l'impression de représenter l'Équateur ou le Botswana lors de la cérémonie d'ouverture des Jeux olympiques.

— Et avec tout ça, le Net en panne..., reprit Valérie, d'une voix plus forte.

Sur ce sujet, Emma s'efforça d'adopter un ton rassurant. Elle ressentait la même inquiétude que sa compagne mais n'en voulait rien laisser paraître.

— Les informaticiens sont à l'œuvre. Ils vont trouver la parade. On trouve toujours la parade dans ce métier.

Cette panne est un peu plus longue que d'habitude, c'est tout.

L'image de Kathrin Strandberg, déchiquetée, lui donnait la nausée.

— Je souhaite que tu aies raison, conclut la directrice de cabinet. Bon, que prends-tu ? enchaîna-t-elle en ramenant d'une main décidée sa mèche en arrière et en ouvrant la carte de l'autre.

Le beau brun s'approcha de la table.

— Bonsoir, mesdames. Vous avez choisi ? Puis-je vous conseiller le plat du jour ? C'est un cabri au lait.

Elles se regardèrent, indécises : fallait-il rire au jeu de mots ? Le jeune homme insista, vexé :

— Du cabri. C'est une spécialité corse.

Il avait prononcé le mot « corse » en allongeant démesurément le « o », en enfant du pays. Il semblait vraiment s'offusquer de leur hésitation.

— Je n'ai pas très faim, dit Emma.

— Emma, il faut manger.

— On en prend un pour deux ?

— Va.

— Ces dames sont au régime ?

Ni Valérie ni Emma n'eurent envie de répondre.

— Vous nous mettrez aussi une bouteille d'eau, avec des bulles. San Pé, vous avez ?

— Orezza, corrigea le serveur.

— Si vous voulez.

— Vous ne le regretterez pas, rétorqua-t-il. C'est la meilleure eau du monde.

Emma le regarda s'éloigner et se pencha vers Valérie.

— Un serveur corse... De l'eau minérale corse... au beau milieu de la Normandie ! Je ne te dis pas à qui doit appartenir l'hôtel.

Elle tentait d'évacuer le spectre de Kathrin. Mais Valérie, comme si elle avait attendu la remarque d'Emma pour exprimer le fond de sa pensée, souffla :

— Ils ont des coutumes violentes, là-bas. Et si c'était lui qui... ?

Emma leva les yeux au ciel.

— Arrête, Valérie ! Ne dis pas n'importe quoi ! Nous sommes toutes sur les nerfs... Ce qui s'est passé est atroce, mais tu ne peux pas balancer des choses pareilles !

Valérie fit un effort pour changer de sujet.

— Je ne sais pas si tu as écouté mon topo cet après-midi.

— Tu animais un atelier sur le microcrédit, c'est ça ? Non, je n'ai pas pu y aller. Tu sais bien, j'en dirigeais un sur les perspectives de l'informatique.

Valérie continua sur sa lancée.

— Ce système de petits crédits marche du feu de Dieu. Je suis d'autant plus à l'aise pour te le dire que je n'y croyais pas du tout, au début. Tu verrais les chiffres ! En Afrique, en Amérique latine, c'est la même chose : dès qu'un projet est monté par une femme, le taux d'échec est divisé par trois.

Emma savait où son interlocutrice voulait en venir. Elles en avaient déjà parlé lors d'une pause-café. Elle avait besoin de relais dans la communauté américaine, de gens bien placés pour faire avancer ses dossiers auprès de la Banque mondiale ou de l'Union européenne.

— O.K. sur le principe, dit-elle en ébauchant un sourire. Et alors, *next step* ? Que veux-tu que je fasse en rentrant à Frisco ?

Au moment où elle prononçait les mots *next step*, elle s'aperçut qu'elle avait pensé le reste de sa phrase en français. À chaque séjour dans l'Hexagone, c'était la même chose : au bout de quelques jours, parfois quelques heures, son inconscient se connectait spontanément sur la langue de sa mère.

Valérie paraissait surprise.

— Je ne croyais pas que tu accepterais aussi facilement, dit-elle.

Le serveur revint avec deux assiettes garnies, les posa devant elles et resta planté près de la table. Les deux femmes levèrent les yeux vers lui, intriguées. Il y eut un long silence. Le Corse ménageait ses effets.

— La discothèque sera ouverte ce soir, exceptionnellement, à partir de 22 h 30, annonça-t-il avec emphase.

L'information tomba à plat. Aucune des deux femmes n'était d'humeur à aller danser. L'hôtel, lui, cherchait sûrement à faire oublier les événements. Valérie attendit que le garçon se soit éloigné.

— Je viens tous les ans, je ne savais même pas qu'il y avait une boîte ici. Comme on est toujours entre femmes...

Emma ne répondit pas. Il y avait bien quelques hommes. Le jour de son arrivée, après avoir cru apercevoir Pierre Chavannes dans le hall, elle s'était renseignée. L'ancien commercial de Supra Data était le patron de la société qui assurait la vidéo et la sono. Mais elle n'avait pas essayé de le joindre.

La vieille gêne était toujours présente.

— S'ils espèrent que Ségo ou Hillary iront se défouler sur la piste ! railla Valérie.

— Hillary Clinton sera là, finalement ?

— Non, de toute façon. Vu la situation, elle a annulé. Et elle n'est pas la seule.

Elle baissa la voix. À la table voisine, un trio de congressistes françaises arrivées en même temps qu'elles parlaient fort en grignotant de la salade et des grains de maïs. Emma se dit que le nombre de calories qu'elles dépensaient à mastiquer et à gesticuler était supérieur à celui qu'elles avaient dans leurs assiettes.

— La stratégie du flamant rose ? Jamais entendu parler ! s'exclama la plus âgée, assez fort pour que tout le monde en profite.

— Mais si, souviens-toi ! s'énervait sa voisine, un sosie de Juliette Gréco, dont le visage était mangé par de grosses lunettes. C'était la thèse de son livre, une sorte d'« histoire naturelle de la séduction »...

— Et alors, c'est quoi, la stratégie du flamant rose ?

— Il n'y a pas de différence entre le flamant rose qui déclare sa flamme *en rose* à la femelle et un mec en rut qui offre un bouquet de fleurs à la nana qu'il drague. C'est phallique, les fleurs... et c'est plein de couleurs. Chez les caméléons mâles aussi, c'est le plus rouge qui gagne. Bref, tu vois, la crevette, le lapin et l'homme, c'est pareil ! Ils utilisent les mêmes astuces chimiques pour séduire et...

La fin de l'argumentation se perdit dans le brouhaha provoqué par l'irruption d'un groupe de touristes canadiens. Emma regarda Valérie et devina qu'elle pensait la même chose qu'elle. En voilà qui visiblement n'avaient pas regardé les informations à la télé ni entendu parler de mélatonine.

Les pipelettes quittèrent le pub à 21 heures pour, avait lancé l'une d'elles, ne pas manquer le coucher de soleil sur la plage. Valérie et Emma, elles, discutèrent encore une bonne heure. L'Américaine attirait les confidences et sa voisine ne se fit pas prier pour lui raconter ses déboires sentimentaux. Depuis qu'elle était séparée de son mari, elle avait le temps de se consacrer à sa carrière et à ses causes humanitaires, mais, côté affectif, c'était le désert. Un grand classique chez les femmes de son milieu. Emma apprécia la chance qu'elle avait : Bradley y constituait un centre de gravité dans sa vie, un refuge, un port d'attache. Quoique... Elle repensa à la discussion qu'ils avaient eue, juste avant son départ. Elle lui avait parlé de son envie d'avoir un enfant avant qu'il ne soit trop tard. Bradley, qui avait eu un garçon et une fille d'un précédent mariage, ne tenait pas à « retomber dans les couches », comme il disait. Pendant des années, la perspective de ne pas fonder une famille avec lui n'avait pas dérangé Emma. Après tout, elle avait Rebecca, et, même si elle ne l'avait pas vue grandir, elles avaient aujourd'hui de vraies relations mère-fille.

Et puis, six mois plus tôt, son horloge biologique l'avait rattrapée. Elle en avait parlé à Bradley, qui avait paru peiné qu'elle envisage de bouleverser leurs habitudes. Il avait promis de réfléchir. Elle n'était pas revenue à la charge jusqu'à ce jour.

— Emma, *baby*, tu as trente-huit ans : ne crois-tu pas qu'il est un peu tard ? avait-il insinué, le regard fuyant.

Au moment de quitter le bar, Valérie voulut aller jeter

un coup d'œil à la discothèque. Un terme plutôt flatteur pour qualifier cette petite salle aux fenêtres aveugles, entourée de canapés et d'une demi-douzaine de tables basses, avec, au centre, une piste de danse et, au plafond, trois spots et une boule stroboscopique. Une trentaine de clients, hommes et femmes, assis en grappes, discutaient en faisant de grands gestes.

Les deux femmes allaient repartir lorsqu'une voix les arrêta :

— Emma ! Par ici !

5.

Pierre Chavannes s'avançait vers Emma et Valérie, sourire aux lèvres. Du fond de la salle, il venait d'apercevoir son ancienne collègue, un peu détonnante dans sa combinaison sombre à col Mao, une sorte d'habit d'astronaute qui donnait du relief à ses épaules et amincissait sa taille. Le vert du tissu était assorti à son regard, luisant sous le reflet des spots. Elle avait rassemblé ses cheveux auburn, toujours étonnamment longs pour une femme de son âge, en une tresse épaisse. Elle avait de fines rides au coin des yeux, et l'ovale de son visage était moins net qu'autrefois. Quelques batailles perdues contre la loi de la gravité... Mais elle était loin d'avoir perdu la guerre.

Emma l'embrassa sur les joues en s'efforçant de rester naturelle.

— J'avais vu ton nom sur le programme, dit Pierre, mais je n'ai pas osé t'appeler.

— Tu aurais dû !

— Tu es une star, maintenant...

— Arrête de te moquer !

Avec lui, elle avait toujours eu du mal à distinguer les railleries des compliments. Cette incertitude alimentait le malaise qu'elle avait souvent ressenti en sa présence. Elle l'avait toujours trouvé beau gosse, mais un peu « brut de décoffrage », comme disait sa mère en parlant des provinciaux ; vaguement macho, il ne ménageait pas ses critiques vis-à-vis des femmes, pour peu qu'elles lui fassent concurrence ; il avait la réputation de dire aux gens ce qu'il pensait d'eux, mais Emma s'était toujours demandé si c'était par maladresse ou par franchise.

— Viens t'asseoir cinq minutes, Emma, je vais te présenter.

Elle hésita. Difficile de refuser. Valérie en profita pour s'éclipser en lui faisant un petit clin d'œil.

— Pas longtemps, alors, fit Emma en adressant un signe de la main à Valérie, qui s'éloignait déjà. J'ai encore le *jetlag* dans les jambes, mentit-elle.

— Tu n'as donc pas pris de mélatonine ! lança Pierre. Quelle chance !

Emma n'eut pas la possibilité de répondre. Pierre s'était déjà éloigné et le son de la musique couvrait les voix. Elle se fit violence pour le suivre. Elle n'aimait pas les boîtes. Chaque fois qu'elle y accompagnait des amis, c'était la corvée. Au bout d'une heure, elle en avait assez de ce brouhaha rempli de vide, de parfum et de sueur, de ces rires forcés qui faisaient concurrence aux sonneries des portables, des cliquetis de verres et de bracelets Hermès, des sourires contrefaits et des phrases toutes faites que personne n'écoutait.

Tandis que Pierre lui débitait les noms de ses compagnons, des hommes qui travaillaient avec lui et des femmes qu'il semblait moins bien connaître – Emma reconnut deux assistantes du WAC –, elle l'observait. Il n'avait pas changé. Toujours ce faux air de Russell Crowe.

Son visage s'était creusé et les rides autour de sa bouche étaient plus marquées. Mais il avait gardé ces yeux noisette, pétillants derrière ses lunettes de myope, ces cheveux noirs dont il avait du mal à domestiquer les grandes mèches, et cette manière un peu gauche de se balancer d'une jambe sur l'autre, comme s'il était embarrassé par sa grande carcasse. Du charme, incontestablement, malgré son air un peu coincé. Contrairement à son modèle, il n'avait rien d'un *bad boy*.

Heureusement qu'il ignorait tout de son rêve.

Elle crut un instant qu'il allait la présenter comme l'ancienne petite amie de Dan Barett ; il en était bien capable.

— Tu sais ce qui se passe vraiment ? demanda-t-elle, histoire de placer la conversation sur un autre terrain.

Pierre ne lui apprit rien de nouveau. La conversation – ou ce qui en tenait lieu, vu le bruit – s'engagea sur les systèmes de sécurité du réseau et dériva, quelques minutes plus tard, sans qu'Emma sache trop pourquoi, sur la sexualité des Normands. Les techniciens blaguaient avec leurs voisines. Une documentaliste du WAC, passablement éméchée, se penchait sur l'épaule de Pierre, qui tapotait sur son Palm Pilot et semblait avoir oublié sa présence. Emma s'ennuyait ferme et s'apprêtait à partir lorsqu'un moustachu baraqué dont on entendait les blagues grasses malgré la musique invita une des assistantes à danser. Aussitôt, son voisin de gauche – un homme d'une cinquantaine d'années, menton fuyant, lunettes épaisses – lui proposa de les imiter. En principe, l'Américaine refusait ce genre de proposition, car elle dansait mal. Mais, là, à sa propre surprise, elle suivit son partenaire.

Ils enchaînèrent trois rocks sur un best of des *sixties* sans doute adapté à la clientèle. De temps en temps, Emma jetait un coup d'œil à Pierre, qui gigotait contre la jeune documentaliste en jupe à volants. La fille ne le lâchait pas d'une semelle, minaudait et se blottissait contre lui. Il la repoussait en riant. Lorsqu'il se dirigea vers Emma, qui regagnait sa place, pour l'inviter à son tour, elle se dit qu'il cherchait surtout à fuir son admiratrice exaltée.

Mais elle le suivit. Elle avait dansé avec Pierre autrefois et n'en avait pas gardé un mauvais souvenir. Elle se souvenait même de leur débauche d'énergie, lors de ce séminaire de Supra Data, à Marrakech, l'année précédant son départ pour les États-Unis. C'était d'ailleurs en revenant qu'elle avait fait ce fameux rêve.

Emma ne rêvait jamais. Ou plutôt, puisqu'il est avéré que tous les humains rêvent, elle ne s'en souvenait pas.

Elle enviait les gens qui pouvaient raconter, au petit matin, des histoires loufoques ou les cauchemars dont ils sortaient avec soulagement et qui, par contraste, leur faisaient apprécier leur bonheur de vivre. À Sciences-Po, où elle avait suivi des cours de psycho en auditeur libre, la séance sur les rêves l'avait retournée. Elle s'était sentie injustement pénalisée par ce manque.

Et puis, un jour, elle avait rêvé. Une fois. Une seule, en trente-huit ans ! C'était en 1993 ou 1994. Elle avait tout essayé, ensuite, pour renouveler l'expérience, afin de relativiser la portée de ce rêve « premier ». Comme le conseillent les psys, elle avait placé un petit carnet et un crayon en évidence sur sa table de chevet pour noter ses pensées lorsqu'elle se réveillerait, entre deux cycles de sommeil. En vain. Elle avait aussi programmé son réveille-matin au milieu de la nuit, un jour, à 2 heures, puis le lendemain à 3 heures, dans l'espoir de reprendre conscience en cours de cycle et d'accéder ainsi plus facilement à son inconscient. Deuxième échec.

Elle n'avait donc rêvé qu'une fois dans sa vie. Mais quel rêve ! Chaque fois qu'elle y pensait, elle rougissait comme un Suédois à son premier jour de plage. Elle se le remémorait avec une inavouable netteté non sous la forme d'un déroulement continu comme dans les films où, au moment de l'accident, le héros voit sa vie défiler dans sa tête. Non, plutôt sous la forme d'une série d'images fixes, mal cadencées, mais très précises.

Elle dort dans un sac de couchage, à flanc de colline. Autour d'elle, des dizaines de corps, jeunes ou vieux, tous enroulés dans des sacs identiques, éparpillés sur le gazon vert pomme. Sans doute des gens avec qui elle voyage. Elle est couchée sur le dos, elle regarde le ciel, il s'éclaire, c'est l'heure bleue. Soudain, elle se rend compte qu'un homme s'est glissé dans son duvet. Il est sur elle. Il entre en elle. Son ventre, sa poitrine, toute sa chair s'enflamment, jusqu'à la pointe de ses orteils. Il parle sans remuer les lèvres, elle ne comprend pas ce qu'il dit. Son visage plane au-dessus d'elle, comme étranger aux mouvements de ses hanches. Elle glisse sa tête contre le cou protecteur, respire son épaule, se noie dans son creux. Il empoigne ses cheveux sur la nuque et lui tire la tête en arrière pour l'embrasser à pleine bouche. C'est alors qu'elle réalise qu'ils ne sont pas seuls : son fiancé est là aussi, quelque part sur la pelouse, ainsi que son amie à lui, et tous ces inconnus qui font peut-être semblant de dormir ! Quelqu'un va les voir, c'est inévitable. Elle proteste, mais, en même temps, elle ne peut s'arracher à son extase. La sensation est si violente qu'elle se réveille en sueur, désemparée...

On ne commande pas ses rêves, on ne les maîtrise pas. On en choisit encore moins le casting. Sans doute son partenaire aurait-il pu être moins avenant, mais, tout de même, pourquoi Pierre Chavannes ? Pourquoi Pierre était-il apparu dans ce rêve ? Elle le connaissait à peine et ne le fréquentait que par obligation. Lui ne cessait de prendre ses distances et de montrer qu'il ne l'aimait guère. Entre eux, comme aurait dit Valérie, il n'y avait pas le *fit*. Si ce genre d'escapade érotique inconsciente ne devait arriver qu'une fois dans son existence, elle aurait préféré y retrouver Hugh Grant, Robert Redford ou... Russell Crowe. Le vrai. Tant qu'à faire. Et si elle devait choisir dans son entourage, plutôt quelques beaux gosses avec qui le courant passait bien ou qui, au bureau, la draguaient avec constance.

L'incident n'avait pas facilité la coexistence chez Supra Data. Si encore elle avait rêvé régulièrement, comme tout le monde, ce rêve n'aurait eu aucune importance ! Mais là... Lorsqu'elle se retrouvait avec Pierre chez un client ou dans une réunion, elle se sentait en position d'infériorité. Elle maudissait son inconscient de l'avoir enfermée dans ce sac de couchage. Quelques mois plus tard, par chance, elle avait pu partir aux États-Unis, et les occasions de pester contre la partie obscure de son cerveau étaient devenues plus rares. Les images gênantes ne lui revenaient à l'esprit qu'au détour d'une conversation, de la lecture d'un roman, ou lorsqu'une personne évoquait ses propres songes. Mais les moindres détails de la scène – cela l'agaçait – semblaient archivés à jamais dans sa mémoire.

— J'aime bien danser avec toi, lâcha Pierre en lui serrant le poignet.

Cela faisait une demi-heure qu'ils enchaînaient des rocks. Pierre disait sûrement la vérité. C'était l'avantage avec lui : il se forçait rarement à faire des compliments.

— Pourtant, je n'ai pas le rythme dans la peau, répondit Emma.

— Pourquoi dis-tu ça ? Je trouve que ça passe bien.

Un slow commençait. Il regarda autour de lui, les couples étaient déjà formés. Son admiratrice avait dû aller se coucher ou trouver une autre victime plus coopérative. Pierre se tourna vers Emma.

— On n'a pas le choix, on dirait.

Elle faillit répondre qu'ils avaient toujours le choix de ne pas danser. Mais pourquoi bouder son plaisir ? Les premiers accords de *You're Beautiful*, le tube qui avait rendu James Blunt célèbre deux ans plus tôt, résonnaient sur la piste. Et Pierre lui semblait moins distant qu'autrefois. Leurs corps se touchaient, s'approchant spontanément, naturellement, comme s'ils se reconnaissaient. « Les corps ne mentent pas », pensa Emma, reprenant la maxime préférée de son ancien professeur de psycho.

L'informaticien, lui, ne se posait pas de questions. Il se laissait aller au rythme de la musique. Sa partenaire était grande, agréable à regarder, ses cheveux sentaient bon, elle avait la taille fine, bref, il trouvait le moment agréable. Il connaissait finalement peu de chose d'elle, mais c'était bien ainsi. Elle n'était pas pour lui, de toute façon. Il lui revint ce souvenir, curieusement, une conversation qu'il avait eue avec un collègue le jour où il avait appris qu'Emma partait travailler aux États-Unis et qu'elle allait s'y marier. Elle avait annoncé la nouvelle au bureau. Lui était absent. Mais il se revoyait encore sur l'esplanade de la Défense, au moment où ce copain, Jacques, lui rapportait l'info.

— Au fait, tu sais ? Emma Shannon part aux US. Elle se marie là-bas.

— Ah oui ? C'est qui, son mari ?

— Un certain Bradley Spits, un banquier.

— Il a de la chance, ce type-là.

Pierre en était resté là. Puis il avait évacué Emma de son esprit.

Ils dansèrent encore, jusqu'à minuit et demi, le plus souvent ensemble, n'échangeant que des bribes de paroles.

— Alors, tu ne rêves plus d'entrer à la NASA ? Mais sais-tu au moins que tu pourras bientôt jouer, pour de vrai, les touristes en orbite autour de la Terre ? demanda Emma.

Apparemment, elle se souvenait qu'à l'époque où ils travaillaient ensemble la conquête de l'espace le passionnait presque autant que les débuts d'Internet.

— Je sais, mais c'est un peu cher pour moi. Deux cent mille dollars la place, c'est ça ?

— Allez, tu gagnes bien ta vie, non ? Il paraît que toute la technique, ici, c'est toi ! Tu as créé ta boîte, alors ?

— Non, c'était celle de mon frère à l'origine. Quand il est tombé malade, je suis descendu à Marseille pour lui donner un coup de main. Et puis j'y suis resté.

— Tu t'occupes du commercial ?

— De tout. Tu sais, dans une petite boîte, il faut être partout à la fois.

Quand elle l'avertit qu'elle rentrait se coucher, il répondit qu'il partait, lui aussi.

Dehors, seul le clapotis de la mer troublait le silence. Emma et Pierre marchèrent côte à côte, dans l'allée gravillonnée, sur une trentaine de mètres, avant de constater qu'ils n'étaient pas logés dans le même bâtiment. Ils se sépareraient juste après l'arche qui marquait l'entrée de l'aile sud de l'hôtel.

Emma sentit son cœur se serrer. Plus tard, Pierre lui dirait qu'il avait bien imaginé lui voler un baiser sous l'arche mais qu'il y avait renoncé. La probabilité de se « prendre une claque » lui avait semblé trop forte.

— C'est ici que nos chemins se décroisent, lança-t-elle avec une gaieté feinte.

Ils s'embrassèrent quatre fois, sur les joues.

6.

J'ai toujours adoré déchiffrer les énigmes. À trois ans, j'avais appris à lire tout seul. À cinq, je faisais hurler ma mère quand elle retrouvait, dans ses journaux, sur sa table de chevet, les grilles de jeux déjà remplies et les solutions des charades déjà indiquées. À huit ans, je me suis passionné pour les grands mystères de l'Histoire : celui du Masque de fer m'a tenu en haleine un été entier, et la mort, naturelle ou non, de Napoléon fait toujours partie de mes débats favoris (pour lesquels, il faut bien le dire, je manquais à cette époque de contradicteurs). J'avais été catalogué « précoce » avant l'école primaire, et, à l'adolescence, ma mère a cessé d'argumenter avec moi. Je me souviens de la petite phrase qui a fait déborder le vase :

— Dan, viens. Le dîner est prêt.

— Attends, mom *!*

— Attends quoi ? Qu'est-ce que tu fais ?

— Je réfléchis...

— Tu réfléchis, qu'est-ce que ça veut dire ?

— Oui, maman, je réfléchis. C'est simple, non ? Tu as déjà essayé de réfléchir, toi ?

Le lendemain, ma mère est allée trouver le meilleur psychologue de la ville et a tout déballé.

— Dan ne m'obéit pas, il passe des heures à lire des traités de stratégie et des livres d'histoire, et il nous oblige à justifier nos moindres décisions.

Le psy m'a fait venir et nous avons parlé pendant plusieurs séances. Je ne sais plus exactement ce que nous nous sommes raconté alors. Je crois que je lui ai expliqué pourquoi il était plus rationnel d'installer la buanderie au sous-sol de la maison et de changer le schéma de circulation des véhicules dans le quartier. Toujours est-il qu'à la fin il a appelé ma mère pour lui avouer son impuissance :

— Je crains, madame, que votre fils n'ait toujours le dernier mot.

Sur Versailles aussi, tu t'en doutes, je pensais tout savoir. Je croyais tout connaître de l'histoire du Roi-Soleil et de la cour. Jusqu'à ce que je croise ce laborieux paysagiste en sweat-shirt jaune...

Tu connais par cœur mes obsessions et tu sais mieux que personne – puisque c'est avec toi que j'ai visité le château pour la première fois, il y a presque vingt ans – que je ne me suis pas intéressé d'emblée aux jardins. Tu te souviens de ce tour d'Europe en quinze jours que j'avais organisé sans te demander ton avis ? J'avais vingt et un ans, toi dix-huit. Au début, tu avais sauté de joie, mais ensuite... tu m'avais reproché d'avoir l'œil sur la montre et de compter les minutes, dans des pays qui comptent en siècles. Je t'avais infligé deux heures de visite commentée du château de Versailles, que je connaissais par cœur ; deux heures au pas de course... dont un quart d'heure, montre en main, dans les allées de Le Nôtre, sans un arrêt devant les statues et les fontaines, sans voir grand-chose (une brume de chaleur masquait les perspectives) et encore moins comprendre. Je n'étais là que pour vérifier que la réalité était conforme aux livres que j'avais potassés. J'avais fait l'impasse sur les jardins. Si encore j'avais profité de l'ombre des bosquets pour... enfin, tu vois. Mais je n'y pensais même pas.

Tous les guides insistaient sur le tour de force paysager que représentaient ces jardins, et j'étais totalement passé à côté. Pis, depuis ce rendez-vous manqué, j'avais eu maintes occasions de découvrir l'anomalie d'Apollon, et je n'en avais pas profité. J'avais même visité les jardins en suivant, pas à pas, le guide absolu : la Manière de montrer les jardins de Versailles. *La bible, écrite par Louis XIV lui-même, à l'attention de ses hôtes illustres, pour qu'ils découvrent les beautés du parc dans l'ordre, qu'ils ne ratent pas les points de vue importants et les correspondances. Qu'ils s'arrêtent devant un bassin au moment exact où l'eau y jaillissait – ou devant un parterre lorsqu'il fleurissait. Le roi avait écrit la première version de l'ouvrage en 1689 et actualisé son guide à plusieurs reprises, au gré des transformations des jardins. Jusqu'à sa mort.*

J'avais donc suivi ses conseils et marché pas à pas dans les siens. Je m'étais extasié sur le char d'Apollon, j'avais admiré l'équipage sous tous ses angles. Sans rien voir. Si encore j'avais négligé le message politique que Louis XIV et Le Nôtre avaient intégré dans leur grand œuvre, la pensée cachée derrière la prouesse esthétique ! Mais non ! Je savais mieux que quiconque que ces jardins, qui mêlent l'ombre et le jour, les esplanades généreuses et les décors intimes, les petits bois et les perspectives infinies, ne sont pas seulement les plus grands ou les plus beaux du monde. Ils sont avant tout une démonstration de force. Un programme politique. Ils racontent une histoire que tous les courtisans, au XVIIe siècle, connaissaient sur le bout des doigts : la vie de Louis le Grand, confondue avec celle du soleil, son emblème, et s'incarnant dans Apollon, dieu du Soleil.

Une agence de communication n'aurait pas trouvé mieux ! Le soleil, âme de l'univers, était un symbole frappant, puissant, immédiatement compréhensible par la « ménagère de moins de cinquante ans » de l'époque. C'était aussi un signe de modernité, car l'astronomie, depuis Copernic, était une science en vogue. Le roi rayonnait au centre du système social comme le Soleil au centre du système solaire. Comme lui, il se voulait bon, juste, généreux, calme, constant et infatigable, dispensant à tous la chaleur et la lumière – en un mot, la vie... Le soleil était un emblème politique !

Marchant sur les traces de centaines d'historiens, je savais que rien, dans la mise en scène des jardins, n'avait été laissé au hasard. Dans ce parc unique, le roi est soleil, et le soleil, lui, est roi. Le parc a été calqué sur son cycle, orienté est-ouest. L'astre se lève à l'orient, du côté de la cour de Marbre, il passe ensuite au-dessus du château, survole l'allée royale puis le Grand Canal, avant d'aller se coucher à l'occident, diffusant ses derniers rayons sur la façade du palais. On dit même – mais personne n'a jamais pu le vérifier – que, le jour de la Saint-Louis, le soleil, dompté, se pose exactement au bout du Grand Canal.

Encore fallait-il, pour les metteurs en scène de l'époque, éta-

blir une liaison visible entre le soleil et le roi. C'est là qu'ils ont sorti Apollon ! L'intermédiaire divin. Dans les jardins, donc, une fois Apollon dressé sur son char, aucun promeneur ne pouvait plus ignorer la relation du roi à Dieu. Le roi était le fils de Dieu, comme Apollon est le fils de Zeus, le dieu des dieux de l'Olympe.

Tout était dit ! Quel génie que celui de Le Nôtre ! Quel génie que d'avoir réussi à mettre en musique – je devrais dire en images – la stratégie politique du roi !

Car les statues, ensuite, se sont animées d'elles-mêmes ! Le Brun et Colbert ont transmis les consignes du souverain et les croquis de Le Nôtre à une équipe de sculpteurs – Girardon, Coysevox, Desjardins et Le Hongre – qui ont transformé les jardins de Versailles en un fabuleux livre d'images. Une bible en plein air ! Mais une bible sans le moindre saint, sans la plus petite allusion à la religion catholique. Un nouvel Éden où Louis XIV-Apollon évoluait de plain-pied avec les autres dieux de l'Antiquité.

Moi, je me régalais à courir parmi eux. Les derniers temps, je n'emportais même plus mon lecteur MP3, comme au début. Le simple plaisir de longer les bosquets en admirant, pour la centième fois, comment ces sculpteurs géniaux avaient décliné le mythe d'Apollon me suffisait. Car, ici, tout raconte une histoire. Chaque statue, chaque fontaine porte un message. Et le visiteur, pour peu qu'il le veuille, est conduit, entre les bosquets, vers la Vérité, la Sagesse, la Révélation.

Le parc de Versailles n'est pas seulement un parc, c'est un jardin initiatique où les géants de marbre, dressés sur leurs bassins, cachés dans leurs bosquets, encapuchonnés l'hiver sous leurs toiles vertes, chuchotent un message que les promeneurs distraits sont rares à entendre. Ne dis pas le contraire... Combien de temps t'a-t-il fallu pour comprendre ?

Le bassin de Latone, d'abord, ouvre ce grand bal des métaphores : on y découvre, transformés en crapauds, les paysans qui refusèrent l'asile à la mère d'Apollon, en fuite avec ses enfants. L'allusion est claire : les frondeurs n'ont qu'à bien se tenir, eux qui, le 5 janvier 1649, obligèrent Anne d'Autriche, la mère de Louis XIV, à quitter le Palais-Royal, à Paris, avec ses deux fils, par une porte de service, pour aller se réfugier à Saint-Germain-en-Laye ! Les bassins des Lézards, juste à côté de Latone, où les hommes sont aussi transformés en bêtes gluantes, relaient le propos.

Et le film se poursuit au bassin du Dragon : le Python, dont Apollon, enfant, a triomphé, y gît, criblé de flèches. Encore une allusion aux mutineries et aux révoltes. Un peu plus loin, Encelade, ce pauvre géant qui eut l'audace de se révolter contre Jupiter et de vouloir escalader l'Olympe, est couché dans le bosquet qui porte son nom, écrasé sous une montagne de rochers, bouche grande ouverte pour implorer la clémence du ciel. Cruel châtiment pour un titan enseveli vivant pour avoir déclenché la colère des dieux.

Même adoubé par Dieu, un roi reste à la merci d'une émeute, et le jeune Louis le savait mieux que personne. Son grand-père, Henri IV, avait été assassiné. Son cousin Charles Ier d'Angleterre avait été exécuté.

Toutes les allégories du jardin furent donc aussi destinées à mettre en garde les intrépides qui oseraient s'attaquer au roi de France. De tous les bosquets et fontaines surgit l'avertissement de Louis XIV : « Je châtierai les rebelles de manière exemplaire. » Que de fois aurais-je aimé être avec toi pour te montrer combien ce jardin respire la politique !

Mais sans doute est-ce ma faute si tu t'es intéressée si tard aux jardins de Versailles, et de façon si épisodique. J'aurais dû t'associer à mes recherches dès l'origine. Tu aurais mieux compris alors ma passion pour le bassin d'Apollon. Placé dans l'alignement du parterre de Latone, au bout du Tapis vert, Apollon sur son char semble s'élancer dans les airs pour voler au secours de sa mère... Quand on connaît les liens étroits qui unissent un fils à celle qui l'a mis au monde, cette position semble toute naturelle. Il était logique que le dieu du Soleil soit tourné vers Latone.

Et pourtant, c'est là que se trouvait le bug ! Comment avais-je fait, bon sang, pour ne pas m'en apercevoir ? Pourquoi avais-je attendu que Leroux, le jardinier maniaque, me le révèle ? Apollon, placé ainsi, pouvait, certes, saluer sa mère, mais il avançait dans le sens inverse du Soleil ! Était-ce un choix assumé, et, si oui, que cachait-il ? Je n'en finissais pas de tourner la question dans mon esprit. J'en rêvais la nuit. J'épluchai des quantités de thèses d'historiens sur le sujet, jargonnantes, poussiéreuses, fantai-

sistes. La plus répandue expliquait que le char, en réalité, se dirigeait vers la grotte de Thétis : dans ce bassin situé près du château, on pouvait admirer en effet une sculpture d'Apollon se reposant, la nuit, parmi les nymphes, et prêt à repartir vers l'ouest. Interprétation farfelue, dont l'absurdité fut confirmée par la destruction de la grotte dès 1684.

En fait, une sorte de consensus semblait se dessiner parmi les auteurs : la position bizarre d'Apollon « contrariait », certes, le mythe solaire, mais, tout bien considéré, l'affaire était, pour eux, sans importance. Pour moi, c'était tout l'inverse. Je sentais que je ne pouvais renoncer à élucider ce mystère. J'avais toujours, au cours de ma carrière – et tu le sais bien –, trouvé des solutions là où les autres ne voyaient que des problèmes. Dans les logiciels, les biotechnologies, les maladies... Pourquoi Versailles me résisterait-il ?

J'avais l'intuition que si je voulais vraiment élucider le mystère, réussir là où les autres avaient échoué, il me fallait mettre la main sur les plans originaux que Le Nôtre, le jardinier de Louis XIV, avait dessinés, ses premières esquisses du bassin, du Tapis vert, de la Grande Perspective, des bosquets, de cette œuvre immense qu'il avait semée à Versailles.

« Le Nôtre. » « Louis XIV. » « Jardins de Versailles. » « Plans originaux. » « Dessins initiaux. » J'avais programmé une dizaine de mot-clés sur artvalue.com, et le site Internet m'envoyait des alertes lorsque des objets qui m'intéressaient risquaient de passer en vente aux enchères. Il y en eut d'ailleurs, quelquefois, mais rien qui se rapportât à Apollon ou aux plans initiaux de Le Nôtre.

Je rentrai à Boston et plusieurs semaines passèrent sans que j'aie l'occasion de me replonger dans le dossier. Les offensives des concurrents de Controlsoft me préoccupaient, même si j'avais maintenant quitté la direction opérationnelle de l'entreprise pour me consacrer à ma fondation caritative. Puttman piquait des colères, suait, virait des gens à tour de bras et envoyait valser les canettes de Coca pendant les meetings. Le problème d'Apollon à l'envers passait ainsi au second plan et s'apprêtait à rejoindre la mémoire honteuse de mon cerveau, l'espace disque où je stocke les énigmes – rares – que je n'ai jamais réussi à éclaircir.

Mais un matin, la veille de Thanksgiving, je reçus au bureau un coup de fil de Sandra.

— Dan, je peux te parler ? Je ne te dérange pas ?

— Tu ne me déranges jamais, Sandra.

Sandra, une ancienne de Controlware, gérait depuis quelques années la fondation que j'avais créée avec Amelia. Tu la connais, la fille ! Un microprocesseur dans le lobe gauche ! C'est elle que j'ai nommée pour étudier les demandes de financement. Depuis que nous sommes devenus la plus importante organisation caritative du monde, nous sommes submergés. En principe, nous avons ciblé nos actions sur la lutte contre la pauvreté, mais nous ne pouvons empêcher toutes les associations caritatives, les propriétaires de châteaux en ruine ou les conservateurs de musées désargentés de nous écrire. Soixante milliards de dollars disponibles, ça fait envie...

— Dan, j'ai ici un visiteur français. Chargé de mission au ministère de la Culture. Il est venu nous parler de Versailles.

Sandra savait que je m'intéressais au sujet.

— Que veut-il exactement ?

— Il dit qu'un collectionneur français met en vente, à Paris, chez Sotheby's, un petit coffre Boulle qui a appartenu à Louis XIV. L'objet risque de quitter la France si Versailles ne trouve pas les moyens de l'acquérir. Il cherche des mécènes. Ce ne sont pas nos affaires, Dan, mais...

— Prix ?

Sandra avait l'habitude de mon langage direct.

— Huit cent mille dollars.

Une broutille, évidemment. Sauf que je n'avais pas envie de déroger à ma stratégie. L'argent de ma fondation n'était pas destiné à enrichir les collections des châteaux français. Cela dit, je pouvais l'offrir à titre personnel. Et puis il s'agissait de Versailles.

— Fais-le venir.

Une heure après, Pierre de Claverie était dans mon bureau. La quarantaine, grand, lunettes, costume bleu marine, chemise bleue, cravate bordeaux, il possédait déjà le look parfait du haut fonctionnaire français, sans aspérités, taillé pour résister aux alternances de gouvernement. Exactement ce que tu aurais pu devenir, toi, si la moitié de tes gènes n'avait pas été américaine. Il était venu voir Sandra pour présenter les projets des conservateurs versaillais en matière de mécénat. Son anglais était lent mais travaillé, et l'homme n'était pas intimidé à l'idée de se trouver dans le bureau du patron le plus puissant du monde.

— Monsieur de Claverie, je dispose de trente minutes.

Ton vieux truc pour éviter que les réunions ne s'éternisent...

Claverie sortit de sa mallette les photos et les documents qui prouvaient les origines du coffre-tombeau. À peine plus grand qu'une boîte à chaussures, il avait été fabriqué entre 1685 et 1690 par André Charles Boulle et, dès l'origine, destiné au cabinet de Versailles où Louis XIV venait de s'installer. J'écoutai distraitement le fonctionnaire. Et en prenant Puttman deux fois au téléphone pour le procès Balco. Au bout de quinze minutes, j'interrompis mon interlocuteur.

— Écoutez, monsieur de Claverie, faisons simple. Je vous donne vos huit cent mille dollars... si vous me dites pourquoi le char d'Apollon est à l'envers.

Le fonctionnaire marqua un temps d'arrêt et posa ses documents sur la table. J'attendais qu'il se défausse, qu'il revienne à son coffre Boulle, voire qu'il éclate de rire. Erreur. Claverie demeura droit, clinique.

— Le char d'Apollon à l'envers... Une vieille histoire. Beaucoup d'historiens se sont penchés sur la question. Et s'y sont cassé les dents, si vous me permettez l'expression, monsieur Barett. Ces jardins ont tellement évolué avec le temps !

Il réprima un sourire avant de poursuivre, sérieux :

— Il n'y aurait qu'une seule manière de vérifier. Trouver les plans originaux de Le Nôtre. Mais là aussi c'est une arlésienne...

— Tous les plans anciens de Le Nôtre ont déjà été analysés, non ? Ils sont en France, chez vous, à la Bibliothèque nationale ou à l'Institut de France, n'est-ce pas ?

— Absolument. Mais vous savez sûrement qu'un jeune chercheur français, Pierre Bonnaure, en a trouvé un, il y a quelques semaines, daté de 1664 ? Il se trouvait dans les réserves de la Bibliothèque nationale de France...

— Oui, je l'ai vu sur son blog. Il avait été attribué à un certain François de La Pointe, alors qu'il était bien de la main de Le Nôtre. Mais ce n'est pas le plan originel, et il n'apporte rien de nouveau concernant Apollon.

— C'est vrai, mais cette découverte prouve au moins une

chose : il n'est pas exclu qu'on trouve un jour d'autres plans, plus anciens encore, dans des collections privées, des archives, des vieux musées, des greniers... En Suède notamment.

En Suède ? Là, c'est moi qui marquai un instant d'arrêt. Pourquoi la Suède ? Quelque chose m'avait échappé.

— Le musée de Stockholm, poursuivit Claverie, voyant mon étonnement, possède la plus riche collection de dessins de Le Nôtre au monde. Peut-être y en a-t-il un, parmi eux, se rapportant à Apollon ? Des plans partiels ? Ou quelqu'un qui nous indiquerait où chercher ?

— Comment savez-vous cela ?

Le fonctionnaire se tenait droit devant moi, presque au garde-à-vous. Fier, comme tu peux l'imaginer, d'étaler sa connaissance de l'histoire de France. Surtout face à un Américain.

— J'ai travaillé au Louvre il y a quelques années, poursuivit-il. Nous échangions beaucoup d'œuvres avec Stockholm. Mais jamais les dessins de Le Nôtre. Ils ne sortent pas. Trop fragiles.

— Mais pourquoi sont-ils là-bas ?

— Une vieille histoire. Le petit-neveu de Le Nôtre avait laissé à un architecte suédois l'accès aux dessins du maître. Il l'avait autorisé à en faire des copies et même à emporter des originaux dans son pays.

— Qui est votre contact là-bas ?

— Est-ce la question à huit cent mille dollars ?

Il parlait posément mais raisonnait vite.

— Vous avez parfaitement compris, monsieur de Claverie.

Le fonctionnaire balaya du bout des doigts une trace de poussière invisible sur la manche de son veston.

— Strandberg, Kathrin Strandberg, la conservatrice.

Le lendemain, j'ordonnai le virement pour Claverie. Et je m'envolai pour Stockholm.

7.

Emma regagna sa chambre à regret. Avec Pierre, tout avait toujours eu un goût d'inachevé. Même leurs conversations demeuraient frustrantes, comme laissées en suspens. Les rares fois où ils avaient déjeuné ensemble, il ne s'était pas livré. Il ne s'était pas laissé aller à la moindre confidence. Il n'avait pas baissé sa garde. On est ami avec quelqu'un, disait souvent sa mère, lorsqu'on peut lui parler de « ce qui fait mal ». Or, avec Pierre, ils n'avaient jamais parlé que de ce qui fait bien. Ou de rien. Ils auraient sûrement pu être amis, mais il avait élevé entre eux un sas réfrigérant. Ce soir, certes, leurs corps s'étaient parlé, mais eux n'avaient pas brisé la glace pour autant.

L'Américaine s'assit sur son lit et alluma son ordinateur portable par acquit de conscience ; l'appareil se mit en route pendant qu'elle prenait sa douche. Elle revint taper son mot de passe puis retourna se brosser les dents. Lorsqu'elle sortit de la salle de bains, dans son pyjama bleu, elle essaya à tout hasard de se connecter à Internet. Aucun message d'erreur n'apparut, cette fois, à sa grande surprise. Elle tapa l'adresse de sa société et l'obtint aussitôt. Étonnant. Tout était rentré dans l'ordre !

Elle n'en revenait pas. Une nouvelle fois, le monde avait échappé au Big One, au virus planétaire implacable. Les chercheurs avaient dû identifier les auteurs de l'attaque et les neutraliser. Leur travail n'avait pas dû être facile, il avait pris deux jours, mais les spécialistes des virus étaient vraiment efficaces, désormais. Elle faillit appeler Pierre pour lui annoncer la nouvelle mais se retint : il était sûrement en train de faire la même découverte dans sa chambre. Elle imaginait son soulagement.

Elle s'installa confortablement dans son lit, le dos calé par deux oreillers, et commença par répondre aux mails de Brad. Curieux comme elle les trouvait banals dans un tel contexte. Ils ne faisaient aucune allusion, bien sûr, à leur discussion d'avant son départ. Brad racontait que ses activités n'avaient pas trop souffert, il s'inquiétait pour elle, il attendait de ses nouvelles avec impatience. Elle lui livra quelques informations en retour, dix lignes, pas plus, et conclut en français : « Je suis heureuse que tu existes ! » Dans la langue de Molière, la phrase lui parut plus lourde de sens qu'en anglais. Ce n'était pas la première fois qu'elle le remarquait : quand elle exprimait un sentiment en français, il lui paraissait moins superficiel.

Emma répondit aussi, d'un O.K. laconique, à deux autres messages urgents. En tout, elle n'avait reçu qu'une vingtaine d'e-mails datés des deux jours précédents. Vingt fois moins que d'habitude. La plupart avaient dû se perdre dans l'engorgement. Elle allait refermer sa boîte aux lettres lorsque, juste avant de cliquer sur le bouton, l'intitulé du dernier mail de la liste attira son attention. Il était libellé en anglais et émanait du service d'alerte auquel elle était abonnée.

Alerte à la mélatonine. Cinq passagers sont morts. Les experts craignent le début d'une épidémie.

L'article qu'elle fit immédiatement défiler sous ses yeux la glaça. Intitulé « Le mystère de la mélatonine », il signalait la mort de cinq personnes qui avaient, la veille ou l'avant-veille, absorbé un médicament contre les méfaits du décalage horaire. Exactement comme Kathrin Strandberg. Toutes venaient d'effectuer un vol long-courrier. Toutes avaient « disjoncté » pendant les heures précédant leur mort, oubliant où elles habitaient, les noms de leurs proches, leur propre nom de baptême parfois. Et les causes du décès semblaient identiques : troubles respiratoires, œdème et arrêt cardiaque, souvent après quelques heures de coma. Deux victimes se trouvaient à Boston au moment de leur mort, une autre à Sydney et une quatrième à Francfort. La cinquième était, effectivement, la conservatrice suédoise. Aucune allusion aux violences physiques que celle-ci avait subies par ailleurs. Les autopsies suivaient leur cours, mais aucun médecin n'avait pu, jusqu'à présent, déterminer le processus exact de la mort. S'agissait-il de phénomènes d'allergie isolés liés à un surdosage ? D'une intolérance à la mélatonine jamais décelée jusqu'à présent ? D'un début d'épidémie ? Emma se demanda aussi comment le journaliste qui avait rédigé l'article avait fait le lien entre Sydney, Boston et Londres. Et surtout Arromanches. On avait du mal à croire que chacun de ces événements avait été signalé par une dépêche d'agence.

Il était plus de 1 heure du matin. Emma se doutait qu'elle aurait du mal à s'endormir mais s'allongea tout de même dans son lit et rabattit la couverture. À peine la lumière éteinte, elle pensa à Pierre. Le destin les avait remis en présence, et elle sentait confusément que s'ils en restaient là quelque chose serait gâché. Rien ne prouvait qu'ils étaient faits pour s'entendre, mais il lui semblait nécessaire qu'ils se connaissent mieux. Qu'il le veuille ou non, il occupait une place dans son subconscient, à défaut d'en avoir une dans sa vie. Elle ferma les yeux et inspira profondément. Le rêve revenait en force. Elle l'évacua rapidement : non, ce n'était pas ce qu'elle souhaitait. Elle regretta pourtant de ne pas avoir dit à Pierre ce qu'elle ressentait, tout à l'heure, sous l'arche. Mais quoi ? Que ressentait-elle au juste ? Aurait-elle été capable de l'expliquer ?

Elle ralluma la lumière. Le téléphone était là, sur la table de nuit. Il suffisait de tendre le bras. De composer le 928 pour savoir si, comme elle, Pierre se sentait frustré par la superficialité de leurs échanges. Mais qu'allait-il croire ? Elle n'avait jamais fait le premier pas avec un homme. Un homme dont elle n'était pas amoureuse, de surcroît. Si encore elle avait su précisément de quoi elle avait envie ! Peut-être, simplement, de parler avec lui pour le connaître mieux. Oui, à tout le moins. Mais, surtout, ce qu'elle voulait obtenir, c'était la certitude de ne pas passer à côté de quelque chose d'important.

Elle éteignit à nouveau la lampe de chevet. Une femme n'appelait pas la première un homme au milieu de la nuit. Les psychanalystes disaient même qu'une telle attitude était dangereuse. En effet, lorsqu'une relation s'établissait sur un tel acte fondateur, un déséquilibre s'instaurait. Irréversible. Les hommes, les vrais, n'ont de désir que pour les femmes qu'ils ont séduites, eux.

Quand bien même, quelle importance ? Avec Pierre, il n'était pas question de désir. Quant aux relations qu'ils pouvaient établir, elles ne risquaient pas d'aller très loin : ils vivaient à dix mille kilomètres l'un de l'autre.

À 1 h 30, Emma se rassit dans son lit et, à tâtons, décrocha le téléphone.

8.

Pierre était assis sur le sable, au pied du mur, face à la mer ; le ciel était dégagé, et il attendait l'arrivée d'Emma en essayant de mettre un nom sur les étoiles. Lorsqu'elle l'avait appelé, dix minutes plus tôt, il était en train de surfer sur Internet. Lui aussi était tombé des nues en constatant que le réseau fonctionnait de nouveau normalement. Franck lui avait fait peur, avec son Big One. Depuis le milieu de la journée, il avait fini par se convaincre que le web était anéanti pour de bon. L'hypothèse, il le savait mieux que personne, était ridicule : le réseau était devenu trop indispensable aux Américains pour qu'ils ne le rétablissent pas coûte que coûte. Mais l'attaque des deux derniers jours avait montré qu'une organisation puissante – un pays, un groupe terroriste ? – dotée de moyens jusqu'alors inédits était décidée à anéantir le plus fabuleux outil de communication inventé par l'homme depuis l'automobile.

Même si tout était, semblait-il, rentré dans l'ordre – depuis 15 heures à New York, 21 heures en France –, Pierre n'était pas entièrement soulagé. Comme tous les informaticiens, il ne pouvait considérer cette affaire classée tant qu'il n'en avait pas analysé précisément tous les ressorts. Qui avait orchestré l'attaque ? Dans quel but les pirates avaient-ils agi ? Était-ce simplement pour montrer qu'ils étaient techniquement les plus forts ? Ou, alors, leur objectif était-il politique : détruire le symbole absolu de la mondialisation ? Mais surtout, au-delà de leur mobile, quel procédé avaient-ils emprunté pour passer au travers des pare-feu et des antivirus ? Toutes ces questions se bousculaient dans son esprit et avaient relégué au second plan les autres incidents de la journée. Depuis qu'il était rentré de la boîte, il s'était plongé dans les forums de spécialistes, allant pêcher les informations sur les blogs de hackers et les sites des éditeurs de logiciels. Ce qu'il y avait lu ne l'avait guère rassuré. Bien sûr, les serveurs avaient été désengorgés, ce qui avait permis de redémarrer le système. Mais les causes de l'embouteillage n'étaient pas clairement établies. Les experts en étaient toujours au stade des hypothèses, nombreuses et contradictoires.

Le seul élément qui faisait l'unanimité était l'ampleur de la défaillance : il s'agissait bien de la plus grosse éclipse qu'ait connue Internet depuis sa création. Elle avait mis en évidence l'extrême vulnérabilité du réseau. Malgré tous les effets d'annonce et les réels progrès accomplis ces dernières années pour sécuriser le système, les pirates conservaient une longueur d'avance sur les gendarmes. Pierre venait de doucher, dans un mail, le triomphalisme de son ami Franck, qui avait vite oublié sa terreur de la veille : « Tu verras, cette attaque-là restera dans les annales, il faudra en tirer les leçons. » Il commençait à réfléchir aux leçons en question quand la sonnerie du téléphone l'avait interrompu. C'était Emma.

— Excuse-moi de te déranger, Pierre.

L'horloge au bas de son écran indiquait 1 h 30 du matin. Pourquoi l'appelait-elle à cette heure ? Était-elle malade ?

— Pas de problème, je ne dormais pas, répondit-il posément.

— Je n'arrive pas à dormir. Tu n'aurais pas envie d'aller marcher un peu ?

La voix était blanche et saccadée. Le problème d'Emma était-il lié à la mort de l'autre femme, qu'elle connaissait peut-être ? Y avait-il du nouveau depuis tout à l'heure ? L'Américaine n'était pas le genre de personne à appeler sans raison au milieu de la nuit.

— Tu ne préfères pas venir ici, plutôt ? avait-il répondu, peu enthousiaste à la perspective de ressortir.

— Non, j'aimerais vraiment prendre l'air.

— Bon... Mettons. Où veux-tu aller ?

— Peu importe... On se retrouve sur la plage ?

Il s'était rhabillé en quelques secondes et était descendu. Mais cela faisait maintenant cinq minutes qu'il attendait. Il commença à se demander si Emma, comme certaines femmes qu'il connaissait, ne mettait pas un point d'honneur à arriver en retard, histoire de tester sa capacité à se faire désirer. L'Américaine, certes, ne jouait guère les coquettes autrefois, elle donnait plutôt dans l'efficacité, il fallait lui rendre cette justice. Mais peut-être avait-elle changé en vieillissant et en devenant une star.

Pierre n'aurait pu deviner que, troublée par sa propre audace, Emma avait perdu de précieuses minutes à choisir un pull, puis à tergiverser devant le miroir de l'entrée, pour décider finalement de ne remettre ni poudre ni khôl. Il aurait aussi eu du mal à imaginer que devant l'entrée de l'hôtel, sous l'arche, elle s'était arrêtée pour inspirer profondément et se libérer de l'émotion qui l'étreignait.

Quand il la vit surgir devant lui, presque par surprise, elle portait un jean, un sweat-shirt et des baskets. Ça aussi, c'était inattendu. Ses longs cheveux bruns flottaient sur ses épaules. Elle tendit le bras vers lui pour l'aider à se relever. Il se mit debout d'un bond, sans saisir la main de la jeune femme, mais, comme pour compenser ce refus, passa le bras autour de ses épaules.

— Quelque chose ne va pas ? demanda-t-il.

Elle parut surprise de sa sollicitude.

— J'avais du mal à dormir, j'avais besoin de marcher... Tu as vu ? Internet est rétabli.

Elle leva son visage vers lui au moment où, pour lui répondre, il se penchait vers elle. Leurs lèvres se touchèrent. La surprise ne dura qu'une seconde, une seconde où leurs lèvres s'éloignèrent, pour mieux se rejoindre ensuite. Plus tard, aucun des deux n'admettrait avoir embrassé l'autre le premier, comme si leur volonté n'avait joué aucun rôle dans ce rapprochement. Mais ils reconnaîtraient que ce n'était là qu'une manifestation, parmi tant d'autres, de cette étrange familiarité de leurs corps, de cette intimité instinctive qu'ils avaient déjà ressentie en dansant.

Enlacés, ils traversèrent la plage, trébuchant dans le sable et les galets, et s'approchèrent de la mer, sur le sable humide. Au loin, derrière eux, on apercevait le départ du chemin escarpé qui menait vers la plage suivante, de l'autre côté de la falaise. Des dizaines de randonneurs ou de simples promeneurs l'empruntaient chaque jour. Mais personne ne s'y aventurait la nuit.

— On longe le bord de la falaise et on descend jusqu'à l'autre plage ? demanda Emma.

— Comment s'appelle-t-elle ?

— Je ne sais pas, mais c'est une petite crique, on y accède sans trop de peine, et, une fois en bas, c'est fabuleux. Paradisiaque.

Pierre déposa un baiser sur ses cheveux brillants :

— En route pour le paradis, alors.

9.

La conservatrice du Nationalmuseum de Stockholm n'avait fait aucune difficulté pour me recevoir. Quand on s'appelle Dan Barett... Je ne lui avais pas dit grand-chose au téléphone. Je m'intéressais à André Le Nôtre. J'avais très envie de voir les plans et les croquis que possédait son musée. Point barre. Elle m'avait immédiatement demandé : « Ce n'est pas pour les acheter, n'est-ce pas ? » Ma réputation, une fois de plus, m'avait précédé. Je l'avais rassurée : je n'achète que ce qui est à vendre. La conversation, ensuite, avait été plus détendue. À sa voix un peu rauque, j'avais imaginé une sorte d'Angela Merkel en plus jeune, sèche et compétente. On trouve régulièrement ce genre de profil aux postes de responsabilité dans les pays nordiques. Mais Kathrin Strandberg n'était rien de tout cela.

Avant de partir, je m'étais fait préparer une fiche à son sujet. J'en possédais plus de dix mille, déjà à l'époque. Oui, je sais, tu m'as souvent reproché cette « inquisition » sur la vie des gens. Mais ai-je le choix ? En face d'un interlocuteur qui sait tout de moi – ou tout ce qu'en disent les médias, c'est-à-dire, souvent, davantage que je n'en dirais moi-même –, c'est le seul moyen de se hisser au même niveau d'information. Tu te souviens du jour où j'ai rencontré ton père pour la première fois, à New York ? Quand j'ai évoqué les années qu'il avait passées auprès de Richard Nixon, j'ai cru que tu allais devenir folle. Tu as hurlé : « De quoi allez-vous parler, alors, si tu sais déjà tout de lui ? » Je t'ai répondu : « De ce qu'il est ! C'est plus intéressant, non ? » Je me souviens encore du grand silence qui a suivi.

« Avec un ordinateur, me dirais-tu beaucoup plus tard, on peut tout savoir des gens, sauf ce qu'il y a dans leur cœur. »

Les fiches me sont encore plus utiles avec une personne que j'ai déjà rencontrée. Je peux ainsi la féliciter pour l'article qu'elle a signé six mois plus tôt dans le New York Times, *même si je ne l'ai pas lu... Ça impressionne forcément. Quand j'ai débuté, la mise à jour du système était fastidieuse. Aujourd'hui, il me suffit d'enregistrer quelques phrases sur mon téléphone ou mon oreillette Wifi quand je sors d'un rendez-vous. Les données sont transmises par Internet et le fichier se met à jour.*

Nous étions à la mi-janvier et il neigeait lorsque le 747 d'American Airlines s'est posé sur l'aéroport de Stockholm. Le trajet vers la ville me parut fade. Sous un drap blanc, toutes les villes d'Europe se ressemblent. Aucun intérêt. On est là pour bosser. Taxi, aéroport, hôtel, tu connais la ritournelle.

La conservatrice était venue m'attendre à l'aéroport. En la voyant, je constatai que mon système de fiches n'était pas parfait. Je n'ignorais rien de ses diplômes (histoire de l'art, gestion des services publics), de sa carrière (le succès d'un musée high-tech pour enfants qu'elle avait créé de toutes pièces, dans une ville du Nord, lui avait permis d'obtenir ce poste prestigieux), ni même de sa vie privée : trente-trois ans, divorcée, sans enfants. Mais, faute de photo, la fiche passait à côté de l'essentiel : Kathrin Strandberg était une caricature de Suédoise. Grande, blonde, je te passe les détails. Son long cou, notamment, que découvraient ses cheveux courts, bouclés. Un ange du Nord.

Elle était flanquée de son adjointe, une petite rousse, style anglais, dont la main potelée a fondu comme de la pâte à modeler lorsque je l'ai serrée.

— J'ai prévu de vous consacrer la journée, monsieur Barett, annonça d'emblée Kathrin d'une délicieuse voix sourde qui me rappela celle d'une chanteuse italienne.

Son anglais était parfait. Son savoir-vivre aussi : elle évitait de me faire remarquer qu'en hiver le musée aligne ses horaires sur ceux du soleil. Il ferme à 15 heures.

— C'est très aimable à vous... mais quelques heures

devraient suffire, non ? J'ai mon avion de retour cet après-midi à 17 heures.

— Si vous voulez tout voir, il faudra bien la journée, insista-t-elle avec un sourire hardi.

Il était 9 heures du matin. Je voulais consulter les documents et retourner à Boston au plus vite. Oui, je sais ce que tu imagines : qu'il aurait été cool de passer la nuit sur place avec une hôtesse pareille. Mais ce n'était pas prévu, point final.

Nous avons traversé la ville pour nous rendre directement au musée, fermé exceptionnellement au public pour deux heures, afin que je puisse entrer incognito. L'effet Barett, encore... Mon ami Brad Pitt, qui adore Van Gogh, se fait, lui, régulièrement ouvrir le musée d'Amsterdam pour le montrer à ses amis. Les gens qui se plaignent de leur notoriété sont insupportables, n'est-ce pas ?

Kathrin Strandberg me conduisit au département des arts graphiques. Une longue pièce à l'ancienne, dotée de baies vitrées, et meublée de grandes tables rectangulaires, placées près des fenêtres. Les documents s'entassaient dans des tiroirs et des valises géantes en plastique. Stupeur pour moi : rien n'était numérisé. Le visiteur, dûment homologué, consultait des planches-contact rassemblées dans des classeurs. Lorsqu'il avait repéré la cote qui l'intéressait, il remplissait une fiche pour l'archiviste qui allait chercher le dessin original dans les rayonnages.

Heureusement, Kathrin avait préparé ma visite. Son adjointe nous apporta rapidement une demi-douzaine de grands portefeuilles et de valises en plastique qui, tous, contenaient des feuilles attribuées à Le Nôtre. Pour s'assurer que je prenais bien la mesure du traitement de faveur qui m'était réservé et des trésors qu'elle me présentait, elle me rappela qu'il n'existait, au monde, qu'une vingtaine de dessins entièrement de la main de Le Nôtre ; une quarantaine, réalisés avec ses assistants et annotés par lui ; et une centaine de copies, plus ou moins d'époque.

— Enfilez ça, c'est obligatoire, dit-elle en me tendant une paire de gants blancs en caoutchouc très mince.

Je vis disparaître ses jolis doigts dans un crissement d'élastique. Kathrin ouvrit la boîte avec précaution.

— Les dessins ne sont jamais exposés en permanence, expli-

qua-t-elle en sortant la première feuille. Trois ou quatre fois par siècle, au mieux.

Un à un, très doucement, comme si elle manipulait des porcelaines rares, elle sortit les dessins de leurs portefeuilles et les posa à plat, devant moi, sur une grande table éclairée par deux lampes à lumière blanche. La plupart des œuvres étaient encadrées par des marie-louises. Kathrin les commentait avec jubilation. Si Stockholm était aussi riche de dessins de Le Nôtre, c'est parce qu'un jeune architecte suédois était venu, trois siècles plus tôt, se former à la cour de France. Ce dénommé Carl avait, comme me l'avait dit Claverie, pu rapporter dans son pays plusieurs dessins originaux du maître.

Il y avait là, en majorité, des dessins de cascades destinés à des propriétés royales : Sceaux, Saint-Germain... Vaux-le-Vicomte aussi, dont Kathrin me montra une magnifique représentation, le plus grand dessin connu de Le Nôtre. Un mètre trente de long et soixante-dix centimètres de large. J'admirai aussi le croquis d'un bassin de Jupiter, le dieu des dieux, père d'Apollon, un bassin qui, à ma connaissance, n'a jamais existé dans les jardins de Versailles. Tu imagines, Jupiter, dieu du Tonnerre et de la Foudre ! Louis XIV n'aurait pas supporté la vue de ce rival sur ses terres !

J'admirais ces pièces comme on admire un vieux tableau ou une statue égyptienne, moins pour leur beauté intrinsèque que pour l'émotion qu'ils procurent, le souvenir qui en émerge des personnes qui ont œuvré à leur réalisation. Les vieux objets ressuscitent les êtres, tu ne crois pas ?

Kathrin s'extasiait devant les dessins au fur et à mesure qu'elle les étalait devant nous. Elle connaissait bien la technique de Le Nôtre et parlait de lui comme une fan de son idole.

— Ça, c'est un projet pour la cascade de Marly ! Vous avez vu comment il reproduit, sur plan, la troisième dimension ? Comment il utilise les ombres portées des grands arbres, des palissades et des jets d'eau ? C'est magnifique, non ?

Kathrin me fit remarquer qu'on ne savait pas toujours à quel domaine les dessins étaient destinés. Certains projets que le jardinier n'avait pas réalisés à Versailles – parfois contre son gré, pour se conformer aux désirs changeants de Louis XIV – avaient pu être proposés ailleurs.

— A-t-il fait ça pour amortir son investissement ? demandai-je.

— Plutôt par esprit de revanche, si vous voulez mon avis. Pour montrer qu'un projet de lui avait été injustement écarté... Pour dire à Louis XIV quelque chose comme : « Vous n'en avez pas voulu, Sire, mais regardez comme c'est beau chez les autres. »

Plus tard, beaucoup plus tard, je me rappellerais ces propos de Kathrin Strandberg. Elle avait été la première à évoquer la possibilité d'une vengeance du bon Le Nôtre à l'égard de son ami le roi.

Une fois le dernier dessin posé sur la table, Kathrin croisa les bras sur sa poitrine et se tourna vers moi, souriante.

— Voilà, monsieur Barett, c'est splendide, non ?

Elle vit à mon sourire forcé que je ne partageais pas son enthousiasme. J'étais, tu t'en doutes, un peu déçu. Le musée ne possédait pas la moindre pièce en relation avec Apollon.

— Mais que cherchez-vous exactement au Nationalmuseum, monsieur Barett ? fit-elle en repliant avec précaution le grand plan de Vaux-le-Vicomte.

Je ne voyais pas de raison de lui cacher plus longtemps le vrai motif de mon voyage.

— À vrai dire... des dessins préparatoires pour le bassin d'Apollon.

— Vous parlez des statues de Tuby ou du bassin lui-même ?

— Les deux...

— Ne me dites pas que vous vous intéressez à la...

— La position d'Apollon, si, justement...

Elle éclata de rire.

— Vous auriez dû me le dire tout de suite ! C'est ça qui vous taraude depuis le début ! Eh bien, vous n'êtes pas le premier. Venez, je vais vous montrer quelque chose.

Elle fit quelques pas vers un rayonnage situé quelques mètres plus loin et attrapa sur une étagère un gros volume dont la couverture représentait le château de Versailles. Il ne lui fallut que quelques instants pour trouver ce qu'elle cherchait : un dessin, en noir et blanc, représentant le groupe sculpté du Soleil levant, avec Apollon au centre. Au-dessous, une photo de la sculpture elle-

même, dans son bassin. Sur le premier, le groupe formé par Apollon et son équipage paraissait plus compact que sur la seconde.

— Ça, dit-elle, c'est le dessin initial de Le Brun. Et là, sur la photo, la sculpture de Tuby. Regardez, monsieur Barett, comme le sculpteur a magnifiquement travaillé ! Il a rajouté des éléments au dessin originel, sans jamais le trahir. Il a placé un Amour à ses pieds et autour de lui, dans le bassin, des tritons et des baleines !

Kathrin s'emballait à nouveau. De mon côté, j'avais beau scruter le dessin, je ne voyais aucun indice me permettant de dire si les statues étaient conçues pour regarder en direction du château ou, à l'inverse, vers la campagne. Et il n'y avait pas d'arrière-plan. Kathrin m'observait.

— Si vous arrivez à deviner l'orientation donnée au char à partir du dessin, vous êtes très fort... et vous verrez des choses que personne n'a jamais vues ! Mais c'est vrai que vous êtes un visionnaire, monsieur Barett !

Sa pointe d'ironie m'énerva. Elle profitait de sa connaissance du sujet. Et, comme toutes les jolies femmes, et qui le savent, elle se croyait en territoire conquis. Je compris que je n'apprendrais rien de plus et décidai de couper court.

— Madame Strandberg, je vous remercie pour votre accueil. Je ne veux pas vous retenir plus longtemps. J'ai mon avion dans deux heures. Pouvez-vous m'appeler un taxi ?

Kathrin jeta un coup d'œil à sa montre.

— Monsieur Barett ! Vous n'allez pas partir maintenant ! Je ne connais rien de plus ennuyeux que d'attendre à l'aéroport. Même dans les lounges. Je commanderai le taxi dans une demi-heure. Ça roule bien, aujourd'hui, dans Stockholm. Que diriez-vous d'aller prendre un café ? Il y a un bar sympa dans la rue à côté.

Son aisance avec moi me surprenait. D'habitude, les gens sont plus intimidés, ou déférents à mon égard. Mais je n'eus pas vraiment le temps de réagir. Elle avait déjà enroulé son écharpe autour de mes épaules et enfilé sa grosse doudoune rouge. Elle me montrait la direction de la sortie. Une joie enfantine, espiègle, brillait dans ses yeux clairs. Elle ressemblait à un grand Chaperon rouge. J'avais beau savoir que je finirais par la rabrouer une heure plus tard, j'eus soudain très envie de la suivre.

— C'est un café littéraire. À cinq cents mètres d'ici. Vous verrez, l'ambiance est agréable.

Il faisait zéro degré dehors, et, en entrant dans le café, la chaleur du lieu me fit l'effet d'une bière à jeun en plein été. L'assommoir.

Assise sous les étagères, dans la vieille salle dont les murs étaient couverts de livres et de photos dédicacées de grands écrivains, Kathrin était franchement attirante. J'avais lu sur ma fiche que sa thèse de doctorat portait sur les personnages des contes de Grimm. Je lançai la conversation sur ce sujet. Je la laissai parler longuement de sa théorie – dont je ne retenais rien, sinon le mouvement de ses lèvres, de petites vagues lentes et gourmandes. Puis je l'interrompis brutalement en disant que ma spécialité, à moi, c'était justement de casser ces belles histoires. Il y a quelques années, un de mes jeux préférés, le soir, à la maison, avec Kevin, consistait à trouver des astuces technologiques qui rendent caducs les contes de fées. On équipait par exemple le Petit Poucet d'un GPS, pour qu'il retrouve son chemin, ou les sept nains d'un portable, pour prévenir à temps le Prince charmant...

— Mais pourquoi vous intéressez-vous tant à Versailles ? répliqua-t-elle brusquement, avec la volonté délibérée de changer le cours de la conversation.

Je n'avais ni le temps ni l'envie de tout lui expliquer. J'évoquai quand même brièvement Bertrand Leroux, sa théorie sur le château « redressé » et les fameux chameaux. Au moment où je prononçais ce mot, en français, elle sursauta. Elle savait de quoi je parlais.

— Vous savez ce que sont des chameaux ?

Elle recula sur sa chaise, gênée.

— Oui, bien sûr...

— À Versailles ? Vous y êtes allée ?

— Oui, deux fois. Lorsque j'étais étudiante, une première fois... La seconde, il y a deux ans environ, pour un congrès.

— Et qui vous a parlé des anomalies du parc ?

Elle se mordit les lèvres et baissa les yeux. Elle en savait plus qu'elle ne voulait bien en dire.

— J'ai rencontré un... un architecte-paysagiste. Français. Féru d'histoire. Un homme passionnant, d'ailleurs. Il avait publié une longue recherche sur les jardins dans une revue de paysagistes.

— Et alors ? Quelle thèse défendait-il ?

Kathrin balaya ma question d'un revers de la main. « Peu importe, changeons de sujet », semblait-elle dire.

Elle en avait trop dit, ou pas assez. Pourquoi avait-elle évoqué ce personnage ? Pourquoi le regrettait-elle ? Le connaissait-elle mieux qu'elle ne le prétendait ? Pour quelle raison peu avouable ?

— Que vous a-t-il raconté, dites-moi ? poursuivis-je en faisant mine d'ignorer la gêne de la conservatrice.

— Oh, rien ! Il était un peu... spécial. Il s'était mis tous les experts de Versailles à dos.

Un chercheur atypique. Honni par l'establishment de Versailles. Cela me rappelait quelque chose.

— Il n'avait pas fait les Beaux-Arts ?

— Les Monuments historiques, vous voulez dire...

Kathrin sourit. Elle savait qu'en France, pour être admis dans le cénacle des experts en patrimoine historique, il fallait pouvoir exhiber le titre d'architecte en chef des Monuments historiques.

— C'était un simple paysagiste, effectivement, poursuivit-elle, toujours hésitante. Il avait démontré qu'un escalier hexagonal avait existé au XVIIe siècle sur la façade nord du château. Personne ne l'avait cru... Mais, quelques années plus tard, on a trouvé par hasard l'escalier en question.

L'histoire de l'escalier ! J'y étais. Bertrand Leroux, le jeune paysagiste, m'avait parlé de cet homme. Son prof. Celui qui avait identifié les treize chameaux.

— Je vois... J'en ai entendu parler, moi aussi ! Mais quelle importance ? Une querelle d'experts. Pour quelques marches de pierre. J'aime bien les chercheurs, vous savez. J'en emploie des centaines chez Controlware. Mais le propre du chercheur est de toujours se plaindre d'être un génie incompris...

— Sans doute, monsieur Barett. Mais celui-là sortait de l'ordinaire. C'était... l'Einstein de Versailles. Le Christophe Colomb des jardins !

— Que voulez-vous dire ?

Kathrin remuait sa cuiller dans son thé en souriant timidement. Je la regardais, la tête penchée sur sa tasse, lever lentement les yeux vers moi puis les rabaisser. Son regard, embrumé par la vapeur chaude du thé, paraissait suppliant. Tout comme sa voix, une voix de gorge, vibrante, presque douloureuse à entendre. J'étais tenté. Cela t'étonne, avoue-le. Les femmes, depuis que nous nous connaissons, ne m'ont jamais beaucoup intéressé. Nous en avons souvent parlé. Trop souvent, d'ailleurs. Il y a d'autres combats dans la vie. De toute façon, diriger une entreprise comme Controlware est un sacerdoce qui laisse peu de place au désir. À celui des autres encore moins qu'au mien.

Le serveur s'approcha de notre table.

— Madame Strandberg ?

— Oui ?

— Le taxi sera là dans quelques minutes.

J'observais la conservatrice qui, retrouvant toute son assurance, remerciait le garçon et, instinctivement, je me mis à me balancer sur ma chaise d'avant en arrière. Ma mère et mes collègues m'ont fait remarquer – bien avant toi – que lorsque je réfléchissais intensément j'avais ce réflexe, dont je n'ai pas toujours conscience. Un lent mouvement du buste, ample et pendulaire. La jeune femme, elle, semblait embarrassée. Je la vis détourner le regard, saisir son téléphone portable et amorcer une conversation en suédois.

— Votre taxi va arriver, répéta Kathrin, cette fois en se tournant vers moi. Vous serez à temps à l'aéroport de Skavsta. Il n'y a pas beaucoup de circulation aujourd'hui.

C'était aimable à elle de se préoccuper de mon timing, mais pourquoi avait-elle détourné la conversation ? Que lui avait dit ce chercheur paysagiste ? Avait-il établi une thèse concernant Apollon ? Elle ne pouvait continuer à me balader ainsi entre ses allusions et ses hésitations. Ce n'est pas le genre d'attitude que je supporte longtemps, tu le sais.

— Écoutez, Kathrin, il ne me reste que quelques minutes… Et je connais l'histoire de ce paysagiste, si cela peut vous rassurer, qui passait son temps à mesurer les jardins de Versailles à la main, en rampant par terre. Il en a conclu un jour qu'un escalier avait existé, près de l'aile nord, près des appartements de la reine.

Les historiens lui ont ri au nez ! Mais lorsque les chefs d'État étrangers sont venus à Versailles pour le G7, en 1983, il a fallu faire des travaux de terrassement et on a trouvé, par hasard, les traces de l'escalier hexagonal...

— Franchement, je ne suis pas sûre qu'il soit nécessaire de parler des thèses de ce monsieur, coupa Kathrin. Il circule tellement de thèses sur Versailles, toutes plus farfelues les unes que les autres !

— Kathrin, please... *Où est le problème ?*

— Ce paysagiste m'a parlé sous le sceau du secret.

— Je sais garder un secret.

— Moi aussi. C'est même le principe du secret.

— Kathrin, ne jouez pas avec moi...

— Vous me donnez quoi ?

D'habitude, dans ces cas-là, je calcule. Histoire d'annoncer le bon montant. Mais je retins mon propos.

— Rien. Corruption de fonctionnaire. On prend combien, en Suède, pour ça ?

Elle sourit.

— Je vous préviens, je ne partage pas forcément sa thèse. C'est... assez déstabilisant.

— Kathrin, ça suffit. Allez-y !

Kathrin Strandberg se pencha alors vers moi par-dessus la table. Et elle lâcha :

— Ce paysagiste n'avait en fait rien d'un farfelu. Et il était convaincu que Le Nôtre avait inscrit dans les jardins la formule mathématique de l'existence de Dieu.

Là, je sursautai.

— La formule mathématique de...

Elle soutint mon regard.

— Oui, vous avez bien entendu. Le théorème qui prouve l'existence de Dieu.

Je demeurai pensif un instant. La formule mathématique de la création divine ? Comment imaginer qu'un paysagiste français armé d'un décamètre ait pu découvrir une telle bombe ? Qu'il ait pu aller plus loin que Pascal, Einstein et tant d'autres ? Je vois d'ici Nathan, mon directeur de la recherche, Laughing Out Loud. *LOL, comme il dit. Mort de rire. « Dan, pourquoi perds-tu ton temps à t'occuper d'âneries pareilles ! Viens donc chez moi ! J'ai trouvé le secret du gratin dauphinois aux truffes. C'est aussi un Français qui me l'a appris. Pour ça, ils sont les meilleurs. Et ça, c'est divin ! » Nathan, tu te souviens, a pris un an de congé sabbatique pour étudier les procédés des grands chefs français. Et tenter d'en faire un logiciel.*

Kathrin, elle, me regardait fixement. Elle s'était penchée en arrière et inclinait la tête sur le côté, comme pour m'inviter à la suivre dans ses pensées.

— Je sais, ça paraît inimaginable. Lui, il y est arrivé. Il a passé des années à quatre pattes dans les jardins. Mais il ne m'a pas révélé la formule. Et, pourtant, vous vous doutez bien que j'ai insisté...

J'imaginais assez bien, oui, les atouts que Kathrin Strandberg avait pu déployer pour pousser le chercheur à parler.

— Il attendait, pour faire ses révélations, de pouvoir prouver de manière irréfutable ce qu'il avançait. Il était proche du but. Il avait promis de me rappeler dès qu'il aurait la preuve.

Le serveur surgit à cet instant pour me signaler que mon taxi attendait devant le café. Il fallait y aller.

— Kathrin ! Donnez-moi votre numéro de portable, vite ! Je vous rappelle.

J'enregistrai son numéro sur mon mobile, enfilai mon imperméable et déposai sur la table l'écharpe qu'elle m'avait prêtée. Je ne lui serrai même pas la main, je te le jure. Je m'engouffrai dans le taxi et, aussitôt, je la rappelai. Les questions suscitées par sa révélation s'étaient déjà accumulées dans mon esprit. Que Le Nôtre ait voulu inscrire dans les jardins la preuve de l'existence de Dieu, pourquoi pas ? Après tout, quel meilleur signe donné au roi de sa filiation avec Dieu ? Quelle meilleure reconnaissance de l'œuvre du Créateur, au siècle, justement, de la Science ? Mais, dans ce cas, pourquoi n'avoir pas fait apparaître au grand jour ce noble dessein ? Pourquoi n'était-il pas lisible pour les promeneurs ? Et s'il avait été caché, qui avait eu intérêt à le dissimuler, et dans quel but ? Enfin, pourquoi l'arpenteur fou aurait-il été le seul à découvrir ce mystère ?

Question subsidiaire : la position incompréhensible d'Apollon était-elle liée à cette formule ?

Kathrin décrocha à la première sonnerie.

— Vous êtes rapide ! s'exclama-t-elle.

— Seuls les rapides survivent, vous savez. Mais revenons à la formule... Il ne vous a vraiment donné aucun indice sur sa composition ?

Il faisait déjà nuit noire sur Stockholm. Les flocons de neige virevoltaient devant les phares des voitures. Le trajet vers Skavsta ressemblait à tous les trajets du monde vers les aéroports. Comme s'il était construit pour donner envie de fuir. Je songeais à Versailles, à l'éclat du Grand Canal sous le soleil, à la quiétude des bosquets, à la majesté des allées. Cela faisait dix ans au moins que ces jardins étaient l'endroit au monde où je préférais me détendre. Aucun hôtel de luxe, aucun spa, aucune piscine de milliardaire ne me procurait le même bien-être. Peut-être parce que je sentais que tous ces endroits n'étaient que de banals lieux de passage. Aucun ne respirait l'Histoire comme ce parc. Je ressentais, sur le parterre du Midi, devant Latone et Apollon, ce que mes amis croyants disent éprouver dans le chœur d'une cathédrale. La présence, proche, du Divin, de l'Éternel, de la Source première de l'homme.

— Chaque fois que je m'y rendais, deux ou trois fois l'an, j'y trouvais la même douceur et la même force, ce mariage fragile de puissance et de grâce. Je m'y ressourçais. Était-ce parce que l'existence de Dieu y était inscrite ? Marquée dans ses gènes, en quelque sorte ? Mais, si tel était le cas, pourquoi des générations d'historiens, de paysagistes et de géomètres étaient-elles passées à côté de ce signe ?

Le taxi arrivait à l'aéroport. Pendant que je débarquais, mon portable calé sous le menton, ma sacoche dans la main, je tentais de poursuivre la conversation, tout en marchant vers le comptoir.

— Kathrin, vous l'avez rencontré il y a deux ans, n'est-ce pas, votre paysagiste ? Et depuis ? S'il ne vous a pas rappelée, c'est parce qu'il n'a pas encore trouvé la preuve qu'il cherchait ?

Il y eut un instant de silence.

— Je ne peux pas vous dire. Il faudrait le lui demander.

— Comment s'appelle-t-il, au fait, votre bonhomme ?

— Michel Costero... Costello, plutôt. Vous voulez que...

— Oui, donnez-moi ses coordonnées.

J'aurais voulu être plus poli avec Kathrin. Mais rien à faire, j'avais repris mon ton directif, un réflexe.

— Je ne suis pas encore dans mon bureau, et je ne les ai pas sur moi... Je vous passe un mail tout à l'heure. Ça ira ?

— Oui, Kathrin, merci.

— Votre mail, c'est quoi ?

— Mettez... treo... treo@treo.com

J'avais hésité à lui donner mon adresse mail la plus personnelle. Celle qui nous servait à tous les deux. Mais, là, cas d'urgence.

— Tre... ? Comment vous dites ?

— Treo. T-R-E-O @treo.com.

— O.K.

— Kathrin ?

— Oui ?

— Je voulais aussi vous remercier pour la journée. C'était un plaisir.

— Tout le plaisir était pour moi.

— Je suis sûr que nous nous reverrons.

— Il ne tient qu'à vous...

— Au revoir !

— Au revoir, monsieur Barett.

Avant de raccrocher, sa voix avait murmuré mon nom, comme dans un souffle.

« Je suis sûr que nous nous reverrons. » J'avais, moi, prononcé cette phrase par habitude. À force de voir des gens que je ne revois jamais... Kathrin aussi. Je savais qu'elle irait rejoindre, dans un coin de ma mémoire, la longue liste des rencontres inachevées dont la vie est remplie. Peu m'importe, personnellement. Ce sont les affaires. Un marché où l'on croise des gens. Certains que l'on revoit, d'autres non. Des agents économiques qui se déplacent au gré de leurs intérêts respectifs. Inutile de se lester avec ce qui ne compte pas. Ce soir-là, en quittant Stockholm, j'ai pensé à ce que tu m'avais dit, un jour, à propos de cette fatalité des rencontres en pointillé. Tu en étais lassée. Tu les trouvais frustrantes. Mais cette frustration n'est-elle pas, finalement, l'un des charmes de l'exis-

tence ? Le bonheur entrevu ne doit-il pas nous suffire ? N'est-il pas, en lui-même, une forme de bonheur ?

Au moment où l'avion amorçait sa descente sur New York, huit heures plus tard, j'allumai mon ordinateur. Le mail de Kathrin m'attendait sur la boîte de réception.

Cher Monsieur Barett,

Le numéro de téléphone à Paris dont je disposais n'est plus celui de Michel Costello, mais j'ai pu retrouver sa trace grâce à l'Ordre des architectes. Costello a pris sa retraite il y a un an. Il s'est installé à Aix-en-Provence, dans le sud de la France. Je viens d'appeler là-bas. C'est sa femme qui m'a répondu.

Michel Costello est décédé il y a quelques semaines d'une tumeur au cerveau.

Je suis sincèrement désolée.

Bien à vous,

Kathrin Strandberg.

10.

La lumière des étoiles ne suffisait pas à éclairer le sentier. Emma et Pierre marchaient lentement, se tenant très près l'un de l'autre. Ils avaient emprunté la route goudronnée puis le chemin qui serpente au-dessus de la falaise, entre les herbes hautes, et qui, rapidement, surplombe Arromanches. Ils parlaient à voix basse. Pierre n'avait pas eu le temps de répondre à la remarque d'Emma à propos d'Internet, mais il n'avait plus envie d'aborder le sujet.

Parvenus à un promontoire, ils s'assirent sur un large rocher qui dominait la falaise et la plage, Gold Beach, la plage d'Or, comme l'avaient baptisée les généraux du 6 juin. Un trop joli nom pour un champ de bataille, se disait Emma. Il y eut quelques secondes de silence, à peine troublées par le bruit du ressac, en bas, à leurs pieds. Et un baiser, puis deux.

— Pourquoi moi ? demanda brusquement Pierre.

La question prit Emma au dépourvu.

— Parce que...

Elle comprenait le sens de sa demande mais n'était pas certaine de pouvoir y répondre. Le visage de Pierre se détachant sur le ciel, la mer et la lande de mousse en toile de fond lui apporta la réponse, presque involontaire.

— Parce que... je te trouve beau.

Il rétorqua :

— Ce n'est pas seulement pour ça, j'espère ?

Le ton était brutal. Mais qu'espérait-il, en l'interrogeant ainsi ? Qu'elle lui annonce qu'elle était amoureuse de lui, qu'elle l'était depuis le premier jour, qu'il était l'homme de sa vie ? Bien sûr que non, elle ne savait pas mentir. Mais, à l'inverse, pouvait-elle lui laisser croire qu'elle était coutumière de ce genre de flirt ?

Depuis qu'elle vivait avec Bradley, c'était la première fois qu'elle embrassait un autre homme. Jamais elle n'avait été tentée par ces aventures d'un soir que lui narraient ses amies qui, comme elle, étaient en voyage une semaine sur deux. Les hommes d'affaires qu'elle croisait dans les hôtels ou les entreprises qu'elle visitait lui faisaient souvent des avances – dans les pays latins, certains semblaient s'y sentir obligés, par galanterie, presque par politesse –, mais elle les repoussait gentiment. Avec le temps, elle avait constaté que certains mots, certaines tenues, certains sourires étaient interprétés comme des ouvertures. Elle les évitait soigneusement. Elle avait aussi appris les formes de refus qui vexent le moins les hommes, une précaution indispensable quand une collaboration professionnelle avec eux doit se poursuivre. Elle prétextait – dans l'ordre – le surcroît de travail, le manque de temps, la défaillance physique, et gardait, en dernière extrémité, le plus désobligeant : « Vous n'êtes pas mon genre. » L'argument massue, le seul vraiment sincère, « je ne veux pas tromper mon mari », était paradoxalement le moins efficace, parler de fidélité à un don Juan équivalant à agiter un chiffon rouge sous le nez d'un taureau. Il n'existait contre les dragueurs qu'une échappatoire théoriquement plus efficace que l'allusion à la fidélité : l'homosexualité affichée. Mais elle pouvait s'avérer plus dangereuse encore. L'une de ses amies l'avait découvert à ses dépens tout récemment. De plus en plus d'hommes caressaient en effet un même rêve : faire revenir une lesbienne dans le « droit » chemin...

L'Américaine ne savait comment faire comprendre à Pierre à quel point son attitude constituait une anomalie, une extravagance qu'elle ne s'expliquait pas elle-même.

Pourquoi, subitement, avait-elle pris l'initiative de l'appeler ? Mais, aussi, pourquoi ce dernier, contre toute attente, l'avait-il enlacée sur le chemin ? Elle devinait, à la manière dont il avait formulé sa question (« pourquoi moi ? »), qu'il n'était pas le genre d'homme à collectionner les bonnes fortunes. Il n'en avait en tout cas pas la réputation, autrefois, chez Supra Data. Elle décida donc de lui raconter la vérité, en espérant qu'il la croirait. Et qu'il comprendrait.

Il ne réagit pas à son récit. Elle avait rêvé de lui, soit. Mais que devait-il penser de cette irrépressible « obligation de le connaître » qu'elle décrivait et qui, selon elle, découlait du songe fondateur ? Lui-même rêvait. Des mêmes épisodes, souvent : de sa joie le jour où il avait gagné son premier tournoi de rugby, de chutes dans des ravins vertigineux, de jolies filles aussi, rien de bien original. Et surtout rien qui conduise, le matin, au réveil, à discerner dans les souvenirs d'un rêve un signe du destin. Encore moins à vouloir le transposer dans le réel.

Pierre était marié depuis quinze ans, et il avait toujours été fidèle. À l'université, il avait connu plusieurs filles, mais, lorsqu'il avait rencontré Clara, elle était tellement au-dessus du lot qu'il s'était juré, s'il parvenait à la conquérir, de ne plus jamais regarder ailleurs. Ce qu'il avait fait. Malgré la surprise, qu'il avait découverte, plus tard. La tare de Clara. Sa frénésie de consommation qui grandissait à mesure que le train de vie du couple progressait. Au début, Pierre n'y avait guère prêté attention. Clara voulait, comme toutes ses voisines, suivre des cours de gym et aller au Club Med, pas au VVF. Soit. Mais, peu à peu, elle avait élevé le niveau d'exigence : les Maldives en hiver, la cuisine Boffi à trente mille euros, les rideaux assortis aux tapis, la Smart plutôt que la Twingo et ainsi de suite. Lui, certes, passait beaucoup de temps au bureau – surtout depuis qu'il était descendu à Marseille reprendre la société de son frère – et il avait vu dans l'attitude de sa femme une compensation légitime à ses nombreuses soirées passées devant ses ordinateurs.

Il s'en était entretenu avec Anita, une amie, coach en entreprise, avec qui il avait tracé la carte de ses domaines de vie : la part consacrée à son rôle de père, d'époux, de patron de société, etc. Le troisième ensemble prenait un peu trop d'importance, mais Pierre ne s'en inquiétait pas. Sur le reste, Clara n'avait rien à craindre. Il ne prêtait pas attention aux signaux des autres femmes. Il avait posé des œillères sur sa vie amoureuse, une décision plus ou moins dictée par son emploi du temps chargé, mais qui, finalement, lui procurait une certaine hygiène de vie. Son existence bien rangée et sa réputation aidant, les sollicitations avaient d'ailleurs diminué.

De toutes les façons, s'il avait dû choisir un « extra », ce n'est pas vers Emma qu'il se serait tourné. Sa silhouette, certes, ne le laissait pas insensible. La première fois qu'il l'avait vue, quand le big boss de Supra Data les avait présentés l'un à l'autre, il s'était dit : « Tiens, pour une fois, il a du goût, le vieux. » Mais quelque chose en elle le déstabilisait. Le manque de douceur et de féminité. L'agacement qu'elle lui procurait souvent, dans le travail. Sa réussite lui semblait trop facile et, quelque part, injustifiée.

En fait, ce qui agaçait profondément Pierre – il s'en souvenait maintenant –, c'était le côté bon élève, politiquement correct de la fille. Il l'imaginait, au lycée, incollable en maths, ou en physique, sûrement déléguée de classe dès le plus jeune âge. Avec, de surcroît, un petit penchant artiste, style douée pour le violon ou le piano. Bref, la fille parfaite, vue du côté des parents et des profs. Et des employeurs aussi : chez Supra Data, elle avait dû gagner un peu plus que lui pour des fonctions quasi identiques, et elle avait été une des rares à avoir obtenu une voiture de fonction. Pourtant, elle se vantait de ne pas connaître grand-chose à l'informatique. Crispant. Pierre avait toujours pensé qu'elle n'avait décroché son job que grâce au système des quotas en vigueur dans les sociétés américaines, système qui imposait un pourcentage minimal de femmes dans les fonctions techniques, généralement masculines. Il le lui avait même dit gentiment le jour où elle avait annoncé son départ pour San Francisco. Ce qui l'avait mise en rage. Aurait-il laissé entendre qu'elle avait bénéficié de la « promotion canapé », elle l'aurait pris moins mal.

Lorsqu'elle était partie par les États-Unis, il n'avait donc pas jugé cette perte irréparable pour l'entreprise. Et il avait oblitéré son image.

Elle lui revenait, toutefois, une ou deux fois l'an, lorsqu'il emmenait les enfants dans un parc d'attractions. Un souvenir, alors, surgissait dans sa mémoire. Chez Supra Data, dans les années 1990, les dirigeants organisaient chaque année un séminaire de motivation. Le truc habituel pour resserrer la cohésion des troupes. Pierre et ses collègues avaient ainsi descendu les gorges du Verdon en rafting, marché sur des braises à Marrakech ou joué au paintball dans la forêt en Transylvanie. Et puis il y avait eu le stage d'astronaute. Cette année-là, Emma faisait partie du voyage. Ils avaient d'abord passé quelques heures dans un simulateur de vol : ils avaient piloté une navette spatiale et ressenti, écrasés contre leur siège, la pression d'un vrai décollage. Puis ils avaient expérimenté le simulateur d'apesanteur : dans une longue cabine fermée, garnie de matelas en mousse, affranchis de la gravité, ils avaient « nagé » vers les plafonds et marché sur les parois, dans un ballet de pantins, libres et maladroits.

Il s'était alors produit une chose étrange : à la fin de l'exercice, Emma et Pierre s'étaient retrouvés, côte à côte, en équilibre à l'horizontale sur la paroi du fond, comme s'ils s'apprêtaient à plonger depuis le tremplin d'une piscine. Et au moment de se jeter dans le vide, au lieu de regarder droit devant eux, ils s'étaient souri et avaient sauté sans se quitter des yeux. Il se souvenait bien de la scène. Le visage de la jeune femme, son sourire en apesanteur, ses cheveux sombres qui volaient autour de son front, ces quelques secondes pendant lesquelles le temps avait semblé, lui aussi, suspendu.

Depuis, quand il faisait un tour de grand huit avec les enfants ou qu'il regardait des images d'astronautes, il pensait à Emma. Anita, avec qui il avait plaisanté sur le sujet, y voyait évidemment la marque d'un désir refoulé, mais Pierre avait appris à relativiser ses réflexions, sa propension à la psychanalyse sauvage, comme il disait.

Un jour, Anita lui avait soutenu que les gens qui n'aimaient pas les plaisirs de la table n'aimaient pas non plus ceux du lit. Autrement dit, que l'appétit sexuel était corrélé à l'appétit tout court. Pis, elle étendait son raisonnement à tous ceux qui n'aimaient pas *faire* la cuisine. Cette façon de voir en permanence le monde à travers le prisme freudien l'avait énervé. D'autant que Clara, à ce moment-là, faisait un régime salade-yaourt.

« Pourquoi moi ? » Emma ne songea pas à retourner la question à Pierre. Après tout, même si c'était lui qui l'avait embrassée, c'était elle qui avait téléphoné. Et même si le plaisir qu'ils avaient pris à danser ensemble était de toute évidence partagé, que pouvait-elle deviner des raisons qui avaient poussé Pierre à la prendre dans ses bras ? Si elle avait osé l'interroger, peut-être lui aurait-il dit que, comme elle, il ne voulait plus, désormais, laisser passer les occasions de lier une relation plus profonde que celles que la vie quotidienne fait naître. Et qu'il avait ressenti, lui aussi, la douceur inédite de ce baiser.

Ils reprirent leur chemin. Quand le bras d'Emma revint s'enrouler autour de sa taille, Pierre éprouva une telle impression de bien-être qu'une gêne l'envahit. Pourquoi ressentir autant d'attirance pour une femme ? Quinze ans qu'il n'avait pas éprouvé une telle sensation.

— Et Barett, au fait ? demanda-t-il, faisant dériver la conversation vers un sujet neutre. Comment l'as-tu rencontré ?

— Rien de bien original. Dans une soirée, à l'université.

— Tu dansais avec lui, et puis tu lui as téléphoné...

— Arrête ! Dan ne sait pas danser. Il déteste ça. Nous avons commencé à discuter de l'avenir des logiciels de bureautique, si je me souviens bien... Tu vois, ça ne date pas d'hier.

Les médias relataient l'histoire d'Emma et de Dan comme une succession logique de faits objectifs : une amourette d'étudiants, un intermède de six ans, puis des retrouvailles lors d'un séminaire d'Esther Dyson, l'un des gourous de l'informatique, à New York. Une histoire originale, mais peu passionnelle, et surtout déséquilibrée. Elle prête pour le mariage, lui non. Elle qui l'avait attendu, puis quitté. Point. Sauf qu'il s'agissait là d'une version caricaturale de la réalité. Barett et Shannon possédaient certes une multitude de goûts communs, et surtout une étonnante et inépuisable connivence intellectuelle, mais ils n'avaient pas les mêmes envies ni la même philosophie de la vie.

— Je ne voulais pas renoncer à mon job à Frisco... d'autant que Dan ne voulait pas d'enfants, à l'époque. Mais c'est de l'histoire ancienne, tout ça.

Au ton qu'elle employait, à sa voix moins assurée, Pierre douta que la blessure soit aussi ancienne qu'elle le prétendait.

— Et c'est vrai que son contrat de mariage prévoit qu'il a le droit de passer un week-end par an avec toi ? demanda Pierre.

Elle soupira. En général, la question suivante tombait : est-ce une autorisation de coucher ensemble ? Elle répondit aux deux à la fois.

— Oui à la première question, non à celle que tu n'as pas posée.

— Mais je n'ai rien dit !

— Bien, alors soyons clairs, reprit Emma d'une voix où perçait l'impatience : c'est vrai, le droit à notre week-end annuel est inscrit dans son contrat de mariage, mais ça ne veut pas dire que... D'ailleurs, quand il l'a demandé à Amelia, elle n'a fait aucune difficulté. Tu sais, elle ne m'a jamais perçue comme une rivale. Nous étions déjà séparés lorsque Dan l'a rencontrée. Et puis le sexe a toujours été secondaire dans notre relation.

Dans l'obscurité, Pierre esquissa un sourire dubitatif. Il avait effleuré les lèvres d'Emma, il caressait maintenant ses épaules. Il ne pouvait pas croire que Dan Barett, aussi passionné fût-il par les échanges intellectuels, puisse avoir été insensible à d'autres formes d'échange avec elle. Mais elle devança sa question.

— Que tu veuilles le croire ou non, les moments les plus extraordinaires que nous ayons vécus sont ceux où nous discutions ensemble *après*... Il y avait toujours sur la table de chevet deux verres à pied et une bouteille de vin. On en buvait la moitié, et on parlait toute la nuit.

— Mais de quoi ?

— Des thérapies géniques, du tourisme spatial ou des expériences mystiques dans les monastères romans...

Il faillit lui demander comment son cerveau à elle pouvait rivaliser avec celui du génie du logiciel. Mais il ne trouva pas de formulation assez habile pour ne pas la vexer. D'ailleurs, une fois encore, elle répondit, avant qu'il eût formulé sa question :

— Tu sais, je ne suis qu'un *sparring partner* pour Dan. Il lance des idées, je le relance. Ou je le contre. Je mets du bon sens dans ses folies. Sur le plan technique, ses principaux collaborateurs sont tous des hommes, je compense.

— Il ne peut pas trouver, dans sa boîte, un autre *sparring partner* féminin ?

— Si, bien sûr. Mais, bon, ce n'est pas la même chose, j'imagine. Il est habitué à moi. Et puis j'ai un regard extérieur qui peut lui être utile. On m'apporte une foule de nouveautés, je rencontre beaucoup d'inventeurs, et j'ai souvent une vision plus pragmatique que la sienne sur les évolutions de la technologie...

— Et vous avez toujours une bouteille à côté du lit ? J'imagine que ce n'est pas du cabernet de Californie !

Emma garda le silence, plus amusée qu'agacée par l'ironie jalouse qu'elle sentait poindre dans les propos de Pierre. Comment lui expliquer ? Ses relations épisodiques avec Dan Barett ne ressemblaient à rien d'habituel. Même si cela semblait prétentieux, elles étaient avant tout intellectuelles. Était-ce Proust ou Oscar Wilde qui prétendait que « l'amitié entre un homme et une femme est possible... surtout quand elle se double d'une légère antipathie physique » ? Certes, elle n'avait jamais eu d'aversion pour le corps de Dan, mais elle n'avait jamais ressenti avec lui – ni avec personne, d'ailleurs, jusqu'à ce jour – cette irrésistible envie de fusion qui naît parfois entre deux êtres au moment où leurs mains s'effleurent ou lorsque leurs regards se mêlent un instant.

Gold Beach était maintenant derrière eux. Emma et Pierre arrivèrent sur la petite route macadamisée qui croise le sentier et qui permet, au sud, de rejoindre le village de Longues-sur-Mer, puis au nord, de descendre, en pente raide, vers la mer. Ils marchèrent jusqu'à la plage sur les galets humides et traversèrent le banc de sable en forme de poisson blanc qui se découpait au milieu des pierres. La lune se reflétait sur une mer d'huile. À droite, derrière la falaise du cap Manvieux, ils apercevaient le collier sombre des barges flottant dans la baie d'Arromanches.

— On aurait dû prendre notre maillot de bain, regretta Pierre.

— On peut se baigner en sous-vêtements, non ? répondit sa compagne en haussant les épaules.

Elle retira son jean et son sweat-shirt. Au moment de l'imiter, Pierre marqua malgré lui un temps d'arrêt. Emma portait un ensemble de sous-vêtements blancs qui dessinait sur son corps des formes qu'il n'avait pas imaginées. Il regarda sa silhouette tandis qu'elle avançait vers l'eau : son cou était mince, ses épaules larges et rondes, ses mains fines prolongeant des bras longs et musclés. Sans l'attendre, elle se jeta dans la mer.

— Tu viens ? cria-t-elle.

Un rocher plat affleurait sur l'eau, à vingt mètres du bord. Elle s'y hissa, s'assit en repliant ses jambes sur le côté et croisa les bras sur sa poitrine comme pour cacher ses seins.

— Ça ne te rappelle rien ? lança-t-elle en battant des cils.

Pierre, qui venait de la rejoindre au pied du rocher,

trop étroit pour s'y asseoir à deux, s'arrêta, interloqué. Emma Shannon, Mme Emma Shannon, présidente de Bretshire & Shannon, était en train de minauder...

— Non.

— Tu n'es jamais allé au Danemark ?

— Si.

— À Copenhague ?

— Oui, et alors ?

— Tu ne connais pas la mascotte des Danois ?

Elle soupira.

— *La Petite Sirène*, enfin, Pierre !

Elle éclata de rire. Pierre ne put résister. Elle penchait la tête vers lui. Il prit appui sur ses bras et se hissa hors de l'eau, vers ses lèvres. Il y eut un bref goût de sel, puis une violente douceur. Comme si, une nouvelle fois, l'évidence de ce baiser le submergeait.

Il se laissa retomber doucement et posa son visage sur le ventre de la jeune femme en retenant son souffle. Il le couvrit de baisers d'écume. Emma ne bougeait plus. Elle se tenait assise, appuyée sur les bras, au bord du rocher. Elle ne voyait plus, au-dessus d'elle, qu'un grand pointillé d'étoiles. Dan aurait été là, ils auraient sûrement débattu de la cause du phénomène – sécrétion d'endorphines ? transe hypnotique ? – mais, en cet instant précis, son cerveau était incapable d'amorcer le moindre raisonnement. Inondé de désir.

Côte à côte, Emma et Pierre nagèrent jusqu'au rivage. Il la regardait allonger ses brasses, les mains jointes, ses épaules reflétant la lumière de la lune. Elle lui jeta un regard de biais. Il vit ses yeux verts, intenses, des yeux qu'il n'aurait jamais imaginé se transformer ainsi chez cette femme.

Ils s'allongèrent l'un contre l'autre sur le sable froid. Comme elle tremblait un peu, il l'attira sur lui, d'abord pour la réchauffer en lui frottant le dos. Puis le geste se fit plus lent. De l'extrémité de ses doigts, il effleura sa colonne vertébrale, depuis le bas du dos jusqu'à la nuque. Il sentit ses reins se cambrer, d'autres frissons monter en elle. Et il pensa, au même moment qu'elle, il en était certain, que leurs corps s'assemblaient comme les deux moitiés d'un même fruit. Ils découvraient l'harmonie absolue, celle qui s'affranchit de paroles, de signes, de tous les gestes d'apprivoisement.

Elle roula sous lui, et ils firent l'amour comme si c'était la chose la plus naturelle du monde. La plus fulgurante aussi.

Emma retrouvait les sensations de son rêve. Mais le plaisir était plus brûlant, plus violent. Par instants, il lui coupait le souffle, anéantissant sa lucidité.

S'il avait pu, Pierre aurait préféré rester immobile, enfoui en elle, les lèvres sur sa tempe, pour noyer l'émotion qui l'envahissait. Mais le mouvement des hanches d'Emma l'entraînait dans une danse insensée. Elle avait glissé ses doigts dans les cheveux de son compagnon, encore mouillés, derrière sa nuque. De l'autre main, elle explorait les creux de son visage, ses épaules, son dos, comme si elle craignait de les oublier un jour. Sans s'en rendre compte, elle gémissait de plus en plus fort. Et il sentit soudain, au bout d'une interminable plainte, une longue vague de soie le submerger.

Lorsqu'elle retomba, Pierre se laissa glisser sur le côté, pris de vertige. Il porta à ses lèvres la main lasse de la jeune femme, dont la bouche était encore entrouverte. La poussière de sable avait accentué les cernes sombres sous ses yeux.

— Tu ressembles à un panda, chuchota-t-il.

Elle fronça les sourcils, incapable de décider si elle devait sourire ou s'offusquer. Il ajouta :

— J'adore les pandas. Je te désire encore plus quand tu ressembles à un panda.

Ils parlèrent longtemps pour rattraper les années perdues. Et ils refirent l'amour, encore incrédules devant cette entente dont l'achèvement paraissait surnaturel. Plus tard, allongé sur la plage, les mains sous la nuque, Pierre enregistrerait une image qui ne devrait plus le quitter, même lorsque ses relations avec la jeune femme auraient changé de nature : Emma, agenouillée près de lui, en sous-vêtements, s'arrêtant brusquement de parler pour lui sourire, le visage incliné. Il avait eu l'impression, à cet instant précis, dans le clair de lune, que le buste de sa compagne – la courbe de ses épaules, la naissance de ses seins, son ventre lisse – était le plus beau tableau du monde. Il désirait Emma de tout son être, sans avoir besoin de la toucher, sans même qu'elle le touche, simplement en la regardant. C'était une sensation nouvelle et déstabilisante.

Avec Clara, ils avaient leurs habitudes. Faire l'amour était un automatisme. Agréable, mais sans grande fantaisie. Sa femme se montrait tendre dans ces moments-là ; elle lui parlait beaucoup, affectueusement, et il aimait cette douceur qu'elle manifestait peu le reste du temps. Cet amour-là, chaleureux et rassurant, ne lui faisait pas perdre pied. C'était une agréable gymnastique au cours de laquelle il gardait la conscience de ce qu'il faisait. Avec Emma, en revanche, il était emporté, prisonnier de son désir, englouti par lui, comme si une force supérieure lui imposait sa volonté.

Pour Clara, faire l'amour était une chose sérieuse à laquelle elle s'appliquait. Elle semblait y prendre plaisir, mais il sentait confusément que sa joie demeurait policée. Conventionnelle. Maîtrisée. Parfois même un peu forcée.

Emma, elle, ne semblait pas prendre l'amour au sérieux. Tout à l'heure, elle avait ri aux éclats, frondeuse, les yeux brillants. Provoqué Pierre. Prétendu que, lorsqu'il caressait ses seins, il jouait avec eux. Il avait adoré la voir rire, mais plus encore le moment où elle avait cessé de rire, quand la lueur de malice, dans son regard, avait laissé place aux eaux troubles. Le moment où son corps, chaviré, s'était fait docile.

Le soleil se lèverait bientôt. Ils devaient rentrer s'ils ne voulaient pas se faire remarquer en arrivant à l'hôtel. Mais Pierre, les yeux fermés, hésitait à donner le signal du départ. Emma, de son côté, avait repris ses esprits. Elle était convaincue que son compagnon gambergeait déjà sur les conséquences de leur escapade nocturne. Qu'allait-il se passer *après* ? Quel serait le destin de leur improbable relation ? Quid de Clara, de Brad ? Elle voulut le rassurer sur ses intentions à elle et s'allongea contre lui. Elle sentit alors les bras de Pierre se nouer à nouveau, spontanément, autour de sa taille. De près, elle vit qu'il avait quelques cheveux gris, non pas sur les tempes mais un peu plus bas, derrière les oreilles.

— Tu sais, Pierre..., commença-t-elle en se mordant les lèvres.

— Oui ?

— Je voulais te dire...

— Quoi ?

— C'est la première et la dernière fois.

Il détacha son bras, se retourna sur le ventre, posa ses mains sous son menton et murmura :

— Oui...

Le reste de la phrase faillit se perdre dans le sable, mais Emma, qui avait appuyé sa joue contre l'épaule de son compagnon, entendit :

— Oui mon général.

Pierre avait prononcé le mot « général » comme s'il avait, à contrecœur, acquiescé à un ordre. Il avait du mal à imaginer que la jeune femme douce, alanguie, dont le visage se nichait dans le creux de son épaule, était la même que l'autoritaire pin-up en tailleur qu'il avait connue autrefois, la figure à la fois fascinante et repoussante d'un monde dans lequel il était d'usage d'éliminer l'aléa du sentiment.

Lorsqu'ils regagnèrent le chemin de la falaise, Pierre laissa Emma marcher devant lui. Il regardait son cou mince et blanc, ses épaules musclées, la courbe de son dos, ses reins si arqués tout à l'heure, ces cheveux raidis par l'eau dans lesquels il avait noyé son visage et ses mains. Il n'en revenait pas. Comment Barett avait-il pu, avec cette femme, se contenter le plus souvent d'amour à distance ? Pierre, lui, avait le sentiment qu'après avoir fait l'amour avec Emma il la désirait encore plus. Et c'était cela aussi qui était nouveau, cette impression qu'il aurait pu caresser cette femme pendant des heures sans se lasser. Sans même être guidé par un désir physique, comme si la source de son désir se trouvait au plus profond de lui.

Il saisit la taille de la jeune femme, la plaqua contre lui et lui souffla qu'il avait encore envie d'elle.

Elle détourna la tête, dubitative. Ils avaient fait l'amour plusieurs fois. Comment le désir pouvait-il être encore présent ?

Elle sourit d'un air de défi, et Pierre la fit rouler à terre, dans l'herbe. Il fondit dans ce même vertige violent qui l'avait emporté tout à l'heure, et entendit de nouveau ce flot de soupirs dont il n'aurait jamais cru Emma capable et qui déferlait, comme si elle libérait des plaintes longtemps retenues.

Lorsque leurs sens furent apaisés, ils se regardèrent, sans dire un mot. Les joues d'Emma étaient brûlantes et Pierre les embrassa, lentement. Ils avaient, l'un et l'autre, envie de prononcer des mots d'amour, mais à quoi bon ? Ils n'auraient jamais l'occasion de les traduire en actes. Ils ne pourraient jamais savoir si l'embrasement de chair qu'ils venaient de vivre disparaîtrait comme un feu de paille ou créerait un foyer dont les braises ne s'éteindraient plus.

Le jour se levait quand ils reprirent leur marche. Une timidité s'était installée entre eux, qu'ils ne savaient plus comment vaincre. Ils continuaient de parler, pourtant, comparant leurs vies respectives. Celle d'Emma, dans laquelle l'absence de routine aboutissait finalement à une routine bien pire : les voyages programmés, les chambres d'hôtel semblables, les rencontres avec des gens toujours nouveaux, mais qu'elle ne revoyait jamais ou si peu.

— On prend l'habitude de ne pas connaître les gens, conclut-elle, la voix remplie d'amertume. D'ailleurs, à quoi bon ? Parfois, il vaut mieux se contenter d'effleurer leur personnalité. Au moins, on n'est pas déçu.

— Sauf quand arrive le moment de mourir, souffla Pierre. Là, on se dit qu'on aurait dû passer davantage de temps à mieux connaître les personnes qu'on aime. Mais il est alors trop tard pour les regrets.

Cette soudaine gravité tira Emma de l'état second dans lequel elle baignait depuis quelques heures. Le souvenir de Kathrin Strandberg lui revint à l'esprit. Elle ne l'avait qu'aperçue, mais son nom lui avait paru bizarrement familier, et elle aurait aimé savoir qui elle était et comment elle avait vécu : n'avait-elle fait, elle aussi, qu'effleurer la personnalité des gens qu'elle avait croisés ? Ou avait-elle su, elle, lutter contre la confortable accoutumance à l'éphémère ?

Elle balaya ces pensées de son esprit. Le problème, évidemment, n'était pas là. Cette jeune Suédoise si jolie, si douce, disait-on. Qui avait voulu la torturer ? La tuer sans doute ?

Maintenant qu'ils approchaient de l'hôtel, le souvenir des événements de la journée reprenait le dessus. Emma se tourna vers Pierre.

— Tu n'as pas pris de mélatonine au moins, toi ?

— Moi ? Je viens tout droit de Marseille ! Et je ne suis pas allé à Boston depuis au moins dix ans.

— Boston ? Pourquoi dis-tu Boston ? Il y a eu des morts un peu partout...

— Tu n'es pas au courant ? C'est sur Internet, pourtant. Tu sais que ces six morts subites, depuis deux jours, concernent toutes des personnes revenant d'un long voyage et ayant absorbé des cachets contre le *jetlag* ?

— Oui, les médecins disent qu'il pourrait s'agir d'un surdosage qui aurait provoqué une allergie...

— Sauf que CBS a communiqué tout à l'heure les résultats des autopsies : les victimes ne sont pas mortes d'une overdose de mélatonine, ni même d'une allergie, mais d'une forme d'empoisonnement ! Les cachets contenaient un produit habituellement utilisé dans le traitement de la maladie d'Alzeimer, mais qui, injecté massivement, déclenche tous les symptômes de cette maladie... Un peu comme un vaccin mal dosé ! Et foudroyant.

Emma était stupéfaite. Une substance provoquant la

maladie d'Alzheimer, et la mort, dans un cachet de mélatonine ? Mais pourquoi ? S'agissait-il d'une erreur de manipulation ou de meurtres sciemment perpétrés ? Elle était maintenant impatiente de retourner dans sa chambre pour se connecter au Net et en savoir plus. Elle pressa le pas.

— Mais tu n'as pas dit pourquoi Boston ? insista-t-elle.

L'informaticien la rejoignit, et répondit d'un ton calme qui contrastait maintenant avec la nervosité de sa compagne.

— Il semble que tous les lots analysés proviennent d'un seul et même endroit : la pharmacie de l'aéroport Logan, à Boston. Tous les passagers décédés ont transité par cet aéroport.

11.

Lorsque je vis la photo de Costello sur le manteau de la cheminée, je fus frappé par sa ressemblance avec Herbert von Karajan. Même crinière blanche, même regard bleu acier, même prestance. On avait souvent dû lui faire la réflexion. Ajoutons-y le charme français, cette espèce d'aura romantique qui avait plu à Kathrin. Mais, à côté de la photo, il y avait une urne dorée. Celle qui contenait ses cendres.

— Prenez place, madame Strandberg, dit Blandine Costello. Monsieur...

— Barett, Dan Barett.

Quand j'avais reçu le mail de Kathrin annonçant la mort de Michel Costello, j'avais aussitôt été tenté d'appeler son épouse à Aix-en-Provence. S'il y avait la moindre chance de consulter les documents de l'architecte, c'était maintenant. On n'était jamais à l'abri d'une bévue. Les héritiers pourraient avoir la tentation de tout jeter. Que valaient pour eux les planches et les esquisses d'un vieux fou ? Mais je n'avais pas osé. Difficile d'appeler une personne inconnue, quelques semaines après le décès de son mari, pour fouiller dans ses archives. Je ne suis pas Bernie Puttman. Lui, tu le sais bien, il fonce. États d'âme, zéro.

C'est Kathrin qui a trouvé la solution. « Travaux de recherche. » « Intérêt scientifique. » Elle a appelé Blandine Costello en invoquant ces raisons. Le Nationalmuseum de Stockholm s'intéressait aux thèses de Costello et voulait compléter ses connaissances sur Le Nôtre. Le prétexte était bien passé. Blandine Costello avait accepté de nous recevoir. Enfin, Kathrin. Moi, j'étais la pièce rapportée.

La demeure de Costello, toute de pierre ocre et rose, n'était pas très grande, selon les standards américains, mais splendide, bâtie comme une maison hispanique à patio. Derrière le portail sobre, côté route, des murs aveugles, impénétrables ; de l'autre côté, une grande baie ouverte sur le jardin. Une pièce de réception et des chambres, disposées autour d'un quadrilatère décoré de grands bacs de fleurs roses, meublées de fauteuils et de tables en osier conçus pour les tropiques. Juste devant la terrasse, sous le balcon, une piscine bleue recouverte d'une bâche et entourée d'orangers et de bananiers pas encore fleuris. En la longeant, je tombai en arrêt devant le cadran solaire placé sur le mur, au-dessus du bassin. Il était surmonté d'une devise : « L'étendue est la marque de ma puissance, le temps la marque de mon impuissance. » Signé Jules Lagneau, un philosophe français.

L'accueil avait été poli, sans plus. Normal, me dis-je, compte tenu des circonstances. Kathrin, polyglotte comme souvent les Suédois, m'avait présenté sobrement.

— M. Barett est un grand mécène qui finance le musée de Stockholm et qui, de surcroît, s'intéresse personnellement à Versailles.

Blandine Costello donna l'impression de ne pas me reconnaître. Je ne m'en étonnai pas. Les Français ont la réputation d'être technophobes, même si tu prétends le contraire. Oui, même s'ils ont inventé le Minitel et le TGV... J'ai toujours pensé que si je devais un jour cacher un prototype ultrasecret ou un logiciel révolutionnaire je choisirais un endroit en France. Le dernier pays où mes concurrents auraient l'idée d'aller le chercher.

Notre hôtesse nous précéda au salon, une belle pièce meublée en osier avec de vastes coussins et de grands rideaux de toile beige.

— Vous prendrez bien quelque chose ?

Mme Costello était plus jeune que son défunt mari. De dix ans, au moins. Universitaire, prof de lettres à la faculté d'Aix, habillée sans recherche, comme beaucoup d'enseignantes : jupe grise, veste grise, chemisier blanc. Été comme hiver, probablement.

— Un thé, volontiers, répondit Kathrin.

— Et vous, monsieur ?

— Coca Light, si vous avez, merci.

— Mes petits-fils en boivent. J'ai beau leur dire que les Américains nous empoisonnent avec ça...

Elle était directe. Un peu sèche sur le fond, musicale dans la forme, elle affichait pourtant une certaine gaieté dans sa voix sans doute due à sa pointe d'accent méridional. C'est toi qui m'as initié un jour aux différences de prononciation dans ce pays. L'accent de Provence, dans lequel, comme tu disais, on entend la musique de Vivaldi, même quand les gens se chamaillent.

Blandine Costello revint rapidement avec les boissons et quelques gâteaux secs. Elle posa le plateau sur la table basse et s'assit sur le bord d'un fauteuil. Service minimum, politesse de circonstance.

— Vous avez fait bon voyage ?

— Oui, parfait. Le train était à l'heure. Et on a traversé des champs enneigés. Quelle merveille, votre TGV ! n'est-ce pas, Dan ?

Pour les besoins de la cause, Kathrin m'avait appelé par mon prénom. Mais sa tentative de réchauffement tomba à plat. La réplique de Blandine Costello fusa :

— Une merveille, oui, sauf que les Américains ne nous en ont jamais acheté un.

Derrière son ironie, je sentais poindre ce ressentiment qu'expriment parfois les Français à l'égard de mes compatriotes.

— Oh, vous savez, les Américains ne comprennent rien au génie français ! ajoutai-je, courtois, en avalant une gorgée de Coca.

Blandine Costello protesta.

— Du génie ? Vous trouvez ça génial, vous, le TGV ? Aller à Paris deux fois plus vite ? Je m'en fiche, moi, d'aller à Paris deux fois plus vite ! Moins j'y vais, mieux je me porte ! Le génie français, ce n'est pas le TGV. C'est Chateaubriand, Victor Hugo, Matisse, Braque !

— Et Le Nôtre, conclut Kathrin.

Blandine Costello se rembrunit.

— C'est ce que pensait mon mari...

Mais la conservatrice suédoise avait saisi l'ouverture.

— D'abord, madame Costello, je vous remercie encore de nous recevoir en ces cir...

— C'est bien, on en a déjà parlé au téléphone. Michel, vous savez, aurait été ravi que vous veniez le voir plus tôt.

— Je sais, je suis désolée. C'était un homme charmant. Un grand chercheur. Je l'avais rencontré il y a deux ans lors d'un congrès, et j'avais été impressionnée par son travail.

— Si seulement vous aviez été plus nombreux, plus tôt, à vous intéresser aux travaux de Michel ! C'était un homme d'une grande délicatesse. Et un chercheur fabuleux. Ces derniers mois, il avait été très près d'aboutir. Mais sa maladie l'en a empêché... C'était une course contre la montre, car il ne pouvait plus aller dans les jardins. Vous savez, il perdait peu à peu la vue.

— Non, je ne savais pas, balbutia Kathrin.

Un silence gêné s'installa. Blandine Costello se leva, le visage crispé. Kathrin avait du mal, je le sentais, à aborder le cœur du sujet.

Notre hôtesse, qui s'était approchée de la cheminée, se retourna soudain vers moi, presque agressive.

— Mais pourquoi vous intéressez-vous à Versailles ?

C'était le moment de raconter ma passion pour les rois de France, les questions que je me posais sur l'agencement du parc, mes doutes sur la position d'Apollon, ma visite à Stockholm. Et la question qui, maintenant, m'obsédait : Le Nôtre avait-il inscrit dans l'ossature invisible du jardin une formule mathématique prouvant l'existence de Dieu ?

Je commençai donc à dévoiler mes connaissances sur le sujet. À peine avais-je prononcé l'expression « théorème divin » que Blandine Costello tressaillit.

— Vous êtes au courant pour la formule ! dit-elle en jetant un coup d'œil à gauche et à droite, comme si elle craignait soudain qu'on ne nous entende. Mon mari m'avait pourtant dit que personne ne savait... Il ne voulait pas en parler ! Même à moi : il ne m'a jamais montré la formule elle-même. Il disait...

Elle s'interrompit et revint vers son fauteuil pour s'appuyer sur le dossier, comme si elle allait perdre l'équilibre.

— Oui, que disait-il ? souffla Kathrin.

— Oh, ça va vous faire sourire. Il disait que ça pouvait por-

ter malheur. Comme la malédiction de Toutankhamon, vous connaissez ? Ou celle d'Otzi...

Tu as suivi cette histoire, non ? Depuis 1991, six des découvreurs d'Otzi, la momie trouvée dans la neige en Autriche, sont décédés soit dans un accident, soit de mort apparemment naturelle. Et, en tête, le principal d'entre eux, le montagnard Helmut.

Je me dis que pour faire des parallèles avec Otzi ou Toutankhamon le jardinier devait quand même être un peu dérangé.

— Vous voulez dire que d'autres gens avant lui avaient trouvé la formule et qu'ils en étaient morts ? murmura Kathrin.

Blandine Costello secoua la tête.

— Je ne sais pas. Sa découverte à propos de Dieu ne datait que de seize, dix-huit mois ; peut-être se cherchait-il des justifications pour ne pas en parler, justement parce qu'il était dégoûté par la manière dont on avait dédaigné ses révélations précédentes... Vous savez, depuis vingt-cinq ans, il avait frappé à toutes les portes. Les conservateurs de Versailles, évidemment, le ministère de la Culture, les hommes politiques à Paris, les médias, les journalistes, Paris Match, Historia... *Personne n'avait voulu le recevoir. Ou, plutôt, les quelques rares qui l'avaient reçu ne l'avaient pas pris au sérieux.*

— La découverte de l'escalier n'y avait rien changé ?

— Rien du tout. Croyez-moi, c'est une vraie révolution qu'il faudrait pour obliger les experts à repenser LEUR *Versailles. Ils croient le connaître par cœur simplement parce qu'ils en ont épluché les livres de comptes.*

— Les livres de comptes ? demandai-je, craignant d'avoir mal compris l'expression. Que voulez-vous dire, Blandine ?

Kathrin répondit à sa place, en anglais.

— Les historiens français reconstituent l'histoire de Versailles en se fiant aux dépenses occasionnées par la reconstruction du château et des jardins. Colbert, le Premier ministre de Louis XIV, tenait des registres précis et détaillés. On peut donc savoir, jour après jour, ce qu'a coûté tel bosquet, telle transplantation d'arbres ou tel érasement de colline.

— Mais le problème, poursuivit Blandine en français, c'est que tout chantier qui ne figure pas dans les livres de comptes est réputé ne pas avoir existé !

Elle se mit à taper du bout des doigts sur l'accoudoir de son fauteuil en me prenant à témoin.

— Même après la découverte de l'escalier, ils ont fait comme si Michel n'existait pas ! Enfin, c'est ce que j'ai d'abord cru. Car, ensuite, il m'a semblé que l'affaire était montée plus haut que je ne le croyais.

Blandine Costello se pencha en arrière, paraissant soudain plus frêle dans son grand fauteuil en osier, et poursuivit, sur le ton de la confidence :

— Je ne suis sûre de rien. Cependant... Michel, qui travaillait régulièrement pour des chantiers publics, n'a plus reçu la moindre commande de l'État pendant les dix années qui ont suivi cet épisode. Bien sûr, la conjoncture n'était pas très faste, et la concurrence plutôt rude. Mais plusieurs chantiers qu'il aurait dû logiquement obtenir lui sont passés sous le nez.

La veuve s'était recroquevillée dans les coussins, le regard perdu dans le vague.

— Ça l'a miné. Il y a trois ans, il a commencé à ressentir de plus en plus souvent des maux de tête. Mais on n'a découvert sa tumeur qu'il y a un an environ. Ensuite, tout est allé très vite...

J'avais beau comprendre la frustration de Costello, je commençais à m'impatienter. Kathrin me connaissait moins bien que toi, mais elle a perçu mon agacement. Toujours ce mouvement de balancier, d'avant en arrière, qui me trahit.

— Madame Costello, comme je vous l'ai dit au téléphone, nous avons peu de temps. Nous devons reprendre le TGV à 18 heures. M. Barett doit absolument être à Paris ce soir. Et nous ne voulons pas vous déranger trop longtemps. Pourrions-nous jeter un coup d'œil sur les archives de votre mari ?

— Vous êtes là pour ça. Venez. Suivez-moi. C'est là-haut, dans le pigeonnier.

Le pigeonnier désignait l'atelier de Costello, sous les toits. Une petite pièce mansardée où s'entassaient, pêle-mêle, des maquettes de paquebots, de tours et des plans en rouleaux, appuyés contre les murs. Sur les étagères, des dizaines de classeurs d'archives, rangés par ordre alphabétique. Sous la fenêtre, un canapé en velours rouge, élimé.

— Voilà, tout est là ! lança Blandine en désignant sur les

étagères une dizaine de cartons d'archives marqués du mot « Versailles », écrit à la main, au feutre noir. Je ne les ai pas encore ouverts, je n'en ai pas eu le temps... ou le courage.

La table à tréteaux était encombrée. Blandine Costello repoussa sur le côté plusieurs rouleaux recouverts de poussière.

— Voilà. Mettez-vous là. Vous pouvez tout regarder. Je vous demande seulement de ne rien emporter. Si vous voulez faire des photocopies, vous pouvez utiliser notre téléphone-fax.

J'ai souri. De pitié, presque, lorsque j'ai vu le téléphone-fax en question, posé sur une pile d'exemplaires jaunis du Monde. *Pas d'ordinateur, pas de scanner, rien. Le paysagiste, avec son air de poète qui plaisait aux femmes, devait être le genre de dinosaure capable de disserter pendant des heures sur la « dépersonnalisation de l'écriture » et la « stérilisation de la pensée » que provoque l'usage de l'ordinateur.*

Je pris place sur un tabouret en face de Kathrin ; elle commença à ouvrir les classeurs d'archives qu'elle avait saisis sur l'étagère. Elle paraissait calme, mais je sentais qu'elle bouillait intérieurement. De temps en temps, elle me jetait des coups d'œil en biais, et j'aurais juré qu'elle regardait le canapé rouge. Elle avait un sourire suave, presque lascif. Je mentirais en te disant que j'étais insensible à l'attirance qu'elle semblait manifester à mon égard. Mais, bon, tu me connais. Je suis atteint du syndrome de Marilyn, comme tu l'appelles. Quand je suis concentré sur une tâche, la plus belle fille du monde pourrait entrer dans mon bureau, je la verrais à peine. Marilyn Monroe débarquerait, je serais capable de l'envoyer me chercher un café en levant à peine les yeux. Tu as toujours beaucoup ironisé sur cette différence entre nous. Toi, si Hugh Grant ou George Clooney surgissaient...

Nous explorâmes les documents un à un. Chacun des éléments du jardin – bassins, statues, vases, allées – semblait avoir eu droit à sa chemise cartonnée contenant des photos, des dessins préparatoires, des relevés de mesure, parfois des commentaires érudits sur la signification symbolique ou la place du dieu concerné dans la mythologie. J'essayais surtout de comprendre les multiples annotations que le chercheur avait portées en marge. Nous étions dans le pigeonnier depuis plus d'une heure lorsque Kathrin poussa un cri.

— Regardez, Dan !

Elle me mit sous les yeux un dossier intitulé « Application du nombre magique dans la structure des jardins de Versailles ». Il contenait des dizaines de dessins, faits de cercles, de courbes et de droites qui s'enchevêtraient. Soudain, elle extirpa du lot une feuille déchirée sur le bord et recouverte, des deux côtés, d'une écriture serrée.

— Écoutez ça, Dan ! s'exclama-t-elle.

Elle se mit à lire à haute voix et à traduire, en léger décalage, ce qui semblait être une note de Costello, visiblement destinée à des élèves ou à des néophytes : peut-être une ébauche d'article pour un journal non spécialisé, datée de 1988.

Lorsqu'on dessine le plan d'un jardin ou d'un bâtiment, la première règle consiste à s'affilier à un rapport de base. Je m'explique : si je dessine un parterre rectangulaire, ce rapport de base sera le rapport entre sa longueur L et sa largeur l. Imaginons, par exemple, que la longueur soit égale à 10 mètres et la largeur à 5 mètres. Dans ce cas, L/l = 2. Lorsque je construirai le deuxième rectangle, puis les suivants, qu'ils soient plus petits ou plus grands que le premier, je vais conserver cette proportion. Elle sera fixée une fois pour toutes. C'est cette constante qui va assurer l'harmonie de l'ensemble. C'est – entre autres – de cette proportion plusieurs fois répétée que naît la Beauté.

La suite figurait au verso.

Je n'ai eu de cesse de trouver le rapport choisi par Le Nôtre pour...

Je l'interrompis. Je déteste perdre mon temps. J'avais sorti mon agenda électronique équipé du dernier logiciel de Controlware permettant de prendre un texte en photo et d'obtenir sa traduction immédiate sur l'écran. Je pouvais ainsi lire en direct et en anglais la note que Kathrin continuait laborieusement de déchiffrer.

Je n'ai eu de cesse de trouver le rapport choisi par Le Nôtre pour ses figures. Je cherchais un nombre entier, et

c'est pourquoi ce fut si difficile. Car il n'y en a pas ! Le nombre auquel je suis toujours arrivé, quelle que soit la mesure faite, n'était pas un entier !
Lorsque j'ai abouti à ce résultat, je n'y ai pas cru. J'ai pensé que j'avais fait une erreur, je savais mes mesures approximatives, j'ai cru à une coïncidence... J'ai recommencé mes calculs à plusieurs reprises. Mais pour parvenir, toujours, au même résultat. À la même fraction.
Je tombais systématiquement sur le seul rapport que Le Nôtre ne pouvait pas avoir utilisé. À savoir...

Kathrin s'était arrêtée, bouche bée. Je la devançai.
— Le nombre d'or !
Elle me regarda, les yeux ronds.
— Comment le savez-vous ?
— Traduction assistée par ordinateur ! Ça fonctionne bien, maintenant, vous savez, Kathrin !
Dans le feu de l'action, j'avais moi aussi utilisé son prénom, mais elle ne s'en était pas aperçue. Elle était retournée à sa feuille de papier.
— Le nombre d'or, effectivement...
Elle avait l'air abasourdie. Moi, je ne comprenais pas pourquoi le nombre d'or était « le seul rapport que Le Nôtre ne pouvait pas avoir utilisé ».
— Et alors ? demandai-je, trop vite.
— Vous ne connaissez pas le nombre d'or ? s'étonna-t-elle, se méprenant sur le sens de ma question.
— Si, évidemment.
Je faillis lui répondre que j'avais appris par cœur ce nombre magique – ses dix premières décimales au moins – bien avant qu'elle ne soit née. Je faillis lui dire aussi que son visage reflétait certainement les proportions du nombre d'or. 1,6180339887. Le rapport « idéal » entre largeur et longueur, que ce soit pour un carré de pelouse ou la figure d'une top model...
Elle ne me laissa pas le temps de poursuivre.
— Regardez, Dan ! Regardez ! Costello a tout mesuré. C'est imparable !

Les notations du chercheur n'étaient pas évidentes à comprendre, mais je faisais confiance à Kathrin.

Depuis l'entrée de la grande allée du château jusqu'à l'allée de traverse : 350 tz (toises). Depuis le bosquet de la Girandole jusqu'au... 50 tz, etc.

Elle jubilait. Elle étalait les plans sur la table, les juxtaposait, vérifiait mentalement les calculs... Un tourbillon. Comme son parfum, qui, lui aussi, flottait autour de moi.

— Regardez l'angle des rampes de Latone ! Et ceux qui partent d'Apollon ! 36 degrés ! 108 degrés ! 54 degrés ! Ce sont tous des multiples de 18 ! Ils sont liés au nombre d'or... Et cette figure, dans les jardins : l'étoile à cinq branches ! Le pentagone ! Toute l'architecture des jardins repose sur le nombre d'or !

Je ne comprenais toujours pas pourquoi elle manifestait tant d'excitation. Le nombre d'or était connu depuis bien longtemps. Que Le Nôtre l'ait utilisé ne me paraissait pas être une découverte fondamentale. Et, surtout, en quoi était-ce lié à notre recherche ? Apollon à l'envers. La preuve de l'existence de Dieu. Je sentais qu'on s'égarait. Dans ces cas-là, tu me connais, je mets les choses au point.

— Kathrin, vous êtes bien gentille, mais je ne vois pas en quoi c'est une révolution !

— Dan, enfin ! Vous ne vous rendez pas compte ! Le Nôtre a utilisé le nombre d'or ! Alors qu'à la fin du XVII*e siècle c'était une hérésie ! Celui qui y faisait référence était soupçonné de s'affilier à une pensée obscure, une* combinazione, *une secte...*

— N'exagérez-vous pas un peu, quand même ?

— Pas du tout ! Que Le Nôtre ait eu recours au nombre d'or est absolument incroyable. C'était un homme moderne, il avait foi en la science, comme Louis XIV. Il utilisait les fameuses lunettes graduées de l'abbé Picard pour calculer ses dénivelés à partir de la courbure de la Terre, ou la quantité de terre à déplacer pour qu'on voie le bassin d'Apollon depuis les fenêtres du château... Il a soufflé au roi toutes ses idées pour acheminer le maximum d'eau vers les jardins de Versailles. C'était un homme de science ! Il prenait un vrai risque en utilisant cet anachronisme !

Je commençais à comprendre l'excitation de Kathrin. Je connaissais l'attachement du roi pour l'astronomie, la géographie, la géométrie, les mathématiques, la physique... Lorsqu'il avait accédé au pouvoir, Galilée et Descartes étaient morts depuis quelques années, mais leur influence demeurait considérable : ils avaient fait entrer l'esprit scientifique dans la philosophie, les techniques, et même les arts. Les écrivains, les peintres, les sculpteurs, tous étaient sous l'emprise de la rationalité. Comment imaginer que le jardinier du roi, le seul homme qui l'ait accompagné pendant près de quarante ans, ait lui-même obéi à une autre loi qu'à celle de la science ?

— Le Nôtre ne pouvait pas être rétrograde ! D'ailleurs, il le cachait, son nombre d'or : je comprends maintenant pourquoi ses plans n'indiquent jamais les axes. Ainsi, on ne pouvait pas mesurer les angles !

Kathrin Strandberg saisit mon bras et le secoua.

— Dan ! Quand Costello a affirmé que Le Nôtre avait utilisé le nombre d'or pour concevoir les jardins de Versailles, il a dû se mettre tous les caciques de Versailles à dos ! Aucun d'entre eux ne pouvait admettre cette hérésie !

Je comprenais la portée de cette découverte. Un homme aussi épris de rigueur scientifique que Le Nôtre ne pouvait pas avoir choisi d'introduire une dimension occulte dans son jardin modèle.

— Pourquoi a-t-il fait cela ?

— Attendez... Je crois que la réponse est là.

Kathrin me tendit le verso de la feuille déchirée qu'elle avait gardée à la main. Je la photographiai et attendis la traduction. Dans l'intervalle, la conservatrice s'était remise à lire à haute voix.

> Lorsque vous créez un rectangle dont la longueur et la largeur sont liées par le nombre d'or (en clair, si la première fait 1,618 fois la seconde), et que vous déduisez de ce rectangle un carré de même largeur que lui, par simple rabattement au cordeau – une opération que les jardiniers connaissent bien –, ce qui reste, ce que vous obtenez, c'est un nouveau rectangle d'or ! Rabattez une nouvelle fois la largeur du nouveau rectangle sur sa longueur, vous obte-

nez un troisième rectangle d'or, qui lui-même en contient un quatrième... L'opération peut se répéter à l'infini ! Vous créez ainsi une dynamique sans fin, une structure ouverte sur l'extérieur, où chaque forme s'enchaîne avec les suivantes dans une complète harmonie.

Kathrin parlait lentement, presque sentencieusement. Comme un religieux découvrant le cinquième Évangile.

— Une dynamique sans fin ! Comprenez-vous, Dan ? Une complète harmonie... Vous ne voyez pas ?

Cette fois, j'avais compris en même temps qu'elle. Mais je la laissai parler.

— Le nombre d'or, en architecture, c'est le summum de l'élégance. Mais ce n'est pas la seule explication à son utilisation. En fait, si Le Nôtre a pris le risque d'y faire référence, ce n'était pas en référence à une quelconque pensée obscure, mais pour parachever le triomphe du Roi-Soleil. Il permettait ainsi au monarque de réaliser son rêve d'absolu. Il lui offrait, par l'agencement parfait des escaliers ou des bosquets, une perspective sans limites sur la campagne. Un horizon démesuré. Autrement dit, il offrait l'infini à un homme qui prétendait tenir son pouvoir de Dieu, à un homme qui représentait le divin sur terre ! Il lui montrait que Dieu existait, en quelque sorte !

Elle rayonnait. C'est moi qui revins rapidement sur terre.

— Kathrin, vous allez trop vite. Je veux bien que le nombre d'or ait permis de mettre de l'infini dans l'humain, mais ce n'est pas pour autant une formule qui prouve l'existence de Dieu ! Au contraire !

— Reconnaissez qu'il est sidérant que Le Nôtre l'ait utilisé.

— Certes.

— Et qu'il est difficile d'imaginer qu'il l'ait fait à la demande du roi, non ?

— Écoutez, Kathrin, nous réfléchirons plus tard. Il ne nous reste qu'une heure et demie. Je vous propose de photographier le maximum de documents. Nous ferons l'inventaire par la suite.

J'avais l'œil sur la montre. La découverte de Costello, qui paraissait si extraordinaire aux yeux de Kathrin, ne nous disait rien sur l'orientation de la statue d'Apollon et, si elle permettait d'introduire « de l'infini dans l'humain », elle n'avait pas de rapport avec une quelconque formule prouvant l'existence de Dieu. Je commençais à me demander si Costello avait vraiment identifié un théorème révolutionnaire entre les fontaines et les parterres. Ses travaux de bénédictin, à genoux dans les allées du parc, décamètre à la main, avaient-ils apporté d'autres résultats que de prouver la présence du nombre d'or dans l'ossature des jardins, une conclusion en soi déjà révolutionnaire ? Les classeurs qu'il nous restait à compulser devaient contenir d'autres informations. Mais, faute de temps, mieux valait se contenter de tout prendre en photo.

— Cet idiot aurait pu stocker tout cela sur ordinateur ! lâchai-je en me penchant sur les documents pour les photographier. C'était peut-être un grand paysagiste, mais à force de plonger dans la paperasse et de ramper dans ses jardins, il s'est fait larguer, le pauvre vieux !

La réplique de Kathrin fusa, brutale. Accompagnée d'un regard peu amène.

— Mais pour qui vous prenez-vous, monsieur Barett ?

Je me souviens encore de ce moment. Les traits brusquement tirés de Kathrin Strandberg, ses mains crispées sur une chemise verte cartonnée. Sa voix basse, presque masculine. Rien de commun avec le doux Chaperon rouge de Stockholm. Comme si, en agressant Costello, j'avais provoqué chez elle une réaction de défense immunitaire. J'eus le sentiment, à ce moment précis, qu'elle avait aimé cet homme. Au moins furtivement.

Au moment où je m'apprêtais à calmer le jeu, Blandine Costello surgit dans l'embrasure de la porte.

— Il y a une compagnie de taxis qui a appelé pour vous, madame Strandberg. Ils demandent si vous confirmez l'heure à laquelle ils doivent venir vous chercher.

Kathrin sursauta.

— Euh... oui. Dans une demi-heure, merci ! bégaya-t-elle.

Blandine Costello était arrivée au plus mauvais moment. Depuis combien de temps nous observait-elle ? Avait-elle entendu mes propos sur son mari ?

— Merci beaucoup, madame Costello, a répété Kathrin. Nous n'avons pas tout à fait terminé.

À peine notre hôtesse avait-elle tourné le dos que Kathrin tira de son sac son téléphone portable. Un Nokia dernier cri, avec caméra vidéo et appareil photo numérique huit mégapixels.

— On fait chacun les siennes ? demanda-t-elle, nerveuse. Comme ça, si l'un de nous en oublie ou en perd une...

Quarante-cinq minutes plus tard, elle avait chargé sur son téléphone les photos des plans et des notes de Costello étalés sur la table. Avec mon aide, elle les rangea ensuite dans leurs classeurs, avant de remettre le tout en place. Les adieux à Blandine Costello furent courtois, sans plus. Kathrin avait oublié son sac au salon. Quand elle retourna le chercher, je la vis effectuer un détour pour éviter de passer à côté de l'urne.

Dans le taxi qui nous ramenait à la gare, la jeune conservatrice ne dit pas un mot. Je n'osai pas lui demander pourquoi elle était aussi tendue.

À peine assise dans le train, elle ouvrit son ordinateur pour y télécharger les plans stockés sur son téléphone. Sur mon écran aussi, les dessins de Costello s'affichaient, les uns après les autres, avec une meilleure définition que chez elle, évidemment. Nous nous mîmes à cliquer, zoomer, classer. La présence du nombre d'or dans l'œuvre de Le Nôtre signait sa perfection. Soit. Mais ce que je cherchais, moi, ce qui m'obsédait, c'était justement l'imperfection. Le défaut imperceptible, le bug infinitésimal qui introduisait une faille dans l'architecture idéale. Le diable, tu le sais, se cache dans les détails. Je n'arrête pas de le répéter. Une des raisons d'ailleurs pour lesquelles j'ai choisi Puttman pour me succéder. Un malade du détail.

Je commençais à m'assoupir, las de chercher en vain la faille dans tous ces plans, ces dessins, ces relevés de mesures, lorsque je sentis soudain la main de Kathrin sur mon bras.

— Dan, vous voulez voir ce que les petits intellectuels français savent faire ?

J'ignorai le ton narquois de sa remarque et me tournai vers son écran. Elle avait affiché une photo du domaine de Versailles et y pointait le curseur de la souris.

— Que voyez-vous ?

— Pas grand-chose, compte tenu de la qualité de... Enfin, si : le bassin de Latone, vu des escaliers.

— Vous ne connaissez pas les bassins des Lézards ? me

demanda Kathrin en montrant du doigt les plans des deux bassins sur l'écran.

— Si, évidemment. Ils font partie du parterre de Latone.

— Et ils ne vous choquent pas ?

— Non. Je ne vois pas. Ils sont parfaitement symétriques...

— Symétriques, Dan, justement ! C'est ce que montre le plan. Mais regardez l'annotation de Costello ! Bassins jumeaux ? Point d'interrogation. C'est là tout le problème !

— Et alors ? Pourquoi ce point d'interrogation ?

— Je vais vous expliquer, Dan. Pour Costello, il est impossible que Le Nôtre ait disposé les deux bassins de cette façon, qu'il ait voulu cette symétrie en miroir.

— Ah bon ?

Je m'impatientais. Qu'elle en vienne au fait ! Je déteste, tu le sais, que mes interlocuteurs s'amusent à faire durer le suspense pour asseoir leur autorité. Kathrin sourit.

— Ne vous énervez pas, je vais vous expliquer.

Elle marqua encore une pause. J'avais envie de l'étrangler. Façon de parler, car, à l'idée de saisir son joli cou entre mes mains, d'autres envies ont surgi. Je détournai le regard vers le paysage qui défilait à la fenêtre.

— Pour créer de la beauté, Le Nôtre a utilisé la symétrie – mais au sens étymologique du terme, c'est-à-dire la « correspondance » des parties et non leur « identité ». Ainsi, quand il a conçu le côté sud des jardins, il ne l'a pas tracé de façon exactement parallèle au côté nord ; il a dessiné des obliques, qu'il a reprises et fait rayonner autour du bassin du Miroir. Il évitait ainsi la monotonie d'une symétrie rigoureusement bilatérale.

Kathrin avait maintenant affiché un plan actuel de Versailles sur son écran et, de l'index, elle désignait l'emplacement des éléments. Elle connaissait la carte par cœur.

— De même, lorsqu'il a dessiné le Grand Canal en 1668, le jardinier a créé des symétries, mais pas tout à fait identiques. Des symétries qui ne sont que des effets d'optique. Les deux bassins qui forment les extrémités du Grand Canal, et qui sont équivalents vus de la Grande Terrasse, n'ont, en réalité, pas du tout la même taille. Si c'était le cas, la perspective tasserait le second, le bassin de Gailly, le plus éloigné, qui paraîtrait plus petit. Le Nôtre ne

recherchait pas la beauté à travers une symétrie en miroir, une gémellité. C'était là une caractéristique de l'art du siècle précédent. Le Nôtre, lui, était déjà passé à l'étape suivante.

Kathrin s'interrompit, attendant peut-être que je la félicite pour sa démonstration.

— Et alors, qu'en concluez-vous, Kathrin ?

— Mais, Dan, c'est très simple ! Les bassins des Lézards, si jumeaux, si identiques, ne peuvent pas avoir été voulus ainsi par Le Nôtre à l'origine. Costello laisse entendre qu'ils ne figuraient pas sur les plans initiaux.

— Mais pourquoi auraient-ils été rajoutés ?

— C'est la bonne question. Pourquoi ont-ils été rajoutés ? Ou, plutôt, qu'est-ce qui aurait dû figurer à leur place ?

Kathrin m'avait réveillé. Nous étions si proches l'un de l'autre, dans ce compartiment de TGV, que je sentais la chaleur de son corps contre le mien. D'habitude, quand je me déplace en train en Europe, je trouve que les voyageurs sont trop serrés. Mais l'exiguïté a parfois ses avantages.

Kathrin se pencha de nouveau sur le plan.

— Regardez, Dan, il y a autre chose. Latone. Vous voyez ? Comme vous le savez, le bassin de Latone est l'élément central du dispositif. La figure déterminante. C'est à partir d'elle que les autres effigies s'enchaînent, se répondent les unes les autres. À l'origine, la statue de Latone, au cœur du bassin, regardait vers le château et était placée au niveau du sol. Puis le roi a décidé de la faire surélever et de la tourner vers Apollon. Aucune explication n'a été donnée alors. Les mauvaises langues disaient qu'à l'époque où Latone avait été conçue, en 1668, son sculpteur, Gaspard Marsy, avait pris pour modèle Mme de Montespan, la maîtresse de Louis XIV, une beauté absolue.

— Or, en 1683, le roi s'était marié avec l'austère Mme de Maintenon.

— Exactement. Il n'avait pas envie que le parc lui rappelle ses frasques passées... Cachez ces appas que je ne saurais voir ! Bref, Latone a été mise au piquet.

— Et Le Nôtre n'a pas protesté ?

— Pas plus Le Nôtre que Gaspard Marsy. Mais, ensuite, il a toujours existé une ambiguïté sur la position idéale de l'épouse

de Jupiter. Au point qu'il y a vingt ans, quand les conservateurs de Versailles ont décidé de remplacer la sculpture originelle par une copie en résine, les techniciens se sont trompés : ils ont tourné la statue vers le château et non plus vers Apollon, comme elle l'était depuis plus de trois siècles ! Pendant deux jours, elle est restée dans le mauvais sens !

— Comment savez-vous ça ?

— C'est un jardinier qui l'avait dit à Costello. Le jardinier qui s'était aperçu du bug, justement.

— Bon, et alors ? Où voulez-vous en venir ?

— Eh bien, on peut se demander quelle est la vraie position de Latone, celle que voulait Le Nôtre. Celle qu'il avait imaginée tout au début. Tournée vers le château ? Ou vers Apollon ? Regardez ce que Costello a écrit là : « Et si ce n'était ni l'une ni l'autre ? »

Je restai silencieux quelques instants. Avant de revenir à mes obsessions.

— Mais quel est le rapport avec la position d'Apollon ? Ou avec Dieu ?

— Dan, patience ! Vous ne trouvez pas que c'est curieux, quand même ? Les Lézards symétriques. Latone retournée, faisant face à Apollon et tournant le dos aux visiteurs. Apollon, lui, tourné vers le château, à l'inverse de sa position logique. Nous avons là trois « bugs », comme vous dites, trois trahisons de l'idéal de Le Nôtre. Comment ne pas imaginer une corrélation entre les trois ?

— Rien ne le prouve !

— Costello, en tout cas, en était convaincu ! Et ce qui est encore plus troublant, c'est que...

Kathrin planta magistralement son index sur l'écran. Son air triomphant m'énervait. Mais ses lèvres et son regard brillant m'attiraient.

— ... c'est que les trois figures dont nous parlons, les trois qui présentent une anomalie, ces trois-là sont placées sur le même axe, de part et d'autre du Tapis vert. Inutile de chercher ailleurs : si la formule de l'existence de Dieu est inscrite quelque part, c'est ici. Ici qu'il faut fouiller ! Sur l'axe central des jardins. L'axe royal !

12.

— Non, j'y crois pas ! Tous les matins c'est la même chose !

Pierre se redressa péniblement dans son lit et décrocha le téléphone, furieux d'être réveillé à 7 heures alors qu'il avait programmé la sonnerie pour 8. Il n'avait quasiment pas dormi. Il s'apprêtait à insulter la voix de synthèse lorsqu'il reconnut celle de Clara.

— Pierre... Enfin ! C'est toi ! Mais qu'est-ce que tu deviens ?

À tout prendre, il aurait préféré la voix artificielle.

— Tu n'appelles pas ! Ça fait deux jours qu'on se demande, avec les enfants, ce que tu fais !

Elle hurlait. Pierre en fut interloqué. Évidemment, sa femme ne pouvait deviner comment il avait passé la nuit, mais de là à l'agresser ainsi...

— Excuse-moi, chérie, mais ici on est complètement débordés, avança-t-il d'une voix embrumée, étrangère à lui-même.

— Mais enfin, Pierre, c'est la fin du monde !

Clara, maintenant, sanglotait. Pierre se frappa un grand coup sur la cuisse pour s'assurer qu'il ne rêvait pas. Mais il entendait toujours les hoquets de Clara.

— Ma chérie, calme-toi. De quoi parles-tu ?

La jeune femme éructa :

— Mais enfin, Pierre ! Tu n'es pas au courant ? L'usine Atofina a sauté !

— L'usine Atofina ? L'usine chimique ?

Il ne comprenait pas de quoi elle parlait. Clara insista :

— Il y a des centaines de morts. C'est bien pire qu'à Toulouse. On dit que Marseille est rayé de la carte !

— Mais tu es folle ! sursauta Pierre, pris d'une soudaine colère. Tu ne serais pas là à me parler si Marseille était rayé de la carte, voyons...

— Pierre, gémit son épouse, c'était mercredi, hier ! On est allés voir ma mère à Alès, elle n'allait pas bien. On comptait rentrer ce matin tôt. Mais la centrale a sauté à 1 heure, cette nuit ! Ils ne parlent que de ça à la radio, à la télé... J'ai essayé d'avoir mes amies et les voisins, mais je n'arrive pas à les joindre, les réseaux téléphoniques ne fonctionnent plus là-bas. Les autorités ont déclenché une alerte rouge, personne n'a le droit d'y aller, il ne faut pas s'approcher à vingt kilomètres de la zone de l'explosion...

Pierre, qui s'était assis sur le bord du lit, déposa le combiné quelques instants, inspira lentement et avala sa salive avant de reprendre la conversation. Après cette avalanche de propos affolés, Clara commença à se calmer. Elle lui raconta ce qu'elle avait appris à 6 heures du matin, à la radio, puis à la télévision. Aucune image du drame n'avait encore été diffusée, et nul ne connaissait son ampleur. Mais les secousses provoquées par les explosions avaient été ressenties à plus de dix kilomètres de leur point d'impact. Seuls les pompiers équipés pouvaient pénétrer dans la zone rouge. Les rumeurs allaient bon train. On disait que dans le quartier de Marseille où se trouvait le complexe pétrochimique les morts jonchaient les rues et les blessés ensanglantés se traînaient sur les trottoirs. On avançait aussi que les fuites provoquées par l'explosion de la raffinerie Atofina avaient libéré dans l'air des substances toxiques. Les commentateurs parlaient de dioxine.

— Les enfants vont bien ? coupa Pierre, dont l'angoisse commençait à monter.

Plus que la peur, la culpabilité l'assaillait, à la vision rétrospective de Clara et des enfants en danger de mort pendant que lui finissait la nuit sur la plage dans les bras d'une étrangère. « Plus jamais », pensa-t-il.

— Je ne voulais pas leur en parler, continuait Clara, j'aurais préféré qu'ils ne sachent pas, mais c'est impossible, de toute façon. Garance a débarqué au moment où je regardais la télé, il y a un quart d'heure. Gaétan et Sixtine sont en larmes, ils ont peur de ne plus jamais revoir leurs copains... Pierre, il faut que tu rentres !

— Oui, Clara, je sais. Je vais voir. Je vais faire tout mon possible. Tout se passera bien, je t'assure... Je t'aime.

Pierre s'efforça de garder son calme, promit à Clara qu'il allait se renseigner et la rappeler dès qu'il aurait du nouveau. Puis il raccrocha en lui disant qu'il avait hâte de la retrouver. Aussitôt, il composa le numéro de Franck, sans succès, puis chercha à joindre ses deux autres partenaires de golf. L'un d'eux habitait à vingt kilomètres au nord de Marseille. Mais aucun appel n'aboutit.

Il attrapa la télécommande et alluma la télévision. Aucune chaîne n'avait pu envoyer un reporter sur les lieux de l'accident, et elles diffusaient les mêmes informations, en boucle. Il zappa sur CNN. C'est là qu'il prit avec stupeur la mesure du cataclysme.

La tragédie de Marseille n'était en réalité qu'un maillon dans un immense enchaînement de catastrophes. Une série noire. Aux États-Unis, en Grande-Bretagne, au Japon, l'état d'urgence avait été déclaré sur tout ou partie du territoire. Les sept premières puissances économiques du monde – l'ancien G7 – avaient été délibérément visées. Dans ces pays, au total, une quinzaine d'usines chimiques ou de centrales fournissant de l'électricité aux grandes métropoles avaient cessé de fonctionner, entre 17 heures et 19 heures, heure de New York (soit – Pierre fit rapidement le calcul – entre 23 heures et 1 heure du matin, heure d'Arromanches). L'une des centrales, située près des chutes du Niagara, dans l'État de New York, avait explosé, exactement comme l'usine de Marseille, à la suite d'un incendie inexpliqué. Un envoyé spécial faisait état d'informations contradictoires concernant la centrale nucléaire de Pennsylvanie, elle aussi hors service depuis 17 h 15, heure de New York : certains parlaient d'une simple pause de sécurité, d'autres d'un début de fuite radioactive. Le plus inquiétant, à en croire les journalistes, était le fait qu'il ne s'agissait pas d'une série d'attentats concomitants : aucun missile, aucun avion n'avait percuté les centrales ; chaque fois, le dysfonctionnement était venu de l'*intérieur*.

Loin de se limiter à la ville de New York, comme on l'avait cru tout d'abord, le black-out concernait toute la Côte est, maintenant plongée dans le noir. Detroit, Cleveland, Syracuse, mais aussi Toronto, Ottawa et plusieurs villes de la région des Grands Lacs et de l'Ontario. Au total, trente-cinq millions de personnes touchées. La capitale économique des États-Unis faisait cependant tous les gros titres. Là-bas, la panne d'électricité durait depuis plus de dix heures ; elle s'était déclenchée à 16 h 50, au moment de la sortie des bureaux. C'était la sixième fois en quarante ans – les pannes de 1965, 1977, 1981, 1983 et 2003 étaient restées dans les mémoires – que New York se retrouvait massivement et durablement plongé dans le noir à la suite d'une coupure électrique. Mais tout se passait comme si les habitants et les autorités n'avaient tiré aucune leçon des expériences précédentes. Les conséquences de la panne étaient pires à chaque fois, sans doute parce que le degré de dépendance vis-à-vis de l'électronique, donc de l'électricité, ne cessait de croître.

Pierre ne pouvait détacher les yeux du texte qui défilait en bas de l'écran. Les dépêches se succédaient : au moment de la coupure, huit cent mille personnes s'étaient trouvées bloquées dans le métro, et des millions d'autres dans les immeubles et les tours. Et contrairement à ce qui s'était passé lors de la dernière panne géante, celle du 14 août 2003, l'évacuation n'avait pas eu lieu dans le calme mais dans une panique totale. Sans doute, se disait Pierre, parce que, en août 2003, l'origine accidentelle avait été rapidement établie, alors que, cette fois, les autorités étaient incapables d'identifier la raison de ces défaillances en cascade. Le spectre des attentats du World Trade Center, six ans plus tôt, resurgissait une nouvelle fois.

Death toll, two hundred and fifty, may get worse since authorities... L'anglais de Pierre était suffisamment bon pour comprendre que le bilan provisoire – deux cent cinquante morts – risquait de s'alourdir considérablement. On ne savait pas encore combien de personnes étaient décédées, écrasées ou étouffées dans le métro, les escaliers ou les ascenseurs. Les hôpitaux, pris d'assaut, ne pouvaient plus répondre à cette affluence.

Des centaines de milliers d'habitants livrés à eux-mêmes dans les rues étaient dans l'impossibilité de rejoindre leur domicile. Les images diffusées à la télévision possédaient un air terrifiant de déjà-vu : des foules paniquées prenant d'assaut les rues du quartier des affaires et traversant le pont de Brooklyn pour quitter à pied l'île de Manhattan... Comme lors des attentats de 2001, l'exode des piétons était spectaculaire. Pourtant, la majorité des banlieusards avait choisi de rester dormir dans Central Park ou sur les trottoirs, ce qui était encore possible en ce début d'été indien. Trois mois plus tard, en plein blizzard, ils seraient morts de froid.

Les automobilistes, eux, étaient coincés : les feux tricolores ne fonctionnaient plus, les carrefours étaient, pour la plupart, paralysés. Dans les avenues congestionnées, les conducteurs qui abandonnaient leurs voitures bloquaient les issues de ceux qui restaient dans leurs véhicules.

En Ontario, au Canada, des pillards sévissaient depuis la tombée de la nuit ; la police ne tenait déjà plus le compte des intrusions par effraction, généralement suivies de vols dans les grandes propriétés ou les magasins dont les systèmes d'alarme ne fonctionnaient plus.

La panne avait également provoqué la fermeture de dizaines d'aéroports, notamment ceux de Toronto, d'Ottawa et les trois principaux de New York – Newark, J. F. Kennedy et La Guardia. Heureusement, la sécurité des avions qui se trouvaient en vol au moment de la panne n'avait pas été compromise, les contrôleurs du ciel disposant de groupes électrogènes d'appoint permettant de maintenir temporairement leurs activités.

Dans toutes les villes touchées par les explosions et les pannes de courant, même celles dont les habitants respectaient les consignes, et où la panique était moins forte qu'en Amérique du Nord, les citoyens découvraient à quel point ils étaient dépendants de l'électricité. La climatisation, les distributeurs de billets, les congélateurs... chaque heure qui passait apportait son lot de nouvelles pannes. Les téléphones portables, qui fonctionnaient par intermittence, étaient utilisés avec parcimonie, car il était impossible d'en recharger les batteries. La télévision était évidemment inutilisable. Pour s'informer, il ne restait que les postes de radio fonctionnant sur piles. Ou sur les batteries des voitures.

Les journalistes transmettaient les nouvelles au compte-gouttes par liaison radio. Et, chez des populations habituées à vivre surinformées, cette difficulté des autorités et des médias à diffuser de l'information renforçait le sentiment général de peur.

Les autorités ne prononçaient ni le mot « attentat » ni celui de « sabotage », et pourtant : les arrêts quasi simultanés des centrales – qui n'étaient, par ailleurs, aucunement connectées entre elles – supposait l'existence d'une « main noire » plus que d'une « série noire ». C'était l'expression employée par le président américain George W. Bush lors de son allocution spéciale, diffusée à 22 heures, et destinée à mobiliser ses concitoyens pris de court par l'état d'urgence. Son message était sans surprise : il convenait de ne pas s'affoler, de faire confiance aux autorités qui allaient remettre le nord et l'est du pays en état de marche, de la même façon qu'elles avaient résolu la panne d'Internet, la veille, en moins de deux jours. En attendant, le président invitait tout le monde à prier.

La télévision américaine ne parlait évidemment pas de l'accident de Marseille. Pierre saisit son ordinateur. Mais, au moment où il cliquait sur le navigateur, la voix du speaker de CNN le fit une nouvelle fois se tourner vers la télévision.

« Notre correspondant à Boston nous apprend à l'instant le décès brutal de Dan Barett, fondateur et président de Controlware. À quarante et un ans, l'homme le plus riche des États-Unis serait la quinzième victime de l'intoxication à la mélatonine que nous avons évoquée dans nos bulletins précédents. Barett s'était rendu en Afrique du Sud en début de semaine, mais on ne connaît pas la provenance du médicament qu'il aurait absorbé. Sa femme Amelia et ses deux enfants, qu'il était allé rejoindre là-bas, seraient, eux, en bonne santé et devraient être rapatriés aux États-Unis dans la journée. »

Suivait un reportage sur le magnat de l'informatique. La nécrologie était sûrement prête depuis longtemps, comme pour tous les grands de ce monde. Le reportage racontait son adolescence de petit génie, son amitié avec Paul Abbott – le compère des débuts –, ses liens avec l'équipe de joyeux chevelus qui avait créé l'entreprise la plus puissante du monde, le poids de son groupe dans l'industrie d'aujourd'hui et les conséquences prévisibles de sa brutale disparition. À la Bourse de New York, l'action Controlware avait déjà plongé, comme l'indiquait le fil d'informations qui défilait en bas de l'écran.

Pierre se laissa lourdement tomber sur son lit, sonné. Le manque de sommeil n'y était plus pour grand-chose.

Il inspira lentement et tenta de trouver un espace de lucidité dans son esprit. Marseille, New York... Et, maintenant, Dan Barett ! Les images s'emmêlaient dans sa mémoire. Il pensa soudain à Emma. Elle devait être effondrée. Il eut envie de l'appeler mais se retint. Mieux valait qu'ils ne se voient plus. Après tout, c'était elle qui, cette nuit, avait rendu sa sentence : « C'est la première et la dernière fois. » Ses intentions à lui étaient d'ailleurs tout aussi claires. Les événements le dispensaient de ruminer ses remords. Il se connecta sur le site du *Monde*, de *L'Express*, et de *La Provence* pour essayer d'en savoir davantage sur la catastrophe de Marseille.

La villa qu'il habitait avec Clara depuis cinq ans était installée à une dizaine de kilomètres à la sortie de la cité phocéenne, à l'ouest. Ils l'avaient fait construire pour que les enfants grandissent à la campagne. Avait-elle été touchée ? Sans doute non. Clara en aurait parlé. Mais celles des voisins, des amis, des collègues ? Il sentit son cœur se serrer en pensant à ceux d'entre eux qui avaient peut-être perdu la vie. Il envoya quelques mails pour demander des nouvelles. Il surfa sur tous les sites disponibles mais ne trouva rien de nouveau. Sauf sur ce blog d'un écologiste de Greenpeace qui soulignait que les conséquences de l'explosion allaient être plus graves que ce que les autorités, selon leur pernicieuse habitude, avoueraient. Le mistral soufflait au moment de l'explosion et les gaz toxiques s'étaient répandus vers des zones très éloignées du lieu de l'accident. Mais lesquelles ? Jusqu'où ? Son quartier serait-il aussi contaminé ? Choqué, Pierre enfila sa chemise de la veille, ne prit pas le temps de se raser et descendit dans le hall de l'hôtel.

Une fois encore, le lieu baignait dans la confusion. Les clientes se bousculaient pour se frayer un passage vers le comptoir. Trois serveurs étaient venus prêter main forte aux hôtesses. Une congressiste était carrément passée derrière le comptoir et tentait d'arracher le téléphone des mains de la standardiste. Dans la cohue, Pierre aperçut une petite rousse qu'il avait rencontrée la veille. Elle lui apprit que les organisatrices du WAC avaient décidé d'assurer le congrès jusqu'au bout, même si plus de la moitié des participantes souhaitait quitter Arromanches au plus vite. Malheureusement, un seul bus était disponible, qui ne pouvait acheminer que trente personnes vers Caen. Une fois arrivées là-bas, les voyageuses devraient s'armer de patience, car personne ne pouvait dire quand un train partirait : la gare Saint-Lazare était fermée à la suite d'alertes répétées et de pannes dans le système informatique central – ce qui désorganisait l'ensemble du réseau ferroviaire français.

« Pauvre SNCF ! » pensa Pierre.

L'avant-veille, déjà, la panne d'Internet avait fait « péter un câble » à son armée de polytechniciens. Et, maintenant, son système informatique la lâchait !

L'hôtel avait décidé d'attribuer les trente places de bus aux premières congressistes inscrites, et une vieille dame digne, à l'accent américain très prononcé, arrivée trop tard pour en obtenir une, se mit à hurler :

— Je rachète une place pour dix mille dollars !

Sa voix était si aiguë qu'elle interrompit un instant le capharnaüm qui régnait dans le hall. Pierre aperçut alors un de ses techniciens assis sur un tapis, à même le sol, près de la porte et se dirigea vers lui ; mais, avant même qu'il ait pu lui adresser la parole, le gars l'interpella.

— T'as vu à quoi ça mène, ces conneries d'Internet ?

L'homme avait la trentaine dégarnie, les yeux enfoncés dans les orbites et un gabarit de lutteur ; une moue dégoûtée lui tordait le visage. Pierre se dit qu'il avait bu, et beaucoup.

— Qu'est-ce que tu racontes, là ? Tu ne vas pas bien ? répondit l'informaticien, sourcils froncés.

— Les centrales qui pètent, c'est peut-être pas toi ! Mais l'informatique, Internet ! Je t'ai toujours dit que ces trucs étaient foireux.

Le technicien gesticulait et devenait provocant. Pierre, emporté, répondit sur le même ton.

— La panne d'Internet n'a rien à voir avec les catastrophes d'aujourd'hui ! Le réseau mondial est rétabli depuis hier soir. Et il fonctionne bien ! J'ai encore passé une vingtaine de mails à l'instant. Vérifie ! Tu verras que tu racontes n'importe quoi !

— Ah bon ? Parce qu'il n'y a pas de rapport entre la panne mondiale et le bordel de maintenant ? Monsieur croit qu'il est au-dessus de tout ?

Pierre s'efforça de reprendre son calme.

— Tu as peut-être raison. La « main noire », dont

tout le monde parle sans dire son nom, est sûrement d'origine informatique, mais...

L'autre le coupa, haletant :

— Mais c'est évident que c'est à cause de l'informatique. C'est pas possible que des terroristes soient entrés dans chaque centrale. Il y en a trop, et elles ont toutes cramé en même temps !

— Évidemment. Mais laisse-moi finir. Il y a peut-être des virus ou des « chevaux de Troie » qui ont pénétré dans les systèmes informatiques des centrales. Et ils n'y sont pas entrés tout seuls. La « main noire », c'est elle qui a agi... Et ces virus ont nécessairement transité par Internet.

— C'est bien ce que je dis ! Internet a tout foutu en l'air !

Pierre perdit patience.

— Arrête un peu ! Calme-toi ! C'est peut-être via Internet que des pirates ont pu pénétrer dans les serveurs des entreprises les mieux protégées et peut-être même déclencher des accidents. Mais, pour ça, il fallait qu'Internet FONCTIONNE ! La grande panne qui a bloqué tout le monde pendant plus de vingt-quatre heures ne pouvait pas arranger les pirates : elle retardait leurs intrusions !

La réplique ne vint pas. Pierre avait marqué un point. L'homme qui le prenait à partie depuis quelques minutes cessa de gesticuler et se redressa pour s'adosser au mur. Il leva les yeux vers Pierre, l'observa quelques instants et reprit, cette fois de manière plus réfléchie :

— Tu veux dire que si les centrales électriques ont explosé juste après la panne du web c'est un hasard total ?

— Tu as du mal à le croire, mais je pense que oui.

En prononçant ces derniers mots, Pierre eut soudain le sentiment qu'il déroulait bêtement les thèses officielles. Et si son technicien avait finalement davantage de bon sens que les experts ? Et s'il existait un lien entre les deux événements ? Et s'il s'agissait de deux démonstrations de force successives, l'une « virtuelle », l'autre « réelle », émanant de la même source ? Bien sûr, en procédant à la première opération, celle qui paralysait Internet, les pirates avaient pris le risque de compromettre la deuxième, qui utilisait sinon Internet, du moins des systèmes informatiques en réseau, qui auraient donc pu être endommagés par la grande panne. Sauf si... sauf si c'étaient les pirates eux-mêmes qui maîtrisaient le redémarrage du réseau après le choc. Qui avaient la haute main sur sa remise en état. Si cette hypothèse était vraie, on était loin d'avoir affaire à de simples cyberterroristes. Et le pire était alors à craindre, dans le monde virtuel comme dans le monde réel.

Sans dire un mot, Pierre s'adossa au mur, à côté de son collaborateur. Son sourire comme sa colère avaient disparu. Ses jambes tremblaient. Le Big One n'était rien, finalement. Il pouvait exister bien pire.

13.

Je suis rentré d'Aix-en-Provence plus déterminé que jamais. J'étais certain que je parviendrais, en examinant les notes de Costello et en suivant son cheminement pas à pas aux mêmes conclusions que lui. Et avec la technologie dont je disposais – les plans satellites, précis au centimètre près – je pourrais, enfin, prouver ses calculs. Je trouverais la formule divine inscrite dans les jardins et je la démontrerais. Je me sentais dans une de ces phases – tu les connais mieux que personne ! – où rien ne peut me résister.

Erreur, hélas. Tout ce que j'ai réussi à prouver, en superposant les clichés de Versailles vu du ciel et les plans du paysagiste, c'est que les angles étaient bien ceux qu'il avait calculés, donc, que Le Nôtre avait effectivement utilisé le nombre d'or. Mais, de théorème divin, pas la moindre trace.

Je sentais qu'il me manquait un fil conducteur. Tout le travail de Costello, tous ces commentaires à propos des statues ou des bosquets me semblaient disparates, vides de sens. Leur logique globale m'échappait, et au lieu de t'appeler pour confronter avec toi mon point de vue, au cours de l'une de ces parties de ping-pong intellectuel que nous aimons tant, je m'enferrais, seul, dans de stériles questionnements. Que penser, par exemple, de son analyse des différentes représentations de Jupiter dans les jardins ? Ou d'une réflexion sur la distribution des statues des dieux le long du Tapis vert ? Et que retenir de cette histoire d'une sculpture de Bernin que Costello racontait sur une feuille de cahier d'écolier, alors qu'elle n'avait rien à voir avec la partie du parc qui nous concernait ?

L'anecdote était édifiante, pourtant : en 1669, le roi demande au grand sculpteur italien Bernini de le représenter à cheval. Le monarque a alors trente et un ans, il est beau, svelte, en pleine possession de ses moyens. Bernin exécute quelques croquis puis retourne dans son pays. Et le bronze n'est livré à Versailles qu'en 1683, quatorze ans plus tard. Là, stupeur ! Lorsqu'il découvre la statue équestre du jeune dieu, le souverain, bientôt quinquagénaire, ne s'y reconnaît pas. Certes, le cavalier commande aux éléments : ses longs cheveux bouclés restent bien en place, à la verticale de ses joues, tandis qu'il fend l'air sur son destrier... Mais voilà, la vision est insupportable : le personnage est beau et surtout rayonnant de jeunesse, alors que le roi, « rangé » depuis son mariage avec Mme de Maintenon, a subi les outrages des ans ! Imagine : il a eu les dents arrachées, il a mauvaise haleine, il souffre de l'estomac...

Exit la statue ! Louis XIV décrète qu'elle est « mal faite ». Il demande qu'elle soit détruite. Ses conseillers tentent de le persuader qu'il serait plus avisé de conserver l'œuvre, quitte à la transformer afin de lui ôter tout rapport avec le roi. Le sculpteur français Girardon affublera donc le cavalier d'un casque et cernera de flammes les jambes du cheval révolté. Résultat : on obtiendra une effigie du « héros romain Marcus Curtius se précipitant dans l'abîme ». Mais, même maquillée, cette image juvénile restera une blessure pour l'ego de Louis XIV : le monarque fera exiler le cheval et son cavalier à l'extrémité sud du parc, derrière la pièce d'eau des Suisses, où elle se trouve encore... (Nous avions pique-niqué juste en dessous lors de ce premier voyage en Europe, te souviens-tu ?)

Costello avait consciencieusement recopié l'histoire de cette sculpture sur son papier quadrillé et souligné la phrase qui concernait la coiffure du roi insensible au vent. Pourquoi ?

Ma connaissance de la symbolique de Versailles et de la mythologie n'était sûrement pas suffisante pour comprendre. J'avais suivi mon penchant naturel en cherchant d'abord du côté des mesures et des mathématiques ; mais la dimension iconographique et philosophique des jardins était peut-être plus importante. J'ai donc fait numériser tous les ouvrages et les thèses sur la genèse du parc de Versailles. Il en existe une bonne centaine, en français et en anglais, si l'on ne prend que les plus sérieux. Les Français m'ont donné un peu de mal. Pas d'édition numérique disponible sur Google. Il m'a fallu envoyer un étudiant à Paris à la Bibliothèque nationale me chercher les ouvrages et les scanner. Mais j'y suis arrivé. Pendant deux semaines, j'ai passé mes nuits à lire des textes souvent incompréhensibles ou farfelus. Chaque auteur s'appesantissait sur son dada, illustrant son propos par l'examen des statues qui servaient le mieux sa thèse. Et elles sont nombreuses dans le parc de Versailles ! Plus de trois cents, en comptant les bustes et les vases. Chacun pouvait y trouver l'illustration qui lui convenait. Toute cette « versaillologie » était polluée de phrases jargonnantes qui faisaient exploser mon logiciel de traduction. Tiens-toi bien : « L'ubiquité et la spécificité photographique de la rhétorique visuelle contemporaine ont élaboré une stase pictorielle qui est un substitut totalement impératif du jardin en tant qu'expérience spatiale et temporelle. »

Amelia, pourtant habituée à mes charrettes chez Controlware, a fini par s'énerver.

— Dan, arrête ! Tu ne dors plus ! Tu ne vis plus ! Et tu n'as pas lu une histoire aux enfants depuis une semaine !

Ce dernier argument constituait pour elle le coup de canif le plus sérieux dans notre contrat de mariage. Je n'étais au siège de la société, à Boston, qu'un jour sur deux en moyenne, et, quand c'était le cas, il était convenu que je rentre à la maison pour lire une histoire aux enfants, quitte à retourner au bureau ensuite. Mon père leur avait acheté un livre électronique dans lequel Amelia avait stocké les classiques chers à Walt Disney, Blanche-Neige, La Belle au bois dormant, Le Livre de la jungle... *Sa manière à elle de lutter contre la tyrannie des jeux vidéo. J'y avais quand même téléchargé, moi,* Harry Potter *et* La Guerre des étoiles, *avant de relier le livre à Internet. Comme ça, avec les mômes, on pouvait surfer discrètement.*

Mais ma femme avait raison. J'avais promis. Le soir venu, je suis donc rentré raconter une histoire aux enfants. Un épisode tiré des Métamorphoses *d'Ovide. La légende de... Latone. La connais-tu, toi qui as fait tes humanités en France ? Je ne cessais de me demander pourquoi la fontaine de Latone était aussi impo-*

sante, pourquoi elle constituait la plaque tournante du parc. Certains auteurs, avant moi, s'en étaient même offusqués : « Sur ces socles de marbre, Jupiter lui-même aurait pu trouver place. Pourtant il ne s'agit que de Latone, une de ses épouses. » Une mortelle, de surcroît. Pour essayer de comprendre, j'avais tout lu sur elle.

— Il était une fois... Latone, commençai-je. Léto, pour les Grecs. Une des femmes illégitimes de Jupiter. Sa préférée.

— Illégitime, ça veut dire quoi ? demanda aussitôt ma fille.

— C'est parce que c'est un dieu qu'il a droit à plusieurs femmes, lui ? renchérit Kevin.

C'était mal parti. J'ignorai leurs questions.

— La pauvre Latone errait sur la terre, où Junon, l'épouse officielle de Jupiter, l'avait fait exiler avec ses enfants, Apollon et Diane.

— Un garçon et une fille, comme nous !

— Oui, exactement comme vous. Mère et enfants sont surpris par la tombée de la nuit près d'un village de Lycie.

— C'est où, la Lycie ?

— Je ne sais pas, Kevin. On cherchera demain sur Encarta. En tout cas, Latone demande aux villageois de la nourriture et un asile pour la nuit. Mais les paysans se prétendent trop occupés pour aider cette mère de famille en détresse. Pis, au moment où elle se rafraîchit dans la rivière, ils remuent l'eau avec des branches pour faire remonter la vase et l'empêcher d'étancher la soif de ses bambins.

— Ils sont pas cool, les paysans !

— Carrément cruels, tu veux dire !

Je rassurai Mary.

— Mais ne t'inquiète pas, ma puce. Latone est furieuse, alors elle demande à Jupiter de les punir.

— Pourquoi elle ne le fait pas elle-même ? coupa Kevin, méfiant. C'est une déesse, non ? Elle a des pouvoirs magiques !

— Eh non, justement ! On ne sait pas très bien si c'était une déesse ou une mortelle. Tout le monde n'est pas d'accord là-dessus... La seule chose dont on soit sûr, c'est que Léto était la fille de deux titans.

— Bon, et alors ? s'impatienta Mary. Qu'est-ce qu'il fait, le dieu des dieux, quand il entend l'appel de la dame ?

— Allez, dad ! renchérit son frère.

— Accrochez vos ceintures, il n'y va pas par quatre chemins : il change les paysans en crapauds et en grenouilles !

— Bien fait pour eux ! s'exclama Kevin. Mais pourquoi pas en dinosaures ?

— Ou en araignées ? proposa Mary.

— Parce que les crapauds sont des animaux indifférents à la lumière et que les grenouilles symbolisent l'absence d'esprit !

Dans le bassin de Latone, les metteurs en scène de Versailles avaient même ajouté un animal qui ne figurait pas dans les Métamorphoses *: les tortues, symboles du repli sur soi.*

Ce que je ne pouvais pas raconter à mes enfants, et qui intéressait davantage les exégètes de la pensée royale, c'était le parallèle entre les déboires de Latone et ceux d'Anne d'Autriche, la mère de Louis XIV, chassée du Louvre par la Fronde en janvier 1649 et obligée de se réfugier au château de Saint-Germain avec sa progéniture. Un épisode « gravement traumatisant », comme dirait le psy d'Amelia, pour le petit Louis XIV, alors âgé de onze ans. Bref, tu vois le parallèle : d'un côté, Anne d'Autriche et ses deux garçons, Louis XIV et le futur Monsieur. De l'autre, Latone et ses deux jumeaux, Apollon et Diane. Le symbole n'est pas parfait, mais on en voit le sens.

En revanche, un détail me troublait. Latone, dans son bassin, avait le regard oblique et le bras droit étendu à l'horizontale. Les deux n'indiquaient pas la même direction : les yeux fixaient, au loin, le char d'Apollon, tandis que la main se déployait vaguement vers le bassin nord des Lézards. Une position étrange, à nouveau, puisque la femme de Jupiter était censée, si l'on voulait être conforme à la mythologie, implorer son époux, donc tourner le regard vers le ciel. À Versailles, en principe, tout avait un sens. A fortiori ici, dans le nombril du parc. Le roi ne laissait jamais un jardinier ou un ingénieur réaliser une statue, un bosquet, une allée s'il était incapable de répondre à la question : « Pourquoi ainsi ? » Tout choix devait être justifié. Le spécialiste qui séchait était viré.

La position de Latone était donc inexplicable. Lors de son installation, et jusqu'en 1686, elle était, certes, tournée vers le château, mais cette orientation-là n'avait pas plus de sens. Car, à cette époque, la sculpture n'était pas surélevée : le champ de vision de la mère d'Apollon se limitait aux marches et au toit du château. Son regard et son bras n'indiquaient donc rien du tout.

Une nouvelle fois, j'arrivais à un cul-de-sac.

Et c'est toi, ma plus vieille amie, c'est toi qui m'as fait sortir de l'impasse, au moment où j'allais renoncer. Combien de fois, depuis que nous nous connaissons, as-tu joué ainsi un rôle décisif ? Celui de coach, de miroir, de catalyseur ? Chaque fois, non seulement tu comprends mes questions, mais tu les appréhendes avec un regard extérieur, sous un autre angle. Et tu m'obliges à remettre en cause les plus indiscutables de mes raisonnements.

J'entends encore ta voix au téléphone, ce soir-là, enjouée, et si déterminée malgré tout. Si loin de mes préoccupations d'alors.

— On va aux Marquises à Pâques comme prévu, Dan ?

La journée, au bureau, avait été folle. Une fausse nouvelle (la démission de notre directeur de la recherche) avait provoqué un gros chahut sur notre action en Bourse. Quand tu m'as appelé, à 19 heures, pour parler de notre week-end 2004, j'étais lessivé.

— J'ai une autre idée, Emma, hasardai-je.

— Ah bon ?

Je t'ai sentie désappointée. Refroidie. Les Marquises, c'était ton projet. Tu rêvais depuis longtemps de ces îles – un peu à cause de Gauguin, et beaucoup pour ce chanteur belge décédé dans les années 1970, que tu vénérais. Jacques Brel, je crois. Et puis nos rendez-vous étaient généralement planifiés plusieurs mois à l'avance. Pour changer de cap, il fallait justifier d'un sérieux motif.

— Ça ne te dirait pas d'aller plutôt à Versailles ? Je peux te réserver la plus belle suite du Trianon Palace.

L'argument était faible, je le reconnais. Pourquoi Versailles, que nous connaissions déjà l'un et l'autre ? Pourquoi la France, où il risquait de faire froid en avril ? Et la suite au Trianon Palace ? Tu parles d'une perspective. Toi qui passes ta vie dans les hôtels de luxe. Psychologie, zéro.

J'ai été obligé, pour me rattraper, de te raconter toute l'histoire. Les jardins du roi, Stockholm, Aix, la formule divine. Et l'impasse à laquelle j'avais finalement abouti. Curieusement, j'étais soulagé de te livrer tout ça. Et puis j'espérais que tu comprendrais.

— Et alors ? as-tu répliqué, avec ce débit rapide que je n'aime guère. On va passer le week-end assis sur la margelle du bassin d'Apollon à attendre qu'il se retourne ? Dan ! Tout a été écrit sur Versailles. Qu'espères-tu encore y trouver ?

— Je veux te montrer tous les bassins. Tu auras un regard neuf. Du recul. Moi, je ne vois plus rien. Tu auras peut-être une idée.

— Dan, ce n'est pas le genre de problème qu'on résout avec du recul. Au contraire.

De nouveau ce ton cassant.

— Fais ça pour moi...

Le registre sentimental, je l'ai senti, t'a fait hésiter. Tu aimes bien qu'on te prenne par les sentiments, même si tu passes ton temps à te blinder. Tu t'es encore défendue, pour le principe.

— Mais tout de même, Dan, il y a quelque chose que je ne comprends pas. Pourquoi ne cherches-tu pas le plan d'origine de Le Nôtre ? Ce serait la seule manière d'en avoir le cœur net !

— Emma, ne sois pas stupide ! C'est bien par là que j'ai commencé ! Mais tous les conservateurs le savent : l'original n'existe pas.

— Pas ou plus ?

J'ai marqué un instant d'hésitation.

— Rien n'indique qu'il ait vraiment existé. On ne sait pas si Le Nôtre avait une vision globale des jardins en 1662, quand Louis XIV lui a confié le chantier.

— Et pourquoi il n'en aurait pas eu ?

— Enfin, Emma ! Tu te crois plus forte que les historiens ? Le plan le plus ancien que l'on connaisse date de 1664. C'est un jeune chercheur français, un certain Pierre Bonnaure, qui l'a trouvé, récemment d'ailleurs, à la Bibliothèque nationale de France. Il était attribué à un dénommé François de La Pointe alors qu'il était de Le Nôtre. Je me le suis fait scanner et envoyer en copie.

— Et alors ?

— Alors ? C'est bien un « dessein », c'est-à-dire un projet

qui n'a pas été totalement réalisé, et pas un simple « dessin », autrement dit un relevé des jardins en l'état. Donc, c'est intéressant. Mais, malheureusement, il est assez sommaire : les statues n'y sont pas représentées, et comme les figures ne sont pas légendées, contrairement à d'autres plans plus récents, on ne sait pas si, dans l'esprit de Le Nôtre ou de Le Brun, le bassin des Cygnes est déjà devenu le bassin d'Apollon... Non, rien n'indique que le grand jardinier ait eu une vision d'ensemble en 1662.

Tu n'avais retenu qu'une chose de ma tirade.

— Ah, tu vois ? C'est une découverte récente ! Quelques semaines seulement ! Jusqu'à ce qu'on trouve ce plan-là, on se contentait de plans plus tardifs, non ? Alors, qu'est-ce qui te prouve qu'on ne va pas dénicher demain un autre dessin encore plus ancien ?

L'idée n'était pas absurde. Le chercheur qui avait trouvé le plan de 1664 était d'ailleurs convaincu qu'il devait en exister d'autres du même acabit, conservés ailleurs. Des dessins que personne n'avait jusqu'alors attribués au grand paysagiste de Louis XIV. Mais je ne m'avouai pas si facilement vaincu.

— Le Nôtre n'a sûrement pas « pensé » Versailles dès 1662, il a conçu beaucoup de ses créations en marchant – c'est le cas de le dire...

— Pourquoi en es-tu si sûr ?

— Parce que le chantier a duré – pour Le Nôtre – de 1662 jusqu'à sa retraite, presque trente ans plus tard. Comme le roi, le jardinier avait grandi dans des jardins bornés, il rêvait de grands espaces, il voulait faire bouger la nature... Alors il n'a eu de cesse de modifier des bosquets, transformer des allées, comme si tout n'était jamais définitif, même dans sa tête.

— Mais pourquoi ?

— Pourquoi ? Parce qu'il voulait toujours faire mieux ! Et que les nouvelles idées provenaient souvent de discussions avec le roi...

— Pourquoi donc ?

— Parce que le roi avait envie que ça évolue, sans doute...

— Et pourquoi ?

— Mais, Emma, arrête avec tes pourquoi ! Qu'est-ce que j'en sais, moi ? Parce qu'il changeait tout le temps d'idée !

— Excuse-moi. Je veux dire que si l'on vient tout juste de retrouver un plan de 1664 ou de 1665 j'ai du mal à croire qu'il n'en existe pas un de 1662, qu'on retrouvera un jour ! Je ne veux pas croire que Le Nôtre n'ait dessiné aucun plan, au tout début, quand le roi lui a confié le chantier : deux ou trois ans de travail à l'aveuglette, pour un paysagiste, c'est invraisemblable !

Tu m'énervais, mais tu avais raison. Le Nôtre avait forcément eu, entre 1662 et 1664, un grand dessein, une vision. Il avait forcément imaginé un plan d'ensemble au moment où Louis XIV l'avait désigné. Un schéma directeur. Il n'était pas une girouette. Il commandait à des armées de jardiniers, de soldats, de maçons. Et il rendait compte au Roi-Soleil en personne. Face à un tel donneur d'ordres, on n'improvise pas. Ce n'est pas par hasard s'il a été ensuite, pendant le reste de sa vie – près de quarante ans ! – le seul homme proche du roi qui n'ait jamais connu la disgrâce. Un jour, après qu'il aura pris sa retraite – à plus de quatre-vingts ans, et de sa propre volonté –, le roi l'avait même fait asseoir à sa hauteur, dans une chaise à porteurs, pour l'emmener dans sa promenade. Tu avais raison. Ce traitement de faveur ne pouvait s'expliquer que parce que les deux hommes avaient accompli ensemble une œuvre immense, et qu'une complicité particulière les liait, dès l'origine, autour d'un grand dessein. Une collusion secrète et capitale.

Mais tu m'avais sidéré. J'avais cru reconnaître ma méthode. À chaque réponse de l'adversaire, poser une nouvelle question, un nouveau pourquoi. Six fois, sept fois de suite si nécessaire, pour pousser l'autre dans ses retranchements.

— Dan, combien d'ingénieurs de Controlware as-tu virés parce qu'ils avaient négligé de vérifier une hypothèse ?

Tu as fini par me faire douter moi-même. Le plan d'origine de Le Nôtre, introuvable ? Il fallait en être sûr, une bonne fois pour toutes. Tu as asséné :

— Dan, s'il existe une seule personne capable de secouer la planète pour trouver ce plan, ou ce qu'il en reste, c'est toi ! C'est toi le maître du monde.

« Maître du monde ». D'habitude, sur l'échelle de la capacité à motiver – la propension à l'obsession, dirait Amelia –, je ne

trouve personne à ma hauteur. Mais là... Tu avais fait mieux que Puttman au dernier séminaire de Controlware. En bras de chemise, suant et arpentant l'estrade comme un léopard en cage : You are the best, the best developers, the best, the best. *Cent fois. Sur une rengaine de Tina Turner. À la fin, forcément, soit tu démissionnes, soit tu y crois.*

Toi, tu étais arrivée au même résultat, en douceur... Ou presque.

Tu avais gagné tes Marquises. On a pris la first *sur Air France. Dom-pérignon au décollage. Je me souviens encore de la douceur dans tes yeux. Et de tes mains fines, posées sur la couverture pendant que tu dormais, recroquevillée.*

Mais je m'égare... À peine m'avais-tu soufflé l'idée que j'appelai Kathrin Strandberg. À Stockholm, la température venait tout juste de redescendre au-dessous de zéro et la conservatrice était restée chez elle ; elle dînait devant la cheminée, en pyjama, sur son tapis blanc en mohair. Enfin, c'est ce qu'elle me raconta. La webcam, malheureusement, n'était pas connectée.

Kathrin avait terminé elle aussi l'analyse des notes et des plans photographiés chez Costello, et elle était convaincue que le paysagiste avait mis ailleurs, en lieu sûr, tout ce qui se rapportait au théorème divin.

— Sa veuve nous avait prévenus ! Il pensait que sa découverte pouvait déclencher une sorte de malédiction, non ?

La voix de la jeune femme était si proche qu'elle semblait venir de la pièce d'à côté. En l'écoutant, je vis surgir sous mes yeux l'image de son visage. Sa peau fraîche comme l'eau d'un lac, le matin. Ses lèvres qui y dessinaient un imperceptible mouvement, minuscules vagues réveillées par le souffle du vent...

Non, je te taquine. Tu me connais, quand je travaille, même Norma Jean Baker n'aurait pas droit à un regard.

Lorsque je lui confiai mon idée, Kathrin commença par protester.

— Trouver les plans initiaux ! Dan, enfin, vous rêvez ? Bien sûr, ce serait l'idéal, mais, s'ils existaient, j'en aurais forcément entendu parler !

Je devais la convaincre. Mon plan reposait sur elle.

J'ai enchaîné, à ta façon :

— Pourquoi en auriez-vous forcément entendu parler ? Les dernières découvertes remontent à quelques semaines ! Quelqu'un possède peut-être des plans partiels, un morceau du petit parc, par exemple, dont il ne soupçonne pas l'importance ou qu'il n'a pas eu l'idée de faire réattribuer à Le Nôtre ! Ensuite, si quelqu'un a trouvé des plans, il en a peut-être parlé aux spécialistes de Versailles qui, eux, peuvent avoir étouffé l'affaire. Imaginez que les documents aient remis en cause leurs théories. Ils peuvent même avoir prétendu qu'il s'agit de faux...

Je lui exposai mon idée. Dans le cadre de la préparation du quatre centième anniversaire de la naissance de Le Nôtre, le musée de Stockholm lancerait un appel mondial doté d'une forte récompense afin de faire remonter toutes les informations existantes sur les plans d'origine des jardins de Versailles.

Kathrin formula encore une objection, sans conviction.

— C'est nous qui risquons de faire remonter des faux si l'on promet une grosse récompense ! prévint-elle.

J'allais balayer ce dernier scrupule avec un argument financier quand elle soupira.

— Mais, après tout, vous avez raison, il faut essayer... Et puis cela nous permettra de nous revoir, non ?

Je n'ai rien répondu. Il n'était pas nécessaire de se voir pour faire avancer les recherches. Mais si cela pouvait la motiver, je n'allais pas la contrarier.

Après trois jours de réflexion, Kathrin m'a proposé un plan d'action. Un concours, donc, lancé via Internet. Et dont l'objectif serait de trouver un plan des jardins de Versailles, de la main de Le Nôtre, et antérieur à 1664. Ou tout indice pouvant conduire à identifier un tel document. L'épreuve durerait trois mois et serait dotée d'une récompense de cinq cent mille dollars. Un tel montant permettrait d'attirer à coup sûr l'attention des universités et de sensibiliser les chercheurs indépendants ou les historiens spécialistes du XVIIe siècle.

Trois mille réponses affluèrent au cours des dix premières semaines. Kathrin Strandberg les dépouillait au fur et à mesure. Les mails étaient stockés dans une boîte au nom du musée de

Stockholm. Personne ne savait que c'était moi qui offrais la prime, mais, si nous récupérions les plans, j'avais donné ma parole qu'ils seraient conservés à Stockholm.

Nous faisions le point chaque vendredi au téléphone, et j'attendais avec impatience ce rendez-vous hebdomadaire. Pendant ce temps, autant te l'avouer, j'avais un mal fou à avancer dans Harry Potter, *et mes relations avec Amelia se dégradaient.*

Au début, je fus pourtant déçu. 99 % des réponses ne présentaient aucun intérêt : il s'agissait encore de thèses farfelues sur Versailles, d'éléments historiques que nous possédions déjà ou de plans partiels dont rien ne prouvait qu'ils étaient de Le Nôtre. Un mythomane de Saint-Pétersbourg prétendait avoir vu le plan à Berlin, pendant la Seconde Guerre mondiale, en possession de Hitler. Un collectionneur français avait envoyé des plans de Saint-Cloud, espérant les faire passer pour ceux de Versailles... Un plaisantin nous avait même adressé la photocopie d'un schéma découpé dans le Guide du routard.

Et puis un soir, à la fin de la dixième semaine, Kathrin m'appela, excitée.

— Dan, je viens d'avoir au téléphone un écrivain français qui voudrait s'associer avec nous. Il ne recherche pas la même chose que nous, mais il prétend que tout pourrait se trouver au même endroit.

— Ah oui ? Où ça ?

— Dans la chambre secrète des archives des rois de France.

— Quoi ?

— Vous n'avez jamais entendu parler du cabinet secret des rois ?

— Je ne crois pas...

— Certains prétendent que Louis XIV avait fait aménager une cache dans laquelle il gardait ses documents les plus confidentiels. Les affaires d'État, en somme. Il en aurait transmis le secret à son fils et à son petit-fils – qui sont morts avant lui – puis à son arrière-petit-fils, le futur Louis XV, qui en a lui-même donné les clés à son petit-fils, Louis XVI. Après l'exécution de ce dernier, beaucoup de gens ont cherché la cachette, mais personne ne l'a jamais trouvée.

— Et votre écrivain prétend l'avoir trouvée, lui ? Comment s'appelle-t-il, d'ailleurs ?

— Granier. Jean-Philippe Granier.

— Allons le voir !

— À Paris ?

— Évidemment ! Je vous fais envoyer un billet.

14.

La télévision diffusait de nouvelles scènes de panique à Manhattan. Une dizaine de personnes avaient préféré sauter des fenêtres des immeubles avec leurs parachutes de bureau plutôt que de descendre par les escaliers ou d'attendre les secours ; une attitude dénuée de bon sens puisque, cette fois, aucun incendie, aucun danger immédiat ne menaçait les tours, simplement privées d'électricité. Et comme tous ces petits malins utilisaient généralement leur matériel pour la première fois, trois d'entre eux s'étaient écrasés au sol avant d'avoir réussi à ouvrir leur engin.

« La remise en service de la centrale électrique desservant l'État de New York semble être plus complexe que prévu », ajouta le commentateur.

Il laissait entendre que tout se passait comme si, chaque fois que les techniciens touchaient au but, chaque fois qu'ils identifiaient la cause du dysfonctionnement, une autre anomalie d'origine informatique – totalement indétectable quelques minutes plus tôt – se mettait en action.

« Les cyberpirates jouent à cache-cache avec eux, pensa Pierre, qui était remonté dans sa chambre. Et ils ont forcément des complicités internes, quelqu'un qui peut agir au cœur du système. »

Depuis une demi-heure, il balayait les sites Internet

des chercheurs et des spécialistes d'antivirus qu'il connaissait. Tous étaient désormais d'accord sur le diagnostic, mais aucun n'avait encore trouvé l'origine du virus qui avait transformé en zombies tous les ordinateurs de la planète, ou presque.

Soudain, son téléphone portable sonna. Pierre avait perdu l'habitude d'entendre ce son et souleva le capot avec appréhension.

— Salut, c'est Franck, dit une voix.

— Franck ! C'est toi ! Tu ne peux pas savoir comme je suis content de t'entendre ! Où es-tu, là ?

— Chez ma belle-mère, à Nice. On a dû évacuer le quartier, même si, apparemment, notre zone n'a pas été touchée. J'ai appris que Clara était chez sa mère avec les enfants au moment de la catastrophe ?

— Oui, un miracle. Mais toi, ta famille ? Tes collègues ? Ton copain Jérôme ?

— Ça va. Ma famille est O.K. Tout le monde va bien, et les collègues, tu sais, la plupart habitent à Aix-en-Provence... Mais, pour Jérôme, je n'ai pas de nouvelles. Tu sais quelque chose, toi ?

Ils parlèrent, un moment, de leurs connaissances communes et des conséquences de la catastrophe pour la ville de Marseille. Puis Pierre ne put s'empêcher de faire part à son ami de son hypothèse. Celle d'un complot « global ».

Franck était du même avis. Il parlait d'une voix calme, comme si le fait d'évoquer les aspects cliniques de la crise faisaient passer ses conséquences au second plan.

— Écoute, dit-il, moi aussi, je suis sûr qu'il existe un lien entre la paralysie mondiale d'Internet et les catastrophes du lendemain et du surlendemain. Quelque chose me dit que si l'on arrive à expliquer la première panne on comprendra le reste.

— Tu y crois, toi, à ce mail porteur d'un virus dont personne ne trouve la trace ? demanda encore Pierre.

Franck répondit par une autre question.

— T'as vu le blog de Brothers ?

Bobby Brothers, un Américain de dix-sept ans, né à New York de parents taïwanais (Bobby Brothers était son pseudonyme), avait créé un « bloc-notes technologique » sur le Net, un carnet intime en ligne, qu'on disait de plus en plus fréquenté. Le garçon était à l'origine de quelques exploits qui avaient marqué la communauté informatique mais qui auraient tout aussi bien pu le conduire en prison : il avait notamment pénétré dans le système informatique de la Navy et, pour prouver son exploit, avait ajouté toutes les semaines, dans le fichier des engagés, des noms de personnalités connues. L'armée, qui n'avait pas tiqué en recrutant Jacky Chan ou James Bond, pourtant engagés le même jour, avait découvert le pot aux roses au bout de trois mois lorsque étaient apparus les noms d'Arnold Schwarzenegger et de Tom Cruise.

— Non, je ne suis pas allé sur son blog depuis trois mois, admit Pierre.

— Tu devrais ! Brothers, apparemment, a compris ce qui s'était passé. À se demander d'ailleurs s'il n'est pas à l'origine de ce *big bug*.

— Franck, tu délires ! Tout le monde sait que Bobby Brothers est un pacifiste !

— C'est ce qu'on dit. Je n'en mettrais pas ma main à couper. En tout cas, il part d'un postulat que personne n'avait posé avant lui : pour que des centaines de millions d'ordinateurs aient téléchargé le virus, il faut que leurs propriétaires l'aient fait *de leur plein gré*. En effet, tu sais très bien qu'aujourd'hui tout le monde se méfie des mails et personne n'ouvre plus les courriels bourrés de pièces jointes suspectes. C'est donc à leur insu que les gens ont téléchargé un fichier contenant le virus. Or, quels sont les fichiers les plus fréquemment téléchargés depuis quelques années ? Les tubes de Noah, les films avec Emmanuelle Béart, *Star Wars III*.... Bref, des chansons, des fonds d'écran ou des films. Tu me suis ?

Pierre, qui ne voyait pas où Franck voulait en venir, attendait la suite, impatient.

— C'est simple, vieux. Prends l'exemple d'une chanson. Tu connais le phénomène : des milliers de personnes, chaque jour, vont chercher sur Internet leur tube préféré. Ils se connectent à un site qui les met en relation avec une liste d'internautes qui, à cet instant, possèdent la chanson sur leur ordinateur. Les gens téléchargent alors la chanson qui leur plaît et...

— Bon, Franck, tu te fous de moi ? Je n'ai pas besoin qu'on m'explique le principe du *peer-to-peer* !

Pierre s'énervait. Kazaa, eMule... Il connaissait ce système d'échange de fichiers entre internautes depuis longtemps. Il avait même été un des premiers à l'utiliser. Franck poursuivit :

— Si un pirate arrive à placer, sur les sites les plus fréquentés, la version contaminée d'une chanson, par exemple, il a toutes les chances d'implanter son programme pourri à grande échelle. Et sans se fatiguer. Les gens s'inoculent tout seuls ce *malware* en téléchargeant leur musique préférée.

— Mais...

— Oui, je sais, tu vas me dire que les internautes ne téléchargeront pas forcément le fichier vérolé de la chanson, mais une autre version, sur un fichier sain, puisqu'ils ont le choix entre plusieurs.

— Tu m'enlèves les mots de la bouche.

— Tu as raison. Sauf que les pirates pourraient avoir prévu ça. Ils peuvent avoir fabriqué un système qui place la chanson « virussée » automatiquement en tête de liste ! Alors là, tu comprends, tout le monde la charge...

Pierre avait compris. Lorsque lui ou ses filles utilisaient ces sites d'échange gratuits pour écouter un tube, ils faisaient comme tout le monde : ils prenaient la première version, en haut de la liste. Et il pouvait très bien imaginer que les pirates aient conçu un procédé technique permettant à la chanson infectée de se placer automatiquement en tête. D'ailleurs, plus une chanson était téléchargée, plus vite elle se plaçait en haut de liste. Il suffisait que les pirates aient installé leur virus dans une rengaine très connue et très courue en ce moment. Mais pouvaient-ils le faire tout en permettant à l'internaute d'écouter tout de même la chanson, sans qu'il se doute de rien ? Le virus, par ailleurs, devait être suffisamment léger pour que la chanson infectée « voyage » facilement sur le réseau. Pierre fit remarquer qu'il n'avait jamais eu connaissance d'une telle technique.

— Mais Pierre, tu es largué ou quoi ? Maintenant, on maîtrise ça ! En tout cas, *eux*, ils maîtrisent.

— Ton idée suppose que les pirates ont préparé leur coup depuis des mois, qu'ils ont connu la chanson qui allait être le plus souvent demandée, non ?

— Un coup pareil ne s'improvise pas ! Ils ont sûrement étudié les goûts des gens, pays par pays, et ils ont placé en permanence leur virus sur le morceau que les internautes demandaient le plus...

— Admettons. Cela peut expliquer le gros bug. Mais pas la suite, Franck ! Tu oublies que les ordinateurs des centrales dans lesquelles les pirates ont peut-être réussi à pénétrer sont bardés de pare-feu et de systèmes anti-intrusion. Tu crois qu'on entre dans une usine, une raffinerie, une centrale électrique comme dans un moulin ?

— Là, tu me déçois, mon grand ! Tu connais mon frère, Philippe ? Il bosse maintenant chez un spécialiste des tests d'intrusion : tu sais combien de temps il leur a fallu, à deux, pour entrer chez France Télécom ?

— Deux heures.

— Trois minutes et demie. Je ne connais aucun système sûr à cent pour cent. Les entreprises les plus sécurisées ont toujours une faille, un ordinateur moins bien protégé que les autres : celui qui est relié au vendeur de photocopieurs, par exemple, et qui signale automatiquement les pannes via Internet. Ou celui qu'un stagiaire apporte de chez lui et qu'il branche sur le réseau interne. Mon frère m'a raconté que, pas plus tard que le mois dernier, un P-DG avait propagé un virus dans le réseau de sa boîte, et tu sais comment ? Le week-end, il a emporté son portable chez lui et il a laissé son fils installer des jeux dessus. Le lundi matin, quand il s'est reconnecté au réseau de l'entreprise... plantage total !

Pierre avait entendu parler de failles de ce genre.

— Parfois, poursuivit Franck, c'est un agenda électronique sur lequel un utilisateur a enregistré une chanson, et qu'il synchronise avec son ordinateur de bureau en arrivant le lundi matin. Et hop : le virus migre sur le réseau de l'entreprise ! Il y a aussi les systèmes Wifi, maintenant. Il paraît qu'un petit malin, assis sur un banc au rond-point des Champs-Élysées, devant le siège social d'un grand marchand d'armes français, a réussi à pénétrer dans sa comptabilité !

— Je veux bien, mais comment imaginer que des pirates aient pu pénétrer dans *plusieurs* centrales électriques, dans *différents* endroits dans le monde, et au *même* moment ? Comment ont-ils procédé ?

— Je ne sais pas... Peut-être se sont-ils fait passer pour des réparateurs informaticiens. Ou pour des techniciens de Controlware vérifiant par téléphone l'état des logiciels : « Allô, bonjour, je suis monsieur Banks, du service sécurité de Controlware. Nous venons de détecter une faille dans votre logiciel. Pour résoudre le problème, nous vous proposons de télécharger notre mise à jour. » Tu vois le truc ?

Le stratagème pouvait fonctionner, évidemment... mais avec des entreprises négligentes. Dans le cas présent, difficile d'imaginer qu'un intrus puisse pénétrer aussi simplement dans le réseau d'une usine sensible. D'une seule, passe encore. Mais d'une dizaine, dans différents endroits du monde ! Comment expliquer une attaque aussi massive et soudaine ?

Pierre était harcelé par toutes ces questions. À la fatigue de la nuit blanche s'ajoutaient le désarroi et l'anxiété.

Il échangea encore quelques propos avec Franck, mais il était impatient de retourner sur son micro-ordinateur. Lui-même avait téléchargé des dizaines de morceaux de musique, ces derniers temps. Si certaines chansons étaient contaminées, il en possédait sûrement sur son disque dur. En tout cas, il voulait en avoir le cœur net.

— Je ne sortirai pas d'ici avant d'avoir compris ce que fabriquent ces salopards, lâcha-t-il à voix haute au moment où Franck raccrochait.

15.

Emma n'était pas dans sa chambre. Pierre avait composé son numéro plusieurs fois, en vain. Il avait aussi essayé de la joindre sur son portable, mais, à nouveau, les réseaux ne fonctionnaient plus. Avait-elle réussi à rentrer aux États-Unis ? Il fallait qu'il lui parle, d'urgence.

Collé devant son ordinateur depuis la veille au soir, l'informaticien s'était connecté sur les forums et les blogs des spécialistes et n'avait cessé de dialoguer avec Franck, par mail ou par téléphone. Les deux hommes avaient progressé en parallèle, consultant des copains, s'envoyant des adresses, échangeant des hypothèses, échafaudant des théories. Et, curieusement, c'est au moment précis où la télévision annonçait une nouvelle catastrophe, l'explosion d'une centrale électrique, en Pennsylvanie, à 5 heures du matin, qu'ils avaient compris. Ensemble.

Un gouffre s'était ouvert sous leurs pieds.

Depuis, Pierre, sous le choc, tournait en rond dans sa chambre. Malgré ses deux nuits blanches successives, il était incapable de prendre du repos. Il n'avait plus le moindre doute désormais, il avait fait le lien entre la panne d'Internet et les accidents dans les raffineries et les centrales. Les événements dramatiques des derniers jours n'étaient pas le fait d'une malencontreuse série noire. Ils étaient le fruit de la plus effroyable manipulation informatique qu'il soit possible d'imaginer.

— C'est la fin du monde, avait soufflé Franck, d'une voix à peine audible.

Mais Pierre l'avait entendu, et il n'avait rien répondu.

Il retourna dans la salle de bains et s'aspergea le visage d'eau froide. Franck allait appeler la police. Mais elle devait être débordée d'appels, entre les urgences et les petits délinquants de la souris prétendant qu'ils étaient les auteurs du big bang informatique...

Il avait aussi pensé joindre la gendarmerie, qui possédait un département spécialisé dans la lutte contre le piratage informatique. Rosny-sous-Bois. Commissaire Courtin. Il s'en souvenait. Une section d'une quinzaine de cyberflics, des hackers revenus dans le droit chemin, pour certains. Eux devaient être sur le qui-vive depuis quelques jours. Ils pouvaient comprendre. Mais, évidemment, leur numéro officiel sonnait occupé. Quant au portable de Courtin, il était injoignable. Il n'avait pas insisté, convaincu que son appel ne servirait pas à grand-chose. Si la machination des terroristes était celle que Franck et lui avaient imaginée, les cyberflics connaissaient eux aussi l'étendue de la catastrophe mais n'en possédaient pas davantage la parade. Quant à leurs collègues américains, ils devaient ressentir le même sentiment d'impuissance : celui d'une brigade de pompiers devant un incendie dont ils identifient l'origine, mais dont ils sont incapables d'arrêter la propagation.

À la télévision, curieusement, rien n'avait filtré. Soit les grandes chaînes ne savaient encore rien, soit elles avaient reçu la consigne de ne pas diffuser d'informations plus alarmantes.

— Ce genre de censure, si censure il y a, ne tient jamais bien longtemps, avait fait remarquer Franck.

Sa réflexion avait conduit Pierre un cran plus loin.

— Tu crois vraiment que ce montage incroyable a pu être élaboré sans complicités à l'intérieur même des services de sécurité des grands pays occidentaux ?

— C'est difficile à imaginer.

Découragé, Pierre finit par s'asseoir sur la moquette, la tête entre ses poings serrés, comme dans un étau.

Le jour s'était levé, et le soleil avait déjà percé un ruban de nuages cotonneux. À travers la fenêtre ouverte, Pierre entendait les bruits d'Arromanches, qui s'éveillait. Les premiers enfants qui sortaient pour aller à l'école ou prendre le bus du ramassage scolaire, le marteau-piqueur qui s'attaquait au bitume du trottoir... Sous les parasols de la terrasse, deux ou trois congressistes s'étaient assises, espérant un petit déjeuner. Les autres devaient toujours se trouver dans le hall ou dans leur chambre en train de téléphoner ou de chercher des solutions pour retourner dans leur pays. Le vent, ce matin-là, venait de la terre et agitait les vagues dans le sens opposé à celui qu'on voyait d'habitude. Pierre entendait au loin leur souffle léger, imperturbable, effleurer les rochers. La météo prévoyait encore une journée chaude.

La vision du ciel bleu était insupportable. Le jour du débarquement, au moins, se dit-il, il faisait mauvais. Aujourd'hui, la nature restait sourde au drame qui se déroulait dans le monde et dont il avait maintenant, hélas, une vision plus précise. Ce calme l'épouvantait et lui donnait envie de fuir.

Il composa de nouveau le numéro d'Emma. Pourquoi n'était-elle pas dans sa chambre, à 7 h 30 du matin ? Son absence était-elle liée à la mort de Barett ? Avait-elle appris par d'autres canaux ce qu'il venait de découvrir ? Les services secrets américains l'avaient-ils contactée, comme ils avaient sûrement contacté, dès qu'ils avaient compris ce qui se passait, les proches et les associés de feu Dan Barett ? Le patron de Controlware n'était pas mort par accident, il en avait la certitude. Il était la seule personne au monde capable de s'opposer au dessein criminel des terroristes. Lui seul possédait la clé du système. Si l'un ou l'autre de ses proches en avait eu connaissance, le problème aurait déjà été résolu et les catastrophes auraient été évitées. Emma n'en savait sûrement pas davantage que les intimes de Barett, mais il ne fallait négliger aucune piste. Elle n'était peut-être pas encore au courant, pour peu que les services secrets n'aient pas réussi à la joindre.

— Il faut absolument que je lui parle. Il faut que je la trouve.

Il avait parlé à haute voix, comme si le fait d'affirmer son désir haut et fort pouvait en faciliter la réalisation.

À l'idée de retrouver la femme avec qui il avait fait l'amour deux nuits plus tôt, il sentit sa gorge se nouer. Depuis qu'il s'était enfermé dans sa chambre, il n'avait pas eu le temps de penser à ce qui s'était passé entre eux sur la plage. Heureusement. Car s'il regrettait, sur le principe, ce qu'il avait fait, il était honnête vis-à-vis de lui-même : placé dans la même situation aujourd'hui, il agirait de la même manière. Il avait été dépassé par son désir. Il pensa aux seins d'Emma lorsqu'il les avait pris dans ses mains, qu'ils s'étaient dressés contre ses paumes. Il avait eu l'impression qu'ils se tendaient vers lui, durcissant sous ses doigts comme un sexe d'homme. Il avait eu envie de les prendre dans sa bouche, de les mordre, de les dévorer. Il chassa rageusement cette pensée. Cet amour – si c'était de l'amour, cette dictature des sens – ne pouvait engendrer que de la souffrance.

Il revit son départ de Marseille, quelques jours plus tôt, quand Clara l'avait accompagné à l'aéroport pendant que ses techniciens partaient avec le camion de matériel. Clara, blonde, pâle, très *comme il faut* dans ses Tod's et son tailleur Chanel. Clara, curieusement silencieuse, qui l'avait embrassé avec plus de fougue que d'ordinaire, guidée, peut-être, par un pressentiment. Pourtant, il l'avait trahie... Pourquoi ? Que lui manquait-il avec elle ? Sa frénésie d'achats, ses réflexes maternants et ses habitudes de petite-bourgeoise l'avaient sans doute éloignée de lui, mais elle demeurait la femme qu'il avait choisie, la mère de ses enfants, la pierre angulaire de sa vie.

Pierre descendit dans le hall de l'hôtel et s'arrêta à la réception. La clé de la chambre occupée par Emma n'était pas là. Mais le concierge – mal rasé et marqué par les nuits agitées – l'informa qu'elle n'avait pas réglé sa note ; elle n'était donc pas partie. Une jeune réceptionniste qui, nerveuse, triait des papiers se souvint d'avoir vu passer « Mrs. Shannon » en tenue de plage, une serviette de bain à la main, une demi-heure plus tôt. Pierre fronça les sourcils, étonné. Emma était-elle allée se baigner ? Comment pouvait-elle songer à se distraire dans un tel contexte ? Et après la mort de son meilleur ami ? Elle ne devait pas connaître la gravité de la situation.

Pierre se précipita vers la porte et rejoignit la route, pressé de la retrouver. Mais, à peine arrivé sur le parking près de la plage, il ressentit une gêne presque physique. Il ralentit le pas, s'efforçant de goûter malgré tout le paysage des yeux, de respirer l'odeur d'iode qui flottait dans l'air, d'apprécier la fraîcheur matinale qui disparaîtrait bientôt. Lorsqu'il arriva sur le sable, le reflet du soleil sur la mer l'obligea à cligner des yeux. Il tourna son regard, côté ombre, vers la falaise qui surplombait la plage. Un peu plus loin, il aperçut le sentier qui l'enjambait et qui rejoignait l'autre crique... celle où il avait entendu Emma gémir de plaisir. L'image de son visage transfiguré fut immédiatement éclipsée par la vision des morts de Gardanne. L'atrocité des attentats – car, il le savait à présent, il s'agissait bien d'attentats – resurgissait sans cesse. Et ce n'était qu'un début.

Emma ne se trouvait pas sur la grande plage, celle où les vieilles barges du débarquement, autour du port, dessinent un paisible cimetière d'éléphants rouillés. Elle était sûrement allée plus loin en longeant la plage ou en escaladant le sentier sur la falaise. Pierre hésita quelques secondes puis s'engagea vers la gauche. Le côté droit, plus commode pour la baignade, serait vite envahi. Il était certain qu'Emma préférait la tranquillité.

Il marcha en longeant la mer. Son regard se posait sur les lèvres d'écume qui caressaient les galets gris tachetés d'ocre. Quand, le week-end, il allait pique-niquer dans les calanques avec Clara et les enfants, il lui arrivait de rester des heures entières à observer le ressac. Il était toujours surpris de l'effet léthargique que cette vision suscitait chez lui. Il pouvait rester des heures sur le rivage sans formuler une pensée cohérente. « C'est bien, tu fais le vide, l'encourageait Clara, qui en profitait, elle, pour peaufiner son bronzage. Ça te change des ordinateurs », ajoutait-elle, perfide. Le problème était qu'aujourd'hui rien, pas même la tranquille beauté d'une plage normande, ne pouvait détourner Pierre de la vision d'un ordinateur.

Au moment où il passait sur l'autre versant de la falaise, il constata que quelqu'un l'avait devancé, malgré l'heure matinale. Ce n'était pas Emma. Un homme était assis sur les rochers, un appareil photo à la main. Son zoom de vingt centimètres de long était dirigé vers le large. Que photographiait-il à cette heure ? La lumière, déjà blanche, n'était pas idéale. Pierre suivit la direction pointée par l'objectif. À une centaine de mètres, un nageur revenait vers la grève. Tandis qu'il s'approchait, Pierre découvrit – à ses bras longilignes, au gros chignon sur sa nuque – qu'il s'agissait d'une femme. Mais il fut frappé par la vitesse avec laquelle elle avançait. Bougeant la tête alternativement du côté droit et du côté gauche, elle glissait dans l'eau avec fluidité. Le battement régulier de ses jambes et le rythme de ses longs bras traçaient sous elle un sillon d'une courbe parfaite.

La nageuse parcourut rapidement la distance qui la séparait du rivage. Arrivée à l'endroit où elle avait pied, elle se redressa et, debout, de l'eau jusqu'aux chevilles, s'arrêta pour reprendre son souffle. Elle était vêtue d'un maillot deux pièces noir et blanc, avec une boucle de ceinture à la taille. Elle détacha la pince qui retenait son chignon, secoua la tête et fit jaillir autour d'elle une gerbe de gouttes d'eau. Puis, rassemblant dans ses mains sa masse de cheveux, elle la tordit vigoureusement vers l'arrière, puis sur le côté, pour l'essorer. Le geste saccadé, peu gracieux, n'était pas à l'image du corps de la nageuse, magnifique.

C'était le corps que Pierre avait serré contre le sien, dans la nuit de mercredi à jeudi.

Le photographe s'était levé, mitraillant maintenant

Emma à une quinzaine de mètres. La jeune femme faisait comme si elle ne l'avait pas vu. Était-ce un paparazzi ? Les chasseurs de scoops avaient sûrement fait le déplacement à Arromanches pour pister les éventuelles sorties en maillot de bain de Hillary Clinton ou Michelle Bachelet, mais Emma Shannon ? Quelle valeur marchande ces clichés pouvaient-ils posséder ? Le monde s'écroulait autour d'Emma, et elle se prêtait à ce jeu narcissique ? Le visage de l'homme, cela dit, n'était pas celui d'un voleur d'images. Ce profil un peu rond, ces cheveux blonds coiffés à la Jeanne d'Arc, cet air sûr de lui, cette carrure encore impressionnante pour un quinquagénaire : une « vraie bête », aurait dit Clara. Pierre avait l'impression d'avoir déjà rencontré la bête. Mais où ?

L'informaticien n'avait plus envie de parler à l'Américaine. Sa beauté l'énervait presque. Il s'en voulait d'être attiré par cette femme qu'au fond il n'aimait pas, mais qu'il ne pouvait s'empêcher de désirer. Elle parcourut lentement les derniers mètres qui la séparaient du banc de sable. Le photographe lui cria « bombez le torse ! » et la mitrailla. Elle ne prit pas la pose mais ne protesta pas non plus. Dans l'esprit de Pierre, l'espace d'une seconde, le cataclysme informatique fut relégué au second plan.

Emma ramassa sa serviette par terre et se sécha avec vigueur. Visiblement, elle n'avait pas envie de rester sur la plage. Elle sortit de son sac de toile un paréo blanc et noir qu'elle enroula autour de ses hanches. En couvrant ses jambes, il renforçait la finesse de sa taille. Le soutien-gorge, bien coupé, séparait parfaitement ses seins et donnait à sa poitrine un volume harmonieux. Quelques grains de beauté étaient visibles sur sa gorge.

L'homme avait cessé de la mitrailler et s'avançait vers elle, l'appareil en bandoulière. Maintenant, ils parlaient ensemble. Ils semblaient se connaître.

Pierre s'apprêtait à faire demi-tour pour remonter à l'hôtel quand Emma l'aperçut et le héla. Il hésita un instant avant de se diriger vers elle.

— Salut, Pierre ! lança-t-elle avec un sourire qui le prit au dépourvu. Je te présente... Jean-Philippe.

— Granier. Jean-Philippe Granier.

Bien sûr ! Pierre réalisait maintenant où il avait vu le bonhomme. Granier était un romancier assez connu qui figurait régulièrement dans les pages people des magazines.

— Jean-Philippe Granier et moi avons fait connaissance il y a trois quarts d'heure, précisa Emma. Il était venu photographier le lever de soleil.

Elle ajouta, avec un regard en coin :

— Mais je crois qu'il m'a utilisée comme premier plan.

Granier protesta.

— Vous voulez dire que j'en ai complètement oublié mon but initial ! Qui aurait pu s'y tenir face à Vénus sortant des eaux ?

Sa galanterie douteuse ne sembla pas gêner Emma, qui reprit, en regardant Pierre :

— Le plus étonnant, c'est que Jean-Philippe a travaillé avec Dan Barett, il y a quelques années. Et avec Kathrin Strandberg aussi. Tu sais, cette Suédoise qui est tombée dans le coma mardi soir... Je m'en suis souvenue lorsque vous m'avez dit votre nom, ajouta-t-elle en se tournant de nouveau vers l'écrivain. C'est curieux, les hasards de la vie, non ?

À l'évocation de Dan, son visage s'était rembruni. Granier, lui, grimaça :

— Vous savez, je viens d'arriver à Arromanches. Je n'avais pas revu Kathrin Strandberg depuis cette époque. Trois ans au moins. La pauvre, c'est terrible... Je n'arrive pas à y croire.

Il ajouta précipitamment :

— Mardi soir, mardi soir... Ah oui, j'étais en train d'enregistrer une émission de télé chez Drucker.

Pierre pensa qu'il ne s'y serait pas pris autrement s'il avait voulu afficher un alibi en béton.

16.

— Emma, j'aimerais te parler ! insista Pierre, qui se dandinait d'une jambe sur l'autre.

Cela faisait plus de cinq minutes qu'il avait rejoint l'Américaine et son admirateur, et il n'avait pas réussi à placer un mot. Le romancier expliquait qu'il s'isolait dans la région six mois par an, depuis plus de vingt ans, pour écrire. Et donc qu'il en connaissait désormais chaque marée, chaque rocher, chaque coquillage.

— Et vous habitez Arromanches ? relança Emma, ignorant l'intervention de Pierre.

— Pas exactement. Disons que je partage mon temps entre le Cotentin et le XVIIe. Paris n'est pas une ville où l'on travaille. Trop de tentations.

Pierre se souvenait bien du personnage, maintenant. Il n'avait pas lu ses livres, mais Clara, si. Au moins deux. Pas jusqu'à la fin, d'ailleurs, au motif que Granier désacralisait tout ce qu'il touchait, y compris (et c'était le principal reproche qu'elle lui faisait) les sentiments amoureux. Pour elle, Granier était un « esprit caustique ». Il n'hésitait pas à tourner en ridicule les héros – et surtout les héroïnes – de ses livres, une fois que le lecteur s'y était attaché. Le bonhomme publiait aussi des chroniques dans les magazines dans lesquelles il critiquait d'une plume acide les livres et les films de ses confrères.

Emma, elle, n'était sûrement pas impressionnée par

sa qualité de romancier, car elle avait oublié ce détail dans sa présentation. Granier devait être totalement inconnu aux États-Unis. « Encore une star de Saint-Germain-des-Prés qui ne vendra jamais un exemplaire à New York », se dit Pierre. La réflexion lui fit du bien. Il revint à la charge en essayant d'attirer le jeune femme à part.

— Emma, je dois te parler, c'est très important.

Elle lui jeta un regard méfiant qui lui fit regretter cette entrée en matière ambiguë.

— Aïe ! Je vais vous laisser, ironisa Granier.

— Non, je vous en prie ! Je suis certaine que les propos de Pierre n'ont rien de personnel, n'est-ce pas, Pierre ?

L'informaticien se demanda si Emma agissait ainsi pour lui faire payer son silence de la veille ou si elle avait vraiment envie de garder le romancier dragueur auprès d'elle. Il opta pour la seconde hypothèse. Il la retrouvait telle qu'elle avait toujours été. Hautaine, faussement timide, et en réalité prodigieusement flattée dès qu'un homme s'intéressait à elle. Emma snobait Pierre, elle l'avait toujours snobé. Comment quelques minutes d'égarement avaient-elles pu le persuader du contraire ?

Comme pour lui donner raison, elle posa sur son nez ses lunettes de soleil, de grosses Ray-Ban noires, style mouche, qui la vieillissaient et lui donnaient un air prétentieux.

Pierre l'aurait bien plantée là, mais ce n'était pas le moment d'écouter son amour-propre.

— La panne informatique de mardi, les accidents dans les centrales, les catastrophes d'hier, tout est lié, commença-t-il. La situation est plus grave que tout ce que tu peux imaginer. Nous avons affaire à un virus informatique qui...

Granier ricana.

— Ah ! un virus ! Sacrés informaticiens ! Je les reconnais bien là... Ils disent toujours que c'est la fin du monde ! Il y a vingt ans, lorsque j'ai écrit mon premier livre, on parlait déjà du Big One, le virus qui allait tout détruire. Et puis rappelez-vous tout ce qu'ils nous ont raconté sur le passage à l'an 2000. La bombe à retardement qui a fait pschiiit ! De la daube !

Pierre ignora le propos et poursuivit, en regardant Emma :

— Cela fait vingt-quatre heures que je cherchais à comprendre. Et, avec un copain, nous avons trouvé. Nous savons ce qui est en train de se tramer. C'est monstrueux.

— Mais vas-y ! Dis ! s'impatienta Emma en soulevant ses lunettes pour les poser au-dessus de son front, comme une Parisienne en réunion.

Pierre se rendit compte qu'elle avait les yeux fatigués. Elle n'avait pas dû dormir beaucoup après avoir appris la mort de son ancien petit ami. Mais elle avait du courage, elle donnait le change.

— En fait, il faut remonter plusieurs mois en arrière pour trouver l'origine de la catastrophe, continua-t-il.

— Comment ça ?

— Je vais t'expliquer ce que j'ai compris.

Il se tourna vers Granier.

— Excusez-moi. L'explication risque d'être un peu longue... Un peu technique aussi.

Il espérait que l'intrus les laisserait en tête à tête, mais Granier s'assit sur le sable, faussement désinvolte, immédiatement imité par Emma, laquelle tira sur le jean de Pierre pour le forcer à les rejoindre. L'informaticien obtempéra, vaguement conscient du ridicule de la situation. Trois touristes organisant un sit-in au bord de l'eau pour évoquer l'apocalypse informatique imminente.

— Ce matin, reprit Pierre à contrecœur, j'étais tellement sidéré par cette histoire de panne informatique que j'ai oublié de...

— Si tu en venais au fait ? trancha Emma.

Toujours ces réflexes d'*executive woman*.

Sous le regard narquois de Granier, Pierre décrivit en quelques minutes, sans se perdre dans les détails, comment des millions d'utilisateurs qui voulaient simplement écouter James Blunt, Madonna ou Eminem avaient téléchargé le virus, qui avait transformé leurs ordinateurs en « esclaves » capables de faire sauter le réseau.

— Mais dis-moi, Pierre, demanda Emma, comment ont-il fait pour coller un virus dans une chanson sans que les gens s'en aperçoivent ?

Pierre répondit par une autre question.

— Connais-tu la stéganographie ?

Le mot produisit l'effet escompté. Granier perdit son air goguenard. Emma enroula une mèche de cheveux autour de son index.

— Non, pas vraiment.

L'informaticien balaya quelques grains de sable sur son jean et reprit d'un ton docte :

— Stéganographie, du grec *steganos*, qui signifie caché. Sur le principe, le procédé est vieux comme le monde, ou presque. Les Grecs l'utilisaient déjà pour émettre des messages secrets. Ils rasaient la tête d'un esclave, écrivaient le message sur son crâne, le mettaient en quarantaine le temps que ses cheveux repoussent, puis l'envoyaient chez le destinataire. Celui-ci n'avait qu'à raser la tête de l'esclave pour lire l'information ! Aujourd'hui, c'est une technique qui permet d'inscrire à l'intérieur d'un fichier informatique des programmes invisibles pour le commun des utilisateurs.

— Pssss...

Granier interrompit l'exposé de Pierre par un sifflement dont personne n'aurait pu deviner s'il était admiratif, ironique ou juste lancé dans la conversation pour rappeler que son auteur était présent. Emma l'ignora et s'exclama :

— Mais quel rapport avec la chanson ?

— C'est exactement pareil : les pirates ont dissimulé, à l'intérieur des deux ou trois grands tubes de chaque grand pays, le programme stéganographié, transformant les PC en ordinateurs zombies.

— Comment as-tu découvert ça ?

— J'ai sur mon ordi un petit logiciel de stéganographie, Invisible Secrets, un cadeau d'un copain, un cador de la programmation. Il est maintenant prof de maths dans un lycée de Grenoble. J'ai ouvert deux fichiers de James Blunt, celui que j'avais eu par un copain qui avait acheté le CD et celui que j'avais téléchargé auparavant sur un site. Et je les ai comparés. En surface, ils étaient parfaitement identiques ; mais, en dessous, le premier était normal alors que le second contenait des lignes de code supplémentaires.

Pierre marqua une pause. Emma ne le quittait plus des yeux.

— C'était le fameux virus, le programme qui a tout déclenché.

— *My God !* s'exclama Emma. Les pirates qui ont fait ça ne sont pas des hackers de seconde zone !

— Pas vraiment. L'attaque a été préparée depuis au moins six mois. Tu te souviens des camps d'entraînement d'Al Qaïda ? Je suis sûr qu'ils ont fait la même chose pour l'informatique : ils ont formé des jeunes fanatiques. Ces pirates ont identifié les chansons cultes du moment, et y ont inséré leur programme codé ; puis ont fait en sorte que les versions « virussées » des tubes se retrouvent en tête de liste sur les grands sites d'échange de musique, eMule, Kazaa, etc. Ensuite, il leur suffisait de laisser les internautes les télécharger massivement. Le germe s'est disséminé tout seul.

Emma écoutait Pierre avec attention et semblait en oublier Granier. Elle avait forcément remarqué le *scanning* insistant de ses yeux sur sa poitrine, mais peut-être appréciait-elle ce genre de flatterie rudimentaire. Après tout, pensa Pierre, elle avait trente-huit ans. Les hommages de ce genre allaient bientôt se faire plus rares.

Il remarqua à nouveau la profondeur des cernes sous ses yeux et ses traits tirés : la mort de Barett l'avait affectée, même si elle jouait les fiers-à-bras.

Comme si elle avait senti les sentiments partagés de ses compagnons, Emma se leva et proposa aux deux hommes d'aller prendre le petit déjeuner à La Marine, sur le port. Ils quittèrent la plage en file indienne.

— Tu continues ? reprit-elle en s'adressant à Pierre, mais sans se retourner vers lui.

— Je suis convaincu que les pirates ont aussi fait du *phishing*, en appoint, répondit l'informaticien, dans son dos. C'est-à-dire qu'ils ont fabriqué un faux site de Controlware et qu'ils ont proposé aux entreprises de télécharger des mises à jour de leurs programmes Controlware. Croyant se trouver sur le site officiel, certaines d'entre elles ont dû effectuer la manœuvre sans précaution. Et ont sans doute téléchargé le virus. La technique est bien rodée et...

— Attends, Pierre !

Cette fois, Emma s'était retournée vers son ancien collègue. Avec son pull jeté de travers sur ses épaules, son pagne improvisé et ses cheveux décoiffés, elle lui apparut comme jamais il ne l'avait perçue, du moins en plein jour. Vulnérable. Émouvante. Désirable.

— Tout cela paraît trop bien construit. Comment expliques-tu que tout Internet, complètement planté avant-hier, soit reparti aussi vite, et surtout sans dégâts ? Les pirates n'ont quand même pas monté une telle attaque juste pour exhiber leur pouvoir ? On faisait cela autrefois, du temps où, toi, tu bidouillais avec ta bande de hackers ! Maintenant, le piratage, c'est de la grande criminalité. Il y a donc forcément un but. Lequel, tu le connais ?

Pierre n'était pas franchement ravi que Granier apprenne qu'il avait été, autrefois, un pirate informatique, mais la question était pertinente. Emma n'avait rien perdu de son agilité intellectuelle. À l'époque, chez Supra Data, elle avait le chic pour interrompre les exposés des fournisseurs ou même ceux de ses collègues en envoyant dans la conversation LA question qui gênait, celle qui mettait en exergue la faille dans le raisonnement de l'orateur. Pierre était même convaincu qu'elle prenait plaisir à semer ainsi le trouble dans l'esprit de ses interlocuteurs, surtout les hommes. Sauf que, cette fois, il avait la réponse à sa question.

« Cassée », pensa-t-il.

Mais il demeura sur le registre sérieux, celui qui lui permettait de dominer la conversation. Autant laisser à Granier le moins de prises possibles pour briller avec ses sarcasmes.

— Tu y es, Emma ! Tu touches du doigt l'étendue du cataclysme. Le deuxième étage de la fusée. Et celui-là va faire beaucoup plus mal.

17.

Jean-Philippe Granier habitait boulevard de Courcelles, en face du parc Monceau, dans un hôtel particulier. Pierre de taille beige, hautes fenêtres, trottoir crotté. Un immeuble parisien classique que rien, de l'extérieur, ne distinguait des bâtiments voisins. Mais l'intérieur était à couper le souffle.

La porte d'entrée, qui avait dû autrefois équiper un château fort, donnait directement dans le salon, une pièce carrée, gigantesque, d'au moins six mètres de hauteur. Au fond, une cheminée en granit rose occupait la moitié du mur. Mais nous étions en plein mois de juillet, elle n'avait pas dû servir depuis longtemps. Pour construire son antre, l'écrivain avait sûrement fait démolir les plafonds afin de pouvoir réunir deux étages et accrocher son immense plafonnier, un lustre en forme de triangle isocèle, dont la base et la hauteur devaient bien mesurer trois mètres, et dont les grappes de cristal cliquetaient, agitées par le courant d'air que nous avions déclenché en ouvrant la porte. Les tableaux fixés sur trois des murs étaient, eux, contemporains. Leur style, très dépouillé, contrastait avec l'impression de saturation que donnaient les dizaines de lettres d'écrivains qui s'entassaient sur le quatrième, agglutinées les unes aux autres, comme autrefois dans les musées de province – ou dans la maison du docteur Barnes, le fameux collectionneur de Philadelphie, où tu m'as traîné un jour, te souviens-tu ? Le néon rose de Dan Flavin à côté des pattes de mouche de Zola, c'était un genre. Ou un non-genre.

Ni médiéval, ni baroque, ni branché : le décor correspondait au personnage. Tout avait été savamment calculé pour aboutir à un mélange inclassable, comme son propriétaire.

J'avais évidemment fait établir une fiche numérique sur Granier, bien illustrée cette fois. La cinquantaine bien conservée, l'homme avait tout du dilettante : cheveux un peu longs, gris-blond, en baguettes de tambour, sourire désabusé et regard revenu de tout. Pas spécialement beau, mais sûrement sexy puisque ses conquêtes féminines (« involontaires », prétendait-il) ne se comptaient plus. Et pour cause : Granier était une figure des milieux germanopratins. Le gars dont L'Express, Le Point, Marianne *et* Voici *s'arrachaient les chroniques. Qui avait été « goncourable » en 1999 et en 2002. Qu'on voyait, le matin au réveil, vers 11 heures, attablé au café de Flore, un exemplaire de* La Nausée *posé sur la chaise en rotin, et qui signait de temps en temps une tribune dans* Le Monde *contre la télé-réalité ou la «* disneyisation *de la vieille Europe ». Un écrivain qui portait sur ses épaules (assez larges pour ça) l'héritage des Camus, Sartre, Aron, Beauvoir, qui haïssait le* Da Vinci Code *et Hollywood, mais adorait la Castafiore, Bécassine et l'unique salle d'art et d'essai du XVIIIe arrondissement. Mon assistante m'avait* podcasté *une de ses chroniques pour que je l'écoute dans l'avion. Il se moquait d'une émission télé, que Controlware sponsorisait, une chronique littéraire, animée par Oprah Winfrey. « Comme si, en France, on demandait à Patricia Kaas d'animer "Ex-libris" ou "Vol de nuit" ».*

Quand j'ai retrouvé Kathrin, à l'aéroport, j'ai constaté qu'elle en savait autant que moi sur ce personnage déroutant.

— Je me demande pourquoi il a répondu à l'annonce. Il possède un château de famille en Sologne, une villa en Corse, il vend bien ses livres, il doit être riche à millions...

Kathrin aussi avait fait ses recherches sur Internet. Dans son tailleur rose pâle – tu aurais dit « très Courrèges » –, sa petite valise beige à la main, elle ressemblait à Kim Novak dans Vertigo.

— Bonjour ! Il fait chaud, non ? Je vous préviens, je n'ai pas la clim. Mettez vos bagages ici, lança Granier en nous indiquant un recoin séparé du grand salon par une armoire.

Il n'était pas du genre à se perdre en formules de politesse.

Il ajouta en aparté, à l'attention de Kathrin :

— C'est ici que j'embrasse les jolies femmes qui viennent visiter mon appartement... lorsqu'elles le demandent gentiment, bien sûr.

Kathrin se mit à minauder. Toutes les mêmes. Elle devait le faire avec tout le monde. Ce n'est pas à lui que j'en voulais, mais à elle. Lui, il ne faisait que tenter sa chance.

Notre hôte, heureusement, était passé à autre chose. En nous accompagnant vers les fauteuils du salon, il se mit à raconter comment, vingt ans plus tôt, sa première femme, une ancienne miss France originaire des Antilles, avait mis le feu à l'appartement et réduit son mobilier en cendres. L'un de ses manuscrits avait miraculeusement réchappé de l'incendie. Ses pages aux bordures calcinées reposaient désormais dans une vitrine.

— Mon premier roman à dix mille exemplaires, précisa-t-il. Un texte miraculé.

Il nous fit asseoir sur une banquette ronde, très basse – « une borne de 1920, les goûts de ma seconde femme, une fille de bonne famille » –, couverte de velours lie-de-vin, et nous servit lui-même un thé. Puis il s'assit en face, sur un canapé assorti.

Il ne nous fallut que quelques minutes de conversation pour comprendre pourquoi cet homme, si bien installé dans l'establishment littéraire français, s'était manifesté. Apparemment, la récompense lui importait peu. Il ne l'évoqua d'ailleurs pas. En fait, il venait de publier son premier roman historique et avait pris l'histoire de France pour nouvelle passion.

Je l'observais, en m'efforçant d'être objectif. Il avait des yeux vifs et perçants, autour desquels les rides semblaient avoir été implantées par un chirurgien habile. Son nez était large et son teint celui d'un bon vivant. Quand il ne souriait pas, il gonflait ses joues, comme s'il s'apprêtait à souffler dans un ballon. Le tic devait dissimuler un renoncement récent au tabac, mais il renforçait l'impression que Granier se moquait de ce que vous disiez. Un cendrier traînait sur un meuble et la pièce m'avait semblé, en entrant, imprégnée de l'odeur du tabac blond.

— Votre dernier livre se vend bien ? demanda Kathrin.

Granier était l'auteur d'une grande fresque moyenâgeuse, « érudite » et « rabelaisienne », selon sa pub. Un flop, selon mes fiches, contrairement à ses livres précédents, où il avait moins dû forcer son talent puisqu'il chroniquait, peu ou prou, sa vie ou celle de ses congénères. Il fit comme s'il n'avait pas entendu la question.

— Alors, vous vous passionnez pour les jardins de Versailles ? Remarquez, ils ont besoin de mécènes, comme le château, d'ailleurs.

Il était passé à l'anglais, un anglais sommaire, émaillé de mots français, bâclé. Tout juste s'il cherchait à être compris. Kathrin lui soufflait le terme juste lorsqu'il ne le trouvait pas. De toute évidence, la conservatrice le trouvait irrésistible. Moi un peu moins. D'abord, il se lançait dans des digressions inutiles, et je déteste perdre mon temps. Ensuite, il s'adressait à ma compagne plus souvent qu'à moi. Elle l'avait pourtant prévenu qu'elle recherchait les plans pour mon compte. Mais je ne l'intéressais pas. Nous ne vivions pas dans le même monde. Pas d'ordinateur dans son salon, ni d'écran plat. Peut-être un Minitel dans une armoire, comme les marchands de journaux de ce pays, qui utilisent encore cet engin... Dans ses interviews, Granier répétait à l'envi que papier et crayon contenaient le fluide de la créativité. À en juger par ses derniers livres, le fluide n'était visiblement pas bien passé.

— Ainsi, cher monsieur Granier, vous nous avez répondu parce que vous pensiez que les plans que nous recherchons pourraient se trouver dans la chambre secrète qui contient les archives des rois de France ?

Kathrin entrait enfin dans le vif du sujet, et je lui en sus gré.

— Tout à fait, madame Standberg... Kathrin.

— Vous croyez vraiment qu'elle existe, cette chambre secrète ? Depuis le temps que les historiens la cherchent...

— Si vous en êtes si persuadée, jolie mademoiselle, pourquoi être venue jusqu'à moi ?

Il avait de la repartie. Et il en profita pour jeter à la jeune femme un regard par en dessous.

— Jean-Philippe, dis-je en posant ma tasse de thé, c'est moi qui ai demandé à vous voir. Vous savez, je n'ai pas l'habitude de négliger les détails, même les plus anodins. Vous n'ignorez pas que, lorsqu'on bâtit un programme informatique, un seul signe,

un seul octet peut tout changer. Pour mes recherches sur Versailles, j'applique la même rigueur. Un simple bosquet, un fragment de statue peuvent dissimuler une immense vérité.

Granier avait les yeux plongés dans son thé. Il m'avait pourtant écouté. Il tourna pour la première fois son regard vers moi. Un rien narquois. Mais c'était sa façon d'être, apparemment. À prendre ou à laisser.

— Vous avez raison, c'est ainsi que fonctionnent les grands esprits ! Les découvertes majeures naissent souvent de circonstances insignifiantes. Prenez Fleming et la pénicilline... L'Histoire bascule sur d'infimes détails. Que serait devenue l'Europe si Hitler avait été reçu à l'académie des Beaux-Arts de Vienne ?

— À la source des grands destins, on trouve souvent de petits hasards.

— Vous ne croyez pas si bien dire...

— Pardon ?

— Laissez-moi vous raconter.

Il reprit sa tasse de thé et avala une gorgée en me fixant du regard. Je commençais à me balancer d'avant en arrière, impatient. Granier se retourna pour indiquer l'entrée de la cuisine, dont on apercevait la fenêtre, encadrée de grands rideaux vert foncé, et le piétement d'une table en orme massif.

— Regardez cette pièce ! C'était à l'été 1975. Mon grand-père avait dû effectuer des travaux dans notre duplex. Une large cloison devait être abattue pour construire le grand salon dans lequel nous nous trouvons aujourd'hui. Je vous passe les détails. Au pied de la cloison, un ouvrier a découvert un coffret contenant deux cahiers. C'étaient les Mémoires de la duchesse de Cadaran, dont les héritiers ont longtemps habité cet hôtel particulier. Un document prodigieux ! Car cette duchesse y racontait l'agonie de la cour à Versailles, en particulier les dernières vingt-quatre heures de Louis XVI et de Marie-Antoinette.

— Ces cahiers sont toujours en votre possession ?

Kathrin, cette fois, avait été trop directe. J'aurais bien aimé savoir, moi, qui était cette duchesse de Cadaran dont parlait Granier.

— Patience, cara Catarina, *patience... Non, bien sûr, les*

carnets sont aujourd'hui au musée des Lettres, à Paris. Mais j'en possède de fort bonnes reproductions.

— Et que disent-elles ?

— Finissez votre thé, et je vous emmène là-haut.

La duchesse de Cadaran, nous expliqua Granier, était la dame de compagnie de la marquise de La Tour du Pin, dont le mari était, lui, gouverneur au château de Versailles en 1789. L'homme qui était en fonction au moment où Louis XVI avait dû fuir !

Décidément, ma méthode avait des failles. Mes fiches ne parlaient pas de la passion de Granier pour l'histoire de France, et encore moins de sa trouvaille : le journal intime d'un témoin oculaire des derniers moments du roi à Versailles, avant que ne débute sa longue marche vers l'échafaud... La découverte avait pourtant dû faire du bruit.

— Nous sommes le 5 octobre 1789 ! lança Granier en nous invitant à le suivre dans un vestibule garni de vieux livres empilés les uns sur les autres, de DVD et de vidéocassettes.

Il transformait sa voix pour imiter un historien fameux qui sévissait à la télévision, à l'époque du noir et blanc. Il marchait devant nous, se retournant de temps à autre pour vérifier que nous suivions. Au propre comme au figuré.

— Marie-Antoinette est à Trianon depuis la veille ! Elle réside souvent dans cet ancien village où Louis XIV avait fait bâtir le château du Grand Trianon et Louis XV le Petit Trianon. Elle, elle y a sa ferme, ses moutons, sa laiterie. Le roi vient partager ses repas avec sa femme trois fois par jour, puis retourne dormir seul au château. Les époux, vous le savez, ne partagent plus le même lit depuis longtemps. Le bel Axel de Fersen, cet officier suédois à l'esprit chevaleresque, est devenu l'amant de la reine. Leur amour durait depuis des années, mais il n'a été consommé que lorsqu'elle a su qu'elle n'aurait plus d'enfants. L'Autrichienne, voyez-vous, n'est pas aussi irresponsable qu'on le prétend alors...

Notre hôte avait beau parodier, d'une voix chevrotante, un vieux monsieur bourré de tics, ses talents de conteur transparaissaient. Il parlait au présent, comme pour nous faire revivre en direct les dernières heures de la cour, ces scènes qui, visiblement, l'avaient fasciné, même s'il n'avait encore rien écrit sur le sujet. Il s'engagea dans un escalier en colimaçon dont il monta les marches quatre à quatre, sans faire de pause. Kathrin et moi eûmes tout juste le temps d'apercevoir, au mur, sa collection de photos people. On y voyait Granier avec des présentatrices télé et des vedettes de cinéma, des écrivains, des mannequins, et même une astronaute. Uniquement des femmes. En haut de l'escalier, il désigna du doigt un cliché où il posait à côté de Penelope Cruz.

— La photo a été prise en mai, juste après le festival de Cannes.

Si j'avais été italien, se serait-il arrêté sur Ornella Muti ?

— Demi est une chic fille, crut-il utile d'ajouter. Vous la connaissez ?

Je ne répondis pas. Je ne suis même pas sûr qu'il attendait une réponse.

Le romancier nous invita ensuite à le suivre sur un long balcon en mezzanine qui surplombait la grande pièce dans laquelle il nous avait reçus. Une sorte de chemin de ronde intérieur. En même temps, il continuait son récit et ses mimiques. Kathrin buvait ses paroles.

— Ce jour-là, le roi est parti chasser dans les bois de Meudon. Il ne sait pas que la populace marche sur Versailles, réclamant du pain. Et impossible de le prévenir ! À Trianon, un page vient trouver Marie-Antoinette, un pli à la main : le comte de Saint-Priest la prie de remonter au château où elle sera plus en sécurité. La reine prend son manteau et son chapeau et part sans prendre le temps de contempler une dernière fois ce hameau où elle a vécu des jours heureux. La pluie commence à tomber dru lorsque, suivie de ses servantes, elle traverse le parc et ces jardins dont elle connaît les moindres bosquets, la moindre cascade, mais qu'elle ne reverra jamais.

Quel théâtre ! Le visage de Granier s'animait vraiment lorsqu'il parlait de Marie-Antoinette. Son débit s'accélérait, ses mains dirigeaient ses mots comme celles d'un chef conduisent l'orchestre, et il en oubliait son masque ironique. Il nous fit avancer vers un minuscule bureau rempli de livres et de papiers, au pied duquel était posée une lithographie d'Andy Warhol. Tandis qu'il décrivait les derniers instants de la reine à Versailles, ses yeux exprimaient un tel sentiment de compassion que je faillis m'excuser de n'avoir rien fait pour elle. Si Granier, lui, avait pu se trouver sur le pas-

sage de la charrette qui emmenait l'Autrichienne à l'échafaud, il se serait probablement jeté sous les jambes des chevaux. Malgré son phrasé doctoral et sa propension à fixer son regard sur Kathrin, je finissais par le trouver émouvant. Old technology, *mais sympathique.*

— Et vous connaissez la fin ? reprit-il dans un élan. L'épouvantable fin ? Le crépuscule du roi et de la reine à Versailles ? L'ombre du couperet ?

Kathrin minauda encore :

— Sûrement moins bien que vous.

Le romancier attrapa alors un gros galet poli posé sur une étagère et commença à le caresser.

— Elles furent pathétiques, poursuivit-il. À 1 heure de l'après-midi, le 6 octobre, Louis XVI a jeté un dernier regard sur sa « maison » puis posé le talon sur le marchepied de son carrosse. Et il a dit au comte de Gouvernet ces phrases, passées à la postérité :

« Comte, vous restez maître ici. Tâchez de me sauver mon pauvre Versailles. »

Granier marqua un instant de silence, fit une grimace, reposa le galet sur le bord du bureau et lâcha :

— Mais il n'a pas dit que cela.

Il leva les yeux vers nous et inspira lentement, pour ménager ses effets.

— Quoi, alors ?

Qu'il cesse de tourner autour du pot ! Il parlait comme il faisait la cour. Vingt mots, quand deux auraient suffi. Et, d'abord, pourquoi parlait-il de ce comte de Gouvernet ? Il venait de nous dire que le dernier témoin de la présence du roi à Versailles était le marquis de La Tour du Pin.

— On le désigne parfois sous le nom de « comte de Gouvernet », le titre qu'il portait avant 1825, avant de devenir marquis, répondit Granier en s'asseyant sur une chaise d'époque et en ouvrant un grand tiroir.

Il en tira une boîte en carton, large et plate. Elle contenait les photocopies de dizaines de feuillets de quinze centimètres de hauteur environ, couverts d'une calligraphie étroite et penchée. Je vis tout de suite que je n'y comprendrais rien : l'écriture était irrégulière, l'encre délavée et le papier parsemé de grosses taches.

— Voilà le cahier de la duchesse. Il a subi les outrages des ans, comme vous pouvez le constater. Des pages sont abîmées, parfois arrachées, des mots ou des paragraphes entiers ont disparu, et certaines phrases sont difficiles à lire. Sinon, évidemment, j'aurais trouvé la chambre secrète depuis longtemps !

Le romancier chaussa alors ses lunettes. Élégantes, mais sans logo. Il devait être du genre à lutter contre la dictature des marques. Le grand portrait rouge, bleu et jaune posé contre le bureau lui ressemblait étrangement. Mais je n'osai lui demander s'il était bien d'Andy Warhol ou si c'était un pastiche acheté sur Internet.

Il rassembla les pages et les posa devant nous.

— Regardez, Kathrin. Approchez-vous, Dan. Voilà. Les derniers instants de pouvoir de Sa Majesté Louis XVI...

Il se redressa et lut à haute voix, fier, comme s'il prononçait son discours d'entrée à l'Académie française après s'être fait prier pour y entrer.

Le roi était ému, mais s'efforçait de n'en rien laisser paraître. Il salua la foule qui criait mollement « Vive le roi ! ». La reine avait [...] mais sa dignité forçait l'admiration. Le dauphin semblait terrorisé, malgré les [...] (deux lignes manquent ici). La reine était déjà installée dans sa voiture (manque encore un long passage).

Kathrin qui avait suivi des yeux le texte pointa la phrase essentielle.

— Dan, regardez !

Au moment de monter dans son carrosse, le roi se tourna vers M. de Gouvernet, lui donna sa main et [...] : « Comte, vous restez maître ici. Tâchez de me sauver mon pauvre Versailles. »

Et une autre, plus loin, après quelques lignes manquantes...

Il ajouta à voix plus basse cette injonction aussi impérieuse que [...] : « Allez à Trianon et condamnez vous-même, je vous en conjure, le cabinet secret. » Je ne savais pas à quel (encore deux lignes manquantes). Le comte profita de la confusion du départ pour se rendre à Trianon [...]. La comtesse m'a assuré qu'il lui avait fallu moins d'une heure pour boucher l'accès souterrain [...].

Sa tirade était terminée. Granier reposa la feuille de papier dans sa boîte. Le grand salon était plongé dans le silence. Les mots de l'écrivain défilaient dans ma mémoire vive. Cabinet secret. Trianon. Sauver Versailles. Le bruit de la circulation sur le boulevard parut se mettre en sourdine.

— Et alors, monsieur Granier ? Qu'en concluez-vous ?

L'écrivain me regarda, surpris de la brutalité de ma question. Dans le monde littéraire parisien, on analyse, on discute, on observe. On interroge, on questionne. On ne conclut pas.

— C'est là tout le problème. Personne n'a jamais découvert de cabinet secret à Trianon.

— Parce qu'il n'existe pas ?

— Si, bien sûr.

— Alors pourquoi ?

— Simplement parce que personne ne l'a jamais cherché !

18.

Granier entra le premier dans le bar-restaurant et alla saluer la patronne et les serveurs, regroupés au fond. Il était chez lui à La Marine, la meilleure table d'Arromanches. Il transmit la commande d'Emma et de Pierre et ajouta, à la cantonade :

— Pour moi, ce sera comme d'hab, Léonie !

La patronne fit quelques pas vers le bar, un long et lourd comptoir de chêne, et répondit :

— Là, Jean-Philippe, tu m'en demandes trop. On n'a pas été ravitaillés hier. Je n'ai plus de beurre. Et l'électricité est coupée depuis une heure, on ne sait pas quand elle sera rétablie. Mes congélateurs fonctionnent avec le groupe électrogène, mais je ne sais pas combien de temps ça va tenir. J'ai du pain, je peux t'en faire griller un peu. Tu le mangeras, avec de la confiture de groseilles. Mais c'est du surgelé...

— Va pour le pain surgelé ! fit Granier à contrecœur, en s'asseyant à côté d'Emma. Il ne faut pas être difficile, quand la fin du monde est proche...

Cette fois, Emma ne sourit pas à son propos ironique. Et elle n'attendit pas qu'ils soient servis pour interroger Pierre.

— Tu as dit tout à l'heure que tout était lié, la panne d'Internet et les accidents dans les centrales. Que voulais-tu dire exactement ?

— Le but des pirates n'était pas de planter Internet mais de prendre le contrôle des ordinateurs stratégiques dans le monde entier. Leur attaque de mardi, même si elle a créé le désordre sur toute la planète, n'était qu'une diversion.

— *Une diversion ?*

Emma et Jean-Philippe Granier avaient réagi en même temps, mais le second avait assorti son exclamation d'un rire forcé. Pierre répondit en ne regardant que la jeune femme.

— C'est malheureusement très simple à comprendre. Tu te rappelles ce qu'est la *backdoor* de Shadows ?

— *Backdoor ?* La porte dérobée ? Si je me souviens bien, c'est une sorte de faille qu'on a accusé Dan d'avoir introduite dans son système d'exploitation à la demande de la CIA...

— L'idée était que la CIA puisse pénétrer, par la *backdoor* de Shadows, dans n'importe quel ordinateur au monde afin de le fouiller sans l'autorisation de son propriétaire.

— Un fantasme collectif des informaticiens, tout ça, non ?

— Je croyais aussi. Hélas, non ! La *backdoor* existe, Emma. Les pirates l'ont trouvée.

— Pfft.

Jean-Philippe Granier émit un nouveau sifflement, désabusé cette fois. Emma avala sa salive, crispée.

— Vous n'y croyez pas ? reprit Pierre. Moi non plus, jusqu'à cette nuit. Mais on a la preuve, maintenant, que les pirates ont trouvé une porte d'entrée dans Shadows. Et, désormais, ils ont les moyens de pénétrer dans tous les ordinateurs du monde équipés de ce système. C'est-à-dire en gros 97 % du parc... Tu comprends, nous étions tous obnubilés par la panne des serveurs provoquée par le virus ! Mais c'était un écran de fumée ! Le virus servait avant tout à actionner l'ouverture des *backdoors* !

— Attends, Pierre, doucement ! Tu es en train de m'expliquer que des pirates ont les moyens de pénétrer dans tous les ordinateurs qui fonctionnent sous Shadows ? Mais si je me souviens bien, Dan me disait qu'il y avait trente millions de lignes de code dans Shadows. Elles sont bourrées de failles, certes, mais des centaines de réparateurs s'activent chaque jour pour les colmater dès qu'elles apparaissent ! Je veux bien croire que des pirates aient détecté une porte dérobée, mais, si tel était le cas, elle aurait dû être refermée dans les deux jours !

— Pas celle-là. Ils ont ouvert la seule porte que personne ne peut refermer, excepté, probablement, Barett lui-même. Mais Barett est...

Pierre s'interrompit. La jeune femme avait blêmi. Elle attrapa son sac de plage et, comme pour trouver une échappatoire à la nervosité qui l'envahissait, saisit un chandail beige qu'elle jeta sur ses épaules. Lorsqu'ils étaient entrés, elle avait enfilé son débardeur sur son bikini et Granier avait regardé ses seins disparaître sous le vêtement, visiblement à regret. Pierre trouvait, lui, qu'Emma était encore plus troublante habillée qu'en maillot dc bain.

— Je ne connais vraiment rien à l'informatique, reprit Granier, mais tout cela me semble exagéré ; des pirates sont entrés dans les ordinateurs grâce à votre fameuse bague d'or...

— *Backdoor*, corrigea Pierre.

Il chercha le regard d'Emma ; elle aussi se retenait de sourire.

— *Bèque-door, yeah !* persifla Granier en prenant l'accent des héros de séries américaines. Mais les spécialistes américains sont au courant, non ? Ils vont trouver la solution, si ce n'est pas déjà fait ! Ça ne fera même pas une brève dans le 20 heures de Dan !

Pierre se demanda s'il faisait exprès de ne pas comprendre.

— Vous n'avez pas d'ordinateur, Jean-Philippe ?

— Comment avez-vous deviné ? Et pas de télé non plus.

Toujours cet air narquois insupportable.

— Comment écrivez-vous vos romans ? demanda Emma.

— Au stylo. Croyez-vous que Tolstoï aurait pu écrire *Guerre et Paix* au traitement de texte ? Que Nabokov aurait pu taper *Lolita* sur l'un de vos ordinateurs turquoise ?

Tolstoï. Nabokov. Et pourquoi pas Mozart ou Chagall pendant qu'on y était ? Pierre aurait préféré poursuivre la discussion avec Emma seule. Mais cette dernière semblait étrangement indulgente face aux postures du chroniqueur.

— Vous ne voyez donc pas qu'on remplit déjà tout le 20 heures avec cette histoire ? rétorqua Pierre. Les centrales qui sautent à Gardanne ou en Pennsylvanie, les avions qui ne décollent plus, les pannes d'électricité, vous ne comprenez donc pas ? Ce sont les pirates qui téléguident tout ça, tranquillement assis dans leurs fauteuils, derrière leurs micros reliés à Internet !

Granier fit mine d'applaudir des deux mains.

— Ah ! que ferait-on sans les informaticiens ! Quelle imagination vous avez ! On devrait inventer un reality-show avec des gens comme vous. On vous mettrait sur une île déserte avec des ordinateurs bourrés de virus et des Tahitiennes à gros pare-chocs. Et on verrait le premier qui craque !

Pierre aurait volontiers balancé son verre de Coca sur la chemise Hugo Boss de Granier, mais Emma détourna son attention.

— Ces accidents, Pierre, il peut tout de même s'agir d'une succession de coïncidences ! Les séries noires, ça existe !

— Je l'ai cru aussi. Avant.

— Peux-tu me dire clairement ce que peuvent faire les gens qui ont ouvert la *backdoor* de Dan ? Techniquement, je veux dire.

Emma avait repris, en prononçant ces derniers mots, un ton sec, limite autoritaire. Pierre en fut presque soulagé. Voilà qui permettait au moins de reprendre une conversation sérieuse.

— Tout, Emma ! Ils peuvent TOUT faire. Ils peuvent entrer dans des millions de sites informatiques dans le monde et piloter les ordinateurs à distance, exactement comme s'ils étaient à la place de l'administrateur du site. Ils n'ont qu'à choisir leur cible ! Ils peuvent introduire des bugs dans le fonctionnement de n'importe quelle entreprise ! Changer des noms, des horaires, des dosages, déclencher des procédures d'alerte, je ne sais pas, moi... Et quand la boîte s'en aperçoit, il est déjà trop tard. Le loup est dans la bergerie.

— *My God !* s'exclama Emma.

Elle visualisait maintenant l'étendue des conséquences. Dès lors qu'ils pouvaient entrer dans le système informatique de chaque entreprise ou de chaque organisme, les pirates devenaient les maîtres du monde. Ils pouvaient « déquiller » à leur guise les sociétés du Dow Jones. Arrêter la production de pétrole ici, provoquer une catastrophe aérienne là... et, pourquoi pas, faire sauter un réacteur nucléaire ou envoyer des missiles britanniques sur Las Vegas. Ils avaient la main sur la planète. La possibilité d'y installer la nuit, la lumière, le désordre ou l'ordre. Leur ordre. Une puissance que personne avant eux n'avait possédée.

Emma tenta une dernière fois de rejeter la vision de cette perspective vertigineuse.

— A-t-on examiné de près le déroulement de chacun des accidents ? Est-il toujours d'origine informatique ? demanda-t-elle, sans croire elle-même à une réponse négative.

— L'incident provient à chaque fois d'une commande défectueuse effectuée par un ordinateur.

— Des groupes terroristes peuvent très bien avoir introduit des complices dans les usines, qui ont actionné les commandes à la main, insista-t-elle, sans conviction.

Pierre brisa ses derniers doutes.

— Tu sais, plusieurs incidents ont eu lieu à la même heure...

— Les attentats à Londres, en 2005, aussi...

— Oui, mais ici les attaques ont été déclenchées à distance.

— Comment peux-tu en être aussi sûr ?

C'était un cauchemar. Emma se refusait à visualiser l'énorme épée de Damoclès désormais suspendue au-dessus de leurs têtes.

— J'ai vu ce fichier vérolé, Emma. Je l'ai vu, dissimulé dans mes propres fichiers musicaux, insista-t-il. Je suis sûr qu'il figure dans les tiens aussi.

Granier, qui se taisait depuis que Pierre l'avait rabroué, sortit soudain de son silence, visiblement déconcerté – enfin.

— Mais qui a revendiqué les attentats ? Y a-t-il eu des communiqués ? Vous êtes sûr que ce ne sont pas les dirigeants de Controlware eux-mêmes qui ont orchestré l'attaque, histoire d'en profiter pour vendre ensuite une nouvelle version de leur logiciel ?

À force de fréquenter des journalistes, il avait acquis leurs réflexes. Pierre se tut un instant.

— Pour autant que je sache, répondit-il, il n'y a pas eu de revendication. Quelques messages fantaisistes ou invérifiables sur des sites Internet. Mais rien de crédible.

Quant à l'autre hypothèse rapidement lâchée par Granier – que Puttman lui-même ait allumé la mèche –, elle était carrément invraisemblable.

— Et il n'y a aucune information, aucune explication sur les grandes chaînes de télé ? poursuivit le romancier.

— Rien. Mais, comme vous le disiez tout à l'heure, la télé...

— J'ai du mal à y croire. Si *vous* avez pu comprendre...

Pierre lâcha un rire bref.

— Oui, vous voulez dire que je ne suis sûrement pas le seul ! Vous avez raison, l'information va sûrement tomber d'un moment à l'autre. Ce n'est probablement qu'une question d'heures. Mais vous imaginez la bombe ? Avouer que des inconnus sont désormais capables d'entrer dans une centrale électrique, nucléaire, ou une tour de contrôle, comme on entre dans un moulin ! Quel chef d'État osera rendre publique cette information ou même la confirmer ? Dans la minute qui suivra, les Bourses plongeront !

Deux guêpes vinrent se poser sur les tartines de confiture délaissées. Personne ne fit un mouvement pour les chasser.

— Il doit pourtant être possible de faire quelque chose ! Quelqu'un est-il capable de retrouver l'ordinateur d'où les pirates envoient les ordres, par exemple ?

Pour la seconde fois, la remarque de Granier était pleine de bon sens. Malheureusement, les pirates avaient forcément utilisé plusieurs sites. Jakarta, Hong Kong, Bucarest, quelle importance ? Il suffisait de connaître le code d'accès qui ouvrait la *backdoor*.

Il n'y avait pas le choix. Le seul moyen d'arrêter le cataclysme programmé était de trouver la clé secrète de Barett. Si le magnat de l'informatique avait créé une porte dérobée pour *ouvrir* l'accès à son propre logiciel, il avait bien entendu créé aussi une clé pour le *refermer*. Où se trouvait-elle ? Le roi du logiciel était un homme responsable, il avait forcément prévu l'éventualité de sa mort et confié son secret à un proche. Qui ? Son plus fidèle collaborateur chez Controlware ? L'un de ses associés de la première heure ? Amelia ? Si l'un d'eux avait su quelque chose, l'antidote aurait déjà été envoyé dans le réseau. Sauf... sauf si le détenteur de l'information ignorait encore le mécanisme qui avait déclenché la catastrophe. C'était le cas d'Emma, il y avait quelques minutes encore. Elle était la personne au monde qui, Amelia exceptée, connaissait le plus intimement le magnat de l'informatique. Pourtant, elle ne semblait pas savoir grand-chose de cette *backdoor*.

Au regard que lui lança Pierre, l'Américaine devina la question qu'il allait lui poser.

— Non, Dan ne m'a jamais parlé de la *backdoor*.

— Donc, je ne te demande pas si tu sais où est la clé, le programme qui l'ouvre et la referme.

— Je te l'aurais dit tout de suite.

— C'est ce que je voulais savoir. C'est pour ça que je te cherchais.

Emma lui jeta un regard qu'il eut du mal à interpréter. Il crut y lire de la tristesse, peut-être un appel, intense et silencieux. Quelque chose d'elle-même, une nouvelle fois, transparaissait sous la carapace. Pierre regrettait déjà de lui avoir fait partager ce fardeau qu'elle ne pouvait alléger. Il faillit lui proposer de poursuivre les recherches avec lui lorsqu'un geste de Granier l'en dissuada. Le romancier avait posé sa main sur l'avant-bras d'Emma tout en lui parlant. Et elle se laissait faire.

Pierre se leva, rangea sa chaise sous la table et sortit de sa poche un billet de 10 euros.

— Laissez tomber, j'ai un compte ici, lâcha Granier, désinvolte.

Pierre n'insista pas. Il remercia sans conviction et se dirigea vers la sortie. En marchant vers l'*Overlord*, il jeta un coup d'œil à sa montre : 9 h 30. Ses équipes avaient dû effectuer sans lui les dernières vérifications pour la session plénière de 10 h 30. D'ailleurs, il s'en souvenait, c'est Emma qui allait plancher, tout à l'heure, devant les bataillons de *businesswomen.* Ou ce qu'il en restait.

Au moment où il franchit la porte, il sentit le vent doux qui venait de la mer caresser ses cheveux. Le soleil était encore pâle, mais cette nouvelle journée allait encore être belle. Il fit quelques pas sur le parking de La Marine avant de se retourner, comme par réflexe, vers le restaurant. Ce qu'il vit à travers la large baie vitrée l'acheva.

À son tour, Emma était en train de prendre congé de Granier. Et le romancier, qui s'était levé en même temps qu'elle, venait, Pierre l'aurait juré, de l'embrasser sur la bouche.

19.

— Merci... Merci, mesdames, merci pour votre attention. Merci à vous, madame Shannon. Et merci, messieurs, aussi. Nous avons maintenant un peu de temps pour les questions. C'est à vous... Qui pose la première ?

Il était 11 h 15. Emma Shannon venait de mettre un point final à son discours d'ouverture de la dernière séance plénière du WAC. L'animatrice de la matinée, une journaliste britannique rompue à l'exercice, descendit de l'estrade pour recueillir les questions. Le cameraman et le perchiste qui tenait le projecteur la suivirent docilement dans la salle, entre les tables. Emma se dit que Pierre et ses techniciens devaient se sentir un peu isolés dans cette cité de femmes, malgré le « merci, messieurs » rajouté par l'animatrice. Ils étaient vingt-cinq hommes en tout, dans l'équipe de Pierre, c'était ce qu'il lui avait dit. Même en comptant les serveurs et les maîtres d'hôtel, cela ne faisait pas grand monde pour représenter la gent masculine. Ce week-end, à l'*Overlord*, on était un peu comme aux Galeries Lafayette le premier jour des soldes. Entre nanas. Cela dit, pensa Emma, de temps en temps, il y avait du bon à cela.

Elle avait aperçu son ancien collègue, tout à l'heure, dans la cabine du traducteur, et lui avait adressé un signe de la main. Il avait répondu par un sourire. Ce matin, quand elle lui avait avoué que Dan ne lui avait jamais parlé de la *backdoor*, elle avait baissé dans son estime. Mais Pierre avait-il jamais eu la moindre considération pour elle ? Elle n'était sûrement pas la première avec qui il ait eu une aventure. Pour lui, c'était sans importance et sans conséquence ; il imaginait sans doute qu'il en allait de même pour elle. Dans son esprit, elle était une femme « facile ». Cette pensée lui fit mal. Était-ce parce que, justement, elle ne l'était pas, « facile » ? Ou parce qu'elle se rendait compte qu'elle-même se jugeait à l'aune des préjugés masculins, en employant les propres termes des « mecs » ?

Elle balaya cette pensée en fermant les yeux. Son incapacité à répondre à la question de Pierre sur la *backdoor* avait des conséquences autrement plus dramatiques que ses états d'âme. CNN avait annoncé ce matin l'incendie d'une grande partie de Central Park. Le poumon de New York brûlait, au nord surtout, dans sa partie boisée, accidentée, faite de bois touffus, et rendue particulièrement fragile par l'été sec et chaud. Le Ramble aussi, dans la partie centrale du parc, était atteint.

Les pompiers de New York, en sous-effectifs, éreintés par toutes les interventions de ces derniers jours, n'avaient pu intervenir à temps. Leur central téléphonique avait aussi, paraît-il, connu des dysfonctionnements. Les communications entre les voitures passaient mal. Les premières images laissaient craindre des dégâts importants.

Mais Emma avait du mal à s'apitoyer sur le sort des érables. Elle pensait à Dan. Elle avait appris sa mort la veille et avait passé la nuit à tenter de digérer la nouvelle. Elle n'était pas sûre d'y être parvenue. Toute la journée, elle avait guetté les informations, espérant un démenti. Finalement, la catastrophe informatique était, hélas, la meilleure preuve de la mort de son ancien ami. Dan n'aurait jamais laissé le monde courir ainsi à sa perte.

Lorsqu'elle avait appris le décès de son ami, vingt-quatre heures plus tôt, Emma avait essayé de parler à Amelia, aux parents de Dan, à ses proches qu'elle connaissait : en vain. Mis à part Brad, elle n'avait réussi à joindre personne aux États-Unis depuis trois jours. L'impossibilité d'évoquer Dan avec ceux qui l'avaient accompagné, ou qui l'avaient vu sur son lit de mort, l'empêchait de croire vraiment à sa fin. Sa mort restait abstraite, théorique, comme lorsqu'ils l'évoquaient ensemble naguère. Emma ne serait pas même présente à l'inhumation. Elle n'avait pu obtenir la moindre place dans un avion ; il n'était même pas certain que son vol retour, le mardi suivant, ait bien lieu. Elle était coincée là, avec la mer devant elle, le bocage derrière, *in the middle of nowhere*, au milieu de nulle part, dans ce village où des milliers de ses compatriotes avaient succombé soixante ans plus tôt. Rejoindre Rebecca à Paris ? À quoi bon ? Mieux valait que sa fille vienne la retrouver comme convenu, si elle le pouvait, et qu'elles prennent ensemble leur mal en patience.

Elle n'assisterait donc pas aux funérailles de Dan le lendemain et n'arrivait pas à se libérer de cette pensée qui lui serrait le cœur. Bien sûr, ils ne se voyaient plus très souvent, et leurs liens s'étaient distendus depuis que Dan s'était marié. Mais elle se souvenait de leur promesse, maintes fois répétée, depuis leurs folles années : celui des deux qui mourrait le premier irait déposer, chaque année, sur la tombe de l'autre, un épi de blé (ainsi que le dernier gadget d'Apple, plaisantait-elle toujours). Mais tout cela était un jeu. Dan ne pouvait pas avoir disparu ainsi. Comment faire le deuil quand l'au revoir n'a pas eu lieu ?

— Je vois que les questions vont être nombreuses pour notre *keynote speaker*, reprit la journaliste en français.

L'enthousiasme dans sa voix était factice. On la sentait surtout soulagée que des mains se lèvent.

Le thème traité par Emma était un grand classique : *People in power : male or female, does it make a difference ?* Elle l'avait traduit par un libellé plus provocateur : « Les femmes dirigent-elles mieux que les hommes ? » Jusqu'ici, cette petite astuce avait toujours produit son effet. Mais, ce matin, elle lui semblait futile, même devant un public conquis.

L'Américaine traitait toujours son sujet de la manière la plus neutre possible : en alignant des statistiques. Certains chiffres provenaient d'études inédites, d'autres de rapports plus anciens, mais jusqu'alors trop isolés pour être crédibles. Désormais, comme l'avait souligné la journaliste en introduction, « cela faisait masse ».

— Les chiffres sont incontestables, avait-elle proclamé. D'abord, la mixité profite aux entreprises : celles qui ont au moins une femme dans leur conseil d'administration affichent de meilleurs résultats que celles qui n'en ont pas. Ensuite, les sociétés dirigées par des *pédégères*, aux États-Unis comme en France – les deux pays qui se sont intéressés au sujet – sont plus rentables et grandissent plus vite que celles qui sont conduites par des *pédégés*.

Emma s'était sentie obligée de tempérer cette présentation triomphale. Par honnêteté intellectuelle, bien sûr, mais aussi, sans qu'elle se l'avoue vraiment, pour Pierre. Sa présence, là-bas, près des traductrices, l'avait déstabilisée au moment où elle avait pris la parole. Elle se souvenait de leurs discussions, chez Supra Data, sur le « favoritisme » dont bénéficiaient les femmes. On ne parlait pas encore, à l'époque, de discrimination positive. Pierre avait dû fulminer en l'écoutant.

Sur le fond, certes, la thèse d'Emma était juste. Elle avait d'abord signalé qu'il existait bien un lien entre le sexe du dirigeant et les résultats de sa société, mais qu'il ne fallait pas confondre corrélation et causalité : les entreprises les plus performantes étaient bien dirigées par des femmes, mais ce n'était pas forcément *parce qu'*elles étaient dirigées par des femmes qu'elles étaient plus performantes. Les femmes pouvaient, par exemple, préférer œuvrer dans le secteur des services, plus rentable que l'industrie ; elles se retrouvaient donc naturellement à la tête d'entreprises plus compétitives. Emma avait expliqué aussi que les femmes qui arrivaient à ce niveau avaient été sursélectionnées : à diplôme, âge ou expérience égaux, un conseil d'administration ou un chasseur de têtes choisissaient toujours un homme plutôt qu'une femme. Un choix moins risqué. Les candidates élues devaient donc être vraiment meilleures que les candidats.

— Bref, conclut-elle, on ne peut pas dire – ou pas encore – que les femmes sont de meilleurs dirigeants dans l'absolu. Mais on peut dire que celles qui parviennent actuellement à ces postes sont meilleures que la moyenne des hommes.

Emma avait amorcé ce propos en parlant du cas particulier des entreprises de plus de cinq cents personnes : elles aussi, dirigées par des femmes, étaient toujours plus rentables, mais leur taux de croissance était plus faible que celles qui vivaient sous la férule masculine. Comme si les femmes leaders, à partir d'un certain seuil, semblaient plus timorées que leurs homologues masculins. En guise d'envolée finale, Emma avait esquissé une explication psychologique : l'instinct de conservation contre la volonté de puissance. En principe, ce point d'orgue achevait de conquérir l'auditoire. Elle l'avait constaté au printemps, à Stanford, lors de la remise des diplômes de l'université, où elle avait rodé sa conférence.

Mais, ce matin, dès le début de son speech, elle avait bien vu que le public, comme elle, était ailleurs. Debout derrière son pupitre transparent, elle avait remarqué une proportion inhabituelle de regards fuyants. Des femmes feuilletaient *Ouest France*, le seul quotidien disponible dans l'hôtel, d'autres tapotaient nerveusement sur les touches de leur portable pour passer des SMS. Elles semblaient perdues dans la grande salle de conférences prévue pour accueillir trois cents personnes.

Plus de la moitié des congressistes avaient quitté Arromanches la veille, notamment les Françaises, venues en voiture de Paris. Julia Epcott et Christelle Loric, les organisatrices du WAC, avaient d'ailleurs hésité à annuler la dernière journée de congrès et le dîner de gala, mais, après une longue discussion avec leur comité exécutif, la veille au soir, elles avaient décidé de continuer, dans la grande tradition du positivisme américain.

The show must go on, s'était dit Emma, tout en se demandant ce qu'elle faisait encore là. Le spectacle devait continuer, comme à l'époque, aux Jeux olympiques d'Atlanta. « Pas question de céder à la panique » ; « la meilleure réponse aux terroristes est de montrer qu'on n'est pas terrorisé » ; « la démocratie est plus forte que les ennemis de la démocratie », etc. Emma avait entendu cent fois ces harangues depuis le 11 septembre. Elle était d'ailleurs d'accord avec la philosophie qu'ils véhiculaient. Jusqu'à ce jour...

C'était plus fort qu'elle. L'image de Dan lui revenait sans cesse à l'esprit. La série d'attentats de la veille, le désordre à l'hôtel, la mort de la conservatrice suédoise, et surtout les révélations de Pierre l'avaient par moments éclipsée, mais elle ne cessait d'y penser : Dan, mort.

Game over, comme il aurait dit, sarcastique.

Le NASDAQ pleurait le plus fabuleux businessman qu'il ait jamais connu. En Afrique, en Asie, partout, les discours pleuvaient pour regretter le plus généreux donateur que le monde ait porté. À travers sa fondation, Dan avait fait, pour la lutte contre la pauvreté, plus que tous les gouvernements réunis.

Emma, elle, pleurait, sans larmes, un homme comme les autres. Un homme qui l'avait, certes, parfois déçue, mais avec qui elle avait partagé les conversations les plus intimes et les débats les plus révolutionnaires. Combien d'heures, combien de jours au total avaient-ils discuté ensemble ? De tout, de petits riens et de grands enjeux, mais aussi, avant l'heure, de la révolution Internet, de la mondialisation ou du clonage humain. Quand ils étaient tous les deux, ils ne faisaient que parler. En voiture, en avion, sur la plage, au sommet des montagnes... Au lit, aussi, autrefois. Quand elle emportait un journal, il lui disait : « Tu as peur de t'ennuyer avec moi ? » Cela les faisait rire. Jamais ils ne s'étaient ennuyés ensemble.

Dan mort. L'idée même était inconcevable.

Lorsque le sentiment de sidération s'éloignait un instant, le pragmatisme naturel d'Emma précipitait de nouveau ses pensées vers Dan : avait-il vraiment conçu, comme Pierre le pensait, une clé pour refermer la fameuse *backdoor* de Shadows, et, si oui, à qui avait-il pu la transmettre ?

Elle s'en voulait de ne lui en avoir jamais parlé. Elle aurait voulu lui être utile une dernière fois, lui montrer qu'elle était avec lui, par-delà la mort. Offrir au monde cette ultime preuve d'amitié. *Continuer* Dan.

Emma n'avait qu'une hâte, à présent : quitter l'estrade. Les questions de la salle n'étaient pas passionnantes. Elles l'obligeaient à répéter différemment ce qu'elle avait déjà dit. Elle trouvait que les femmes s'écoutaient parler. Et il lui fallait maintenir toute sa concentration pour comprendre la succession d'accents africains, sud-américains, russes ou chinois.

Au deuxième rang, une Européenne aux cheveux roux se leva.

— Permettez-moi une remarque.

« *Shit,* jura Emma intérieurement. Encore une qui veut raconter sa vie. »

La congressiste avait déjà saisi le micro de l'hôtesse et s'était lancée.

— Madame Shannon, j'ai bien écouté ce que vous avez dit. Votre analyse est juste, mais permettez-moi de raconter une anecdote personnelle tout à fait liée à...

C'était parti pour un monologue. L'animatrice, heureusement habituée à ce genre d'intervention, interrompit la participante, à qui elle avait laissé le micro :

— Puis-je vous demander, madame, d'en venir à votre question ?

L'autre ne se démonta pas.

— La vraie question, derrière votre constat, madame Shannon, est de savoir si la théorie comportementale est plus pertinente que la psychanalyse pour expliquer...

Emma, impatiente, tapotait du pied sous le pupitre. Elle connaissait par cœur ce genre de propos, typique d'une personne qui cherchait davantage à briller qu'à obtenir une réponse. Elle s'en sortit en utilisant le procédé des orateurs chevronnés : répondre en reformulant la question.

La technique fit son effet habituel et aucune autre question n'émergea. L'animatrice remercia l'assistance et annonça les modifications du programme de la dernière journée. Plusieurs *workshops* avaient dû être annulés ou fusionnés. Emma n'attendit pas la fin des annonces et descendit de l'estrade pour rejoindre Valérie, qui lui faisait signe, l'invitant à la suivre. Elle avait l'air en forme, se dit Emma. Et mieux coiffée que l'autre soir, au restaurant.

À peine Emma avait-elle emboîté le pas à son amie qu'un homme les aborda. Il était petit, assez enveloppé, vêtu d'une veste noire usée qu'il portait sur un T-shirt blanc. Le tout lui donnait un air faussement décontracté. Sûrement un journaliste, se dit Emma. Il s'adressa à elle en français d'une voix aiguë.

— Bonjour, madame Shannon. Je m'appelle François Flavia, je suis le correspondant de l'hebdomadaire francophone *Le Temps.*

« Gagné », pensa Emma.

Le journaliste poursuivit :

— Je prépare un article sur Controlware. Depuis l'annonce de la mort de Dan Barett, l'action a complètement dévissé en Bourse. Je voulais vous demander votre sentiment sur l'avenir de la compagnie.

« Dan »... « mort »... « Controlware »... Ces trois mots suffirent à raviver chez Emma le sentiment de profond désarroi qu'elle avait ressenti tout à l'heure. Elle se reprit.

— *I don't want to comment on that,* répondit-elle sans sourire.

« Pas de commentaire. »

Surpris par le ton, le journaliste resta sans voix. Emma en profita pour se détourner, empoigner le bras de Valérie et l'entraîner d'un pas rapide vers la sortie. Indépendamment du malaise que le sujet provoquait en elle, elle n'avait aucune envie de répondre à ce genre de question et encore moins à ce genre de journaliste. Controlware n'était pas au mieux de sa forme. Et cela datait de bien avant les catastrophes d'aujourd'hui. Certes, pour le commun des observateurs, la compagnie fondée par Barett vingt ans plus tôt était toujours cette hydre prospère et dominatrice qui contrôlait 97 % des micro-ordinateurs du monde. Mais ceux qui connaissaient la société de l'intérieur savaient que la cuirasse était fendue. Sur tous les marchés porteurs du logiciel – le téléphone mobile, les jeux ou la télévision –, Controlware était dépassé par ses rivaux. Depuis deux ou trois ans, des cadres de haut niveau claquaient la porte pour rejoindre Google, la dernière perle de Wall Street qui, comme disait Barett, « avait pour l'instant la meilleure cantine et les meilleures salles de gym ». Et, derrière Google, d'autres pépites de l'informatique attiraient les jeunes prodiges de Controlware. Sur les blogs des salariés, on commençait à lire des critiques, anonymes mais violentes, à l'égard de Bernie Puttman, le P-DG de Controlware.

Bernie était l'un des cofondateurs de la société. Il avait secondé Dan, occupant le poste de directeur commercial pendant de longues années, jusqu'à ce que Barett se retire, comme prévu, dans son rôle de *chief software engineer*, un titre qui ne voulait pas dire grand-chose, mais qui correspondait à la fonction dont il rêvait : passer son temps à réfléchir aux logiciels du futur. Toute la gestion opérationnelle du groupe avait alors été confiée au fidèle Puttman, un autocrate brillant, mais connu pour ses accès de violence. Puttman avait, par exemple, il y a quelques semaines à peine, envoyé voler une chaise dans la pièce lorsque Eang Vong, l'un de ses meilleurs chercheurs, spécialiste en reconnaissance vocale, lui avait annoncé sa démission.

Il était sanguin, Puttman, et pas toujours de bonne foi, mais, de là à ce qu'il ait lui-même orchestré le piratage de Shadows, il y avait un gouffre. Pouvait-il être assez dément pour espérer vendre des logiciels neufs *après* ? Et devenir ainsi plus puissant que Barett ne l'avait jamais été ? Comme un pompier qui mettrait le feu à la colline afin de passer ensuite pour le sauveur de la ville ? Non, la ficelle était trop grosse.

Le journaliste n'aurait sûrement pas abordé ces questions, mais Emma n'avait de toute façon aucune envie de se laisser cuisiner. L'homme était français de surcroît, donc, par définition, hostile à Controlware. Elle repensa au mail qu'elle avait trouvé sur son ordinateur, dans la nuit, un mail signé Bernie Puttman justement, et expédié depuis son adresse privée. Typiquement dans le style du personnage. Trois mots : *Call me. Asap.* Appelle-moi, le plus vite possible. Elle l'avait rappelé, tard. Bernie avait été cassant. Pas un mot sur Dan, sur sa peine à elle ou même celle que lui était supposé ressentir. Il avait reconnu que Pierre avait deviné juste concernant la *backdoor*, et elle en avait éprouvé une certaine fierté. Les ingénieurs de Controlware, qui s'étaient mis à cinquante pour trouver le bug, ne possédaient pas plus que Pierre la solution pour le résoudre. La brèche dans Shadows était identifiée, mais personne ne pouvait la colmater ! Emma avait ruminé toute la nuit sa conversation avec Bernie.

— Emma, je n'imagine pas que Dan, prudent comme il était, n'ait pas laissé, quelque part, le code de la *backdoor*. On a fouillé partout, dans son bureau, à la maison. On a désossé son disque dur. Amelia ne sait rien. Je pensais vraiment que toi... Shannon, tu dois tout me dire !

— Bernie, c'est invraisemblable. Que vas-tu imaginer ? Pourquoi moi ? Comment veux-tu que j'en sache plus que toi ? C'est toi son associée ! C'est à toi qu'il aurait dû laisser la clé de la *backdoor !*

— Écoute, Shannon ! Tout le monde sait qu'il t'a appelée pour te demander ton avis avant de se marier avec Amelia ! Il n'y a qu'à toi qu'il aurait pu la confier.

— Tu délires, Bernie ! Il ne m'a jamais parlé du code de la porte dérobée ! Si je le connaissais, je t'aurais déjà appelé, voyons !

— J'espère que tu dis la vérité, mais moi, demain, j'ai quinze gars de la CIA qui débarquent ici pour tout fouiller et tenter de trouver ce putain de patch. Tout ce que je sais, c'est qu'on a intérêt à se bouger le cul ! Car, point 1, à chaque minute qui passe, les terroristes peuvent agir. Et, point 2, à chaque minute qui passe, l'action Controlware se casse un peu plus la gueule à Wall Street. Point barre.

« Point 1. » « Point 2. » « Point barre. » C'était le langage de Bernie. Avec lui, les réunions ne s'éternisaient jamais. Les entretiens de licenciement non plus.

— Calme-toi, Bernie ! Ce patch, ça ressemble à quoi exactement, tu peux me dire ?

— Mais à des putains de lignes de code, évidemment !

— Ce qui veut dire qu'elles peuvent être cachées n'imp...

— N'importe où, oui, Emma, bien sûr. N'importe où !

— Pourquoi pas sur son Pocket PC ? Dan confiait tout à son ordinateur.

— C'est là qu'on est allés chercher en premier, évidemment. On a fouillé son PC de bureau aussi, et son portable, chez lui. Qu'est-ce que tu crois ? Mais ça peut être n'importe où... Il l'a peut-être mis sur un Post-it, dans un putain de pot de beurre de cacahuètes ! Ou derrière un de ses putains de tableaux ! Quel con, mais quel con !

La grossièreté de Bernie résonnait encore dans la tête d'Emma. Si c'était lui le pirate, il était bon comédien. En même temps, elle avait du mal à croire que Dan ne lui ait pas laissé le code, à lui. Et, si tel était le cas, cela trahissait un certain manque de confiance.

Elle traversa le hall sans ralentir en compagnie de Valérie, qui marchait à ses côtés.

— On descend à la plage avant le déjeuner, tu veux ? proposa Emma à son amie, sans vraiment lui laisser le choix.

Valérie voyait bien que l'Américaine avait l'esprit ailleurs. Pendant la conférence, elle avait noté ses traits tirés et l'excès de fond de teint destiné à dissimuler les heures de sommeil manquantes.

— Vous avez du nouveau sur l'assassinat de la conservatrice suédoise ? interrogea Emma pendant qu'elles franchissaient le tourniquet de l'hôtel. Je me suis rappelée à quelle occasion j'avais entendu parler d'elle : elle a aidé Dan dans ses recherches sur Versailles, il y a deux ou trois ans. Tu n'imagines pas combien il s'était passionné pour Louis XIV. Une obsession.

— C'est bizarre, tout de même, qu'ils fassent partie tous les deux des victimes de la mélatonine. Ils se voyaient encore ?

— En principe, non, les recherches étaient terminées, répondit Emma en haussant les sourcils.

Elle ne s'était jamais posé la question.

— Mais pour l'enquête, tu sais ? Il y a du neuf ?

— Rien, à ma connnaissance. La police est convaincue qu'il n'y a pas de rapport entre la mélatonine que Kathrin a prise et les sévices qu'elle...

— Arrête, s'il te plaît ! C'est horrible ! Je n'arrive pas à croire qu'on puisse faire une chose pareille.

— Tu sais, de nos jours, les gens ont des fantasmes invraisemblables ! Tous ces thrillers sanglants, ces films violents, ça leur donne des idées. Tiens, tu as vu aussi ce qui est arrivé à cette femme, dans le sud de la France ?

— Non, répondit distraitement Emma, qui entendit des pas se rapprocher.

— Un truc atroce, je l'ai lu tout à l'heure dans *Ouest France*. Une veuve d'une soixantaine d'années, sans histoires, une ancienne enseignante, je crois, qui habitait à Aix-en-Provence. Une bande de voyous l'a torturée à mort dans son propre jardin : ils l'ont suspendue par les bras à un grand chêne puis brûlée sur son barbecue, roulée dans un filet de pêche et traînée autour de la maison avant de...

— Stop ! Arrête, Valérie, je t'en prie.

Emma se demanda quel plaisir Valérie, une femme sérieuse et sensée, pouvait bien trouver dans la lecture des faits divers. Mais elle n'eut pas le temps de lui poser la question. Au moment où elles arrivaient sur le parking, face à la mer, le journaliste, qui les avait suivies à quelques mètres, se porta à leur hauteur. Emma ne détourna pas le regard et poursuivit sa marche rapide vers la plage. Valérie se tourna vers l'intrus.

— Écoutez, monsieur Flavia, vous ne pouvez pas nous

laisser tranquilles ? Vous voyez bien que Mme Shannon est fatiguée !

À leur grande surprise, Flavia lâcha prise.

— Emma, tu devrais quand même faire attention, souffla Valérie. Je connais ce journaliste, il écrit pour *L'Express* de temps en temps. Ou *Libération*, je ne sais plus. En tout cas, il est influent.

— Je m'en fiche. Ce n'est pas le moment. De toute façon, je m'en fous, de ce mec. Je te rappelle que la presse française, c'est 1 % de la presse mondiale aujourd'hui. Hélas pour elle.

Valérie fut un instant choquée par le réalisme d'Emma et son ton, qui n'admettait pas de réplique. « Dans ses comités de direction, les gars doivent flipper », se dit-elle, pourtant admirative devant la capacité de sa vieille amie de Sciences-Po à tenir tête aux « mecs ». À Paris, déjà, à l'époque, dans les groupes de travail qu'elles fréquentaient, elle complexait devant le pouvoir de séduction que dégageait son amie, un magnétisme paradoxal. Belle, brillante, exigeante, Emma savait aussi, souvent, se montrer virile. Était-ce une façade ? Une simple tactique de protection nécessaire pour percer au plus haut niveau ? Ou un réflexe inné ?

Un concert de klaxons interrompit ses pensées. Quelques dizaines de conducteurs étaient coincés sur le parking, en face du musée du Débarquement. Les petites rues alentour étaient bloquées. Emma et Valérie le traversèrent pour atteindre la plage. Soudain, une grosse moto, qui tentait de se frayer un passage entre les véhicules, fonça droit sur elles. Le conducteur ne roulait pas vite, mais, concentré sur son slalom entre les voitures, il n'avait pas vu les deux femmes. Emma eut le réflexe de s'écarter. Mais Valérie, qui marchait juste devant elle, fut heurtée par le guidon de la moto. Elle vacilla et tomba sur la chaussée, son épaule droite heurtant le trottoir.

— Hé ! Que faites-vous, stop ! Arrêtez-vous ! s'écria Emma.

Le motard arrêta net son véhicule et le mit sur la

béquille, puis revint vers les deux femmes en ôtant son casque. Il se pencha sur Valérie et l'aida à se relever.

— Ça va aller ? Je suis vraiment désolé, madame, je ne vous avais pas vue, dit-il, calme et poli.

— Ça va aller.

Valérie fit quelques pas en se massant la hanche, encadrée par Emma et le motard.

— Ça va. Merci.

— Je vous demande pardon, je suis fatigué. Je roule depuis quatre heures. Je viens de Paris. C'est l'anarchie, là-bas, les sorties sont complètement bloquées. On reste trois heures dans le tunnel de Saint-Cloud. Enfin, à moto, je suis passé. Mais, à hauteur de Caen, le périphérique est fermé. Pareil pour la quatre voies qui va à Bayeux. Alors tout le monde se retrouve sur la petite départementale.

— Mais qu'est-il arrivé ? lui demanda Emma.

— C'est un convoi de camions qui bloque l'autoroute. En tout cas, c'est ce qu'ils disent sur France Info. Deux gros-culs bourrés de plutonium. Qui viennent de La Hague, évidemment. Ils paraît qu'ils se sont rentrés dedans sur le viaduc de Calix. La police a aussitôt bouclé le périphérique et une partie de la quatre voies qui vient de Bayeux tout en prétendant qu'il n'y avait pas de danger. Mais, juste au-dessous du pont, il y a des cuves de stockage d'hydrocarbure et un parking de camions-citernes de carburant ! Si un conteneur de plutonium tombe là-dessus, c'est toute la région qui saute !

20.

Le château de Versailles a toujours été un gouffre. Une saignée continue dans les caisses de l'État. Sous Louis XIV, Colbert en perdait le sommeil. Aujourd'hui, les conservateurs traquent le mécène qui leur permettra de restaurer un plafond, de reconstruire un bosquet, de racheter un meuble... Bref, pour obtenir qu'on me laisse fouiller le château du Grand Trianon, je savais qu'il était inutile de passer par la voie officielle. Il suffisait d'une belle action de mécénat, d'un geste spectaculaire.

J'ai donc contacté Claverie. J'avais trouvé le type sympathique lorsqu'il m'avait orienté vers Stockholm. Je savais que ma proposition profiterait à sa carrière. J'allai droit au but.

— Je suis prêt à mettre un million de dollars dans la rénovation des bosquets. Mais à une seule condition : qu'on me laisse passer quarante-huit heures dans le Grand Trianon sans me casser les pieds.

Au bout de la ligne, le haut fonctionnaire a accusé le choc. Réaction habituelle dans le milieu de la culture en France. Dès qu'on parle d'argent, on paraît suspect. Allez demander le prix d'un tableau dans une galerie. Vous passez pour un plouc. Dans ce pays, on parle d'œuvres, pas de produits. De création, pas d'argent. Ou alors en anciens francs.

Pourtant, lui, les autres, tous ! courent en permanence après les dollars.

J'ai martelé le message.

— Je veux être enfermé dans le Trianon pendant deux jours. Un million de dollars. Fair deal, no ?

À l'autre bout du fil, un blanc. J'ai enfoncé le clou.

— Mon offre est valable une semaine. À défaut, je financerai la sauvegarde de Venise.

Claverie a fini par m'assurer qu'il ferait le maximum. Le surlendemain, je recevais un coup de fil du ministère de la Culture. Le directeur de cabinet du ministre.

— Monsieur Barett ?

— Lui-même.

— Pour Versailles... Claverie nous en a parlé. Nous avons l'accord du Premier ministre. Ça n'a pas été facile. Mais c'est entendu. Les instructions sont données. Le Grand Trianon est à vous pour une nuit. Douze heures, nous ne pouvons faire plus.

— J'avais demandé quarante-huit heures.

— C'est impossible.

— Douze heures, alors, mais renouvelables si j'en ai besoin.

— Le montant ?

— Je maintiens.

— Vous avez notre accord.

— Je vous remercie.

— Une chose, monsieur Barett.

— Dites-moi.

— Vous connaissez notre règle.

— La sécurité ?

— Oui, bien sûr. Un conservateur devra vous accompagner. Mais je ne voulais pas parler de cela.

— De quoi, alors ?

— La presse, monsieur Barett. Elle va sûrement s'intéresser aux motivations du mécène qui finance la rénovation des jardins. Si un journaliste pose la question des contreparties accordées par l'État français au mécène, vous êtes d'accord avec nous pour...

— Rester discret.

— C'est cela même.

— Je suis un « passionné » de Versailles, un passionné « désintéressé », c'est cela ? Dans la « grande tradition de l'amitié franco-américaine », des Rockefeller...

— Absolument. C'est cela même. Je vois que nous nous comprenons, monsieur Barett.

Et il a raccroché. C'est fou ce que l'administration française peut être rapide avec les gens qui ont les moyens de la bousculer.

Douze heures au Trianon ! C'était court, mais faisable. À vrai dire, pour être efficace, j'aurais préféré y aller seul. Ou avec toi. Mais je ne pouvais me passer de Granier : c'était son idée. Quant à Kathrin, elle me servirait de laissez-passer. Claverie avait accepté qu'elle remplace le conservateur qui aurait dû nous surveiller. Des fois que nous aurions déplacé un chandelier par mégarde...

Nous nous retrouvâmes le 25 septembre à 16 h 45 précises devant le Grand Trianon. Le bâtiment allait fermer. Les rares touristes qui visitaient encore cette partie du parc étaient sur le point de quitter la grande place. Un couple de Chinois se faisait photographier devant le tronc du grand chêne posé sur le pavé, le chêne de Marie-Antoinette, semé sous Louis XIV, en 1683, et qui venait de mourir ici, à Versailles, à l'âge de trois cent vingt et un ans, frappé par la canicule. Quinze mille morts en France à cause de ce coup de chaud, lisait-on dans les journaux, soit, je te le rappelle, cinq fois plus que le 11 Septembre. Les Français ne devraient plus jamais se moquer des services publics américains.

Kathrin arriva à 16 h 44, dans une Clio noire de location. Granier, lui, en taxi, à 16 h 58, avec treize minutes de retard. Nous nous précipitâmes dans l'aile gauche du bâtiment, devant l'entrée principale, où nous attendait un gardien.

— Monsieur Barett ?

— Lui-même.

— Monsieur Gauthier, service des Parcs et des Jardins. M. Claverie m'a demandé de vous accueillir. Mais dépêchez-vous ! Mes collègues sont ent train de fermer.

Nous traversâmes au pas de course la galerie des Cotelle, où une douzaine de fonctionnaires, certains en blouse grise, d'autres déjà en jean et sweat-shirt, étaient postés en batterie devant les fenêtres. Un volet chacun, à vos marques, prêts, fermez ! En une minute, les cinquante mètres de la galerie furent plongés dans le noir. Un léger cliquetis, sans doute celui des clés qu'on fourre dans sa poche, précéda le silence. Les gardiens s'étaient évaporés dans une chorégraphie routinière, impeccablement rodée.

— Ça me fait penser à l'histoire du pilote et du fonctionnaire, dit Granier en se penchant vers Kathrin. Vous connaissez ?

— Non.

— C'est un petit garçon qui dit à son copain : « Mon père, tu sais, c'est l'homme le plus rapide du monde. Il est pilote de chasse. Il va à deux mille à l'heure. » L'autre répond : « Le mien, il va encore plus vite ! – Ah bon ? Qu'est-ce qu'il fait ? – Il est fonctionnaire. Il finit à 5 heures et il est à la maison à 4 h 30. »

Kathrin éclata de rire au moment où Gauthier nous faisait entrer dans l'aile du bâtiment fermée aux visiteurs et désormais réservée au chef de l'État français et à ses hôtes de marque. Le ministre nous avait fait préparer trois chambres. La mienne donnait sur la terrasse et ouvrait sur le parc du Grand Trianon.

— Voilà ! Vous êtes chez vous jusqu'à demain, fit Gauthier en me tendant trois clés. (Puis, se tournant vers Kathrin :) Je compte sur vous, madame Strandberg. Vous connaissez le métier. Les choses, ici, sont si fragiles et...

— Les Suédois ont le plus grand respect pour les rois, monsieur Gauthier, lâcha Kathrin en allant serrer la main du gardien. Ne vous faites aucun souci !

Granier, lui, avait déjà posé son grand sac de cuir devant la porte de sa chambre. Il affectait toujours d'être blasé, mais ses yeux brillaient comme ceux d'un gamin chez Toys'R'Us.

— J'espère qu'on m'a donné la suite de Hillary Clinton.

Je ne savais pas que les Clinton avaient été logés là. Mais, à dire vrai, ce passé-là ne m'intéressait pas.

Je demandai à Granier pourquoi, s'il était si convaincu que la chambre secrète se trouvait ici, il ne s'était pas donné les moyens de la trouver lui-même.

— Bien sûr que si, fit-il d'un ton las, j'ai arpenté ces pièces pendant des mois... En vain. L'archéologie, c'est d'un ennui ! Ces gens qui passent des années à fouiller un carré de désert pour trouver trois statuettes, franchement, ils ont la vocation.

Avait-il jamais eu, lui, la vocation pour quelque chose ? Au mieux, il devait en changer comme il changeait de femme.

— Et puis, vous savez, je n'avais pas vos moyens !

— C'est vrai, ai-je reconnu, tout est plus facile aujourd'hui. Nous avons l'arme fatale !

Je sortis de mes bagages le radar que j'avais emporté, le dernier modèle de radar géologique de surface. Un engin qui ne paie pas de mine : on dirait une balayeuse pour nettoyer le fond des piscines. Mais quelle efficacité ! Pour repérer les cavités dans le sol ou les murs d'un bâtiment, c'est le nec plus ultra. D'ailleurs, tu l'as trouvé tellement bluffant, quelques mois plus tard, que tu as voulu investir dans l'entreprise allemande qui le fabrique, OGK. Et tu ne regrettes pas ta mise, je me trompe ?

Granier, lui, considéra l'objet d'un air narquois, pas vraiment convaincu d'avoir affaire à l'arme fatale.

Je chargeai le plan du château sur l'ordinateur relié au radar et tendis l'appareil à Kathrin.

— Honneur aux dames ! Vous faites un essai ?

Elle recula.

— Comment ça marche ? bredouilla-t-elle.

— Pas de panique ! Ça marche tout seul ! Regardez !

Je lui passai la bride autour des épaules.

— Vous tenez l'engin comme ça, en bandoulière. Vous dirigez le scan vers le sol. Vous appuyez sur le bouton vert. Et vous avancez. Chaque fois que le radar détecte une cavité, il en dessine le relief. Et vous le voyez, là, dans les lunettes.

Je lui tendis les lunettes écrans qui permettent de visualiser, en trois dimensions, les formes détectées par l'engin.

— Moi, je garde l'écran de contrôle. Comme ça, je vois aussi le résultat en 3 D.

Granier ricana.

— Ça détecte aussi les taupes dans le jardin ?

Mais Kathrin n'avait plus envie de plaisanter.

— O.K., Dan, je vois. Enfin, je vois juste du creux...

— Ce que vous voyez, c'est la coursive. Sous toute la longueur du Grand Trianon, il y a une sorte de cave très basse d'un seul tenant qui servait de cuisine, de buanderie... Mais le radar descend bien plus profond. Oubliez la coursive : ce qu'il faut, c'est regarder en dessous.

— D'accord. Mais alors, par où commence-t-on ?

C'était la bonne question. Il était 17 h 30. Nous avions exac-

tement onze heures trente devant nous. Suffisant pour chercher, pas assez pour partir le nez au vent, le radar en bandoulière. Mais, tu t'en doutes, j'avais déjà réfléchi au problème.

J'avais procédé par élimination.

Dans le parc de Versailles, l'ancien village de Trianon est un vaste domaine constitué de plusieurs bâtiments : le château du Grand Trianon, appelé aussi Trianon de marbre ; le Nouveau Trianon, alias le Petit Trianon ; le temple de l'Amour ; et, enfin, le hameau de la Reine, avec sa ferme, sa laiterie, sa grotte... Louis XVI et Marie-Antoinette ont vécu dans tous ces bâtiments. Mais pas Louis XIV, qui n'a connu que le Grand Trianon ; or, ce que nous cherchions, c'était une cachette datant de son époque. Bien sûr, il y avait toujours le risque que son descendant se soit fait faire un nouveau cabinet ou qu'il ait transféré ailleurs les documents secrets datant du XVIIe siècle. Mais l'hypothèse paraissait peu probable. Louis XVI n'était pas homme à prendre des initiatives.

De même, à l'intérieur du Grand Trianon, nous devions concentrer nos efforts sur les pièces dans lesquelles Louis XIV lui-même avait logé.

Nous débutâmes nos sondages par l'appartement du Midi, le plus imposant, celui que le Roi-Soleil avait habité le plus souvent et le plus longtemps, à sa grande époque. Là, nous nous rendîmes dans le salon des Glaces, l'ancien grand cabinet du roi, où il réunissait les membres de son Conseil. Une superbe pièce, avec ses fauteuils bleu clair tapissés de lampas de soie et sa vue fabuleuse sur le Grand Canal.

Mais pas le temps d'admirer le paysage. C'est le sol qui nous intéressait. Le balayage des planchers, mètre carré par mètre carré, nous prit deux bonnes heures. Nous manquions de pratique et nous nous arrêtions longuement chaque fois que nous rencontrions des zones vides, des renfoncements, des cavités et des obstacles. Aucun trou, cela dit, n'avait la taille d'une chambre souterraine.

Nous passâmes ensuite dans la chambre du roi, une des plus belles pièces du palais, avec son décor de colonnes et de boiseries dorées finement sculptées, aux emblèmes d'Apollon. Sur la commode, un anachronique vase en porcelaine de Sèvres montrant

Napoléon dans les jardins du château de Sans-Souci, à Potsdam, arracha à Kathrin un cri d'enthousiasme.

— Je ne savais pas que vous étiez une groupie de l'Empereur, lui ai-je lancé tout en poursuivant mes fouilles virtuelles et méthodiques.

La jeune femme ne répondit pas. Malgré son admiration pour le vase, elle ne « sentait » pas cette pièce et au bout d'une heure, sans attendre que j'aie terminé, elle nous précéda dans la suivante, le salon de la Chapelle, qui avait été transformé en antichambre du roi en 1691. Avec sa corniche décorée de grappes de raisin et d'épis de blé et ses tableaux représentant les évangélistes, cette ancienne chapelle avait gardé l'apparence d'une pièce destinée à la prière. La porte du fond s'ouvrait sur un renfoncement qui abritait un autel. Autrefois, on refermait la porte une fois la messe dite.

— Voilà un lieu idéal pour dissimuler l'entrée d'une chambre souterraine ! s'exclama Kathrin. Venez vite !

Nous restâmes, là encore, presque deux heures à ausculter le plancher et les murs. Kathrin avait gardé les lunettes qui restituent en couleur et en 3 D l'image détectée par le radar. J'observais, moi, l'écran de contrôle sur l'ordinateur relié à l'engin. Et Granier, qui devait se sentir exclu, décrivait derrière mon épaule l'avancée des recherches. Il parlait comme un commentateur sportif pendant un match de football : « on va y arriver, encore un peu de patience », « cette fois nous y sommes presque... », « ça ne peut pas nous échapper », etc. Son ironie, je te l'avoue, me gâchait le plaisir, et je finis par le remettre à sa place.

Vers 2 heures du matin, nous avions sondé seulement cinq pièces, sans trouver le moindre commencement de cavité. Il ne nous restait que six heures.

— Faisons une pause de vingt minutes, proposai-je. Allons nous rafraîchir et grignoter un peu.

Granier soupira d'aise, avant même que je n'aie terminé ma phrase.

— J'ai fait livrer des plateaux dans nos chambres. De chez Fauchon.

— Vous auriez pu choisir Lenôtre ! plaisanta le romancier.

Tu vois d'où m'est venue cette idée de jouer, bien plus tard, sur les mots...

Nous marchâmes en silence jusqu'à l'aile de Trianon-sous-Bois. Au moment de nous séparer, devant ma suite, Kathrin Strandberg se figea. J'avais déjà ouvert la porte et je crus qu'elle voulait me rendre le radar qu'elle portait en bandoulière.

— À tout de suite, Kathrin, lançai-je. Un quart d'heure maximum ?

Mais elle demeurait silencieuse, fixant du regard un vase de Sèvres posé sur un guéridon, à l'entrée de ma chambre.

Pendant une fraction de seconde, je crus qu'elle cherchait un prétexte pour entrer chez moi. Les hommes sont présomptueux, tu me l'as souvent fait remarquer.

— Kathrin, je vous ai dit « à tout à l'heure », répétai-je.

Pas de réaction. Je regardai à mon tour l'objet qui la fascinait. Encore un vase en porcelaine représentant Napoléon. Je me demandai ce qu'elle lui trouvait, car il n'avait rien d'original : les meubles des Bourbons ayant été saccagés à la Révolution, l'essentiel du mobilier, dans les Trianons, date de l'Empire.

— Décidément, Kathrin, cet homme vous fascine !

Machinalement, la jeune femme tourna la tête vers moi. Puis son regard se dirigea de nouveau vers le vase.

— L'Empereur aussi, murmura-t-elle.

— Que voulez-vous dire ?

— Rien, Dan. Il faut que je réfléchisse.

Elle s'éloigna dans le couloir feutré. Je la rattrapai.

— Eh, là, vous en dites trop ou pas assez !

— Laissez-moi dix minutes, Dan. Tenez, prenez le radar. Il a besoin d'être rechargé.

Entré dans ma chambre, je défis mes chaussures, branchai la batterie du radar et allumai la télévision, par réflexe. Mais je coupai rapidement le son. J'étais frustré. Malgré nos moyens techniques, nous arrivions apparemment au même résultat que Granier avec ses méthodes artisanales. À rien, donc. À ce rythme, nous ne réussirions pas à passer au crible les quinze pièces, mon objectif.

Comment accélérer le processus ? Comment éviter de sonder tous les recoins du château un à un ? Je venais de me mettre la tête sous le robinet de la salle de bains pour m'éclaircir les idées quand j'entendis frapper à ma porte.

— Un instant, s'il vous plaît !

— C'est Kathrin, Dan !

— Ah... entrez, c'est ouvert.

Quand je revins dans mon petit salon, me frottant les cheveux avec une serviette, la jeune femme faisait les cent pas devant un guéridon Empire dont la ceinture était ornée d'une farandole de muses. Elle y avait posé son PC portable. À côté, une lampe torche.

— Excusez-moi, Dan, de vous importuner, mais...

— Qu'y a-t-il ?

— Venez voir !

Kathrin Strandberg pointait l'écran du doigt sans même me gratifier d'un regard. Je la sentais déterminée. Son humeur enjouée avait disparu. Quelle information détenait-elle, qui m'avait échappé ?

— Regardez, Dan !

Malgré la fatigue, elle avait le regard brillant. De près, je sentais le parfum sucré de ses cheveux. Là, je te l'avoue, c'est moi qui ai hésité. Il nous restait quelques heures à passer à Trianon. Entre la perspective de retourner fouiller les pièces et celle de profiter de la suite royale avec cette charmante pin-up... Mais tu me connais. Le boulot avant tout. Marilyn peut aller se rhabiller.

Et d'ailleurs, pour être honnête, Kathrin ne me laissa pas le choix.

La jeune femme s'accroupit devant le guéridon et posa les mains sur son clavier. Je restai debout, les bras croisés, impatient, observant le halo bleu de l'écran qui se reflétait sur son visage. Elle se mit à frapper les touches avec vigueur. Je vis apparaître un plan de Trianon, puis un second, se superposant au premier.

Des pièces, éclairées en vert, surgissaient sur l'écran. Comme moi, Kathrin avait enregistré dans la mémoire de son PC toute sa documentation sur le château de Trianon, son histoire, son mobilier, ses occupants à travers les siècles.

— Le Grand Trianon... Le petit appartement de Napoléon... Voilà... Le cabinet... Regardez ! C'est là !

Je fis mine de m'énerver.

— Mais enfin, Kathrin, pouvez-vous m'expliquer ?

D'un geste, elle implora ma patience.

— Encore une seconde, ça vient ! Voilà...

Elle désignait l'une des pièces éclairées en vert sur l'écran.

— C'est là que se trouve la chambre secrète, j'en suis sûre !

— Pourquoi cette pièce-là ? D'où tirez-vous cette conclusion ?

Dans ces circonstances, tu me connais, je suis d'une froideur clinique.

— Dan ! Napoléon, lui aussi, a cherché la chambre secrète. Et on peut supposer qu'il l'a trouvée.

— Et pourquoi ? Qu'est-ce qui vous fait dire ça ?

Kathrin referma brusquement l'ordinateur et se leva d'un bond.

— Je vais vous montrer, ça ira plus vite. Suivez-moi !

— Mais enfin...

— Dépêchez-vous !

— Un instant, je...

— Prenez le radar ! On n'en a pas pour longtemps.

Il y avait bien longtemps que je n'avais obéi aussi aveuglément à une femme. Je sortis dans le couloir, courant derrière elle, les cheveux humides et la serviette autour du cou. Granier entendit nos pas précipités et émergea de sa chambre. Sidéré.

— Que se passe-t-il ? Où allez-vous ?

— Je ne sais pas, mais, apparemment, Kathrin, elle, sait, répondis-je.

La jeune Suédoise pressait encore le pas, la lampe torche dans une main, l'ordinateur dans l'autre.

Nous traversâmes à nouveau la longue galerie des Cotelle. Pendant que je longeais la rangée des vingt-quatre tableaux représentant les jardins de Versailles, je vis Granier me dépasser et je l'entendis lancer à Kathrin, d'un ton faussement docte :

— Savez-vous que c'est ici, le 4 juin 1920, que Clemenceau a signé le traité du Trianon, qui a scellé le sort de l'Empire austro-hongrois ?

Si le romancier avait voulu briller, il en était pour ses frais. La repartie de la conservatrice fusa :

— Le diktat de Trianon, vous voulez dire ? C'est comme ça

que l'appellent les Hongrois. Ils ont perdu les deux tiers de leur pays ce jour-là ! Et, croyez-moi, ils en veulent toujours aux Français pour ça.

— Là, vous me bluffez ! Je vous ferai inviter à « Questions pour un champion ». Julien Lepers est un bon copain.

Arrivé au milieu de la galerie, je posai la main sur l'épaule de la jeune femme, moins pour la ralentir que pour me donner le sentiment de reprendre la conduite des opérations.

— Kathrin, vous pouvez me dire où nous allons, enfin ? Pourquoi cette précipitation ?

Elle s'arrêta.

— Dan, on aurait dû y penser plus tôt.

— Mais à quoi ?

— Napoléon. Napoléon, Dan ! Vous savez qu'il était obsédé par son pedigree. Après son mariage avec la nièce de Marie-Antoinette, il parlait de Louis XVI en l'appelant « feu mon oncle » ! Certains sont allés jusqu'à prétendre qu'il descendait du Masque de fer, le frère jumeau de Louis XIV...

— Napoléon descendant de Louis XIV, tout le monde connaît ces fadaises ! persifla Granier.

— Fadaises ? Personne n'a jamais prouvé que c'était vrai, mais personne n'a jamais démontré non plus que c'était faux...

Mon premier réflexe fut de les laisser s'étriper. Moi-même, je connaissais une partie de l'histoire. De la légende, plutôt. Ou, mieux, la thèse, celle de quelques généalogistes passionnés de l'Empereur. Le Masque de fer, quand il était emprisonné à Pignerol, dans le sud-est de la France, serait tombé amoureux de la fille de son geôlier. Il l'aurait convaincue de lui accorder ses faveurs. Enceinte, elle aurait traversé la Méditerranée et se serait réfugiée en Corse. Là-bas, elle aurait épousé un notable à qui elle aurait donné dix enfants, sans jamais lui avouer que l'aîné n'était pas le sien, mais un Bourbon, neveu de Louis XIV.

— Kathrin, vous croyez vraiment, vous, que le fils illégitime du Masque de fer serait...

— L'aïeul de Bonaparte ? Peu importe, Dan, l'essentiel est que l'Empereur ait pu le croire !

Je commençais à deviner l'idée de la conservatrice. S'il existait une seule preuve du lien de sang entre l'Empereur et les Bour-

bons, elle se trouvait sûrement dans la cache secrète que nous cherchions. Si Napoléon venait si souvent à Trianon, c'est parce qu'il y cherchait, lui aussi, ces archives secrètes. Il devait être convaincu qu'elles contenaient des documents sur le Masque de fer. Des écrits qui prouvaient sa filiation avec les rois de France !

— Napoléon venait à Trianon pour fouiller les archives secrètes des rois ? Vous croyez vraiment cela, Kathrin ?

— Il venait surtout pour voir Joséphine.

Granier était revenu dans la conversation pour étaler ses connaissances. L'écrivain était un faux dilettante.

— Bravo ! On ne peut rien vous cacher, Jean-Philippe !

Le clin d'œil aguicheur de Kathrin à Granier m'agaça. Comme tout amateur d'histoire de France, je savais que Napoléon n'aimait pas Versailles. Chaque fois qu'il s'y rendait, il ne couchait pas au château mais venait ici, au Grand Trianon. La première fois, effectivement, il avait une bonne raison. C'était en 1809, à Noël. Il venait de répudier Joséphine de Beauharnais mais l'aimait encore, et le Trianon avait l'avantage de n'être pas trop loin du château de Malmaison, leur ancienne « résidence de week-end », où elle s'était retirée. Mais, ensuite, l'Empereur était revenu souvent à Trianon, officiellement parce que Marie-Louise adorait ce lieu cher à sa tante Marie-Antoinette. En mars 1813, avant de retourner en Allemagne il s'y était même offert deux semaines de vacances avec elle et leur fils. C'était un peu son château familial.

Je coupai court aux roucoulades de mes compagnons.

— Mais pourquoi Napoléon aurait-il su, mieux que nous, que les archives secrètes se trouvaient à Trianon ? Il ne possédait pas les carnets de la duchesse de Cadaran !

— Mais enfin, Dan, il avait bien mieux ! s'exclama Kathrin.

— Quoi ?

— Gouvernet, Dan ! Napoléon avait sûrement rencontré Gouvernet ! Ou l'un des hommes qui avaient condamné avec lui l'accès souterrain... N'oubliez pas que Bonaparte était contemporain de Louis XVI !

Granier leva les yeux au ciel, comme si Kathrin venait d'énoncer une évidence.

J'en avais assez de prendre des leçons d'histoire.

— O.K., Kathrin, O.K... Mettons que Napoléon ait su que les archives secrètes étaient à Trianon. Et que Gouvernet lui ait indiqué l'emplacement de la cachette. Vous pensez que ce serait resté secret ? Et que Napoléon aurait laissé tous les documents ici ?

J'avais pris le ton sec que j'adopte en réunion, lorsque je veux qu'elle se termine.

— Je ne peux jurer de rien, répondit Kathrin sur le même registre.

— Mais alors pourquoi nous avoir conduits ici ?

— Une intuition, Dan.

— Mes intuitions, moi, je les vérifie.

— Mais comment voulez-vous...

Piquée au vif, Kathrin me tourna le dos et se remit à marcher vers le fond de la galerie tout en ouvrant son ordinateur. Le plan du Grand Trianon, que nous avions vu un peu plus tôt dans ma chambre, réapparut sur l'écran.

— Nous y sommes, dit Kathrin en marquant un temps d'hésitation. Dan, vous pouvez me tenir l'ordinateur ?

Kathrin éclairait, sur sa droite, la pièce qui s'ouvrait derrière une grande porte de bois. Je la suivis tout en observant le plan affiché sur l'écran. Un joli dessin du Trianon, en trois dimensions, avec, en surimpression, le nom de la pièce éclairée en vert, salon des Malachites. Soudain, en bas de l'écran, j'aperçus une icône. Celle qui commandait la fonction « recherche » du logiciel. Je cliquai dessus. Deux noms surgirent : Napoléon. Louis XIV.

Je m'arrêtai brutalement.

Je venais de comprendre le raisonnement qui avait mené Kathrin jusqu'ici. La conservatrice avait identifié sur son logiciel les pièces où les deux souverains avaient successivement installé leurs quartiers ! L'obsession de l'Empereur à prouver son ascendance était telle qu'il avait sûrement choisi, lorsqu'il venait à Trianon, de s'installer dans un endroit occupé avant lui par Louis XIV, au plus près de la chambre secrète. Si les documents que nous cherchions étaient rassemblés quelque part, c'était sûrement dans l'une des pièces où les deux souverains avaient, en quelque sorte, une histoire commune.

— Le salon des Malachites, messieurs ! La seule pièce du

Grand Trianon où l'Empereur et le Roi-Soleil – les deux – ont eu leurs habitudes !

Kathrin arborait son sourire de star. Devant nous brillait une grande vasque vert émeraude. Kathrin orienta sa lampe vers le plateau du meuble sur notre droite puis vers les deux petits vases. Tous en malachite, la pierre de Sibérie offerte à l'Empereur par le tsar Alexandre Ier.

— Allons-y ! C'est ici qu'il faut fouiller.

Granier ne disait rien, donc, il consentait, selon le vieil adage. La conservatrice avait marqué un point, mais j'avais encore un doute.

— Si Napoléon a trouvé la cache, il se peut aussi bien qu'il l'ait vidée.

Kathrin secoua la tête.

— Pas sûr ! Il a pu prendre les documents qui l'intéressaient et laisser les autres. Ou seulement les consulter. Et comme nous ne cherchons pas la même chose que lui… Ce qui est sûr, c'est qu'il n'a rien trouvé qui ait prouvé sa filiation avec les rois. Sinon, on l'aurait su ! Mais il a peut-être mis la main sur des écrits concernant Louis XVI… Et d'autres qui l'intéressaient moins, comme notre plan des jardins, n'est-ce pas, Dan ? Je ne serais pas étonnée qu'il ait été fasciné par la possibilité de mettre tous ses secrets à lui avec ceux des rois de France, histoire, une nouvelle fois, de s'inscrire dans leur continuité !

Kathrin jubilait. Elle balayait le salon des Malachites de sa lampe, dévoilant peu à peu ses autres trésors. Deux tableaux signés Charles de La Fosse, Apollon et Thétis *et* Clytie changée en tournesol. *Deux grands miroirs sculptés, installés, selon elle, pour la duchesse de Bourgogne, qui avait fait du lieu sa chambre à coucher. Le mobilier somptueux de Jacob-Desmalter : des sièges en bois doré recouverts de damas cramoisi et ourlés d'une bordure de brocart d'or, assortie aux doubles rideaux.*

Tu te souviens des moqueries de nos amis en Californie quand je décrivais la passion des Français pour ces dorures, ces candélabres, ces pieds torsadés ou ces bergères ? Poussiéreux. Vieux. Ennuyeux. Eux qui vivent dans un autre brillant, celui du gris métallisé, du noir lustré, du pixel et du plasma ne peuvent pas comprendre. Willy, le sociologue, m'a expliqué un jour que les

Français aiment s'entourer de velours et de strass pour échapper à leur réalité quotidienne, angoissante. Ils filent dans le monde des reines pour fuir leur monde de peines.

Je m'approchai de la cheminée pour examiner Apollon et Thétis. *Granier me devança.*

— Apollon, encore Apollon ! Même dans son pavillon de banlieue, Louis XIV avait du mal à sortir de son trip.

Je faillis protester. Ces propos irrespectueux de la monarchie me gênaient – même moi, l'Américain... À force de fréquenter Louis XIV, on s'y attache ! Je me disais que Granier, qui signait des chroniques dans les journaux de gauche comme de droite, avait une âme d'anarchiste. Je me retins.

— Bon, on ne perd pas de temps. On s'y met ?

Kathrin sortit le radar. Nous commençâmes par sonder la cheminée.

— Dans les romans, les cheminées s'ouvrent vers des chambres secrètes, n'est-ce pas ?

Granier ne pouvait décidément s'empêcher d'ironiser. C'était fatigant.

Pendant soixante-dix minutes, montre en main, nous inspectâmes le sol et les murs du salon des Malachites. Kathrin approchait le radar des parois et des planchers. À ses côtés, je scrutais l'écran de contrôle. Mais, malgré tous nos efforts et tout son entrain, aucun signal n'apparut.

Kathrin jeta les lunettes par terre et se laissa tomber sur le parquet, au bord des larmes.

— Pardonnez-moi, mais je croyais vraiment que...

Son soudain accès de faiblesse déclencha en moi une décharge d'adrénaline – et un coup de génie. Je me précipitai sur son ordinateur.

Menu : Édition. Fonction : Rechercher. Je connaissais la musique.

Si le logiciel permettait de croiser les pièces « intimes » de l'Empereur avec celles de Louis XIV, il pouvait aussi identifier les pièces communes à l'histoire de Napoléon et de Mme de Maintenon. La chère dame – l'épouse morganatique du grand roi – était si liée avec Louis XIV qu'on pouvait très bien imaginer qu'elle ait abrité chez elle les secrets du monarque.

Le logiciel répondit au quart de tour : le seul endroit où Mme de Maintenon et Napoléon avaient logé successivement était le cabinet particulier de l'Empereur. C'était l'ancienne chambre à coucher de l'égérie du roi.

Cette fois, c'est moi qui pris les devants. Au pas de course, via le salon rond, la salle de bains de Napoléon et la chambre de Louis XV. Kathrin et Granier s'essoufflaient derrière moi. Arrivé dans le cabinet de l'Empereur, je m'arrêtai devant les murs tapissés de damas vert. De nouveau, quelle profusion de tableaux liés au mythe solaire ! Apollon et la Sybille, Apollon et Hyacinthe, Apollon couronné par la Victoire, Le Repos d'Apollon *et, encore,* Apollon et Thétis...

— De bon augure, non ?

Surexcité, j'avançai vers la cheminée. Elle était parsemée de dorures et surmontée d'un miroir et d'une tête de chevreuil empaillée. Kathrin ajusta les lunettes sur son nez tandis que j'allumais l'écran de contrôle. Nous étions maintenant rodés à l'exercice.

— Regardez ! Il y a une cavité ici ! s'exclama-t-elle.

Le fond bleu avait fait place à un dessin en trois dimensions, un tube – rouge –, étroit au début, plus large ensuite. Il descendait en pente raide sur cinq ou six mètres. Puis c'était le noir complet.

Les dimensions de la cavité s'affichèrent : à peine cinquante centimètres à l'entrée, un mètre soixante ensuite. Un étroit boyau sous la terre. Mais il ne menait pas à une chambre : il s'arrêtait brusquement, comme fermé par un mur.

Granier lâcha la phrase qui tue.

— C'est une cavité bouchée ! Je vous l'avais bien dit ! Il y a quelques trous de gruyère comme ça partout. Juste des trous, qui ont été explorés et fermés.

Je lui aurais envoyé le radar dans l'estomac. Ou la pendule de Bailly qui trônait sur la cheminée.

« Je vous l'avais bien dit »...

Il pouvait parler, lui qui n'avait jamais rien trouvé.

Mais, après tout, son renoncement m'arrangeait. Moi, j'étais certain que nous étions au bon endroit. La cache était là, derrière le mur, je le sentais. De toute façon, il était normal qu'elle fût bou-

chée, puisque Gouvernet avait eu pour consigne d'en condamner l'accès. Le problème, c'est que le mur devait être très épais, ou trop profond. Le radar ne passait pas au travers. Mais la chambre secrète était là, j'en aurais mis ma main au feu. Si Granier n'y croyait pas, grand bien lui fasse. Et tant pis pour lui : il pouvait s'asseoir sur ses cinq cent mille dollars de récompense.

Kathrin s'assit sur le guéridon, les bras croisés, le regard las.

— Je vais aller dormir. La nuit porte conseil, soupira-t-elle en me tendant le radar.

— Je vous raccompagne, dit Granier.

Le romancier n'avait pas le sens des affaires, mais il avait de sacrés réflexes.

— Dormez bien ! lançai-je. Je vous rejoindrai plus tard. J'ai envie de profiter encore du lieu...

Ce n'était pas totalement faux : je n'avais jamais pris le temps de regarder les dix-neuf pièces royales du Grand Trianon. Je ne les avais jamais vues qu'avec toi, au pas de course, derrière une cohorte de Japonais, à un âge où nous étions incapables d'en apprécier la richesse. Et puis, aujourd'hui, le nez sur le plancher.

Mais, en réalité, j'avais surtout envie de te téléphoner. J'avais trouvé un message de toi, le matin même. « Dan, il y a quelque chose qui me chiffonne sur le texte de la duchesse que tu m'as envoyé... Rappelle-moi. »

Sauf qu'entre le décalage horaire qui empêchait de te joindre avant l'après-midi et la course contre la montre qui s'était engagée ensuite, je n'avais pas pu te rappeler.

C'est toi pourtant – et ça, je suis sûr que tu ne l'as pas oublié – qui, une seconde fois, as débloqué la situation. Tu m'as d'abord fait raconter la nuit que nous venions de passer dans le Trianon. Et lorsque je suis arrivé au dénouement – la cavité bouchée, malgré ma certitude que le cabinet était bien là – tu t'es écriée, triomphante :

— Ça colle, Dan !

— Que veux–tu dire ?

— Tu te souviens de la fin du paragraphe ? Quand la duchesse écrit : « La comtesse m'a assuré qu'il lui avait fallu moins d'une heure pour boucher l'accès souterrain » ?

— Attends...

Je chargeai immédiatement le texte sur l'ordinateur.

— Oui, et alors ?

— Regarde-bien cette phrase. Rien ne te choque ?

Je l'avais lue et relue cinquante fois. Rien ne pouvait plus me choquer.

— Regarde encore. Tu ne vois pas qu'il y a un blanc entre « accès » et « souterrain » ?

— Un blanc ? Mais il y a des blancs partout ! Des morceaux de phrases manquants à chaque ligne, ou presque..

— Justement ! Là, on n'a jamais dit qu'il manquait un mot !

Je comprenais ta remarque, mais je ne voyais pas où tu voulais en venir. Tu as insisté :

— Réfléchis ! Que peut-il y avoir entre « accès » et « souterrain » ?

— Je ne sais pas, moi... Je ne parle pas français aussi bien que toi ! Mais il n'y a pas beaucoup de place, de toute façon. Un seul mot, sans doute. Et encore, très court...

— Tu y es, Dan ! Il y a tout juste l'espace pour une préposition. Et là, je ne vois que deux possibilités : « au » et « du ». Ce qui revient au même !

Je ne te laissai pas terminer. Je venais de comprendre.

— La duchesse ne parle pas d'un accès souterrain, mais d'un accès à un *souterrain ! Ce qui signifie qu'il n'y a pas une seule manière d'aller dans la chambre secrète, mais deux : le boyau, quelque part, possède une autre issue !*

21.

La marée était basse sur Gold Beach, découvrant entièrement les immenses barges de béton, vestiges de Port Winston, la rade artificielle construite par les Alliés pour le débarquement. Emma aimait cet endroit, qui, contrairement à tant de sites de bord de mer, n'avait pas été colonisé par les promoteurs immobiliers. Elle aimait monter sur le sentier qui surplombait la falaise et regarder d'en haut le village recroquevillé sous son toit d'ardoises. Ou alors, comme aujourd'hui, jour de grande marée, marcher lentement vers l'eau, à la rencontre du flot qui se retirait loin vers l'horizon.

À mesure qu'elle s'éloignait du parking, les bruits de klaxons s'estompèrent, remplacés par le cri rauque des goélands. Arrivée là où le sable était humide, elle enleva ses chaussures et les prit à la main. Elle sentit sous la plante de ses pieds la caresse froide provoquée par la fine couche d'eau qui donnait à la plage des airs de parquet ciré ; elle sentit aussi le picotement des débris de coquillages crissant sous ses talons. Tandis qu'elle avançait, tournant le dos à la falaise du cap Manvieux, les langues de rivière que la mer abandonnait derrière elle en se retirant devenaient plus difficiles à contourner.

Emma marcha jusqu'à la lisière des vagues, et s'arrêta, face au large. D'ici, elle n'entendait plus que le roulis des galets et des coquillages brassés par l'écume. Tout ce tableau lui paraissait poignant depuis qu'elle avait vu le film de Spielberg, *Il faut sauver le soldat Ryan.* Elle ne pourrait plus jamais marcher sur une plage de Normandie sans voir surgir les images des soldats déchiquetés, les corps lacérés sous la mitraille, le matin du 6 juin 1944. La première demi-heure du film l'avait amenée au bord du malaise. La suite, plutôt agacée. Larmoyante, hollywoodienne, attendue. À moins qu'au fond ce ne soit l'histoire elle-même – une femme cherchant à retrouver la trace de ses quatre fils disparus pendant la guerre – qui l'ait mise mal à l'aise. Brad l'avait titillée sur le sujet, essayant de trouver des raisons psychanalytiques à sa réaction de rejet. Et, comme toujours, il n'avait pas manqué d'établir un rapprochement avec Rebecca : il voulait tellement qu'elle dise la vérité à sa fille...

Elle s'était fâchée. Elle avait promis de tout dire à Rebecca lorsque celle-ci aurait dix-huit ans. Mais pas avant. Pourquoi Brad était-il si pressé ? Et puis que savait-il, lui, de ses sentiments de mère ? Il avait déjà deux enfants lorsqu'ils s'étaient connus et n'avait jamais insisté pour en avoir d'autres. Que lui reprochait-il ? D'être insensible à la mort d'un enfant ?

La mort, elle l'avait souvent évoquée, mais pas avec Brad. Avec Barett. Emma prétendait qu'il existait quelque chose *après* la mort. Dan, lui, se déclarait agnostique. « En termes d'allocations de ressources, lui avait-il lancé un jour, à sa manière abrupte, la religion n'est pas très efficiente. Il y a des choses plus utiles à faire le dimanche que d'aller à la messe. » Qu'en pensait-il aujourd'hui ? Où était-il ? Avait-il changé d'avis, maintenant qu'il connaissait l'*après* ? Emma se remémora la dernière conversation qu'ils avaient eue sur le sujet. C'était à Ushuaia, en Argentine, quelques mois après la naissance de sa fille Mary. Il était toujours persuadé qu'il n'y avait rien dans l'esprit humain qui ne puisse, un jour, être ramené à un programme informatique, décomposé en une succession de 0 et de 1.

— Et l'émotion, celle d'une mère devant un enfant ?

avait rétorqué Emma. Aujourd'hui, tu la comprends mieux, j'en suis sûre.

Barett n'avait pas cillé.

— On saura un jour décomposer l'esprit humain comme on décompose un logiciel. Mais, tu as raison, la vraie question sera alors de s'interroger sur la finalité de l'existence de ce « logiciel ». Pourquoi a-t-il été créé ? Dans quel but a-t-il été conçu ? Par qui ?

Et il avait conclu par une de ces phrases sibyllines qu'Emma adorait, parce qu'elle ouvrait la porte sur une autre discussion, qu'ils aborderaient plus tard.

— Parfois, lorsque j'observe l'esprit humain, l'étonnement qu'il me procure est plus proche de la ferveur du sentiment religieux que de l'analyse scientifique.

Emma baissa les yeux vers le sable alors que des larmes coulaient sur ses joues. Des larmes, enfin ! Elle goûtait avec une sorte de soulagement leur goût salé sur ses lèvres. Elle ne se retint pas. Aurait-elle voulu endiguer le flot de tristesse qui l'envahissait, elle n'aurait pas pu. Elle hésita à aller se jeter dans les vagues, à se laisser submerger par une lourde caresse d'eau salée.

Elle choisit de s'asseoir sur un rocher, ramena ses genoux sous son menton, entre ses bras croisés, et y enfouit son visage. Les sanglots se perdaient dans le ressac, noyant sa peine dans l'écume. Elle demeura ainsi une demi-heure, prostrée, laissant son corps se vider de son chagrin.

La mer s'était encore éloignée lorsqu'elle reprit conscience. Elle se baissa et prit entre ses doigts de minuscules coquillages de couleur qui brillaient au soleil. Ses yeux étaient humides. Elle sentait confusément que la seule manière de continuer à aimer Dan était de lui rendre justice. Il avait forcément prévu ce qui arrivait aujourd'hui. Barett était si prudent, lui qui avait érigé en principe, chez Controlware, de garder toujours en caisse l'équivalent d'une année de recettes, afin de pouvoir faire face à tout problème. Cet homme-là ne pouvait avoir oublié de laisser quelque part, à quelqu'un, la clé de la *backdoor*. Mais à qui ?

Et si c'était elle qui la détenait, malgré tout, sans qu'elle en ait conscience ? Elle dont la mémoire était si capricieuse, capable d'enregistrer des milliers de chiffres et de statistiques mais, parfois, d'oublier un nom, un visage ou un épisode de son existence ? Quand – et surtout *comment* – Barett lui aurait-il parlé de la *backdoor* ? Les pensées de la nuit lui revenaient sans cesse. Les images aussi, celles de la télé, qu'elle avait allumée, incapable de trouver le sommeil, à 2 heures du matin. CNN avait diffusé en boucle un reportage sur Barett, une « nécro », comme disent les journalistes. On y voyait quelques scènes de la vie du patron de Controlware : enfant, avec sa mère, qui l'appelait par son petit nom, « Treo » ; ensuite, avec les douze premiers employés de l'entreprise, tous chevelus et barbus, sauf lui ; P-DG, enfin, dans son bureau, un espace spartiate, décoré de quelques photos : celle d'un microprocesseur Pentium, celles d'Einstein et de Henry Ford, d'Amelia et de ses enfants, d'Emma et de lui prise lors d'un voyage d'affaires en Chine, le tout côtoyant un portrait de Louis XIV. Emma n'avait rien appris dans le reportage, évidemment.

Rien ne l'avait surprise, sauf peut-être cette courte scène où l'on apercevait Dan Barett à Versailles, lors d'un somptueux dîner de l'association des Amis américains, dans la galerie des Glaces. Emma se souvenait de cette fête, Barett lui en avait parlé. Le genre de cérémonie inoubliable pour un Américain, même habitué à rencontrer les grands de ce monde. Les « invités », la plupart mécènes du château, avaient payé, ce soir-là, dix mille dollars pour une place à table. Barett avait été placé aux côtés de la princesse de Kent, de Steve Rockefeller (l'arrière-petit-fils de John, le premier grand mécène de Versailles, justement) et de Malcolm Forbes, le magnat de la presse. Les lustres de la galerie éclairaient, dehors, l'ombre glacée des bassins sur les parterres du Nord et du Midi. Les statues alentour étaient illuminées. Et un artiste contemporain avait tracé des rais de lumière le long du Tapis vert, jusqu'au bassin d'Apollon. La vue était grandiose, comme la soirée... et le contenu de l'assiette. *Fondant d'espadon sur son lit de courgettes et d'œufs de caille. Vénus framboisier à la vanille de Madagascar*, etc. Intraduisible. Un repas signé Pierre Gagnaire et des desserts estampillés Lenôtre. « Ce Lenôtre, quelle classe, Emma, tu aurais dû voir ! » s'était exclamé Barett, qui pourtant n'aimait guère les desserts, quand il avait raconté le dîner à son amie. « De l'art dans l'assiette ! La composition, rien que la composition, tu ne peux pas imaginer ! Ces types-là ont non seulement le sens de la cuisine, mais aussi celui de la beauté. Et la beauté, Emma, tu le sais bien, c'est ce qui sauvera le monde. Des types comme Gagnaire ou Lenôtre, je te dis, ils sauveront le monde un jour, avait-il poursuivi, dans une belle emphase. Répète après moi, Emma ! Lenôtre sauvera le monde ! N'oublie jamais ça ! »

Emma entendait encore la phrase résonner à ses oreilles. Une de ces phrases curieuses, typiques chez Barett lorsqu'il commençait à délirer. C'était d'ailleurs le seul moment où Dan l'agaçait vraiment : lorsque, dérouté par les failles des souvenirs de son amie – ce qu'il appelait les « trous noirs de sa mémoire vive » –, il lui demandait de répéter après lui l'aphorisme brillant qu'il venait d'asséner ou les caractéristiques du lieu qu'ils venaient de visiter. « Le bonheur ne consiste pas à obtenir ce que l'on veut, mais à vouloir ce que l'on obtient. Répète, Emma ! Souviens-toi, Emma ! » « Les enfants ? Il faut leur laisser suffisamment d'argent pour qu'ils puissent faire ce qu'ils veulent, suffisamment peu pour qu'ils soient obligés de faire quelque chose. » « Le plus bel endroit du monde est là, sous tes yeux : le 29 avril, à 17 heures, tu as vu, du haut du Corcovado, les plus belles plages du monde, Ipanema et Leblon. Répète, Emma ! Le Corcovado ! Ipanema, Leblon ! Répète après moi ! » Chaque fois que Barett énonçait ce genre de commandement, Emma se sentait mal à l'aise ; elle n'était plus très sûre que ce soit un jeu, elle se demandait s'il ne franchissait pas, à ce moment, la frontière ténue qui sépare le génie de la folie. Mais elle oubliait. Le charme de Dan, l'affection qu'elle avait pour lui, une certaine attirance aussi, même s'il y avait longtemps qu'entre eux « le sexe était dépassé » comme il disait, tout cela reprenait vite le dessus.

Le flux de la marée commençait à s'inverser. Emma resta encore un instant assise sur son rocher à regarder la mer et à laisser glisser sur ses pieds la douce force des premiers courants qui la feraient revenir vers la grève. Puis elle fit demi-tour et remonta la plage vers l'hôtel. Arrivée en haut, elle longea le restaurant La Marine : il était plein à craquer, assailli de clients agglutinés devant l'écran de télévision. Le vacarme dans le bourg d'Arromanches n'avait pas cessé. La route devant l'hôtel était bloquée. Un chauffeur de bus avait pris à partie un tracteur qui, apparemment, l'empêchait de se garer. De nombreux conducteurs avaient abandonné leurs voitures sur les trottoirs, voire en plein milieu de la chaussée. Seules les motos arrivaient encore à se frayer un passage entre les véhicules. Emma traversait la chaussée lorsque, soudain, elle dut s'arrêter devant une petite fourgonnette de livraison qui lui barrait le passage. Elle aperçut l'enseigne de la camionnette : c'était le logo de Lenôtre. Décidément ! Le traiteur avait dû livrer les repas des congressistes, ce qui n'avait rien de surprenant, mais c'était drôle qu'elle ait justement pensé à lui quelques minutes plus tôt.

« Répète après moi, Emma ! Lenôtre sauvera le monde. »

Emma laissa échapper un rire nerveux et pensa : « Il n'est pas près de sauver le monde, le bon vieux Lenôtre. Bloqué, comme tout le monde. »

Quelque chose, pourtant, la gênait dans cette phrase de Dan qu'elle n'arrivait pas à oublier. Mais elle avait beau chercher... Dan martelait souvent des propos qui avaient une signification pour lui, mais qui, pour elle, paraissaient dénués de sens. Le plus souvent, il les proférait pour lui signaler qu'ils vivaient ensemble un « moment important » et lui enjoindre de ne pas oublier. Mais là ? Ses considérations sur le traiteur et son secret n'avaient aucun intérêt. Emma se pinça les lèvres. Dan, tout génial qu'il fût, parlait aussi parfois pour ne rien dire.

Dans l'hôtel, l'agitation était à son comble. Les organisatrices avaient fini par renoncer aux dernières séances du WAC et annuler le dîner de clôture. Elles n'avaient apparemment plus qu'un objectif : trouver des cars afin de ramener les congressistes à Paris.

Au moment où Emma allait emprunter l'escalier pour monter vers sa chambre, Pierre surgit derrière elle, essoufflé. Sa chemise était trempée et à moitié ouverte. Sur ses tempes, ses cheveux noirs étaient collés par la sueur. Elle dut se freiner pour ne pas aller se jeter dans ses bras. C'est lui qui avança vers elle, posant la main sur son poignet. À ce simple contact, elle sentit des vibrations envahir sa poitrine. Une sensation foudroyante, inexplicable. Elle détourna la tête.

— Emma ! Ça n'a pas l'air d'aller...

L'intéressée apprécia la marque d'attention, compte tenu de son état à lui.

— Non, ça va... je reviens de la mer et j'ai pris les embruns. Mais toi, dis-moi, tu en fais une tête ! Tout va bien ?

— Je suis mort ! J'ai eu une matinée de folie. Rien ne fonctionnait. Avec ces contretemps, pour tout arranger ! Les réseaux téléphoniques sont saturés. Je ne sais pas comment on va redescendre le matériel à Marseille, le réservoir du camion est vide aux trois quarts et les stations-service n'ont plus de gazole.

Il parlait sans quitter la jeune femme des yeux. Le tailleur de *superwoman* qu'elle portait contrastait avec son visage défait et ses yeux battus. Il aperçut l'échancrure de son chemisier. Les Anglo-Saxons avaient un mot pour désigner cet espace entre les seins, cette vallée de peau opaline : le « clivage ». Le mot était aussi joli que ce qu'il désignait.

Pierre n'avait pas envie de laisser repartir Emma. Qui sait quand ils se reverraient ?

— Tu viens manger un morceau ? proposa-t-il.

— J'allais monter dans ma chambre, je suis crevée, moi aussi...

Emma se sentait incapable d'avaler la moindre salade, mais elle suivit Pierre au bar. Elle apercevait les muscles de ses épaules sous sa chemise et observait ses avant-bras bronzés. Elle se dit qu'ils n'avaient pas choisi les meilleures circonstances pour démarrer. Démarrer quoi, d'ailleurs ? Une amitié ? Une liaison ? Elle ne pouvait faire comme si rien n'était arrivé. Et encore moins nier cette attirance qu'elle ressentait lorsqu'elle le voyait.

Ils se rendirent dans la salle où les repas étaient servis ; un serveur s'approcha de leur table.

— Pour les boissons, c'est Perrier ou demi, c'est tout ce qui nous reste, annonça-t-il d'un ton las.

Emma commanda un Perrier, Pierre un demi.

— Tu sais, soupira-t-il en secouant la tête, je me demande si tes copines n'auraient pas mieux fait d'annuler la dernière matinée du WAC. Quel cirque ! Rien ne marchait.

— Ce matin, si, fit remarquer Emma. Lors de la plénière d'ouverture, on n'a pas eu de problème.

Pierre avait écouté son discours pendant quelques minutes, fasciné, encore, par le contraste entre l'Emma Shannon dans son rôle de « grande prêtresse du capital-risque », avec ses sourires convenus et son ton cassant, et la femme insouciante et douce avec laquelle il avait fait l'amour sur la plage. Il aurait voulu la prendre dans ses bras pour la voir à nouveau se métamorphoser. Mais les miracles n'ont lieu qu'une fois.

— Oui, ça marchait encore à 10 h 30, reprit-il avec effort, mais dans les autres salles, et pour la séance suivante, ç'a été la cata. Les deux Barco du premier étage ont sauté. On avait réussi à les bricoler pour la séance de midi, mais, là, c'est le public qui manquait : il restait trente nanas à tout casser...

Le serveur s'approcha avec les boissons et deux plateaux-repas.

— C'est tout ce que vous avez ? demanda Pierre.

— Arrête de râler, Pierre ! C'est Lenôtre qui livre les plateaux-repas. Et il est déjà 15 h 30.

— Et alors ? Lenôtre ou pas, des plateaux-repas, j'en mange toute l'année ! J'en ai ma claque de la gelée de saumon et des tartes aux pommes et des couteaux en plastique qui grincent sur les assiettes en carton. Ce soir, j'irai au restaurant et...

Emma ne le laissa pas terminer sa phrase et saisit son verre de Perrier.

— Vous me faites rire, vous, en France ! Quand vous n'avez pas votre déjeuner, impeccable, assis, bien chaud, bien salé, bien poivré, pendant deux heures, vous râlez ! Tu devrais venir plus souvent aux États-Unis. Nous des Lenôtre, on en importerait bien des dizaines ! Vous ne vous rendez pas compte de votre chance ! O.K., on sait faire des logiciels et des routeurs, mais vous, vous avez des pâtissiers géniaux ! Comment il s'appelait, déjà, le gars qui a créé Lenôtre ? André, non ?

— Sûrement pas André, réagit Pierre. André, c'était le jardinier de Louis XIV. Et c'était en deux mots : « Le », plus loin, « Nôtre ». Avec un grand N.

Elle reposa si brusquement son verre qu'il déborda.

— Non, ce n'est pas possible !

— Qu'y a-t-il ?

— Attends...

— Mais quoi, dis-moi !

Emma fixa son voisin dans les yeux et lui lança à toute vitesse :

— Je viens de comprendre quelque chose. Pierre, il faut aller à Versailles, c'est là que se trouve la solution, j'en suis sûre !

— Quoi ? Où veux-tu aller ?

Elle avait parlé si vite qu'il n'avait pas compris la moitié de sa phrase. Il lui demanda de répéter. Trop tard. Emma Shannon avait déjà quitté la salle et se précipitait vers le hall de réception.

22.

— Des taxis ? Ce n'est même pas la peine d'y penser, madame ! Vous êtes la vingtième personne aujourd'hui qui me demande une voiture. Ils n'en ont plus, chez Bayeux Taxis. À Caen non plus. Excusez-moi, j'ai un appel.

Emma supportait mal le manque de courtoisie des réceptionnistes. Elle avait fait un scandale, un jour, au conseil d'administration de Motel 8, une chaîne dans laquelle sa société avait investi vingt millions de dollars et qui perdait de l'argent. « Un client qui se plaint, ce sont dix clients qui fuient en silence ! »

Mais, aujourd'hui, le pauvre avait des excuses.

Emma prit l'escalier pour monter plus vite dans sa chambre. Elle ferma brutalement la porte, envoya ses Tod's valser dans le rideau, alluma la télé par réflexe et s'assit sur le lit, les jambes repliées sous elle. Le nom de la compagnie locale de taxis, Bayeux Taxis, figurait dans le livret d'accueil, sur sa table de chevet. Elle essaya de les joindre.

— Allô !

Silence au bout de la ligne.

— Bayeux Taxis ?

Une voix fatiguée et caverneuse répondit. Le son était mauvais. Un chauffeur qui répondait d'une voiture, probablement.

— Oui. Allô ! C'est pour quoi ?

Emma coupa le son de la télé.

— Je voudrais un taxi pour Paris, je suis à l'hôtel *Overlord*. Vous auriez une voiture ?

— Pour où ?

— Paris, enfin, Versailles.

Un rire nerveux fusa en guise de réponse.

— Ah, là, madame, désolé ! On voit que vous n'avez pas mis le nez dehors. Déjà, si on arrivait à rejoindre l'autoroute ! On est tous coincés dans la région... Avec le camion de déchets nucléaires bloqué sur la quatre voies, vous avez entendu ça, non ? Un jour il y en a un qui va exploser, ça nous pend au nez ! Et puis on n'a quasiment plus de gazole, mes collègues et moi. Il paraît qu'on est prioritaires, les pompiers, les taxis et les ambulances, mais les stations-service sont en rupture de stock. Certains taxis roulent encore jusqu'à Caen. Enfin, ceux qui ont du carburant. Mais moi je n'en ai plus que pour une heure, à tout casser...

Emma entendit un grésillement désagréable, puis le signal occupé. Elle recomposa le numéro. Impossible de joindre la compagnie.

Pas de taxi pour Versailles. Plus de taxis du tout. Enfin si. Pour Caen, au mieux. Emma se rendit compte que son état d'énervement l'empêchait de réfléchir. Bayeux Taxis... Bayeux... Elle sentit sa main se crisper sur son portable. Bayeux ! Mais il y avait une voiture pour elle à Bayeux ! Quand elle avait préparé son excursion normande avec Rebecca, elle avait réservé un véhicule chez Hertz pour le samedi suivant afin qu'elles puissent se balader dans la région. Pourquoi n'y avait-elle pas pensé plus tôt ? L'agence devait être ouverte. Et elle pouvait peut-être avancer la location d'une journée. Le numéro de téléphone était dans son agenda. Son code client aussi. Au cas où.

— Hertz, bonjour, Stéphanie à votre service.

— Bonjour, c'est madame Shannon à l'appareil. Emma Shannon. Écoutez, madame... J'ai loué une voiture pour demain, samedi, à Bayeux, et je voulais savoir si je pouvais la prendre dès aujourd'hui...

— Vous avez le numéro de la résa, madame ?

Elle s'y attendait.

— 00235678 H 12.

— Shannon, c'est cela. Une Renault Laguna. Samedi 15 septembre, midi. Votre réservation est bien enregistrée.

— Oui, merci. Mais savez-vous si je peux disposer de la voiture cet après-midi ?

— Un instant, je me renseigne.

La musique de Vivaldi se mit à défiler. « Jamais plus d'une minute de musique dans les sociétés bien gérées. Au-delà, le client s'énerve. » Emma se remémorait, malgré elle, les normes basiques d'un service de qualité. En France, elles étaient rarement appliquées.

— Allô, madame Shannon ?

— Oui.

— C'est ce que je pensais. Il y a bien un véhicule pour vous, mais on ne pourra pas vous le livrer.

— Et pourquoi ?

— Son réservoir est vide. Avec les événements, vous savez, toutes les stations-service du coin sont en rupture de stock.

— Auriez-vous un véhicule d'une autre catégorie, avec un réservoir plein ?

— Je vais voir. Pouvez-vous me rappeler dans un quart d'heure ?

Rappeler. Encore rappeler.

— Pourquoi dois-je rappeler, moi ? Pourquoi n'est-ce pas vous qui le faites ?

Emma jeta son portable sur l'oreiller, se rassit au bord du lit et se lissa les cheveux du plat de la main pour se calmer. Elle saisit la télécommande et remit le son de la télé. CNN diffusait encore des images d'archives de Barett. On le voyait en Afrique, surveillant les résultats de son programme contre la malaria, puis à Calcutta, dans les bidonvilles. L'homme le plus riche du monde, l'entrepreneur le plus prospère, s'était transformé, peu à peu, en bienfaiteur de l'humanité. Depuis quelques mois, Emma le taquinait souvent sur le sujet pour l'empêcher de prendre la grosse tête.

— Tu sais ce que tu es ? lui avait-elle dit au téléphone quelques semaines plus tôt. Le fils naturel de Mère Teresa et du Père Noël !

— Tu peux bien te moquer ! Tu sais ce que disait Carnegie ? « Celui qui meurt riche meurt en disgrâce. »

Il ne blaguait pas. Depuis qu'il avait décidé de consacrer sa fortune à la lutte contre la pauvreté, Dan voulait, comme avec les logiciels, être le premier. Le plus grand. Le plus compétent. Il observait le travail des autres milliardaires qui investissaient dans les œuvres caritatives : Gordon Moore, l'inventeur des semi-conducteurs, George Soros ou les fils Walton s'étaient lancés, comme lui, dans les œuvres de bienfaisance à grande échelle. Barett surveillait leurs investissements, leur position dans les classements des businessmen philanthropes, les montants qu'ils consacraient à leur cause et, surtout, l'efficacité de leurs donations.

À la télé, le chroniqueur de CNN dissertait sur la chute de l'action Controlware en Bourse. Moins 17 % en deux jours. C'est vrai que sans Dan, Controlware risquait de devenir une entreprise comme les autres. Et elle, Emma, risquait-elle aussi de devenir une femme comme les autres, maintenant qu'elle était privée de son « punching-ball intellectuel » ? Une larme, encore, coula sous ses yeux et traça sous les cils une courbe noire. Un cerne de tristesse, de colère, d'impuissance, elle ne savait.

Pour tromper son impatience et sa peine, elle alluma son ordinateur et se mit à consulter ses mails. Mais il lui était impossible de répondre comme si la vie suivait son cours à tous ceux qui lui demandaient de prendre des décisions ou lui proposaient des investissements. Ne comprenaient-ils pas que leurs préoccupations n'avaient plus grand sens, quand le monde était à la merci du groupe terroriste le plus puissant que la terre ait jamais connu ? Ne comprenaient-ils pas que leur vie dépendait désormais du bon vouloir des pirates ? Quel serait, d'ailleurs, leur prochain but ? Le dérèglement général des tours de contrôle ? Une attaque bactériologique ? Une explosion nucléaire ?

Non. Inutile de se laisser entraîner sur ce terrain-là. Emma devait cesser de paniquer. Elle inspira profondément pour tenter de chasser les idées noires et commença à faire sa valise : ce serait toujours du temps gagné lorsqu'elle aurait trouvé la solution pour quitter Arromanches.

Et l'employée de Hertz qui, évidemment, ne rappelait pas. Elle essaya de joindre l'agence, mais aboutit, sans surprise, sur la tonalité « occupé ».

— Comment sortir d'ici, bon sang ?

Le train, peut-être. La gare de Bayeux. C'est là que Rebecca lui avait dit qu'elle descendrait. Peut-être y avait-il encore des trains pour Paris cet après-midi ? Elle appela la réception. Vingt sonneries dans le vide. Un employé hors de lui. En bruit de fond, le piaillement des congressistes. Il faisait chaud. Elle se sentait à bout de forces.

— Allô ?

— Allô ?

— La réception ?

— Oui, évidemment. Dépêchez-vous, s'il vous plaît, on est débordés.

Elle inspira lentement. Ce n'était pas le moment de craquer.

— C'est Emma Shannon, chambre 17. J'aimerais savoir s'il y a un train pour Paris cet après-midi.

— Madame Shannon, répondit le réceptionniste, excédé, on vient de mettre un panneau à la réception, vous n'avez pas vu ? Tous les trains pour Paris sont annulés. La gare Saint-Lazare est quasiment fermée. La gare du Nord aussi. Quelques TGV circulent, mais ils ont fermé les grandes lignes. Et je ne vous parle pas des petites ! Nous, ici, on n'a pas de TGV, on en est encore au turbotrain ! Alors faut pas rêver.

— O.K., merci.

— À votre service.

— Attendez, une seconde...

— Qu'y a-t-il encore, madame Shannon ?

— L'aéroport de Caen est fermé aussi, j'imagine...

Emma avait posé la question à tout hasard. Elle avait atterri trois jours plus tôt, là-bas, à Carpiquet. La liaison directe depuis Londres, où s'était tenu le séminaire annuel de Motel 8, était pratique pour enchaîner directement sur le WAC. Il y avait une chance qu'une compagnie privée assure la liaison Carpiquet-Orly, ou Roissy... Le réceptionniste lâcha un rire désabusé.

— Madame Shannon, si vous avez votre jet privé, vous pouvez toujours essayer...

Emma reposa le combiné. Lentement, cette fois, pour se forcer à se détendre. Si seulement elle était venue avec sa voiture depuis l'aéroport, comme elle le faisait habituellement quand elle était en France ! Brad, lui, aurait eu son chauffeur.

Brad. Comme il lui paraissait loin à cet instant ! Pas une fois elle n'avait pensé à lui depuis le matin. Les nouveaux messages que lui signalait son portable devaient être de lui. Enfin, au moins un. Elle n'avait pas eu une minute pour les consulter. Elle composa le numéro de sa boîte vocale : c'était Brad, effectivement, anxieux. Les attentats. La psychose de la mélatonine. Barett. La Bourse. Controlware. Il racontait tout, comme si elle ne savait pas. Aux États-Unis, on a toujours l'impression d'être au centre du monde. Que tout se passe là-bas et que les autres ont un train de retard. Brad hésitait à vendre ses actions Controlware et lui demandait son avis. Il ferait mieux d'en racheter, pensa-t-elle. Il était à côté de la plaque, le pauvre.

— C'est ici, maintenant, en France, que tout se joue, dit-elle à voix haute.

Pourquoi était-elle aussi sûre que la clé de la *backdoor* se trouvait dans la villa de Barett, à Versailles ? Parce que Dan ne laissait rien au hasard ? Parce qu'il avait toujours misé sur elle dans les moments décisifs, même s'ils ne se voyaient plus que deux ou trois fois l'an, en dehors du fameux week-end « contractuel » qui avait fait couler tant d'encre ? Dan ne lui racontait pas toute sa vie, et elle non plus, mais, dès qu'ils se retrouvaient l'un en face de l'autre, le contact passait instantanément, comme s'ils s'étaient quittés la veille. Ils effectuaient alors, comme ils disaient, leur « mise à jour », leur « synchronisation ». Leur complicité intellectuelle resurgissait, spontanée, harmonieuse, tel un corps entraîné, capable de s'élancer sans échauffement. À l'idée que ces retrouvailles n'auraient plus jamais lieu, elle sentit à nouveau sa poitrine se gonfler de chagrin.

Emma n'attendit pas la fin du message et passa au suivant. C'était Rebecca.

« *Mom*, je ne pourrai pas venir en Normandie... »

Une évidence. Emma devait bien se l'avouer maintenant : les petites vacances envisagées n'auraient pas lieu.

« ... mais il faut quand même que je te parle. C'est important. C'est urgent. C'est... très grave. »

Que pouvait-il y avoir de plus important et de plus urgent que les événements qui allaient conduire à la destruction du monde occidental ? Emma retint son premier mouvement d'agacement. Après tout, sa fille ne pouvait pas se rendre compte de l'ampleur de la menace. Peut-être lui était-il arrivé quelque chose de grave ? Peut-être était-elle réellement malade ? Sa voix semblait si hésitante.

Le cataclysme annoncé passa soudain au second plan. Rebecca avait besoin d'elle. Rebecca l'appelait. C'est vrai qu'elle ne s'était pas beaucoup occupée de sa fille pendant ses quinze premières années. Elle l'avait eue si jeune. Il fallait qu'elle travaille, qu'elle se construise sa vie à elle. Et puis sa mère, Anne-Laure, la grand-mère de Rebecca, était là. Une jeune grand-mère : elle n'avait que quarante-trois ans à la naissance de sa petite-fille, et on l'avait souvent prise pour la mère. Tout le temps qu'Anne-Laure avait été là, Emma savait que l'enfant était en de bonnes mains, meilleures – ou en tout cas plus disponibles – que les siennes. C'est seulement quand la grand-mère était tombée malade que mère et fille s'étaient rapprochées. Rebecca avait hésité à aller vivre aux États-Unis avec Emma, mais abandonner l'Opéra de Paris après avoir fait autant d'efforts pour y entrer aurait été aberrant. Emma avait donc décidé que sa fille vivrait chez Alice, sa grand-tante, qui habitait Montmartre. Mais la décision lui avait pesé.

Il fallait qu'elle la rappelle. Vite. Dès qu'elle aurait écouté le dernier message sur sa boîte vocale.

« Bonjour, Emma. Ici... »

La voix la fit sursauter. Elle reconnut le ton désabusé de Granier.

« ... Jean-Philippe Granier à l'appareil. On ne s'est pas revus pour le déjeuner, ce que je déplore... J'espère que vous ne vous laissez pas affecter par les événements. »

Comment pouvait-il parler ainsi ? Comment ne pas être « affecté », comme il disait, par l'atmosphère de plus en plus angoissante, ces accidents, ces morts inexplicables, ces terroristes qui prenaient peu à peu le contrôle de la planète ? Sans parler de la disparition de Dan...

« J'ai assisté à votre conférence d'ouverture, ce matin, continuait Granier. Je voudrais en parler avec vous. Il se trouve que le roman que je suis en train d'écrire traite aussi de ce sujet. Le héros y rencontre une femme d'affaires qui... enfin, je vous en dirai davantage. Mais j'aimerais bien que l'on se parle à ce sujet. Vous pouvez me rappeler au 06 11 72 22 01. Je suis là jusqu'à demain. Après, je retourne dans ma maison de La Hague. À très bientôt, j'espère. »

Emma sentit soudain son cœur résonner jusque dans ses tempes. Granier ! Pourquoi n'y avait-elle pas pensé plus tôt ? Il était venu de La Hague. Il y retournait. Il avait une voiture, lui. Il pourrait la lui prêter ! Elle se leva brusquement et, tout en marchant vers la fenêtre pour reprendre ses chaussures qui traînaient sous le rideau, appuya sur la touche 4. Celle qui devait lui permettre de rappeler son dernier correspondant.

Composez un numéro d'appel et terminez par dièse.

Flûte ! Granier avait masqué son numéro. Emma dut réécouter le message pour pouvoir le composer.

« Bonjour, vous êtes sur le mobile de Jean-Philippe Granier... »

La messagerie, maintenant.

— Et *shit* !

Elle raccrocha et jeta son téléphone sur le lit.

— Pourquoi a-t-il éteint son téléphone, cet idiot ?

Elle balaya la chambre du regard, à la recherche d'une petite bouteille d'eau minérale, mais n'en vit pas. Elle fila se remplir un verre à la salle de bains et s'arrêta machinalement devant le miroir. Son visage était creusé et respirait la fatigue. Le mascara qui avait coulé sous ses yeux formait deux arcades noirâtres sous ses paupières. Elle se souvint de cette blague douteuse qu'avait osée un soir Bernie Puttman lors d'un dîner avec Barett. Puttman, qu'elle connaissait depuis des années, semblait la considérer comme un homme, et l'appelait souvent par son nom de famille.

— Shannon, avait-il lancé, sourire en coin, toi, au moins, tu n'as pas besoin de sac à main...

Emma l'avait regardé, perplexe, attendant l'amabilité qui allait suivre.

— ... vu les poches que tu as sous les yeux ce soir !

Il avait prononcé ces derniers mots dans un grand éclat de rire.

De la goujaterie de haut niveau mondial ! Et Barett, qui, loin de la défendre, avait souri bêtement. Dan savait être lâche quand il voulait. Dire qu'il faisait confiance à Puttman. Ce taureau, qui, peut-être, était en train de fomenter le plus beau hold-up informatique de l'Histoire.

Emma examina une nouvelle fois cette hypothèse. Non, elle ne pouvait pas tenir. C'était, certes, à Controlware que profitait le crime, à long terme : les événements de ces derniers jours déroulaient un tapis rouge pour le nouveau système d'exploitation, prévu pour 2008 et annoncé comme « inviolable ». Mais pourquoi le numéro un de l'informatique mondiale aurait-il eu besoin de provoquer tant de morts pour rendre indispensable le recours à son nouveau logiciel ? Il pouvait y parvenir sans provoquer autant de dégâts.

Elle sursauta, réalisant qu'elle était en train de se laisser emporter par sa vieille antipathie envers Puttman – et, sans doute, par le stress de la situation. Pour un peu, elle en aurait oublié Rebecca, le premier message sur son répondeur, la voix tremblante de sa fille.

Elle sélectionna le nom de Rebecca sur le répertoire et déclencha l'appel. Quelques secondes plus tard, l'écran se mit à clignoter.

Réseau encombré.

Emma coupa la communication d'un doigt crispé. Pourquoi sa fille avait-elle cherché à la joindre ? De quoi voulait-elle lui parler ? Elle n'était pas du genre à téléphoner pour un oui ou pour un non. Comme Emma, elle n'aimait pas perdre son temps. Entre mère et fille, on ne téléphonait pas pour bavarder, mais quand on avait quelque chose à se dire. Les femmes contribuaient trop aux profits des opérateurs téléphoniques.

Emma se mit à tourner dans sa chambre comme un animal en cage. Elle rappellerait Rebecca plus tard, mais, en attendant, elle devait absolument joindre Granier, qui n'était pas à l'hôtel, elle venait de le vérifier. Devait-elle descendre, arpenter le hall, le restaurant ou la plage dans l'espoir de le croiser ? Aléatoire. Appeler les renseignements pour obtenir son numéro de téléphone chez lui ? Il devait être sur la liste rouge. Mais, une fois qu'il serait retourné à La Hague, il serait trop tard. Elle composa de nouveau le numéro du portable de Granier et laissa un message, en s'efforçant d'adopter un ton calme.

« Bonjour, Jean-Philippe, c'est Emma Shannon à l'appareil. J'ai bien eu votre message. Il faut absolument que vous me rappeliez. Je suis dans la chambre 17. C'est très important. Il faudrait que... »

Emma s'interrompit, entendant un bip dans son oreille. Un autre correspondant cherchait à la joindre.

Appel privé.

Elle prit la communication sans finir son message à Granier.

— Allô ?

— Hello, *mom* ?

Emma marqua un temps d'hésitation avant de répondre.

— Rebecca ? C'est toi ?

— *Yes, mom.* Comment vas-tu ?

— Ça va, mais toi ? Où es-tu ?

Emma avait répondu en français. Habituellement, elle dialoguait en anglais avec sa fille. Une telle attitude paraissait artificielle lorsqu'elles étaient ensemble à Paris, mais elles étaient d'accord sur l'objectif : Rebecca devait demeurer parfaitement bilingue.

Emma se demanda si ce choix ne l'avait pas arrangée, inconsciemment. Dans une langue qu'on maîtrise mal, on se confie moins. Avait-elle ainsi poussé sa fille à éviter l'étalage de ses états d'âme ? Un sentiment de culpabilité l'assaillit. Comme si elle avait deviné ce que sa mère pensait, Rebecca reprit, en français :

— Je suis à Paris, *mom*, chez moi. Je...

Elle parlait à voix basse. Elle n'était pas dans son état normal.

— Que se passe-t-il, Reb ? demanda Emma d'une voix douce.

Elle n'utilisait jamais de diminutif en temps normal. Elle détestait que les gens parlent de leurs enfants en les affublant de ces petits noms ridicules, inventés pendant la phase couche-culottes. Mon Titi, ma Chichou, ma Ninette. Insupportable. Elle, c'était Rebecca. De toute façon, l'intéressée détestait aussi tout ce qui faisait fifille. Les danseuses sont mûres avant l'âge, elles doivent accepter tellement de sacrifices pour accéder au statut d'étoile. Pas de sorties, pas de fêtes avec les copains, huit heures de sommeil au minimum chaque nuit.

— *Mom*, il faut que je te parle. Tu repasses à Paris ?

— Je fais tout pour. C'est ce que j'avais prévu, de toute façon. Mais, là, c'est la cata absolue... Les routes sont bloquées. Pas de taxi, pas de train, pas d'avion, et sans doute pas de voiture de location. Il n'y a plus d'essence. Comment ça va pour toi ? Et tante Alice ?

— On va bien. Dans le quartier, les voisins, c'est juste un peu la pagaille. À la télé, ils disent que Roissy et Orly sont bloqués. Ils ont parlé aussi du camion en panne près de Caen. Mais tu viens à Paris, alors ?

— Dès que j'aurai trouvé une voiture ! Et si j'en trouve une, je dois d'abord passer par Versailles. C'est très important, je te raconterai plus tard.

Emma se dit que sa fille, petite, l'avait si souvent entendue invoquer le prétexte fallacieux des « choses importantes », lorsqu'elle ne pouvait pas venir la voir, qu'elle aurait, cette fois, du mal à la croire.

— Mais dis-moi, ma chérie, qu'as-tu à me dire ?

— Écoute, maman, ce n'est pas facile...

Emma attendait le coup de fil de Granier. Elle aurait voulu que Rebecca se dépêche. Sa fille l'avait toujours consultée pour les grandes décisions, et Emma s'était efforcée d'être toujours à son écoute, même à distance. Ni maman poule ni père autoritaire. Coach, plutôt. Mais, soudain, elle se demanda si elle ne s'était pas trompée : et si sa fille avait eu surtout besoin d'affection, de chaleur humaine, de la sécurité d'une présence, toutes choses, en revanche, qu'elle ne lui avait jamais données ?

— Rebecca, ma chérie ! Pardonne-moi, mais nous n'avons pas beaucoup de temps. Je te promets que si nous sortons de là, je t'emmène quinze jours où tu veux.

Elle s'attendait aux protestations habituelles de sa fille, qui ne pouvait pas s'absenter quinze jours sans mettre en péril son niveau de danse. Mais Rebecca se tut.

Emma, malgré elle, accéléra son débit.

— Écoute, Rebecca, les téléphones coupent à tout bout de champ ici. Dis-moi vite ce que tu as à me dire. Dès que je pourrai arriver à Paris, je te rejoindrai chez tante Alice.

— *Mom,* ce que je voulais te dire, c'est que...

— Allez, Rebecca, *come on* !

— *Mom,* je suis enceinte.

Emma éloigna machinalement le téléphone de son oreille. Elle avait sûrement mal entendu.

— Pardon, Rebecca. Tu disais ?

— J'ai fait le test il y a une semaine et...

— Quoi ? *You're kidding ! You're not serious about that, are you ?*

« Tu plaisantes. Tu ne parles pas sérieusement. » Emma, abasourdie, avait basculé machinalement vers l'anglais.

— Rebecca, tu es sûre ? Il ne s'agit peut-être que d'un retard !

— Maman, mes règles avaient deux semaines de retard, alors j'ai acheté un test de grossesse en pharmacie. Quand j'ai vu le résultat, j'ai d'abord pensé faire une IVG, c'est pourquoi je ne t'en ai pas parlé. Mais j'ai changé d'avis...

— Rebecca, ma petite fille ! Ça n'existe plus, de nos jours, ce genre d'accident ! Nous en avons parlé toutes les deux, tu ne te souviens pas ? Et puis tu ne m'avais pas dit que tu avais un petit ami !

— Je n'avais pas de « petit ami », au sens où tu l'entends.

— Comment as-tu fait, alors ? Ne me dis pas que c'est un type de passage ? Rebecca !

Il y eut un silence.

— Tu ne connais pas le père ?

— Si, bien sûr ! Et je l'aime !

— Dis-moi, c'est un homme marié, c'est ça ?

— Non, il n'est pas marié pour le moment, mais...

Emma laissa échapper un geste nerveux et renversa la lampe de chevet.

— *Mom,* qu'est-ce qui se passe ? Ça va ?

Maintenant, c'était Rebecca qui contrôlait la situation. Les grésillements du téléphone ne permettaient à Emma de saisir qu'un mot sur deux.

— S'il te plaît, maman, ne t'énerve pas ! J'ai bien réfléchi. J'ai envie d'avoir cet enfant.

— Pardon ? Je ne comprends pas ce que tu dis. *But who is this fucking son of a bitch who dared... ?*

— Arrête, *mom* ! Calme-toi ! Tu ne le connais pas, de toute façon, mais c'est quelqu'un de bien. Il est...

Emma n'en pouvait plus. Les attentats. Son aventure avec Pierre. La mort de Barett. La *backdoor.* Granier qui ne rappelait pas. Et maintenant Rebecca enceinte.

— Rebecca, tu m'entends ?

La communication avait été coupée. Emma, dont le cœur battait à tout rompre, appuya sur la touche « rappel » de son téléphone. La sonnerie retentit en même temps que l'appareil composait le numéro de Rebecca. *Appel privé,* à nouveau. Emma décrocha :

— Rebecca ?

— Madame Shannon ? Emma ?

C'était une voix d'homme. Emma s'agrippa à la poignée de la fenêtre, angoissée. Dehors, l'embouteillage avait cessé.

— Emma, vous m'entendez ?

— Oui, c'est moi.

— Granier à l'appareil, Jean-Philippe Granier. Vous avez cherché à me joindre, je me trompe ?

— Ah ! Jean-Philippe, c'est vous ?

Emma reprenait rapidement ses esprits.

— Effectivement, je voulais vous parler. Merci de m'avoir rappelée.

— Où êtes-vous ?

— Dans ma chambre. Je cherchais à vous joindre parce que... Écoutez, c'est urgent, il faut que je vous voie. Mais je préférerais vous expliquer de vive voix. Je dois aussi rappeler ma fille...

— Rappelez-moi après, alors ? Vous savez bien qu'il suffit de demander et j'accours !

Son humour la mettait mal à l'aise.

— Je n'en aurai que pour quelques instants.

— Écoutez, j'ai une idée. Je suis en train de prendre un pot à La Marine avec une amie. La première table à droite, sur la terrasse. Vous nous rejoignez ?

La voix de Granier était calme, presque désinvolte. Tout le contraire de celle d'Emma. « Cet homme-là ne doit jamais s'affoler », pensa-t-elle, vaguement admirative. Mais n'était-ce pas seulement une posture ? Elle pensa à Brad, à sa tranquille assurance. Cette sérénité si séduisante était une des raisons qui l'avaient poussée à l'épouser. Même quand il exprimait une inquiétude, tout se passait comme si, en en parlant, il la conjurait.

— J'arrive dans cinq minutes.

Derechef le bip saccadé, obsédant, de la communication interrompue.

Emma essaya de rappeler Rebecca. En vain. Aucune liaison ne passait plus.

23.

Il pleuvait ce jour-là sur les jardins de Versailles et tu ronchonnais. Le vent d'automne secouait les bosquets et le soleil des Marquises était déjà loin. Pourtant, ces deux jours en France étaient un moment rare, ce que nous appelions un « hors quota ». Un extra, qui s'ajoutait à notre rendez-vous annuel. Et quel extra ! J'avais négocié, moyennant la dîme habituelle, la visite des sous-sols de Versailles, le fief hydraulique du roi. Un endroit où les touristes n'ont pas droit de cité.

Car c'était bien un souterrain qu'il fallait chercher. Un souterrain, et pas seulement une cave. Et des souterrains, à Versailles, il y en avait des kilomètres ! Il existait, dans le parc, sous les fontaines, un gigantesque labyrinthe abritant les conduites d'eau. Une toile d'araignée de tunnels entretenue par des bataillons de fontainiers. L'un de ces boyaux rejoignait forcément celui dont j'avais identifié l'orée dans les sous-sols du Grand Trianon. En arrivant par son côté opposé, on trouverait l'entrée du cabinet secret.

Je n'avais pas parlé de cette visite à Kathrin Strandberg, et encore moins à Granier, avec qui j'avais coupé les ponts. Il m'avait trop agacé pendant notre nuit de fouilles. Et puis, si nous avions trouvé quelque chose ce matin-là, il aurait été capable de réclamer la prime de cinq cent mille dollars.

Je passai mon bras autour de tes épaules.

— Qu'il fasse beau ou qu'il pleuve, peu importe, non ? Nous descendons sous terre...

Nous étions, toi et moi, équipés comme pour la pêche au gros. L'humidité faisait friser les mèches brunes qui dépassaient sous la capuche de ta pèlerine, et tes joues avaient pris – pour dire les choses galamment – la couleur des roses. Gabriel Esteban, le maître fontainier du château, te donnait du « chère madame », et sa main venait souvent au-devant de toi. Des signes extérieurs de politesse que je trouvais personnellement trop insistants pour ne pas être suspects. Avec les Français... Mais passons. Tu te souviens de lui ? Un grand type, brun, la quarantaine, aux épaules impressionnantes, qui portait des lunettes fumées malgré le temps maussade. Il vérifia que nos bottes possédaient de bonnes semelles, puis nous emmena près du bosquet des Rocailles, juste sous la Grande Terrasse. Une palissade ouvrait la voie vers un chemin étroit, caché sous les arbres. Le château, derrière nous, disparut.

Le fontainier s'arrêta en contrebas du talus, devant une porte verte.

— C'est ici que commence mon royaume, annonça-t-il en ouvrant la porte à l'aide d'une lourde clé noire.

« C'est par ici, pensai-je en écho, que l'on accède à la chambre secrète. »

La galerie souterraine s'ouvrait devant nous, humide et sombre. Deux personnes ne pouvaient y cheminer de front. Gabriel s'avança le premier, sa lampe tendue devant lui. Au bout d'un long couloir, il s'arrêta et la déposa sur une pierre saillant du mur. Un endroit qui, autrefois, servait aux fontainiers pour poser leurs lampes à huile. Là, l'espace s'élargit et forme comme une petite caverne. Nos yeux s'accoutumaient à la pénombre et j'aperçus les gros boyaux de fonte qui s'enfonçaient dans les galeries, un entrelacs de tuyaux sertis, à leurs jointures, de bracelets d'étain. Le maître fontainier nous invita à gravir la dizaine de barreaux d'une échelle accrochée à la roche.

Dressés sur la pointe des pieds, l'un après l'autre, nous observâmes le reflet brunâtre des réservoirs formant, sous leurs arcs voûtés, une crypte d'eau. Tu poussas un soupir d'admiration. Je voyais tes pupilles briller dans la pénombre.

— Ces réservoirs datent de Louis XIV ?

Esteban répondit :

— Parfaitement, chère madame. Et ils sont pleins. Tout est prêt pour les grandes eaux.

Le fontainier reprit sa lampe et nous précéda dans la galerie qui se faisait plus étroite et plus basse. Nous étions descendus, en suivant l'inclinaison du terrain, plus de cinq mètres sous terre. Nous laissâmes, à droite, un couloir ourlé de tuyaux filant vers le nord, puis un deuxième, plus loin, qui s'enfonçait sous le parc, côté ouest. Il en existait bien d'autres, partout sous les jardins, nous expliqua Gabriel. Sous la direction des frères Francine, les ingénieurs de Louis XIV ont quadrillé le sous-sol de Versailles de plus de trente kilomètres de conduites, de couloirs, de galeries, de cavernes et de grottes d'eau, dessinant le squelette secret du jardin du roi, le réseau d'artères et de veines invisibles qui donne vie à ses *fontaines.*

Après une trentaine de mètres, le sol, plus humide, et légèrement en pente, devint glissant. La glaise collait aux bottes. Nous fûmes obligés de nous courber pour gravir une autre échelle qui menait à notre première destination. Gabriel Esteban éteignit sa lampe à huile et saisit la torche électrique.

— À cette profondeur, fit-il remarquer, autrefois, ils n'avaient plus de lumière. La flamme des lampes à huile vacillait.

Nous nous arrêtâmes à un endroit où nous ne pouvions nous tenir qu'accroupis ou assis sur les canalisations posées au sol. Autour de nous, les tuyaux se croisaient, se chevauchaient ou se rejoignaient, comme un gigantesque alambic souterrain. Tu frissonnas.

— On dirait une tarentule !

Une tarentule monstrueuse, échouée sur le dos et incapable de se relever. À cheval sur la conduite humide, tu contemplais le ventre de l'araignée en frissonnant. Nous étions sous Latone, exactement.

Car, sous terre, ce n'est pas Apollon, mais celle que les fontainiers appellent familièrement la « bonne femme », qui tient le premier rôle. La phrase qui m'avait déjà frappé me revint en mémoire : « Sur ces socles de marbre, Jupiter lui-même aurait pu trouver place ; pourtant on n'y trouve que Latone, l'une de ses épouses. » Une phrase lourde de conséquences. Mais pas plus que la première fois je n'en tirai les conclusions qui s'imposaient.

Quelle émotion, tout de même ! Les millions de visiteurs qui se promènent sur la terrasse du château de Versailles ne se doutent pas que c'est sous leurs pieds, à quelques mètres sous terre, que bat le cœur de la mécanique versaillaise, le moteur du grand chantier de Louis XIV. C'est ici que l'on peut caresser du doigt la fleur de lis sculptée sur un tuyau. Inspecter, comme le Grand Roy le faisait à l'époque, les jointures des brides. Admirer les boulons qui les relient, forgés à la main un à un. Et, surtout, apprécier la prouesse technique des fontainiers du roi : l'architecture hydraulique inventée au XVII*e* *siècle est si solide qu'elle fonctionne toujours trois cents ans plus tard !*

Un silence de catacombes enveloppait le lieu, troublé seulement, de temps à autre, par une goutte d'eau qui perlait aux jointures et éclatait sur la glaise. Le ventre de Versailles était au repos, mais on le sentait prêt à accueillir le grand rugissement qui, quelques heures plus tard, ferait gronder le sol. Bientôt, on n'entendrait plus ici que le fracas de l'eau propulsée contre les parois de fonte, filant à la surface pour aller s'épandre dans les bassins du château. Deux mille quatre cents jets crépiteraient dans les jardins pour les grandes eaux. Au-dessus de nous, le marbre blanc de Latone et de ses enfants brillerait de milliers d'étincelles d'eau. Des cohortes de touristes applaudiraient. Mais, pour l'heure, nous étions, toi et moi, les seuls à jouir du privilège d'arpenter les coulisses des grandes eaux, de toucher du doigt l'incroyable machinerie qui permit au Roi-Soleil d'assouvir son orgueil. Le tour de force qui le fit s'élever au-dessus de la condition humaine, qui le transforma en deus ex machina *– un dieu qui fit jaillir les plus belles eaux du monde dans un endroit où la nature s'obstinait à ne faire couler qu'un malingre ruisseau, le ru de Clagny, au milieu de marécages insalubres.*

Au bout d'une heure, je n'y tins plus.

— Peut-on aller maintenant sous les fontaines du Trianon ? demandai-je.

Car, même si cette visite privée sous Versailles m'enthousiasmait, je n'avais pas perdu de vue notre objectif. J'avais hâte de vérifier que le boyau dont nous avions, Kathrin, Granier et moi, aperçu l'entrée sur l'image radar quelques semaines plus tôt, se prolongeait bien derrière le mur bouché, s'il s'agissait bien d'un souterrain partant de la chambre de Mme de Maintenon et relié à une conduite plus longue.

— Le Trianon, mais pour quoi faire ?

Gabriel Esteban me regardait avec un rien de condescendance.

— Je crains que vous n'ayez pas conscience de la distance qui sépare le petit parc de Versailles et Trianon, reprit-il. Les deux réseaux souterrains sont séparés de plusieurs kilomètres, et chacun est alimenté par son propre réservoir. Quel intérêt y aurait-il à les faire communiquer ?

Je fronçai les sourcils ; ta main vint se poser sur mon bras, comme pour prévenir mon agacement.

— Vous nous emmènerez quand même visiter l'autre réseau ? insistai-je.

— Ce n'est pas prévu... Et d'ailleurs, pour être honnête, il ne présente aucun intérêt comparé à celui-ci !

Je ne voulus pas m'avouer vaincu.

— Vous connaissez aussi le réseau de Trianon par cœur ?

Il a ri :

— Ce n'est vraiment pas difficile !

Il promenait sa lampe sur les parois et désignait de son faisceau les multiples galeries creusées par ses prédécesseurs au service du roi.

— Vous savez, je connais tous les recoins de toutes les fontaines et de tous les réseaux qui nous sont rattachés : Saint-Cloud, Marly, Versailles...

— Alors vous savez sûrement...

Je faillis tout déballer. Tu m'y encourageais du regard. Mais, à la dernière seconde, je reculai. Nous étions déjà trop nombreux sur la piste.

Je contournai l'obstacle. J'expliquai à Gabriel que les deux Trianons me passionnaient. J'y avais passé une soirée de rêve. J'avais envie d'en connaître le moindre mètre carré, en surface et sous les fondations. Il ne céda pas.

— Franchement, le réseau souterrain de Trianon ne présente aucun intérêt, croyez-moi ! Trois ou quatre galeries, plus étroites que celles-ci, conduisent chacune vers un bassin. On n'y accède pas par un portillon, comme ici : on soulève un tampon et on des-

cend par une échelle. Retournons au QG, je vais vous montrer les plans.

Il nous conduisit rue Robert-de-Cotte. De l'extérieur, avec sa cour pavée et son lierre sur les murs, le QG des fontainiers ressemblait à un petit hôtel particulier. Mais, à l'intérieur, le bâtiment évoquait plutôt un vieux dispensaire de Roumanie. Peinture craquelée, radiateurs en fonte, plafonniers blafards datant du début des trente glorieuses.

Gabriel Esteban s'assit derrière son bureau, un plateau métallique doté d'un caisson à deux tiroirs défoncé et taché d'encre. La lampe de quarante watts fit virer au vert olive son teint bronzé.

Seule la passion qui animait le fontainier illuminait la pièce. Il étala les plans sur la table, laissa tomber sur sa poitrine ses lunettes fumées retenues par une chaînette et nous montra le circuit que nous venions de parcourir. Il plaça, côte à côte, le plan souterrain du parc de Versailles, un réseau « complexe et bien pensé », et celui de Trianon, « bâti sur quelques coups de foudre, sans grands moyens ». Sur le papier, le réseau versaillais ressemblait à la carte Michelin d'une grande ville, un entrelacs de serpentins de toutes tailles. Celui de Trianon, en comparaison, avait l'air d'un tableau de Mondrian. Quelques rares lignes noires découpant des carrés rouges et bleus. J'avais du mal à me rendre compte des échelles.

— Si on superposait les bâtiments sur ce plan, où se trouverait le Grand Trianon, par exemple ?

— Ici ! indiqua-t-il, en touchant le bas du plan, quasiment vide.

— Mais il y a bien des tunnels qui passent sous les bâtiments ?

— Seulement du côté de Trianon-sous-Bois...

J'insistai :

— Il ne peut pas exister un couloir partant de l'une des conduites et passant sous le bâtiment principal ?

Il haussa les sourcils.

— Pourquoi voulez-vous que des couloirs passent sous le bâtiment principal ? Il n'y a pas de fontaines de l'autre côté !

— Je ne sais pas, moi ! Un couloir qui mènerait à une chambre secrète, par exemple !

Il me regarda une nouvelle fois, l'œil noir, comme un père qui gronde son fils. Comme s'il prenait plaisir, lui, le petit fontainier de Versailles, à corriger son « roi ».

— Ah ! c'est ça ! Vous aussi vous cherchez des passages secrets ! Vous vous croyez à Poudlard, comme mes gosses ! Cela fait trois cents ans que des gens explorent Versailles pour trouver des cachettes et des portes dérobées. Il y en a... mais pas sous les jardins !

Il frappa du plat de la main la paroi du mur derrière lui, puis le sol, recouvert d'un linoléum gris.

— C'est une question de bon sens, monsieur Barett ! Vous imaginez Louis XIV demander à ses jardiniers de l'emmener dans les conduites chaque fois qu'il aurait eu besoin de rejoindre sa chambre secrète ? C'eût été bien compliqué, et beaucoup moins sûr qu'un coffre-fort, avouez-le !

J'étais déçu, et toi tu faisais grise mine. Au moment où le fontainier nous raccompagnait jusqu'à la porte, j'entendis résonner dans ma tête le cri de Kevin. Celui qu'il assène chaque fois qu'il gagne aux jeux vidéo contre moi.

— Game over, daddy ! Game over !

Mais, cette fois, je n'avais pas l'intention de lui donner raison. Je retournerai à Trianon à la nuit tombée.

24.

Le restaurant était bondé, mais Emma repéra immédiatement Granier. Il conversait avec une femme blonde, entre deux âges. Et affichait un sourire de conspirateur. Il était assis, en face de son interlocutrice, à l'extrémité de la terrasse, autour d'une table collée à la vitre qui faisait barrage au vent. Sur sa droite s'étendait la baie d'Arromanches, qui au rythme de la marée descendante, découvrait son squelette de fer – ces digues posées là soixante-trois ans plus tôt par les Alliés pour permettre le débarquement du matériel. Aujourd'hui, elles rouillaient, impassibles, limées par les vagues. La revanche de la mer sur la barbarie.

La compagne de Granier était élégante et athlétique malgré ses cheveux grisonnants. Emma apprécia ses épaules musclées, son buste bien droit. La femme avait tourné sa chaise et déplié ses jambes le long de la table. Le long fuseau noir qui les moulait lui donnait une allure tonique. Une sportive de haut niveau, sans doute. Ou plutôt une ancienne sportive. Car son visage, bronzé mais marqué, trahissait son âge. La soixantaine.

— Jean-Philippe, bonjour ! dit Emma en s'approchant de la table, essoufflée.

Elle avait parcouru au pas de course les trois cents mètres qui séparaient l'hôtel *Overlord* du bar *La Marine*.

— Emma ! Déjà ! Vous avez couru ! Décidément, vous courez encore plus vite que vous ne nagez !

Emma n'avait pas envie de marivauder. Elle se tourna vers l'amie de Granier pour la saluer. En voyant son visage de face, elle se dit qu'elle la connaissait, qu'elle l'avait déjà rencontrée. Mais Granier la devança.

— Emma, voici Lydie. Lydie, voici Emma, récita-t-il.

Pas un mot de plus. Granier détestait sacrifier aux convenances et n'hésitait pas à le faire sentir.

Sans laisser à l'une ni à l'autre le temps de répondre, il enchaîna :

— Mais, je suis idiot, vous vous connaissez forcément puisque vous participez au congrès toutes les deux ! Emma Shannon, voici Lydie Besson. Lydie, voici Emma.

— J'ai assisté à votre allocution ce matin, commença Lydie Besson.

Emma se rappela soudain où elle l'avait rencontrée précédemment : à l'école de danse de l'Opéra de Paris. Elle en était la directrice.

— Vous êtes la maman de Rebecca Shannon, bien sûr.

— Oui, nous nous sommes croisées lors des inscriptions, je crois. Au dernier spectacle aussi, *Le Lac des cygnes* ? Un très bon souvenir. J'étais venue de San Francisco, et je ne l'ai pas regretté.

— Je sais que nous ne sommes pas là pour parler de votre fille, poursuivit Lydie Besson, mais elle fait des merveilles. Je fonde de grands espoirs sur elle.

Elle compléta, en se tournant vers Granier :

— Voilà une danseuse qui a compris dès son plus jeune âge que le secret de la réussite, c'était le travail, le travail, et encore le travail.

Emma serra les dents. Dès que la directrice de l'école saurait que tout ce travail avait été accompli en vain, que Rebecca préférait maintenant pouponner que danser, elle s'effondrerait. Mais l'Américaine se garda bien de parler des projets de sa fille. Que Rebecca renonce à son projet de vie à cause d'un accident dépassait son imagination. Et puis était-elle si sûre d'être enceinte ? La conversation avait été tellement brève qu'Emma avait du mal à croire vraiment à cette histoire.

Granier saisit une chaise libre à la table voisine et l'avança devant Emma. Une belle chaise en bois foncé, lisse, couverte d'un coussin bleu à l'effigie de La Marine. L'Américaine voulut dire qu'elle n'avait pas le temps de s'asseoir, mais il l'interrompit.

— Un café-noisette pour madame, Marielle ! demanda-t-il à la serveuse, qui apportait un plat de moules à la table voisine. C'est bien ça, non ?

Emma acquiesça et s'assit sur le bord de la chaise.

— Je ne reste qu'une minute, souffla-t-elle en fourrant son téléphone portable dans sa poche.

Et, à l'attention de la directrice de l'Opéra :

— Rebecca travaille beaucoup, vous savez. Et depuis dix ans au moins. Elle mène une vie de religieuse.

Elle avait prononcé ces mots machinalement, sans prendre en compte la situation nouvelle. Elle se mordit les lèvres et se tourna vers Granier.

— La danse est un métier très exigeant, vous le savez aussi.

Elle essayait de faire passer dans son regard le besoin urgent qu'elle ressentait de lui parler. Mais le romancier ne comprenait pas. Lydie répondit à sa place :

— Oh, Jean-Philippe connaît tout ça pai cœur ! Une de ses nièces est danseuse étoile ! Il connaît l'Opéra comme sa poche.

Garnier acquiesça, sourire en coin.

— Vraiment ? reprit Emma.

— Je suis très éclectique, vous savez, répondit-il. Je fréquente toutes sortes de milieux. C'est ainsi que je nourris mes romans. Partout où est la beauté ! conclut-il en lan çant un regard appuyé sur le buste d'Emma.

La jeune femme jeta un coup d'œil à l'horloge de son téléphone portable. 19 h 30. Comment Granier pouvait-il plaisanter en ce moment ? Paradoxalement, elle était incapable de lui en vouloir. Elle le trouvait déroutant. Jouisseur et désenchanté. Désinvolte mais prolifique. Intéressant, en tout cas. En d'autres circonstances, si elle avait été célibataire, elle aurait... Mais, bon, elle n'était vraiment pas là pour ça.

— Jean-Philippe, il faut que je vous demande quelque chose. C'est urgent.

Il ne bougeait pas. Tant pis, elle lui parlerait devant l'ancienne danseuse.

— Tout ce que vous voulez est accordé d'avance, répondit l'écrivain en riant. Pour peu que vous me laissiez refaire des photos !

Emma ne put retenir un sourire crispé.

— Dites-moi, que puis-je faire pour vous ? reprit-il doucement, en la regardant au fond des yeux.

Il avait saisi l'impatience d'Emma et tentait de la calmer. Puisque l'humour ne fonctionnait pas, il essayait le charme.

— Je vous laisse, Jean-Phi, l'interrompit Lydie. À plus tard. Je vais essayer de trouver un moyen de rentrer à Paris. Au revoir, madame Shannon. Nous nous reverrons à l'Opéra, n'est-ce pas ?

— Très volontiers. Si les événements le permettent !

Emma avait l'impression de porter sur ses épaules la tension qui pesait sur le monde. L'écrivain comme la directrice de l'Opéra ne laissaient transparaître aucune anxiété. Avaient-ils pris la mesure du drame ?

Granier regarda s'éloigner son amie, reprit son verre de vin et en avala une gorgée avant de se tourner vers Emma.

— Vous auriez dû assister à son intervention hier matin. Elle animait un des ateliers du programme off : « Posture corporelle et confiance en soi », si je me souviens bien. C'était assez joli à voir, je dois dire. Toutes ces femmes qui s'efforçaient de faire pointer leurs seins en avant ! Cela dit, vous n'en avez pas besoin, vous.

Emma ne parvint pas à cacher plus longtemps son impatience.

— Jean-Philippe, je vous en prie, arrêtez ! J'ai besoin de savoir si vous pouvez me prêter votre voiture !

Avant même qu'il ait eu le temps de répondre, elle lui expliqua pourquoi elle devait absolument aller à Versailles. Les proches de Dan étaient convaincus qu'elle était la seule personne à qui il ait pu confier les lignes de code permettant de refermer la *backdoor*. À défaut de lui en parler ouvertement, il avait semé des indices dont elle n'avait pas compris l'importance sur l'instant. « Le Nôtre », par exemple, qui « sauverait le monde ».

— Une autre phrase sibylline m'est revenue tout à l'heure, au moment où je laissais ma clé à la réception. Il y a un an, lors d'un week-end en commun, Dan a vu que je dissimulais la clé de notre bungalow dans une vasque, près de la porte. Ça l'a fait rire. Je lui ai dit : « Je fais comme Ingrid Bergman dans *Indiscret*, tu te souviens de ce film ? » Il m'a répondu alors : « Chacun ses références. Moi, j'ai déposé les clés du monde à Versailles, comme Louis XIV. »

Granier écoutait, intrigué.

— Barett adorait Versailles, je sais, grimaça-t-il. Je suis bien placé pour le savoir ! Il m'a fait fouiller le Grand Trianon de fond en comble pour essayer de trouver les plans originels des jardins. Un boulot de cinglé. Et on a fait chou blanc...

En prononçant ces derniers mots, Granier sembla soudain mal à l'aise. Emma aurait juré qu'il avait pensé à la conservatrice suédoise qui les accompagnait ce jour-là. Savait-il quelque chose au sujet de sa mort ?

— C'est vrai que vous avez alimenté son dada, reprit-elle. Mais, vous savez, cet échec ne lui avait pas fait prendre Versailles en grippe ! Il s'était même tellement amouraché du lieu qu'il avait fini par y acheter une villa. Somptueuse ! Il m'y a invitée deux fois. Mais Amelia détestait ce petit palace. Alors il en a fait son refuge à lui, son domaine exclusif. S'il avait voulu cacher les lignes de code dans un endroit connu de lui seul, à l'écart de ses collaborateurs ou de sa famille, c'était le lieu idéal.

— Je comprends, dit Granier, le visage sérieux,

presque grave. Bien sûr que je vous prête ma voiture ! Mais je ne peux pas vous laisser aller seule là-bas.

— Je ne suis pas seule, il y a Pierre Chavanes, aussi... car, même si je trouve l'antidote, je ne saurai pas forcément l'administrer. Je ne connais pas grand-chose à la programmation. Pour Pierre, ce sera un jeu d'enfant.

Pierre ! Emma s'aperçut soudain qu'elle ne lui avait pas demandé de l'attendre. Quand ils avaient déjeuné ensemble, il s'interrogeait sur la manière dont il allait pouvoir évacuer son matériel. Et s'il avait déjà trouvé la solution ?

— Il vaut mieux que je vous accompagne quand même, dit Granier.

Elle acquiesça et composa le numéro de Pierre. Occupé. Était-il en ligne ou, une fois de plus, les réseaux étaient-il saturés ? Elle appela sa chambre. Sans plus de résultat.

— Écoutez, Jean-Philippe, je file à l'hôtel. Il faut que je le trouve.

— Je viens avec vous. Je vais en profiter pour boucler ma valise.

Les réceptionnistes ne purent la renseigner que sur un point : Pierre n'avait pas réglé sa note. Il n'avait donc, en principe, pas quitté Arromanches. L'un des employés l'avait vu sortir de l'hôtel mais ne savait pas où il était allé. Que faire ? Où le trouver ? Emma s'apprêtait à s'asseoir dans l'un des fauteuils du hall lorsqu'elle aperçut deux techniciens qui refermaient la porte de la grande salle de conférences.

— Excusez moi... Sauriez-vous où est Pierre ? interrogea-t-elle, pressée.

— Je crois qu'il avait envie d'un bon steak, répondit le plus âgé des deux.

— Il a dû descendre à La Marine, compléta l'autre.

— Il y a longtemps ?

— Une demi-heure, je dirais, reprit le premier en jetant un coup d'œil à sa montre.

— Et dire que j'en viens ! pesta Emma.

Ils avaient dû se croiser. Ou alors il s'était assis à l'intérieur du restaurant pendant qu'elle se trouvait sur la terrasse avec Granier. Qu'importe, elle voyait déjà dans ce mauvais concours de circonstances un signe funeste. Elle sortit de l'hôtel et se mit à courir jusqu'à La Marine, dans la rue qu'elle venait d'emprunter.

— Vous cherchez quelqu'un ? demanda une femme au chignon strict, plantée près de la caisse du restaurant, et qui, malgré l'affluence, avait remarqué l'entrée d'Emma.

— Oui. Quelqu'un qui voulait manger un steak, fit Emma en promenant son regard alentour.

La patronne de La Marine lui sourit.

— Un grand monsieur tout seul, brun, trente-cinq, quarante ans ?

— Exactement.

— J'ai parlé avec lui. On n'a plus de viande, on n'a pas été livrés hier, vu les événements ! Mais les clients se contentent de poisson. Enfin, se contentent, c'est peu dire ! Nous avons aujourd'hui une lotte pochée, sauce vanille, embeurrée de choux, vous m'en direz des nouvelles...

— Il n'est plus là ?

— Il a mangé en un quart d'heure. Il n'a pas voulu de ma lotte.

— Et vous ne savez pas où il est parti ?

— Il a dit qu'il devait aller au cimetière de Colleville, je crois.

— Au cimetière ? À cette heure-ci ?

— Il avait quelque chose à y faire, si j'ai bien compris.

— Mais comment y est-il allé ?

— Il avait un camion pour transporter son matériel, non ? Il n'avait pas assez de gazole pour descendre à Marseille, mais Colleville n'est qu'à quinze kilomètres.

Emma remercia la patronne et courut retrouver Granier à l'hôtel.

— Quel idiot ! s'exclama l'écrivain. Le cimetière de Colleville ! Faire du tourisme dans ces circonstances !

« Tourisme » n'était pas le mot qu'Emma aurait choisi.

— Vous savez, j'avais prévu d'y aller, moi aussi, avec ma fille, qui devait arriver demain. Nous voulions passer trois jours dans la région. Ce lieu est magnifique, je regrette vraiment de partir.

— Oui, la côte est superbe. Surtout en remontant vers le nord, dans le Cotentin, Goury, Barfleur... C'est plus sauvage. Par ici, il y a un peu trop de drapeaux américains.

Granier s'aperçut brusquement de son impair. Ou fit mine de s'en apercevoir.

— Je suis un goujat ! J'oubliais que vous étiez américaine.

— À moitié seulement.

— La bonne moitié, alors. Je peux me faire pardonner ?

Emma sourit au romancier. Elle ne lui en voulait pas. Il avait simplement le réflexe antiaméricain facile, comme beaucoup de Français. Surtout dans le monde de la culture. Pas simple, pour tous ces intellectuels, de reconnaître que leurs compatriotes étaient fous de *Stars Wars* et que *Titanic* était le film qui avait le mieux marché en France dans l'histoire du cinéma. Ou, pis, que leurs enfants, après la séance, auraient tué père et mère pour aller au McDo.

Elle ne pouvait même pas lui en vouloir de ce qu'il avait dit sur Pierre : elle-même n'aurait pas imaginé son ancien collègue, dans ces circonstances, « flambant » un peu de son précieux carburant pour aller se recueillir sur les tombes des soldats américains.

— Que fait-on, alors ? demanda le romancier en posant la main sur le poignet d'Emma. On part sans lui ?

La jeune femme esquissa un sourire.

— Je vous l'ai déjà expliqué. J'ai besoin de ses compétences.

Elle avait failli dire « j'ai besoin de lui ». Mais elle n'avait aucune envie que Granier devine ce qui s'était passé entre eux. Par souci de discrétion sur sa vie privée, se disait-elle. Mais aussi parce que le romancier ne lui déplaisait pas, même si elle cernait mal ses motivations. Cherchait-il à la séduire, ou faisait-il semblant ? Était-il sincère, avec ce sourire ironique qu'il dégainait, systématique, entre deux phrases ? Même ses regards chargés de sous-entendus semblaient exagérés ; elle ne pouvait être son genre de femme, lui qui fréquentait des stars de cinéma et des top models de quarante kilos. Il avait dix ans de plus qu'elle, mais c'était elle qui était trop vieille pour lui.

— On va le chercher, alors ?

— Je peux essayer de l'appeler, dit Emma en fouillant dans son sac à la recherche de son portable.

— Il y peu de chances que ça marche.

La communication, effectivement, ne passait pas.

— Vous avez raison. Allons là-bas, poursuivit Emma en refermant son sac. Espérons qu'on ne le croisera pas une nouvelle fois sans s'en rendre compte. Vous savez quelle route prendre pour aller à Colleville ?

— Sans problème. Il n'y en a qu'une, et elle est juste à côté. J'y étais, l'année dernière, pour un tournage. Le scénario était tiré d'un de mes romans, *La Bicyclette rose.* Arditi jouait le rôle du filleul de Jean Moulin. Neuf millions de téléspectateurs quand ils l'ont diffusé le mois dernier sur France Télévisions. Un carton ! D'ailleurs, on est en train de tourner une suite à Nice, j'y ai passé trois jours, en début de semaine.

Emma regarda Granier, intriguée. La veille, quand ils avaient évoqué la mort de Kathrin Strandberg, il avait prétendu que, le mardi soir, il tournait une émission à Paris. Elle se demanda si les policiers qui avaient enquêté sur la mort de Kathrin Strandberg avaient pensé à l'interroger.

25.

— Regarde, Dan ! Un arc-en-ciel !

Penchée sur le bassin de la salle de bal, excitée comme une gamine au cirque, tu montrais du doigt la cascade qui jaillissait de l'amphithéâtre. Un rayon de soleil pénétrant au pied du rideau liquide dessinait ce dégradé de couleurs qui t'arrachait des cris d'admiration : des rubans jaune, orange, rouge, indigo, et violet dansant sur un menuet de Lully... Les touristes venus assister aux grandes eaux s'extasiaient, eux, devant les coquillages importés de Madagascar fixés aux marches par d'invisibles fils de laiton. Le bosquet des Rocailles qui, cet après-midi-là, mettait en scène le ballet de l'eau et du soleil, avait d'abord été un hymne aux nouvelles colonies de Louis XIV.

Tu enviais le Roi-Soleil et sa cour, en écoutant la chaconne d'Amadis.

— Et dire qu'ils dansaient là, sous la lune ! J'aurais adoré !

Gabriel, le maître fontainier, entretenait ta frénésie en te racontant les secrets des bals nocturnes. Au centre de cette salle de plein air, une plate-forme de marbre entourée d'un petit canal accueillait les danseurs. L'orchestre occupait l'espace en demi-cercle situé en haut de la cascade, là où l'on apercevait encore trois bassins décorés de coquillages. Des guéridons dorés, tout autour de la scène, portaient les girandoles et les torches. En face, occupant l'autre moitié de l'amphithéâtre, des gradins de pelouse accueillaient les spectateurs.

Le ciel était moins sombre que lorsque nous avions visité les galeries souterraines, quelques heures plus tôt. Le soleil perçait même entre les nuages, peignant d'éphémères tableaux de lumière d'eau.

En début d'après-midi, Gabriel Esteban nous avait amenés au bosquet des Rocailles dans sa Kangoo à gyrophare marquée du sigle du Service des eaux de Versailles. Tu avais grimpé à l'avant avec lui. Moi, j'avais pris place dans le coffre. Le fontainier, confus, s'était excusé.

— Pardonnez-moi de vous traiter de cette façon, monsieur Barett... En plus, ce n'est pas réglementaire !

Le traitement de valet que m'infligeait Esteban me touchait peu, à vrai dire. Mon irritation avait une autre cause. Je venais d'avoir une idée, et je ne pouvais t'en parler. Pas de souterrain sous la chambre de Mme de Maintenon ? Voire. Le fontainier, qui prétendait cela, connaissait assurément le terrain mieux que moi, et ses plans démentaient mon hypothèse. Mais il avait tort, j'en étais sûr. Nous pourrions vérifier, le soir même, l'existence du souterrain conduisant au cabinet secret !

Gabriel parlait, tu le relançais, je trépignais. Pour les dernières grandes eaux de la saison, notre guide était chargé de la zone sud, près du bosquet de Bacchus. Passant d'un bassin à l'autre, il décrivait dans ses moindres détails le système d'alimentation qui fonctionnait depuis le XVII*e siècle : un système gravitaire, à savoir fonctionnant sans aucune pompe, une vraie prouesse à l'époque. Les fontaines les plus hautes faisaient office de réservoir pour celles placées en contrebas. À intervalles réguliers, le fontainier sortait son mètre pour mesurer le niveau de l'eau dans les bassins qu'il était censé surveiller.*

— On n'est jamais à l'abri d'un incident, croyez-moi ! Des poissons aspirés avec l'eau du Grand Canal peuvent venir boucher une conduite... Vous savez, on utilise plus de dix mille mètres cubes d'eau dans la journée. Imaginez ce qu'on charrie comme saletés !

Je cherchais une occasion de lui fausser compagnie avec toi, tout en regardant les bassins crépiter. Des éclairs d'eau bleus, blancs, irisés filaient dans le ciel, laissant retomber de fins colliers de vapeur sur les allées, que j'avais vues par tous les temps et que je connaissais si bien, moi aussi. Ici la fontaine de Flore, là le bosquet de la Colonnade... J'avais envie de lâcher le jardinier, et je ne le fis pas de manière très habile. Tu t'en souviens ?

— Emma ! Viens, je voudrais te montrer quelque chose, m'exclamai-je soudain..

Et, à l'adresse d'Esteban :

— Excusez-moi, je voudrais juste emmener mon amie quelques instants au bosquet de la Girandole.

Un soir, te racontai-je tandis que nous nous éloignions, j'avais perdu mes lunettes ici en faisant mes étirements. J'avais cru les mettre dans ma poche. Le lendemain matin, la neige s'était mise à tomber au moment où je revenais sur les lieux pour me lancer à leur recherche. Je tentai de te décrire ce spectacle magnifique, Versailles s'endormant sous la neige, anesthésié par ces flocons qui enveloppaient le jardin dans une douce fougue ! L'instant est resté stocké dans ma mémoire.

Tu m'observais, surprise. Tu me connaissais trop bien pour ne pas deviner que cette histoire de lunettes – véridique, pourtant – n'était qu'un prétexte.

— Que se passe-t-il, Dan ? me demandas-tu dès que nous fûmes suffisamment loin du fontainier.

— Je voulais te parler. Je sais comment nous allons faire pour trouver l'autre entrée du tunnel !

Nous arrivions devant le bouquet de fleurs métalliques qui orne le bosquet. Tu ouvris de grands yeux. J'avais marqué un point.

— Et comment ?

— Ce soir, nous retournerons au Grand Trianon.

— Mais nous n'avons pas les clés, ni l'autorisation d'entrer...

— Nous nous cacherons dans les jardins juste avant la fermeture. Et nous nous laisserons enfermer !

— Mais pourquoi ?

— Tu vas comprendre. Nous prendrons le radar avec nous. Celui que j'ai utilisé avec Granier. Je l'ai apporté dans le coffre de ma voiture.

Tu fronças les sourcils, creusant une longue ride verticale sur ton front. J'insistai.

— Et nous irons rôder sous les fenêtres de Mme de Maintenon.

Visiblement, tu ne comprenais toujours pas. Tu me décevais presque.

— Le tunnel qui part des appartements, expliquai-je. Il passe nécessairement sous les jardins, non ?

Enfin, ton visage s'est détendu. Et tu as réagi.

— Tu veux dire qu'il suffit de le repérer en surface avec le radar et de le longer pour trouver son autre entrée ?

— Exactement. Et ça ne nous prendra pas des heures, à mon avis. Quelques dizaines de mètres carrés de pelouse ou de parterres à sonder, c'est tout. Je sais exactement où se trouve la pièce d'où part le tunnel.

Il n'y avait qu'un obstacle dans mon esprit : la nécessité d'attendre la nuit. En cette fin de mois de septembre, elle ne tomberait pas avant 21 heures.

Je patientais – tu sais combien c'est difficile pour moi... – en me laissant porter par la beauté du spectacle. Je pensais au roi, à ce roi qui avait dompté l'eau. À ce roi-dieu modelant la planète. Ce roi-dieu, maître des eaux, plus puissant que le maître du feu, car l'eau, toujours, tu le sais, est plus forte que les flammes. Celles-ci s'épuisent puis s'éteignent, ne laissant que cendres et débris. L'eau, elle, fuse, gicle, resplendit pour donner la vie. Le roi, qui avait dompté l'eau, était le maître de la vie. S'il avait régné aujourd'hui, en ce début de XXIe siècle, de quoi Louis XIV aurait-il cherché à être le maître ? Quelle source de vie aurait-il voulu asservir ? Peut-être l'eau, encore, toujours. Car des prévisionnistes l'annoncent déjà : dans quelques siècles, sur notre planète assoiffée, on ne se battra plus pour le pétrole, mais pour l'eau. Comme le Grand Louis dans ses jardins.

À 17 h 15, tous les fontainiers placés en ligne entre le bassin du Dragon et celui de Neptune soulevèrent leur « bouche à clé », une sorte de bouche d'égout miniature. Notre ami Gabriel se trouvait parmi eux : pour le final, il avait été affecté au « grand jet », une distinction due à son rang. Chacun planta dans le sol sa clé-

lyre, une sorte de grand bâton métallique de sourcier, et la fit tourner. À 17 h 20 précises, les vannes s'ouvrirent.

Gabriel nous avait prévenus : pendant dix minutes, Neptune s'enflammerait. Mais je ne m'attendais pas à une telle éruption. Lorsque je vis, dans cet immense bassin, le plus grand du parc, la quarantaine de grands jets verticaux se déployer vers le ciel sur un air de passacaille, j'applaudis. Malgré moi, car, tu me le reproches assez, je n'applaudis jamais. Mon enthousiasme de gamin t'a fait pouffer.

Je pensais encore à Louis XIV et à ses feux d'artifice d'eau lorsque, quelques heures plus tard, nous avancions, toi et moi, dans l'obscurité des jardins du Grand Trianon. Le silence s'était installé, nous marchions sans nous parler. Je me souviens de m'être interrogé sur les motivations du roi : de quoi avait-il envie, au fond, à l'époque ? De contempler simplement les eaux jaillissantes ou de jouir de sa capacité à asservir la nature ? Jouir du spectacle lui-même ou jouir du regard des autres sur l'auteur du spectacle ? Si vraiment il se prenait pour le Créateur, fallait-il, pour trouver la formule démontrant l'existence de Dieu, accéder à la connaissance de sa bataille et de sa victoire sur l'eau ?

Nous n'eûmes aucun mal à nous cacher dans les jardins avant la fermeture. Il suffisait de ne pas répondre aux rappels à l'ordre des gardiens. Cela t'amusait. Moi aussi, d'ailleurs, à ma grande surprise, et pour la première fois de ma vie peut-être. Je n'avais jamais éprouvé auparavant, tu le sais, ce frisson de plaisir que certains ressentent lorsqu'ils enfreignent la règle. Ce soir-là, c'était différent. Peut-être à cause de ta présence, et du fait de jouer avec toi au gentleman cambrioleur. Un frisson ô combien plus grisant que celui que j'éprouve d'habitude et qui consiste, lorsque je veux obtenir quelque chose, à signer un chèque. Avec plus ou moins de zéros avant la virgule.

Nous marchâmes longtemps, en long et en large, le radar à la main. Nous ressemblions à ces chercheurs des bords de mer qui, dès le milieu de l'été, ratissent des kilomètres de plage dans l'espoir de trouver les bagues, les montres, les chaînes et les pièces métalliques perdues dans le sable par les vacanciers. Tu me fis remarquer l'absurdité de la scène : l'homme le plus riche du monde donnant l'im-

pression de sonder frénétiquement le sol à la recherche de quelque euro égaré.

Nous passâmes la nuit autour du Grand Trianon. Une nuit de travail ingrate, fastidieuse et stérile. Car jamais le radar ne vibra. Une fois de plus, je dus reconnaître que j'avais eu tort. Et la déception me rendait agressif.

— Dan ! dis-tu pour me calmer. Je veux bien croire, moi aussi, à l'existence du tunnel, mais peut-être a-t-il été creusé trop profondément dans le sol.

Tu avais sans doute raison. Le radar ne portait pas au-delà de trois mètres de profondeur. Or il y avait des caves sous le Grand Trianon, en sous-sol, des caves hautes de deux mètres environ. Le tunnel que Kathrin, Granier et moi avions aperçu sur l'écran devait être simplement visible en son début, lorsqu'il plongeait sous la cave. Ensuite, il descendait sans doute très profondément, trop en tout cas pour que nous puissions le repérer en sondant le sol depuis les pelouses du petit château.

— Et si tu racontais toute l'histoire aux conservateurs de Versailles ? Si tu essayais de les convaincre de procéder à des fouilles, de parvenir au tunnel sous la chambre de Mme de Maintenon ?

— Jamais ! Ça prendra dix ans. Tu connais les gens des Monuments historiques.

À 5 heures du matin, je t'annonçai que j'allais faire fabriquer un radar portable plus puissant. Un modèle qui porterait jusqu'à dix mètres. Au besoin, je rachèterais le fabricant de radars. Ce n'était qu'une question de semaines.

C'est là que tu as explosé. Ta patience, cette fois, avait atteint ses limites. Tu te souviens ? Nous nous étions abrités sous le péristyle et tu t'es mise à hurler.

Tu m'as rappelé nos premières parties de bridge, quand je jouais neuf heures de suite, sans vouloir m'arrêter. Et ce fameux week-end au Brésil où je t'avais poussée à étudier le livre de Watson. Mille pages en trois jours écrites par l'un des inventeurs de l'ADN ! Je voulais tout comprendre de la biologie moléculaire du gène. C'était à Rio. Je te revois encore, agacée, sur le sable d'Ipanema. On lisait le bouquin ensemble depuis deux bonnes heures. Tu t'étais levée brusquement et tu avais marché vers la mer. Au bout de quelques mètres, voyant que je ne te suivais pas, tu t'étais retournée.

— Tu ne viens pas te baigner ?

J'avais répondu, sans lever les yeux :

— Attends, je réfléchis.

Tu étais revenue te planter devant ma serviette, outrée. Une discussion animée avait suivi, sur la quête de la perfection.

— Pourquoi veux-tu absolument terminer ce chapitre sur la biologie moléculaire du gène ?

— Parce que nous l'avons décidé. Quand on s'attaque à un sujet, on va jusqu'au bout.

— Et tu ne peux pas te contenter, comme tout le monde, du simple plaisir de la découverte ?

— Non.

— Et pourquoi ?

— Je ne cherche pas le plaisir, mais le succès.

— Les deux ne sont pas incompatibles.

— Le plaisir découle du succès et non pas l'inverse.

Tu m'avais rappelé notre voyage à Santa Barbara, où nous avions écouté, un à un, tous les enregistrements des cours de Richard Feynman à l'université de Cornell. Et ce périple avec nos amis dans une île au large de Zanzibar. J'avais invité Donald Johanson, qui, dans le salon de notre cottage, nous avait exposé cinq heures durant l'évolution de l'être humain. Je voulais tout savoir sur Orrorin, Lucy, l'homme de Tautavel...

— Le succès, Dan, le succès ! Être le meilleur ! avais-tu poursuivi en prenant le ciel à témoin. Mais que signifie être le meilleur ? Atteindre l'excellence, la perfection ?

— Plus que cela.

— Que veux-tu dire ?

— Dans les affaires, l'excellence ne garantit pas la victoire. Aucune victoire, ma chère, n'est totale si tu ne deviens pas le maître de ton adversaire, si tu ne crées pas une situation où tu peux le dominer, l'écraser.

— L'écraser ? Pourquoi l'écraser ?

— Mais parce qu'il n'y a pas le choix ! Dans une compétition, je ne crois pas que deux adversaires puissent gagner. L'un

perd, l'autre gagne. Il n'y a pas de situation gagnant-gagnant, à l'inverse de ce que l'on enseigne dans nos séminaires.

— Tu es darwinien.

— Non, binaire, simplement binaire ! Toutes les choses dans la vie se ramènent à une combinaison de 0 et de 1. Au final, on arrive toujours au même résultat : quelque chose est blanc ou noir. Dedans ou dehors. Mort ou vivant.

Notre joute oratoire s'était enflammée. Nos voisins de plage nous avaient regardés avec curiosité.

— C'est faux ! avais-tu enchaîné. Les émotions que l'on ressent, les sentiments que l'on éprouve ne sont jamais binaires. Ils évoluent. Ils sont imprévisibles. Non programmables.

— Pas d'accord ! Je pense au contraire que tous les neurones de notre cerveau qui déclenchent les émotions et les perceptions opèrent de façon binaire. Un jour, on les décodera. On saura comment la nature fabrique une émotion. On saura même reproduire un sentiment, comme on reproduit un logiciel.

— Reproduire un sentiment... Dan, tu es fou ! Même le sentiment amoureux ?

— Même. Un jour, on y arrivera. On connaît déjà certains gènes responsables de telle ou telle maladie.

Tu étais sceptique. Tu l'étais toujours sur ces sujets. Tu investissais d'ailleurs beaucoup moins facilement que moi dans les jeunes entreprises de génomique et de biotechnologies. Alzacorp, par exemple, cette société de Reykjavik, qui a identifié le gène de la maladie d'Alzheimer. Une pépite. Mais tu n'y croyais pas.

— Tu rêves, Dan ! Tu fantasmes. Je pense qu'il y aura toujours une part d'inconnu dans l'âme humaine, quelque chose d'indéfinissable, d'inconnaissable. Quelque chose de divin, peut-être... Dieu. Tu ne crois pas ?

À cet instant, je me souviens d'avoir posé mon livre sur le sable et de m'être assis. Doucement, comme sur un rocking-chair, je balançais machinalement mon corps d'avant en arrière.

— Dieu ? avais-je finalement répondu. Tu crois vraiment qu'Il est indéfinissable ? S'Il existe, j'apporterai un jour la preuve de son existence.

Je peux te l'avouer maintenant, je l'ai trouvée, cette preuve.

La Porte dérobée

Et me croiras-tu si je te dis que nous étions bien, cette nuit-là, au-dessus de la chambre secrète des rois de France ? Au petit matin, en tout cas, tandis que nous attendions l'ouverture des grilles, tu ne me croyais toujours pas.

Ce fut la dernière fois que je partageai avec toi ma quête de la formule divine.

26.

Tracy-sur-Mer, Longues-sur-Mer, Port-en-Bessin, Sainte-Honorine-des-Pertes... La route départementale qui relie Arromanches à Colleville-sur-Mer serpentait le long du bocage. Granier semblait connaître chaque virage et ralentissait à peine en traversant les villages. Il lui fallut vingt minutes pour arriver jusqu'au panneau indiquant l'entrée de l'enclave américaine. Il gara sa voiture sur le parking, quelques centaines de mètres après :

— Voilà ! Vous êtes ici chez vous, Mrs. Shannon.

Emma ne prêta pas attention au sourire de contentement qu'affichait son chauffeur. Elle était habituée à entendre les Français la traiter d'américaine et les Américains de française, en général pour stigmatiser les défauts de la partie adverse. Elle s'en moquait, elle n'aurait renié pour rien au monde son double ancrage. Mais là, dans cette enclave, elle ressentait une immense fierté pour ses racines paternelles.

— Attendez-moi ici, Jean-Philippe ! Je reviens !

Elle sortit de la voiture et franchit d'un pas rapide les quelques mètres qui la séparaient de l'entrée du cimetière militaire américain. Elle n'était jamais venue ici, mais de nombreux amis, aux États-Unis, lui avaient parlé de ce lieu, construit au-dessus de la plage d'Omaha, où des centaines de soldats de son pays avaient été fauchés sous la mitraille le 6 juin 1944 au matin. Les étendues d'herbe tondues de près, les ormes bien espacés, les allées bordées de roses : elle sentit immédiatement monter en elle un parfum d'Amérique. Ici, dès l'entrée, tout paraissait plus spacieux, moins étriqué qu'en France. Elle descendit l'allée centrale en courant et s'arrêta devant le temple en demi-cercle qui lui faisait face. Elle ne prit pas le temps de s'approcher de la grande statue de bronze, élancée, qui trônait au centre des colonnes. Elle voulait retrouver Pierre, vite. Mais par où commencer ? À quel endroit pouvait-il se trouver ?

Autour d'elle, partout, sous les ifs et jusqu'à la terrasse qui surplombait la mer, se dressaient des croix. Près de dix mille, toutes blanches, plantées dans l'herbe luisante. Emma avança dans l'allée qui conduisait vers le fond du cimetière. Elle ne pouvait quitter les croix du regard et cheminait devant elles, les observant, de face, en diagonale, par l'arrière. Aucune imperfection ne venait briser leur alignement clinique. Le jardin lui-même, lui avait-on dit un jour, présentait, vu du ciel, la forme parfaite d'une croix latine. C'était un jardin funèbre et gai à la fois, violent et apaisé. Une demande de pardon à l'Histoire, dérisoire et poignante.

Emma s'arrêta, prise de vertige par le silence, troublée à l'idée de s'immiscer dans le dialogue des disparus. Que se diraient tous ces soldats s'ils venaient à parler ? La mort, pensa-t-elle, avait transformé leur vie en destin. Cette pensée de Malraux, sur laquelle elle avait dû disserter autrefois au lycée, lui revenait à l'esprit. Le destin de milliers de jeunes, mais aussi celui d'un continent, d'un siècle, s'était joué ici.

Une guerre s'y était achevée. Elle ne put s'empêcher de penser qu'une autre était en train de commencer. Déclenchée par un simple clic, mais plus destructrice encore. Qui en était l'instigateur ? Quel était le sens de son combat ? La destruction d'un monde économique, le sien ? Et, plus grave, d'un système de valeurs ? Celui bâti sur la liberté de la personne et – que les Français le veuillent ou non – défendu depuis un demi-siècle par son pays, les États-Unis ?

Immobile, elle chercha des yeux la silhouette de Pierre. Quelle direction prendre ? Il n'y avait pas âme qui vive sur le grand damier vert et blanc. Elle se fit violence pour avancer entre les croix.

Richard K. Wirt, SGT 323 bom SQ 92, Illinois, May 13...

Leroy Kelly, North Carolina...

Dunstan Perkins, New Jersey...

Emma se rendit compte que toutes les tombes n'étaient pas identiques. Çà et là, certaines étaient surmontées d'une étoile de David.

Efraim Lew, New Jersey...

Jack Barshak, New York...

D'autres ne portaient aucun nom.

Here rests in honored glory a comrade in arms known but to God...

Un camarade de Dieu seul connu.

D'autres stèles, enfin, avaient été fleuries récemment. Emma accéléra le pas, jusqu'au bout de l'axe central, en direction de la chapelle, lorsqu'elle crut distinguer sur sa gauche un homme recroquevillé au pied d'une tombe. Pierre ? Elle n'était pas certaine de reconnaître sa silhouette. Que faisait-il, accroupi au milieu des croix ? Au moment où elle s'avançait vers lui, l'homme se retourna. Il avait posé à ses côtés un seau rempli de sable, un chiffon et un cageot garni de fleurs.

— Emma ! Que fais-tu ici ? s'exclama-t-il en voyant la jeune femme s'approcher.

C'était bien Pierre. Elle reprit ses esprits.

— Devine ! Je te cherche depuis une demi-heure ! Il faut que tu viennes avec moi.

Et, observant l'objet que Pierre tenait en main :

— Mais que fais-tu exactement, là, avec ton pinceau ?

Pierre Chavannes avait posé un bouquet de fleurs sur l'herbe et tenait effectivement un pinceau à la main. Il avait étalé du sable mouillé sur la barre horizontale de la croix, là où était gravé, en creux, le patronyme du soldat.

Les lettres, ainsi ensablées, faisaient ressortir le nom, en caractères dorés, sur le marbre blanc.

Edward M. Withers, Wisconsin, July 12th 1944.

— Je...

Emma l'empêcha de finir sa phrase en le tirant par la manche.

— Pierre, écoute ! Je crois que je sais où Dan a laissé les indications pour la *backdoor !* On doit partir tout de suite !

L'informaticien se redressa, interloqué :

— Que veux-tu dire ?

— Je t'expliquerai ! Allez, viens ! Granier nous attend sur le parking. Il nous emmène avec sa voiture.

Elle le prit par le bras et l'entraîna entre les croix. Pierre avait du mal à presser le pas, encombré par son cageot et son seau. Devant lui, Emma filait, alerte, dans sa longue jupe beige et ses mocassins. Il ne voyait que ses cheveux balayant ses épaules. Mais, soudain, il eut envie de s'arrêter. Pourquoi courait-il derrière cette femme ? Devait-il la suivre bêtement, comme un caniche, sans poser de questions ? Arrivé dans l'allée centrale, il stoppa net.

— Emma, peux-tu me dire où on va, d'abord ?

— À Versailles !

— Je ne sais pas si...

Pierre avait posé son matériel à terre et semblait de plus en plus hésitant. Elle le prit par la main.

— Viens, je vais te montrer quelque chose.

Elle le tira vers le monument blanc en demi-cercle qui se dressait devant eux. Elle grimpa les quelques marches puis s'arrêta. Devant elle, des cartes du champ de bataille étaient peintes sur le mur, avec des flèches et des légendes indiquant la position de chaque division et son action. Que voulait-elle lui montrer ? Et pourquoi maintenant ? Il fallait qu'elle s'explique et qu'elle lui dise aussi comment elle l'avait retrouvé. Il n'allait pas continuer ainsi. Il n'était pas son valet.

Mais elle se retourna et il vit ses lèvres s'animer. Leur courbe douce et fine. Emma avait gardé sa main dans la sienne. Il en ressentait comme une caresse sur ses doigts. Que voulait-elle dire ? Pourquoi le regardait-elle comme si...

Il n'eut pas le temps de lui poser la question. Leurs visages étaient trop proches.

Il la plaqua contre le mur et l'embrassa. Il entendit son soupir et laissa sa main s'échapper pour aller caresser ses seins.

Elle se sentit happée par son désir.

Un visiteur aurait pu les voir, mais ils avaient oublié où ils se trouvaient.

Pierre se laissait aller, encouragé par l'appel des yeux d'Emma, le mouvement de ses lèvres, son cou qui s'offrait à lui. Il recula de quelques centimètres et la regarda fixement.

— Tu es trop belle.

Sans la quitter du regard, il glissa la main sous sa jupe, à la jointure de ses cuisses, là où naissait déjà, sans qu'elle puisse le dissimuler, une envie identique à la sienne. Puis il s'agenouilla, souleva son T-shirt et, les mains serrant sa taille, déposa de longs baisers sur son ventre, au bord du nombril. Des frissons la parcoururent, du creux des reins à la racine des cheveux. Elle ferma les yeux. Pierre souleva la jupe, écarta la soie et plongea doucement ses lèvres dans la toison brune. Les genoux d'Emma se mirent à trembler. Égarée, la tête penchée en arrière, elle lui empoigna les cheveux. Il se redressa alors et lui fit l'amour debout, dos au mur, tandis qu'elle se mordait les lèvres pour ne pas hurler. Il l'avait soulevée, enroulant ses jambes autour de sa taille à lui, et il la maintenait contre la paroi. Les cheveux d'Emma dessinaient une tache sombre sur le mur blanchi à la chaux.

Cette frénésie, animale presque, cette jouissance impossible à réfréner lui feraient honte, plus tard, il en avait conscience, mais le plaisir qu'il partageait avec Emma était si fort qu'il balayait toute retenue. Au fond, Pierre était heureux d'avoir découvert cette femme, d'avoir été distingué par elle, d'avoir incarné son rêve, permis sa réalisation. Il savait que la vision qu'il avait eue sur la plage, cette silhouette en sous-vêtements blancs agenouillée près de lui, resterait à jamais imprimée dans sa mémoire. Qu'elle lui apparaîtrait encore quand il aurait oublié tout le reste, quand il n'arriverait plus à croire que cette nuit-là eût existé.

Le plaisir les surprit ensemble, et ils tombèrent assis sur le sol, contre le mur, haletants. Emma retrouva ses esprits la première. Elle obligea Pierre à se lever.

— Il faut que tu viennes avec moi. Mais pas à cause de ça, dit-elle en désignant la jupe qu'elle remettait en place. À cause d'eux.

Du menton, elle désignait les milliers de croix alignées sur l'ancien champ de bataille.

— Tu ne peux plus rien pour ceux qui dorment là, tu comprends ? Ils ont donné leur vie pour sauver notre liberté, et tu as raison d'honorer leur souvenir. Mais si tu ne viens pas avec moi maintenant, si tu laisses faire les terroristes, tu vas pouvoir en construire des centaines, des cimetières comme celui-là. Des milliers d'innocents, des millions, peut-être, sont en danger de mort.

Elle hurla :

— Tu entends, Pierre ? Pense aux vivants ! Une nouvelle guerre mondiale a commencé, et son issue dépend de toi !

27.

— Vous aurez assez d'essence pour aller jusqu'à Paris ? demanda Emma.

Granier regarda la jauge, dubitatif.

— Pas sûr. J'ai fait le plein à Cherbourg avant de partir, mais cette voiture est gourmande, et surtout je ne la connais pas bien. Je ne l'ai que depuis quinze jours.

— Vous venez de l'acheter ?

— Pour tout vous dire, c'est un ami qui me l'a prêtée. Vous le connaissez sûrement, d'ailleurs. Ted Dubuisson. Il anime un show sur Paris Première. Lui, les constructeurs lui prêtent toutes les voitures qu'il veut : il fait des essais !

Il ricana.

— Comme ça, il n'utilise jamais la sienne.

Et Granier ? pensa Pierre, il l'utilise quand, la sienne ?

Comme s'il avait deviné la pensée de l'informaticien, l'écrivain ajouta :

— Moi, je n'ai pas de voiture. Je n'en vois pas l'intérêt, franchement. À Paris, je circule à scooter, comme tout le monde.

Pierre avait laissé Emma s'asseoir à l'avant, à côté de Granier. À vrai dire, elle ne lui avait pas laissé le choix, mais cela l'arrangeait. Le trajet durerait au moins trois heures et, à l'arrière de la Porsche, un 4 × 4 dernier cri, il pourrait s'installer plus confortablement pour dormir. Le manque de sommeil commençait à lui peser.

Ils venaient de quitter Colleville en grillant la limitation de vitesse. Pierre leur avait expliqué ce qui l'avait conduit dans le grand cimetière : sa mère était la marraine de trois vétérans américains qui avaient participé au débarquement. Un jour, l'un d'eux lui avait demandé d'aller fleurir à sa place la tombe d'un camarade tombé sur la plage en 1944. Puis une douzaine d'autres lui avaient demandé le même service. Longtemps, elle y était venue passer la journée, chaque année, à la Toussaint. Elle fleurissait la tombe et faisait reluire le nom du soldat en passant une poignée de sable humide sur son nom gravé dans la pierre. Une façon de le mettre en valeur... jusqu'à la prochaine averse qui laverait le sable et replongerait le nom dans l'anonymat des croix blanches. Catherine Chavannes envoyait ensuite les photos des tombes à ses « filleuls ». Adolescent, Pierre avait effectué le pèlerinage de Colleville plusieurs fois, en famille. Maintenant que sa mère se déplaçait plus difficilement, elle les avait chargés, lui et sa sœur, quand ils passaient dans la région, de poursuivre sa mission.

— Vous connaissez bien la route ! lança Emma à Granier, qui poussait la Porsche à fond dans le bocage.

Pied au plancher. *Pedal to the metal*, comme disaient les ricains. Emma n'appréciait pas outre-mesure – à en juger par la manière dont elle s'accrochait à la poignée au-dessus de la porte –, mais elle ne protestait pas. Granier aurait mieux fait de rouler en souplesse pour économiser le carburant. À chaque coup de frein, à chaque accélération, Pierre imaginait les quantités d'essence qui s'envolaient. Cette essence si précieuse.

— Je suis dans la région six mois par an au moins, vous voyez le topo ! répondit Granier à la question d'Emma.

Le coude sur le rebord de la portière, une main sur le volant, il expliqua à ses compagnons qu'il avait acheté une « maison de village » à La Hague. À Omonville-la-Petite, près de Port-Racine, le plus petit port de France, précisa-t-il. Et tout près de la maison où avait vécu Jacques Prévert.

— Il y a de plus en plus d'écrivains qui s'installent dans le Cotentin. Tenez, vous avez lu le dernier bouquin de Didier Decoin ? Il parle de sa maison à La Hague. Lui aussi adore cet endroit. Je vous inviterai, un jour. Vous verrez ! Les gens, là-bas, sont brut de pomme...

Pierre se demanda comment Granier pouvait survivre, lui, au milieu de gens « brut de pomme ». Le trio n'était pas parti depuis un quart d'heure que le chauffeur avait déjà lâché dans la conversation une dizaine de noms de stars du petit écran. Sur le ton de la raillerie, certes, mais l'ensemble faisait son petit effet. Et Emma relançait le romancier, comme si elle appréciait cette déferlante de *name dropping*.

— Désolé d'interrompre votre conversation passionnante, mais pourriez-vous allumer la radio ? demanda Pierre.

Tout plutôt que d'écouter leurs roucoulades. À Colleville, Emma n'avait pas hésité à dramatiser la situation pour que Pierre s'empresse de la suivre, et maintenant elle lui faisait subir le badinage oiseux. À se demander si elle le faisait exprès pour oublier sa fièvre de tout à l'heure.

France Info, 22 h 15. Le journal, Hervé Chatignac.

Le flash d'informations fit redescendre tout le monde sur terre. La démonstration de force des terroristes se poursuivait. Trois nouveaux accidents d'avion avaient eu lieu, à Hawaii, au Venezuela et en Écosse. « Cinq cents morts au total, et cela aurait pu être pire », disait le commentateur, car deux des accidents, qui avaient eu lieu au moment de l'atterrissage à la suite d'un dysfonctionnement de la tour de contrôle, avaient laissé des survivants. « Cinq cents morts seulement. » Pierre releva le dérapage du journaliste. Encore un qui se complaisait dans l'annonce des catastrophes. Depuis trois jours, les commentateurs étaient gâtés. Pierre se souvint de l'idée qu'il avait suggérée à Franck, un soir de délire : créer une radio qui ne donnerait que des informations gaies et optimistes. Radio Bonne Nouvelle. Franck lui avait répondu qu'un tel concept existait déjà. En Corée du Nord. Ça l'avait calmé.

Le présentateur évoquait toujours l'existence d'une série noire. De hasards malencontreux. Ou d'attentats terroristes ciblés. Était-il possible que l'hypothèse du piratage informatique n'ait pas encore filtré ? Difficile à croire. Qui avait intérêt à « protéger » la population de façon aussi factice, alors que les accidents dans les centrales électriques ou les aéroports, sans parler des décès liés à la mélatonine, qui se comptaient maintenant par dizaines, semaient la panique dans chaque pays touché ? On affronte toujours mieux un danger sur lequel on peut mettre un nom.

— Mais enfin, pourquoi ne disent-ils pas la vérité ? s'exclama Pierre.

— Chut ! ordonna Granier.

France Info évoquait l'incident qui s'était produit en Normandie, sur le périphérique de Caen. Deux camions Mercedes transportant dix conteneurs de quinze kilos de plutonium chacun, destinés à la centrale de Marcoule, dans le Gard, et qui roulaient l'un derrière l'autre, étaient entrés en collision à l'entrée du viaduc de Calix. Le plutonium était certes protégé par des étuis soudés, eux-mêmes placés dans des conteneurs puis recouverts d'une enveloppe blindée, mais Greenpeace expliquait que cette protection, suffisante dans des conditions normales de transport, ne résisterait pas à un incendie, à une immersion profonde ou à une chute de plus de neuf mètres. Le plus étonnant était que ces camions, suivis par GPS, encadrés par deux voitures de police et précédés par des motards de la gendarmerie, n'avaient pas – à en croire la version officielle – été victimes d'un acte terroriste mais d'un simple accident de la route. Le premier chauffeur avait freiné trop brusquement en voyant surgir un animal – un gros berger allemand, selon les premiers témoignages – juste devant ses roues, à l'entrée du viaduc, et le second l'avait percuté à l'arrière. Le périmètre était bouclé depuis plusieurs heures, mais, dans la capitale bas-normande, la psychose s'installait. Des habitants commençaient à quitter la ville.

Les terroristes pouvaient-ils avoir téléguidé cet accident, cette nouvelle catastrophe en puissance ? Au moment où l'idée émergeait dans son esprit, Pierre se demanda s'il n'était pas, lui aussi, en train de céder à la psychose. Il était partagé entre deux sentiments. D'un côté, le pessimisme absolu : les terroristes avaient les moyens de rayer de la carte des villes entières, et ils n'allaient pas s'en priver, ce n'était qu'une question de temps. De l'autre, l'impression que, justement, ce n'était pas ce qu'ils souhaitaient : les catastrophes étaient, certes, dramatiques, mais, comparées à ce qu'elles auraient pu être, elles sonnaient plutôt comme des avertissements. Une forme de chantage. « Vous voyez ce que nous faisons ? Eh bien, nous pouvons faire mille fois pire si vous ne nous donnez pas ce que nous voulons. »

Sauf qu'ils ne réclamaient toujours rien...

La nuit était tombée sans que Pierre s'en soit rendu compte. À l'avant, ses compagnons gardaient le silence, sans doute égarés, comme lui, dans leurs réflexions. Les phares de la Porsche traçaient un faisceau arrogant sur les voies désertées. Emma, la tête appuyée contre la vitre, semblait somnoler. Pierre aurait aimé l'imiter mais n'y parvenait pas. Près de la centrale électrique de Porcheville, dans les Yvelines, Granier annonça, soulagé, qu'ils auraient assez d'essence pour atteindre Versailles. Depuis qu'ils avaient rejoint l'autoroute, il avait renoncé à la conduite de rallye, calant l'aiguille du compteur de la Porsche sur cent trente kilomètres à l'heure. En dessous de deux cents, sûrement, ce n'était pas drôle. Mais il possédait encore un semblant de bon sens.

— Nous sommes encore loin ? demanda Emma d'une voix lasse, en passant la main dans ses cheveux.

— Une demi-heure tout au plus, répondit le romancier.

Vingt minutes plus tard, le triangle de Rocquencourt était en vue. Emma mit en route le GPS.

— Nous allons au 57, rue du Faubourg-Saint-Antoine, lança-t-elle ; j'ai vérifié sur mon Palm. Il faudra prendre la sortie Versailles-centre. Si je me souviens bien, nous ne devons pas arriver côté château, mais à l'ouest, côté Trianon. Enfin, le GPS nous indiquera tout ça. Dan disait toujours que...

Un violent coup de klaxon arrêta Emma dans son élan. Granier s'était déporté sur la voie de gauche, pile au moment où une voiture le doublait, conduite par une femme. Il se rabattit en râlant contre les « nanas qui paient moins cher leur assurance sous prétexte qu'elles ont moins d'accidents ».

— Mais on ne compte pas ceux qu'elles provoquent ! grogna-t-il en laissant filer le véhicule devant lui.

Emma ne reprit pas son propos. Tant mieux, pensa Pierre, ils ne sauraient pas ce que « Dan disait toujours ». Le souvenir des escapades de l'Américaine avec Barett l'agaçait.

À 1 h 30 du matin, les grandes artères de la ville royale étaient vides. Au-dessus des toits, au loin, on distinguait des clignotements bleus et orange qui giclaient vers le ciel.

— On se croirait dans un film de Luc Besson, souffla Pierre.

Il regretta aussitôt sa remarque, car il aurait été incapable de l'expliquer si on le lui avait demandé. Mais ni Granier, accroché au volant, ni Emma, qui essayait d'augmenter le son du GPS, n'avaient entendu.

Ils traversèrent plusieurs carrefours avant de comprendre ce qui provoquait cette atmosphère étrange : les feux tricolores ne fonctionnaient plus. Sur un boulevard, deux voitures étaient entrées en collision ; elles étaient très abîmées. Leurs occupants avaient déserté les lieux, mais la sirène d'un camion de police à gyrophare hurlait à proximité.

Il était exactement 2 heures du matin quand le 4 × 4 conduit par Granier se gara entre une Jaguar et une Mercedes classe A jaune, dans la contre-allée qui longeait la propriété de Barett. De l'extérieur, on ne distinguait rien de la villa. Un haut mur d'enceinte la protégeait. Un grand portail de bois vert annonçait : « Cette propriété est placée sous surveillance biométrique ».

— Attendez-moi une seconde, je réveille le gardien. Il va m'ouvrir, il me connaît, dit Emma en descendant de voiture.

Elle sonna une première fois, sans succès. Puis recommença, plus longuement. Un faisceau lumineux s'alluma alors brusquement et l'éclaira. Une voix se fit entendre dans l'interphone. Emma se présenta. La porte s'entrebâilla enfin pour laisser apparaître un jeune homme moustachu, aux cheveux bouclés, pieds nus dans ses chaussures de jogging, qui avait jeté un blouson sur son pyjama bermuda. Elle parlementa quelques instants avec lui, puis revint vers le 4 × 4.

— Jean-Philippe, pouvez-vous aider le gardien à ouvrir le portail ? Il me dit que le système biométrique est déréglé.

Granier sortit de la voiture et disparut par la petite porte jouxtant l'entrée principale que le jeune gardien tenait encore ouverte.

Au même moment, dans la voiture, le portable de Granier se mit à vibrer sur son socle, près du tableau de bord. L'écran indiqua : « Numéro masqué ». Machinalement, Emma tendit la main pour décrocher, puis se souvint que ce n'était pas son téléphone.

— Jean-Philippe, un appel pour vous ! Je le prends ?

Elle saisit le combiné sur son socle sans attendre la réponse et l'approcha de son oreille.

— Allo ? fit une voix féminine.

— Allo ? fit Emma. Puis-je vous demander de patienter quelques secondes ? Jean-Philippe Granier va...

Elle n'eut pas le temps de terminer sa phrase : la correspondante avait déjà raccroché.

Il y eut un instant de silence avant que Granier ne surgisse à la porte du véhicule.

— Je ne sais pas ce qui s'est passé, s'excusa Emma. La

personne a coupé avant que j'aie eu le temps de lui dire que vous arriviez ! Je suis désolée.

— Ne vous inquiétez pas. Si c'est important, elle rappellera, répondit le romancier d'une voix tranquille.

Il reprit sa place au volant du 4 × 4, un grand sourire aux lèvres. Mais Pierre aurait juré avoir vu, une seconde plus tôt, un éclair de panique traverser son regard ébloui par les phares.

28.

Je te mentirais si je prétendais que je n'ai jamais cessé d'y croire. Pendant près d'un an, c'est vrai, j'ai abandonné ma recherche de la chambre secrète et de la formule prouvant l'existence de Dieu. Mais cette préoccupation demeurait présente, quelque part dans ma mémoire vive. La preuve : j'avais fait ajouter à mes « alertes », sur artvalue.com, les mots-clés « souterrains de Versailles » et « Trianon ».

Nous étions à Casablanca, un soir, à l'hôtel Hyatt, lorsqu'une alerte s'est inscrite sur mon PC. Amelia et moi étions interviewés par un journaliste français sur nos actions de lutte contre la pauvreté. Les questions, comme souvent, m'ennuyaient. Trop simples, trop prévisibles. Le journaliste voulait nous titiller sur la concurrence entre grands philanthropes. Car, dans la charité aussi, désormais, la bataille pour le leadership avait commencé. De plus en plus de nouveaux milliardaires se lançaient dans les œuvres de bienfaisance. Dans la Silicon Valley, il y a quelques années encore, les riches, tu t'en souviens, rivalisaient d'imagination et d'humour pour se faire remarquer. Ils faisaient cloner leur perroquet pour cinquante mille dollars ou achetaient un véhicule amphibie pour traverser la baie de San Francisco aux heures de pointe... Maintenant, ils investissaient, comme nous, dans les actions caritatives. Tout le gratin des affaires voulait devenir Mère Teresa.

J'étais donc assis en face du journaliste, dans les fauteuils en cuir du Hyatt. Comme d'habitude, je le laissais poser ses questions, en me contentant de brèves réponses, précises et... banales :

ma tactique – pendant un quart d'heure, au début – pour jauger l'adversaire, son niveau de connaissance du sujet, d'intelligence aussi. Amelia répondait, elle, aux banalités complaisantes. « Comment faites-vous pour voyager dans le monde entier et vous occuper si bien de vos enfants ? » « D'habitude, les milliardaires fuient la misère, vous, non, pourquoi ? » Nous en étions là.

L'interview traînait en longueur. Stan, mon conseiller en communication, m'avait convaincu d'accorder cet entretien à ce magazine français, très lu à gauche, et assez prompt à cultiver l'antiaméricanisme qu'affectionnent les élites françaises. J'avais hésité, car j'accorde à la presse française à peine une interview sur cent. Souviens-toi, c'est toi qui me l'avais fait remarquer un jour : elle représente, sur le plan mondial, moins de 1 % de la couverture médiatique totale. 1 % de part de marché, une interview sur cent : la répartition de mon investissement temps dans les médias était vite calculée.

Irrité, pressé d'en finir, je jetai discrètement un coup d'œil sur mes mails personnels, ceux que je reçois sur treo.com. Rien de toi, pour une fois. En revanche, un courrier de ma mère qui voulait organiser un dîner familial « dans les six prochaines semaines » et un autre de mon père à qui je venais d'offrir pour ses quatre-vingt-cinq ans un petit cadeau : vingt millions de dollars pour l'association des étudiants en paléontologie dont il s'occupe.

Ses remerciements étaient laconiques, mon père n'a jamais été très bavard. J'étais en train de formuler une réponse diplomatique au message de ma mère lorsque l'alerte a surgi sur mon écran. Expéditeur : artvalue.com. Cela faisait plusieurs semaines que le site ne m'avait rien envoyé. Il est vrai que les objets mis en vente concernant les jardins de Versailles, Le Nôtre, ou même Louis XIV n'ont jamais été légion. Contrairement à ceux de Napoléon : des milliers de souvenirs de l'Empereur avaient refait surface l'année précédente pour le bicentenaire de son sacre. Mais, depuis, la pression était retombée.

L'intitulé du mail me troubla.

October 13rd 2005. Christie's. Original manuscript
from 20th century design queen.
Trianon Villa, Versailles. 1 000 dollars.

J'ouvris le message.

L'objet en vente était une lettre manuscrite, datant de 1932, signée Elsie de Wolfe.

Le descriptif était bref. Elsie de Wolfe (1865-1950), la célèbre décoratrice américaine, avait été propriétaire, au cours de la première moitié du XXe siècle, d'une belle demeure versaillaise, la villa Trianon. La propriété, en bordure du parc du château, était l'ancien pavillon de chasse du comte d'Artois, frère cadet de Louis XVI, qui, à la Restauration, avait brièvement régné sous le nom de Charles X.

— Monsieur Barett, pensez-vous qu'on puisse se débarrasser de la misère dans le monde comme on se débarrasse d'un concurrent ?

Cette fois, la question du journaliste m'était adressée directement.

— Il suffit d'y mettre la même application. La même détermination. Stratégie. Objectifs. Moyens. Mesure des performances. C'est simple.

On m'avait déjà posé cent fois la même question. La réponse avait été travaillée avec Stan. Je parlais sans lever les yeux en même temps que je téléchargeais la lettre d'Elsie de Wolfe.

— Avec tout cet argent que vous donnez aux pauvres, que va-t-il rester pour vos enfants ? Comme dit l'un de vos amis milliardaires, ils font partie du « club des spermatozoïdes chanceux ». Combien avez-vous décidé de leur laisser ?

J'écoutai d'une oreille la réponse d'Amelia.

— Suffisamment pour qu'ils puissent faire le métier qu'ils veulent. Suffisamment peu pour qu'ils soient obligés d'en apprendre un.

Bien vu, Amelia. La réplique, là aussi, avait été préparée avec Stan. En général, elle faisait son effet. Aucun journaliste n'avait encore poussé un cran plus loin et demandé quel serait le chiffre permettant de réaliser ces deux objectifs à la fois. Heureusement, car nous aurions été bien en peine de le donner.

Le contenu du manuscrit qui allait passer en vente le mois suivant chez Christie's apparut sur mon écran. C'était une lettre d'Elsie de Wolfe à l'une de ses amies, l'ancien metteur en scène Eli-

zabeth Marbury, qui vivait à New York. Les trois premiers paragraphes étaient consacrés aux banalités d'usage : Elsie demandait à Elizabeth des nouvelles de sa santé, évoquait la sienne et celle de son mari, et faisait allusion aux derniers événements politiques des deux côtés de l'Atlantique. Dans le quatrième paragraphe, elle évoquait le principal motif de sa lettre : la mort d'un caniche, un poodle, *que sa correspondante avait bien connu. Mais c'est le cinquième qui faillit me faire sauter au plafond.*

> [...] Tu ne vas pas y croire, Bessie ! Nous avons découvert un passage secret sous le domaine ! Une galerie souterraine qui démarre là où nous buvions le thé toutes les deux autrefois – te souviens-tu ? Elle passe à un mètre sous terre et se dirige vers les Trianons.

Je ne pris même pas le temps de lire la suite. Il me fallait cette lettre. Et la villa Trianon aussi.

— Monsieur Barett, vous allez bientôt avoir quarante et un ans. Quel est le cadeau qui vous procurerait le plus de bonheur ?

— ...

— Dan, qu'est-ce qui se passe ?

J'avais à peine entendu la question du journaliste. Je me levai et indiquai qu'une affaire d'une extrême urgence m'obligeait à partir. Je demandai à Amelia de répondre à ma place ; je savais qu'elle serait ravie.

— Le bonheur ne consiste pas à obtenir ce que l'on désire, dit-elle, mais à désirer ce que l'on a.

C'était sa sentence préférée. Elle n'avait pas eu de mal à convaincre Stan de l'inclure dans nos séances de media training. *Généralement, les journalistes prenaient note avec application. Et s'en tenaient là.*

Pour la lettre, ce ne fut pas très compliqué : aux enchères, tout est une question de moyens.

La villa Trianon, elle, n'était pas à vendre. Cette vieille bâtisse à l'abandon appartenait à une riche Versaillaise dont le père avait bien connu Elsie. La demeure n'avait jamais été habitée depuis le décès de son illustre occupante et tout était resté en l'état : les bibelots, les meubles et même certains vêtements dans les armoires. Il me fallait toutefois convaincre sa propriétaire, opposée à toute cession.

Mais tout le monde a un prix ! J'ai fait affaire par téléphone. Je proposai d'abord à la Versaillaise quatre millions d'euros, le double de la valeur de la villa. Elle faillit raccrocher, offusquée. Je montai à six : elle invoqua la mémoire de son père. À dix, elle mit un mouchoir sur ses scrupules. C'était cher payé pour une ruine, mais j'aurais été prêt à monter à cinquante. Pour certains enjeux, tu le sais, je laisse le tableur de côté.

J'achetai donc la villa Trianon sans même la voir.

Lorsque j'y pénétrai pour la première fois quinze jours plus tard, à Thanksgiving, j'étais comme un enfant devant la caverne d'Ali Baba. L'allée bordée de platanes, les anciennes écuries au fond de la cour, les façades XVIII*e et* XIX*e, les gargouilles, la cloche sur le mur extérieur pour battre le rappel : tous ces détails me fascinaient et m'intriguaient à la fois. Je n'avais pas ressenti autant de plaisir depuis la construction de ma maison de Californie, où Amelia et moi avions choisi jusqu'au moindre carré de moquette, y compris ceux de la salle de trampoline. Je me voyais déjà remettre toutes ces merveilles en état, respectant à la lettre les croquis d'Elsie de Wolfe, ses descriptions, et les quelques photos d'époque que j'avais pu me procurer. Amelia, elle, à la vue de la villa Trianon, se referma comme une huître. Mon enthousiasme l'énervait. Elle trouvait que nous avions assez à faire ailleurs.*

— Pourquoi cette bicoque te plaît-elle tant ? me demanda-t-elle en entrant dans le salon-terrasse. Il y a tant de choses à construire dans le monde, tant de vies à sauver.

— Mais nous le faisons déjà, Amelia ! Ici, nous contribuons à sauver le patrimoine de l'humanité. L'histoire de l'homme. La mémoire des hommes. Qu'y a-t-il de plus important : la mémoire de l'homme ou la vie de l'homme ?

— Aïe !

Elle venait de se tordre une cheville en descendant l'escalier de bois, rongé par les vers, qui conduisait au sous-sol, vers les cuisines. Et, un quart d'heure plus tôt, elle s'était déchiré les jambes aux ronces en voulant s'approcher du petit coin de jardin qu'Elsie de Wolfe avait transformé en cimetière... pour ses chiens.

Cela faisait beaucoup. Amelia n'écoutait plus ce que je disais.

Moi, je ne voyais ni l'escalier vermoulu, ni les tapisseries défraîchies, ni les parquets saccagés, ni les fantaisies canines d'Elsie. Je voyais Marie-Antoinette s'échappant des Trianons pour aller batifoler dans les salons de son beau-frère, le comte d'Artois, avec le troublant plaisir de goûter au fruit défendu. Amelia, elle, ne nourrissait pas la moindre fascination pour l'histoire de France.

Elle s'était assise sur une marche et se massait la cheville.

— Dan, j'en ai assez de cette villa ! De Versailles ! De l'histoire de France ! Ce que tu fais n'a aucun sens. La semaine prochaine, nous devons repartir à Dacca, tu te souviens ?

— Mais regarde ! insistai-je en me penchant par la fenêtre pour regarder en direction du mur d'enceinte. Tu vois ces bâtiments, juste là, à trois cents mètres ? C'est le hameau de la reine et la ferme de Marie-Antoinette ! L'histoire des rois de France s'est jouée ici... dans notre villa.

Elle tiqua sur le « notre ». S'énerva. Et exigea que nous retournions à l'hôtel, à Paris, pour soigner sa cheville. Le lendemain, elle prenait un avion pour Boston.

Je revins, seul, à la villa Trianon. Peu importait la mauvaise humeur d'Amelia. Elle passerait. Tu la connais. Ma femme avait pris de mauvaises habitudes depuis quelques années, en fait, depuis que nous dirigions ensemble la fondation Barett. Celle-ci était baptisée de nos deux noms, Dan et Amelia. Nous partions ensemble dans les bidonvilles de São Paulo ou de Dehli, visiter les centres médicaux où nous financions les soins pour les enfants atteints de choléra. On faisait le voyage ensemble dans notre jet privé, on discutait avec les médecins, les infirmières, on décidait des investissements, des objectifs à atteindre...

— Le meilleur retour sur investissement de ton existence, Dan, c'est quand tu sauves une vie d'enfant, me disait-elle souvent. Et, en plus, on le fait ensemble. C'est un bénéfice collatéral immense.

Alors, évidemment, elle ressentait mon retour de flamme pour Versailles comme une trahison. Mais je n'y pouvais rien. La villa Trianon m'excitait, c'était plus fort que moi. Je m'y sentais comme dans un laboratoire, à cet instant magique, que tu as vécu comme moi, où l'on s'approche de la découverte d'un nouveau produit. Cet instant délicieux où l'on n'a pas encore touché au but, mais où l'on a conscience d'y arriver. Cet instant grisant où une petite équipe, rassemblée autour de la table, sait qu'elle tient entre ses mains la formule tant attendue, le prototype tant désiré. Ce n'est qu'une question de minutes. La porte va s'ouvrir...

Dans la lettre que j'avais achetée aux enchères, Elsie de Wolfe n'indiquait pas précisément d'où partait le souterrain. Non qu'elle ait voulu en parler de manière codée, mais elle s'adressait à une amie qui devait connaître par cœur ses habitudes.

Dans le taxi qui me ramenait de l'hôtel à la villa Trianon, je relus pour la dixième fois le passage crucial :

> [...] Tu ne va pas y croire, Bessie ! Nous avons découvert un passage secret sous le domaine ! Une galerie souterraine qui démarre là où nous buvions le thé toutes les deux autrefois – te souviens-tu ? Elle passe à un mètre sous terre et se dirige vers les Trianons. C'est Charles qui l'a découverte. À croire que nous, les femmes, avons trop les pieds sur terre pour regarder ce qu'il y a dessous... J'ai enfilé un pantalon de mon mari, une liquette et des bottes, puis je l'ai suivi dans le tunnel. Le jardinier nous précédait. Je dois hélas t'avouer que l'expédition a été un peu décevante : le souterrain est éboulé à trois cents mètres environ de la villa. Le dégager demanderait un travail titanesque que nous n'avons pas les moyens de financer pour l'instant.

Elsie, c'est clair, n'avait pas eu les moyens d'explorer le passage jusqu'au bout. Moi, je le ferai. En trouver le point de départ serait aisé : les pièces du rez-de-chaussée où l'on peut boire le thé ne sont pas si nombreuses : les salons, la véranda, la bibliothèque... Pour trouver la pièce dont parlait Elsie, pas besoin de passer toute la maison au radar. Il suffisait, j'en étais convaincu, de me pencher sur les habitudes de la décoratrice, ses petites manies. Je trouverais vite ce que je cherchais.

Pour une fois, pas besoin d'ordinateur ni de fiches numéri-

sées. Je savais tout de miss de Wolfe avant même d'entrer dans sa maison. La lettre avait, je te l'ai dit, été rédigée en 1932. Elsie de Wolfe était alors devenue lady Charles Mendl, une femme de soixante-sept ans qui prétendait en avoir quatre-vingts pour que les gens s'extasient sur son air « étonnamment jeune ». Tous ses amis, tous ceux qui participaient aux incroyables parties de la villa Trianon, où elle apparaissait poudrée, les cheveux teints en bleu, habillée par Patou ou Chanel, la croyaient immortelle. Le fameux photographe Cecil Beaton était son protégé, et elle avait inspiré une chanson de Cole Porter, That Black and White Baby of Mine... *Elsie était une star de la presse people de l'époque. Les journalistes américains l'attendaient sur les docks quand elle revenait de France, prêts à lui soutirer des confidences sur les dernières tendances de la mode !*

Née en 1865 d'un père américain et d'une mère issue d'une grande famille écossaise, Elsie avait pourtant été une enfant d'une laideur pathétique. Sa mère l'habillait mal et son père l'empêchait de sourire, parce qu'il lui manquait une dent. Amelia, qui a tout essayé pour me faire prendre cette villa en grippe, m'a rapporté un jour cette phrase d'Elsie, écrite à vingt ans, et qui résume tout : « Si je suis laide – et je le suis – je ne mettrai que de la beauté autour de moi. Ce sera ma vie. Je tuerai pour ça. »

Je me souviens encore de l'animosité d'Amelia.

— Ce n'est pas le genre de beauté que j'affectionne !

Elsie le laideron, devenue la femme la mieux habillée de la planète, la décoratrice la plus célèbre d'Amérique ! Une révolutionnaire de la déco qui avait remplacé les meubles victoriens par des chaises cannées et des rideaux de mousseline... De quoi, effectivement, mettre ma femme hors d'elle.

— Elle aurait été plus inspirée de construire des maisons pour les pauvres plutôt que de décorer celles des riches !

— Tu exagères ! Elsie a été une héroïne de guerre. Infirmière sur le front pendant le conflit de 14-18... Elle a reçu la croix de guerre et la Légion d'honneur de l'État français ! La grande dame de Versailles n'était pas qu'un pilier de cocktails. Elle faisait presque le même travail que toi !

— Et elle était lesbienne ou non ? On le sait, finalement ?

C'est fou ce que les femmes peuvent s'acharner sur leur semblable quand elles en ont fait leur bouc émissaire.

Ne ris pas ! Toi aussi, ce fut ta première question, en entrant dans la villa Trianon, quelques mois plus tard, lors du week-end que nous avons passé ensemble là-bas. Incorrigible Emma ! Convaincue que les hommes sont fascinés par les femmes qui aiment les femmes, parce qu'ils voudraient être les premiers à les faire revenir dans le droit chemin. Ce jour-là, je ne protestai pas. Comme d'habitude – et comme souvent les femmes, dirai-je –, tu t'intéressais davantage à une anecdote périphérique qu'à l'objectif principal : ma quête des plans originaux de Le Nôtre. Il est vrai que tu ne pouvais pas deviner que la villa Trianon était le cœur du dispositif. Depuis notre échec sous le Grand Trianon, je ne t'avais plus parlé du théorème prouvant l'existence de Dieu. J'ai beau te confier beaucoup de choses, j'avais résisté à l'envie de t'avouer que j'avais acheté la villa uniquement pour le trouver. Et, contrairement à ton habitude, tu n'as rien deviné ! Enfoncée, ta légendaire intuition...

Je te répondis, en faisant mine de soupirer :

— Oui, c'est vrai, elle était gay. Et alors ?

— Elle s'est quand même mariée avec lord Mendl !

— À soixante et un ans ! Uniquement pour son titre, a-t-on dit. Pour l'apothéose de sa vie mondaine.

— Elle n'a jamais démenti les rumeurs ?

— Pour quoi faire ? Elle ne cachait pas qu'elle était attirée par les femmes fortes, masculines, plus âgées qu'elle, comme la fameuse Bessie, une femme de théâtre avec qui elle vivait ici la moitié de l'année, pendant trente ans. Car son seul véritable amour, tu sais, c'était cette maison.

— Et les tissus rayés partout.

Tu faisais allusion aux nombreuses tapisseries qui ornaient les murs. Des tissus roses, beiges, verts, de longues bandes verticales alignées ou enroulées comme sur les piliers d'amarrage des gondoles de Venise ou les colonnes de la cour du Palais-Royal, à Paris.

— Votre Buren n'a rien inventé !

Comme chaque fois que je pouvais te montrer que je connaissais l'histoire de l'art mieux que toi, j'enfonçais le clou.

Le pavillon de danse aux murs striés de vert, accolé au bâtiment principal de la villa, fut donc la première pièce que j'explorai. Cet endroit, que j'avais décidé de transformer en piscine couverte, me semblait être la place idéale où Elsie devait aimer prendre le thé. À l'origine, c'était une tente de cirque, dressée par la décoratrice pour la plus fabuleuse réception de sa carrière : un circus ball *avec orchestre hawaïen et numéros de poneys savants. Elsie aimait tant son pavillon rayé vert et blanc, ses drapés Régence et ses banquettes de cuir, qu'elle le laissa ainsi, en l'état, comme un appendice permanent de la maison prêt à accueillir de nouvelles fiestas.*

Je sondai partout, sous les lattes du plancher, sans succès... Rien, hormis un immense drapeau anglais. Sans doute là pour les jours où Elsie recevait ses amis, le duc et la duchesse de Windsor. Je m'attaquai ensuite à la bibliothèque du rez-de-chaussée. La pièce était petite, vétuste, fermée par des portes garnies de faux livres, coiffée d'un plafond beige. Le tout, très mal éclairé.

— Amelia a raison, ça sent le moisi.

Je me souviens encore de ta remarque narquoise lorsque tu es entrée dans cette pièce – la seule qui, après les travaux, respirait encore le XIXe siècle.

Je fouillai également le bureau-boudoir, l'autre endroit où, me semblait-il, l'accès à la galerie pouvait se trouver. Parmi les pièces du rez-de-chaussée, celle-là était la plus proche de l'enceinte du château. Quand on creuse une galerie, on va au plus court, n'est-ce pas ? L'endroit devait, de surcroît, plaire à Elsie : idéal pour prendre le thé, et un peu masculin. Mais, là encore, rien : pas de cavité, rien qui puisse ouvrir un passage vers le château.

Même constat dans la véranda-terrasse, le grand salon, et enfin, la salle d'attente. *Aucune trappe. Aucun passage. Le vide. Ou plutôt le plein. Mon radar restait désespérément silencieux.*

La vaisselle dans les placards était encore là, celle d'Elsie. Tout comme les alcools dans le buffet. Je pris un verre et me versai un cointreau-gin-jus de raisin, le cocktail favori de lady Mendl. Puis je me réfugiai à l'étage, dans sa chambre. C'était une pièce dont la porte rouge était agrémentée d'un petit médaillon sur lequel on pouvait lire « Ne pas sonner avant... 8 h 30 », et d'un large panonceau sculpté où figurait un mot, en français : « Moi ». Je décidai d'en faire ma chambre. Je pris place dans le large fauteuil à bascule qui faisait face à la cheminée. Je me revois encore, le verre à la main, concentré, me balançant lentement d'avant en arrière au rythme de la bascule. Seul le grincement des lattes du parquet troublait le silence de la maison.

Amelia avait-elle raison ? Devais-je tout arrêter ? Me consacrer uniquement à notre fondation ? À notre combat contre la pauvreté, si révoltante, qui fait mourir des millions de personnes, parce qu'elles n'ont que un dollar par jour pour vivre et ne peuvent pas se payer un médicament qui en coûte deux ? Face à ce défi, qu'importaient les plans originels de Le Nôtre, les postures d'Apollon, à l'endroit, à l'envers, vers le château, vers le soleil ? Cette chimère ne m'avait fait perdre que trop de temps. Et la preuve de l'existence de Dieu ? Dieu n'était-Il pas, finalement, comme le disent les théologiens, présent dans l'œuvre quotidienne de l'homme ? Guérir l'Afrique de la malaria, n'était-ce pas là le miracle à accomplir aujourd'hui ? La vraie preuve à donner de l'existence d'un Tout-Puissant ?

Je me relevai et marchai vers la fenêtre. Tu connais l'endroit. Dehors, de l'autre côté du mur couvert de lierre, on peut apercevoir les premiers arbres du domaine royal. L'allée de la porte Saint-Antoine étire ses pavés jusqu'au Grand Canal. Là-bas, le petit train qui circule entre Versailles et Trianon promène ses cohortes de touristes, entassés sur les sièges, l'œil collé au caméscope, zoomant sur les jets d'eau, les cygnes dorés, la Grande Perspective.

Apollon retourné ? Son char contredisant la course du Soleil ? Latone désaxée ? Ont-ils simplement conscience de ces raffinements ? Sûrement pas. Mais quelle importance, après tout ? La fraîcheur des bosquets, l'alignement des allées, le miroir d'eau reflétant la façade dorée du château ne suffisent-ils pas, en eux-mêmes, à nourrir leur plaisir ? Le peintre français Bonnard a peint des intérieurs et des jardins éclairés par le soleil et il n'y avait, sous son pinceau, aucun autre dessein que celui de faire jaillir les instants dorés du bonheur quotidien. Le Nôtre, après tout, était un jardinier et d'abord un jardinier. Peut-être n'avait-il, lui aussi, qu'un seul objectif, le plaisir des yeux ? Qu'un seul souci : la contrainte technique ? Pourquoi chercher un sens à l'emplacement de l'île d'Amour ? N'a-t-elle pas été, simplement, construite au confluent des rigoles qui s'y déversaient naturellement depuis des siècles ? Pourquoi chercher un message là où le regard trouve son contentement ? Tous ces historiens, ces psychanalystes ou ces théologiens qui distinguent dans les dessins des jardins de Versailles une intention supérieure, voire subliminale, l'architecture finement tissée d'un instrument de propagande, le média diffusant à la face du monde la puissance céleste, solaire, divine, d'un roi génial, ne font-ils pas fausse route ? Peut-être était-ce le plus humble des jardiniers qui avait raison. Un jardinier qui voyait d'abord dans le parc du château une invitation à la promenade, à la respiration, au silence. Un écrin destiné à accueillir le parfum des fleurs, la majesté des arbres, le jeu naturel de l'ombre et de la lumière. Un jardinier qui dirait que Versailles est un jardin, pas une iconologie.

Sur le manteau de la cheminée traînait un vieil exemplaire du magazine Life*, défraîchi, comme la tapisserie sur les murs. Machinalement, je le saisis. Au moment où je commençai à le feuilleter, un agenda en moleskine, rangé en dessous, tomba à terre. Il contenait des notes d'Elsie de Wolfe. Je reconnus son écriture et commençai à lire. Beaucoup de propos sur la cuisine, les dîners, la vie sociale... Les banalités habituelles de la décoratrice quand elle se mettait à parler de ces sujets. Sans doute un brouillon pour son ouvrage (*Comment réussir vos dîners*), dont le principal apport à la cuisine mondiale avait été de recommander aux maîtresses de maison l'utilisation d'assiettes bouillantes. Aucune allusion au souterrain, évidemment. Je poussai jusqu'à la dernière page et je m'apprêtais à refermer le carnet lorsque mon regard s'arrêta. Le dos de la couverture du carnet était légèrement bombé. Sur sa tranche apparaissait une petite fente, où je glissai mon doigt. J'en sortis une feuille très mince, du papier bible sans doute. Je la dépliai plusieurs fois. Elle formait un carré d'environ quarante centimètres de côté, décoré de bandes verticales vertes et blanches. Une date figurait en haut à gauche : septembre 1949, un an avant la mort d'Elsie. Et sur toute la surface apparaissaient des croquis de caniches, surmontés, chacun, d'un nom et d'une épitaphe.*

Les poodles, *bon sang, les* poodles *! Comment n'y avais-je pas pensé plus tôt ! Je l'avais lu, pourtant. Lady Mendl ne se déplaçait jamais sans un caniche dans les bras. L'animal dormait dans son lit, s'installait sur son canapé, mangeait des truffes et des toasts au foie gras. Elle n'avait pas d'enfants, je te rappelle.*

Quand l'une de ses chères bestioles mourait, Elsie était inconsolable pendant un mois. Et comme, pour elle, tout était prétexte à cérémonial, elle organisait une petite célébration d'enterrement, un mourning. *Elle faisait ériger une sépulture pour le caniche, allant parfois jusqu'à lui rédiger une épitaphe : « À celui que j'aimais le plus » ou : « À mon préféré. »*

Les tombes des poodles, *c'était là !*

Je déposai le carnet sur le manteau de la cheminée et me précipitai dans le jardin.

Les tombes étaient disposées le long du mur d'enceinte, du côté du grand parc du château. Trois tombes minuscules qui ressemblaient aux lits des sept nains de Blanche-Neige. Quand nous avions fait le tour du propriétaire avec Amelia, je ne les avais qu'entr'aperçues. Cette fois, je m'approchai, malgré les ronces. Je remarquai aussitôt que, même parfaitement alignées, les stèles étaient espacées de manière irrégulière. Les deux premières étaient distantes d'une trentaine de centimètres l'une de l'autre, mais séparées de la troisième par un espace d'au moins un mètre cinquante.

À deux pas des tombes, une table ronde en fer forgé entourée de quatre chaises était posée sur un carré de pelouse. C'était là sans doute que lady Mendl prenait son thé. Dans le jardin, la pièce la plus agréable de sa villa, comme elle l'écrivait. Et face à ses chiens chéris.

Je m'avançai entre les stèles en tendant mon radar vers le sol. Les traces des épitaphes avaient disparu, effacées par le temps et la mousse. Les intempéries avaient lessivé les pierres, la mousse et les champignons les avaient rongées par endroits. L'abri que leur procurait le grand ginkgo biloba ne suffisait pas à les protéger. Les photos des chiens, elles, placées dans des médaillons protégés par des sous-verres légèrement bombés, étaient, en revanche, bien visibles.

La Porte dérobée

L'engin, soudain, commença à vibrer. Je me trouvais dans l'espace laissé libre entre la deuxième et la troisième stèle. Je posai le casque de vision sur mes yeux. Lentement, je vis se dessiner sur mon écran l'image, floue d'abord, puis de plus en plus nette, d'un tunnel qui s'enfonçait vers le parc du château.

29.

— Viens !

Emma flottait dans l'air, une main tendue vers lui. De l'autre, elle descendait lentement la fermeture Éclair de sa combinaison. Pierre ondoyait vers elle, comme saoul.

— Mais tu es folle ! Il y a des caméras partout !

Leurs corps, libérés de la force d'attraction, étaient emportés dans une sarabande instable, au ralenti. Pierre se dit que la fusée venait sûrement d'entrer en orbite. Mais pourquoi n'avaient-ils pas été prévenus ?

— Viens, répéta Emma, dont la combinaison était maintenant ouverte jusqu'à la taille.

Elle nagea vers lui et l'embrassa avec fougue. Ses cheveux lui caressaient les joues, comme un rideau mouvant tiré autour de leurs visages. Mais où étaient passés leurs compagnons de voyage ? Et de combien de temps disposaient-ils ? Dix minutes, cinq ? Pierre le savait bien : le moment magique de l'expédition avait lieu à la sortie de la couche d'atmosphère, quand les sièges blancs de la cabine se rétractaient pour laisser les passagers expérimenter l'apesanteur. Mais pendant quelle durée exactement ? La présence d'Emma lui faisait tout oublier.

Son premier tour de la Terre. Les commandes numériques clignotant sur la console. La boule bleue striée de blanc dans le hublot. Les nuages sur l'Amérique. Mais il ne voyait plus rien. Il dansait avec Emma un slow spatial.

Pierre glissa la main dans le soutien-gorge blanc et fit jaillir un sein gonflé, dressé vers lui. Un tremblement le secoua. S'il regardait de trop près cette pointe tendue, il allait exploser de plaisir, là, maintenant.

La jeune femme trouva à tâtons la fermeture Éclair de la combinaison de Pierre et la fit descendre. Impatiente, elle l'enserrait de ses jambes sans le quitter des yeux. Provocante. Belliqueuse.

Pierre était effrayé par la frénésie, la férocité qui le poussait vers elle. Cette femme le rendait fou de désir.

Leurs corps tournoyaient dans le vide. Il allait la prendre, tout de suite. Il glissa un bras autour de la taille d'Emma pour la bloquer sous lui et de l'autre attrapa la ceinture élastique accrochée à la paroi. Il l'enroula autour de leurs hanches et serra de toutes ses forces.

Leurs combinaisons abandonnées flottaient dans la cabine.

Le corps d'Emma se cabra au moment où il entrait en elle. Au même instant, il entendit le bruit d'une porte qui s'ouvrait.

L'informaticien se réveilla en sursaut. Il se redressa dans son lit, hagard, et saisit son téléphone portable pour regarder l'heure. 4 h 30. Il y avait moins de deux heures qu'il était couché et il n'avait fait que somnoler par intermittence.

Il entendit des craquements dans le couloir. Ici, dans la villa Trianon, les planchers grinçaient, les poignées crissaient. Oui, il avait bien entendu une porte s'ouvrir, et pas seulement dans son rêve. Emma avait-elle du mal à trouver le sommeil, elle aussi ? Pourtant, elle n'avait pas besoin de sortir pour se rendre à la salle de bains : chaque chambre possédait la sienne, comme à l'hôtel. Et ce confort ne datait pas d'hier : en 1940, déjà, la villa comptait six salles de bains, avait expliqué l'Américaine. À l'époque, les voisins français d'Elsie de Wolfe pensaient que les Yankees, à force de se laver, contractaient des maladies de peau.

Pierre se leva, entrouvrit la porte et sentit sa main se crisper sur la poignée.

Il avait bien vu.

Granier. Granier sortait de la chambre d'Emma ! Pas de doute, c'était bien sa chambre. La pièce dont il apercevait la porte un peu plus loin, côté opposé. Celle qui portait un grand « Moi » gravé dans le bois. La plus grande chambre côté cour, habituellement occupée par Dan Barett.

Il avait été surpris qu'Emma s'installe dans cette pièce. Lui-même n'aurait pas choisi la chambre du mort – même si Barett n'était pas mort ici. L'avait-elle fait pour être voisine de Granier ? Elle lui avait attribué la chambre contiguë à la sienne, celle de Bessie, l'ancienne petite amie d'Elsie. La chambre « Toi » ! Et elle avait sans vergogne expédié Pierre à l'autre bout du couloir, côté jardin, dans une suite baptisée « Emma », souvenir d'Emma Brown, la fille d'un banquier qui avait fréquenté la villa Trianon au cours des Années folles.

— Je brouille les pistes, avait souri Emma en le faisant entrer dans la pièce qui portait son prénom.

Et dire que ce sourire lui avait semblé complice !

Pendant quelques instants, ils s'étaient retrouvés seuls, dans cette chambre, tandis que Granier s'installait dans la sienne. Pierre s'était contenté d'observer la jeune femme, qui lui montrait la salle de bains, ouvrait les placards, tournait les robinets pour vérifier qu'ils fonctionnaient. Au moment de partir, elle s'était approchée de lui.

— Je te souhaite une bonne nuit ! Enfin, ce qu'il en reste.

Elle lui avait tendu la joue et l'avait embrassé furtivement. Il était resté les bras ballants, résistant à l'envie de la toucher. Ses seins avaient frôlé sa poitrine.

Jamais, s'était-il dit après son départ, les seins d'une femme n'avaient provoqué en lui une telle envie. D'ailleurs, son attirance pour Emma ne provenait peut-être finalement que de cette poitrine sans défaut. Une fixation fétichiste, un reliquat d'adolescence. Mais à peine avait-il émis cette hypothèse qu'il l'écarta, à contrecœur.

Les seins d'Emma n'étaient que la partie émergée de l'iceberg. Si l'on pouvait encore parler d'iceberg.

Pierre observa Granier qui parcourait sans bruit les quelques mètres qui séparaient les deux chambres. Soudain, il le vit tourner la tête dans sa direction. Il fit un bond en arrière. L'écrivain l'avait-il aperçu ? Avait-il vu sa porte entrebâillée ? Peu importait, à vrai dire. L'autre était sûrement ravi d'étaler son intimité avec Emma. Peut-être avait-il même fait craquer le plancher exprès.

Quel salaud ! Bien sûr, le romancier, depuis le matin, avait avancé ses pions. Et elle ne l'avait jamais renvoyé au vestiaire. Venait-il de coucher avec elle ? Pierre n'arrivait pas à y croire. Non, c'était inimaginable. Emma n'avait pas pu accepter ses avances. Après ce qu'ils venaient de partager tous les deux ! Pourtant, il devait se rendre à l'évidence, l'autre sortait bien de la chambre de l'Américaine.

Pierre serra les poings. Dans le fond, il avait bien failli croire au miracle. Le sourire euphorique d'Emma, ses gestes ralentis, sa douceur, sa fougue, ses gémissements. Elle lui avait dit, en quittant la plage, l'autre nuit, que c'était la première fois que la terre avait tremblé pour elle. Comme dans Hemingway.

Comédie.

Il s'efforça de chasser le dégoût qui s'emparait de lui. Cette nuit, il avait mieux à faire que de gamberger. Le monde était au bord du chaos. Et autant savoir tout de suite si Emma avait eu raison de les amener ici. Car Pierre doutait déjà de lui-même et de l'objectif de leur venue : avoir rejoint cette maison sans connaître l'endroit où Barett avait caché ses lignes de code – ni même être sûr qu'il les avait vraiment dissimulées ici –, n'était-ce pas pure folie ? Encore une idée d'Emma. Il la reconnaissait bien là, la princesse du business, illuminée par ses « intuitions », guidée par ses certitudes, ses jugements péremptoires, et ses décisions unilatérales auxquelles sa cour devait se plier. Pourquoi diable l'avait-il suivie ? Il n'était qu'un courtisan de plus, prêt à obéir à ses caprices.

Après sa nuit blanche, il allait voir en noir la journée

qui commençait. Il le savait. Il se connaissait. Moins de cinq heures de sommeil et il versait dans l'anxiété. C'était plus fort que lui. Les gens qui savent dormir peu ont de la chance, ils vivent deux fois plus, deux fois mieux peut-être.

Il enfila son jean, ses chaussures et sa chemise de la veille, et descendit le grand escalier d'honneur. Emma lui avait indiqué que toutes les pièces – entièrement refaites par Dan, huit mois après l'achat de la maison – étaient équipées de terminaux reliés à un serveur central. Mais les ordinateurs sur lesquels travaillait Barett se trouvaient dans sa chambre et dans la bibliothèque. Peut-être pouvait-il commencer sa recherche dans cette pièce-là. Au passage, il comprendrait peut-être d'où provenait la lumière qu'il avait aperçue tout à l'heure, de sa fenêtre. D'une des pièces du rez-de-chaussée, il l'aurait juré. Mais qui pouvait se trouver en bas ? Le gardien habitait un petit pavillon, à l'entrée. Granier et Emma, eux, étaient à l'étage... Et pour cause.

Il ne pouvait se défaire de cette image. Emma ! Elle l'avait encore taquiné, sur le pas de sa porte, au moment de le quitter.

— Essaie de dormir un peu. Tu dois être épuisé...

Toujours ce sourire complice.

— ... et on se retrouve demain à 7 heures dans le grand salon ?

Évidemment, il n'avait pas imaginé un instant qu'elle viendrait dans son lit. Les souvenirs de Colleville et du cap Manvieux défilaient dans sa mémoire. Il n'en tirait pas gloire. Elle non plus, assurément. Mais de là à imaginer que Granier allait prendre la place ! Inconcevable.

Pierre parvint en bas de l'escalier et jeta un coup d'œil à travers la porte d'entrée vitrée. L'allée était éclairée par quelques projecteurs placés dans les arbres. Des spots dirigés vers les cimes projetaient sur le feuillage des grands chênes un halo jaune.

Le signal de son portable retentit soudain.

— Zut ! grogna-t-il.

Il aurait dû le mettre sur « silence ». C'était un texto de Clara.

Rapp. moi. Urgent. Clara.

4 h 45. Mais le message datait de la veille. Pierre se dit qu'il attendrait quand même une heure décente pour la rappeler. D'ailleurs, s'il l'appelait maintenant, il allait y passer le reste de la nuit.

Il crut distinguer d'où venait la lumière : la salle de bal, rajoutée à la villa, recouverte d'une sorte de toile de tente rayée vert et blanc, était éclairée de l'intérieur et diffusait une lumière tamisée, côté allée et côté jardin. Étrange. Pierre aurait juré que tout était éteint quand il s'était couché. Il s'en souvenait : il s'était penché à la fenêtre pour tenter d'apercevoir le château de Versailles illuminé.

Le gardien avait-il rallumé les lampes dans le jardin ? Si oui, pourquoi ? Le jeune homme semblait a priori consciencieux et compétent. La preuve, il avait immédiatement reconnu Emma quand ils étaient arrivés, dans l'obscurité. S'il ne l'avait pas identifiée, ils auraient passé la nuit dehors, avant de pouvoir contacter Amelia Barett aux États-Unis et d'obtenir d'elle l'autorisation d'entrer. Le code d'accès qui ouvrait le lourd portail vert de la villa Trianon ne se déclenchait qu'à la lecture des paramètres sanguins de quelques personnes agréées. Six, exactement, leur avait confié le gardien : Barett, Amelia, leurs deux enfants, le gardien lui-même. Et Emma. Laquelle avait paru surprise de compter parmi les « six », alors qu'elle n'était pas une familière de la maison. Elle n'avait donc jamais utilisé le dispositif.

La porte blindée de la maison s'ouvrait avec la même clé de sécurité, mais le gardien l'avait désactivée.

— Je déconnecte la sécurité de l'entrée, avait-il lancé, avec le ton de certitude de celui qui sait. Sinon, vous n'allez pas dormir ! Le premier qui voudrait aller prendre l'air déclencherait l'alarme. Bonne nuit !

Pierre ouvrit la porte du salon et s'arrêta. Cette nuit, déjà, en arrivant, il avait cru rêver. Les murs du grand salon étaient couverts de tentures rose pâle et ornés de moulures vertes, teinte que l'on retrouvait, adoucie, au plafond. Le contraste était saisissant entre, d'un côté, les planchers en chêne massif, les meubles XVIIIe, les miroirs, les lustres ou la cheminée ouvragés et, de l'autre, les écrans, les voyants et les commandes électroniques. Emma leur avait expliqué que Barett avait modernisé la villa Trianon tout en respectant les choix d'Elsie de Wolfe. Il avait épluché des dizaines de reproductions de dessins et de photos d'époque. Le mariage des deux mondes, celui de la moulure épaisse et de la ligne épurée, de la dorure et de l'acier, était détonnant.

À côté de la bergère Louis XV et des fauteuils assortis, des bornes blanches à bras télescopiques protégeaient des enceintes et de petits écrans plasma. Trois écrans plats, sur le mur, s'animaient dès qu'un visiteur pénétrait dans la pièce. Le premier montrait une photo de Barett et d'Emma, bras dessus bras dessous, à l'époque de l'université. Le deuxième présentait différents alignements verticaux de bâtons, de différentes couleurs. En le voyant, Granier avait pris son air blasé.

— Magnifique, cette œuvre, magnifique ! C'est de qui ? Ça représente quoi ?

Emma avait répondu, faussement détachée :

— Moi.

— Quel humour, ma chère, quel humour ! À cette heure-là...

La réplique avait fusé :

— C'est pourtant vrai. Ce tableau représente très exactement l'empreinte de mon code génétique. Réalisée par un artiste californien. Le top de l'art numérique.

— Et vous trouvez ça joli ?

— Dan, en tout cas, aimait beaucoup.

— Et pour cause. C'est le portrait le plus intime qui soit...

D'un rire, Emma avait mis fin à l'élan douteux de Granier, mais un rire si forcé que Pierre s'était demandé s'il n'était pas destiné aussi à faire barrage à des larmes.

Pendant qu'elle expliquait le tableau, d'autres images avaient défilé sur le premier écran numérique. Celle d'une gamine de quatre ans environ, coiffée de couettes à la Sheila, en petite robe vichy, riant aux éclats, debout sur une table de cantine. Puis la même fillette, un peu plus âgée et les cheveux coupés au carré, soufflant les bougies sur un gros gâteau à la crème. Enfin, une jeune fille de dix-sept ou dix-huit ans posant devant un voilier.

— C'est toi, bien sûr ? demanda Pierre.

Il aurait payé cher pour avoir connu l'adolescente au sourire doux qui posait sur la photo, en short, serviette de bain à la main et cheveux au vent. Il reconnaissait ces yeux verts, ces doigts effilés et ces jambes, si longues déjà. Aussi loin qu'il s'en souvienne, il avait toujours envié Dan Barett, et, il le savait maintenant, pas seulement pour ses talents d'informaticien.

— Tu sais, Dan n'était pas du genre à vouer un culte à qui que ce soit. Ces images ne sont pas là en permanence ! S'il avait su que vous veniez, vous aussi, vous auriez eu droit à un écran chacun.

— Comment ça ?

Elle avait soupiré.

— J'ai ouvert la porte la première. La décoration du salon et celle des chambres s'adaptent aux invités. Il suffit de toucher la poignée de la porte de la pièce, et vos empreintes digitales sont envoyées à l'ordinateur central, qui programme les écrans. Tu crois qu'Amelia supporterait de voir mon portrait sur...

— Cela suppose que les empreintes figurent dans la base de données, avait interrompu Pierre.

— Tous les amis de Dan sont répertoriés, des connaissances aussi, des VIP. Enfin, au moins dans sa maison de Cape Cod. Ici, je crois qu'il a juste dupliqué le système. Mais j'imagine que le Tout-Paris y est. Dan adorait surprendre et faire plaisir aux gens et...

Sa voix s'était brisée. Granier avait tendu le bras vers elle. Viril. Protecteur. La main sur l'épaule. Il n'avait même pas eu besoin de parler. Emma, paupières baissées, un léger merci sur les lèvres, y avait été sensible, évidemment. Pierre aurait voulu, lui aussi, savoir trouver les mots et les gestes. Il avait toujours détesté son manque d'à-propos, particulièrement criant dans ce genre de situation. Il se rabattait généralement, à regret, sur une technique plus brutale, plus facile d'utilisation, pour empêcher une femme de pleurer : la diversion.

— Et le troisième écran ? avait-il fait remarquer. Il n'a aucun rapport avec toi...

C'était le portrait d'un homme entre deux âges, poudré, à perruque et chemise à jabot.

— Tiens, c'est vrai. Il y a un bug, avait répondu Emma, pensive. La dernière fois, je me souviens, il y avait le *Nu jaune*, une de mes toiles préférées de Modigliani, et quelques Matisse qui passaient en boucle. Ce truc-là, ce n'est pas trop mon genre de beauté.

Granier s'était approché de l'écran. Puis il s'était retourné, content de lui, et avait amené Emma juste sous l'image murale.

— Détrompez-vous, Emma, ce tableau vous concerne bien plus que vous ne le croyez. Allez, devinez !

— Vous êtes gentil, Jean-Philippe, mais les devinettes à 1 h 30 du matin...

Granier avait lâché le bras d'Emma.

— Emma, enfin, vous ne reconnaissez pas Le Nôtre ? C'est un portrait d'André Le Nôtre !

Un silence s'était installé. Pierre avait hoché la tête.

— On dirait que tu avais raison, Emma. Dan t'avait bien fait passer un message.

— Mais comment pouvait-il savoir que je viendrais ?

Perplexes, ils étaient ensuite montés à l'étage. Dans sa chambre, après le départ d'Emma, Pierre s'était précipité pour consulter *Google Actualités* sur son téléphone portable. Aucune nouvelle catastrophe n'était apparue sur les dépêches, mais il ne s'était pas senti soulagé pour autant. Pis, il s'était couché avec la conscience d'un danger imminent. Une étrange lucidité. Celle, s'était-il dit, qui surgit dans le moment d'accalmie dont on sait qu'il précède la tempête.

La lumière s'enclencha au moment où Pierre franchissait la porte du grand salon. Il n'avait pas touché à l'interrupteur. L'éclairage tamisé provenait de trois bougies électriques insérées dans le mur en face de la cheminée et qui donnaient à la pièce un air de cathédrale. Les écrans muraux s'allumèrent avec quelques secondes de décalage. Comme les empreintes de Pierre n'étaient pas enregistrées, l'ordinateur envoyait, par défaut, les mêmes images que la veille. Emma et Barett à vingt ans. Une fois de plus, l'informaticien se dit que le patron de Controlware n'avait quasiment pas changé physiquement. Sa copine, en revanche, avait pris quelques rides, qu'il ne pouvait s'empêcher de trouver touchantes.

Il s'approcha du portrait de Le Nôtre. Barett savait-il vraiment, avant de mourir, qu'Emma allait venir ici ? Avait-il semé des indices dans la maison pour la mettre sur la piste du code ? *Le Nôtre sauvera le monde.* Cette rengaine de Barett était la seule indication qui les avait conduits à la villa Trianon. Un peu mince. Et s'ils se trompaient ? Et si ce portrait de Le Nôtre datait simplement de la dernière visite de Dan ?

— Qu'est-ce qu'on est venus faire ici ? se répéta-t-il à mi-voix, en cherchant des yeux la porte qui conduisait à la bibliothèque.

Les lumières qui éclairaient le jardin l'intriguaient toujours. Il retourna dans le couloir et ouvrit la porte qui menait vers la fameuse pièce rajoutée. Il s'arrêta sur le seuil, impressionné. Derrière les deux colonnes de marbre blanc, mises en valeur par des spots, et les trois marches qui autrefois conduisaient au jardin, une piscine avait été creusée dans le sol. Un grand bassin de vingt mètres sur dix, en marbre de Carrare. Reflété dans les miroirs qui tapissaient les murs du fond, il paraissait immense. Ça, pensa Pierre, c'est signé Barett, pas Elsie.

Il contourna le bassin pour ouvrir la baie vitrée. Impossible. Aucune poignée n'était visible, aucun bouton de commande. Il rebroussa chemin, sortit de la pièce et traversa à nouveau le couloir jusqu'à la porte d'entrée de la maison.

« Ouverture automatique par détection infrarouge, se dit Pierre. Barett a tout prévu. »

Effectivement. Arrivé à deux mètres de la porte, il la vit s'ouvrir, dans un mouvement ample et silencieux.

« Heureusement que le gardien a débranché l'alarme », pensa-t-il encore.

Il n'aurait pas supporté la vision de Granier ébouriffé, déboulant en bas de l'escalier en pyjama.

Dehors, le ciel était encore sombre. Pierre sortit d'un pas prudent, s'arrêta un instant, le temps de laisser ses yeux s'habituer à l'obscurité et emprunta, sur sa gauche, l'allée qui contournait la maison. Il longea les anciennes écuries et aperçut la curieuse cabine de béton en forme de plat à tagine à côté de laquelle Granier s'était garé. Un abri antibombes construit après la guerre de 14. Trop tard, évidemment, comme d'habitude. Les généraux inventent toujours les armes pour faire la guerre d'avant, jamais celle d'après.

Le crissement des gravillons sur l'allée effraya quelques oiseaux endormis dans les arbres, qui s'échappèrent. Au moment où Pierre, surpris, levait les yeux pour les regarder fuir, son pied heurta une masse métallique. Il trébucha si violemment qu'il s'écroula dans l'allée. Un rugissement strident retentit, comme une sirène de police. Immédiatement, un épais nuage de fumée l'entoura. Il se mit à éternuer, à pleurer. Il s'arrêta, recroquevillé, puis se releva et marcha avec peine vers la maison, toussant et hoquetant, les yeux en feu.

Le gardien, une arme à la main, était déjà arrivé devant la porte et le regardait, éberlué.

— Ah ! c'est vous ? Mais enfin, que faites-vous dehors à cette heure ?

Pierre, courbé en deux, se raclait la gorge et crachait par terre.

— Il y avait de la lumière dans le...

— Venez, entrez. On va se mettre à l'abri. Ne vous affolez pas. C'est juste Kagébé qui fait son travail.

Le jeune homme prit Pierre par le bras, l'accompagna dans le séjour et le fit asseoir sur la bergère Louis XV qui faisait face à la cheminée.

— Je vais vous chercher un verre d'eau. Ce n'est rien. J'ai arrêté la sirène. Un peu de gaz lacrymogène, c'est tout. Dans quelques instants vous ne sentirez plus rien.

Pierre ferma les yeux et tenta de recouvrer son calme en inspirant fortement puis en relâchant lentement son souffle. Il commençait à peine à reprendre ses esprits lorsqu'il entendit la voix d'Emma.

— Pierre ? Tu es là ?

— Ça va. Je suis ici, au salon.

Emma accourut.

— Mais enfin, que se passe-t-il ? J'ai entendu la sirène, je me suis précipitée. J'ai vu la porte de ta chambre ouverte et tu n'étais plus là. Qu'as-tu fait ?

— Monsieur a réveillé Kagébé, tout simplement. Évidemment, le chien n'a pas aimé.

Le gardien était revenu avec un verre d'eau. Il riait.

— Kagébé fonctionne très bien, on dirait. En deux ans, il s'est amélioré. Oh ! au début, on a eu beaucoup de problèmes. Il se mettait à hurler chaque fois qu'un lapin traversait le jardin. Maintenant, il marche impec. Très performant. Désolé d'avoir oublié de le débrancher, cela dit. Vous voulez quelque chose, madame Shannon ? Je vous prépare du café ?

— Euh... non merci, Terry. Mais du thé, oui, volontiers.

Le gardien s'éloigna vers la cuisine. Emma semblait désorientée. Pierre leva les yeux vers elle. La jeune femme n'avait pas remis sa jupe beige ; elle était vêtue d'un pantalon noir, sobre, et d'un chemisier blanc. Les deux boutons du haut étaient ouverts. Et elle n'avait pas pris le temps de mettre un soutien-gorge. Le haut de ses seins se laissait deviner, rond, doux, lisse. Mais son visage était pâle et ses traits creusés. À croire qu'elle n'avait vraiment pas dormi de la nuit. Granier, lui, devait être plongé dans un sommeil si profond, maintenant, que la sirène ne l'avait pas réveillé.

Pierre serra les dents, mordu par la jalousie. Comme par vengeance, il se dit que, dans vingt ans, Emma aurait cet air-là, un peu flétri, et pas seulement le matin au réveil. Mais il ne put s'empêcher de penser qu'il se serait quand même volontiers réveillé à ses côtés.

Il vit les lèvres d'Emma se pencher vers lui.

— Ça va aller, Pierre ?

— Ça va mieux, merci.

Il se redressa sur le canapé et s'éloigna d'elle. Il en avait assez de sa sollicitude, assez de passer pour le maillon faible de la bande.

— Le gardien – Terry, c'est ça ?

— Oui.

— Il a parlé du KGB, ou j'ai rêvé ? Que voulait-il dire ?

— Kagébé, Pierre. En six lettres. C'est un chien. Un chien-robot... Il se promène dans le jardin et, dès qu'il détecte un mouvement suspect, il envoie directement l'image vidéo au PC de sécurité. Dan avait même fait des essais pour que l'image suspecte puisse être expédiée directement sur le téléphone portable du gardien. Mais, à l'époque, rien ne marchait.

— Et la fonction « mordre », ils l'ont testée ?

Emma lâcha un léger sourire. Pierre aussi. Jaune, certes. Quel nom débile, Kagébé, pensa-t-il. Comme au temps de la guerre froide. Alors qu'une nouvelle guerre, électronique celle-là, commençait. Pour une fois, Barett avait un train de retard.

Emma enchaîna, sur le registre léger :

— Ce sera pour la version 2.0. Mais entre nous, Pierre, que faisais-tu debout à l'heure où Kagébé fait sa ronde ?

— Je n'arrivais pas à dormir.

Emma marqua un temps d'arrêt.

— Tu n'étais pas le seul.

Pierre eut un rictus amer.

— Quand on fait des folies de son corps...

Elle fronça les sourcils :

— Pardon ?

D'un revers de la main, il coupa court à la discussion. Après tout, elle faisait ce qu'elle voulait de ses nuits, c'était le problème de Brad, pas celui d'un amant occasionnel.

— Allez ! grogna-t-il. On a assez perdu de temps. Je ne sais pas comment on va trouver ce que tu cherches dans cette villa vide, mais si on ne commence pas...

Emma n'eut pas le temps de répondre. Terry arrivait, un plateau à la main. Une rassurante odeur de café et de thé noir s'échappait des récipients en acier chromé. Le gardien les posa sur le plus petit des trois guéridons gigognes. Pierre découvrit que celui du milieu faisait office de téléviseur lorsque Terry appuya sur la télécommande. Les images de CNN s'affichèrent à leurs pieds.

— Pratique, la table-écran, non ? fit Terry, ravi d'étaler sa maîtrise technique de la villa, même à 5 heures du matin. Si vous voulez l'arrêter, dites simplement « stop ». Elle se commande à la voix, comme pas mal de choses dans cette maison. Mais Mme Shannon le sait bien ! La dernière fois, vous vous souvenez ? Vous m'avez appelé au secours. Vous vouliez regarder CNN et le système a automatiquement *switché* sur le film de Canal Plus. Et pas n'importe quel film, hein ? Vous étiez dans la chambre « Toi », et elle avait été occupée précédemment par un monsieur, je ne vous dirai pas qui... Obligation de réserve !

Il prit un air mystérieux, agaçant.

— J'ai mis Kagébé en veille devant le portail, comme ça, il ne vous embêtera plus, poursuivit-il à l'attention de Pierre. En tout cas, je suis vraiment ravi qu'il fonctionne, ce chien. M. Barett aime bien que...

Il parut soudain se souvenir que son employeur n'était plus de ce monde. Mais cela ne semblait pas l'affecter outre mesure. Même si Amelia revendait la maison, il saurait se vendre au nouveau propriétaire. Des gardiens high-tech, ça ne courait pas les rues.

Pierre fit diversion :

— Dites-moi, Terry : tout à l'heure, avant de faire connaissance avec votre... Kagébé, j'ai cru voir de la lumière dans la piscine et dans le jardin.

— Quelle heure était-il ?

— C'était il y a une heure, à peu près. 4 h 30, je dirais.

— 4 h 30, évidemment ! J'aurais dû vous prévenir ! Mais vous êtes arrivés si tard, cette nuit. C'est le système de mémoire électrique de M. Barett. À 4 h 45, chaque matin, il faisait sa demi-heure de natation. Donc quand il y avait du monde dans la maison, la lumière et le chauffage se déclenchaient automatiquement à 4 h 30 dans la piscine.

— Mais le salon, lui, s'allume seulement quand on y pénètre ?

— Effectivement. Pour la piscine, M. Barett trouvait plus chaleureux qu'elle soit éclairée et chauffée avant qu'il y entre. Mais je vais modifier les réglages tout à l'heure. Comme ça, vous ne serez plus dérangés.

Emma avala une gorgée de thé, puis elle précisa, à l'attention de Pierre :

— Le logiciel d'éclairage automatique a été inventé par un jeune programmeur indien de Controlware. Le chien-robot aussi, d'ailleurs.

« Tout cela revient bien moins cher qu'un gardien de nuit aux tarifs français », se dit Pierre. Barett avait, comme d'habitude, fait ses calculs.

— On y va ? proposa-t-il soudain.

— Si tu es remis, O.K.

Emma tira ses cheveux en arrière et se massa les tempes, comme si elle avait voulu lisser ses rides. Visiblement, elle aurait bien aimé remonter dans sa chambre pour se maquiller. Pierre faillit lui dire qu'il la trouvait bien assez désirable ainsi. Mais il baissa la tête et aperçut les images de CNN.

— Attends, regarde !

Il désignait du doigt l'écran de télé qui diffusait des images de Chine. Sur le bandeau en bas de l'écran, on pouvait lire : *CNN. Special report. Environmental disaster in Hong Kong.*

— On peut avoir du son ? Où est la télécommande ? demanda-t-il en s'agenouillant près de l'écran.

Mais Terry était déjà sorti de la pièce.

— Télévision ! Son ! Augmenter ! dit Emma en détachant bien les syllabes.

Un deuxième écran, mural, s'alluma avec un volume sonore parfait ; il diffusait les mêmes images que celles de la table basse. L'envoyé spécial de CNN à Hong Kong était filmé depuis le port désert. Il expliquait qu'une pollution du réseau de distribution privait d'eau potable les habitants de la ville. Les officiels chinois, comme de coutume, tentaient d'atténuer l'impact de la nouvelle. Ils parlaient d'un accident industriel limité au nord de la ville. Quelques cas de troubles intestinaux avaient été signalés. Le journaliste de CNN évoquait, lui, la version non officielle. Toute la région de Hong Kong était touchée. Trois cents millions de personnes potentiellement contaminées. Le réseau de distribution d'eau potable hors d'état de fonctionner pour plusieurs semaines. Et, enfin, l'hypothèse de l'attentat terroriste. Quoique, sur ce dernier point, CNN restât prudent. Les réseaux d'eau potable en Chine étaient en effet tellement pollués, à l'état normal, qu'on ne pouvait exclure l'hypothèse d'une aggravation accidentelle.

Pierre, lui, n'avait, hélas, aucun doute. Les terroristes avaient pris le contrôle du réseau d'eau et introduit un dérèglement afin de faire proliférer une bactérie dans les tuyaux. Une simple *escherichia coli* suffisait pour provoquer des dégâts considérables. Il comprit immédiatement que la technique pouvait être employée dans n'importe quelle ville du monde. Effrayant. On pouvait même se demander pourquoi New York ou Los Angeles n'avaient pas encore été frappées.

Pierre zappa sur TF1. Les dessins animés du samedi matin avaient été remplacés par un flash spécial. En Suisse, où quelques cas de diarrhée inexpliqués avaient été diagnostiqués, le gouvernement avait demandé aux habitants de ne plus consommer l'eau du robinet et de constituer des réserves d'eau potable. En Grande-Bretagne, le Parlement s'était réuni d'urgence pour débattre du sujet. À Paris, le porte-parole du gouvernement indiquait qu'en France les réseaux d'eau étaient sous contrôle et que toutes les mesures de sécurité étaient prises.

— Pipeau ! s'exclama Pierre. Ils nous refont le coup de Tchernobyl.

Le présentateur annonça la convocation des ministres de l'Environnement du G8 pour un sommet extraordinaire à Bruxelles.

— Que veux-tu qu'ils décident ? s'énerva Pierre. Ils ne peuvent rien, absolument rien.

— Nous, si.

D'une légère caresse du doigt sur la table, Emma avait brusquement coupé la télévision. Le ton de sa voix n'admettait pas de discussion. En même temps, son regard interrogeait Pierre, comme si elle voulait qu'il la rassure.

L'informaticien se leva.

— Il n'y a pas une minute à perdre. Mais par où commencer, Emma ? Par où ? Sous les planchers ? Derrière les murs ? fit-il en balayant la pièce d'un geste de la main.

Déjà, la veille, dans la voiture, Granier avait posé la question :

— Qu'allons-nous chercher exactement ? Et où ?

— Nous cherchons quelques lignes, ou peut-être des pages entières d'instructions de programmation, d'écriture informatique, si vous préférez, avait répondu Emma.

— Sur un morceau de papier, alors, dans un cahier ?

— Et pourquoi pas un parchemin ? Jean-Philippe, ne soyez pas idiot ! La villa Trianon, c'est le rêve de Dan ! La maison sans papier !

— Même pas dans les toilettes ? avait ricané Granier.

Sa blague était tombée à plat, mais il avait raison : la difficulté était là. Les lignes de code avaient probablement été stockées dans un fichier informatique, mais où le trouver ? Sur un ordinateur, un CD-Rom, une clé USB ?

Pierre se leva et bloqua ses mains sur ses hanches.

— On devrait peut-être demander à Kagébé s'il a une idée.

À son tour, il versait dans le cynisme. Son inquiétude grandissait. Où trouver trace de Le Nôtre dans ce décor étrange, à la fois riche et minimaliste, où régnaient l'ordre, la propreté, l'organisation ? Ici, chaque chose avait sa place, comme dans un logiciel. Disparu tout ce qui, dans toutes les vieilles maisons de France, encombre les étagères et les placards. Ici, point de tiroirs à secrets, de coffres mystérieux, de secrétaires vermoulus qui, par leur simple présence, révèlent la mémoire d'un lieu. Si mémoire il y avait, elle devait être dissimulée, comme le reste, dans l'épais réseau de câbles et de capteurs qui structurait la villa comme une seconde architecture, un second squelette. Pierre le sentait : Barett avait réussi à bâtir sur l'ossature de la belle demeure historique d'Elsie de Wolfe sa charpente à lui, faite de fibres et d'ondes invisibles, révélant ainsi, dans ce lieu d'histoire, la manie classique de l'informaticien – camoufler l'extrême puissance dans l'extrême dépouillement – et sa quête obsessionnelle à lui, Dan Barett : réaliser l'alliance, dans une même création, de l'ancien et du nouveau, de l'histoire et de l'avenir, de l'origine et de la fin. Comme Dieu, à l'aube du premier jour.

— Je suis sûre que le code est caché dans un ordinateur, lança Emma. Je commencerais bien par le PC de Dan, dans sa chambre. Je voulais essayer hier soir, mais je n'ai pas pu...

— Tu as été très occupée, je sais, coupa Pierre.

Emma laissa passer un silence. Elle avait compris où il voulait en venir, ainsi que la question qu'il avait retenue tout à l'heure.

— Tu as vu Jean-Philippe sortir de ma chambre, c'est ça ? s'exclama-t-elle.

Pierre la fixa, le regard noir.

— Ce n'est pas ce que tu crois ! Peux-tu me faire confiance, au moins une fois ?

Il ne répondit pas.

— Je n'ai pas mérité que tu me fasses confiance ? insista-t-elle.

Cette fois, il y avait de l'agacement dans sa voix.

— Quand un homme et une femme passent la nuit ensemble, lâcha Pierre, ce n'est jamais ce qu'on croit !

— Je n'ai pas passé la nuit avec lui ! Pierre, je ne peux pas t'expliquer maintenant, mais tu dois me croire sur parole, je te jure que...

Il la coupa, presque malgré lui.

— Écoute, Emma, franchement, inutile de m'expliquer. Je m'en fous.

— Oh ! Et merde ! Tu as raison, ne perdons pas de temps !

Sa voix avait craqué comme du bois sec.

— D'ailleurs, je n'ai pas à me justifier devant toi, ajouta-t-elle en lui tournant le dos.

La chambre de Barett était meublée à l'image du reste de la maison. Un parquet en chêne, rutilant. Un immense lit. Une table-écran. Deux fauteuils, dont un à bascule, devant la cheminée. Au-dessus de l'âtre, sur le mur, un écran plat, plus grand que ceux du salon, sur lequel s'étalait une photo d'Amelia et des enfants devant les pyramides d'Égypte.

Dan aurait pu adapter le décor à sa visiteuse, jusque dans sa chambre. À croire, s'il ne l'avait pas fait, qu'elle n'était pas censée y pénétrer. Cette pensée n'arrêta pas Emma, qui se dirigea spontanément vers le lit, s'y assit, et se tourna vers le mur.

« Table de chevet. Ouverture. »

Un plateau bascula lentement sur le côté du lit, ouvrant sur une petite commode incrustée dans le mur. Un objet plat, gris, était posé au fond. Un micro-ordinateur portable dernier cri.

— Il est là. Regarde !

Pierre s'assit sur le lit. Emma se tenait droite, soucieuse, maintenant, de garder ses distances. Le lieu, paradoxalement, lui facilitait la tâche. Pierre avait déjà vu ce genre de *living bed* dans *Wired*, son magazine favori. Rouge vif, cinq mètres carrés au moins, il formait quasiment une pièce à lui tout seul. Son revêtement à mémoire de forme donnait au corps, qu'il y soit assis ou allongé, une position idéale. Le lit reprenait sa forme initiale sans creux, ni pli, ni bosse, lorsque son occupant le quittait. Des microprocesseurs et des enceintes étaient intégrés dans le sommier. Un écran plasma amovible se dépliait depuis le pied gauche. Une petite armoire, à droite, contenait, elle, une machine à café à commande vocale.

Pierre mit l'ordinateur sous tension.

— Il faut un mot de passe, j'imagine. Empreintes digitales ? Iris de l'œil ? Extrait d'ADN de Barett ? Il avait inventé quoi, ton Dan, cette fois ?

L'informaticien essayait de détendre l'atmosphère. Il regrettait ses mots durs. La réaction de protestation d'Emma semblait sincère. Peut-être aurait-il dû lui faire confiance, accepter qu'elle diffère son explication. Et elle était là, à ses côtés, sur le lit de Barett...

— Mais non, répondit-elle sans relever l'ironie, regarde ! *Mot de passe.* Il suffit d'en taper un. Peut-être qu'il a laissé le vieux.

— Quel vieux ?

— Le vieux mot de passe. Celui qu'il utilisait souvent dans la maison, avant qu'il n'installe les capteurs et la reconnaissance biométrique.

Emma tapa les lettres sur le clavier. Sept. En majuscules. APOLLON.

— Ça marche ! Regarde...

Les icônes apparaissaient maintenant sur l'écran. Parmi eux, quelques pictogrammes jaunes. Les dossiers de Barett, sûrement.

— « Trianon », « Controlware », « Famille »... et « Le Nôtre » ! C'est là, j'en suis sûre !

Pierre regarda la main d'Emma faire glisser le pointeur de la souris vers le dossier « Le Nôtre ». « Tout ça est trop simple », se dit-il. En effet. Le dossier contenait plusieurs fichiers sur Le Nôtre, sa vie, ses œuvres, les livres et les thèses écrits à son sujet. Ils s'ouvrirent tous et ils purent les passer rapidement en revue. Mais, à l'intérieur, rien. Du moins rien qui ressemblât à des lignes de code.

Il était presque 6 heures du matin, et ils arrivaient au dernier fichier, quand ils constatèrent que celui-ci refusait de s'ouvrir. Il était baptisé « Jardins ».

— Oh non ! Celui-là est protégé, à tous les coups ! s'exclama Emma.

— Oui, et je ne vois pas comment.

— Attends... Une seconde.

Emma lança à voix haute, en direction de l'ordinateur :

— Le Nôtre.

Aucune réaction.

— Si tu crois qu'on peut ouvrir un document comme ça ! s'exclama Pierre.

— Avec Dan, tout est possible, répondit-elle.

Elle répéta, plus fort :

— Le Nôtre !

Rien ne bougea sur l'écran de l'ordinateur. Mais un sifflement se fit entendre au-dessus de la cheminée. Emma poussa un cri de stupeur :

— L'écran, là-haut ! Pierre ! Regarde !

30.

Sur le mur, l'image de la famille Barett s'enroulait sur elle-même.

Un grand plan d'architecte apparaissait peu à peu derrière l'écran. Des carrés, des rectangles, des ronds, des polygones. Des traits à la plume sur un papier ancien. Il était abîmé aux pliures et protégé par un sous-verre et une baguette métallique. Une série de légendes – des noms de bassins repérés par des lettres – formaient une frise sous le dessin lui-même. Ébahis, Emma et Pierre se levèrent d'un bond et s'approchèrent de la cheminée.

— Ce système a été conçu sur mesure, il doit valoir une fortune, dit l'informaticien.

Emma, elle, ne quittait pas l'image des yeux.

— Pierre ! s'écria-t-elle, c'est un plan des jardins de Versailles ! Je le reconnais : Latone, Apollon, le parterre du Nord... Attends.

Elle s'approcha encore d'un pas.

— Il y a une date, là, en bas. 1662 ! Mon Dieu ! Je suis sûre que c'est le plan original, celui que Dan cherchait !

— Celui qui est censé contenir la preuve de l'existence de Dieu ?

Elle lui avait tout raconté, la veille, dans la voiture, après leur départ de Colleville. Granier, lui, connaissait déjà une partie de l'histoire.

— En tout cas, si c'est le fameux plan, Dan ne m'avait

jamais dit qu'il l'avait trouvé... Comment savoir si c'est bien lui ?

— Emma ? Pierre ? Où êtes-vous ? fit soudain une voix provenant de l'escalier.

L'appel de Granier les fit sursauter. Pierre sentit Emma se raidir. Visiblement, elle n'avait pas envie de le voir. Il fouilla dans sa poche à la recherche de son téléphone portable pour regarder l'heure. 7 h 30. Le romancier avait terminé sa grasse matinée... Et lui, il fallait qu'il rappelle Clara.

Emma lui prit le bras.

— C'est Jean-Philippe ! Descendons !

Pierre n'eut pas le temps de lui demander pourquoi elle ne voulait pas partager leur trouvaille avec le romancier. De toute façon, c'était sûrement encore une question à laquelle elle n'aurait pu répondre.

— Vous avez découvert quelque chose ? demanda Granier, surgissant dans l'embrasure de la porte.

Emma répondit froidement :

— Rien sur les lignes de code pour l'instant.

Mais Granier avait aperçu le plan sur le mur. Il laissa échapper un cri admiratif.

— Non ! J'y crois pas... Il l'a trouvé !

Il chaussa ses lunettes et commença à examiner le plan comme s'il était en terrain connu.

— Incroyable ! C'est le fameux dessin initial, c'est bien lui, j'en suis sûr ! Quelle merveille ! Vous voyez, là, les légendes ? Latône avec son accent circonflexe, L'Étoille avec deux « l »... Et la future pièce d'eau des Suisses, elle, est octogonale, alors qu'elle n'a jamais été construite ainsi... Il faut vite aller comparer ça avec les jardins d'aujourd'hui !

— Vous croyez que c'est ce qu'il y a de plus urgent à faire ? ironisa Emma.

— Mais si c'est le plan originel, peut-être contient-il le théorème divin !

— Et quand bien même, ça n'aura rien à voir avec notre ligne de code.

— Encore cette ligne de code ! Vous n'en avez pas marre, de votre chasse informatique ?

Pierre et Emma se regardèrent sans répondre. Ils pensaient la même chose. Granier était exaspérant. Son détachement cynique reflétait un profond égoïsme. Celui d'un type prêt à laisser crever la moitié de l'humanité plutôt que de renoncer à ses marottes.

La jeune femme se tourna vers Granier pour lui expliquer la situation. Le nouvel accident à Hong Kong. La probabilité d'un attentat sur les réseaux d'eau potable. Le sommet extraordinaire du G8. Le romancier ne fit aucun commentaire, comme si ces événements ne l'affectaient pas.

— Vous voyez bien que le papier a son importance, même pour ce fou de Barett ! Pardon, j'oubliais... En tout cas, il protégeait ce document comme un trésor !

— Évidemment, trancha Emma, sérieuse. Il n'avait pas le choix. Il n'y avait pas vraiment d'images numériques en 1660. Il a d'ailleurs acheté d'autres lettres manuscrites, de Napoléon, de Churchill, de Jefferson.

— Les choses qui tiennent à cœur ne passent jamais par un ordinateur.

Granier marqua un instant de silence pour laisser à Pierre et à Emma le temps de méditer sa pensée.

— Voici ce que je vous propose, poursuivit-il. Vous continuez de fouiller dans les ordinateurs de la maison, et moi je vais dans le petit parc avec le plan, que je vais d'abord recopier. De toute façon, je ne servirai pas à grand-chose, ici.

Emma retint un sourire à la perspective d'être débarrassée de Granier.

Pierre, soulagé, retourna sur le PC pour tenter d'accéder au dossier récalcitrant. Au moment où il posait la main sur la souris, l'écran s'éclaira et il vit que le document « jardins » était, cette fois, accessible. Le mot de passe « Le Nôtre », prononcé par Emma tout à l'heure, avait déclenché aussi son ouverture.

— Très fort, Barett ! siffla Pierre.

Le Power Point contenait une présentation de tous les plans de Le Nôtre répertoriés à ce jour. Le dernier, le plus ancien, datait de 1664 et ressemblait à celui qui était affiché sur le mur. Granier se précipita.

— Je vous l'imprime en format A3, si vous voulez, proposa Pierre.

— Tiens, je croyais que nous étions dans la maison sans papier, ironisa Granier.

Pierre préféra ignorer le propos et mit l'imprimante en marche.

— Ensuite, moi, il faut que je balaie le disque dur. Il peut y avoir d'autres fichiers ailleurs.

Il se tourna vers Emma.

— En attendant, tu peux peut-être commencer à regarder l'ordinateur de la bibliothèque ?

— O.K., dit-elle. Je descends.

Granier s'était assis dans le fauteuil à bascule et commençait à recopier le plan de 1662 sur un petit carnet de moleskine noir, avec un minuscule crayon de graphite.

Pierre sortit dans le couloir et composa le numéro de sa femme à Alès. Occupé. Toujours occupé.

Emma l'appelait.

— Pierre ! Je n'arrive pas à démarrer l'ordi de la bibliothèque !

L'informaticien soupira, malgré lui. Il reconnaissait le ton larmoyant qu'elle prenait lorsqu'elle sollicitait son aide. Comme souvent dans ces cas-là, sa demande n'était pas vraiment explicite. Elle ne disait pas : « Peux-tu venir m'aider, s'il te plaît ? » mais : « Mon Dieu, je n'y arrive pas, c'est terrible » – ce qui, croyait-elle, avait le même effet. En réalité, elle était habituée à ce qu'on devance ses désirs sans qu'elle ait besoin de les formuler clairement. Le souvenir des années où ils avaient travaillé ensemble, lorsqu'ils étaient, tous les deux, de jeunes ingénieurs commerciaux, revint à la mémoire de Pierre. Les choses s'étaient souvent passées ainsi. Elle, ferme, décidée, des allures de capitaine. Et brusquement, sous ses airs assurés, l'émergence d'un doute, d'une incertitude, d'une fragilité mal contenue, qu'il devinait. Mais il avait toujours hésité sur l'attitude à adopter. D'un côté, la tentation de la laisser se débrouiller avec son problème. Après tout, elle gagnait autant que lui, elle devait savoir faire les mêmes choses. De l'autre, le désir de l'aider. De voler à son secours, si irrépressible, parfois, qu'il avait eu l'impression d'être un caniche. « Un saint-bernard, plutôt ! » lui avait-elle ri au nez un jour où il se plaignait d'être « canichisé ».

Vexant. Mais la vie lui avait appris que les femmes, même lorsqu'elles ont la prétention de dompter les fauves, aiment la compagnie d'un saint-bernard. Un compagnon rassurant qui vient les sortir du fond de leur igloo lorsqu'elles s'y enfoncent.

Il descendit au salon. En trois secondes, il avait résolu le problème, et il remonta, satisfait. Il surprit Granier penché au-dessus de l'ordinateur de Barett.

— Comment peut-on se passionner pour ces machines ? Moi, ce qui me bluffe, ici, c'est la cuisine, au sous-sol ! *Juste* somptueuse !

Il ricana.

— Bon, évidemment, ma femme de ménage ne saurait pas y préparer un café...

— Elle est muette, votre femme de ménage ? demanda Pierre.

— Non, pourquoi ?

— Les commandes sont vocales.

Granier ignora la remarque.

— En revanche, continua-t-il, ces écrans partout, ces toiles de maîtres numériques... Assez vulgaire, non ? Vous avez vu, dans la cuisine, cette nature morte de Gauguin ? Évidemment, les Américains ont bâti la première puissance du monde, on ne peut pas leur demander, en plus, d'avoir du goût !

Pierre faillit lui dire que Barett aurait eu les moyens d'acquérir cinquante Gauguin *originaux*, mais qu'il avait préféré consacrer sa fortune à la lutte contre la pauvreté. Il faillit ajouter : « Ce n'est pas toi, crétin, qui verserais aux pauvres 30 % de tes droits d'auteur. » Mais il n'en eut pas le temps. Son portable sonna. Clara.

— Mon chéri, c'est toi ? Enfin ! Que fais-tu ? Où es-tu ?

— À Versailles.

Clara ne manifesta aucun étonnement.

— Pierre, enfin ! Cela fait des heures que j'attends que tu me rappelles ! Tu n'as pas eu mon texto ?

— Si, Clara, si. J'ai essayé de te rappeler, mais ça sonnait toujours occupé.

Pierre sentit qu'elle ne le croyait pas et laissa échapper un soupir de lassitude. Il regarda par la fenêtre. De l'autre côté du mur s'étendait le parc de Versailles. On distinguait le hameau de la Reine et le temple de l'Amour. Barett avait eu de la chance de passer des week-ends ici, avec Emma.

La voix haut perchée de Clara l'extirpa de son film.

— Pierre ! Pierre ! Tu m'entends ?

— Oui, ma chérie. Tout va bien à Alès ?

— Oui, ici, ça va, mais ton beau-frère, Jacques, ça ne va pas du tout... Ta sœur a téléphoné : il est à l'hôpital Saint Joseph-Saint-Luc !

Pierre se figea.

— Jacques ? Mais pourquoi ?

— C'est arrivé hier soir. Il ne se sentait pas bien. Il a pris deux cachets et il s'est senti mal. Des vomissements... Il s'est écroulé.

— Comment est-ce possible ? Où est-il ?

— À l'hôpital de Lyon, je te dis. Ils lui font subir des examens. Apparemment, il n'est pas seul dans son cas, les médecins sont débordés...

— À cause de quoi, Clara ? Clara, tu es là ?

Pierre se déplaça de quelques mètres. La communication passait mal.

Tandis qu'il cherchait un meilleur emplacement, Granier sortit de la chambre de Barett, son carnet à la main, et indiqua qu'il partait dans les jardins. Clara continuait :

— Il paraît que les canalisations ont été polluées. À Lyon, on n'a plus le droit de boire l'eau du robinet.

Sans attendre la réaction de son mari, elle se mit à crier :

— Pierre ! Pierre ! Allô ! Tu m'entends ? Tu crois qu'ici aussi il y a un risque ? Je fais comment, avec les enfants ? Tu crois qu'on peut prendre de l'eau dans la piscine et la faire bouillir ?

En d'autres circonstances, il aurait plaisanté, répondu à Clara qu'elle pouvait, au pire, se laver dans l'eau des nouilles. Mais la panique le gagnait, lui aussi. La probabilité que la perturbation du réseau d'eau potable à Lyon soit due à un accident lui paraissait extrêmement faible. Il avait immédiatement fait le lien avec Hong Kong. Les terroristes pouvaient entrer dans les systèmes informatiques des stations d'épuration, modifier les résultats des analyses, changer les dosages, laisser prospérer certaines bactéries.

Mais pourquoi avaient-ils frappé Lyon après Hong Kong ? Pourquoi Lyon avant Tokyo ou Los Angeles ? Sans doute fallait-il attendre que les pirates affichent leurs revendications. Mais pourquoi ne le faisaient-ils pas ?

Il retourna sur l'ordinateur de Barett. Il commençait à douter d'y trouver quelque chose. Et il croyait moins encore à la possibilité de découvrir la clé dans l'ordinateur de la bibliothèque. Ces machines étaient trop faciles à pénétrer. Si Dan Barett avait éprouvé le besoin de cacher ses lignes de code à dix mille kilomètres de Boston, ce n'était pas pour les laisser traîner sur un bureau. Fût-il celui d'un ordinateur.

Mais, s'il voulait qu'Emma les trouve, Barett lui avait forcément laissé des indices. Dans ce cas, ce portrait de Le Nôtre, en bas, en était sûrement un. Et il devait y en avoir d'autres.

Pensif, il sortit de la chambre de Dan. Il passa devant la sienne, dont la porte était restée entrouverte. Au fond, l'écran mural affichait, comme la veille, une banale photo du château de Versailles au coucher du soleil prise depuis les jardins. Il entra par curiosité dans la chambre voisine : là encore, une photo du château prise de la cour de Marbre, cette fois. Même constat dans la pièce qu'occupait Granier : toujours le château, vu d'avion. Il descendit l'escalier en courant pour rejoindre Emma. Elle était toujours devant l'ordinateur de la bibliothèque.

— Emma ! Dans quelle chambre t'installes-tu, d'habitude ?

Elle répondit, sans se retourner :

— La tienne. Enfin, celle d'Emma Brown. Dan avait trouvé extraordinaire que mon prénom figure déjà sur la porte.

Il se précipita vers elle et la prit par le bras, la forçant à se lever.

— Viens, viens vite !

— Mais, Pierre, qu'est-ce qu'il y a ?

— Suis-moi !

Il la conduisit devant la porte de la chambre « Emma » et lui demanda de tourner elle-même la poignée. Un geste qu'elle n'avait pas effectué la veille quand elle l'avait conduit ici : il s'en souvenait, maintenant, la porte était déjà entrouverte. Emma obéit et entra la première dans la pièce.

Sur le mur du fond, le château de Versailles avait fait place à une galerie de portraits en noir et blanc. Des portraits de chiens.

— Tu aimes les chiens ? demanda Pierre.

Emma se retourna.

— Mais enfin, Pierre ! Qu'est-ce qu'on vient faire ici ? Pourquoi m'as-tu amenée dans cette chambre ? Je la connais par cœur ! En plus, si tu veux le savoir, je déteste les chiens !

— Ah bon, tu n'aimes pas les chiens ?

— Non. J'ai été mordue par un roquet à l'âge de cinq ans, il m'a laissé une vilaine cicatrice au mollet. Dan le sait bien, d'ailleurs. Je ne comprends pas pourquoi il a décoré ma chambre avec des chiens.

Pierre, hypnotisé par les images de caniches couleur

sépia qui défilaient sur l'écran, écoutait à peine. La dernière photo de la série représentait une dame âgée coiffée d'un petit chapeau, dans un jardin, tenant dans ses bras un *poodle.* Elle l'embrassait sur le haut du museau.

— C'est Elsie de Wolfe ! s'exclama Emma.

Ils échangèrent un regard, conscients que quelque chose leur échappait.

— Écoute ! Cela ne ressemble pas à Dan de m'avoir mis tous ces chiens sous le nez, murmura-t-elle en baissant la tête. Ce n'est pas un hasard.

— Tu as compris ! Ces chiens sont apparus quand tu as mis *tes* empreintes sur la poignée. Il ne s'est rien passé quand j'y ai mis les miennes. C'est tout sauf un hasard : c'est un message de Barett.

31.

Un tunnel sous les stèles des poodles *! Tu imagines mon excitation ! Qu'y avait-il dessous ? Derrière ? Si j'avais pu sauter le mur d'enceinte qui sépare la villa Trianon du parc du château, je l'aurais fait. Je filai vers le portail, mon radar à la main, pour rejoindre l'entrée du parc, porte Saint-Antoine. Là-bas, devant sa cahute, le gars qui loue des vélos ne m'avait jamais vu courir aussi vite. Arrivé de l'autre côté du mur, j'allumai le radar et avançai sur le pré en direction du Grand Trianon, l'œil fixé sur l'écran de contrôle. Le souterrain dont j'avais identifié l'entrée se prolongeait-il bien dans cette direction ? Rejoignait-il l'autre extrémité, sous la chambre de Mme de Maintenon ? Et si c'était le cas, comment avait-il échappé aux générations de chercheurs qui avaient ausculté Versailles ?*

Je parcourus une vingtaine de mètres. Peu à peu, mon écran de contrôle me restitua une image de moins en moins nette. Le tunnel avait été creusé trop profond. Mais j'allais bien en direction du Grand Trianon. Et, malheureusement, je ne passais pas inaperçu. Qu'arriverait-il si je rencontrais un employé du domaine ? Je m'arrêtai vite.

La meilleure solution était encore de retourner au cimetière des chiens et de creuser. Elsie et son mari avaient dû reboucher l'entrée de manière sommaire : après tout, ils ne cherchaient pas, eux, à cacher le souterrain. Je ne pouvais cependant m'atteler à cette tâche le soir même. Je ne disposais pas des outils nécessaires et, surtout, le gardien allait rentrer.

J'attendis jusqu'au lendemain et trouvai un nouveau prétexte pour éloigner Terry. Je l'envoyai à Orléans pour récupérer un meuble que j'avais acheté par téléphone à un antiquaire de la ville. Je ne voulais pas qu'il découvre le passage secret. Pas maintenant.

J'avais bien réfléchi pendant la nuit. Et reconstitué le puzzle. Je comprenais pourquoi la lettre d'Elsie, qui avait déclenché mon envie d'acheter cette villa, annonçait en même temps la mort du caniche et la découverte du passage.

> [...] Une galerie souterraine qui démarre là où nous buvions le thé toutes les deux autrefois – te souviens-tu ?

Le rapport entre les deux événements n'était pas mentionné, mais le lien était évident. Charles Mendl et son jardinier avaient découvert l'entrée du souterrain en creusant la tombe du chien. Ce qui les avait, accessoirement, obligés à placer le caveau un peu plus loin.

Et la table ronde en fer forgé ! Sans doute était-elle placée là pour qu'Elsie puisse prendre le thé en compagnie de ses chers et défunts poodles *autant que de ses amis mondains.*

Pour commencer, il me fallait toutefois résoudre un problème technique. Contrairement à ce que j'avais imaginé, les époux Mendl ne s'étaient pas contentés de reboucher l'entrée du souterrain avec un couvercle de fortune. Ils l'avaient scellée avec une plaque de ciment recouverte de terre sur laquelle l'herbe avait depuis longtemps repoussé. Il me fallait trouver un marteau-piqueur. Deuxième difficulté : pour atteindre les entrailles du Grand Trianon il me faudrait dégager le tunnel à l'endroit où, à en croire la lettre d'Elsie, il s'était éboulé, à deux cents mètres de la villa. Bref, cette fois, il me fallait de l'aide. Discrète, si possible.

J'utilisai le truc que nous avait conseillé un de tes vieux amis français repreneur d'entreprises, tu te souviens ? Examiner les récents dépôts de bilan au tribunal de commerce et repérer un entrepreneur du BTP dans le besoin. Résultat immédiat. Alvès, un maçon portugais dont l'entreprise avait été liquidée trois semaines plus tôt, se présenta. Mes quinze mille euros et la promesse d'autres chantiers – s'il savait tenir sa langue – suffirent.

Il lui fallut moins d'une demi-heure pour ouvrir le boyau, mais presque quatre pour dégager les éboulis et consolider la galerie aux endroits sensibles. Pendant ce temps, je l'observais, je l'aidais, je dissimulais mon impatience. Une fois ouvert le passage où Elsie avait été bloquée, je passai devant et m'enfonçai dans la galerie en tenant devant moi l'une des grosses torches halogènes d'Alvès. Le maçon me suivait à quelques mètres. Le boyau filait vers le sud-ouest, en direction du Grand Trianon, comme je l'avais constaté avec le radar. Mais progresser sous cette voûte était épuisant : on pouvait à peine y tenir debout. Le sol était glissant, comme celui des souterrains du château que nous avions visités, toi et moi, avec le fontainier. Le rocher, humide, laissait goutter des perles d'eau qui venaient creuser le sol en tombant. Certaines gouttelettes, retenues par la roche, agrandissaient les stalactites que les siècles avaient sculptées. Ici, pas d'anfractuosités dans le rocher pour accueillir les bougeoirs ; le tunnel était plus rustique que ceux du petit parc. Nous parcourûmes environ un kilomètre avant que le boyau n'aboutisse, de nouveau, à un cul-de-sac, un barrage de roches et de pierres. Était-ce celui que je connaissais déjà ou, plus exactement, son versant opposé ? À l'autre extrémité de cet amas de roches, légèrement au-dessus de nous, ne devions-nous pas trouver l'ancienne chambre de Mme de Maintenon, l'endroit même où, à l'automne dernier, Granier, Kathrin et moi-même avions interrompu nos recherches ?

La direction – sud-ouest –, la distance – 1,1 km de la villa Trianon –, la profondeur – trois à quatre mètres sous le sol –, tout semblait indiquer que nous étions à quelques mètres de la chambre que nous avions auscultée. Tout, sauf le radar. Aveugle. Aucune liaison apparente vers le Grand Trianon. La couche de roches était trop épaisse. Nous l'avions déjà constaté l'autre jour.

Mais, cette fois, l'ordinateur vibra exactement au moment où j'allais refermer l'écran de contrôle et me tourner vers Alvès pour lui demander de prendre ses bâtons de dynamite. L'image se forma, faisant apparaître, à trois mètres de nous, sur la droite, une cavité. Un mètre trente de haut. Cinq mètres carrés de surface au sol. Le logiciel était précis.

— Yeah !

Mon cri de victoire surprit Alvès. Mais il garda ses remarques pour lui. Il avait visiblement compris que les quinze mille euros qu'il allait toucher servaient aussi à acheter son silence... L'aller-retour à sa voiture lui prit vingt minutes. La suite, il savait y faire. Une longue mèche. Trois bâtons de dynamite. Attendre, dehors, le bruit sourd de l'explosion. Et laisser reposer le long souffle de poussière.

Quand nous revînmes sur le lieu de l'explosion, la roche avait cédé. Une petite porte métallique apparut sous le faisceau de nos torches. Alvès donna un grand coup d'épaule : les gonds secoués par la décharge de dynamite cédèrent.

La chambre secrète était là.

Elle était effectivement minuscule et nous ne pouvions y avancer qu'accroupis. Un rat fila entre mes jambes et me fit lâcher la lampe. Alvès balança un coup de pied à l'animal et se heurta au mur en glissant. Moi, j'étais déjà ailleurs. J'avais ramassé ma lampe et dirigé le faisceau vers le fond de la pièce. Sur le sol terreux éclairé par le rai de lumière jaune, deux petites malles brunes cerclées d'argent m'attendaient. J'avançai d'un pas, excité. Hésitant aussi. Était-ce l'émotion ? La peur de découvrir ce que je cherchais depuis trois ans ? La peur de gagner, en somme ? Ces caisses renfermaient-elles vraiment les manuscrits les plus précieux de l'histoire de France ?

Leurs serrures étaient cadenassées. Je les soupesai sans rien dire. Étrangement légères. Mais pas vides : je le sentais en les inclinant sur le côté.

— Elles n'ont pas l'air bourrées de lingots ! lâcha Alvès, resté derrière moi.

Il ne semblait pas avoir conscience de la portée de la découverte ni de la solennité du lieu. Il ne voyait que deux vieilles malles rouillées, perdues au fond de l'un des innombrables souterrains qui quadrillaient le sous-sol de la ville royale.

— Rassurez-vous, ce n'est pas la fortune que je cherche, répondis-je.

— Quoi, alors ?

— Des papiers.

Il me jeta un regard intrigué en faisant tourner le faisceau de sa lampe dans la pièce. Quel était ce type qui lui promettait quinze mille euros pour chercher de vieux papiers au fond d'un tunnel sombre ? Comme je demeurais figé, fasciné par ma trouvaille, il me demanda :

— On les remonte là-haut ?

Tu peux imaginer les pensées qui m'assaillaient tandis que nous parcourions, nos malles dans les bras, le chemin du retour vers la villa Trianon. La conviction de tenir, enfin, le morceau d'Histoire si longuement cherché. La fierté d'avoir trouvé le trésor qui avait fait rêver des générations d'historiens. Les doutes, aussi : ces malles contenaient-elles les archives de Louis XIV, ou seulement celles de Louis XVI ? Le plan de Le Nôtre s'y trouvait-il effectivement ?

Lorsque nous posâmes les coffres sur la table de la véranda, je constatai qu'ils étaient en bon état, compte tenu de leur âge. Alvès fit sauter les cadenas en quelques secondes puis partit se laver les mains, signifiant ainsi que son travail était terminé. Il ne souleva pas les couvercles. Peut-être avait-il deviné que je voulais savourer seul ma découverte.

Je grimpai rapidement dans ma chambre chercher les quinze mille euros, puis raccompagnai l'ouvrier, ravi, jusqu'à la grille, en masquant mon impatience. Après avoir refermé le portail, je remontai en courant l'allée bordée de platanes. Un autre doute surgissait soudain. Napoléon ne s'était-il pas déjà servi, n'avait-il pas sorti certaines pièces des archives secrètes pour les verser aux archives officielles, voire les garder pour lui ? En m'approchant de mes précieux coffres, je ressentai une émotion étrange.

De la force et de l'inquiétude. Je me sentais invincible et, en même temps, je tremblais. Aucune rencontre avec un chef d'État, aucun logiciel génial, aucune explosion du cours de l'action Controlware ne m'avait jamais procuré le même sentiment de puissance et de vertige à la fois. J'allais tenir entre les mains des documents que seuls Louis XIV, Louis XV, Louis XVI et Napoléon avaient examinés avant moi. J'étais leur héritier, leur légataire, leur témoin. Le maître du monde moderne entrant chez les maîtres du monde ancien. Le détenteur des secrets du futur au seuil des secrets de l'Histoire. Et, peut-être, du secret de Dieu. J'étais un nouveau Moïse.

— *Moïse 2.0, aurais-tu dit, comme autrefois lorsque tu te moquais de mes ambitions planétaires.*

Lorsque je m'assis en face des deux coffres, c'est à toi que je pensai. À toi et à personne d'autre, je te le jure. J'aurais voulu partager ce moment-là avec toi.

J'ouvris la plus grande des deux malles. Elle contenait des liasses de lettres et de papiers jaunis entourés de rubans ou rassemblés dans des reliures ouvragées. Je parcourus les intitulés et les en-têtes et remarquai aussitôt que le mot « roi » était parfois écrit avec un « i », parfois avec un « y », comme si des documents du XVIII*e* *siècle s'étaient mêlés à ceux du* XVII*e*. *Un bon signe.*

Les premiers feuillets, une trentaine au moins, étaient constitués de tableaux, découpés en larges colonnes, et couverts d'une écriture serrée : « Nom / Âge/ Signalement. » Des listes de gens à surveiller, visiblement. La version Ancien Régime des écoutes téléphoniques ? D'autres commençaient par « affaire » : affaire « Calas », affaire « des Jésuites »... J'imaginai que Louis XIV avait consigné là tous ses rapports de basse police.

Je me jetai ensuite sur un livre de comptes de « M. de Colbert pour le Roy de France », sous-titré « Versailles 1663-1685 » : les conservateurs d'aujourd'hui devaient travailler sur des comptes apurés ou édulcorés, car Louis XIV avait jalousement gardé pour lui les dépenses réelles ! La trace du fameux escalier de Costello s'y trouvait sûrement, mais je le vérifierais plus tard. J'étais trop impatient de découvrir la suite. Une autre trouvaille, pourtant, me fit presque oublier ce que je cherchais : « Récapitulation de l'accord établi entre M. Marie Joseph Paul Yves Roch Gilbert Motier, marquis de La Fayette, et M. George Washington, commandant en chef de l'armée américaine le 6 février 1778 ». Il tenait en une page, et, comme il était en anglais et en français, je n'eus pas à le lire deux fois pour comprendre son incroyable valeur historique. Il révélait les vraies raisons du soutien français aux « insurgents » américains lors de la guerre d'indépendance ! L'existence d'un accord, tiens-toi bien, d'un deal secret entre Français et Américains, une annexe au fameux traité d'amitié, d'alliance et de commerce ! En récompense du soutien français contre l'Empire britannique, les Américains, une fois débarrassés de la tutelle anglaise, s'engageaient à aider la France (qui possédait déjà la Louisiane, souviens-toi) dans sa reconquête du Canada ! Si cet accord avait été appliqué, la langue de Molière aurait dominé le continent nord-américain au tournant du XIXe siècle... Et dire que c'était la Révolution française qui avait empêché ce plan fomenté par Louis XVI de se réaliser ! Le grand benêt était finalement meilleur stratège qu'on ne l'imaginait. Et Bonaparte, lui, beaucoup moins, quand on songe qu'étranglé par les dettes il a bradé la Louisiane pour vingt millions de dollars-or, anéantissant ainsi à jamais le rêve d'une France américaine...

J'ouvris le second coffre. Là encore, je dénichai quelques liasses de lettres, d'accords et de déclarations. Je passerais des heures, bientôt, à les déchiffrer, pour le plaisir. Accessoirement, je découvrirais pourquoi ce tunnel reliant le Grand Trianon à la villa du même nom avait été creusé à l'époque de Louis XVI : il permettait de quitter le domaine royal en toute discrétion. Le frère du roi, le futur Charles X, qui appréciait les jolies femmes et les rencontres galantes, en était le premier utilisateur ; l'accès secret lui permettait de passer des nuits entières dans son pavillon de chasse sans que nul ne s'aperçoive de son absence...

Mais je ne perdis pas une minute, ce jour-là, à examiner les précieux documents historiques.

Je n'eus pas à chercher longtemps.

Sous les papiers, plié en quatre, figurait un plan. Je sentis mes mains trembler lorsque je le saisis et le déployai.

C'était lui, enfin.

Le plan initial des jardins de Le Nôtre.

32.

— *Canis lupus*, ça veut dire quoi ?
— Chien-loup. En latin.
— J'ai un fichier qui s'appelle comme ça.
— Regarde toujours...

Emma et Pierre étaient retournés sur le lit-divan de la chambre de Dan et, à tour de rôle, tapaient sur le clavier de son ordinateur. Depuis plus d'une heure, ils cherchaient des fichiers comportant le mot « chien », les derniers livres numérisés par Dan sur ce sujet, et tout ce qui pouvait présenter un rapport avec le meilleur ami de l'homme. Ils avaient traduit « chien » et « caniche » en dix langues, à la recherche d'un double sens qui leur aurait échappé. En vain.

— Je vois, annonça Emma après avoir regardé le fichier *Canis lupus*. C'est une liste de petites annonces. Je me souviens. Dan a voulu comparer le prix d'un vrai chien avec celui de Kagébé.

Pierre s'étonna.

— Je ne l'imaginais pas se préoccuper de ce genre de détail !

— Oh, tu sais, Dan n'était jamais là où on l'attendait.

Emma laissa retomber ses mains sur ses genoux avec un soupir de découragement. Ou de tristesse, elle ne savait plus très bien. Pierre, pensif, debout près de la fenêtre, grattait du doigt un raccord de plâtre qui avait débordé.

— Attends voir, reprit-il en se retournant vers elle. Et si Barett voulait simplement dire qu'il faut chercher du côté des chiens ?

Elle leva les yeux au plafond.

— Parce que tu crois qu'on fait quoi, là ?

— Non, je veux dire chercher *physiquement* du côté des chiens : l'endroit où se trouvaient leur niche, leur panier, leur gamelle, je ne sais pas, moi...

La sonnerie du téléphone empêcha Emma de répondre.

— C'est Brad ! Tu m'accordes une seconde ?

Elle se leva et marcha jusqu'à la porte. L'appel de Brad ne tombait pas au bon moment, mais – elle jeta un coup d'œil rapide vers sa montre du poignet droit – il était 1 heure du matin à San Francisco et il avait essayé de la joindre toute la soirée. Elle n'allait pas lui demander de rappeler.

— *How are you, babe ?* Je m'inquiète pour toi. *Darling*, je n'aime pas te savoir dans ce genre de pays.

Elle faillit lui répondre que Paris, en ce moment, n'était sûrement pas plus risqué que les grandes villes américaines. Et que le destin de la première puissance du monde se jouait peut-être ici. Mais elle se retint. Ce qui l'agaçait le plus, en réalité, c'était qu'il l'appelle *babe*. Bébé. Sans doute cette petite tendresse convenait-elle encore, dix ans plus tôt, à l'époque où leur différence d'âge était plus criante qu'aujourd'hui et où, comme le lui avait expliqué son psy, elle trouvait en lui un « substitut de père ». Mais ce n'était plus le cas. D'ailleurs, elle lui avait demandé de trouver un autre petit nom. Il avait refusé.

— Même si j'essayais, *darling*, je n'y arriverais pas !

En fait, même *darling* ne lui plaisait pas. Trop convenu. Pas assez spontané. Elle s'éloigna de quelques pas dans le couloir : Brad parlait tellement fort que Pierre aurait pu entendre leur conversation.

— Écoute, Brad, j'ai peu de temps. Je suis occupée... Oui... Une chose très importante. Je t'en parlerai plus tard... Mais je t'assure que tout va bien...

— Tu es toujours à Arromanches ?

— Non, je suis à Versailles, dans la maison de Dan.

— Ah ! quelle bonne idée ! Tu y es davantage en sécurité ! Rebecca est avec toi ?

— Pas encore, mais j'espère qu'elle va me rejoindre.

Emma n'avait pas envie de lui parler du bébé. Il le saurait bien assez vite, si cet enfant existait vraiment. Cette nuit, elle n'avait cessé de ruminer la nouvelle, et elle n'arrivait toujours pas à y croire.

— Quand rentres-tu à San Francisco, *darling* ?

— Je ne sais pas. Dès que j'aurai terminé !

— Je n'aime pas te savoir dans ce pays, répéta-t-il.

Qu'allait-il ajouter ? Sa tirade habituelle sur la France « archaïque », « prétentieuse », « soi-disant créative, alors que tous les chiffres prouvaient le contraire : le nombre de brevets, de livres, de films, l'absence d'artistes contemporains... ». Emma trouvait qu'à force, l'insistance de Brad sur le sujet devenait lourde. Pour lui, les Français n'étaient des modèles qu'en amour. « Là, au moins, j'ai testé », disait-il en jetant à Emma des coups d'œil de biais.

— Et pour le portefeuille Controlware, Emma, que me conseilles-tu ? L'action dégringole à Wall Street, tu penses bien...

Emma faillit répondre à son mari : attends un jour ou deux ; si nous réussissons, elle va remonter en flèche ; sinon, elle va s'effondrer pour de bon, et pour longtemps. À cet instant, la deuxième hypothèse lui semblait la plus probable. Mais, si elle mettait Brad dans la confidence, elle se plaçait hors la loi. Délit d'initié. Elle ne plaisantait pas avec ces choses-là. Chez Berkings & Shannon, elle avait fait virer un des collaborateurs auxquels elle tenait le plus parce qu'il boursicotait pour son compte en utilisant les informations obtenues dans le cadre de son travail. Dégagé dans l'heure, le type. Dix minutes pour prendre ses affaires. Et pas le micro-ordinateur, évidemment. Emma n'avait jamais été aussi inflexible que ce jour-là. Elle n'aurait donc pour rien au monde fourni à Brad des informations sur Controlware. Et pas seulement par respect de la loi : au fond d'elle-même, elle savait qu'il y avait plus grave. Si elle poussait Brad à vendre ses actions Controlware, elle aurait l'impression de trahir la mémoire de Dan. De le faire mourir une deuxième fois.

— Fais ce que tu veux, marmonna-t-elle, tu as sûrement de meilleures informations que moi en ce moment.

— Emma, que se passe-t-il ? Tu me manques, chérie, je...

La sonnerie indiquant un autre appel en attente interrompit les tendresses de Brad.

— C'est Rebecca, il faut que je te laisse ! On se reparle ce soir. Je t'embrasse.

— À ce soir. Je t'aime.

« Je t'aime »... Pendant qu'elle prenait l'appel de Rebecca, Emma se dit que Brad prononçait ces mots machinalement, à l'américaine. Elle avait vu traîner sur sa table de chevet le fameux livre *Les hommes viennent de Mars, les femmes viennent de Vénus.* Le bréviaire des couples parfaits, ceux qui savent dialoguer « par-delà leurs différences ». Commandement n° 1 (pour lui) : dire « je t'aime » deux ou trois fois par jour à sa femme pour qu'elle se sente en sécurité (et qu'elle lui fiche la paix).

— Maman ! Où es-tu ? s'écria Rebecca d'une voix contractée.

Elle aussi avait essayé vingt fois de joindre Emma depuis la veille.

— Ma chérie, je suis à Versailles, dans la maison de Dan Barett. La villa Trianon, je t'en ai déjà parlé. J'aimerais bien que tu viennes m'y retrouver. On discutera mieux en face à face, non ?

Elle sentit que sa fille se dérobait.

— Tu sais, *mom*, il n'y a rien à discuter. J'ai déjà pris ma décision. Je veux garder le bébé.

— Écoute, on ne va pas en parler maintenant ! Le téléphone peut être coupé d'un moment à l'autre. Mais un enfant, c'est une lourde responsabilité...

— C'est toi qui dis ça ?

Emma ferma les yeux. Sa fille mettait le doigt sur la plaie. Elle préféra ignorer sa remarque.

— Veux-tu prendre un crayon et noter l'adresse ? 57, rue du Faubourg-Saint-Antoine. Tu viens dès que tu peux, d'accord ? Cet après-midi ?

Emma raccrocha sans obtenir de vraie réponse et se dit que Rebecca ne viendrait pas. Puis elle retourna, mal à l'aise, dans la chambre « Moi ». Au coup d'œil que lui jeta Pierre, elle comprit qu'il avait deviné son trouble. Elle ne pouvait dissimuler les signes cliniques de la contrariété. Les yeux en retrait. Dessous, côté gauche, la veine bleue, brusquement apparente. La commissure des lèvres s'étirant vers le bas. Pierre avait déjà repéré tout ça. Il ne chercha pas à l'interroger.

— Que disais-tu avant que je décroche le téléphone ? demanda Emma.

— Qu'il faudrait fouiller les endroits où vivaient les chiens d'Elsie.

— Sauf qu'on ne sait pas où c'cst...

— Il y avait deux niches, à l'entrée, bordant l'allée, quand nous sommes arrivés hier soir.

Il avait raison. Elle s'était même demandé à quoi elles servaient : au bout des chaînes, il n'y avait pas de chien. Peut-être les bêtes dormaient-elles chez le gardien ?

— On y va ? dit Pierre.

Emma n'eut pas le temps de répondre qu'elle n'était pas sûre d'avoir vu ces niches la première fois qu'elle était venue à la villa ; Pierre était déjà sorti de la pièce.

Ils dévalèrent le grand escalier et se précipitèrent dans la cour. Il était presque 11 heures et aucun nuage n'empêchait le soleil de taper, là-bas, derrière eux, sur le Grand Canal, l'Orangerie, les Trianons. La peau de plomb d'Apollon devait briller, laquée de reflets d'or. Il y avait des jours comme ça, pensa Pierre, où les dieux (Dieu ?) avaient décidé de briquer Versailles. Un tel jour pouvait-il finir en jour d'apocalypse ?

Pierre se retint de saisir la main de la jeune femme qui courait, près de lui, pour remonter l'allée.

Ils arrivèrent, essouflés, à hauteur de la grille. À droite, sous les grands arbres, deux niches en bois faisaient face au pavillon du gardien. La première, haute d'un mètre environ, en pin foncé, ressemblait à un chalet de montagne. Au-dessus de la porte, le bois était remplacé par des carreaux de verre de couleur, comme on en voit parfois aux fenêtres des brasseries. La seconde niche, en bois clair, était plus classique.

— On en trouve comme celle-là dans toutes les jardineries, commença Emma.

— L'autre, en revanche, ferait le bonheur d'un antiquaire, compléta Pierre.

Au moment où il s'accroupissait sur le sol pour regarder à l'intérieur, Terry sortit de sa maison. Emma alla à sa rencontre.

— On cherche un petit objet que Dan Barett pourrait avoir caché dans la niche du chien, lui expliqua-t-elle.

Terry pouffa.

— Je ne vois pas M. Barett faire ça !

— Et pourquoi ? rétorqua Emma, vexée.

— C'était la niche de Galaad. Un gros berger allemand, doux avec les enfants, mais féroce avec les étrangers. M. Barett a toujours gardé ses distances. Il préférait le chien électronique !

— On peut jeter un coup d'œil, quand même ?

— Si vous ne craignez pas de vous salir...

Pierre, à quatre pattes sur le gravier, examina la grande niche sous tous les angles. Vide. Emma le regardait faire. Au moment où il allait s'attaquer à la plus petite, elle s'exclama :

— Pierre, j'ai une idée ! Je sais où Dan a dû cacher le fichier !

L'informaticien lui adressa un regard furtif et acheva sa tâche sans un mot. Elle allait toujours trop vite. Elle se tourna vers Terry.

— Kagébé ! Où est Kagébé en ce moment ?

— Dans sa niche... ou, plutôt, non : il recharge ses batteries dans ma cuisine.

— Vite ! Allons-y !

Elle fit signe à Pierre de les suivre dans le pavillon de garde. Emma n'y était jamais entrée. C'était une minuscule maison, vétuste et sommairement meublée, avec un jardinet tout en longueur. L'entrée donnait directement sur le salon, qu'on traversait pour rejoindre la cuisine. Une cuisine d'homme, pensa Emma. Sur les étagères s'entassaient en effet, pêle-mêle, des dizaines d'outils de bricolage : pinces, clés, marteaux, perceuse, scie sauteuse... et même un engin destiné à dévider du ruban métallique permettant d'attacher des paquets ou de fixer un chargement sur des palettes.

Le chien-robot, relié à une prise électrique, était assis, les pattes arrière repliées, sur une table en Formica brûlée en plusieurs endroits. Emma nota le contraste entre le luxueux gadget en titane et l'indigence du lieu. Dan n'avait sûrement pas imaginé les choses ainsi. Terry avait dû se prendre de passion pour le cyberchien et l'avait adopté.

— Je suis sûre que Dan a dissimulé une clé USB sous son ventre, fit Emma. Ou une puce contenant les lignes de code.

— Ça m'étonnerait, rétorqua Terry. Vous savez, je l'ai regardé de près... Je ne crois pas que Kagébé cache quoi que ce soit, ni sous son ventre ni ailleurs.

Pierre débrancha l'animal et le souleva avec précaution. Il sentait le regard méfiant du gardien posé sur lui.

— Vous l'avez déjà démonté ?

— Je ne m'y risquerais pas !

— Je peux l'emporter ?

Le visage du gardien se renfrogna.

— Si vous me le rapportez en état de marche...

Emma dit à Pierre qu'elle le rejoindrait et le regarda s'éloigner vers la villa, le chien dans les bras. Elle voulait parler à Terry, et le courant passerait mieux en tête à tête.

Elle passa plus d'une demi-heure à interroger le gardien. Qui Barett avait-il vu lors de ses dernières visites ? Qu'avait-il fait ? Comment avait-il dirigé les derniers aménagements ? Un détail lui avait peut-être échappé. Elle ne devait négliger aucune piste.

— Vous savez quelle était son obsession lorsqu'il est venu, en juillet ? demanda soudain Terry, assis à la table de la cuisine.

Emma nota que l'écran de contrôle de la villa trônait sur le plan de travail de l'évier.

— Non, dites-moi.

— Le ginkgo biloba. Vous voyez ce que c'est ?

— Un arbre ?

— Un arbre, madame Shannon, mais pas n'importe quel arbre ! Le ginkgo de la villa Trianon avait été en partie déraciné pendant la grande tempête de 1999. M. Barett adorait cet arbre, il a tout fait pour le sauver.

— Ah bon ? Il ne me l'a jamais dit. Où est-il, ce ginkgo biloba ?

— Au fond du jardin, près du mur d'enceinte. Il fait de l'ombre au-dessus des tombes.

Emma écarquilla les yeux.

— Les tombes ? Il y a un cimetière ici ?

— Vous n'avez jamais vu ? Le cimetière des chiens. Lady Mendl adorait les caniches et...

Mais Emma ne l'écoutait plus.

Il la vit filer en courant, contourner la maison et se diriger vers le mur qui séparait la villa Trianon du parc du château. Les tombes des chiens ! Elle avait pourtant dû les voir, la première fois que Dan lui avait fait visiter le jardin. Mais elle n'avait eu d'yeux que pour la piscine extérieure – l'ancien bassin de Lady Mendl –, le pavillon de musique et les petites allées ombragées, animées de sculptures.

Elle reconnut de loin la silhouette massive du ginkgo biloba, son tronc un peu rouge, ses feuilles en forme de papillon. Elle avait entendu dire que ces arbres – de véritables fossiles vivants qui avaient connu l'époque des dinosaures – avaient un sexe. Mais ce n'était pas le moment de se demander lequel.

À sa droite, quatre stèles de marbre étaient alignées contre le mur. Emma s'approcha, comme on s'approche toujours d'une tombe, au ralenti, sans faire de bruit. Les quatre sépultures portaient, en médaillon, la photo d'un caniche. Les dédicaces gravées dans le marbre étaient, elles, illisibles, dissimulées par la mousse et la poussière. Emma crut distinguer un « J » et un « Y » sur l'une d'elles et, sur une autre, une date, « 1922 » peut-être. Elsie de Wolfe devait avoir été folle de ses chiens pour les enterrer ainsi, comme des humains. Emma l'imaginait, le soir, dans son petit cimetière sous la lune, pleurant ses *poodles.* Lady Mendl aurait-elle fait la même chose aujourd'hui avec Kagébé ? Pourquoi pas... Emma avait bien vu des hommes embrasser leur ordinateur.

À quelques mètres des tombes, une table ronde et quatre chaises en métal, style Art nouveau, jouxtaient une fontaine en forme de bénitier surmontée d'un Amour en plâtre. Quelques gouttes tombaient, paresseuses, de la bouche du poisson que l'enfant tenait à la main. Emma épousseta une chaise du bout des doigts, s'assit et contempla les stèles. La paix des cimetières la fascinait. Le calme et la mélancolie qui baignaient ces lieux lui procuraient un étrange bien-être.

« Elsie n'a pas érigé ces tombes n'importe où, pensa-t-elle. Les moines aussi, pour construire des abbayes, choisissent toujours des endroits merveilleux. En plus, il y a de la place. Elle aurait pu y enterrer une ménagerie. »

Son pragmatisme avait repris le dessus. Elle demeura un instant figée devant les stèles si parfaitement alignées. Un détail la troublait. Tout à l'heure, lorsque les photos avaient défilé sur l'écran, dans sa chambre, n'étaient-ce pas trois tombes qu'elle avait aperçues en arrière-plan ? Là, il y en avait quatre.

Emma courut vers la villa et se précipita dans la pièce marquée à son nom. Elle fit défiler les photos sur l'écran et, cette fois, lut avec attention les légendes en surimpression.

Troop, né en 1908, disparu en 1915
Be-bop, né en 1919, disparu en 1922
Jelly, né en 1922, disparu en 1932

Apparut ensuite l'image d'Elsie de Wolfe posant dans le jardin avec son caniche : *Lady Mendl avec Moon, juillet 1949.* En arrière-plan, on distinguait le mur d'enceinte. Emma s'approcha de l'écran. Derrière Elsie, photographiée en plan large, trois tombes étaient visibles. Deux d'entre elles étaient juxtaposées, et la troisième était éloignée de deux mètres environ.

— Pierre ! Viens voir ! s'écria-t-elle.

L'informaticien, qui était en train d'examiner le chien-robot dans la chambre voisine, celle de Dan, vint aussitôt la rejoindre, pas fâché d'être interrompu dans sa tâche. Il n'avait rien trouvé, ni *sur* ni *dans* Kagébé. Et remettre proprement en place toutes les vis l'énervait. Plus compliqué que de monter la cuisine Ikea de Clara avant les vacances.

— Tu vois ? fit Emma en désignant la photo après lui avoir raconté ce qu'elle venait de découvrir dans le jardin. Sur l'image, prise un an avant la mort d'Elsie en 1950, il n'y a que trois tombes. La quatrième devrait être celle de Moon, le chien qu'elle tient dans ses bras. Mais, si tel était le cas, pourquoi sa tombe se trouverait-elle au milieu des trois autres, et pas à la suite ? Pourquoi Elsie a-t-elle d'abord laissé un espace entre les deux premières tombes et la troisième ?

— Il n'y a pas de nom sur les tombes ? demanda Pierre.

— Si, mais ils sont illisibles, viens voir...

Au moment où ils franchirent la porte de la véranda, le soleil les éblouit à nouveau. Il serait bientôt au zénith et la chaleur était presque insupportable, même à l'ombre du ginkgo. Pierre s'accroupit près d'une stèle et toucha du doigt l'inscription gravée dans la pierre.

— C'est illisible, je te dis, insista Emma.

Pierre sourit, énigmatique.

— Pas sûr... Ne bouge pas, j'arrive !

Il revint cinq minutes plus tard avec un seau d'eau et

une cuvette remplie de poussière sablonneuse. Il les posa devant les tombes et sortit un pinceau de sa poche.

— Ça te rappelle quelque chose ? lâcha-t-il sans se retourner.

Comme il l'avait fait au cimetière américain, Pierre se mit à recouvrir le haut des stèles avec du sable humide. Il faisait si chaud que la pâte brune séchait presque instantanément. Il passa ensuite avec précaution le pinceau autour des lettres. Emma, qui contenait mal son impatience, debout à côté de lui, épelait les lettres au fur et à mesure de leur apparition. Lorsque Pierre se releva, les inscriptions étaient devenues lisibles. Emma les déchiffra à haute voix :

Troop, 1908-1915
Be-bop, 1919-1922
Ours 1950-1964
Jelly, 1922-1932

Ils restèrent en arrêt devant la troisième stèle, celle qui ne figurait pas sur la photo de Lady Mendl.

— Ce chien ne peut pas avoir été enterré ici en 1964 ! s'exclama Emma. Elsie était morte depuis quatorze ans ! D'ailleurs, tu as bien vu sur la photo : son dernier caniche s'appelait Moon, pas Ours !

L'informaticien ne répondit pas aussitôt.

— Et tu as vu, Pierre ? Il a un nom français, celui-là. C'est curieux. Pourquoi « Ours » ? Il devrait plutôt s'appeler *Bear*, non ? Tu crois qu'Elsie se sentait de plus en plus française, avec le temps ? Quand même, c'est curieux...

Pierre, qui s'était assis par terre, se releva soudain.

— Répète ce que tu viens de dire, Emma !

— Que c'est curieux ?

— Non, pas ça, juste avant !

— Pourquoi le dernier caniche a-t-il un nom français, « Ours » ?

Pierre la regarda fixement. Elle n'avait pas prononcé « ours » de la même manière la première fois. Même si elle parlait parfaitement le français, elle avait mis, sans y prendre garde sans doute, une pointe de « z » dans le « s ».

Il serra les poings.

— Ours, Emma ! J'ai compris ! Ce n'est pas un mot français ! Ce n'est pas la traduction de *bear* ! C'est *ours* en anglais, c'est-à-dire...

— *Ours* ? Comme *yours* ? Autrement dit : « à nous » ?

— À nous... ou « le nôtre », Emma ! « Le Nôtre » !

33.

Je m'assis sur le tapis de la véranda et j'étalai le plan par terre, devant moi.

C'était une petite merveille. Un beau dessin au graphite, à la plume et à l'encre noire, rehaussé de bleu et de vert très pâles. La moisissure ne l'avait pas rongé, malgré les siècles passés sous terre. Les alignements et les boisements étaient représentés par des silhouettes d'arbres et leurs ombres jumelles ; les champs cultivés étaient rayés au lavis, les prairies lavées de vert, et les cours d'eau de bleu, prolongés, jusque sur leurs berges, par des effets d'ombre portée. Il était moins grand que je ne l'avais imaginé (un mètre de large environ), et avait été constitué de deux feuilles assemblées et collées sur un support de papier épais.

Le document ne portait pas la signature de Le Nôtre. À cette époque, les auteurs signaient rarement leurs travaux, exécutés en partie par leurs collaborateurs dans leurs ateliers. Mais il portait une date : 1662. Elle valait pour moi tous les tampons et toutes les signatures. Comme le plan de 1664 découvert par le jeune chercheur français, et que j'avais eu l'occasion d'examiner de près à la Bibliothèque nationale de France, le mien portait, en filigrane, un chapelet inscrit d'une croix de Malte, et la contremarque du fabricant de papier : BC, pour Benoît Colombier.

Je connaissais par cœur les plans des jardins de Versailles, à toutes les époques. Je constatai donc au premier coup d'œil que le dessin que je détenais était, en réalité, un « dessein ». Autrement dit, un projet qui n'avait jamais été réalisé (ou en partie seule-

ment) et non le relevé d'un état existant. Le squelette du parc y apparaissait, avec tous les tracés familiers – allées, bosquets, bassins. Mais à l'emplacement de la future pièce d'eau des Suisses figurait un grand bassin octogonal, bordé d'un alignement d'arbres. Et, seconde surprise, dans le grand rectangle de pelouse planté entre le parterre de Latone et le bassin d'Apollon, s'allongeait l'« allée royale du Tapis vert ». Oui, la même qu'aujourd'hui ! Alors qu'elle n'existait pas sur le plan de 1664 ! Comment était-ce possible ? Pourquoi Le Nôtre l'avait-il dessinée en 1662, retirée en 1664, puis fait exécuter quand même en 1667 ? Avait-il eu des remords ? Le roi avait-il changé d'avis, acceptant à la fin de la décennie ce qu'il avait refusé au début ?

Je regardais le plan. Je le caressais des yeux. Je sentais la sueur glisser sur ma nuque. C'était le début de l'été. Il ne faisait pas très chaud, mais, après la fraîcheur du souterrain, la moiteur de la véranda baignée de soleil faisait monter en moi une douce fièvre. À moins que ce ne fût l'émotion... Moi qui, d'habitude, parviens si bien à dissimuler mon trouble. Tu me l'as assez reproché, non ? Reconnais quand même que si je suis devenu l'homme le plus riche des États-Unis c'est en partie aussi grâce à ce talent. Pour faire fortune, il faut être maître dans l'art de cacher ses sentiments, à défaut d'être maître dans l'art de les évacuer.

Face au plan de Le Nôtre, j'étais plus ému – je peux te le dire, à toi – qu'à la naissance de Kevin. Plus ému peut-être que Champollion devant la pierre de Rosette. Archimède dans sa baignoire. John Suter sur sa rivière de Californie, le jour où il découvrit les premières paillettes d'or. J'avais le sentiment de vivre l'une de ces heures rares dans la vie d'un individu, où l'Histoire s'écrit.

L'Histoire, tu le sais – nous en avons si souvent débattu, toi et moi –, n'avance pas de façon continue, linéaire, constante. Elle chemine comme le fait un artiste, un chercheur, un explorateur. Elle charrie des milliers d'heures, oisives ou actives, mais indifférentes au regard des siècles. Le peintre esquisse, croque, va, vient, revient, déchire, efface, repeint dans le silence de l'atelier. John Suter traverse la solitude des steppes et des montagnes pour rejoindre la mer.

Et puis, un jour, surgit la fulgurance. L'illumination. La découverte qui va tout changer. Là, à ces instants rares, sublimes ou terrifiants, l'Histoire tremble et progresse. Un chef d'œuvre naît. Un génie surgit de la masse des millions d'hommes qui, chaque jour, naissent, passent et meurent, anonymes pour l'éternité. Mozart compose La Flûte enchantée. *Picasso peint* Les Demoiselles d'Avignon, *Suter découvre des paillettes d'or dans un cours d'eau. Et c'est l'histoire du monde qui change. Une mélodie s'inscrit dans l'histoire de la musique. Un chef-d'œuvre éclaire au-delà de son temps. Le destin de la Californie bascule. Tu te souviens de la phrase de Paul Valéry que tu m'avais assénée, un jour où tu voulais avoir le dernier mot ? « L'Histoire dure par les moyens, avance par les extrêmes. » Très fort ! J'en avais presque regretté de ne pas avoir fait mes humanités à Sciences-Po, comme toi.*

J'avais le sentiment de vivre l'un de ces moments extrêmes.

Je me rendis vite compte qu'il existait d'autres différences entre le plan que je détenais et les jardins du château. Des détails, pour un observateur distrait. Mais je n'étais plus, depuis longtemps, un observateur distrait devant les chefs-d'œuvre de Versailles.

Ma tâche était facilitée par le fait que les bassins étaient légendés : ils portaient une lettre majuscule qui renvoyait à leur nom, écrit à la main en petits caractères, au-dessous du plan. Ensuite, découverte tout aussi étonnante, j'aperçus quelques sculptures « stylisées » : quelques traits, tracés par Le Nôtre, indiquant la forme des statues qui ornaient les bassins principaux.

Latone ! Elle trônait bien là, placée au même endroit qu'aujourd'hui, au milieu de son bassin, pas encore surélevée. Mais elle ne se trouvait pas, pour autant, dans sa position habituelle. La mère d'Apollon n'était tournée ni vers le château, comme elle l'était à l'origine, ni vers le bassin d'Apollon, comme c'est le cas aujourd'hui mais... entre les deux.

Latone regardait vers le bassin situé à sa gauche sur le parterre, l'un des deux bassins des Lézards.

Et ce bassin ne s'appelait pas le bassin des Lézards, mais le bassin de Jupiter.

Jupiter, le dieu des dieux, l'amant de Latone ! J'avais vu le dessin préparatoire de cette fontaine au Nationalmuseum de Stockholm... Je m'en souvenais maintenant. Jupiter, armé de son foudre, venant au secours de sa maîtresse préférée et déchargeant sa colère sur les paysans de Lycie coupables de l'avoir maltraitée, elle et ses enfants.

L'autre bassin des Lézards, celui situé à la droite de Latone, portait le même nom qu'aujourd'hui.

Je n'en croyais pas mes yeux. L'épisode mythologique tel qu'il avait été figuré dans les jardins ne correspondait donc pas au dessein initial de Le Nôtre. Il était tronqué. Le jardinier avait voulu, à l'origine, illustrer trois scènes. La première : Latone implorant le dieu des dieux de punir les paysans qui l'humiliaient. La deuxième : Jupiter entendant son appel et s'exécutant. La troisième : les coupables se transformant en crapauds.

Sur le plan que je tenais entre les mains, ces trois phases correspondaient bien aux trois bassins. Ils étaient placés en triangle, la chronologie de l'action se lisant naturellement dans le sens des aiguilles d'une montre.

Mais jamais les jardins de Versailles n'avaient été réalisés ainsi. Tous les plans futurs, tous les dessins exécutés par la suite évinçaient la deuxième étape.

On avait « oublié » Jupiter.

On l'avait écarté, lui, le dieu absolu, le maître du monde. Le parterre de Latone avait toujours été composé des deux bassins des Lézards, sensiblement identiques. Je comprenais enfin pourquoi cette symétrie nous avait paru si pauvre – à Costello d'abord, puis à Kathrin et à moi. Ce n'était pas l'architecture dont Le Nôtre avait rêvé.

Deux lézards à la place d'un Jupiter ! Pourquoi s'était-il contenté d'un symbole si pauvre ? Et pourquoi personne après lui n'avait-il osé aménager dans Versailles une place centrale pour le dieu des dieux ?

— Monsieur Barett ?

Terry venait de surgir à l'entrée de la véranda. Il m'avait presque fait peur. C'est pourtant moi qui lui avais demandé d'entrer sans frapper ni sonner.

— L'entrepreneur que vous deviez voir pour la toiture s'est décommandé. Il demande s'il peut passer demain.

— C'est incroyable... Personne ne sait donc respecter un rendez-vous, dans ce pays ?

Je n'avais pas encore commencé les travaux – sauf dans le jardin – que, déjà, j'étais agacé par l'absence de ponctualité et l'ardeur au travail toute relative des artisans locaux. Et dire que les Français ne voulaient pas laisser entrer les plombiers polonais dans l'Hexagone.

Je renvoyai Terry en lui demandant de reporter le rendez-vous à la première heure, le lendemain matin, et je me replongeai sur les tracés de mon plan.

Jupiter, Latone, Apollon : le père, la mère, le fils. Tout partait de cette triade. Pourquoi Louis XIV ne l'avait-il jamais fait exécuter ? Pourquoi Jupiter n'avait-il jamais été représenté au côté de sa favorite ? Le Nôtre voulait-il signifier par là l'absence d'un Dieu suprême ? Un comble, alors que je cherchais au contraire la preuve de Son existence... Il existait forcément un rapport entre la formule divine et cet épisode tronqué, mais lequel ?

Pendant que je scannais le plan, l'idée me vint que Louis XIV, alias Apollon, avait peut-être voulu tuer le père : en faisant enlever Jupiter, il s'assurait de régner en maître absolu. Mais l'hypothèse était simpliste, et fausse : le Roi-Soleil avait choisi Versailles, au contraire, parce que ce lieu était l'ancien relais de chasse de Louis XIII. En hommage à son père, en quelque sorte. Et il avait ordonné que le petit château initial ne soit pas détruit, mais enveloppé dans les nouveaux bâtiments. Cette idée de tuer le père, c'était de la psychologie de bazar.

Je chargeai le plan sur mon portable, dans ma base de données. Sur l'écran, je le superposai au plan de 1664. A priori, rien de frappant. Rien que je n'aie déjà constaté à l'œil nu. Je surlignai en jaune les pièces maîtresses du triptyque : Jupiter, Latone, Apollon, et je zoomai sur cette partie du petit parc. Le plan était placé dans la position généralement retenue dans les guides : à gauche, à l'est, le château ; à droite, à l'ouest, le Grand Canal ; au milieu, à l'horizontale, le Tapis vert.

— Voilà, monsieur Barett, le rendez-vous est pris.

Terry était réapparu sans bruit. Je levai la tête.

— À 8 heures du matin ?

— Euh... 10 h 30.

— Mais je vous avais dit à la première heure !

Terry souleva les bras et les laissa retomber en signe d'impuissance.

Je me mis à réexaminer les pièces une à une. Le bassin d'Apollon était encore appelé bassin des Cygnes, mais la légende précisait : Apollon sur son char.

— C'est Apollon, ce petit trait ? demanda Terry.

Il indiquait le dessin grossier qui figurait le dieu du Soleil au milieu de son équipage, lui-même particulièrement fruste, au point qu'il était difficile de voir dans quel sens se dirigeaient les chevaux et les tritons.

L'intervention du gardien m'agaça. Il était resté dans la pièce et regardait le plan par-dessus mon épaule. De quoi se mêlait-il ? Il n'avait sûrement jamais vu un plan original de Le Nôtre et n'allait pas m'être d'un grand secours.

— Oui, Terry, répondis-je en me levant, c'est bien Apollon, vous savez lire la légende comme moi. Maintenant, j'aimerais que...

Mais il poursuivit, sans écouter ce que je disais :

— Le pauvre, il est raide comme un piquet !

— Écoutez...

Je m'impatientais. Terry le comprit, recula d'un pas et s'éloigna en murmurant :

— Heureusement que le vrai Apollon n'a pas l'air d'un 1 !

Je sursautai.

— Quoi ? Que dites-vous, Terry ?

— Que cet Apollon-là ne ressemble pas du tout à la vraie statue qui est dans le parc. Là, avec ses cheveux en arrière, on dirait un 1. Le chiffre 1.

Terry suivit du doigt, sur l'écran, le tracé de Le Nôtre symbolisant grossièrement la sculpture centrale. Deux traits fortement appuyés, un long et un court, l'un vertical et l'autre à quarante-cinq degrés, formant une pointe. Le gardien avait raison. Le dieu du Soleil apparaissait sous la forme d'un 1.

— Vous avez l'air troublé, monsieur Barett.

— Non... non. Je cherche à comprendre.

Je m'étais replacé devant mon écran. Terry, lui, paraissait gêné aussi, mais plutôt par le balancement de mon corps, d'avant en arrière.

Je ne quittais plus le plan du regard. Le chiffre 1 que Terry avait identifié m'apparaissait maintenant clairement. Mais pas seulement. Je découvrais que les bassins de Latone et de Jupiter, les deux autres figures majeures surlignées en jaune, avaient elles aussi bénéficié de traits particulièrement appuyés. Deux cercles épais.

— Terry...

— Oui ?

— Là, regardez... Vous ne voyez pas ?

J'entourai du doigt les emplacements de Latone et de Jupiter.

— Quels chiffres voyez-vous, là ?

Il réfléchit une seconde.

— On dirait deux « zéros » !

— Deux « zéros » oui, mais pas identiques.

— Vous avez raison, monsieur Barett. Un grand, un peu ovale, et un petit, plus rond.

— Ce qui nous fait...

— ... un « un » et deux « zéros », compléta docilement le gardien en m'interrogeant du regard, comme s'il s'attendait à se faire taper sur les doigts.

1, 0, 0. Apollon, Jupiter, Latone. Je te voyais déjà éclatant de rire.

— Toujours binaire, Dan ! Tu n'en rates pas une !

On s'était disputés cent fois sur le sujet. Moi : la conviction que toutes les choses dans la vie se ramènent à une combinaison de « 0 » et de « 1 ». Que tout est décomposable. Vivant ou mort. Gagnant ou perdant. Blanc ou noir. Bref, 0 ou 1. Toi : la certitude que rien n'est modélisable, à cause du « facteur humain », l'émotion, l'amour, la jalousie, la peur... Que les sentiments ne peuvent pas être mis en équation. Et que l'intelligence artificielle ne gagnera jamais contre l'intelligence émotionnelle.

Mais, là, c'était flagrant.

1, 0, 0. Le 1 surtout. Pourquoi représenter Apollon de cette manière ? Certes, il était le Soleil, et le Soleil est unique...

— J'ai compris ! hurlai-je brusquement, faisant sursauter Terry.

Les cheveux, bon sang, les cheveux ! Si la statue était bien celle d'un dieu en mouvement, émergeant de l'eau, sur son char, la barre inclinée du chiffre « un » représentait, à coup sûr, la crinière blonde du jeune dieu tirée en arrière par le vent de la course !

Oui, ça ne pouvait être que ça ! Quand un roi commande une statue, rien n'est exécuté au hasard. Y compris et surtout la chevelure. Tu te souviens de la note de Costello à propos de la statue de Louis XIV sur son cheval ? Les longs cheveux du Roi-Soleil, bien droits, bien verticaux, malgré les mouvements de l'animal cabré... Déjà, là, le monarque avait voulu donner le signe que lui, le roi-dieu, commandait aux éléments. Maîtrisait jusqu'à sa chevelure en pleine bourrasque.

Pour la statue d'Apollon donc, c'étaient aussi les cheveux qui comptaient ! S'ils volaient en direction du château, c'est qu'Apollon tournait le dos au bâtiment. Il filait vers l'ouest ! Il se calquait sur la course du Soleil !

Sur ce plan initial de Le Nôtre, Apollon était donc à l'endroit !

Je pris mon stylet et redessinai sur mon ordinateur portable les chiffres tels qu'ils étaient placés, dans l'ordre de la marche du Soleil, d'est en ouest : 0, 0, 1. Un grand zéro, le bassin de Latone. Un plus petit, celui de Jupiter. Puis le 1, Apollon. En étant précis, on obtenait donc :

0 ° 1

Or il y avait, entre le petit zéro et le un, entre le parterre de Latone et le char d'Apollon, un espace. Le Tapis vert. Un long rectangle de pelouse, ourlé, sur les côtés longs, de ses deux allées de sable. Sur le plan, elles étaient dessinées d'un trait, plus épais que ceux marquant les petits côtés. Comme si Le Nôtre, en appuyant plus fort sur ceux-là, avait voulu figurer non pas un rectangle, mais deux traits horizontaux, parallèles.

Un autre signe mathématique.

Maintenant, tout était clair.

La formule était là, sous mes yeux.

34.

« Ours », comme « le nôtre ». Ou plutôt « Le Nôtre ».

Emma faillit se jeter dans les bras de Pierre, comme un footballeur en liesse. Mais elle n'osa pas. La peur du ridicule. Ou la peur, plutôt, de voir resurgir l'invraisemblable aimantation qu'elle ressentait pour lui.

— Pierre, c'est là, j'en suis sûre ! Le fichier est dans cette tombe ! Dan l'a caché ici !

Il fit un geste de la main pour la calmer.

— Doucement, Emma ! Dan a sûrement fait construire cette tombe. Mais a-t-il caché quelque chose dedans ? La terre humide n'est pas le meilleur endroit pour dissimuler un CD-Rom...

— Il l'a peut-être mis dans un cercueil ?

— Et pourquoi pas dans une navette spatiale ? Excuse-moi, tu connaissais le bonhomme mieux que moi, mais je n'ai pas l'impression que ce soit le genre de Dan Barett d'envoyer ses fichiers informatiques se faire manger par les vers.

Mais Emma ne l'écoutait plus. Elle était déjà accroupie au bord de la stèle, glissant les mains sur la surface, pressant sur les côtés, essayant de la faire bouger. Pierre la regardait sans rien dire. Après cinq minutes de tentatives infructueuses, elle revint vers lui en soupirant.

— Si on essayait plutôt la technique habituelle ? dit-il, sourire en coin.

— Que veux-tu dire ?

— Comme ça, comme les magiciens ! fit Pierre en prenant la posture du prestidigitateur qui attend le roulement de tambour.

Il avança la main vers la stèle d'Ours et prononça à haute voix, en détachant les syllabes :

— Le Nôtre !

Son incantation fut suivie d'un long silence. La chaleur étouffait le ronflement des voitures sur le boulevard. Un moineau vint se poser sur la tombe, comme pour les narguer. Emma ne savait pas si elle devait rire des simagrées de Pierre ou les interpréter comme sa manière à lui d'évacuer la tension.

Mais, après tout, puisque tout, ici, fonctionnait à la voix, pourquoi pas les tombes ?

— À mon tour, maintenant, dit-elle, concentrée.

Elle inspira et lança d'une voix forte, en direction de la sépulture :

— Le Nôtre !

Le résultat ne se fit pas attendre. La stèle pivota silencieusement sur elle-même, déplaçant la plaque de pierre sur laquelle elle était posée. Pierre et Emma virent apparaître une ouverture carrée, de la taille d'une bouche d'égout. La jeune femme posa la main sur l'avant-bras de Pierre, qui fit quelques pas vers le trou puis se pencha en avant. Une dizaine de petits échelons descendaient dans le sol, à pic. La galerie semblait amorcer un coude. Plus loin, l'obscurité.

— Un souterrain ! Incroyable. Je crois qu'il est profond. Je n'en vois pas le bout.

Emma s'accroupit au bord de l'entrée. Elle tremblait. La commande vocale de la tombe avait réagi à sa voix, à sa voix seule.

— Pierre ?

— Oui ?

— Je pense que c'est l'entrée du souterrain que Dan cherchait tant ! Je comprends maintenant pourquoi il a acheté cette villa ! La villa *Trianon* !

— Il cherchait un souterrain ?

— Il était convaincu qu'il existait à Trianon une chambre dans laquelle les rois de France, depuis Louis XIV, conservaient leurs archives secrètes, et à laquelle on accédait par un souterrain.

Emma, la gorge nouée, raconta comment, deux ans plus tôt, elle était descendue avec Dan dans les canalisations des jardins, puis comment il avait passé au radar les pelouses et les allées du Grand Trianon. Elle avait posé un genou à terre et parlait plus lentement qu'à l'ordinaire, les yeux braqués sur l'entrée de la tombe. Pierre, debout à côté d'elle, apercevait par instants, au rythme de sa respiration, le bas de son dos que son chemisier court découvrait. Sa peau luisait sous la soie blanche.

— D'ailleurs, ajouta-t-elle, c'est Granier qui avait mis Dan sur la piste de cette chambre secrète.

— Tu le connaissais, alors ?

— Pas du tout, moi, je voyais ça de très loin. Mais quand il est venu vers moi, à Arromanches, il m'a rappelé qu'il connaissait Dan.

— Il faut vite qu'on lui en parle, alors !

Elle le regarda, gênée.

— Je ne sais pas. Quelque chose me chiffonne. Dan, apparemment, ne lui avait jamais raconté qu'il avait acheté cette villa. Ni qu'il avait trouvé ce souterrain. Il avait sûrement de bonnes raisons. Et puis...

Pierre l'interrompit.

— Granier est parti dans les jardins pour une heure ou deux, il va revenir, de toute façon !

— Tu ne veux pas qu'on essaie de descendre maintenant ? Ce souterrain n'a peut-être aucun rapport avec ce qu'on cherche, mais on peut aller voir, non ?

— Il faudrait une lampe pour descendre.

— Terry en a, des lampes.

— Tu veux que j'y aille ?

Le syndrome du saint-bernard.

— Non, j'y vais. Tu m'attends ?

Emma revint trois minutes plus tard munie d'une

grande lampe torche. Pierre ne l'avait pas attendue. Elle emprunta alors la dizaine d'échelons permettant de descendre dans le tunnel. La galerie s'enfonçait en direction du domaine de Marie-Antoinette. On ne pouvait y tenir debout qu'à condition de rentrer la tête dans les épaules.

— Il fait froid là-dedans, fit remarquer Emma en rejoignant Pierre et en lui tendant la lampe.

— Frais, tu veux dire.

Il lui prit la torche des mains en frôlant ses doigts. Le frisson de plaisir qu'il ressentit le fit reculer, comme s'il avait approché la flamme d'une bougie.

Il s'engagea dans l'étroit boyau, et elle le suivit. Il leur fallut un quart d'heure, pliés en deux, pour parcourir le kilomètre qui les séparait du cul-de-sac. Lorqu'ils se trouvèrent face au mur bouché, ils découvrirent, sur la droite, la porte métallique.

— J'essaie ? demanda Pierre, saisissant la poignée en acier sans attendre de réponse.

La porte n'était pas fermée à clé et s'ouvrit sans le moindre grincement.

— Elle a été manipulée récemment, remarqua Emma, en regardant son compagnon.

Ils firent quelques pas sur le sol terreux de la chambre secrète en retenant leur souffle. Un silence lourd et humide les enveloppait, laissant les seuls battements de leur cœur résonner à leurs oreilles.

— Tu crois que les archives des rois de France sont encore là ? chuchota Emma en apercevant une masse sombre au fond du réduit.

L'informaticien se retourna, dubitatif.

— Si Barett les a trouvées, il a dû les mettre en lieu sûr, non ?

Une vieille malle était posée sur le sol. La serrure ne portait pas de cadenas.

Pierre souleva le couvercle et projeta le faisceau de lumière à l'intérieur.

Elle contenait un micro-ordinateur portable, un CD-Rom et un casque à électrodes.

35.

Pierre posa la malle sur le *living bed* de Dan, où Emma l'avait entraîné. Dans la villa Trianon, la chambre de Dan était la pièce la mieux équipée en informatique, la mieux climatisée, mais aussi la plus accueillante. Et puis Emma aimait ce lit. Malgré ses plateaux télescopiques et son écran plasma rétractable, il invitait à autre chose qu'à travailler ou à dormir.

— Tiens, aide-moi ! demanda Pierre.

Il n'imaginait pas quelle pensée canaille de l'Américaine il venait d'étouffer dans l'œuf. Tout à sa tâche, l'informaticien déballait le matériel trouvé dans la chambre secrète. La fonction la plus agréable du lit le plus moderne du monde lui avait sûrement échappé... Pauvres hommes ! pensa Emma. Ils ne savent pas faire deux choses à la fois.

Pierre avait étalé sur le lit en mousse rouge le *note-book* – un ordinateur portable très léger –, le CD-Rom, toujours emballé dans sa pochette de Plexiglas, et le curieux casque : un large bandeau rigide sur lequel s'accrochaient, comme sur une rampe de spots, une dizaine d'électrodes à ventouses.

Sur le capot du *note-book*, un écran de la taille d'une boîte d'allumettes s'alluma au contact de la lumière du jour. Pierre vit l'inscription défiler : *Pour Emma.*

— Quel sens du détail ! J'en connais qui se seraient contentés d'une étiquette et d'un morceau de Scotch.

Le CD-Rom, lui, portait une inscription griffonnée au feutre noir : *backdoor.*

— Pas la peine de chercher plus loin ! s'exclama-t-il. Les lignes de code dont nous avons besoin sont sûrement gravées sur ce CD-Rom. Le reste, ajouta-t-il avec une pointe de jalousie dans la voix, est probablement une invention que Dan voulait te léguer...

Il s'assit sur le lit et glissa le CD dans l'ordinateur de chevet. Aussitôt, une fenêtre s'ouvrit sur l'écran, réclamant un mot de passe.

— J'essaie Apollon ?

— Vas-y.

Pierre tapa le nom du fils de Latone.

Invalid data. Try again.

Celui-là ne fonctionnait pas. Il essaya *Le Nôtre.*

Invalid data. Try again.

Rien non plus. Il se leva brusquement et envoya la pochette du CD valser sur le parquet.

— Ce n'est pas vrai ! Il s'est foutu de nous, ton ami Barett ! Le monde flambe, les gens tombent comme des mouches et, pendant ce temps-là, il nous fait jouer à « Fort-Boyard » ! Et au troisième mot de passe foiré on est éjecté du système, à tous les coups ! C'est quoi le bon mot de passe, cette fois ? Toi qui sais tout ?

— Arrête, Pierre ! Ne t'énerve pas ! Dan est mort, comment oses-tu parler de lui ainsi ? Crois-tu vraiment qu'il avait envie que ses lignes de code tombent entre les mains de n'importe qui ? Je suis sûr qu'on va trouver. Examinons le reste !

Étonnant, pensa Pierre, la façon dont Emma devenait indulgente quand il s'agissait de Barett. Il la regarda saisir le *note-book* et le mettre en marche. Le sablier apparut. *Initialisation. Patientez...* L'ordinateur mit deux bonnes minutes à s'allumer. Debout devant la fenêtre, l'informaticien contenait son agacement en faisant tourner dans ses mains une paire de boules chinoises bleues, décorées de petits dragons dorés, qu'il avait trouvées sur la cheminée.

— Viens voir, Pierre !

Au même moment, une autre voix jaillit du haut-parleur du *note-book.*

— Bienvenue, Emma. Je suis heureux que tu sois arrivée jusqu'ici...

Pierre sursauta. C'était la voix de Barett, en direct aurait-on cru. Une voix d'outre-tombe.

— Pose le casque et les électrodes sur ta tête, assure-toi que tu es parfaitement immobile en appuyant ta nuque contre une paroi fixe, et regarde attentivement les images qui vont suivre. À tout à l'heure.

Emma eut un brusque mouvement de recul. Elle regarda le casque à électrodes, inquiète.

— Tu as entendu ?

— C'est Barett, non ?

— Oui, c'est la voix de Dan.

— Sidérant.

— C'est vraiment lui ! Il a...

— ... enregistré ce message avant sa mort. Pour toi, visiblement.

Emma frissonna. Pierre revint s'asseoir à côté d'elle, sur le bord du lit.

— C'est Barett, sans aucun doute. Ou sa voix de synthèse. Bon. Calmons-nous. On va faire ce qu'il dit. A priori, le casque se branche sur le PC. C'est sans risque. Il ne va pas t'envoyer du 220 volts dans le crâne ! Et j'imagine qu'il faut en passer par là pour pouvoir lire le CD-Rom... Il ajouta, après avoir réfléchi quelques secondes : Tu te souviens de BrainMap ?

— BrainMap ?

— Oui.

— Vaguement... Ça me dit quelque chose. Une entreprise de recherche médicale qui a fait faillite il y a trois ou quatre ans, non ? On avait regardé le dossier.

— Oui. Et moi, j'avais carrément acheté des actions, quand elle est entrée au NASDAQ. La boîte a fermé, mais elle a revendu sa licence à General Digital, que les chercheurs ont ensuite développé. Le *brain-scan*, ça s'appelle, tu te souviens ? Un appareil qui utilise la même technologie que les scanners médicaux.

— Je ne me rappelle pas bien.

— Oh, c'est tout simple. Quand une partie du cerveau s'active, elle a besoin d'un surcroît d'oxygène, donc, le sang afflue vers elle. Et ça se voit sur un écran : cette zone-là s'« allume » !

Pierre se releva, fit à nouveau quelques pas vers la fenêtre et se retourna vers Emma.

— Je me souviens que juste avant les élections américaines General Digital a fait une démo incroyable pour promouvoir son produit. Tous les médias en ont parlé. Les chercheurs avaient pris pour cobayes des électeurs démocrates et républicains. Ils leur ont montré une photo de leur candidat préféré. Chaque fois, la zone du cerveau qui gouverne l'empathie a redoublé d'activité. Inversement, quand ils leur montraient une photo du candidat adverse, le scanner enregistrait un afflux du sang dans la zone du cerveau où l'être humain essaie de contrôler ses émotions. Là où il... où il essaie de... ne pas aimer, en quelque sorte.

Pierre avait détourné le regard en prononçant ces derniers mots. Mais Emma était trop concentrée sur son raisonnement et ne se rendit compte de rien.

— Tu veux dire que c'est un scanner qui analyse les émotions ? Qui permet de savoir si une personne est sincère ou non ? Une sorte de superdétecteur de mensonge ?

— Exactement. C'est parfaitement au point, aujourd'hui. Lorsqu'on ment, on n'utilise pas la même partie du cerveau que lorsqu'on dit la vérité. Et cet engin mesure ces réactions, beaucoup mieux que les vieux détecteurs de mensonge, bourrés de bugs. Rappelle-toi ! Ceux qui déclenchaient chez les gens émotifs la même transpiration, la même accélération du rythme cardiaque que chez les menteurs...

— Oui, acquiesça Emma. Les joueurs de poker pouvaient tromper la machine en restant cool alors même qu'ils bluffaient. Mais que fait-on de tout cet attirail ?

Le bip de l'ordinateur retentit soudain. Une fenêtre s'ouvrit dans un coin de l'écran.

CNN Evening News. *Dix morts à Los Angeles. Le mystérieux syndrome de perte de mémoire frappe encore.*

— Pierre, regarde !

Il se pencha au-dessus de l'épaule d'Emma et aperçut le logo de CNN puis le présentateur de la chaîne. Barett avait dû programmer son ordinateur pour qu'il se connecte sur CNN à tout moment, dès qu'une information importante surgissait.

Le flash d'information le glaça.

Le présentateur décrivait la mort, à Los Angeles, de dix personnes dans des circonstances désormais classiques. Un décès, en deux ou trois jours, précédé d'un délire subit, d'une perte de mémoire. Les victimes, qui revenaient toutes d'un voyage, ne se souvenaient plus de leur nom ni de l'endroit où elles avaient pris l'avion. Selon les premières indications des témoins, elles avaient avalé un cachet de mélatonine avant le décollage, à l'aéroport de Narita, à Tokyo.

Tokyo. Pas Boston.

Les terroristes avaient mis la main sur un autre réseau de distribution de médicaments. Et peut-être sur plusieurs autres.

Le présentateur enchaîna sur des images de Hong Kong et de Manchester montrant les files d'attente devant les rayons d'eau minérale dans les supermarchés. Les hôpitaux débordés. Un reportage à Paris dévoilait aussi une photo spectaculaire de la place de l'Étoile, vue de haut, complètement bloquée. Les artères qui y conduisaient ressemblaient à de longs parkings en désordre. Les voitures ne bougeaient plus.

— Il n'y a plus une minute à perdre, Emma ! Allez, prends ce casque ! ordonna Pierre.

Il lui demanda de se placer à l'extrémité du *living bed*

et actionna la télécommande pour relever l'un des dossiers escamotables qui faisait office de tête de lit.

— Voilà. La nuque droite, la tête un peu en arrière, comme le conseille Barett.

Il l'aida ensuite à poser l'étrange engin sur sa tête. Au moment où elle rassemblait ses cheveux pour dégager sa nuque, sa main vint frôler celle de Pierre. Elle frémit à son tour. S'il avait pu voir, à cet instant, l'image scannée de son cerveau, il n'aurait pas eu le moindre doute sur ses sentiments.

— Je suis ridicule, avec ce truc sur la tête, dit-elle pour évacuer son trouble.

Pierre se retint de lui répondre. L'heure n'était pas vraiment à analyser la quantité de ridicule dans laquelle elle se sentait plonger. Suis-je ridicule ? Oui ? Non ? Un peu ? Passionnément ? Une manie, chez les femmes, cette obsession de l'image qu'elles projettent.

Une scène saugrenue lui traversa l'esprit. Une pédégère, au sommet du World Trade Center, juste avant que la tour 1 ne s'écroule, saisissant un morceau de miroir entre ses mains pour vérifier, une dernière fois, qu'elle n'était pas ridicule.

— J'ai l'air d'un bouffon, c'est ça ? reprit Emma.

— Un gentil bouffon, précisa Pierre, en ajustant le casque sur ses yeux.

La douceur avec laquelle il avait prononcé les mots « un gentil bouffon » la surprit. Son agressivité des dernières heures semblait s'estomper.

Pierre déplia une tablette, la rehaussa et y posa le *notebook* afin que l'écran de l'ordinateur arrive à la hauteur des yeux d'Emma.

— Maintenant, tu ne bouges plus, tu ne parles plus, tu te concentres sur ce que tu vois. O.K. ?

Elle cligna des paupières en signe de consentement.

— Tu es prête ? insista-t-il.

Elle inspira profondément. Son rythme cardiaque se ralentit.

— Alors on y va.

Pierre appuya sur la touche *Enter* de l'ordinateur. Le message d'accueil disparut pour laisser place à une photo.

Une casserole métallique dont le fond était noirci et brûlé.

Emma se rendit compte que Pierre, à côté d'elle, serrait les dents. Il était tendu, malgré la sérénité qu'il s'efforçait d'afficher. Son visage était sombre, ses doigts repliés. Il pensait sûrement, de nouveau, à toutes ces morts, à ses amis marseillais qu'il ne reverrait pas, à son beau-frère à l'hôpital, à ses enfants, à Clara, peut-être. Peut-être.

Elle regarda la photo et faillit s'écrouler. Mais de bonheur. Un flot de tendresse et de chaleur l'envahit.

Ce cher Dan !

Elle se rappelait parfaitement la scène. C'était en 1988 ou en 1989. Elle était encore étudiante, mais Dan avait déjà créé sa société avec Bernie sur le campus de Harvard. Un de leurs copains, Anton, leur avait prêté son studio en ville pendant un trimestre. « Faites comme chez vous, profitez bien de l'appartement », leur avait-il dit. Pour profiter, ils avaient bien profité ! Ils y allaient tous les soirs et y passaient la nuit. Ils y avaient invité des copains. Programme : fiestas nocturnes et brainstormings pendant les pauses. Et nettoyage complet le lendemain. Il ne fallait rien salir. Le copain était maniaque.

Un matin, pourtant, alors qu'elle mettait du lait à chauffer dans une casserole sur la gazinière, Dan, en jean et torse nu, l'avait rejointe dans la cuisine et embrassée dans le cou. Et de fil en aiguille... Une heure plus tard, alors qu'il s'était replongé dans la *Métaphysique des origines,* allongé dans le lit à côté d'elle, elle avait senti brusquement une odeur âcre. Le lait ! Trop tard : il ne restait plus rien dans la casserole... et le récipient lui-même était grillé. Ils avaient eu du mal à trouver le même modèle, mais Dan prétendait qu'il aurait racheté une batterie entière de casseroles s'il avait pu revivre l'heure divine pendant laquelle celle-là avait brûlé.

Emma adressa à Pierre un regard rassurant : s'il ne comprenait pas, elle, en revanche, était en terrain connu.

L'ordinateur lui demanda de presser la touche *Enter.* Elle appuya et une nouvelle photo s'afficha sur l'écran. Une gondole, sur le Grand Canal de Venise. Mais pas une gondole ouvragée, rembourrée de coussins confortables pour les touristes. Une gondole qui effectuait le *traghetto,* la traversée du canal, pour les Vénitiens. Elle et Dan s'étaient violemment disputés devant une embarcation identique, lors de leur fameux tour d'Europe en trois semaines. Ils venaient d'arriver à Venise. Elle voulait prendre la gondole à touristes, lui la gondole « authentique ». Ils avaient quitté la Sérénissime le lendemain, furieux l'un contre l'autre. Ils ne s'étaient réconciliés qu'à Rome, sous le plafond de la chapelle Sixtine.

Elle s'apprêtait à appuyer, nerveuse, sur la touche *Enter,* lorsque Pierre arrêta son geste.

— Doucement, Emma, doucement ! Je pense que nous avons affaire à un mot de passe émotionnel.

— Pardon ?

— Je t'expliquerai plus tard. Continue, mais sans faire de mouvements brusques, s'il te plaît.

Elle s'exécuta, enfonçant avec une précaution exagérée la touche *Enter.* Cette fois, une vidéo s'enclencha. Un film des années 1970. Joan Baez, guitare à la main et cheveux tombants, chantait *Diamonds and Rust* sous les palmiers, au festival de Santa Barbara. *Diamonds and Rust,* la plus belle chanson de tous les temps : c'était son avis et celui de Dan, lorsque, avec une vingtaine d'amis, au soir de l'an 2000, ils avaient élu la chanson du siècle. Emma écouta avec émotion le premier couplet. Mais, déjà, Pierre lui faisait signe d'avancer, et elle dut se faire violence pour couper la vidéo. Le scanner avait sûrement enregistré sa réaction.

À la vue de la quatrième photo, Pierre ne put retenir un mouvement de surprise. Celle-là, il la reconnaissait. Ce vieux cliché avait été publié par tous les journaux du monde, et les journalistes l'exhumaient régulièrement pour évoquer les débuts de Controlware. Une équipe d'étudiants aux cheveux longs, sept hommes et trois femmes, posant, hilares, devant l'entrée de Harvard. Les fondateurs de Controlware. Dan était au premier rang, avec le regard de hibou qu'il avait à l'époque et sa mèche bien lisse. À ses côtés, Bernie et les compagnons de la première heure. Trois d'entre eux, barbus. Deux moustachus. Tous chevelus. Les blouses des filles ressemblaient à des tabliers de cuisine. Ridicules, pour le coup. *Peace and love,* quinze ans trop tard.

Emma détestait cette photo et Dan le savait mieux que personne. Mais pas à cause du look de grenouille de son petit ami. Elle haïssait ce cliché parce qu'elle n'y figurait pas. À ce moment-là, elle faisait pourtant partie des proches de Dan, ceux qui le soutenaient, l'encourageaient, lui servaient de *sparring partner* intellectuel. Elle aurait dû poser avec eux.

Le patron de Controlware avait glissé cette photo dans la série pour l'énerver. Exprès. Et il avait réussi ! Le cliché attirait généralement des remarques attendries, des rires, des réflexions admiratives. Pensez donc : une bande d'allumés, de babas cool, engendrant l'entreprise la plus puissante du monde !

De la rancune à la vue de ce document, il n'y avait qu'Emma qui pouvait en ressentir. Elle enfonça d'un coup sec la touche *Enter.* Le casque glissa très légèrement sur le côté.

— Qu'est-ce qui se passe ? Ne t'énerve pas ! lâcha Pierre en posant doucement la main sur son avant-bras et en réajustant la position du casque.

Il lui expliqua que, si les électrodes bougeaient, l'activité de son cerveau pourrait être mal enregistrée. Tout serait à recommencer, avec moins de chances de réussir, car la spontanéité des émotions serait émoussée.

— Mes émotions ! Mais pourquoi Dan veut-il tester mes émotions ?

Elle baissa la tête comme pour la prendre entre ses mains. Mais elle se rappela le propos de Pierre. Ne pas faire bouger le casque.

— Tu crois qu'il veut vérifier que je n'ai rien oublié

de tout ce que nous avons vécu ensemble, avant de me laisser entrer dans le fichier ?

— Pis que ça. Je pense qu'il vérifie que vous avez bien vécu la même histoire !

Un sourire malicieux éclairait le visage de Pierre. Comme si, malgré l'angoisse qui le tenaillait, il appréciait que Barett ait trouvé un moyen infaillible de savoir quand, comment et avec quelle intensité une femme mentait. Un homme aussi, d'ailleurs. Il ne put s'empêcher d'imaginer un tel produit dans les rayons chez Darty, 99 euros. Assisterait-on à la ruée des cocus ? Au boycott des femmes volages ? Chéri, cette plage aux Antilles, ça te rappelle quelque chose ? Et cette banquette d'Austin Mini ?

Emma pointa le curseur de la souris sur la photo suivante. Elle commençait à comprendre le mécanisme.

Le mot de passe qui allait ouvrir cet ordinateur n'était pas un ensemble de lettres ni un chiffre qu'il fallait taper sur le clavier, ni même une empreinte digitale ou oculaire à présenter, mais une signature *émotionnelle.* Pour que ce paraphe « mental » apparaisse, il fallait qu'Emma réagisse, exactement comme Dan l'attendait, à l'épreuve de vérité qu'il lui faisait subir. Une série de photos, commandant autant de réactions appropriées – joie, peine, empathie, rejet... Peut-être, au bout, y avait-il une note. La clé était là.

— Cela signifie que Dan a pris le risque de programmer à l'avance les réactions que ces photos allaient produire dans mon cerveau ? Comment pouvait-il les deviner ? Il n'a jamais été dans ma peau !

Pierre se retint de répondre que si, justement. Mais, à l'étincelle qui venait de traverser ses yeux, Emma devina à quoi il pensait. Elle se mordit les lèvres et appuya sur le clavier.

Sans regarder la nouvelle image qui apparaissait sur l'écran, elle s'obligea à chasser celle qui lui envahissait l'esprit. Le sourire de Pierre. Sa douceur sur la plage. Sa fièvre à Colleville. Sa timidité et sa force. Ce mélange de délicatesse et de virilité. Et l'inconcevable émoi qu'il déclenchait en elle. *Les corps ne mentent pas.* Elle l'aimait. Elle l'aimait comme elle n'avait jamais aimé aucun homme.

Elle dut faire un effort pour se concentrer à nouveau. La cinquième photo représentait une plage au couchant couverte de galets, sous une falaise, dans un coin abrité derrière un rocher. Devant, une mer bleue, striée de reflets orange.

— La dune du Pilat, murmura Emma.

Le souvenir lui revint de son pique-nique, là-bas, avec Dan, pendant leur fameux voyage en Europe. La plage était située sur la côte d'Arcachon. Difficile d'oublier les baisers, les caresses, la douceur de vivre qu'ils avaient partagée ce jour-là. La marée était basse, le ciel bleu cristal, l'un de ces jours merveilleux où le vent a chassé les nuages et reprend son souffle. Une magnifique journée d'harmonie amoureuse.

Mais ce qu'elle avait vécu dans la nuit de mercredi à jeudi était sans commune mesure. Un accord sublime. La complétude absolue.

Elle eut peur que le test, cette fois, ne lui soit défavorable. D'abord parce que la tristesse, malgré elle, se mêlait à la joie du souvenir. Dan était mort. Savait-il que, lorsqu'elle verrait ces photos, il ne serait plus de ce monde ? Avait-il tout calculé en fonction de cela ? En tout cas, lorsqu'il avait conçu le mot de passe émotionnel, il ne pouvait avoir anticipé qu'un autre homme serait là, aux côtés d'Emma, un homme avec qui elle aurait connu des instants de fusion plus intenses encore qu'avec lui, sur une plage qui ressemblait à celle-là. Gold Beach.

Le système allait se bloquer, c'était sûr. La main de la jeune femme trembla. Elle appuya sur *Enter.* La voix de Dan Barett surgit.

— *Last item.*

Un frisson traversa le corps d'Emma.

Elle avait passé l'obstacle. Peut-être grâce à Pierre, finalement, car c'est à lui qu'elle devait le trouble qui l'avait envahie. Le logiciel de Barett ne mesurait finalement rien d'autre que l'intensité du sentiment, par détecteur interposé. L'essentiel – la provenance réelle de l'émotion – lui échappait. Les machines, elle avait raison, ne pourraient jamais remplacer les cerveaux.

Restait une dernière photo. Encore une image de plage. La baie de Sausalito. Mais celle-là n'évoquait pas le bonheur. C'est ici que Dan et elle avaient décidé de se séparer, après une journée de mémorables discussions. Emma avait beaucoup pleuré. Il lui avait certes laissé l'illusion que c'était elle qui prenait la décision. Mais avait-elle eu le choix ? Lui ne voulait pas de mariage, pas d'enfants. Son « môme », c'était Controlware. *Forever.* Pour toujours.

Voir Sausalito et mourir... Elle en avait, aujourd'hui encore, la nausée. Elle baissa les paupières. Une larme roula sur sa joue. Dan testait ses sentiments autant que sa mémoire. Il s'assurait, avant de lui donner la clé d'entrée de son ordinateur, qu'elle avait souffert de leur séparation.

Elle maudit sa cruauté.

En même temps, elle ne pouvait s'empêcher d'admirer la perfection de son modèle de cryptage. Les choix des photos étaient judicieux. Toute autre personne qu'Emma, passant le test à sa place, n'aurait pu, à la vue successive de ces deux plages aussi belles l'une que l'autre, ressentir, comme elle, des sentiments aussi opposés.

La jeune femme ouvrit les yeux en entendant Pierre s'exclamer :

— Ça marche, Emma ! Je crois qu'on y est.

L'ordinateur affichait maintenant les icônes habituelles : Word, Excel, Mes documents, Poste de travail, Corbeille. Et quelques autres, moins classiques, qu'elle balaya rapidement du regard. Un document Word, dans le coin gauche de l'écran, était intitulé *Protection sociale universelle.* Un autre, en plein milieu, simplement baptisé : *Chère Emma.* Elle cliqua dessus. Le fichier s'ouvrit.

C'était une lettre.

— Si ça ne t'ennuie pas, dit-elle à Pierre en retirant le casque, je vais aller voir ça dans le jardin.

Elle saisit le *note-book* d'un air embarrassé.

— Je reviens vite, s'excusa-t-elle.

Pierre acquiesça et la regarda s'éloigner, à regret.
Elle ne put attendre d'être arrivée dehors. Dans le couloir, elle commença à lire, fiévreuse :

Au commencement était le Verbe.
Le Verbe était Dieu.
Et moi, j'étais le Verbe.
À dix ans, Louis XIV me fascinait. À douze, Napoléon. Pour moi, il n'y avait pas de différence entre eux. Seuls les Français faisaient semblant de croire que leur empereur était plus révolutionnaire que leur Roi-Soleil...

36.

Je sortis dans le jardin de la villa. Je tenais à peine debout. Des 0, des 1 dansaient devant mes yeux.

J'attrapai mon téléphone au fond de ma poche et lançai à voix haute : « Emma. » Oui, mon premier réflexe fut de t'appeler pour te faire part de ma découverte. Mais j'appuyai sur off *avant d'entendre la sonnerie. L'envie de garder pour moi ce fabuleux butin fut la plus forte.*

Je sortis de la villa Trianon et traversai le parc en direction du Grand Canal. Je le longeai puis remontai les allées d'un pas rapide.

Devant moi se dressait le château. Je n'arrêtais pas d'imaginer la scène. Louis XIV sur la terrasse de ce qui n'était alors que le « petit château de cartes » de son père, accueillant Le Nôtre pour la première fois à Versailles. Le Nôtre, volontairement modeste, mais auréolé de la gloire de Vaux-le-Vicomte, son premier grand parc. Le roi, balayant de la main l'étendue des bois et des marécages.

— Monsieur Le Nôtre, ce que nous voulons ne doit ressembler à rien d'autre ! Nous voulons plus grand, bien sûr. Et plus beau, cela s'entend. Mais nous voulons surtout que nos jardins soient un hymne à la toute-puissance divine.

A-t-il hésité avant d'ajouter :

— Mieux encore, nous voulons qu'ils fassent la preuve de l'existence de Dieu.

Au ton du roi, à sa manière d'égrener les mots, Le Nôtre a compris qu'il devait prendre le message au premier degré. Inscrire dans ces jardins, qui allaient être les plus majestueux du monde, la preuve de l'existence de Dieu. S'est-il étonné d'un tel cahier des charges ? Il savait que le jeune Louis XIV n'était pas franchement religieux. Trop jouisseur, trop imbu de lui-même pour se contraindre à la prière. Mais le monarque débutant possédait la « foi du charbonnier », comme dirait plus tard Voltaire. Une piété politique, une sorte de marché, passé entre lui et le Ciel, destiné à renforcer son assise. Le roi, en effet, tenait son pouvoir de Dieu. Il était Son fils, Son représentant sur terre. L'attachement religieux lui était donc indispensable pour assurer son pouvoir. Le parc de Versailles devait être l'instrument de sa politique.

Ce parc, surgi du néant, victoire de l'homme sur la nature, devait démontrer l'existence du divin. Démontrer, pas suggérer !

Le jardinier, qui possédait de sérieuses notions de mathématiques et d'optique, et qui avait connu Descartes – il n'était décédé que depuis douze ans –, est allé consulter ses élèves, les mathématiciens de l'époque. Et leur réponse a enflammé son imagination. Oui, la Raison commandait la Nature. Oui, les mathématiques étaient le langage de l'Univers. Par conséquent, une formule existait, qui prouvait l'existence de Dieu. Un théorème imparable !

Sans hésiter, les virtuoses de l'algèbre lui ont livré le sésame qu'ils venaient tout juste de mettre au jour. Et Le Nôtre l'a transcrit sur son plan.

Celui que j'avais vu tout à l'heure.

Je n'en revenais toujours pas. La démonstration mathématique de l'existence de Dieu ! Elle se trouvait sous mes yeux, en traits noirs, épais, que j'avais moi-même surlignés de jaune, entourant Latone, Jupiter, le Tapis vert et Apollon.

$$0^0 = 1$$

Zéro puissance zéro égale un. Autrement dit, élevé à la puissance zéro, le nombre zéro est égal à 1.

Ce n'est pas à toi que j'aurai besoin d'expliquer pourquoi cette formule prouve l'existence de Dieu : avec zéro, c'est-à-dire avec « rien », rien d'autre que du vide, on crée Un, c'est-à-dire « quelque chose », la première unité tangible. Cette force supérieure capable de créer le monde ex nihilo, de faire surgir l'existant du néant, n'est-ce pas exactement la définition que nous donnons de Dieu ?

Mathématiquement parlant, l'être peut jaillir du néant. Donc, Dieu existe.

La démonstration chiffrée de la formule est triviale. Tu as dû l'apprendre, dans ta fabrique à intellos. Et l'oublier immédiatement, comme tout le monde. Le calcul n'est pourtant guère compliqué.

Appuyé contre la margelle de Latone, le regard tourné vers ce bassin des Lézards qui aurait dû être celui de Jupiter, je me mis à réciter à haute voix le déroulé de la démonstration, comme pour en convaincre un interlocuteur invisible :

> *En mathématiques, on sait qu'un nombre A élevé à une puissance N et divisé par le même nombre A élevé, lui, à une puissance M, est égal à ce même nombre A élevé à la puissance N – M. Ce qui s'écrit :*
>
> $$\frac{A^N}{A^M} = A^{N-M}$$
>
> *Si N = M, cela donne :*
>
> $$1 = A^0$$
>
> *Et si A = 0, on a donc bien :*
>
> $$0^0 = 1$$

Enfantin, reconnais-le... Ainsi, quand on élève zéro à la puissance zéro, on obtient non pas zéro, comme nos rationalités limitées nous le laisseraient penser, mais un. Tout chiffre, élevé à la puissance zéro, est égal à 1, et zéro ne fait pas exception à la règle.

Du « rien » émerge le tout. Ou, si tu préfères, de l'absence naît la présence. Du néant naît l'Univers.

Au commencement était le rien. L'esprit. Et l'esprit a engendré le monde.

Dieu Lui-même est démontrable.

Dieu, Lui aussi, finalement, est binaire.

Et la même question revenait, lancinante : pourquoi n'y avais-je pas pensé plus tôt ? Le sujet me passionnait depuis toujours. Les démonstrations philosophiques de Descartes, Kierkegaard ou Hegel m'avaient interpellé à un âge où mes copains jouaient au skateboard. À douze ans, j'avais lu Kant et découvert les trois « preuves » de l'existence de Dieu : la preuve cosmologique, qui repose sur l'idée de causalité (si le monde existe, c'est qu'il existe un Dieu créateur) ; la preuve téléologique, qui part de l'ordre du monde, de sa finalité, et qui met en scène un Dieu architecte ; la preuve ontologique, enfin, qui déduit l'existence de Dieu de la notion de Dieu (« Dieu est parfait, l'existence est une perfection, donc Dieu existe »). Avec Kant, j'avais réfuté ces trois preuves, qui postulaient l'existence de Dieu plus qu'elles ne la démontraient.

Mais voici que surgissait la quatrième preuve. Et celle-là était irréfutable. Pure. Purement mathématique.

Comme Le Nôtre avait dû exulter, à l'époque, en déposant ce théorème entre Latone et Apollon, entre le château et le Grand Canal ! Grâce à lui, les jardins de Versailles allaient non seulement produire une émotion esthétique et refléter un message politique, comme le voulait le roi, mais apporter aussi la réponse à la question la plus profonde de l'homme, à son interrogation éternelle : qui est à l'origine de toute création ? Et qui commande à sa fin ?

Hélas ! Bien avant que les travaux ne soient achevés dans cette partie du parc, le jardinier vit son bel échafaudage s'écrouler. Le roi lui expliqua, sous le sceau du secret, que L'Église n'était guère favorable à la révélation de la formule. L'idée que Dieu pouvait être mis en équation relevait du blasphème. Le pape se méfiait des théories scientifiques, même quand elles le servaient. L'existence de Dieu ne pouvait découler d'un raisonnement humain, fût-il mathématique. Et le roi, en bon chrétien, ne pouvait aller contre la volonté de l'Église. Les élèves de Descartes, eux aussi, eurent pour consigne de ne pas publier leur découverte.

Mais Le Nôtre ne voulut pas croire à ces arguties théologiques. Son maître, le jeune souverain, se rangeant sans discuter à l'avis des prélats ! Lui, un si ardent défenseur de la science ! Un tel renoncement était forcément intentionnel. Louis XIV devait y trouver un intérêt.

Et il n'était pas difficile de deviner lequel.

Louis XIV avait pris goût au pouvoir absolu. À tel point qu'il n'avait plus besoin de Dieu. Il était devenu Dieu Lui-même !

Rappelle-toi quand nous avons visité la chambre du roi. Son lit était entouré d'une barrière comme l'étaient, à l'époque, les autels des églises. On s'agenouillait devant, comme face au Saint-Sacrement, même lorsque le monarque était absent. Adulé par ses sujets, adoré par ses fidèles, le Grand Louis s'était peu à peu divinisé. Il n'avait plus à rendre de comptes qu'à lui-même. Certes, il a continué à respecter les offices et à célébrer Dieu. Mais un Dieu désincarné dont il ne craignait plus la concurrence. C'est seulement à l'âge de soixante-dix ans, sous l'influence de Mme de Maintenon, qu'il a accepté de faire construire à Versailles une chapelle plus haute que le reste du château. Est-ce par repentir ? Est-ce aussi pour se faire pardonner que, sur le tard, il a poussé la cour dans la voie de la bigoterie ?

Pauvre Le Nôtre ! Tel Abraham s'apprêtant, la main tremblante, à sacrifier son fils pour exaucer la volonté de Dieu, le jardinier a sûrement cru défaillir quand le roi lui a demandé de lui remettre le croquis de son rêve d'absolu. Il s'est sans doute dit que Louis XIV allait brûler le document, faire disparaître, en tout cas, toute trace du rêve originel. Ainsi, jamais personne ne connaîtrait le vrai dessin des jardins, leur dessein initial et ultime. Personne ne devinerait pourquoi la démonstration fondatrice était tronquée ; et, accessoirement, pourquoi Apollon s'ébrouait désormais à contresens.

Car Le Nôtre s'est vengé, à sa manière. Il a remplacé le bassin de Jupiter par une banale fosse à Lézards, identique à sa voisine. Et il a ôté tout sens au mythe solaire en acceptant que le char d'Apollon soit dirigé vers le château. Raison officielle : « afin qu'il ne tourne jamais le dos au roi ». Comme Latone, à l'époque. Les apparences seraient sauves. Et l'image de Dieu à jamais effacée.

L'image de Dieu, mais pas sa main. Le Nôtre, j'en suis sûr, avait le pressentiment que sa petite vengeance esthétique ne serait rien à côté du châtiment divin. Toute la descendance des Bourbons devrait en effet payer dans sa chair l'affront de Louis XIV au maître suprême. Le Grand Dauphin, le fils du Roi-Soleil, mourrait en 1711. Puis le fils du dauphin, en 1712. Le fils de son fils, Louis XV, l'arrière-petit-fils de Louis XIV, ferait bien un intermède, long et insignifiant, sur le trône, mais la malédiction se poursuivrait ensuite avec Louis XVI, conduit à la guillotine.

Le bon Le Nôtre n'a pu voir son pressentiment s'accomplir, mais il savait. Et le roi savait qu'il savait.

Et, maintenant, toi aussi, tu sais.

Toi seule. Même si je ne t'ai pas appelée, ce jour-là, pour partager ma découverte avec toi. Pourtant, à peine avais-je pris la mesure du fabuleux héritage déposé sous le Trianon que je me suis demandé à qui le transmettre. Cette découverte, qui m'était plus chère que tous les logiciels conçus depuis mes débuts, à qui allais-je la confier ? Aux historiens français ? Ils s'empresseraient de la contester. À Kathrin ? Elle m'avait déçu, je ne souhaitais pas la remettre dans la course. À Amelia ? Elle était trop rationnelle et, accessoirement, nourrissait trop de rancœur à l'égard de la villa Trianon et de tout ce qui s'y rattachait. À Kevin ? Trop jeune. Il n'y avait que toi, ma complice, ma plus ancienne confidente, qui puisse en saisir la portée.

0° = 1. Tu connais maintenant la formule qui a présidé à la naissance de l'Univers.

C'est aussi celle qui l'empêchera, un jour, peut-être, de disparaître.

37.

L'ordinateur portable à la main, Emma déboula dans la chambre « Moi » où elle trouva Pierre debout devant la fenêtre ouverte, frappant nerveusement les boules chinoises entre ses paumes. Un coup de vent fit claquer le battant. Dehors, le ciel s'était partagé en deux. Une moitié bleue, encore, l'autre déjà assombrie. Dans l'allée, la pelouse, couverte par l'ombre des nuages, avait pris aussi, pour moitié, une couleur vert émeraude. Vert angoisse, se dit Pierre, en refermant la fenêtre et en rabattant le store. L'orage menaçait.

Apollon.

Latone.

Il n'avait pas essayé de troisième mot de passe pendant qu'Emma était partie lire sa lettre, de peur que le système ne se bloque. Les quelques manœuvres qu'il connaissait pour « craquer » les mots de passe s'étaient ensuite révélées vaines. Il s'en doutait. On ne casse pas un code secret instauré par Dan Barett.

— Pierre, je l'ai ! cria Emma. J'ai le mot de passe du CD ! Dan me le donne dans sa lettre !

Les paupières de la jeune femme étaient rouges, comme si elle avait pleuré. Cela faisait plus de deux heures qu'elle s'était réfugiée dans le pavillon de musique pour lire le message de Dan. Un véritable roman, s'était dit Pierre, crispé. Malgré son impatience, il n'avait pas voulu déranger Emma. Il avait fait le tour du propriétaire et était allé fouiller dans l'ordinateur central qui gouvernait les gadgets de la villa : la température de la piscine qui variait en fonction de la météo, le déclenchement des éclairages dans le jardin, adapté à la lumière extérieure, ou encore les images affichées sur les écrans plasma, réglées selon les préférences des visiteurs... Il s'était même amusé à modifier certains paramètres. Vieux réflexe de hacker.

Puis il était remonté dans la chambre et avait commencé à gamberger. Pourquoi Emma ne revenait-elle pas ? Que lui racontait Barett ? Elle n'avait quand même pas passé deux heures à déchiffrer un mot de passe informatique ! Non. La lettre devait contenir autre chose. Des confidences, probablement. Mais quel genre de confidences ? Et sur quel ton ? Comment Barett parlait-il à Emma dans l'intimité ?

Il avait beau lutter, sa curiosité faisait émerger des questions dérangeantes. Malgré lui, il avait repensé à Gold Beach. L'amour au cap Manvieux. L'incroyable féminité qu'il avait découverte chez Emma, sa douceur qu'il voyait maintenant affleurer, par intermittence, sous son masque autoritaire. À nouveau, il avait ressenti la morsure de la jalousie, sans que Granier, cette fois, en soit responsable. Le défunt patron de Controlware était-il encore, avant sa mort, amoureux d'Emma ? Et s'il ne l'aimait plus, pourquoi l'avait-il choisie comme dépositaire de son secret ? Bien sûr, Pierre concevait qu'on puisse placer une confiance absolue en une personne sans vouloir, pour autant, partager son existence. Lui-même, il y a quelques jours encore, n'aurait pas imaginé pouvoir faire sa vie avec une femme comme elle.

Il détourna le regard lorsqu'elle s'assit sur le *living bed*, face à l'ordinateur de Barett.

— J'ai le mot de passe, répéta-t-elle. On y va ?

Elle avait déjà saisi la souris.

— Non, Emma ! Laisse-moi faire.

Il posa les boules chinoises sur la cheminée, la rejoignit et, d'autorité, prit la main sur l'ordinateur.

— Comme tu veux, dit-elle en lui laissant la place.

Un réflexe ancestral de « mec », pensait-elle sûrement. Ne pas laisser le clavier aux femmes. Comme jadis on ne leur laissait pas le volant.

Sur l'écran, la fenêtre qui attendait le mot de passe était restée vierge.

— Tape « $0^0 = 1$ » ! ordonna-t-elle. Je t'expliquerai après.

Décidément, c'était une manie.

— Zéro, quoi ? Qu'est-ce que c'est ?

— Je t'expliquerai. Tape...

— Mais quoi ?

— Zéro puissance zéro égale 1. S'il te plaît !

L'informaticien se souvenait de son cours de maths : « Tout nombre porté à la puissance zéro est égal à un. » Mais pourquoi Barett avait-il utilisé ce mot de passe-là ? Pourquoi pas *Neptune, Flore* ou *Bacchus*, les petits camarades d'Apollon dans le parc de Versailles ? Inutile de se poser des questions dont il n'aurait jamais la réponse.

Il tapa la formule sur le clavier et appuya sur la touche *Enter.*

— *Veuillez confirmer le mot de passe. Parlez après le bip sonore.*

Le programme exigeait une confirmation vocale. Pierre s'apprêtait à prononcer la formule, lorsque Emma l'interrompit.

— Attends ! Laisse-moi !

— Zéro. Puissance. Zéro. Égale. Un. Elle articula les cinq mots d'une voix ferme. Le CD-Rom s'ouvrit.

Une fois de plus, le logiciel avait été programmé pour reconnaître sa voix.

— Incroyable ! Il t'avait enregistrée en train de prononcer ces mots ?

— Je ne m'en souviens pas, mais il me les a sûrement fait dire, séparément, et sans que je m'en rende compte.

La liste des fichiers contenus dans le CD-Rom apparaissait maintenant sur l'écran. Pierre pointa le curseur de la souris sur chaque dossier, un par un, en retenant son souffle. Il y en avait une dizaine. Au milieu de la liste, il s'arrêta sur deux noms.

Backdoor 1.0.

Backdoor 2.0.

— On y est, je crois.

Dehors, des cristaux de grêle commençaient à marteler les vitres. On entendait hurler une sirène. Une ambulance, sans doute, filant sur l'avenue voisine.

Pierre cliqua successivement sur les deux fichiers *backdoor.* L'écran se couvrit chaque fois d'une succession de lignes de codes.

[...]

```
dc      c9 b0 42
jnp     dx 75
push    $0x42b0c9dc         #Protoco10x1
nov     $0x101001, %eax
lea     dxffffffD(%ebp),
call    * %esi
xor     %ecx, %ex
```

[...]

Emma observait l'écran par-dessus l'épaule de Pierre. Agacée par sa barrette qui tenait mal, elle entreprit de refaire sa queue-de-cheval. Quand elle se pencha en avant, il sentit flotter autour de lui le parfum de ses cheveux. Le même parfum qu'à Gold Beach.

— *My God !* s'exclama-t-elle. C'est vraiment ce que nous cherchions ? Tu y comprends quelque chose, toi ?

— Je crois, oui, répondit Pierre. Logiquement, le premier fichier commande l'ouverture de la *backdoor,* et le second la fermeture. Regarde ici : *op.* pour *opening* (ouverture), et là : *clos.* pour *closing* (fermeture).

Elle posa la main gauche sur l'épaule de l'informaticien et, de la droite, désigna l'écran.

— *Opening...* J'imagine que celui-là, on n'en a pas besoin. Le mal est déjà fait... C'est le second fichier qui nous intéresse, non ?

— Rien ne t'échappe.

— Mais que vas-tu faire de ça, concrètement ? Dans quoi vas-tu injecter ces lignes de code ?

Emma n'avait jamais été un programmeur de génie, mais elle connaissait suffisamment l'informatique pour deviner l'obstacle qui se dressait devant eux. Ils avaient découvert le médicament, mais comment l'administrer ? Ces lignes de code permettaient certainement de réparer les disques durs violés par les pirates, mais comment accéder à ces mémoires malmenées ? Tous les disques durs de tous les ordinateurs du monde ou presque avaient été forcés ! Des millions d'unités centrales avaient été infectées par les chansons vérolées. Comment injecter l'antidote qui les réparerait tous, en même temps ? On ne pouvait pas utiliser le même procédé...

Un coup de tonnerre empêcha d'abord Pierre de répondre.

— Il n'existe pas de véhicule permettant d'administrer l'antidote de manière universelle, asséna-t-il d'un ton docte, lorsque le grondement s'éloigna.

— Mais tu peux le mettre en ligne sur Internet, non ?

— Ouais... Et envoyer un mail à tous mes potes qui, eux-mêmes, l'enverront à tous leurs potes aussi, c'est ça ?

Emma fit mine d'ignorer son ironie. Elle secoua la tête, et l'extrémité de son catogan vint balayer l'épaule de Pierre.

— D'ici là, les terroristes auront fait exploser la moitié du monde occidental.

— Si c'est leur objectif, sûrement.

— Et si tu injectais directement le patch dans les ordinateurs des sociétés les plus sensibles ? Les centrales nucléaires, les centrales électriques, les compagnies aéricnncs, lcs...

Pierre soupira.

— Bien sûr, Emma, en théorie, tu as raison. On pourrait faire ça. On pourrait pénétrer dans les réseaux sensibles. Sauf que c'est un travail de Romain ! Tu imagines ? Toutes les compagnies d'eau, de gaz, le métro, le train, les aéroports, les usines pharmaceutiques... Il va falloir des mois pour les identifier !

Contrariée, Emma se leva, remit machinalement son chemisier dans son pantalon et alla s'adosser à la cheminée, sous le plan de Le Nôtre. Quelques grêlons gros comme des calots s'étaient frayé un chemin par le conduit et venaient exploser à ses pieds. L'atmosphère s'était brutalement rafraîchie.

— Tu as vu la taille de ces grêlons ? s'exclama Emma, en prenant entre ses doigts un glaçon qui fondait. J'adore le bruit des grêlons. La nuit, sous une tente, ça doit être fabuleux...

Pierre fit mine d'ignorer le propos. En d'autres circonstances, il aurait remis l'Américaine à sa place, elle, l'habituée des hôtels climatisés, qui hurlait sûrement à la vue de la moindre araignée.

— Il est presque 20 heures, lança-t-il. Granier n'est pas rentré du parc ?

— Si, il est repassé en fin de matinée mais ensuite il est allé chez lui, à Paris. Il va revenir.

Bien sûr. La capitale était toute proche, et il possédait, lui avait dit Emma, un hôtel particulier dans le XVIIe arrondissement. On était d'ailleurs en droit de se demander pourquoi, avec un tel pied-à-terre, Granier était resté à Versailles cette nuit. Ce n'était pas pour les aider dans leur recherche, il en était incapable. C'était donc bien pour Emma... Et la question, à nouveau, vint le tarauder : si le romancier n'avait pas couché avec elle, qu'était-il allé faire dans sa chambre ?

Concernant Granier, un autre point perturbait Pierre. Tout à l'heure, pendant qu'il attendait Emma dans la chambre, désœuvré, il était allé sur Internet regarder ce qui s'y trouvait au sujet de l'écrivain. À côté des articles sur ses livres, ses chroniques ou ses bonnes fortunes féminines, l'informaticien était tombé sur un entrefilet paru dans un journal people en 2004 qui racontait comment, à l'instar d'Omar Sharif et d'autres joueurs invétérés, Granier avait décidé de se faire lui-même interdire de casino pour trois ans. Le journaliste laissait entendre qu'avant d'en arriver à cette extrémité, le romancier avait dû perdre des fortunes à la roulette.

Mais Pierre ne voulait pas livrer cette information à Emma. Elle l'aurait sûrement jugé fouineur, mesquin. Jaloux. Après tout, quelle importance que l'écrivain soit richissime ou ruiné ?

— Il a trouvé des indices, dans le parc ? demanda l'informaticien, faussement détaché.

— Non, rien. Il avait vraiment l'air désabusé en partant.

— Il a *toujours* l'air désabusé.

Emma pensa que son compagnon avait raison, mais se tut. Pierre reprit :

— Et tu lui as dit ?

Elle tira une nouvelle fois sur ses cheveux pour ajuster sa barrette. C'était agaçant. Pourquoi ne l'enlevait-elle pas ?

— Quand il est parti, nous n'avions encore rien trouvé. Et j'étais en train de discuter avec Terry. De toute façon, je ne sais pas pourquoi, je...

Pierre n'insista pas. Il ne saurait peut-être jamais ce qui s'était passé entre Granier et Emma, mais une chose était claire maintenant : elle gardait ses distances avec lui.

— Jean-Philippe est juste allé prendre quelques affaires chez lui. Il va revenir.

Pierre eut l'impression qu'elle allait poursuivre son propos, mais un nouveau coup de tonnerre, plus violent que les autres, l'en empêcha.

Emma se précipita vers la fenêtre, écarta les lamelles du store et vit que la porte du garage, dans les communs, était grande ouverte. Deux chats qui fuyaient l'orage s'y étaient réfugiés.

— Quand je pense que Brad a acheté un chat ! Pour me faire plaisir. Il déteste les chats.

— Comment va-t-il ? demanda Pierre sans relever la tête.

— Qui, le chat ?

Pierre n'esquissa même pas un sourire. Emma s'excusa.

— Pardon... Évidemment, il s'inquiète.

— Normal, non ?

— Le contraire serait anormal, oui.

Elle imagina Brad rivé à sa télé, à son ordinateur, guettant les informations. L'impact des attentats sur la Bourse surtout. « *Babe*, tu vas bien ? » « *Darling*, reviens vite. Sois prudente. » À chaque voyage qu'elle faisait outre-Atlantique, il lui chantait la même rengaine. Et, à peine à la maison, elle le voyait se plonger dans ses statistiques du NASDAQ. Mais elle n'allait pas raconter à Pierre ses frustrations domestiques.

— Au fait, Pierre, tu ne penses pas qu'on pourrait envoyer l'antidote à Puttman ? Il pourrait la transmettre à tous les clients de Controlware. Une grosse partie du travail serait faite. Le patch serait ainsi diff...

L'informaticien leva les yeux au ciel.

— Tu es gentille... Évidemment, c'est la première chose que j'aurais faite si on pouvait !

— Tu n'as pas confiance en Bernie ?

— Emma... Comme par hasard, le site Controlware était planté dès le premier jour ! Depuis, plus personne ne peut télécharger de patchs ni d'antivirus ! Et, chaque fois que les techniciens réparent le site, il est neutralisé dans l'heure.

Emma soupira.

— Je comprends pourquoi l'action s'est écroulée ! Moi qui croyais que c'était la mort de Dan...

La jeune femme baissa les yeux, plus pâle soudain. Comme si elle se refusait à admettre que la cause de la baisse des cours n'était pas celle qu'elle eût souhaitée, l'hommage posthume des marchés financiers à son meilleur ami.

— La mort de Barett a sûrement eu une influence, tu as raison, lâcha Pierre.

Il n'y croyait pas trop mais ne voulait pas aggraver l'amertume d'Emma. En réalité, il était convaincu que le destin de Controlware ne reposait plus, depuis longtemps, sur Barett. Avant sa mort, déjà, le patron fondateur n'était plus préoccupé que par son action philanthropique. Ses collaborateurs prétendaient même que, depuis quelques mois, il n'assurait plus sa fonction de « tête chercheuse » chez Controlware. Sur les blogs personnels de quelques salariés de l'entreprise, rédigés sous pseudonymes, on racontait qu'il avait récemment refusé d'adopter le dernier modèle de téléphone portable. Et qu'Amelia s'inquiétait : Dan et elle n'avaient plus de « vie de couple ».

Pierre se souvint d'une réflexion d'Anita, sa copine psy, à propos d'un ami commun décédé dans l'effondrement d'un immeuble, mais chez qui elle avait cru remarquer, les derniers temps, une étrange indifférence face à l'existence : « On meurt lorsqu'on a fini de vivre », avait-elle dit. Sauf que Barett, lui, n'avait pas été victime d'un coup de dés du destin : des terroristes l'avaient assassiné pour le faire taire.

— La mort de Dan, l'impuissance de Controlware face aux pirates... C'est un ensemble, sûrement, qui a fait s'effondrer le cours, insista Pierre.

Plus nerveuse que jamais, Emma arpentait la chambre en silence. Son pas saccadé faisait grincer les lattes du parquet. Pierre faillit lui dire qu'elle faisait du bruit en marchant. Mais il craignait une repartie cinglante, du style : « Et toi, tu fais du bruit en tapant sur le clavier. » Le genre de joute verbale qu'ils pratiquaient lorsqu'ils fréquentaient les mêmes bureaux, autrefois. Et qu'il était gêné par la brassée d'air qu'elle soulevait chaque fois qu'elle entrait et sortait, à grandes enjambées.

Aujourd'hui, il devait bien se l'avouer, la présence d'Emma le troublait davantage, lorsque, comme à cet instant, elle était assise, immobile, à quelques centimètres de lui, et qu'il croisait son regard. Le vert de ses yeux lui avait jadis semblé froid, métallique. Maintenant, il ne voyait plus que la lumière douce qui s'y reflétait.

— Il faut pourtant faire quelque chose ! dit-elle en revenant s'asseoir sur le *living bed*, comme si elle avait deviné sa pensée. Nous devons trouver un moyen d'utiliser ces lignes de code ! Tu pourrais commencer par les lieux les plus dangereux, les sites nucléaires par exemple ?

— À mon avis, il y a déjà beaucoup de centrales dont les réseaux informatiques fonctionnent en circuit fermé. Leurs techniciens ont dû couper tous les accès Internet. Quitte à arrêter la production.

— Mais si les pirates ont des complicités internes, ou si la panne a été programmée, et que personne ne l'a décelée, ils ne vont rien pouvoir empêcher !

— Effectivement. Et puis il y a les autres. Toutes ces entreprises qui se croient tellement inviolables qu'elles n'auront pas pris de précautions... On peut toujours essayer de refermer leur *backdoor*, mais c'est toujours le même problème. Il faut les identifier une à une.

Pierre se leva à son tour et se dirigea vers la fenêtre. Il balaya du regard l'allée, les communs et le mur d'enceinte. Les chats avaient disparu. Il jeta un œil vers le ciel. Les nuages noirs s'étaient éloignés au-delà des Trianons. Et découvraient, derrière eux, une voûte bleu pâle, presque jaune, gravée par les rubans de vapeur d'eau qui s'évaporaient à l'horizon en une brume blanche et floconneuse. Il ouvrit la fenêtre pour respirer.

Il flottait sur Versailles, lavé par l'orage, un air de matin du Premier Jour.

« Mais peut-être est-ce le Dernier », pensa Pierre.

Emma semblait amorphe. Il réfléchit un long moment. Soudain, il tapa du poing sur le lit.

— J'ai une idée !

Emma sortit de son apathie.

— Quoi ?

— Ce sont les pirates eux-mêmes qu'il faut toucher.

— Que veux-tu dire ?

— Ce sont eux qu'on doit mettre hors d'état de nuire.

— Mais comment ?

— Il faut les prendre à leur propre piège. On ne va pas s'épuiser à refermer toutes les *backdoors* de tous les ordinateurs du monde.

— Mais que vas-tu faire, alors ?

— Je vais ouvrir la leur !

38.

« À qui ira ma dernière pensée ? Quelle sera la dernière image que j'emporterai, à l'heure où tout finira ? »

Depuis quelques minutes, depuis qu'il *savait*, Pierre avait délaissé l'écran et le clavier et s'était laissé entraîner, malgré lui, dans une spirale d'idées dérangeantes. Cela faisait des années que la question de la « dernière pensée » lui venait de temps à autre. Mais, jusqu'à présent, il n'avait jamais formulé de réponse constante. Clara ? Il y a cinq ans encore, elle aurait été « éligible ». Mais aujourd'hui ? Il en doutait. Il avait bien senti qu'elle prêtait peu d'attention aux efforts qu'il déployait depuis un an : rentrer plus tôt le soir, refuser de partir à l'aéroport dès le dimanche après-midi pour être à pied d'œuvre le lundi matin, aider Gaétan pour ses devoirs de maths... Il s'était confié à Anita. Ils avaient repris ensemble la carte de ses domaines de vie. Celle-ci montrait bien que la part de son existence consacrée à son job était trop importante. Il avait commencé à changer, à rééquilibrer son système de valeurs.

— Mais Clara s'en fout que je rentre plus tôt à la maison, avait-il avoué à Anita, un soir de déprime. Elle préfère que je bosse, que je gagne plein de fric et qu'elle puisse le dépenser ensuite.

Le diagnostic d'Anita avait été assez franc. Pierre traversait ce qu'elle appelait une « brèche existentielle ». Ses aspirations et celles de Clara divergeaient.

— Je t'ai programmé un café, ça te dit ?

Pierre sursauta et se retourna.

Il n'avait pas entendu Emma revenir dans la chambre « Moi ». Elle l'avait quitté deux heures plus tôt pour aller prendre un peu de repos, sachant qu'elle ne pouvait lui être d'aucune utilité.

— À moins que tu n'aies faim, continua-t-elle. Il est 21 heures, et on n'a rien mangé depuis ce matin.

Elle se tenait à l'entrée, très droite, le visage fatigué, la courbe des lèvres lasse. Elle ne s'était pas maquillée, et ses cheveux étaient toujours tirés en arrière. Mais elle avait pris le temps de se changer et de revêtir un pantalon beige assorti à un nouveau chemisier blanc bien repassé. Cette fois, elle avait mis un soutien-gorge. Mais l'encolure du chemisier était ouverte sur une dizaine de centimètres. Pas assez pour dévoiler ses seins, assez pour en suggérer la courbure.

Il ferma les yeux. Il aurait aimé se laisser emporter par la douceur qu'il devinait, là, à portée de main. Mais ce qu'il venait de découvrir sur le réseau l'en empêchait.

— Du café ? Oui, je veux bien, dit-il en cachant son trouble. Je mangerai plus tard, quand j'aurai terminé.

Une petite armoire s'ouvrit à droite du *living bed.* Posé sur une tablette, un plateau se déploya, portant une tasse coiffée d'une légère vapeur.

Un filet de café noir coulait depuis une petite machine espresso.

Encore un gadget de Barett.

Emma se dirigea vers la cafetière.

— Je t'ai programmé le café d'en bas. Apparemment, ça marche ! Mais dis donc, tu es sûr que ça va ? Tu es blanc comme la mort.

L'informaticien repoussa le clavier de l'ordinateur et se leva.

— Et toi ? lança-t-il d'une voix ferme, autant pour éluder la question que pour paraître lucide.

La réponse d'Emma fusa.

— Je viens de regarder les infos. Il paraît qu'à Zurich une bactérie dans l'eau potable a fait une centaine de malades. Lyon est entièrement privée d'eau. La cellule de crise de Matignon a demandé à tous les préfets de France de contrôler les réseaux d'eau de leurs départements. Crois-tu vraiment que ce sont les terroristes...

Pierre l'interrompit à mi-voix :

— J'en ai la preuve, maintenant.

— Pardon ? La preuve de quoi ? répondit Emma, distraite, en saisissant la tasse. Je m'aperçois que j'aurais dû te monter du sucre, il n'y en a pas dans la...

— Ça, ce sont les limites de la high tech.

Elle esquissa un sourire.

— Je redescends t'en chercher !

— Laisse tomber, je ne prends jamais de sucre. Et on a autre chose à faire.

D'une main, Pierre désignait l'écran du PC. De l'autre, il prit la tasse de café que lui tendait Emma. Une nouvelle fois, il eut l'impression qu'elle laissait leurs doigts se frôler, à dessein. Si Emma avait pu voir ses lèvres, elle aurait distingué un léger tremblement.

Il s'assit de nouveau devant l'ordinateur, avala une première gorgée, les yeux rivés sur l'écran, puis se retourna vers elle.

— Tu sais, c'est dément.

— Qu'est-ce qui se passe ?

— Je ne sais pas par où commencer...

— Qu'as-tu trouvé ?

— Le mieux, c'est que je te montre.

Il ajouta, en baissant la voix :

— Je suis entré dans le réseau des terroristes.

— Waouh !

L'exclamation admirative de la jeune femme ne provoqua chez lui aucune réaction. Ses mains étaient placées au-dessus du clavier, les doigts écartés, immobiles.

Emma s'assit à ses côtés, face à l'ordinateur. Au premier regard, elle n'aperçut qu'un écran noir parsemé de caractères blancs. De courts intitulés, en anglais, mais incompréhensibles.

Flooding
ESP
Boston Airport
Operation DB
Traffic
Pharma op
...

Elle saisit la souris et se tourna vers Pierre.

— Je peux ?

— Vas-y.

Elle cliqua sur le premier mot. Un texte apparut. Suivi de plusieurs autres. Des réponses au premier. Un dialogue. Comme sur un blog. Les signataires, dont les noms apparaissaient à la fin de chaque petit texte, devaient être une trentaine au moins. Pierre lui fit signe d'arrêter un instant le pointeur de la souris sur l'un d'eux.

— Owen... Owen Makresh. Curieux. Ce nom me dit quelque chose, murmura-t-il.

— Un de tes anciens copains hackers ?

— Sûrement pas !

Owen Makresh. Dmitri Krashni. Salim Nehma. Bob Linderoth. Kadin Bondarenko... ... Et un mystérieux T, en copie de tous les textes. Le chef du réseau, sans doute.

Puis elle lut le titre du premier texte.

Gigantesque déni de service distribué. Le document faisait référence à l'attaque massive sur le réseau Internet. Celle de mardi, sans doute. La discussion au bar de La Marine lui revint en mémoire. Pierre expliquant comment les pirates avaient diffusé une chanson infectée dans des millions d'ordinateurs. Granier, incrédule, un peu ridicule avec sa « bague d'or », rappelant quand même que les informaticiens avaient inutilement effrayé les citoyens avec le bug de l'an 2000, histoire de vendre des antivirus.

Elle fit défiler l'écran.

— C'est le compte rendu du tsunami informatique ?

— Pas le compte rendu. La procédure d'attaque !

Tout était décrit en détail. Tout le mécanisme de mise à feu qui avait paralysé le monde cinq jours plus tôt. La liste de tous les serveurs primaires visés. La liste des chansons les plus populaires, classées par pays. Les tubes qui avaient servi de véhicules aux terroristes pour installer, dans des millions d'ordinateurs, à l'insu des utilisateurs, un virus en sommeil. Programmé pour se réveiller et s'autodéclencher, le 11 septembre, à 8 h 46, heure de New York, provoquant la gigantesque rupture d'anévrisme d'Internet, et ouvrant, dans chaque ordinateur touché, la fameuse *backdoor.*

— Mais comment as-tu fait pour entrer là-dedans ? s'écria Emma

— Je t'expliquerai plus tard, c'est compliqué.

Lui aussi avait le droit de garder ses secrets, après tout.

— Et qui as-tu averti ?

— Personne. Je viens juste de...

— Mais tu es complètement fou ? Il faut joindre la Maison Blanche, le FBI, le...

Pierre la rattrapa par le bras au moment où elle se levait.

— Attends, tu n'as encore rien vu.

Il cliqua sur les autres intitulés, un par un, sans lui lâcher le poignet. Emma vit s'ouvrir, en rafale, une quinzaine de documents, semblables à celui qu'elle venait de parcourir. Une date, un lieu, une cible. Les intitulés, cette fois, étaient sans ambiguïté. Et certains lieux bien familiers. Elle en grappilla quelques uns au hasard.

04/08 02.20 pm. Usine pharmaceutique Meliton G, Boston
11/09 06.15 am. Usine Atofina, Marseille
11/09 06.16 pm. Centrale électrique, Syracuse, New York
11/09 06.17 am. Centrale nucléaire Susquehanna, Pennsylvanie
12/09 06.18 am. Centrale électrique, Ottawa

12/09 06.19 am. Centrale électrique, Cleveland
12/09 07.30 am. Pharmacies, USA Est, Tokyo
13/09 04.00 am. Système GPS
13/09 06.50 pm. Système gestion du trafic, Paris, Londres, Berlin
13/09 06.10 pm. Réseaux d'eau potable Lyon, Zurich, Manchester, Hong Kong

— Mon Dieu ! murmura Emma en dégageant sa main, comme pour mettre la plus grande distance possible entre elle et l'horreur qu'elle découvrait sur l'écran.

Le café de Pierre gicla sur le sol, formant une tache noire sur le parquet. Mais Emma entendit à peine la porcelaine se briser. Ses tympans résonnaient, renvoyant les battements de son cœur. Ses jambes tremblaient. Elle avait sous les yeux la liste de tous les ordinateurs que les terroristes avaient attaqués. Classés par dates.

Tous les ordinateurs dont ils avaient pris le contrôle.

Et ce n'était pas tout.

— Regarde les dates, fit Pierre en descendant le fichier ligne à ligne. 24, 26, 27 septembre.

— Ce sont leurs prochaines cibles !

24/09 02.08 pm. Usine Lipitrane, New Delhi.
24/09 03.00 pm Usine pharmaceutique Alzeimid, Los Angeles
24/09 10.08 pm Centrale de livraisons des pharmacies, Cupertino
24/09 05.00 am Centre de distribution des médicaments, Sunnyvale
26/09 02.15 am Usine Dolitor, New Delhi
27/09 10.13 pm Office des pharmacies, Mountain View, Espoo
27/09 11.50 pm Société de livraisons pharmaceutiques, Kita-shinagawa
27/09 05.30 am ArtaGene, Singapour
27/09 06.00 am Alzacorp, Reykjavik
30/09 08.08 pm Biobank Japan, Hokkaido

12/10 04.08 am Estonian Genome Project, Tallin
14/10 11.08 pm InmeGeN, Mexico
30/10 01.38 am Karolinska Gen, Stockholm
31/10 04.50 am Beijing Genomics Institute
03/11 05.30 am TheraBio, Tel-Aviv

— Nous sommes le 14 septembre, murmura Emma. Que font-ils entre le 14 et le 30 ? Ils prennent des vacances ?

— On dirait.

Les pirates prévoyaient-ils une pause technique destinée à préparer de nouvelles agressions ? Ou se laissaient-ils le temps de négocier en secret avec les gouvernements ?

Sur l'écran, un dénommé Dmitri Krashni commençait par donner le compte rendu de l'opération « Boston Airport », qu'il appelait la « répétition générale ». Une réussite. Plus de deux mille boîtes livrées. Les effets nocifs de la mélatonine disséminés dans plusieurs grandes villes. Mais des dégâts moins importants que prévu.

L'opération était destinée à être renouvelée, à grande échelle cette fois. Une dizaine de villes seraient attaquées, via les pharmacies de certains quartiers « sélectionnés », à Cupertino, Sunnyvale, Dulles, Amsterdam, Kyoto, Tokyo (Kita-shinagawa), Berlin. Les pirates commençaient par entrer dans les systèmes informatiques des usines pharmaceutiques qui fabriquaient les médicaments vendus par les pharmacies visées. Ils modifiaient les dosages au cours du processus de fabrication, transformant des séries de médicaments en véritables poisons. Et, comme ils avaient la main sur l'ensemble du système de production, ils pouvaient décider de modifier tout ce qu'ils voulaient : les quantités produites, les horaires, les bons de commande, les sites de livraison.

L'opération, cette fois, ne concernerait pas la mélatonine mais le Lipitrane, le remède anticholestérol le plus vendu dans le monde, et le Dolitor, un antalgique très connu. Les pirates étaient entrés dans les ordinateurs centraux de deux usines qui les fabriquaient, à New Delhi.

Emma n'eut pas la patience de continuer à faire défiler la liste.

— Ils vont inonder le monde de médicaments trafiqués !

— Des médicaments qui détruisent la mémoire.

— Et qui tuent !

— Apparemment, leur objectif initial n'était pas de tuer les gens mais de les transformer en légumes.

— C'est fou !

Pierre ouvrit un autre fichier baptisé *Bhatnagar, New Delhi.* Le processus de prise de contrôle de l'ordinateur central de l'usine d'une multinationale allemande de la pharmacie y était évoqué en détail. Ce site était le principal centre de fabrication du Nexor, un médicament utilisé dans le traitement de la maladie d'Alzheimer. Le serveur avait été « ouvert » plusieurs semaines avant l'attaque du 11 septembre. Le P-DG lui-même avait involontairement introduit le virus six mois plus tôt, lorsqu'il avait connecté son portable à son ordinateur de bureau pour écouter de la musique enregistrée par son fils. Début août, Krashni et ses complices avaient mis la main sur le système informatique interne.

La suite était terrifiante. Ils avaient accédé au programme régissant la fabrication du médicament. Ils en avaient modifié la composition. Trois jours de suite, l'usine n'avait produit que des faux.

— Pierre, tu te rends compte de ce qu'ils ont fait ?

De nouveau, ce ton précipité. Ce débit accéléré. La panique qui envahissait l'Américaine lui faisait retrouver ses vieux réflexes.

— Je crois, oui. Ils transforment des médicaments courants. La molécule qui supprime les effets du *jetlag* a été mélangée avec une substance qui...

— Qui accélère les pertes de mémoire, oui, qui les accélère ! C'est exactement ça. Qui s'attaque au cortex cérébral, à la zone qui gouverne l'articulation des idées. Pierre...

Emma saisit la main de l'informaticien.

— Pierre... Ils fabriquent le médicament qui a tué Kathrin Strandberg ! Et ils vont inonder le monde avec d'autres médicaments qui ont les mêmes effets !

— Et ils vont tuer des milliers de gens. Des innocents. Qui croient prendre de la mélatonine, un antidouleur, ou un remède anticholestérol et qui se retrouvent privés de...

— De mémoire. Et qui meurent. Comme... Comme Dan.

— Oui, mais lui, ils ont dû le lui administrer directement. Je veux bien croire au hasard, mais je ne le vois pas aller acheter lui-même de la mélatonine à Boston, si ?

Emma serra les dents. Elle n'en pouvait plus.

— Les monstres ! Pourquoi font-ils ça ?

— Je crois deviner, répondit Pierre, qui avait eu le temps de digérer les informations que la jeune femme découvrait.

Il posa le doigt sur l'écran, désignant la liste des actions prévues par les pirates.

— Les villes ciblées, Emma. Regarde ! Cupertino, Sunnyvale, Mountain View, Kita-shinagawa, Espoo... Ça ne te dit rien ?

— Cupertino, si. Le siège social d'Apple et...

— Oui. Et Sunnyvale, celui d'Oracle. Mountain View, celui de Google. Espoo, celui de Nokia, scanda Pierre. Les villes où sont situés les concurrents de Controlware. Là où tous leurs cadres dirigeants vivent ou viennent en réunion. Et achètent des médicaments.

— C'est un cauchemar !

Emma s'était pris la tête entre les mains et frappait du pied contre le matelas du *living bed*. Elle connaissait tous ces gens. Ils faisaient partie de son univers professionnel. Certains étaient ses amis. Pierre continuait :

— Tous les pontes des plus grandes entreprises technologiques du monde condamnés à mort. Une mort lente, à plus ou moins brève échéance...

Cerveau éteint, mémoire en rade. *Out of memory*, comme on dit dans l'informatique. Cruelle ironie du sort pour des gens qui avaient fait fortune en inondant le monde de leurs mémoires. Pour les terroristes, les papes de la technologie mourraient par où ils avaient péché. Pierre s'affala devant la cheminée, la tête penchée en arrière, et ferma les yeux.

Le film défilait dans son esprit et il luttait pour ne pas aller jusqu'au bout du raisonnement. Mais comment s'en empêcher ? Les dirigeants des grandes firmes technologiques morts, ou hors d'état de raisonner. Les actions de leurs entreprises plongeant en Bourse. En quelques semaines, les pirates provoqueraient le plus grand krach de l'histoire du capitalisme. Et élimineraient au passage les rivaux de Controlware. Apple, Oracle, Google, Sony, Palm, Nokia... Sans capitaines, sans moteurs, des bateaux ivres dans la concurrence mondiale. Des monstres décérébrés. Mis K.O. debout, comme Barett lui-même n'avait jamais réussi à le faire.

Le terrain serait alors dégagé pour la poursuite du règne de Controlware sur le monde. Le monde des consoles de jeu, du téléphone et de la télé. Les nouveaux marchés de Controlware, ces activités que la firme développait à vitesse accélérée depuis que Barett avait pris du recul.

Pierre vit dans le regard d'Emma qu'elle avait suivi le même raisonnement que lui.

— Pierre...

— Oui ?

— Derrière ces Krashni, ces Nehma, il y a quelqu'un Forcément. Quelqu'un qui a intérêt à détruire ces firmes, à laminer le monde technologique pour mieux le dominer ensuite...

Elle marqua un silence.

— Tu crois que...

L'informaticien acquiesça, silencieux.

Ils pensaient à la même personne.

Bernie. Bernie Puttman. S'il y avait un seul bénéficiaire du cataclysme qu'ils vivaient depuis quatre jours, c'était lui.

39.

Emma, assise sur le *living bed*, ne bougeait plus.

— C'est monstrueux, Pierre, monstrueux ! Il faut arrêter ça ! On ne va pas rester ici comme des...

— Oui, comme des *cons*. C'est ce qu'on dit en français.

Pierre aurait pu être plus grossier. Mais il s'efforçait de raisonner. Il attendait qu'Emma bondisse sur son téléphone portable. Appelle la police. Les services secrets. Une de ses copines haut placées, membre du WAC. Ou la Maison Blanche, pourquoi pas ? Mais était-ce la bonne solution ?

Quelque chose le gênait, mais il ne savait pas quoi.

Emma restait immobile, plantée devant l'écran, les larmes aux yeux. Sans doute pensait-elle encore à ses amis de Sunnyvale ou de Cupertino. Ou à Dan. Soudain, elle refit surface.

— Pierre ! Les terroristes savent ? Ils savent qu'on sait ?

L'informaticien pressa ses deux mains sur ses tempes, comme pour alléger la pression qui l'envahissait.

— Non, bien sûr ! Tant qu'on ne discute pas avec eux.

— Discuter ?

— Oui, chatter, si tu préfères. Tu vois, là, en bas de l'écran ? L'icône ? C'est leur boîte de dialogue. Une sorte de MSN interne au réseau. Owen Makresh, Dmitri Krashni... Ils peuvent se parler, en direct.

— Et nous, on peut entrer ?

Il marqua un temps d'hésitation puis répondit :

— Oui, mais comment te dire... Pour l'instant, on est seulement devant leur maison, en quelque sorte. Et ils ne peuvent pas s'en rendre compte. Mais si on pousse la porte...

— On ne peut plus faire marche arrière.

— Tu as tout compris.

— Alors, qu'est-ce qu'on fait ? On prévient qui, en premier ?

Pierre se rendit compte que sa compagne était encore plus désemparée que lui.

— Normalement, dit-il, on devrait appeler l'IICC.

— L'IICC ?

— Oui. La police informatique, si tu préfères.

— Mais, alors, vas-y !

— Doucement, Emma. On a un peu de temps, non ?

Il n'aurait pas su expliquer pourquoi, mais alerter les autorités lui paraissait risqué. Il aurait préféré gagner du temps. Réfléchir encore. Il lui semblait qu'il passait à côté d'un élément important, mais lequel ?

— Comment ça ? Il faut aller très vite, au contraire !

— La prochaine attaque n'aura lieu que le 24 septembre. D'ici là...

— D'ici là ?

Emma avait posé son regard droit dans les yeux de Pierre. Cette fois, il n'y lisait pas la détermination coutumière, mais une crainte inhabituelle, une douceur presque implorante. Comme si la carapace de *Mrs.* Shannon, *chief executive officer* de Berkings & Shannon, avait fondu sous la tension.

Le bras de Pierre vint entourer ses épaules.

— Viens là, murmura-t-il.

Elle n'eut pas le temps de répondre. Il avait approché son visage et, de ses lèvres, frôlé les siennes. Une caresse furtive. Une étincelle de baiser.

Pierre recula de quelques centimètres pour regarder la jeune femme. Il lui suffisait de croiser son regard pour la désirer. Il se sentit obligé de le lui dire.

— J'ai envie de toi, murmura-t-il, juste en te regardant. Sans te toucher. Tu comprends ça ?

Il ne voulait pas seulement qu'elle comprenne ou qu'elle devine son désir. Il voulait qu'elle le sente, qu'elle le voie. Il voulait qu'elle ne baisse pas les yeux devant la force irrésistible qu'elle déclenchait en lui.

Emma savait qu'il n'y avait rien de machiste dans son attitude, rien de prétentieux ni d'artificiel, simplement une manière de dire son amour quand les mots de l'amour, eux, étaient interdits.

La jeune femme ne bougeait pas, retenant sa respiration. Elle laissa les doigts de Pierre effleurer ses seins et s'attarder sur son visage. Il posa les mains autour de ses joues et la fixa intensément. Les deux traits noirs qui séchaient déjà, juste au-dessus de ses cernes sombres, formaient comme deux tags maladroits, griffonnés sur son teint blanc.

Pas très conforme aux canons de la beauté, mais Pierre, lui, trouvait cette cosmétique attirante. Bien plus attirante, en tout cas, que ces couches de fard, de poudre et de respectabilité qu'Emma arborait lorsqu'elle trônait à la tribune du WAC avec ses amies. La photographe française Bettina Rheims avait un jour effectué une série de portraits de stars, au naturel. Il se souvenait des images. Laetitia Casta, Béatrice Dalle, Milla Jovovich, l'œil rougi, le cil humide, le fil rose d'une cicatrice pointant sous l'aine brunie.

La beauté, c'est ce qui reste quand le rimmel a coulé.

Et, surtout, il y avait cette douceur, irrésistible. La soie du sous-vêtement qu'Emma portait sous son chemisier. La douceur de son parfum qui l'avait emporté l'autre nuit sur la plage. La douceur de ses seins qu'il caressait maintenant et dont il sentait sous ses doigts la pointe, ferme, tendue. Il n'avait pas souvenir d'avoir caressé dans sa vie des seins de velours.

Elle aussi, maintenant, avait ouvert les yeux. Et passait sa main sous la chemise de Pierre. Ses doigts effleuraient sa poitrine, frôlaient son ventre, s'arrêtaient, reprenaient leur trace voleuse. Il n'avait pas souvenir d'avoir été caressé dans sa vie par des mains de pianiste.

Quand Pierre abaissa la bretelle du soutien-gorge d'Emma pour embrasser son sein droit, elle se laissa tomber en arrière sur le *living bed*. Il la retint.

— Emma, souffla-t-il. Relève-toi !

Elle ne lui demanda pas pourquoi. Il l'aida à se remettre debout, s'attarda longtemps sur ses lèvres, puis fit glisser ses vêtements. Elle l'observait, docile, silencieuse, le regard errant. Chaque geste de Pierre, chaque regard accroissait son désir. Aucun homme, jusqu'alors, n'avait répondu aussi précisément à cette attente qu'elle ne savait formuler. Comme s'il devinait ses envies, comme s'il était *elle*. Elle faisait l'amour pour la première fois dans une réciprocité absolue.

— Tu es un rêve de fille, dit-elle à voix basse.

Peut-être ne comprendrait-il pas ce qu'elle voulait dire. Mais il fallait qu'il sache qu'au moins une fois dans sa vie il avait comblé, au-delà de l'imaginable, les rêves d'une femme, ses aspirations les plus profondes.

Quelques instants plus tard, il lui faisait face, nu lui aussi.

Il s'agenouilla et se mit à embrasser son corps. Le ventre, les jambes, puis les seins, le buste, le creux des poignets. Les seins, à nouveau, longuement, jusqu'à l'embrasure du cou. Pendant qu'il caressait ses jambes, il sentait dans ses cheveux les doigts légers d'Emma diffuser un frisson régulier. Et lorsqu'il remontait vers son visage, quand les lèvres de la jeune femme se mêlaient aux siennes, il regardait vaciller ses boucles d'oreilles. Il n'y avait pas prêté attention jusqu'à présent. Elles étaient formées d'un anneau d'argent, d'où pendaient de petits fils noirs rehaussés de perles rouge bordeaux. Un bijou bohême. Un bijou d'école buissonnière. En un instant, la vue de ces ornements acheva de briser dans l'esprit de Pierre l'image de la femme en tailleur, de la grande prêtresse trônant au comité de direction de Berkings & Shannon. Il sentit s'évanouir, comme dans un rêve qu'il n'aurait pas osé inventer, la statue de marbre d'Emma Shannon. Elle fondait entre ses mains à mesure que le désir l'inondait.

Il aurait aimé la retenir ainsi, figer son regard vague et fou. Mais le même désir l'emportait, lui aussi.

Quand il entra en elle, sur le lit de Dan Barett, la vision fulgurante de celui qui les avait conduits ici, le maître de Controlware, lui traversa l'esprit. Pierre était en train de faire l'amour avec celle que Barett avait aimée avant lui, et sur ce lit peut-être. Une image obscène surgit devant ses yeux. Barett enregistrant la voix d'Emma pendant l'amour. Peut-être avait-il programmé son cri de plaisir en MP3 comme il l'avait enregistrée lorsqu'elle prononçait « Le Nôtre », « zéro » ou « un » ? Peut-être ce cri allait-il déclencher, là, dans quelques secondes, l'affichage d'une image sur l'écran ou le défilement d'une musique sensuelle sur les haut-parleurs du lit ? Ou, pis, sa voix à elle, annonçant « c'est la deuxième et la dernière fois » ? Pierre était fou. Plus fou que Barett. Fou, peut-être, parce qu'il ne lui restait que quelques heures à vivre.

Mais Emma ne criait pas, elle gémissait doucement. Et il aimait ces plaintes de plaisir, il les appelait. Comme sur la plage du cap Manvieux, il était incapable de résister à leur magnétisme tyrannique. Jamais il n'avait ressenti, dans le corps d'une femme, une telle brûlure.

Il la fit basculer sur le côté et elle vint sur lui. Ses cheveux balayaient l'espace. Assise sur son ventre, la tête renversée et les bras posés en arrière pour se stabiliser, elle semblait lui offrir ses seins. Il la saisit par les hanches, l'attirant violemment vers lui pour entrer en elle plus profondément. Le sentiment de fusion fut si fort qu'il eut l'impression que c'était elle qui le pénétrait, et non l'inverse. Elle prenait possession de lui.

Il eut encore le temps de se demander, pour faire diversion et résister à l'appel du plaisir, si cette attirance incontrôlable n'était pas uniquement provoquée par la peur de la mort. Ou la volonté de la défier.

La mort. L'amour. L'amour à mort. Mort d'amour. Les deux mots virevoltaient dans une embardée funeste et gaie. Les mains de la jeune femme s'agrippaient maintenant à lui. Elle fuyait sans cesse ses lèvres, pour mieux y revenir, tendue, ardente, suppliante.

Il la garda enfin, son visage contre le sien, ses lèvres unies aux siennes, à l'instant où il fondait en elle. Un long baiser étouffa leur cri.

Il sentit alors l'immense drap de soie le recouvrir et l'envelopper. Et, presque aussitôt, un éclair bleu le déchirer. Une lumière acide tournoyait dans la chambre.

La danse cinglée d'un gyrophare.

Dehors, des voitures de police et des ambulances faisaient hurler leurs sirènes sur le boulevard.

40.

Jean-Philippe Granier posa les clés de la Porsche et ses lunettes de soleil sur la commode Louis XV. Il s'était rasé et avait troqué son pantalon et sa veste sombre contre un jean et une chemise jaune pâle ouverte sur la poitrine. Il alluma une cigarette ; depuis le trajet en voiture, il s'était remis à fumer. Il aspira une bouffée, laissa échapper un long soupir et se servit un verre de whisky. La veille, Emma lui avait montré où était caché le bar : un placard réfrigéré encastré dans la cloison, à gauche de la cheminée.

Le romancier était irrité. Après avoir arpenté en vain les jardins pendant la matinée, il avait voulu faire un saut à son appartement. Mais, à chaque carrefour, des embouteillages immobilisaient la circulation. Il lui avait fallu trois heures pour rejoindre Paris et autant pour en revenir. Et encore, en utilisant des astuces de Parisien, les petites routes de Marnes-la-Coquette et les allées du parc de Saint-Cloud. Le tout sans mettre la clim, pour économiser les dernières gouttes d'essence.

— On se croirait à Bagdad ! dit-il à Emma au moment où la jeune femme entrait dans le salon. Les feux rouges ne fonctionnent plus, les stations-service sont en rupture de stock, il y a des flics partout... Mais où étiez-vous passée ? Je vous ai appelée, en arrivant, vous n'avez pas entendu ?

— Non, répondit Emma, le regard absent. On travaillait, là-haut, avec Pierre. Cela vous ennuierait d'éteindre votre cigarette, Jean-Philippe ? Dan ne supportait pas qu'on fume dans cette maison.

Elle venait de sortir de la douche. Ses tempes et une partie de son catogan, qu'elle avait pourtant relevé en chignon au-dessus de sa tête avec une pince d'écaille pour ne pas le mouiller, étaient humides. Mais Granier ne sembla rien remarquer.

— Vous n'avez pas entendu les sirènes ? insista-t-il, tout en cherchant des yeux un cendrier pour écraser son mégot.

Il passa dans la véranda-terrasse qui jouxtait le salon et s'approcha de la porte donnant sur le jardin. Elle s'ouvrit automatiquement. Granier jeta sa cigarette sur le seuil, sans l'éteindre. Il était 23 heures et il faisait nuit noire. Le mégot resta allumé quelques instants sur l'herbe. Plus loin, quelques spots éclairaient les vasques, les statues et le pavillon de musique.

— Il y a encore eu un accident à côté, dit-il en jetant son paquet de Marlboro sur la table basse ; un court-circuit a provoqué un incendie à la gare de Versailles-Chantiers, les pompiers sont débordés...

— Effectivement, j'ai entendu les sirènes, répondit Emma. Tellement près qu'on a même cru un instant que les flics allaient débarquer ici.

Elle regarda Granier droit dans les yeux.

— Mais bon, ce n'est pas le sujet. Pierre a découvert sur le réseau des choses dramatiques.

— Sur Internet ?

Granier leva les sourcils, dubitatif, comme pour montrer à son interlocutrice que, pour lui, tout ce qui se passait sur Internet était virtuel, au sens premier du terme. Théorique, irréel. Emma commença à lui raconter les événements de l'après-midi, mais le cœur n'y était pas. Elle parlait d'une voix lasse, simplifiant à outrance la chronologie des événements et omettant de mentionner deux épisodes : la découverte du souterrain et celle du théorème sur l'existence de Dieu. Elle n'avait aucune envie de lui parler de ce sujet. Pourquoi, bon sang, n'arrivait-elle pas à lui faire confiance ? Il le faudrait, pourtant.

— Et alors, qu'allez-vous faire ? l'interrompit Granier, qui avait écouté distraitement.

— On essaie d'en savoir plus. Pierre rassemble les informations. Ensuite on va joindre les spécialistes de la lutte contre la criminalité informatique. Ou alors des gens au gouvernement. Le plus efficace...

Elle marqua un temps d'arrêt.

— D'abord, il faut être sûr que la prochaine attaque est celle que Pierre a repérée, et qu'elle n'a lieu que dans dix jours. En principe, c'est ce qu'indique le site sur lequel...

Granier coupa court à son explication et lança :

— Télévision. Allumer.

Emma faillit lui dire que la commande ne fonctionnerait pas en français, ou pas avec sa voix à lui, mais elle se trompait : l'écran le plus large s'alluma. Et il n'eut pas besoin de changer de chaîne pour trouver des informations. Tous les grands réseaux de télévision continuaient d'évoquer les catastrophes des jours précédents et leurs conséquences : l'explosion de la centrale de Marseille et les pannes à répétition des nombreuses installations électriques dans l'est des États-Unis. L'arrêt de la centrale nucléaire de Susquehanna était aussi évoqué. Cette panne avait déclenché d'autres arrêts de réacteurs dans le monde, fermés pour des raisons de sécurité. Les pénuries d'électricité étaient nombreuses. Mais il y avait beaucoup plus angoissant. Les réseaux d'eau contaminés de Lyon, Hong Kong, Zurich et maintenant Manchester et Berlin déclenchaient des mouvements de panique. Les files d'attente s'allongeaient devant les palettes d'eau minérale, stockées sur les parkings des supermarchés. Dans les hôpitaux, les services des urgences étaient débordés. Plusieurs villes avaient réquisitionné les gymnases pour y disposer des lits destinés à accueilir les gens qui ne pouvaient rentrer chez eux et des équipements de premier secours, des perfusions en particulier. En France, le syndicat des urgentistes venait de déclarer qu'on s'acheminait vers un cataclysme. Les quinze mille morts de l'été 2003, l'été de la canicule, ne constitueraient qu'un banal fait divers, comparé aux conséquences d'un empoisonnement général des réseaux d'eau potable. Pour l'instant, les bactéries présentes dans les villes touchées n'étaient pas mortelles. Mais la question était évoquée sur toutes les chaînes : si, demain, un autre virus était introduit dans l'eau ?

Le blocage de la circulation dans quelques grandes capitales occidentales accentuait la panique. Plusieurs chefs d'État étaient intervenus en direct à la télé. Demain, ils se rendraient à Washington pour un sommet extraordinaire du G8. Le président chinois et le Premier ministre indien y étaient également conviés. Leurs pays n'avaient pas été touchés, les attaques ayant jusqu'à présent visé uniquement les nations les plus riches. Mais peut-être était-ce seulement une première salve. Les experts avançaient les hypothèses les plus farfelues. Aucune de ces catastrophes n'avait été revendiquée, et personne n'avait apporté la preuve d'un lien éventuel entre cette avalanche de calamités et le krach informatique de la semaine précédente.

La télé diffusait aussi quelques images des obsèques de Dan Barett qui avaient eu lieu en fin de matinée à Boston. Emma aurait aimé suivre l'émission sur le petit écran, à défaut de pouvoir être sur place. Mais Dan n'était ni chef d'État ni prince du sang. Il n'y avait pas eu de transmission en direct. CNN se contentait de montrer les moments chocs de la cérémonie : les larmes d'Amelia, quelques phrases de Puttman – les traits tirés, le visage ravagé par la fatigue –, la descente du cercueil dans le caveau, les poignées de terre et les roses qui le recouvraient peu à peu. Elle aurait aimé déposer, elle, son épi de blé. Elle imagina le corps de Dan à l'intérieur, se demanda comment il était habillé et si Amelia lui avait laissé ses lunettes.

Elle sentit monter en elle une vague de tristesse, mais, brusquement, le souvenir du moment qu'elle venait de passer avec Pierre s'interposa. « Tromper » Dan sur son propre lit, le jour même où il était porté en terre : l'idée arrêta les larmes qui allaient surgir. Elle serra les poings. Juré, elle tiendrait toutes les promesses qu'ils s'étaient faites.

Granier passa sur TF1. Les reporters s'attardaient sur la catastrophe de Marseille, la plus meurtrière d'Europe jusqu'alors.

— Jean-Philippe, je vous en prie, remettez CNN ! implora Emma.

Curieusement, les médias ne s'étendaient guère sur l'affaire de la mélatonine qui avait déjà provoqué plus de trois cents décès. Quelques journalistes enquêtaient sur la provenance des boîtes incriminées et leur « traçabilité ». Le patron du groupe pharmaceutique, propriétaire de l'usine indienne qui fabriquait le médicament, avait organisé une conférence de presse pour rappeler que son établissement travaillait selon les normes de qualité et de sécurité les plus draconiennes, et qu'aucune anomalie n'avait été relevée dans le système informatique central.

Internet aussi fonctionnait normalement. La panne du mardi précédent – que les journalistes avaient baptisé le « mardinoir.com » – était décrite comme un simple incident. Personne n'y voyait un événement fondateur, celui qui avait permis aux pirates de disposer du « pass » permettant de contrôler les ordinateurs de leur choix. Les spécialistes évoquaient certes le fait qu'une organisation terroriste avait trouvé une manière d'entrer dans les systèmes centraux de certains sites sensibles, mais personne ne semblait comprendre que tous les ordinateurs du monde étaient désormais ouverts à un groupe de fanatiques qui pouvaient prendre les commandes du réseau à tout instant. Les médias manquaient de vision d'ensemble. Les autorités, elles, étaient-elles mieux informées ?

Et, d'abord, qui tirait les ficelles ? La question revenait sans cesse, et les journalistes tendaient le micro à qui voulait bien leur répondre. Un témoin suggérait, pour commencer, de chercher à qui profitait le crime, et laissait entendre que le premier bénéficiaire de la crise serait

Controlware, qui pouvait tirer parti de la panique générale en avançant de quelques mois la sortie de Shadows 10.0, le système d'exploitation « infaillible » annoncé depuis un an.

— Quel paradoxe lamentable ! grinçait un fan d'Apple sur CNN.

Shadows venait de démontrer ses failles au grand jour, et il faudrait de nouveau faire confiance à Controlware pour concevoir un nouveau produit sans défaut ? Surréaliste !

Un analyste financier bien connu à Wall Street confirmait que la firme fondée par Dan Barett avait tout à gagner dans cette affaire. Puttman, interrogé ensuite, faisait amende honorable mais ne parlait pas de la *backdoor*.

« Il n'existe pas à ce jour de système cent pour cent infaillible », expliquait-il en substance. Et il poursuivait, dans une langue de bois de patron bien rodé à la communication de crise : « Je tiens à transmettre tous nos regrets et nos plus sincères excuses aux sociétés qui ont été victimes d'intrusions. Non seulement Controlware décline toute responsabilité dans ces dysfonctionnements criminels, mais je tiens à dire que nous sommes nous-mêmes en proie à des attaques visant à saboter le processus de sortie accélérée de Shadows 10.0. »

Emma, assise sur le canapé bordeaux qui faisait face à l'écran mural, ne quittait pas du regard le visage de Puttman, scrutant les tics qui trahiraient sa duplicité. Il portait un costume léger et sa cravate pendait légèrement de travers. Il s'exprimait avec solennité, debout devant son bureau, et son visage aux traits épais semblait moins marqué que sur les images des obsèques de Barett diffusées quelques secondes plus tôt. Seules quelques gouttes de sueur perlant à son front trahissaient son stress.

— Je ne comprends pas, lâcha soudain Granier en s'approchant d'Emma, son verre à la main. Vous avez été capables de localiser le QG des pirates, et les ingénieurs de Controlware, eux, en seraient incapables ? Alors qu'ils sont directement attaqués ? Mais ils voient bien d'où proviennent les attaques, quand même ?

— Pas sûr... Pierre ne les a localisés que parce qu'il a pu décortiquer les fichiers musicaux et qu'il a les clés de la *backdoor*...

— Vous avez trouvé votre fameuse « bague d'or » ! Et vous le le disiez pas ! Félicitations ! Vous êtes vraiment des... comment dites-vous, hackers, n'est-ce pas ? Des hackers de grande classe ! Mais, alors, vous avez appelé Puttman pour lui donner les clés ? Tout est résolu ?

Granier, une fois de plus, mettait le doigt sur un point névralgique. Puttman. S'il n'y avait qu'une chance sur dix qu'il soit à l'origine des attaques, qu'il ait lui-même actionné l'ouverture de la *backdoor*, ils n'allaient pas prendre le risque de lui dire qu'ils possédaient un double des clés.

— Contrairement à Dan, je n'ai jamais aimé Puttman, avoua Emma. Cet homme m'a toujours paru...

— Je vous sers un peu de porto ?

Jean-Philippe Granier avait l'art de basculer, sans transition, d'une idée à l'autre. Il questionnait, sans écouter les réponses. Emma le remercia pourtant de son geste : un verre d'alcool calmerait sa nervosité, à défaut de lui permettre d'y voir plus clair.

Elle ingurgita, presque d'une traite, la rasade de porto qu'il lui servit, puis, comme il avait laissé la bouteille sur la table basse, se versa un second verre.

Granier, lui, ne disait plus rien. Son whisky à la main, il contemplait, indifférent, les images de Central Park ravagé par un incendie. Le spectacle était désolant. Les North Woods avaient brûlé. Le Ramble aussi. On voyait les branches calcinées des cerisiers noirs d'Amérique, des érables, des caroubiers, par centaines. De vieux New-Yorkais pleuraient devant les caméras le « géant » du parc – un orme anglais planté en 1860. L'écrivain gloussa :

— Les Français ont réagi exactement de la même façon quand le chêne de Marie-Antoinette a été abattu, en 1999, pendant la tempête... On aurait dit une catastrophe nationale ! Après, l'arbre mort a été exposé devant le Grand Trianon, et les gens ont fait la queue pour le toucher, comme une relique ! Cela avait fasciné votre ami Dan quand nous étions allés là-bas...

— Chut ! l'interrompit Emma.

Elle essayait de regarder la télévision. La catastrophe de Central Park lui semblait presque aussi symbolique que celle du World Trade Center, même si elle était moins meurtrière. Les deux tiers du poumon vert de New York étaient partis en fumée. Seules les parties proches du réservoir et du lac avaient été préservées. Le feu avait fait au moins quatre victimes, des particuliers venus aider les pompiers débordés.

L'alcool aidant, Emma commençait pourtant à évacuer son stress. L'information la plus importante ne passait pas à la télé. Elle se trouvait entre ses mains et celles de Pierre. Eux, et eux seuls, connaissaient la façon de refermer la *backdoor* de Shadows. Restait simplement à trouver le bon destinataire de cette information, celui qui pourrait l'exploiter le plus efficacement. L'homme, l'organisation, le gouvernement, qui pourrait stopper instantanément les pirates.

— Emma !

Pierre venait de faire irruption dans la pièce. Il semblait, lui, plus tendu que jamais.

— Que se passe-t-il ?

En le voyant s'approcher, elle eut envie de s'élancer à sa rencontre. Cette attraction irrépressible, à nouveau, ces battements sourds dans sa poitrine lui rappelaient – quelle idée stupide – l'époque où elle attendait Rebecca, dix-huit ans plus tôt, où l'enfant bougeait dans son ventre, malgré elle.

Le parallèle avec le souvenir de sa grossesse était dérangeant. Son corps, pourtant, ne jouait pas la comédie. Tout en elle criait que cet homme incarnait son rêve. Elle en était sûre. Elle ne pouvait simplement pas le lui dire. Certains rêves se réalisent trop tard pour changer le cours d'une vie.

Elle resta assise sur le canapé. Pierre s'avança vers elle et, derrière ses lunettes, la fixa.

— Emma ! C'est dément. Owen Makresh. Je le connais !

— Owen qui ?

— Le gars, tu sais, celui qui signe les messages sur le réseau.

— Je ne vois pas, explique !

Granier, à cheval sur l'accoudoir d'une bergère, à l'autre extrémité de la pièce, posa son verre sur le sol.

— Nous sommes impatients, lâcha-t-il avec une tranquille ironie.

Pierre, obnubilé par sa découverte, n'avait même pas remarqué la présence de l'écrivain.

— Makresh, c'est le pseudo d'un gars. Ou son vrai nom, peut-être. Tariq Reshmak. Un type un peu connu dans le milieu des hackers. Une bête du logiciel. Un mec bien sous tous rapports, a priori. Indonésien. Études à Bangalore. Gros diplôme à Stanford. Le gars a longtemps travaillé chez Controlware, au développement. Il a quitté la société en 2002 ou 2003, en prétendant qu'il allait créer sa propre boîte. Cela a fait un peu de bruit dans le milieu.

Pierre leva la tête et, cette fois, fixa alternativement Emma et Granier.

— En fait, il est rentré à l'IICC.

— L'I quoi ? demanda Granier.

— L'Internet Intrusion Complaint Center. Peu importe. La police informatique, les brigades antipirates, pour dire les choses simplement. Une organisation liée au FBI et à laquelle remontent toutes les affaires de criminalité informatique. Elle alerte les autorités dès qu'un agissement suspect est relevé sur le réseau. Elle localise les cyberpirates. Et, inversement, les autorités la saisissent dès qu'ils ont vent de quelque chose de grave. C'est une sorte de tour de contrôle secrète d'Internet.

— Et Makresh en fait partie ? rétorqua Emma. Tu es sûr que c'est lui ? Le même que celui que tu connaissais ?

— Dans ce milieu, on aime bien jouer avec les pseudos. Celui-là est une forme de provocation. En réalité, son propriétaire ne risque pas grand-chose, caché derrière la *backdoor*... Mais je donnerais ma main à couper que c'est lui : les coïncidences sont trop troublantes. Les pirates savent donc tout ce qui se passe à l'IICC !

Emma s'approcha de la grande baie vitrée qui ouvrait sur le jardin et demeura un instant devant la vitre sans rien dire, enroulant une mèche de cheveux entre ses doigts. Son chemisier blanc, un peu court, se soulevait par moments, découvrant le bas de son dos. Mais Pierre, cette fois, ne se laissait pas distraire. La présence d'Owen Makresh dans le réseau terroriste compliquait les choses. Prévenir l'IICC, comme il l'avait pensé spontanément lorsqu'il avait pénétré dans le réseau de l'Organisation, était la dernière chose à faire. Makresh l'apprendrait aussitôt. Les apprentis sorciers de la villa Trianon seraient repérés.

Emma se retourna et lança :

— Si j'ai bien compris, Pierre, on ne peut alerter personne, c'est ça ? On est coincés ?

Pierre acquiesça.

Granier, affalé dans son fauteuil à l'autre bout de la pièce, tripotait un sous-verre électronique posé sur un petit guéridon. Le cadre affichait une photo d'Elsie de Wolfe, en noir et blanc, posant devant la villa Trianon dans une robe du soir somptueuse. Le cliché – en réalité, un écran numérique –, dès qu'on le prenait en main, laissait place à une citation de la décoratrice : *Je ne peux pas peindre, je ne peux pas écrire, je ne peux pas chanter. Mais je peux décorer et tenir une maison, et l'éclairer, et la réchauffer, la garder vivante, si bien qu'elle fasse l'envie du monde entier, le standard de l'hospitalité parfaite.*

L'écrivain sortit brusquement de son indifférence.

— Bon, ça va pour moi, je vais fumer une clope, annonça-t-il en se levant.

Il ajouta, à l'intention d'Emma, avec un sourire forcé :

— Oui, rassurez-vous, je vais dehors...

Puis, indiquant du menton le portrait d'Elsie :

— La prêtresse de l'hospitalité parfaite doit se retourner dans sa tombe !

Il attrapa le paquet de Marlboro posé sur le même guéridon et disparut dans la véranda. Emma et Pierre entendirent la porte automatique qui donnait sur le jardin se refermer dans un clic élégant.

Ils se regardèrent.

— Que fait-on, alors ?

— Il faut qu'on contacte quelqu'un au-dessus de tout soupçon.

— J'ai peut-être...

Une voix aiguë jaillit soudain du fond du couloir, empêchant Emma de terminer sa phrase :

— Maman ! Tu es là ?

Un pas précipité se fit entendre. L'Américaine eut à peine le temps d'amorcer un mouvement en direction de la porte qu'une silhouette apparut dans l'embrasure.

— Rebecca ! C'est toi ? Je ne croyais plus que tu viendrais...

Une jeune fille mince, au corps souple et aux cheveux dorés, se précipita dans les bras d'Emma. Les deux femmes restèrent longuement serrées l'une contre l'autre. Pierre s'était levé aussi et se tenait quelques mètres en arrière, stupéfait. « Maman » ! Avait-il bien entendu ? « Maman » ? Emma avait donc une enfant ? Et plus âgée que ses propres filles ! Comment était-ce possible ? À l'époque où il travaillait avec elle, à Paris, elle n'était pas mariée. Peut-être avait-elle adopté cette fille plus tard ?

Les questions déferlaient dans sa tête, pêle-mêle. L'autre nuit, sur la plage, Emma avait vaguement évoqué son mari, Brad. Mais pas leur fille.

Il est vrai, se dit Pierre en souriant malgré lui, qu'à Gold Beach ils n'avaient pas eu le temps de se raconter leur vie.

— Rebecca, voici Pierre, un ancien collègue que j'ai retrouvé par hasard à Arromanches. Pierre, c'est Rebecca.

Emma avait posé la main sur l'épaule de sa fille, l'invitant à saluer l'informaticien. Elle n'eut pas le moindre tremblement dans la voix, pas la moindre hésitation devant le visage ébahi de son ex-collègue. Ses réflexes de pédégère avaient repris le dessus.

Rebecca s'avança d'un pas agile. Jolie, menue, elle portait une minijupe et un T-shirt rose sans manches qui mettait en valeur ses bras graciles. Plus petite que sa mère, elle avait des taches de rousseur plus marquées sur le visage et la base du cou. Quelques boucles folles dansaient dans ses cheveux coupés court. Elle tendit la main à Pierre d'un geste ample.

— Vous vous êtes déjà rencontrés, sourit Emma, mais je serais étonnée que vous vous en souveniez. Rebecca devait avoir cinq ans, à l'époque ! C'était au Jardin d'Acclimatation.

Le sourire de Rebecca rappelait à Pierre celui d'Emma. Son regard aussi. Plus sombre, certes, mais la même profondeur, à la fois intense et malicieux. Le lien de parenté était évident.

Rebecca. Le Jardin d'Acclimatation. Pierre se souvenait de cet après-midi où il avait croisé Emma dans le parc de loisirs de Neuilly. Il y était venu avec Clara, alors enceinte de Garance, et ses deux nièces, les jumelles de sa sœur, âgées de sept ou huit ans. Il était tombé sur sa collègue en train d'acheter un bouquet de barbe à papa. Elle était accompagnée d'un inconnu, un homme plus âgé qu'elle, plutôt beau gosse, look sportif. Un amoureux transi, s'était dit Pierre, un de plus.

Pierre avait expliqué à Emma qu'il sortait ses nièces. Elle avait répondu en riant qu'elle faisait de même et avait tendu le bâton de friandise à une fillette qui terminait son tour de poney. Sa nièce, donc, s'était dit Pierre.

Il comprenait à présent qu'il s'agissait de Rebecca, la propre fille d'Emma. L'homme qui les accompagnait devait donc être le père.

Le reste de l'après-midi aussi lui revenait en mémoire. La scène de jalousie de Clara. Son aigreur, le ton acide sur lequel elle avait dénigré Emma Shannon, avec qui elle n'avait pourtant pas échangé trois mots. Comme si elle avait voulu faire barrage. Comme si elle avait deviné, avant

Pierre, l'attirance inconsciente qui le portait vers l'Américaine.

Emma observait sa fille avec tendresse. Quelle belle femme elle était devenue ! Elle ne pouvait s'empêcher d'observer son ventre, ferme et musclé, cherchant l'impossible rondeur qui confirmerait ses dires. Mais rien dans l'apparence de Rebecca, rien dans son attitude n'indiquait qu'elle portait une attention particulière à un futur bébé. Elle sautillait d'ailleurs sur place et regardait autour d'elle. Visiblement, elle cherchait quelque chose. Ou quelqu'un. Elle regarda par la fenêtre qui donnait sur la véranda et le jardin. Les spots placés dans les arbres projetaient une lumière jaune blafarde sur la pelouse et le tronc du grand cèdre qui trônait au milieu. Au loin, on devinait l'ombre du mur d'enceinte qui jouxtait le parc du château. Pour un peu, Rebecca aurait pu apercevoir les tombes des chiens d'Elsie.

Une silhouette avançait vers la maison, précédée d'une minuscule lueur incandescente qui s'allumait et s'éteignait à intervalles réguliers. Quelques instants plus tard, la porte automatique s'ouvrit et la silhouette s'arrêta.

— Jean-Philippe !

Rebecca traversa la véranda et courut vers Granier, qui finissait d'écraser son mégot sur la pelouse.

Le romancier n'eut pas le temps de répondre. Elle lui avait déjà sauté au cou.

— Jean-Philippe ! J'ai cru que je n'allais jamais arriver ! C'était monstrueux, ces embouteillages ! Je suis tellement contente de te voir !

Granier, tout sourire, prit la jeune fille entre ses mains, par la taille.

— Reb ! Ma puce !

Pierre fit un pas en arrière pour s'appuyer sur le dossier du canapé. Abasourdi, il jeta un coup d'œil vers Emma, qui, elle, ne manifestait aucun mouvement de surprise. Elle se contenta de lui indiquer, de la tête, la porte du salon.

— Viens avec moi, je vais t'expliquer.

Pendant ce temps, Rebecca s'était suspendue au cou du romancier et formait, de ses fines jambes de danseuse, un cerceau autour de sa taille. Granier, lui, avait perdu son air blasé. De ses lèvres voraces, il embrassait la jeune fille, concentré sur sa tâche, comme s'il voulait lui faire oublier le reste du monde.

41.

« Lait frais : trois litres. Œufs : quatre. Jus d'orange : un demi-litre, commande en cours. Jus de tomate frais : un litre et demi. Poulet tandoori, deux portions. Poulet au curry, une portion, commande en cours... »

Pierre avait beau s'acharner sur les boutons de programmation, il ne réussissait pas à faire taire la voix de synthèse. Le frigordinateur de Barett effectuait toutes les trois heures un état des stocks et passait directement commande des articles manquants, via Internet, sur ooshop.com. Du moins, en temps normal. Depuis la veille, le supermarché en ligne avait interrompu ses livraisons.

— Laisse tomber, dit Emma. Quand il aura fini son inventaire, il s'arrêtera...

— Si, ça y est ! J'ai trouvé...

Pierre et Emma étaient descendus à l'office, au sous-sol de la villa Trianon. Malgré l'heure avancée, personne n'était d'humeur à aller dormir et Emma avait proposé de préparer des en-cas. Il restait un peu de pain de mie, quelques œufs et un paquet de salade sous vide. Emma avait sorti une grande poêle en fonte et mis les œufs à cuire sur la plaque de vitrocéramique.

— Des œufs brouillés, ça te va ?

Pierre avait vite compris que l'Américaine ne tenait pas à parler du passé. Du présent non plus, d'ailleurs : elle avait évoqué du bout des lèvres les événements des derniers jours concernant sa famille. Rebecca avait rencontré Granier à l'Opéra six mois plus tôt. Elle était tombée amoureuse. Puis enceinte. Il l'avait convaincue de garder l'enfant. Ils se marieraient en octobre. Point.

— C'est de ça dont il est venu me parler la nuit dernière, dans la chambre.

Pierre s'approcha d'elle, tandis qu'elle remuait les œufs dans la poêle.

— Tu aurais pu m'en parler plus tôt, tu sais. En le voyant sortir de ta chambre, j'ai vraiment cru que...

Emma soupira.

— Quelle haute opinion tu as de moi !

Le ton était rempli d'amertume.

— Je regrette, dit-il.

— Jean-Philippe était venu me parler de son mariage avec Rebecca, et nous avons discuté pendant deux heures. Moi, je ne savais même pas qu'il la connaissait. Imagine le choc ! Je me suis demandé pourquoi il ne me l'avait pas dit plus tôt, à Arromanches. Il prétend que Rebecca n'avait pas encore accepté...

— Tu parles ! s'exclama Pierre. La vraie raison, c'est que ç'aurait été moins pratique pour te draguer.

— Ne dis pas n'importe quoi ! Il essayait tout juste de s'attirer les bonnes grâces de la future belle-mère...

— En t'embrassant sur la bouche à La Marine ? Drôle de façon d'y arriver ! Ne dis pas le contraire, je vous ai vus !

— Ah bon ?

Emma se détendit. La jalousie de Pierre la réjouissait. Elle l'interprétait comme un témoignage de ses sentiments à son égard. Car elle n'était toujours pas sûre que Pierre tenait à elle.

Pendant qu'ils faisaient l'amour, la dernière fois, il n'avait prononcé que quelques phrases. Elle était « fabuleusement belle ». Leurs corps « s'assemblaient comme deux moitiés d'orange ». Il n'avait jamais ressenti « une telle sensation de complétude ». Ces mots lui avaient-ils seulement été dictés par le désir, la pulsion passagère ? Les hommes, quand ils font l'amour, disent des choses qu'ils ne pensent pas vraiment.

Pourtant, quelques minutes plus tard, pendant qu'elle prenait une douche dans la salle de bains de Dan, Pierre s'était approché. Il s'était assis sur le carrelage, en tailleur, les coudes sur les genoux, devant la grande baignoire où elle était accroupie. De la main droite, elle faisait courir le pommeau de la douche sur son corps et, de l'autre, couvrait ses seins d'un geste machinal. Il l'avait regardée en souriant, promenant lentement ses yeux sur ses épaules, son buste, son dos, s'attardant sur sa nuque et ses cheveux relevés, sur la toison douce à la jointure de ses cuisses, sur son petit grain de beauté, aussi, posé sur son genou droit.

Comme elle l'interrogeait du regard, il avait soufflé :

— Je contemple ta beauté.

Elle s'était tue, troublée. À ce moment précis, *ex post*, comme elle disait abusivement pour signifier « après » l'amour, il ne pouvait être guidé par la pulsion. Ses mots avaient déclenché en elle une bouffée de tendresse puis l'envie irrépressible de prendre dans ses bras l'homme qui la regardait ainsi. C'est alors qu'ils avaient entendu l'appel de Granier.

À présent, dans la cuisine, elle s'en voulait d'avoir mêlé ses sentiments personnels – la force qui la poussait vers lui – à la conscience qu'elle avait du drame annoncé, un drame qu'eux seuls pouvaient encore arrêter.

— Tu sais bien que ce genre de baiser, c'est du parisianisme, murmura-t-elle en évoquant les avances de Granier à La Marine. Une manie courante dans le showbiz...

Pierre ne réagit pas.

— Pour tout te dire, avoua encore Emma, quand il m'a embrassée sur la bouche, cela ne m'a pas plu, mais je ne l'ai pas giflé. On n'est pas aux États-Unis. Je lui ai seulement demandé de ne pas recommencer.

Elle crut que Pierre allait se moquer de la candeur de cette demi-mesure. Mais il ne dit rien. Les œufs étaient cuits. Emma les décolla avec une cuiller de bois et posa la poêle sur le plan de travail. Puis elle saisit les quelques tranches de pain qu'elle fit griller.

— Les sandwiches seront prêts dans quelques instants.

— Des sandwiches au pain, ironisa Pierre en venant se placer derrière elle, embrassant sa nuque et mordillant les petites mèches de cheveux qu'elle n'avait pas réussi à faire tenir dans la pince.

Une fois encore, elle eut envie de s'abandonner.

— Viens, on va leur apporter ça, dit-elle en lui tendant les sandwiches dans lesquels elle glissa rapidement quelques feuilles de salade. Prends-en deux, j'apporte le reste. Ensuite, on ira dans la piscine. On sera plus tranquilles pour discuter.

La première idée d'Emma avait été de remonter dans la chambre de Dan, mais l'endroit n'était pas idéal pour analyser sereinement la situation. Et puis, avec Rebecca dans la maison...

Ils retournèrent au rez-de-chaussée. Les amoureux étaient plantés devant la télévision. TF1 diffusait *Le Jour d'après.* Hypnotisés par le film, Rebecca et Jean-Philippe saisirent leurs sandwiches en remerciant distraitement Emma.

— Comment peut-on programmer un film catastrophe dans une ambiance pareille ? murmura l'Américaine en sortant du salon, agacée.

— Et le regarder, surtout ! compléta Pierre, que la faim rendait peu indulgent.

Il jugeait l'attitude de Granier incompréhensible. Le romancier avait déjà deux enfants en âge de travailler. Et trois mariages au compteur. Trois promesses, trois fêtes, trois échecs. Et, maintenant, une quatrième tentative, avec une fillette.

Pierre n'arrivait pas non plus à croire que Rebecca ait pu déclencher une telle passion chez lui. Elle était jolie, gaie et naturelle, mais ce n'était pas a priori le genre de femme qui puisse inspirer tant de flamme à un quinquagénaire revenu de tout.

Il se demanda si Emma était consciente du décalage. Comme tous les parents, elle plaçait sûrement sa fille sur un piédestal : mademoiselle était si mûre pour son âge, elle faisait forcément les bons choix. Mais Granier inspirait de la méfiance à Emma, Pierre en aurait juré. La future belle-mère doutait-elle, elle aussi, des intentions réelles du romancier ? Il faillit aborder le sujet mais y renonça : à quoi bon ? Il n'avait pas de solution à proposer. Et puis, comme Emma l'avait souligné, ils n'étaient pas là pour ça. Des tâches vitales les attendaient.

Ils firent quelques pas côte à côte dans le couloir aux murs de velours beige.

— Tu sais ce qu'a dit Elsie de Wolfe en visitant le Parthénon, juste après la guerre ? demanda Emma pour essayer de détendre l'atmosphère.

— Non, dis-moi ?

— Il paraît qu'elle s'est écriée : « Beige ! Juste ma couleur ! »

Pierre sourit. Barett avait eu au moins un gène commun avec la précédente propriétaire, celui de l'égocentrisme.

Il suivait Emma en observant les dessins accrochés aux murs. L'Américaine désigna du doigt une copie de la *Création de l'homme* de Michel-Ange par Rosso Fiorentino, et un détail de *La Cène,* de Léonard de Vinci, dont Dan lui avait souvent parlé. Barett était très attaché à ces œuvres du XVIe siècle. Ces derniers temps, son penchant pour la métaphysique s'était accentué. Il semblait même obnubilé par la quête de l'existence de Dieu. Peut-être à cause du contact avec la misère et la mort qu'il avait noué en dirigeant sa fondation ? Face à la détresse qu'il avait rencontrée dans les pays du tiers-monde, Dan avait sûrement, comme tout homme, douté de l'existence de Dieu. Douté de Sa présence, de Son pouvoir, de Sa nécessité même. Quand on voit des enfants mourir par centaines, parce qu'il manque un vaccin, un médicament, un peu d'eau ou de bois, on se laisse inévitablement envahir par le doute : à quoi bon croire en un Dieu bon et généreux si c'est pour en arriver là ? Après tout, un être humain suffisamment riche, organisé, influent, ne peut-il pas être plus efficace qu'un Dieu soi-disant tout-puissant ? L'homme créatif n'a-t-il pas, en fin de compte, la capacité de surpasser le Dieu créateur ?

L'homme plus fort que Dieu. Prométhée, finalement vainqueur. Ils avaient débattu du sujet lors de leur week-end en Islande. Alzacorp, la jeune entreprise de Reykjavik, qui avait identifié le gène de la maladie d'Alzheimer, venait de découvrir une autre « bombe ». Le gène LTA4H, impliqué dans l'infarctus du myocarde. Dan voulait racheter l'entreprise. Plus tard, elle deviendrait un fabuleux gisement de médicaments. Emma avait un avis différent. Trop risqué. Trop spéculatif.

Pierre poussa la lourde porte à double battant qui menait à la salle de réception qu'Elsie de Wolfe avait autrefois rajoutée à la villa Trianon. Cette pièce, une sorte de tente en dur, aux rayures vertes et blanches, avait été dressée à l'occasion d'une fête et n'avait jamais été démontée depuis. Dan l'avait transformée en piscine. Les deux piliers de marbre de Carrare, qui marquaient autrefois l'entrée de la villa, formaient désormais deux colonnes intérieures qui donnaient à la pièce l'allure de thermes romains. Pierre et Emma descendirent les trois marches de l'ancien perron qui conduisaient au bord du bassin. La chaleur et l'odeur de chlore les saisirent à la gorge.

— Tu es sûre que tu veux rester ici ? dit Pierre en toussant.

Emma s'assit sur le bord du bassin.

— On est tranquilles, là, non ? Et puis j'aime autant que Rebecca et Jean-Philippe ne nous entendent pas.

Elle enleva ses chaussures et trempa ses pieds dans l'eau.

— Mmm... Elle est même bonne !

— Emma ! S'il te plaît ! soupira Pierre en lui tendant son sandwich.

Elle ressortit ses jambes de l'eau et fixa son regard sur

lui. Il semblait nerveux, et quelques gouttes de sueur perlaient sur ses tempes.

— Pierre, dis-moi, le pirate, celui qui travaille à l'IICC... Makesh...

— Makresh, rectifia Pierre.

— Oui, Makresh. Es-tu sûr qu'il sait tout ce qui se passe chez ses anciens collègues ? Ne peut-on pas les avertir sans qu'il le sache ?

Pierre mordait dans son pain tout en expliquant comment il avait découvert les complicités des pirates au sein de l'IICC.

— Va voir sur l'ordinateur ce qu'ils se racontent, tu comprendras ! Ils sont au courant de tout. Ils anticipent tout. Y compris les tentatives de réaction de Controlware ! Y compris les recherches des brigades informatiques américaines, françaises ou allemandes. Tu sais, je suis maintenant convaincu que Puttman n'a rien à voir dans l'affaire. Controlware est une de leurs cibles favorites.

— Pourtant, j'aurais parié...

— Et tu aurais perdu. Tu juges les gens trop vite.

La voix de Pierre contenait un soupçon de reproche. Injuste. Quelques heures plus tôt, lui aussi suspectait Puttman.

— Mais alors on peut prévenir Controlware ? reprit Emma. Ils ne sont pas complices des pirates, eux.

— C'est vrai. Sauf que les pirates savent exactement ce qui se passe, minute après minute, dans le fief de Puttman...

Emma se pencha en avant et laissa glisser sa main sur la surface de l'eau. La petite vague qu'elle provoqua fit trembler la surface du bassin. Des faisceaux à fibre optique y diffusaient des rais de lumière rasants vert émeraude, un système d'éclairage sans doute prévu pour s'adapter à la musique que pouvaient diffuser les quatre haut-parleurs immergés. Pierre les avait aperçus en arrivant, sur les parois du bassin.

L'informaticien, le regard rivé sur la surface de l'eau, dévorait son sandwich avec un appétit qui le surprenait lui-même. Il se rendit compte qu'il n'avait rien avalé depuis le matin.

— J'ai découvert autre chose, dit-il entre deux bouchées. L'Organisation s'intéresse aussi aux manipulations génétiques. Ils ont pris le contrôle d'Alzacorp et d'ArtaGene.

— ArtaGene, la banque de données génétiques à Singapour ?

— Il y en a une autre ?

— Des dizaines.

— Je m'en doutais. Je ne sais pas ce qu'ils veulent en faire, mais c'est forcément dangereux, à terme.

L'Américaine posa la main sur le bras de Pierre.

— À ce stade, inutile de se torturer l'esprit en essayant d'imaginer les intentions des pirates, non ? La seule question est : comment les en empêcher ?

Elle laissa passer un silence.

— Concrètement, tu ferais quoi ? reprit Emma.

Sa voix résonnait dans la pièce vide. Pierre, lui, regarda le fond de la piscine, constitué d'une alternance de lignes vertes et blanches, une trame rayée, identique à celle qui recouvrait les parois de la pièce. Dan n'avait rien laissé au hasard, comme d'habitude.

— Je peux toujours contrer moi-même les attaques, dit-il en balayant sur son jean les miettes de son sandwich. Empêcher la prochaine, par exemple, celle du 24, en prévenant la société concernée et en refermant sa *backdoor.*

— Mais les pirates la rouvriront !

— Pas sûr. On ne peut pas rouvrir si facilement une *backdoor* quand elle a été refermée.

— Mettons. Mais ensuite ? Tu refermeras toutes les *backdoors* au coup par coup, jour et nuit ? « Ici Pierre, Hot Line Controlware, à votre service, que puis-je faire pour vous ? »

Emma singeait l'accent d'un informaticien asiatique, ceux que les sociétés informatiques font travailler, à l'autre bout du monde, pour répondre aux consommateurs qui « plantent » leur ordinateur.

Pierre se dérida un peu.

— Bonjour, madame, Kim à votre service ! récita-t-il avec le même accent. Vous avez vérifié, madame, si votre ordinateur est branché ?

Il reprit rapidement, d'un ton grave cette fois :

— Le problème, si je veux refermer toutes les *back-doors* une par une, ce ne sont pas mes heures de sommeil, qui vont toutes y passer... Ce n'est qu'à la première intervention que les pirates pourront m'identifier. Et me neutraliser. D'ailleurs, même s'ils ne me trouvent pas, ils sauront que j'existe. Ils changeront alors de tactique ou d'adresse. Au jeu du chat et de la souris, ils seront plus forts que moi.

— Attends. Et si des dizaines de gens intervenaient simultanément, depuis des dizaines d'endroits différents ? Ce n'est pas la solution ?

— C'est une idée. Enfin, provisoirement.

— On peut quand même prévenir les autorités, non ? Le gouvernement français, par exemple ? Si on leur racontait tout, y compris nos doutes à propos de l'IICC ? Ils ont sûrement des solutions de secours !

— Peut-être.

— Je connais la directrice de cabinet du ministre des Finances... Valérie Perrier. Elle était à Arromanches. J'ai dîné avec elle mercredi soir. Je vais l'appeler et elle pourra...

— Tu as confiance en elle ?

— J'en réponds comme de moi-même.

L'informaticien sourit intérieurement. Il retrouvait la pédégère, la décideuse, lançant des questions qui n'appelaient pas de réponse, incapable de rester trois minutes sans agir. Emma avait déjà saisi son portable au fond de sa poche. Elle marqua pourtant un instant d'hésitation avant d'appuyer sur les touches.

— Qu'est-ce que tu attends ? s'étonna Pierre. Appelle, si tu la connais si bien !

Mais la jeune femme ne bougeait pas. Les yeux fixés sur son mobile, les doigts crispés, elle réfléchissait.

— J'ai une meilleure idée, lâcha-t-elle soudain en posant l'appareil sur le bord de la piscine.

Elle se tourna vers son compagnon, qui ne l'avait pas quittée des yeux. Le regard de Pierre, derrière ses lunettes, lui donnait le vertige.

— Tu te souviens de ce qu'il y avait sur le petit PC de Dan ? dit-elle en faisant tourner son portable du bout des doigts.

Pierre aurait voulu attirer vers lui cette main, la caresser, l'embrasser. Au risque de faire valser le téléphone dans l'eau.

— Celui qu'on a ouvert avec le code émotionnel ? se contenta-t-il de répondre.

— Exactement.

— La lettre ?

— Non, *à côté* de la lettre, sur l'écran. Il y avait un fichier baptisé « Protection sociale universelle », bien en vue.

— Euh... oui, peut-être, hésita-t-il.

Le texte du fichier résumait une idée dont Dan avait souvent parlé à Emma. Le fondateur de Controlware et de la Barett Foundation voulait instaurer une couverture maladie pour tous les habitants du monde.

— Une Sécu mondiale, en somme ? résuma Pierre lorsque Emma lui eut détaillé le contenu de la lettre.

— Exactement. Elle aurait permis de sauver des millions de vies.

— Et elle aurait été financée comment ?

— Dan voulait créer une sorte de TVA, très faible, 1 % par exemple, mais prélevée sur toutes les communications. Physiques, virtuelles, toutes ! Les billets d'avion, les échanges de données, les achats de téléphones ou d'ordinateurs... Et ça dans tous les pays développés, au-delà d'un certain niveau de PIB par tête. Tu imagines la manne ?

Elle appuyait ses mots de grands gestes de la main, comme à la tribune du WAC. Pierre acquiesca.

— Tu parles !

— Et elle aurait été reversée partout où les gens ne

bénéficient pas d'une protection sociale... Dan voulait appeler ça la TCA : taxe à la communication ajoutée.

— Là, tu m'étonnes ! persifla Pierre. Le roi du capitalisme militant pour une taxe !

— Pas n'importe quelle taxe, Pierre, défendit Emma. D'abord, techniquement, c'est l'impôt idéal : un taux très faible, une assiette très large. Beaucoup de gens payant très peu à chaque fois : c'est le meilleur système, n'est-ce pas ? En plus, la taxe serait prise en charge par le citoyen, le consommateur, sans peser sur les entreprises, comme la TVA.

— Et tu ne trouves pas bizarre que Barett se soit inspiré d'une idée – la Sécu –, qui, quand même, à l'origine, a été inventée par les Français ? Et qui n'est pas vraiment un modèle d'efficacité ?

— Oui, mais avec Dan ç'aurait été efficace, tu peux me croire !

Pierre fronça les sourcils.

— Et pourquoi ?

— Ses équipes auraient géré les sommes recueillies dans le cadre d'une Agence mondiale de la Sécurité sociale. Exactement comme ils gèrent aujourd'hui sa fondation. Avec des objectifs chiffrés, une méthode rigoureuse, des rapports sans faille.

Emma avait réponse à tout. Pierre ironisa encore.

— Je vois. La méthode Barett, brevetée, et appliquée à l'humanitaire. Le dieu des affaires, sauveur du monde.

Emma ne releva pas le sarcasme. Au moment où elle avait lu la note de Dan sur son PC, la promesse qu'elle s'était faite sur la plage d'Arromanches avait resurgi dans sa mémoire. *Perpétuer Dan.* Continuer l'œuvre de Dan. C'était maintenant ou jamais. Il n'y aurait pas de seconde chance.

Ses yeux brillaient dans la lumière tamisée de la piscine.

— Il y a tellement de gens qui meurent de maladies qu'on aurait pu éviter, poursuivit-elle, simplement parce qu'ils n'ont pas pu acheter le bon vaccin ou le bon médicament !

Sa voix s'était ralentie, posée, adoucie. Pierre sentait

l'émotion, réelle, qu'elle traduisait. Il résista à la tentation de se rapprocher d'elle.

— J'imagine que Barett a chiffré le montant qu'il faudrait pour monter un tel projet ? avança-t-il.

— Je crois qu'il voulait couvrir un milliard de personnes. À trente dollars par tête, il lui fallait donc trente milliards. Lui-même proposait d'en mettre deux. Ses copains milliardaires, Steve Edermark et William Cot, en mettaient aussi un chacun.

— Et comment comptait-il trouver le reste ?

— Il avait pris son bâton de pèlerin ! Il avait contacté le secrétaire général de l'ONU. Le président de la Banque mondiale aussi... Il en avait parlé à Davos, dans des réunions à huis clos, et à tous les dirigeants des grands pays développés. Il en avait touché un mot aussi au président chinois et au Premier ministre indien. Il avait reçu un bon accueil. Les grands de ce monde se disaient prêts à suivre. Mais ce n'étaient que des paroles en l'air, Dan s'en est vite rendu compte...

Emma conclut, la gorge serrée :

— Je crois que c'était son rêve. Son rêve le plus précieux. L'autre jour, vois-tu, je me suis souvenue d'une phrase, une phrase de Carnegie, je crois, qui avait beaucoup marqué Dan...

Elle laissa passer quelques secondes puis récita d'une voix calme :

« L'homme qui meurt riche meurt en disgrâce. »

Elle ajouta, un peu plus bas :

— Il disait aussi : « Les linceuls n'ont pas de poches. »

Sa voix tremblait. Cette fois, Pierre passa un bras autour de ses épaules.

Il imaginait Dan Barett à la tribune de l'ONU, présentant son plan, le plus grand projet humanitaire de l'Histoire. Prononçant les premiers mots, ou les derniers, des mots simples, clairs, mais qui, assemblés, formeraient comme un refrain, une phrase symbole, l'une de celles qui, à force d'être répétées et charriées ensuite par les livres, les DVD, les émissions souvenir, s'incrustent dans les mémoires. « *I have a dream.* » « *Ich bin ein Berliner.* » « Paris outragé, Paris martyrisé. ». « Un petit pas pour l'homme, un grand pas pour l'humanité. » Barett aurait, c'est sûr, inventé sa formule à lui, celle qui aurait symbolisé, à jamais, sa victoire sur la pauvreté.

Emma posa sa tête sur l'épaule de Pierre.

— Et alors ? demanda-t-il en la repoussant doucement. Quel rapport avec notre problème ?

Elle se redressa.

— Tu ne vois pas ? Les gouvernements du G8 ! On va leur donner la clé de la *backdoor*, mais en échange de la mise en place de la Sécu mondiale.

— Quoi ?

Emma insista.

— La clé du système contre la promesse d'honorer le projet de Dan.

— Tu es cinglée ! Quand ils sauront que...

Pierre s'interrompit. Il avait compris l'intention d'Emma. La clé de la *backdoor* contre la taxe Barett. La réparation des ordinateurs contre la création de la Sécurité sociale universelle. La vie des réseaux contre celle de millions d'êtres humains. Mais était-ce concevable ? Les gouvernements pouvaient-il accepter un tel chantage ?

Un court instant, une autre idée folle lui traversa l'esprit. Tout à l'heure, pendant qu'il procédait à l'inventaire des opérations de l'Organisation, il avait remarqué que les pirates opéraient des transferts sur des comptes bancaires pour alimenter leurs actions de terrain. Si eux pouvaient le faire, Pierre, lui aussi, le pouvait...

Pendant quelques minutes, il en avait rêvé. Détourner de l'argent. Pour lui. Pour Emma. Pour partir avec elle. Ils se seraient installés en Australie ou en Patagonie. Ils auraient acheté un ranch. Changé de vie. Ils seraient repartis de zéro, comme s'ils s'étaient rencontrés à vingt ans.

N'importe quoi. Ce genre d'idée le faisait parfois douter de son intégrité mentale. Il remonta ses genoux contre sa poitrine et baissa la tête. Cette femme-là n'était pas pour lui, il le savait bien, depuis longtemps.

Emma avait repris son portable et, cette fois, composait un numéro.

— J'appelle Valérie Perrier maintenant. Elle va comprendre au quart de tour. C'est elle qui a mis en place le programme européen de micro-crédit dans les pays en développement. Elle connaît bien le sujet. Et elle ne risque pas d'être de mèche avec les pirates.

— Elle va répondre à cette heure-là ? fit Pierre en jetant machinalement un coup d'œil sur sa montre qui indiquait 2 h 10.

— À ce niveau de responsabilité, cher ami, on laisse toujours son portable ouvert.

Emma se leva et se mit à marcher le long de la piscine, son mobile collé à l'oreille, attendant que son interlocutrice décroche. L'appel sonna plusieurs fois dans le vide pour finalement basculer sur la messagerie.

« Ici Valérie Perrier. Je suis absente de Paris pour trois jours mais si votre appel est professionnel, vous pouvez me laisser un message et je ferai en sorte de vous rappeler dès que possible [...]. *Hello, this is Valérie Perrier. I'm not in Paris now...* »

Emma s'impatientait. Pierre, qui percevait le grésillement du message d'accueil, estima qu'il durait au moins quarante secondes.

— On voit que ces gens-là ne paient pas le téléphone, grommela-t-il.

« *[...] you can leave a message after the tone.* »

— Valérie, c'est Emma, embraya l'Américaine. J'espère que tu vas bien. Voilà : je sais ce qui se passe sur le réseau. Et nous avons besoin de toi pour...

À cet instant, une voix s'éleva derrière elle, qui la fit tressaillir. Pierre se retourna brusquement.

Un homme se tenait à l'entrée de la piscine. Il s'exprimait d'une voix grave, posée, en séparant bien les mots les uns des autres.

— Laisse tomber, Emma. J'ai trouvé mieux depuis. Nous n'avons plus besoin de personne.

42.

Emma et Pierre fixaient tous les deux l'entrée de la piscine. En haut des marches, appuyé contre une colonne, un homme les observait. Il était vêtu d'un pantalon noir et d'un polo à manches longues, noir aussi. Sur sa joue lisse dépassait une oreillette Wifi fixée derrière son oreille. L'homme était pieds nus dans des sandales de cuir.

Emma porta brusquement la main à sa bouche et s'écria :

— Dan ! Non, ce n'est pas possible ! C'est toi ?

D'un bond, elle se leva et voulut avancer vers lui. Mais elle n'eut pas le temps de faire le premier pas. Dan Barett se raidit et fourra la main droite dans sa poche.

— Dan ! Tu n'es donc pas... ?

Elle n'avait pas terminé sa phrase. Pas osé prononcer le mot fatidique, « mort ». Dan Barett était mort, mais il se tenait là, devant elle.

— Non, tu vois bien. Ne sois pas stupide ! lâcha le visiteur avec un rire narquois.

Pierre n'avait pas bougé. Il hallucinait, c'était sûr. L'homme qui se tenait devant lui, les mains dans les poches, était celui qu'il avait si souvent aperçu dans les journaux, à la télé, ou sur Internet. Cette longue silhouette que le temps avait un peu épaissie, cette allure zen, ces lunettes fines... Et les sandales. Dan Barett, l'empereur du monde informatique. Du monde tout court. Enfin, du monde avant l'ouverture de la *backdoor*.

Sauf que. Sauf que Barett était mort trois jours plus tôt. Et qu'il avait été enterré la veille.

Il se tourna vers Emma pour chercher une explication dans son regard. Mais l'Américaine fixait Barett dans les yeux, comme happée par lui.

Il se leva à son tour. Mais Barett ne lui laissa pas le temps d'avancer. Il sortit la main droite de sa poche.

Elle tenait un revolver.

— Toi, tu ne bouges plus ! ordonna-t-il d'une voix sèche.

Il était maintenant tout près d'eux et leur faisait face.

— Ma grande, je ne m'attendais pas à te trouver ici ! Tu es allée plus vite que je n'aurais cru, lâcha-t-il froidement.

Les yeux d'Emma se remplirent de stupeur. Elle répondit en anglais :

— Mais, Dan, c'est toi qui m'as fait venir !

— C'est vrai. Mais ce dispositif datait un peu. C'était il y a deux ans, juste après l'achat de la villa, tu te souviens ? Je m'étais bien amusé à imaginer ce parcours initiatique, ces énigmes dont tu étais la seule à pouvoir trouver la solution... Mais, pour moi, aujourd'hui, tout ça, c'est de la préhistoire ! Je n'ai plus tout à fait la même optique. D'ailleurs, pour être parfaitement honnête avec toi, je n'ai pas imaginé une seconde que tu t'en souviendrais. Et encore moins que tu irais aussi vite ! Chapeau, ma chère !

Malgré la menace du revolver, Pierre tentait de réfléchir. Barett était là, devant lui, armé. Et pas animé des meilleures intentions, visiblement. Barett, le saint-bernard du monde, l'homme qui consacrait sa fortune à éradiquer la pauvreté de la planète. Impensable.

Mais l'attitude d'Emma l'étonnait. L'Américaine semblait aspirée par Barett. Il n'avait pas tourné son arme vers elle, et elle semblait boire ses paroles. Elle lui avait même souri, semblait-il, lorsqu'il lui avait dit « chapeau ». Allait-elle continuer à le regarder ainsi, béate ? Pourquoi n'essayait-elle pas de le raisonner ?

Les questions se bousculaient. Pourquoi Dan Barett – si c'était lui, là, qui les narguait – s'était-il fait passer pour mort ? Était-ce parce qu'il était complice des pirates ? Était-ce lui le fameux « T » que Makresh et Krashni évoquaient dans leurs mails ? Celui qui tirait les ficelles dans l'ombre, et dont ils ne connaissaient pas l'identité ? Auquel cas, c'était donc lui, et non Puttman, le *deus ex machina,* la gigantesque main invisible qui avait pris le contrôle d'Internet et diffusé dans les ordinateurs de la planète le virus qui permettait de les « ouvrir » ? Mais dans quel but ? Était-ce seulement pour booster les ventes du nouveau Shadows, et permettre à Controlware de renforcer son emprise sur le parc d'ordinateurs du monde entier ? La stratégie était diabolique mais convenable. Controlware se trouvait à une période charnière de son histoire, affaibli par de nouveaux concurrents et archidépendant du nouveau système d'exploitation qui pouvait lui permettre de retrouver l'avance dont il avait bénéficié pendant trentes ans. Barett, via sa famille ou ses complices, pouvait engranger des milliards de dollars dans l'opération. Et, mort, il devenait une victime insoupçonnable.

Mais quelque chose ne collait pas. Si Barett était le cerveau de ce coup de force masqué, pourquoi avait-il distillé les indices permettant à Emma de retrouver le chemin de la chambre secrète et les clés de la *backdoor* ? Pourquoi avoir fourni à son ancienne petite amie la piste du code qui pouvait faire échouer son plan ? D'une certaine manière, il avait répondu, tout à l'heure, en disant que le « parcours initiatique » proposé à Emma était désormais pour lui « de la préhistoire », qu'il ne s'attendait pas à ce qu'elle s'en souvienne et réussisse aussi vite à percer le mystère. Avait-il oublié qu'il avait mis ce dispositif en place ? Ou s'en était-il souvenu trop tard ? Avait-il débarqué à la villa Trianon pour s'en débarrasser, sans imaginer que son ancienne complice était arrivée la première ?

Non. Tout cela témoignait d'une légèreté, d'une improvisation qui cadraient mal avec Barett. Une chose était sûre : mieux valait que l'hypothèse d'un Barett complice des pirates ne soit pas la bonne. Car, si Dan était le « boss » de Makresh et consorts, tous les occupants de la villa allaient devenir gênants pour lui.

Pierre commença à avoir peur.

La voix d'Emma, étonnamment douce, se fit entendre :

— Dan, que vas-tu faire, maintenant ?

La réponse de Barett fusa, fière :

— Un peu de patience, je t'expliquerai tout à l'heure.

La silhouette noire s'éloigna de quelques pas. Pierre vit l'ombre de son bras pointer vers la porte de sortie.

— Bon ! Toi, tu vas venir gentiment par ici. Passe devant ! On va aller rejoindre tes petits camarades. Suis-le, Emma, s'il te plaît.

Emma s'exécuta. Elle franchit la porte de la piscine en se calant sur le rythme de Pierre. Barett fermait la marche, arme au poing.

Dans le salon plongé dans l'obscurité, Granier et Rebecca étaient ligotés et attachés aux montants du canapé Louis XV. Le générique du *Jour d'après* défilait sur l'écran de télé, diffusant dans la pièce un halo de lumière bleue. Granier dressa la tête et grimaça en voyant entrer Pierre et Emma. Rebecca ne bronchait pas.

— Tu ne l'as pas..., s'écria Emma en se précipitant vers sa fille, qui restait immobile, étendue sur le sol.

— Ne t'inquiète pas ! la rassura Barett. Il est 3 heures du matin, tout le monde a sommeil, ta fille dort, c'est tout.

Rebecca, pourtant, ne dormait pas ; elle pleurait, le front collé sur le tapis. Emma essuya de ses doigts le rimmel qui avait coulé sur ses joues et caressa ses yeux apeurés. Pierre se demanda pourquoi elle ne prenait pas sa fille dans ses bras. Ses gestes restaient étrangement calmes. Craignait-elle la réaction de Barett ?

Il sentit brusquement le patron de Controlware lui saisir le coude et le pousser rudement vers la cheminée.

— Et toi, tu vas te tenir tranquille aussi ! Emma, viens

là ! Tu vas l'attacher. Mais pas de bêtises. Tout le monde reste tranquille.

Au moment où il passait à côté de Granier allongé, Pierre aperçut la marque rouge sur le front du romancier. Un large hématome s'était formé à la racine de ses cheveux. Sa peau fendue laissait perler un filet de sang.

Barett saisit sur la table basse le dévideur de ruban métallique. Il n'était pas là une demi-heure plus tôt, mais Pierre en avait remarqué un semblable dans la maison du garde, parmi les outils qui s'entassaient sur les étagères de sa cuisine. Il devina ce qui avait dû se passer : en arrivant à la villa Trianon, Barett était allé voir Terry, qui lui avait révélé la présence d'Emma et de ses amis dans la maison. Terry... Mais pourquoi n'était-il pas dans le salon, avec Barett ? Une pensée effroyable traversa l'esprit de Pierre. Barett avait dû se débarrasser du gardien puis emporter le ruban avec lui.

Emma prit l'engin que lui tendait Barett et enroula le lien autour des chevilles de Pierre, sans le regarder. Elle utilisa ensuite la machine pour serrer les attaches. Enfin, toujours silencieuse, elle se redressa pour lui lier les poignets.

— Derrière le dos ! ordonna Barett.

Emma s'agenouilla derrière Pierre et commença à enrouler le ruban autour de ses mains.

— Je te fais mal ? interrogea-t-elle.

— Ce n'est rien, dit Pierre, qui s'efforçait de croiser son regard.

Il fallait qu'ils se parlent, qu'ils trouvent une façon de sortir de cette impasse.

— Alors, c'est fini ? s'impatienta Barett.

Tirant sur l'appareil de ses deux mains, Emma tendit si fort le ruban que l'informaticien le sentit mordre sa chair.

Emma se retourna vers Dan avec des gestes d'automate.

Quel jeu joue-t-elle ? se demanda Pierre, malgré la douleur qui cisaillait ses poignets. Elle semblait obéir à son ex sans qu'il ait besoin de la menacer. Hypnotisée. Soumise. Méconnaissable.

— Bon, tout le monde dans le jardin, maintenant ! ordonna Barett.

— Que vas-tu leur faire ? osa tout de même dire Emma, en anglais, d'une voix impersonnelle.

Ils s'étaient éloignés dans le couloir pour parler, mais sans fermer la porte.

— Simplement les mettre au frais.

Barett ne paradait pas, il ne jouait pas de son revolver. Il était semblable à lui-même. Déterminé. Clinique. Binaire.

— Il va nous tuer ! cria Granier en français.

Emma et Barett ignorèrent l'interruption et reprirent leur conversation.

— Tu vas les enfermer dans le pavillon de musique ?

— Les mettre au frais, j'ai dit.

L'Américaine comprit le sous-entendu et tenta de s'y opposer, sans grande conviction.

— Est-ce vraiment utile ?

— Je suis désolé, mais je n'ai pas le choix, rétorqua Barett calmement. D'ailleurs, entre nous, c'est ta faute si nous en sommes là. Et puis nous en avons souvent parlé, toi et moi : certains enjeux dépassent les sentiments et les petites émotions personnelles. Un grand destin nous attend.

Ils s'éloignèrent un peu plus dans le couloir et Pierre n'entendit plus ce qu'ils disaient.

« Toi et moi », « nous ». Barett associait Emma dans ses propos. Il allait les enfermer, Granier, Rebecca et lui, dans le tunnel. Et épargner Emma. Laquelle le laisserait faire. Qu'arriverait-il ensuite aux prisonniers ? Barett allait-il les laisser dépérir dans le souterrain ? Mais, bon sang, pourquoi Emma ne défendait-elle pas sa fille ? Qu'elle ne tente rien pour le sauver, lui, passe encore, mais pourquoi semblait-elle se désintéresser du sort de Rebecca ? Et pourquoi Dan paraissait-il prendre pour acquise la complicité d'Emma ?

Pierre se dit qu'il nageait en plein cauchemar. Il allait se réveiller, c'était sûr. Barett était mort. Le Barett qui se trouvait devant lui était un clone furtif.

Dix minutes plus tard, Emma et Barett refirent leur apparition dans le salon.

— Maman !

Le hurlement de Rebecca le fit sursauter. Barett s'approchait maintenant pour trancher le ruban rigide qui attachait Granier et sa dulcinée au canapé.

— Maintenant, dehors tout le monde !

Il leur fit signe de se diriger vers la véranda. Pour avancer, pieds joints, les trois prisonniers devaient tirer sur le ruban métallique qui leur enserrait les mollets. Rebecca, dont les pieds avaient été attachés de façon plus lâche que les autres, marchait à petits pas, en sanglotant.

— Maman ! murmura-t-elle encore après avoir parcouru quelques mètres.

Elle avait les cheveux défaits, des mèches collées sur les yeux. Barett fit signe à Emma qu'elle pouvait l'aider à marcher. L'Américaine s'avança alors vers Rebecca, et, lorsqu'elle frôla Pierre, il se rendit compte qu'elle avait, elle aussi, les yeux trempés de larmes. Pourtant, elle continuait d'exécuter les ordres de Barett. Raide, les lèvres serrées, elle tenait sa fille par la taille et, à chaque pas, la soulevait de quelques centimètres.

Quand ils sortirent dans le jardin, les spots s'allumèrent automatiquement le long de l'allée qu'ils parcouraient. L'un d'eux éclaira Kagébé, qui, à l'extrémité d'une allée, faisait sa ronde. Dan le désigna du canon de son arme.

— C'est un bon chien, ça...

La lune, ronde et bien visible, se découpait sur un ciel dégagé. « Les fous sortent par les nuits de pleine lune », pensa Pierre malgré lui. Une sentence que Clara proférait souvent.

Barett était devenu fou.

Granier, qui s'essoufflait à se déplacer les pieds entravés, s'efforça d'attirer son attention.

— Je ne comprends pas, Dan ! éructa-t-il, hors d'haleine. C'est comme ça que vous me remerciez de vous avoir aidé à trouver le plan ?

— Vous ne m'avez pas aidé, Granier. Vous m'avez fait perdre mon temps.

La procession mit plusieurs minutes pour parcourir la distance qui séparait la véranda du cimetière des chiens. Les petites stèles carrées, bien alignées, étaient éclairées par deux projecteurs accrochés aux branches basses du ginkgo biloba. Au pied de la table de fer forgé, attaché et bâillonné, Terry attendait. C'est pour aller le chercher qu'Emma et Barett s'étaient absentés tout à l'heure.

Barett se planta en face de la troisième tombe.

— Le Nôtre ! lança-t-il d'une voix forte, sans cesser de tenir en joue son groupe de prisonniers.

La plaque de marbre pivota, et le passage creusé dans le sol apparut, éclairé par le rai de lumière du projecteur. Granier et Rebecca, qui ne connaissaient pas son existence, comprirent soudain ce qui les attendait. La descente au tombeau. La jeune fille se mit à hurler et voulut fuir. Elle trébucha au premier mouvement et s'écroula sur la pelouse. Emma s'accroupit à côté d'elle pour tenter de la calmer. Mais elle se débattait en poussant des cris aigus.

— Fais-la taire, Emma ! ordonna Barett, excédé. Elle va finir par réveiller tout le quartier.

Emma posa la main sur la bouche de sa fille. Pierre vit ses lèvres trembler.

— Maintenant, vous allez descendre gentiment, continua Barett. Commençons par la fille, ajouta-t-il en soulevant Rebecca pour l'entraîner vers le trou.

Granier, qui avait gardé le silence depuis qu'il s'était fait rabrouer, choisit ce moment pour jouer son va-tout.

— Barett ! lança-t-il, avec un air de défi. Savez-vous que c'est votre propre fille que vous vous apprêtez à enterrer vivante ?

43.

Dan Barett lâcha brusquement Rebecca, qui tomba sur le sol.

— Qu'avez-vous dit ?

— Rebecca est votre fille, Barett ! cria Granier.

— Que voulez-vous dire ?

— Elle est de vous ! Ça se voit comme les yeux au milieu de la figure !

Rebecca gisait sur la pelouse, hagarde. Elle ne gémissait plus. Dan Barett, lui, s'était figé.

— Faites le calcul ! reprit Granier, provocateur. Elle est née en décembre 1990. Vous étiez à l'université avec Emma neuf mois plus tôt, non ? Et juste avant l'été, quand sa grossesse allait devenir visible, elle est partie terminer ses études en France... Drôle de coïncidence, non ?

Barett baissa son arme et regarda Rebecca. Une grimace de dégoût apparut sur son visage. Pierre devina ce qu'il pensait : la forme molle et geignarde qui gisait à ses pieds ne pouvait pas être le produit de ses gènes.

— Rebecca ne le sait pas et vous ne le saviez pas non plus, poursuivit Granier. Mais demandez-lui donc, à elle !

Du menton, il désignait Emma, qui gardait le silence.

— Elle a raconté à sa fille qu'elle était prématurée, poursuivit l'écrivain, désignant Emma. Que son père était pilote de chasse, qu'elle l'avait rencontré en juin en arrivant à Paris, et qu'il l'avait quittée en septembre, dès qu'il avait appris qu'elle était enceinte.

— Pourquoi me raconter tout ça, je le sais ! rétorqua Barett, hautain. Je sais aussi qu'Emma ne s'est jamais intéressée à sa fille. Vous voudriez me faire croire qu'elle m'a toujours menti ?

Emma serra les dents.

— Bien sûr que non, Dan ! Il raconte n'importe quoi !

— N'importe quoi ? insista Granier, qui s'échauffait. Vous en connaissez beaucoup, vous, des prématurés qui pèsent trois kilos cinq à la naissance ? J'ai regardé le carnet de santé de Rebecca.

Oubliés, l'humour désabusé, la légèreté railleuse, l'autodérision. Le romancier de Saint-Germain-des-Prés devenait agressif. Voyant que Barett ne l'écoutait plus, il se mit à hurler :

— Il suffit d'un test ADN pour vérifier que j'ai raison. Faites faire un test ADN !

Barett, agacé, mit fin aux palabres.

— On n'a pas de temps à perdre. Allez ! Tout le monde dans le tunnel !

Il attrapa le bras de Terry et tira le gardien vers l'entrée du passage secret. Les autres n'eurent pas à se demander longtemps comment il était possible de descendre les échelons les mains et les pieds liés : Barett obligea Terry à s'asseoir sur le bord du trou et à sauter. En tombant deux mètres plus bas, son corps fit un bruit sourd, bientôt suivi d'un cri de douleur.

— Je refuse de descendre là-dedans ! hurla Granier, hystérique.

— Comme vous voudrez, lâcha Barett en le mettant en joue.

Il visa tranquillement la jambe du romancier et tira. Granier s'écroula, touché à la cuisse.

— Jean-Philippe ! cria Rebecca.

L'écrivain se tordait de douleur sur l'herbe. Emma fit un mouvement vers lui.

— Dis-lui de se taire et de se tenir tranquille ! ordonna Barett.

La détonation avait effrayé Kagébé, qui aboyait ; ses yeux balayaient le sol d'éclairs rouges.

— Silence ! s'écria Barett.

Comme le chien n'obéissait pas, il s'accroupit devant lui et passa la main sous son collier. Il y eut un sifflement, un déclic sonore, puis le robot s'immobilisa.

— C'est un bon chien, ça, dit Barett dans un sourire.

Emma avait profité de cet instant de répit pour glisser quelques mots à l'oreille de Rebecca. La jeune fille se tut aussitôt. Le regard fixé sur celui de sa mère, elle glissa ses jambes dans le tunnel, docile. Puis elle se laissa tomber, en souplesse.

Barett revint vers le petit groupe massé devant les tombes. D'un mouvement du revolver, il indiqua le trou béant.

— Et, maintenant, on fait fissa.

Au moment de descendre à son tour, Pierre tenta de croiser le regard d'Emma. Mais elle gardait les yeux fixés sur la tombe ouverte, presque absente. Craignait-elle de subir le même sort que les autres victimes de Barett ? Pierre espérait un signe de complicité, un regard, un adieu.

Assis sur le bord du trou, il se demanda, comme souvent, à quelles images sa mémoire ferait appel à l'instant où il perdrait conscience. Peut-être cette photo qui trônait sur son bureau depuis l'été précédent : ses trois enfants, masque et tuba à la main, posant dans les calanques de Piana. Ou ce souvenir de gamin : un soir où, réveillé par un cauchemar, il avait surpris son père et sa mère dansant un slow dans le salon, devant la télévision allumée.

Sans un mot, Pierre sauta dans le souterrain.

Barett traîna Granier jusqu'à l'ouverture et le précipita dans l'étroit boyau. Pierre et Rebecca l'aidèrent à amortir sa chute, mais il hurla de douleur lorsqu'il toucha le sol.

Emma, blafarde, attendait le verdict de Dan. S'il l'obligeait à descendre à son tour, c'en était fini.

— Referme le tunnel ! ordonna-t-il, comme s'il voulait encore tester sa loyauté à son égard. Je n'ai pas besoin de te dire comment on fait.

La jeune femme ne marqua pas une seconde d'hésitation.

— Le Nôtre !

L'orifice se referma dans un mouvement bien huilé. Il n'y eut pas un chuintement pour recouvrir les gémissements de Granier et de Terry, qui s'éloignaient, aspirés dans les boyaux du Trianon.

Barett parut soulagé. D'un mouvement du menton, il indiqua à Emma la direction de la villa, glissa son arme dans sa poche et la suivit. L'Américaine s'efforçait de marcher d'un pas ferme, évacuant l'image de Pierre, de Rebecca et de Granier, blessé, qui allait agoniser dans les entrailles de Versailles.

— Quel manque de panache, quand même, ce Granier ! lâcha Barett. Mentir, gémir, c'est tout ce qu'il sait faire. Quand je pense aux Francs-Comtois que Louis XIV avait vaincus et annexés... Tu sais comment ils protestaient, eux ? Quand ils mouraient, ils demandaient à être enterrés à l'envers, face contre terre. Ils voulaient tourner le dos au soleil pour le défier jusque dans la mort.

Emma frissonna. Dan confirmait ses craintes : il avait bien l'intention de les laisser tous crever, enfermés dans le boyau.

44.

Emma monta l'escalier en silence devant Barett et entra, comme il le lui ordonna, dans la chambre « Moi ». Le patron de Controlware referma la porte. Au moment où il lâcha la poignée, l'écran situé au-dessus de la cheminée s'alluma et fit apparaître deux portraits anciens. Deux dessins. Ou plus probablement des gravures, se dit Emma, qui reconnut, sur l'une d'elles, le portrait de Louis XIV.

Barett se dirigea vers le *living bed* et se tourna vers Emma.

— Tu sais pourquoi je t'ai épargnée ?

Debout près de la cheminée, elle rassembla ses esprits avant de répondre :

— Parce que j'ai toujours été loyale avec toi ?

Dan Barett s'assit sur le lit, tira son arme de sa poche et la posa à ses côtés. Il tapota sur le dessus-de-lit rouge, s'allongea et se releva, comme s'il testait le confort du matelas, puis sourit, décontracté.

— Tes paroles rassurantes ne me suffiraient pas, ma belle, si je ne croyais pas, moi, en ta loyauté. Allons, réfléchis.

Barett jouait avec elle. Pendant que Granier perdait son sang. Que sa fille sanglotait et allait mourir, elle aussi. Elle jeta un coup d'œil sur l'arme posée sur le lit. Comment s'en approcher ?

— Peut-être as-tu besoin de moi pour la suite ? osat-elle, évacuant l'image de Rebecca prostrée dans la poussière.

— Même pas. Alors, tu ne trouves pas ?

Comme Emma restait debout, silencieuse, devant l'âtre, il lui fit signe de venir s'asseoir près de lui.

— Emma, si tu as pu arriver jusqu'aux lignes de code, c'est parce que tu as passé avec succès le test. Le test, tu te souviens ? Tu sais ce qu'il prouvait ?

— Le test émotionnel, tu veux dire ? répondit-elle sans bouger.

— Exactement. Donc, je répète ma question : que prouvait-il ?

Emma réfléchit quelques secondes. Barett reprenait ses joutes intellectuelles avec elle, comme si de rien n'était. Sauf que, cette fois, elle le sentait, l'erreur ne pardonnerait pas. L'homme qui lui faisait face n'était pas le Dan Barett qu'elle connaissait. Taquin, certes, mais indulgent. Dominateur, mais généreux. Monstre froid envers ses concurrents, jamais avec ses proches. Celui-là, d'une certaine manière, était vraiment mort. Le nouveau Dan, lui, avait tiré sur Granier, emmuré sa propre fille, contribué à la mort de milliers de personnes : que restait-il du génie optimiste et philanthrope avec qui elle avait tant aimé imaginer le monde nouveau ?

Cette carrure, imposante désormais, ces cheveux raides aux reflets gris, ces deux grosses rides qui barraient son front ; ce sourire à la fois arrogant et doux : aucun trait, aucun tic ne lui laissait soupçonner qu'elle avait affaire à un autre. Il n'y avait qu'un Dan Barett. Mais peut-être était-il lui-même aux ordres ? Dans ce cas, de qui ? Elle le regardait avec stupeur, l'œil fixé sur ses sandales.

Barett s'énerva.

— Ne me regarde pas comme ça. Alors, sais-tu ce qu'il prouvait, ce test ?

— Je crois que oui, amorça-t-elle d'une voix hésitante.

— Eh bien, dépêche-toi...

Le cimetière des chiens. Rebecca étouffant. Pierre

gisant dans le tunnel. Le voile d'images se déchira soudain. Emma revit la dune du Pilat.

— Le test t'a permis de savoir si, oui ou non...

Elle n'osait pas aller plus loin. Dan l'encouragea d'un clignement des yeux, complice.

Elle parvint alors à aller jusqu'au bout de sa pensée.

— ... je t'aimais encore.

Barett se redressa, fier. Fier de lui. Fier de sa technologie ou du sentiment amoureux qu'il inspirait à Emma ? La dune du Pilat, la casserole carbonisée, le *traghetto* de Venise, la baie de Sausalito : si le cerveau d'Emma avait réagi à ces photos, c'était que l'attachement qu'elle éprouvait pour son plus vieux complice demeurait vivant.

— C'est ce que j'ai voulu savoir, effectivement, répondit-il. Et maintenant je n'ai plus de doute. Tu m'aimes toujours. Donc tu peux tout comprendre.

Emma, debout à quelques mètres du lit, était livide. Elle n'avait jamais vu, sur le visage de Barett, une telle agressivité hautaine. Barett était un lion prêt à bondir, sûr de sa force. Pour quelle raison s'intéressait-il maintenant à l'intensité des sentiments qu'elle éprouvait pour lui ? Lui qui, si longtemps, avait qualifié leur amour de « belle amitié » ?

Barett était fou, se disait Emma. Fou au point de vérifier, jusqu'au fond du cerveau de ses proches, la réalité, l'intensité, la durée de leurs sentiments. Elle se garda bien de lui rétorquer que si le test émotionnel révélait la présence d'un *souvenir* d'amour il ne prouvait rien sur l'amour présent, celui qu'elle éprouvait pour lui aujourd'hui. Sans parler des autres facteurs qui, au cours du test, avaient influé sur ses émotions, comme la présence de Pierre à ses côtés. Barett avait souvent surestimé les performances de ses logiciels.

Emma l'avait aimé, cet homme-là, certes. Aucun doute. Pendant dix ans au moins. Elle avait quitté les États-Unis parce qu'elle était enceinte de lui et qu'il ne voulait pas d'enfants. Elle lui avait caché que Rebecca était leur fille dans le seul but de préserver leur relation privilégiée.

Elle ne lui parlait quasiment pas de Rebecca, cachant qu'elle se rendait régulièrement en France pour la voir. Quitte à lui laisser penser qu'elle était une mauvaise mère, une femme d'affaires. L'entreprise d'abord, la famille après. Il fallait choisir. Et elle avait choisi. Comme Dan. Sa vie à lui, c'était Controlware. Il n'aurait des enfants, prétendait-il, que le jour où il pourrait s'y consacrer à plein temps. Barett ne voulait rien faire à moitié. Zéro ou un. Jamais 0,5 ou 0,8.

Emma avait peu à peu compris que cette attitude témoignait, certes, d'un niveau d'exigence hors du commun, mais surtout d'un égoïsme colossal. À sa grande surprise, peu de temps après qu'ils eurent rompu pour respecter cette exigence, Barett épousait Amelia, une de ses collaboratrices de Controlware, et, quelques mois plus tard, il lui annonçait la naissance de Kevin.

Un choc. Dan marié. Dan poussant un landau. Dan, un bébé sur les genoux. Emma avait alors réalisé que s'il avait franchi le pas avec une autre femme c'était qu'il ne l'avait jamais vraiment aimée, elle. Qu'elle n'avait jamais été pour lui davantage qu'une simple complice intellectuelle. Son désir pour elle avait toujours été secondaire, ce qui expliquait accessoirement qu'il ait vécu leurs années de « liaison virtuelle » sans grande frustration.

Dan, binaire, rationnel, analytique, pouvait-il d'ailleurs éprouver de l'amour – un sentiment par nature déraisonnable – à l'égard d'un être humain, forcément inexplicable, imparfait ?

Elle ne l'aimait plus depuis longtemps. Mais devant le logiciel de reconnaissance émotionnel, elle avait failli. Pas seulement à cause de Pierre. Lorsque des souvenirs reviennent à la mémoire, ils charrient les scories des sentiments qui les accompagnaient à l'origine. Ils exhument des sensations enfouies. Les bouffées de passion que le cerveau d'Emma avait déclenchées devant les images du Pilat ou de la casserole noircie étaient bien réelles, mais elles renvoyaient à un être qui n'existait plus. Pis : un être qu'elle avait maintenant en horreur. Un homme qui allait assassiner leur fille.

Elle ne put retenir plus longtemps les mots qu'elle avait dans la gorge depuis qu'elle avait fermé la porte du souterrain :

— Dan ?

— Qu'est-ce qu'il y a ?

— Granier... Tu ne vas quand même pas le laisser...

Barett allongea ses jambes, s'appuya sur ses bras tendus en arrière et releva la tête, relax.

— Crever, tu veux dire ? Crever comme un rat dans le souterrain des rois ? Ne t'inquiète pas. Il ne va rien sentir.

Emma s'efforçait de regarder Barett dans les yeux. Ils brillaient d'arrogance. Elle ne l'avait jamais vu si sûr de sa puissance.

— Une merveille, ce revolver ! soupira-t-il en caressant l'arme posée à côté de lui.

Il mit le canon sous le nez d'Emma et poursuivit :

— Il tire des balles, comme tous les revolvers. Mais de toutes petites balles. Qui pénètrent à peine dans la peau. La balle s'ouvre alors et libère une petite molécule qui se diffuse dans le corps. On fait de très belles choses chez Nanotech, tu sais...

Emma, tremblante, s'efforçait de rester lucide. Nanotech. Elle connaissait. Une des entreprises dans lesquelles Dan Barett avait investi. Un des leaders des nanotechnologies. La production de l'infiniment petit. La science au milliardième du mètre. Des disques durs de la taille d'une épingle. Des microcaméras de la taille d'un cachet d'aspirine. Et, donc, pourquoi pas, des projectiles diffusant des molécules dans le corps humain.

Elle repensa à Granier.

— Tu veux dire que tu lui as injecté un...

— Un petit médicament qu'on a trouvé chez Alzacorp. Qui efface la mémoire. Qui nettoie les derniers éléments enregistrés sur le disque dur humain, tu vois ?

Barett se racla la gorge.

— Un peu trop efficace, parfois, hélas. Sur les femmes curieuses, notamment...

Emma esquissa un mouvement de recul en direction de la porte.

— Reste ici, Emma ! Tu ne crains rien, reprit Barett en lui tendant la main. Je voulais parler de cette pin-up suédoise !

Emma respirait à peine.

— Kathrin Strandberg ? bégaya-t-elle.

— Absolument ! Une allumeuse. Érudite, cela dit. Elle m'avait rejoint à Boston. Elle avait eu le tort de découvrir la quatrième preuve, la formule de l'existence de Dieu. J'ai été obligé de lui faire prendre de la mélatonine, pour qu'elle oublie...

— De la mélatonine empoisonnée !

— Empoisonnée... empoisonnée... Comme tu y vas ! Un simple petit médicament qui efface les souvenirs gênants. Le même que celui de mes balles, dissimulé dans des cachets de mélatonine. Makresh est un garçon talentueux. Il est entré dans l'ordinateur du fabricant et...

— Mais Kathrin Strandberg n'a pas seulement pris de la mélatonine ! coupa Emma. Elle est morte dans des conditions horribles !

Barett leva les bras dans un geste d'impuissance.

— Crois bien que je le déplore. Tu me connais, je suis sobre. J'aime les choses propres. Mais mes sous-traitants ont parfois un peu trop d'imagination. Je ne leur ai pourtant jamais parlé de la formule ! Mais Dieu est un sujet qui les inspire, et Ses martyrs plus encore ! Sainte Catherine, déchiquetée par une roue dentelée sans renier sa foi, tu vois ? Ça leur a donné des idées.

Emma recula pour s'appuyer sur le mur. Elle était sur le point de tomber. La manière dont Barett avait prononcé le mot « roue dentelée » et le rictus qui accompagnait ses mots la glaçaient. Elle aurait voulu le prendre par les épaules, le secouer, hurler, pour le faire sortir de son délire : « Dan ! Tu deviens fou ! Ce n'est pas toi. Reviens ! » Mais elle était paralysée.

Elle inspira profondément. Il fallait qu'elle tienne. Qu'elle continue à faire parler Barett. À lui inspirer confiance. Il relâcherait forcément son attention pendant quelques secondes. Alors, elle lui subtiliserait son arme.

— Kathrin Strandberg avait découvert la formule de l'existence de Dieu ?

— Oui.

— Celle de Le Nôtre ? $0^{\circ} = 1$?

— Exactement.

— Et comment a-t-elle fait ?

Barett faisait face à Emma. Il s'était déplacé vers la fenêtre et s'y appuyait. De temps en temps, il jetait un coup d'œil détaché, dans le jardin, en contrebas, en direction du hameau de la Reine. Soudain, il aperçut les boules bleues, décorées de motifs de dragons, que Pierre avait laissées sur la cheminée. Il posa le revolver à leur place et en prit une dans chaque main.

— Un coup de chance ! répondit-il en les claquant l'une contre l'autre. Il y a quinze jours à peine, la femme du paysagiste à l'origine de toute l'histoire, Blandine Costello, a trouvé une pochette que son mari avait cachée dans le dossier d'un canapé. Elle contenait une lettre de Le Nôtre à son neveu. Le seul écrit du jardinier dont j'aie jamais entendu parler à ce jour... Comment ce document était-il parvenu en possession du paysagiste ? Mystère ! En tout cas, la veuve ne savait qu'en faire.

Tout en parlant, il frappait les boules l'une contre l'autre, en rythme. Emma avait l'impression d'entendre claquer un fouet.

— Par chance, Blandine Costello s'est empressée d'appeler Strandberg. Nous nous étions vus tous les trois il y a quelques années, mais c'est Kathrin qui était restée en contact. Je lui ai demandé d'aller à Aix puis de venir me retrouver à Boston. Je lui ai promis une belle donation pour son musée. Elle était ravie. Même quand je lui ai conseillé de prendre une pilule contre le *jetlag*... Ensuite, elle est allée en France pour son congrès de bonnes femmes.

Le récit de Dan avait laissé à Emma le temps de reprendre ses esprits.

— Mais il a aussi fallu faire taire Mme Costello ?

— Difficile de faire autrement.

— Tu as encore sous-traité ?

— Toujours. Pour Blandine Costello, mes sous-traitants sont allés trop loin. Ils lui ont fait subir le même sort que sa patronne, sainte Blandine : le filet, le gril, la suspension par les pieds...

Le ton était factuel, désimpliqué. Méthode Barett. Lui énonçait les objectifs. À charge pour ses hommes, ensuite, d'imaginer les moyens. Et de rendre compte du résultat. Emma luttait pour ne pas visualiser l'agonie de Blandine Costello et de Kathrin Strandberg. Le récit de Barett lui donnait la nausée.

— Mais c'est du passé, tout ça. Des dégâts collatéraux ! s'exclama soudain Dan Barett en reposant les boules sur la cheminée pour reprendre son arme.

Il revenait vers le *living bed*, tendant à nouveau la main vers Emma pour l'inviter à le rejoindre.

— Toi et moi, Emma, nous sommes désormais liés par la connaissance du plus grand secret de l'Histoire. Comme Le Nôtre et Louis XIV. Tiens, regarde !

Barett s'arrêta, posa le revolver sur la tablette, près de l'ordinateur, et se tourna vers l'écran déployé au-dessus de la cheminée. Il resta un instant silencieux, les yeux levés vers l'image qui s'affichait.

— Je te présente André Le Nôtre, jardinier du roi, et Louis le Grand, dit le Roi-Soleil, le monarque le plus visionnaire que la terre ait porté, déclama-t-il. Tu sais que leur amitié a duré plus de quarante ans ? Le Nôtre fut le seul homme à Versailles qui, pendant toute cette période, n'a jamais connu la disgrâce. Il voyait le roi presque chaque jour pour arpenter les allées, inventer des fontaines et des bosquets, concevoir les systèmes hydrauliques... Il était le confident du souverain, non pour la politique ou la guerre, mais pour ce que le roi possédait de plus précieux : le jardin de Versailles, son grand œuvre ! Aussi était-il le seul homme de la cour qui ait pu se permettre de tenir la dragée haute au Roi-Soleil. Rends-toi compte ! Le vieux jardinier s'est même permis d'aller rendre visite à l'ennemi du roi, Fouquet, au fort de Pignerol, où Louis XIV l'avait fait enfermer !

Emma n'en revenait pas. Barett, devant son écran plasma, discourait comme un prédicateur. Ses mains tournoyaient, mimant une image, scandant un mot, encerclant une pensée. Le roi des logiciels semblait transporté par sa fascination pour les riches heures de la cour de France. Illuminé par le faste de Versailles, comme Rockefeller, Benjamin Franklin, et tant d'Américains avant lui. Était-ce une fatalité chez les puissants, cette attraction pour le Roi-Soleil ? Un destin naturel qui poussait ces hommes, comblés par le pouvoir, à rêver d'un dessein plus grand encore ? Un dessein qui dépasserait le pouvoir, si friable, si minable finalement, que confère le succès commercial ou politique ? Atteindre la puissance ultime, celle qui permet de disposer de soi-même et du monde.

Le patron de Controlware était en train de détruire le monde d'aujourd'hui pour mieux asservir celui de demain. Mais de quoi parlait-il si ardemment ? Du monde d'hier. Celui de Louis XIV et de Le Nôtre. Un monde de jardins et de bassins. Un univers de fontaines enchantées.

Dan était un enfant. Un enfant-roi.

Comme s'il lui faisait moins peur maintenant, Emma fit un pas vers lui.

— Dan, tu dis que nous partageons tous les deux ce secret, mais as-tu pensé un instant à moi ? J'ai pleuré en apprenant ta mort. Tu n'avais pas le droit de me faire ça. Tu aurais au moins pu me mettre dans la confidence !

La douceur. Elle pouvait peut-être encore jouer sur cette corde-là. Peut-être réussirait-elle à réveiller la braise. L'amour d'autrefois.

Elle entendait l'écho de sa propre voix résonner dans la chambre. Elle en percevait le tremblement, la vibration presque larmoyante.

— Te mettre dans la confidence ? coupa Barett. Tu

me connais mal. Un secret est un secret, ma chère ! Tu connais le schéma. Quand on confie un secret à sa meilleure amie, celle-ci le confie à sa meilleure amie. Et c'en est terminé du secret ! Je n'ai pas pu faire autrement que de mettre au courant mon médecin, Gilbert, un vieux complice. Mais il était bien le seul, je le jure. C'est lui qui a délivré le certificat de décès. Gilbert, tu te rappelles ?

Emma acquiesça.

— Un génie. Tu connais sa dernière trouvaille ? Maintenant, il contrôle ma santé à distance vingt-quatre heures sur vingt-quatre.

Barett souleva la manche droite de son polo et fourra son bras sous le nez d'Emma. Puis il désigna une minuscule bosse, à cinq centimètres du coude.

— Tu vois ce petit bouton ?

Emma pencha la tête.

— Oui. On dirait une verrue.

— On dirait surtout que tu n'as jamais vu de verrues, toi ! C'est un ensemble de microcapteurs, couplés à un émetteur-récepteur, qui tiennent dans une capsule de la taille d'un grain de riz. Toutes les heures, les capteurs effectuent automatiquement un check-up. Les résultats sont stockés dans la mémoire de la capsule qui contient mon dossier médical. Ils sont ensuite transmis à mon PDA, sur lequel je peux les lire. Enfin, ils sont envoyés à l'ordinateur de Gilbert. S'il y a un problème, l'ordinateur alerte Gilbert en personne, également sur son PDA. Gil prétend qu'avec ça, dans l'état actuel de la médecine, je peux gagner vingt à trente ans d'espérance de vie.

Barett s'éloigna pour baisser sa manche.

— Soit cent dix ans minimum. Mais ce n'est qu'une étape. Une étape vers la vie éterrnelle !

C'en était trop. Emma dissimula son visage dans ses mains. Puis, d'un geste nerveux, comme si c'était le seul mouvement qu'elle puisse oser, elle arracha la barrette métallique qui retenait l'extrémité de sa queue-de-cheval.

— Tu es fou, Dan ! articula-t-elle à mi-voix.

Elle regrettait déjà ce propos. Si elle éveillait les soupçons de Barett, tout était fini.

— Emma ! Ne dis pas n'importe quoi ! Nous nous ressemblons tant.

« Ressemb*lio*ns, nuance. »

Elle aurait aimé prononcer cette repartie à haute voix mais retint ses mots. Il fallait jouer le jeu aussi longtemps que possible.

Dan Barett poursuivait déjà :

— Nous avons en main le secret de la Création, Emma ! Tous les deux. Comme le roi et son jardinier.

— Mais pour quoi faire, Dan ? Pourquoi tout ça ? lâcha-t-elle.

Elle continuait, tant bien que mal, à contenir l'effroi que lui inspirait son ancien ami.

— Tu n'as donc pas compris ?

— Compris ? Était-il vraiment nécessaire de mettre le monde à feu et à sang pour remplacer tous les vieux Shadows de la planète par le 10.0 ?

Barett leva les bras au ciel.

— Décidément, ma grande, tu faiblis ! Tout ça, c'est du détail ! Un écran de fumée ! Cela rapportera des milliards à Controlware, c'est vrai. Et ma fondation en profitera. Elle pourra ainsi continuer à soigner les pauvres et les malades. Éradiquer la malaria, le choléra, le...

— Personne ne saura que le bienfaiteur, c'est toi !

— Tout le monde, au contraire. Le monde entier saluera ma mémoire. Mon souvenir. Emma, ma chère Emma, qu'aurait été le Christ s'il n'était pas mort ? Et Gandhi ? Kennedy ? Luther King ? Rien. C'est la mort, rappelle-toi, qui change une vie en destin. La postérité qui confère la vraie puissance.

— Et Amelia ? Et tes enfants ? Ils te croient mort ! Ne te préféreraient-ils pas avec eux ?

— Emma ! Quand admettras-tu qu'il y a plus important dans la vie que ses propres enfants ou leur génitrice ? Tu l'as bien compris tout à l'heure, non ? Quand tu as enfermé ta fille...

Emma crut soudain entendre le hurlement de Rebecca étouffé par le souterrain. Elle allait vomir de terreur. Barett insista :

— Demain, Emma, tout cela sera oublié. La puissance décuplée de Controlware ? Péripéties ! Les milliers de vies sauvées par l'argent d'une fondation ? Que pèseront-elles par rapport à ces millions d'autres que je sauverai pour des siècles ? Pour l'éternité ? Dieu a créé le monde mais Il l'a laissé pourrir. Pourrir de maladie, de misère, de souffrance. Il a conçu un bon produit – l'homme – mais n'a prévu aucun service après-vente !

Barett marqua un instant de silence, interrogeant Emma du regard pour vérifier si elle appréciait son trait d'humour. Elle le regardait, hébétée. Ses longs cheveux bruns étaient décoiffés. Un rictus lui déformait la bouche. Combien de fois, dans les conseils d'administration, les négociations tendues, avait-elle appris à faire illusion ? C'était le moment où jamais de rassembler ses vieux réflexes.

— Dieu a fait l'homme à partir de rien, merci à Lui ! poursuivait Barett. Mais la suite de Son œuvre n'est qu'une longue litanie de souffrances et de dégradations. Comment accepter, quinze milliards d'années après la création du monde, que des moustiques tuent encore des êtres humains ? Un monde aussi stupide ne peut exister. Il faut le reconfigurer. Il faut recréer l'homme. Un homme qui ne connaîtra ni la douleur ni la maladie. Un homme immunisé. Un homme résolument nouveau.

Et il conclut :

— La Sécurité sociale mondiale, la protection universelle dont je rêvais, tu vois ? Je n'en aurai même plus besoin : je ferai en sorte que la maladie elle-même disparaisse ! Et, avec elle, la misère, la souffrance, le mal. Le Mal, Emma ! J'éliminerai le Mal. Le Mal, avec une majuscule.

Barett avait ouvert la fenêtre sur le ciel étoilé et, défiant la silhouette lointaine du château de Louis XIV, débitait son sermon. Emma se tenait à quelques mètres derrière lui. Elle aurait pu saisir l'arme posée sur la tablette, mais elle demeurait là, anesthésiée, scrutant, l'œil vide, l'allée qui longeait la villa et les communs, conduisant au jardin et aux sépultures des chiens.

Le roi du logiciel ne dialoguait plus seulement d'égal à égal avec le Roi-Soleil. Ni même avec Dieu. Il *était* Dieu.

45.

Assis sur le *living bed*, Dan Barett scrutait l'écran de son ordinateur. Devant lui, sur le matelas rouge, des signes fluorescents vibraient. Des lettres. Q.W.E.R.T.Y. Des chiffres. Il avait branché son clavier virtuel.

— Il n'a pas trouvé ça, ton Sherlock Holmes ! railla Barett devant le sourire crispé d'Emma. Comment s'appelle-t-il déjà ? Chavannes ?

Emma avala sa salive.

— Un très bon hacker, vraiment, reprit Barett avant qu'elle n'ait eu le temps d'acquiescer. Il aurait dû venir chez Controlware. Il serait riche aujourd'hui... Mais n'aie pas peur, approche-toi !

Barett tendit la main vers Emma. Épuisée, elle s'était assise à l'autre extrémité du *living bed*. Elle venait d'apercevoir, à côté d'elle, le portable de Pierre oublié sur le matelas. Il avait vibré. L'écran affichait cinq messages en absence. Emma refoula un sanglot.

— Viens, regarde ! insistait Barett.

Elle s'approcha en contournant le lit. Elle reconnut sur l'écran l'espace de dialogue que Pierre avait ouvert quelques heures auparavant. Barett y était entré et conversait avec Makresh et Krashni. Il caressait calmement les touches, qui se reflétaient sur le couvre-lit. Et signait ses messages de la lettre T.

T comme « Treo », son petit nom lorsqu'il était enfant.

Son arme était toujours à portée de main, sur une tablette. Il était serein, les mains posées à plat sur les touches, caressant les lettres comme un pianiste ses blanches et ses noires. De temps à autre, il s'arrêtait pour attendre la réponse. Emma reconnaissait le Dan Barett qu'elle avait connu aux affaires, P-DG inébranlable, distribuant ses ordres à ses jeunes cadres, fier inspirateur, convaincu qu'à l'issue de ses combats il finirait toujours par poser, triomphant, le sceau de Controlware sur les tours rivales.

Les combats, désormais, il ne pouvait que les gagner. Tous les combats.

Il s'interrompit un instant, regarda Emma, prostrée, et l'amena à lui en la prenant par les épaules.

— Une merveille, Emma, une merveille ! Tout ce qu'ils ont fait jusqu'ici, ce n'étaient que des amuse-gueules !

— Qui, ils ? répondit-elle en se raidissant.

— Mais regarde un peu ! Ne fais pas cette mine d'enterrement !

Emma en avait vu assez pour imaginer le pire.

— Dan, que veux-tu faire de plus ? Tu as déjà le monde à ta merci, dit-elle pour gagner du temps.

— Le monde ? Le monde, chère Emma, se donne à celui qui le désire le plus.

Elle voyait maintenant tournoyer sur l'écran une forme en trois dimensions. Allongée. Rouge, verte, jaune. Plusieurs molécules se déployant autour d'un axe vertical.

— ArtaGene, à Singapour, ça te dit quelque chose ?

Dan cliqua sur la molécule et une longue liste de fichiers défila sur l'écran.

— ArtaGene, la banque de données génétiques ?

— Exact, ma chère ! Dommage que tu n'aies pas osé y investir...

Emma connaissait cette entreprise. Berkings & Shannon avait hésité à acquérir une part de son capital quelques années plus tôt. Et finalement renoncé. Trop risqué. Entretemps, ArtaGene était devenu la plus grande banque de données génétiques au monde. Cinq cent mille extraits d'ADN. Le patrimoine génétique de cinq cent mille personnes, asiatiques et américaines pour la plupart, rassemblé en un seul endroit. ArtaGene achetait à quelques grands hôpitaux du monde (Shanghai, Jakarta, New York, notamment) les tissus prélevés pendant les opérations, les accouchements, les biopsies. On trouvait donc chez ArtaGene, stockés dans des frigos, du sang, des placentas, des foies, des yeux, des cellules malignes. Par centaines de milliers. Classés, rangés. Prêts à l'emploi.

Un Fort Knox du génome.

Dan Barett se redressa, le dos droit, le regard glacial.

— ArtaGene ! Krashni a été très fort sur ce coup-là ! L'ordinateur central était bien protégé, mais il y a toujours des gens qui aiment les chansons, hein ?

Il refoula un petit rire de satisfaction :

— Et il n'y a pas qu'ArtaGene. Regarde, Emma !

ArtaGene, Singapour
Alzacorp, Reykjavik
Biobank Japan, Hokkaido
Estonian Genome Project, Tallin
InmeGeN, Mexico
Karolinska Gen, Stockholm
Beijing Genomics Institute
TheraBio, Tel-Aviv...

Les plus grands centres de biotechnologie du monde, les labos incontournables, les grands hôpitaux, les établissements de recherche génétique : ils étaient tous là. Elle se pencha en avant et ferma les yeux, prise de vertige.

— Ce n'est pas vrai...

Dan n'avait pas besoin de poursuivre. En quelques secondes, elle avait compris l'ampleur de sa conquête. Les biobanques. Ces établissements stockaient effectivement des échantillons sanguins, d'urine, de tissus, et des cellules prélevés sur des individus ayant effectué des contrôles de routine ou subi des prélèvements lors d'une hospitalisation. Les données, en principe, étaient destinées à la science pour permettre à des chercheurs d'identifier les liens entre une maladie développée par un groupe d'individus et leurs caractéristiques génétiques. L'université de Washington, par exemple, détenait la plus grande base de données sur le cancer du sein. Quatre mille échantillons. Deux cent cinquante mille prélèvements sanguins, trente-six mille femmes. Emma imaginait sans peine l'arme dont pouvait disposer celui qui mettrait la main sur ces coffres-forts génétiques.

— Combien ça va te rapporter de les vendre ?

Barett la considéra d'un air apitoyé.

— Vendre ? Tu n'y es pas, ma pauvre ! Encore tes calculs de financière. Petit bras, tout ça... Si j'avais voulu vendre ces données, j'aurais pris le contrôle des boîtes !

Une évidence. La commercialisation des tissus humains, de l'ADN, des cellules était l'un des marchés gigantesques des années à venir. Emma le savait. Berkings & Shannon avait étudié le secteur. Et fait les calculs. Entre dix mille et cent cinquante mille dollars l'échantillon de cellules humaines. Et plusieurs milliards pour un ADN bien ciblé, spécifique. Le gène de l'homme qui possédait les anticorps de l'hépatite B qui, il y a quelques années, avaient permis d'élaborer le vaccin contre cette maladie, valait aujourd'hui trois milliards de dollars.

Si Barett avait voulu, effectivement, mettre la main sur ces mines d'or génétiques pour gagner plus d'argent, il les aurait tout simplement rachetées. S'il n'avait pas agi ainsi, c'est que son vrai dessein était ailleurs. Plus ambitieux. Plus démoniaque.

Elle regardait Dan lui sourire. Il savait qu'elle avait compris. Elle savait qu'il savait. Comme autrefois, lorsque leurs cerveaux fonctionnaient à l'unisson.

Elle se souvenait maintenant des chiffres qu'ils avaient évoqués lors de leur brainstorming aux Marquises, à Pâques 2004, trois ans plus tôt : trois cents millions d'échantillons de tissus et d'organes humains, rien qu'aux États-Unis. Vingt millions de plus chaque année. Cent soixante-dix-huit millions d'Américains fichés ainsi. Leurs empreintes génétiques soigneusement rangées au frais. En s'introduisant, incognito, sur les ordinateurs qui stockaient toutes ces données, Barett ne mettait pas seulement la main sur la matière première la plus précieuse du monde de demain. Il accédait à la lecture de la carte d'identité la plus intime de millions d'êtres humains. Leurs forces. Leurs faiblesses. Leurs pathologies connues ou secrètes. Les déficiences inscrites dans leurs gènes. Les maladies dont ils guériraient. Celles qui les tueraient. Celles de leurs enfants et de leurs petits-enfants.

Ainsi, Barett pourrait guérir les hommes. Il saurait quel type de gène produit tel cancer. Quelle combinaison d'empreintes génétiques éliminerait le diabète, la malaria, la schizophrénie... Son délire, tout à l'heure, n'était pas feint. Une fois propriétaire de toutes ces données génétiques, il serait effectivement en mesure de programmer la fabrication de l'homme sans maladie, l'homme sans douleur, l'homme immun. Il allait engendrer l'homme nouveau. L'homme délivré du mal. *Ainsi soit-il.*

Barett pouvait donner ou maintenir la vie. Mais il pouvait la confisquer aussi. Il possédait sûrement, se disait Emma, l'accès au gène de la grippe espagnole, stocké au Centre médical des armées, à El Paso, dans les tissus d'un soldat mort en 1918. Il pourrait utiliser le virus H2N2 ou le H5N1. Modifier la composition de milliers de médicaments sur les lignes mêmes de production des usines. Il pourrait injecter de la mort à distance, de la mort différée, de la mort programmable.

Dan Barett pourrait propager le bien ou le mal. Prolonger la vie ou l'interrompre. Lui qui, jusqu'à présent, possédait le code source permettant de faire fonctionner la quasi-totalité des ordinateurs du monde était désormais le propriétaire invisible d'un code bien plus précieux encore : celui qui faisait vivre la « machine » humaine.

Le code source de l'Homme !

Alexandre le Grand. Napoléon. Mao. Et Louis XIV, bien sûr. Des dizaines de rois, d'empereurs, de dictateurs avaient, avant lui, tenté d'accéder au stade de l'ultime puissance. Celle où l'on dispose librement de soi-même et du monde. Aucun n'y était arrivé. Lui, si.

Eux avaient employé les armes des mortels : les sabres, les canons, les bombes. Lui avait atteint son but par la seule puissance de son esprit. Comme le Créateur du cosmos.

Au commencement, Dieu était le Verbe. Et le Verbe était Dieu.

Ce n'était plus une métaphore ni une vue de l'esprit : désormais, Dan Barett *était* Dieu.

Emma luttait contre la nausée qui la faisait vaciller.

L'arme de Barett était là, toute proche. Et il regardait ailleurs. Elle tendit la main, maladroite, crispée.

— Doucement, Emma ! Ne joue pas à ça avec moi ! s'exclama Barett en saisissant l'arme et en la glissant dans la poche de son pantalon. Tu ferais mieux de te reprendre ! J'ai bien vu que, ces dernières années, tu n'avais pas la même confiance que moi dans les biotechnologies... Quelle erreur ! Tu en as raté, des investissements ! Je te croyais meilleure que ça.

« Meilleure que ça. » Cette fois, il avait asséné son leitmotiv sur un ton agressif, brutal. Mais il continuait de jongler avec son amie, passant de la douceur feinte à l'ironie dominatrice. Pouvait-elle encore lutter ? Existait-il un chemin pour sortir de l'impasse ? L'arme du charme ? L'arme des larmes ? Autrefois, oui, peut-être Barett aurait-il craqué. Peut-être. Il y a quelques mois encore. Mais maintenant... Était-ce encore un homme qu'elle avait en face d'elle ?

— Dan, arrête ! Je n'en peux plus, bredouilla-t-elle. La biotech, ta fondation, la lutte contre la pauvreté... Je pensais que c'était pour rendre le monde meilleur que tu avais fait toute cette...

Elle n'arrivait plus à terminer ses phrases. Et s'effondra lorsque Barett asséna sa repartie, cinglante, sentencieuse :

— La vie, ma chère Emma, m'a appris que la seule manière de rendre le monde meilleur est de l'asservir.

Il laissa planer un silence et éteignit l'ordinateur. Puis,

imperturbable, il sortit son arme de sa poche, se leva, fit quelques pas vers la cheminée et se tourna vers Emma.

— Maintenant tu sais tout. Autant dire *trop*.

— Que veux-tu dire ?

Emma n'avait plus la force d'articuler une phrase. Hurler ? Cela ne servirait à rien. Fuir ? Barett tirerait. Elle était acculée. La suite, elle la devinait. Et dire qu'elle avait espéré, lorsque Barett lui avait épargné le supplice du souterrain, que son sursis durerait au moins la nuit ! Qu'elle pourrait regagner sa confiance. Profiter d'un moment d'inattention. Qu'elle aurait une chance de sauver ses compagnons. Funeste naïveté ! L'amour, même quand il n'en reste que des souvenirs, aveugle encore.

— Tu n'aurais jamais dû me voir après ma mort, lança Barett en armant son revolver.

— Dan ! implora-t-elle. Je peux garder le secret. J'ai partagé tant de secrets avec toi, depuis tant d'années !

Le visage de Barett demeura de marbre.

— Je sais. Mais tu comprends que si je veux régner comme je l'entends je dois disparaître. Le Dan que tu as connu ne doit plus exister. Il n'existe plus, tu m'entends ? Tu dois oublier tout ce qui s'est passé ce soir.

— Mais je suis prête à tout oublier !

Emma criait. Dan marchait vers elle, son revolver à la main. L'espace d'un instant, elle crut entendre des bruits étouffés en provenance du rez-de-chaussée. Son imagination, encore, qui lui jouait des tours. Qui l'emportait dans un autre rêve.

Barett lui posa la main gauche sur la tête et lui caressa les cheveux, comme on caresse le pelage d'un animal.

— N'aie pas peur, Emma ! Je sais que tu es sincère, c'est pourquoi tu auras la vie sauve. Mais tu comprends bien que je ne peux pas laisser en liberté ce que tu as là.

De l'index, il se pressa la tempe, comme pour désigner son cerveau, le siège de sa mémoire. Elle comprit.

— Pas ça, je t'en prie !

Strandberg, Costello, Granier... et c'était son tour à présent. Elle vacilla. Barett la retint par le bras.

— Fais-moi confiance, Emma. Comme tu l'as toujours fait. Je ne te veux pas de mal, crois-moi.

Il poussa son amie sur le lit et recula de quelques mètres tout en gardant l'arme pointée vers elle.

— Te souviens-tu de la dédicace de Bessie à Elsie de Wolfe, lorsque son autobiographie est parue, en 1923 ? Je t'ai envoyé le livre.

Quand le supplice allait-il finir ? Emma regardait Barett dans les yeux. Terrifiée.

— Alors ?

— Je...

— Tu ne t'en souviens pas et tu as tort une nouvelle fois, car cette dédicace nous allait comme un gant : *Ensemble nous avons eu du chagrin, ensemble nous avons eu de la joie, ensemble nous avons échoué, ensemble nous avons réussi.*

Il laissa s'écouler un instant de silence pour s'assurer qu'Emma avait entendu.

— Je tiens à te garder en vie ! poursuivit-il.

Il désigna son arme.

— Ce magnifique produit va seulement effacer de ta mémoire les dernières heures de ta vie. Pour la première fournée, celle qu'on a utilisée avec Strandberg et les autres, le chimiste de Makresh ne maîtrisait pas encore les dosages. J'ai la nouvelle version. Plus *light.* On m'a dit qu'elle fonctionnait à merveille. Granier doit déjà être retourné quelques semaines en arrière.

Barett grimaça.

— Enfin, en principe.

Emma ferma les yeux. Dan allait tirer. Elle le savait. Elle le connaissait. Au moment de décider, il ne tremblait jamais. La fin justifie les moyens. Louis Le Grand avait assassiné vingt mille soldats pour faire jaillir les eaux à Versailles. Alors, que pesait la vie d'un homme face au grand dessein de Dan Barett ? Que pesait la vie de ceux qu'il avait enfermés dans le souterrain, celle de son amie de toujours, mais aussi la sienne propre, puisque, pour réaliser son rêve de puissance, il allait lui-même, à jamais, devoir vivre une existence virtuelle ?

Pour faire le bien, il fallait d'abord accepter de faire le mal.

Barett pointa son revolver vers Emma, qui ne bougeait plus, terrifiée. Dans une seconde, il allait appuyer sur la détente, comme il avait appuyé des milliers de fois sur la touche de sa souris. Déterminé, mécanique. Il y aurait un petit clic. Et puis...

Mais il n'en eut pas le temps. Au moment où il avançait le canon de l'arme vers la poitrine d'Emma, la porte s'ouvrit et claqua violemment contre le mur. Sur l'écran, l'image de Louis XIV et de Le Nôtre s'évanouit.

— Police ! Plus un geste !

Trois officiers en uniforme déboulèrent dans la chambre, pistolet au poing.

— Jetez votre arme !

Barett abaissa son revolver, le posa sur le sol et, sans rien laisser paraître de sa surprise, se tourna lentement vers les policiers.

— Tout va bien, madame ? fit celui qui était entré le premier.

Il avait rejoint Emma et l'aidait à se relever.

Les deux autres policiers, restés près de la porte, tenaient Barett en joue.

— Ça ira, merci, bégaya la jeune femme. Mais comment êtes-vous... Qui vous a prévenus ?

— Un certain Chabane... Ou Chavannes, je ne sais plus.

Pierre ? Avait-elle bien entendu ? Chavannes ? Le policier avait bien prononcé ce nom. Mais Pierre était dans le souterrain, trois mètres sous terre. Comment aurait-il pu appeler la police ? À moins que... Non, ce n'était pas possible. Son portable était là, sur le *living bed.*

Barett, surveillé par les policiers, reculait à petits pas, imperceptiblement, vers l'écran éteint.

Il s'approchait de la cheminée. Qu'allait-il y chercher ? Emma se rappela qu'elle y avait vu une sorte d'interrupteur la dernière fois qu'elle était venue à la villa. Barett le lui avait montré. Mais à quoi servait-il ?

Soudain, elle comprit. Le capteur, bon sang, le capteur !

Trop tard. Barett s'était retourné et lâchait d'une voix forte :

— Alarme !

Aussitôt, une sirène stridente, insupportable, fit exploser leurs tympans. Barett avait déclenché à la voix le système d'alarme de la villa.

Emma se précipita à terre, juste à l'endroit où Barett avait posé son arme. Deux policiers lâchèrent leurs pistolets, cherchant à se boucher les oreilles avec les mains. Le troisième se plia en deux, assommé par la violence du son.

Barett, imperturbable, se précipita vers Emma et l'écarta d'un grand coup de pied pour récupérer l'arme cachée sous elle. Mais, lorsqu'elle se retourna sous sa poussée, il vit qu'elle tenait le revolver à la main. Braqué vers lui.

— Ne tire pas, Emma ! Tu le regretterais !

L'ordre était ferme, mais Emma ne l'entendit pas. La sirène hurlait toujours. La jeune femme vit le visage de Barett se creuser soudain de rides. Il cilla légèrement.

Il allait filer. Saisir l'arme d'un policier. Tirer. La tuer. Les tuer tous.

Elle appuya sur la détente.

Les rides sur le visage de Barett se figèrent. Pas un battement de cils ne vint animer son regard, rivé sur Emma. Seule sa main, s'abaissant lentement vers sa poitrine, vint tâter le léger filet de sang qu'il sentait couler à travers son polo noir.

— Emma ! Pas toi ! Non !

Elle ne vit que le mouvement de ses lèvres et la grimace de douleur qui tordait son visage.

— Ne bougez plus !

L'un des policiers avait repris son arme et tenait à nouveau Barett en joue.

Emma, à genoux sur le sol, hurla, en direction des deux hommes restés à l'entrée de la chambre :

— Venez avec moi, vite ! Au fond du jardin !

46.

L'officier de police éclaira l'entrée du tunnel avec sa torche. Emma, agenouillée au bord de la tombe, se pencha sur l'orifice et aperçut le visage de Pierre, qui clignait des yeux derrière ses lunettes.

— Emma ? C'est toi ?

— Pierre ! Vous êtes tous là ?

Le visage de Rebecca, bouffi et rougi de larmes, apparut à son tour.

— Maman ! C'est toi ? Vite, je t'en supplie !

Le policier descendit dans le souterrain pour couper les liens des prisonniers. Puis il aida Rebecca à se hisser sur la pelouse. La jeune fille se jeta dans les bras de sa mère, encore tremblante de peur. Emma lui massa longuement la nuque pour l'apaiser. Des gestes oubliés, si peu pratiqués au cours de son enfance.

Rebecca commençait à se calmer lorsque Terry sortit du souterrain en boitant, suivi de Pierre, qui l'avait aidé à remonter.

L'informaticien fit quelques pas maladroits vers Emma et s'assit finalement sur l'herbe, le visage blême.

— Ça va ? lui demanda Emma, en s'avançant vers lui sans lâcher Rebecca.

— Moi, ça va. Et toi ? Où est Barett ?

— La police l'a maîtrisé.

— Il ne t'a pas blessée ?

— Non. Il est dans la villa.

— C'est quoi, ce bruit d'enfer ? demanda encore Pierre, comme s'il venait seulement de l'entendre.

L'alarme crachait toujours ses vagues stridentes.

— Je vais éteindre ça ! dit Terry, guettant l'approbation du policier qui émergeait du tunnel.

— Allez-y ! C'est horrible !

Pendant que Terry s'éloignait en boitillant, l'officier se hissa sur la pelouse, se retourna et, d'une main, aida Granier à revenir à la lumière du jour.

Le romancier, hagard, avançait, titubant, soutenu par le policier. Il regardait autour de lui, les yeux dans le vide. Sa blessure à la cuisse ne saignait plus.

— Jean-Philippe ? Ça va ?

Rebecca quitta Emma pour se précipiter vers lui. Mais l'écrivain recula.

— Que me voulez-vous ?

— Maman ! Il ne sait plus qui nous sommes. Il a perdu la mémoire !

Rebecca fondit de nouveau en larmes.

Emma s'aprocha de Granier, terrifiée. Il avait le regard ahuri et articulait des mots sans suite. Deux heures, deux heures seulement qu'il avait été touché par la balle toxique. Mais, déjà, le poison avait atteint les premières zones de sa mémoire. Dégradé les premières terminaisons nerveuses. Il aurait dû revenir « quelques semaines en arrière », avait dit Dan. Mais Granier ne reconnaissait plus Rebecca, qu'il avait rencontrée six mois plus tôt ! La version *light* du « médicament » de Barett n'était pas mieux maîtrisée que la précédente. Peut-être Granier n'allait-il pas mourir comme les premières victimes de la mélatonine falsifiée. Mais il allait, peu à peu, perdre ses repères. Les noms connus. Les visages familiers. Terrassé par une sorte de maladie d'Alzheimer fulgurante et précoce.

Emma jeta vers Pierre un regard épouvanté.

L'arme qu'elle avait utilisée tout à l'heure pour tirer sur Barett était la même que celle qui avait blessé Granier.

Soudain, la sirène cessa de hurler.

— Suivez-moi ! dit un policier. Tout le monde rentre, maintenant.

L'officier avait pris Granier par le bras et faisait signe à tous de marcher vers la villa.

Ils le suivirent, empruntant l'allée qui bordait la pelouse. On entendait le gravier crisser sous les pas traînants de Granier. Et plus loin, devant la maison sans doute, des éclats de voix. Des portes qui claquaient.

Arrivée à la hauteur des anciennes écuries, Rebecca, qui tenait la main de sa mère, s'appuya contre une porte et marqua une pause. Elle paraissait exténuée.

Emma aperçut soudain les voitures de police qui s'étaient garées sous les marronniers. Une dizaine d'agents s'affairaient. L'officier qui accompagnait Granier les rejoignit et fit signe à un homme en blouse blanche de venir s'occuper de Rebecca et de sa mère.

— Oui, vous pouvez l'emmener. Elle est épuisée. Et elle est enceinte, expliqua Emma, lorsque le médecin se dirigea vers elle.

— Et vous, madame, ça va ?

— Ça ira.

Le médecin soutint Rebecca et l'accompagna jusqu'à l'ambulance, garée près de la maison de Terry. Emma le laissa s'éloigner. Pierre était à ses côtés. Il avait enlevé ses lunettes et se frottait les yeux.

Elle se tourna vers lui et posa la main sur sa poitrine.

Elle avait envie de lui parler. Ou plutôt non. Elle ne savait que dire, la gorge étreinte par l'émotion. Simplement l'envie d'être avec lui. La tête posée là, au creux de son épaule.

Pierre remit ses lunettes, prit la main droite d'Emma dans la sienne et, de son bras libre, entoura ses épaules et l'attira vers lui. Ils restèrent ainsi, soudés l'un à l'autre, une longue minute. Puis Emma leva la tête et leurs regards se croisèrent, avant de se détourner ensemble, déchirés. L'un et l'autre savaient ce que cela signifiait.

Dans quelques minutes, Pierre allait rentrer au salon.

Appeler Clara. La rassurer. Lui dire qu'il l'aimait. Emma, elle, devait joindre Brad.

Brad prendrait le premier avion. Il serait à Roissy demain ou après-demain. Il la ramènerait à San Francisco. Même les Américains le disent en français : *C'est la vie.*

— Je crois que j'ai oublié de te dire merci, dit-elle pour briser le silence. Il paraît que c'est toi qui as prévenu la police. Comment as-tu fait ?

Un maigre sourire se dessina sur le visage de Pierre.

— Tu n'as pas deviné ?

— Non.

— Tu es comme Barett : géniale, mais pas parfaite... Et quand les grands génies font de petites erreurs, ça coûte cher.

Il essuya à nouveau ses lunettes avec le bas de son polo.

— Quand vous êtes allés chercher Terry, tout à l'heure, Barett et toi, tu te souviens ? vous êtes sortis quelques minutes du salon.

— Oui, et alors ?

— Alors justement. Devine...

— Mais tu ne pouvais rien faire, tu étais ligoté et attaché à un fauteuil !

Le sourire de Pierre s'élargit un peu.

— Emma ! Tu oublies une chose, toi aussi : dans cette baraque, tout fonctionne à la voix ! Pas seulement la télé et le frigo ! Le téléphone aussi.

Emma regarda Pierre, presque incrédule. Barett n'avait pas tort. Cet homme aurait eu sa place parmi les cadors du logiciel chez Controlware. Mais ce qu'elle ressentait pour lui allait bien au-delà de l'admiration.

Elle sentait déjà saigner en elle la déchirure de la séparation.

— Je n'ai eu qu'à demander le 17, continuait Pierre. Mais je n'ai pas eu le temps de leur donner l'adresse. Cela explique qu'ils aient mis deux heures à nous trouver. Je n'y croyais plus.

L'informaticien se tut soudain, interrompu par des

hurlements. Barett était debout sur le perron de la villa Trianon. Et il rugissait :

— De quel droit êtes-vous ici, chez moi ? Je suis Dan Barett, vous entendez ! Dan Barett !

Emma et Pierre sursautèrent. Barett hurlait son nom en boucle. Menotté dans le dos, il se débattait. Deux agents se précipitèrent vers lui, venant au secours de leur collègue, qui avait du mal à le contenir. Vociférant, rouge de colère, Barett leur échappa et fit quelques pas dans l'allée en titubant. Il s'arrêta, puis reprit sa valse folle, agitant la tête à gauche, à droite, et se figea à nouveau, le regard en feu.

— Je suis Dan Barett... C'est moi qui ai inventé Shadows...

Soudain, il aperçut, au bout de l'allée, son ancienne amie.

— Emma ! Aide-moi ! Dis-leur que je suis l'homme le plus puissant du monde !

D'épaisses gouttes de sueur coulaient maintenant sur son front. Les policiers s'étaient figés et observaient la ronde ridicule et vaine de leur prisonnier entravé.

Emma s'appuya devant la porte des écuries. Pétrifiée par le spectacle. Barett, à quelques mètres d'elle, emporté dans une pathétique danse de Saint-Guy. Des flics, pour qui, sûrement, cet homme-là n'était qu'un type qui venait de péter un câble. Un dossier parmi d'autres. Un certain Chavannes avait appelé les secours à 4 heures du matin. Objet : un forcené menaçait de tuer cinq personnes. Degré d'urgence : prioritaire. Ils étaient venus. Ils l'avaient capturé. Sans casse. Routine de flic. Surtout ces derniers temps.

Barett ralentissait à présent son ballet erratique. Il s'approcha du mur d'enceinte et s'assit par terre. Puis se tut.

Emma et Pierre le virent incliner la tête, lever un regard lourd vers les médecins et les agents de police qui l'entouraient, puis, lentement, amorcer un léger balancement d'avant en arrière.

Les policiers s'avancèrent vers lui. Un infirmier courut vers l'ambulance, ouvrit la porte arrière et détacha de la paroi une poche de sérum et une bouteille d'oxygène.

Emma et Pierre se regardèrent, atterrés. L'infirmier ne le savait pas, mais il n'avait aucune raison de se précipiter. Dan Barett n'allait pas mourir. Il allait simplement perdre la mémoire et il le savait. Le produit qui avait tué Kathrin Strandberg était sans doute mieux réglé dans sa nouvelle version. Mais il allait tout de même inonder peu à peu son cerveau. Les connexions entre ses neurones s'affaibliraient. Les passerelles si nombreuses, les liens si vivaces entre les zones de son cortex se briseraient, inéluctablement. Les accès à sa prodigieuse mémoire se boucheraient petit à petit. Sans doute dans un ordre précis, comme chez les autres victimes. La zone de la mémoire immédiate céderait la première. Puis celle de la logique, de l'articulation des idées. Le niveau de l'affectivité ensuite serait effacé. Enfin, si le produit était puissant, le siège de la mémoire profonde, celui de l'identité, serait détruit.

Emma détourna le regard, incapable d'affronter plus longtemps la vision de Barett. Assis par terre, le masque à oxygène lui couvrant le nez et la bouche, il fixait maintenant le ciel qui s'éclaircissait. Les premières lueurs de l'aube apparaissaient entre les nuages. De l'autre côté de la villa, le jardin s'éclairait. Et au-delà du mur d'enceinte, dans le parc du château, le soleil allait amorcer sa courbe immortelle, se levant au-dessus du château, saluant la belle Latone, caressant le Grand Canal pour aller se poser, ce soir, sur le char d'Apollon.

Et dans quelques jours, quelques heures peut-être, l'homme qui leur faisait face, prostré sur le gravier de la villa Trianon, l'homme qui avait régné sur les mémoires du monde, l'homme-dieu qui détenait la Mémoire originelle de l'Humanité, se serait vidé de sa propre mémoire.

Épilogue

— Tu penses qu'on va gagner ?

— C'est sûr.

— Comment peux-tu être aussi affirmatif ?

— Les autres projets sont moins bons, c'est tout ! Je te montrerai nos plans tout à l'heure. Tu verras, c'est fabuleux.

Emma et Pierre marchent côte à côte sur la plage d'Omaha. La mer est basse. Le sable encore humide et celui déjà sec forment un drapé, couleur camel, fendu par de petites rigoles qui glissent vers la mer. Il a plu, ce matin, mais le vent de Normandie a fait son travail. La routine. Pousser les nuages vers Paris. Et laisser le premier soleil de printemps poser ses rayons sur les ardoises humides.

Il fait souvent beau, en fin d'après-midi, en Normandie. Pour donner envie aux hommes de se lever le lendemain.

La jeune femme porte une robe longue à bretelles, en lin bleu, informe et froissée. Pierre a revêtu une de ces polaires à col zippé qu'il aime bien. Une tenue de week-end.

Il est en week-end. Son *premier* week-end annuel avec Emma.

La jeune femme observe discrètement l'homme qui marche à ses côtés, les mains dans les poches de son Dockers kaki. Il a changé. Depuis qu'il vit à Boston, qu'il a accepté la mission que lui a proposée Bernie Puttman, il semble plus expansif, plus confiant. Sûr de lui. Elle, en revanche, ces derniers mois, aurait plutôt vu ses certitudes s'envoler.

— Et toi, alors ? demande Pierre en la doublant pour aller se planter devant elle, comme s'il lui barrait le passage. Ton voyage au Rwanda ? Tu ne m'as pas raconté...

— Tu sais, la fondation Barett n'a pas de relais là-bas pour l'instant. On cherche. Il y a tellement à faire...

Devant eux se dresse, sur le sable, un bloc de béton, haut comme un homme, en forme de pyramide aztèque. Un vestige du port artificiel que les Alliés avaient tenté d'installer, ici, le 6 juin 1944. Comme à Arromanches, mais avec moins de succès, hélas. Omaha Beach – qui regroupe les plages de Vierville, Saint-Laurent et Colleville – fut le site le plus sanglant du débarquement. La veille du jour J, le bombardement préventif avait manqué sa cible. À l'arrivée des bateaux américains, les défenses allemandes étaient intactes. Les soldats alliés sont tombés en rafales, à découvert, sur la grève ou pendant qu'ils escaladaient la butte.

La butte, aujourd'hui couverte de croix blanches. Pierre et Emma y sont montés, en début d'après-midi, sous la pluie. Pour couvrir de sable d'or les noms de leurs « filleuls ». Ils ont cherché les croix, empruntant les chemins invisibles entre les stèles alignées au cordeau. Ils ont longé le plan d'eau où se reflète la bannière étoilée. Ils sont passés sous la cloche qui égrène les heures sur les notes de Big Ben. Un vieux marine, penché sur la table d'orientation, racontait à des amis comment il avait débarqué, au volant d'un camion, le 7 juin 1944.

Il y a six mois, Emma était venue chercher Pierre ici pour l'emmener à Versailles. Un siècle.

Depuis qu'elle a vendu ses parts de Berkings & Shannon et démissionné de la société, le temps a passé si vite. La fondation Barett, dont elle a pris la direction opérationnelle, n'a pas allégé son agenda. Les destinations, simplement, ont changé. Calcutta, Dacca, Caracas, Cotonou.

Les quartiers pauvres, les dispensaires, les tentes transformées en salles d'accouchement. Amelia Barett, souvent, l'accompagne. Deux jours plus tôt, elles ont encore inauguré un hôpital à Lagos, au Nigeria. Et viré un médecin qui ne remplissait pas ses objectifs. L'esprit Barett, toujours. Le week-end, Emma rejoint Brad à San Francisco ou Rebecca à Paris. Rebecca qui accouchera dans quelques semaines d'une fille, Amy.

— Et Dan ? Comment va-t-il ? demande Pierre en escaladant le bloc de béton.

Emma s'arrête et baisse la tête, triste. De l'arête de son talon, elle trace dans le sable une succession de petits bâtons.

— Je suis allée le voir trois ou quatre fois dans sa maison de repos à New York... Là-bas, il n'y a que des drogués, des maniaques du jeu vidéo, des accros de l'Internet. Dan occupe un pavillon pour lui tout seul, mais, dans ses moments de lucidité, il aime bien parler à ces gens-là.

— Il t'a reconnue ? interrompt Pierre en lui présentant la main pour qu'elle le rejoigne.

Emma garde les yeux baissés et ne voit pas la main tendue au-dessus d'elle. Elle parle à voix basse, comme pour elle-même.

— Moi, oui. J'ai de la chance, il me reconnaît. Il paraît que c'est parce que je fais partie de son passé le plus lointain. Mais je suis la seule. Avec son père et sa mère, bien sûr. Amelia et les enfants, il les prend pour des étrangers, c'est terrible...

Elle ajoute, en élevant à peine la voix :

— Je l'ai appelé la semaine dernière pour lui annoncer que le projet de Protection sociale universelle serait présenté devant la Commission européenne en octobre. Je lui ai dit aussi que j'avais convaincu le sénateur de l'Ohio, Andy Gantner, de prendre la tête de notre campagne aux États-Unis. Mais, visiblement, Dan ne savait pas de quoi je parlais.

Du bout des doigts, Pierre caresse les cheveux d'Emma. Il aimerait qu'elle lève la tête, le regarde, le rejoigne sur le bloc de béton. Il lui tend à nouveau la main et elle finit par se hisser près de lui.

— La maladie s'est quand même stabilisée ? interroge-t-il encore. Elle n'évolue pas ?

— Plus ou moins, soupire-t-elle. Amelia pense que c'est réversible, mais je n'y crois pas. Le truc étonnant, c'est qu'il retrouve de temps en temps ses capacités de programmation ! Il invente des bouts de logiciel...

— Et Granier, pareil ? Il écrit encore ?

— Ça m'étonnerait. Je n'ai pas de nouvelles depuis quelques mois, mais je crois qu'il vit près de La Hague, dans sa petite maison, près de celle de Prévert. Une infirmière s'occupe de lui. Rebecca élèvera Amy seule. Comme sa mère, autrefois.

— La vengeance programmée de Barett sur Granier...

— Ne dis pas ça !

— Je me demanderai toujours pourquoi Barett a tiré sur Granier et pas sur moi. Tu crois qu'il voulait seulement nous faire peur ? Il ne pouvait quand même pas deviner que le romancier était criblé de dettes et voulait épouser Rebecca pour mettre la main sur ses milliards. Rebecca elle-même ne savait pas qu'elle en hériterait !

— L'intuition, tu ne crois pas ? L'éclair mystérieux qui précède le raisonnement. Dan en avait à revendre. Il pensait même qu'il pourrait un jour la modéliser, l'intuition...

Emma sourit et s'approche de Pierre. Une rafale de vent fait voler ses cheveux autour de son visage. Devant eux, le vent pousse vers Colleville quelques chars à voile bleu marine qui filent vers leur hangar. Les gros nuages sont loin. Dans quelques heures, il pleuvra sur Versailles.

Pierre tend la main vers Emma. Il veut encore caresser ses cheveux. Glisser longuement ses doigts jusqu'à leur extrémité, comme pour les peigner. Essuyer la poussière de sable qui s'est glissée sur sa joue, près de l'oreille. Elle se tourne vers lui.

Au commencement d'un amour, il y a toujours un regard qui vacille, cet instant étrange, où, comme le dit la chanson, on entend rire les anges. L'étincelle, qui permet l'incendie. Pierre s'est toujours demandé pourquoi Emma et lui ne l'avaient pas ressentie la première fois qu'ils se sont croisés chez Supra Data. Et pourquoi cette étincelle revient, impulsive, chaque fois qu'ils se retrouvent et s'approchent l'un de l'autre. Il y a dans leur amour comme une carence originelle. Une lacune initiale qui les condamne à voir surgir, à chaque rencontre, la même délicieuse et incontrôlable vague. Ils s'aiment d'un amour-marée.

Depuis six mois, ils se sont parlé presque chaque jour. Via la webcam. Par SMS. Par MMS. La version électronique de la fidélité. Ils n'ont même pas pu se croiser à Boston. Emma a envoyé par mail son O.K. au projet initié par Pierre pour le reboisement de Central Park. L'idée lui a plu. Dresser, au cœur de New York, un remake contemporain des jardins de Versailles. Latone, Apollon, Neptune, les bassins des Saisons, arrosés par un jeu de fontaines ultramodernes, le tout dessiné par Damien Hirst et Rachel Whiteread. La mairie de New York a flashé. Ces deux figures de l'art contemporain et l'architecte paysagiste belge qui coordonne les travaux vont rejoindre Emma et Pierre, tout à l'heure, à l'hôtel *Overlord*, avant la présentation officielle du projet à la presse prévue pour demain.

Pierre se penche vers Emma. Ses lèvres. Toujours elles. Depuis qu'ils se sont retrouvés à la réception de l'hôtel, il y pense. Leur voile de soie. Leur douceur, comme un roulis dans sa mémoire. Malgré lui. Malgré Clara. Radieuse, au demeurant, depuis que Pierre et elle se sont installés aux États-Unis avec les enfants. Quand il lui a annoncé sa nomination au poste de *chief executive developer* chez Controlware et le salaire qui allait avec – « à sept chiffres » avait-il précisé –, elle lui a demandé si c'était « avant la virgule ». Puis elle a vite compris. Leur maison de Cape Cod est splendide : une grande demeure blanche où tout fonctionne à la voix. Clara a sa haie de bambous. Et le ponton qui donne sur l'océan. Elle rêve que Scarlett

O'Hara surgira un jour entre les eucalyptus du jardin. Garance, Sixtine et Gaétan vont au lycée français. Les profs sont excellents, bien meilleurs qu'à Marseille. Et le mercredi Gaétan prend des cours de voile. Bientôt, Pierre achètera un trimaran, il l'a promis.

— Tu m'as dit que tu avais des infos sur les projets concurrents ? lance Emma, qui a du mal à masquer l'émotion que fait naître en elle la proximité de son compagnon.

Elle se relève. Debout sur le bloc de béton, tenant ses cheveux en arrière, la robe plaquée sur elle par le vent, elle regarde la colline de Colleville. Pierre se dit que s'il était sculpteur il créerait une telle silhouette pour la proue de son bateau. Clara apprécierait.

Il sourit à cette idée et suit Emma, qui a sauté dans le sable.

— Il y a une demi-douzaine de propositions concurrentes, explique Pierre. Certaines ont été présentées la semaine dernière. Je les ai regardées sur Internet. Mais, franchement, ça m'étonnerait qu'il y en ait une qui soit meilleure que la nôtre !

Emma ne peut s'empêcher de railler l'aplomb, tout récent, de son ancien collègue. Elle se retourne et lui tâte le bras.

— Tu fais de la musculation, aussi, ou je me trompe ?

Pierre lui écarte la main et veut lui saisir la taille, mais Emma se dérobe et s'enfuit en direction de la colline. Quelques mètres jusqu'au talus. Il la rattrape, la renverse sur les herbes maigres qui poussent entre le sable et les galets, puis s'allonge sur elle. Au-dessus d'eux, les mouettes et les goélands tournoient en lançant des cris déchirants. Il y a soixante ans, ici, dans ce contrefort de sable, les soldats se cachaient pour éviter les balles.

— Cela faisait si longtemps...

Le soupir d'Emma est étouffé par le baiser vigoureux de Pierre. Puis ses mots. Son nom, qu'il répète. Elle entend qu'elle est belle, combien il a pensé à elle ces dernières semaines. Elle l'entend décrire la douceur de ses épaules, de ses joues, l'envie qu'il avait de la voir, de marcher sur la plage en lui prenant la main. Elle l'écoute, mais ce qu'elle entend n'a plus d'importance. Ou si, trop. Il faudrait qu'elle puisse graver ces mots en elle, pour plus tard, pour les jours sans lui. Mais un mot chasse l'autre. Les phrases traversent sa mémoire, comme l'ombre du nuage sous le vent.

Pierre promène ses mains sur elle. Sous sa robe longue, il caresse ses genoux, son ventre, la face cachée de ses jambes. Il regarde son visage, s'en éloigne pour mieux le voir, attrape un baiser sur ses lèvres et s'écarte à nouveau.

— Je pourrais passer la journée à te regarder, souffle-t-il. À te désirer rien qu'en te regardant.

— Sans jamais me déshabiller ?

Il glisse la main sous les bretelles de la robe et découvre un sein, blanc, rond, tendu vers lui. En le voyant surgir, il réprime un cri. Emma cesse de sourire et l'attire sur elle, le regard rivé au sien. Ses cheveux reposent sur le sable, pêle-mêle.

Entre ses hanches, il y a la houle. Et les vagues viennent mourir dans ses yeux.

Ils font l'amour sur un champ de bataille.

Puis le corps de la jeune femme se cabre, ses paupières se ferment, ses lèvres s'entrouvrent dans un long gémissement. Submergé, Pierre la rejoint dans son vertige.

Le cri des mouettes, brusquement, s'arrête.

Pierre relève légèrement la tête. Cette fois, il la voit. Il la tient. La dernière image, celle qu'il emportera avec lui lorsque tout finira.

Remerciements

Le XVIIIe siècle et le XXIe. L'ère des Lumières et celle d'Internet. Le monde de Louis XIV et de Le Nôtre, celui de Bill Gates et de Steve Jobs. Ce roman se situe au confluent de deux univers. Pour les comprendre, nous avons sollicité l'aide de nombreuses personnes, que nous souhaitons remercier ici.

— L'architecte paysagiste Michel Corrajoud, qui a décortiqué comme personne les jardins de Versailles et y a retrouvé le nombre d'or.

— Daniel Souillol, professeur à l'École polytechnique, qui a développé toute une lecture psychanalytique fascinante du domaine de Louis XIV.

— Les historiens Pierre Bonnaure et Aurélia Rostaing, grands spécialistes de Le Nôtre, qui nous ont fait partager leur passion pour le fabuleux jardinier du roi.

— Beatrix Saule, conservatrice en chef au château de Versailles, qui nous a initiés aux mystères d'Apollon, et nous pardonnera d'avoir pris quelques libertés romanesques avec la vérité historique.

— Gabriel Novello, maître fontainier de Versailles, Marly-le-Roi et Saint-Cloud, qui nous a guidés dans les labyrinthes souterrains (merci aussi à Brice de nous l'avoir fait rencontrer).

— Les experts en sécurité informatique Mauro Israël, François Pavé, Nicolas Ruff, Olivier Ménager, qui nous ont aidés à élaborer le scénario (plausible) de la panne mondiale d'Internet.

— Jean-Baptiste Durand, vigie d'Internet, pour sa créativité débordante.

— Daniel Temam pour ses réflexions de mathématicien (et de philosophe !).

— Hélène Vecchiali, pour son regard de psychanalyste sur les caractères de nos héros, et son soutien sans faille.

— Michel Conin, pour ses réflexions historiques et pour nous avoir « prêté » le décor du roman, sa villa Trianon, l'ancien domaine d'Elsie de Wolfe.

Ce livre n'aurait pas non plus vu le jour sans :

— les amis qui nous ont aidés ou encouragés : Isabelle Sathicq, Sonia Bardet, Rémi Deffarges, Dominique Mataillet, Fabiola Flex, Christian Bommelaer, Luc Fayard, Anita Dexmier, Étienne Demailly, William Coop, Christine Rodwell, Christine Balesdent (et son œil infaillible !), Jacques Gautrand.

— Hélène et Dominique Kriz qui ont accompagné nos pérégrinations lors des grandes eaux dans les jardins de Versailles.

— Thierry et Sophie Kerdellant, critiques avisés et lecteurs de la première heure, avec qui nous avons « revisité » Versailles.

— Sylvie Kerdellant et la grande famille des cousins fermanvillais, dont le lobbying forcené en faveur d'un roman d'aventures a fini par porter ses fruits.

Un remerciement tout particulier à :

— Isabelle et Nicolas Meyer, qui ont été les tout premiers lecteurs, patients et attentifs, de ce livre, et qui y ont porté leur regard critique.

— Nadette et Michel Kerdellant, Yvonne Dufour et, bien sûr, Jean-Max, qui ont apporté leur soutien inconditionnel et créé les conditions propices à l'achèvement de ce roman.

Un grand merci enfin à nos éditeurs Nicole Lattès, Leonello Brandolini et Stéphane Barsacq, qui, le premier, a cru à l'idée de ce livre et l'a enrichi.